Arena-Taschenbuch

Band 2150

Foto von Juliana Romnes

Rainer M. Schröder,
Jahrgang 1951, lebt nach vielseitigen Studien und Tätigkeiten in mehreren Berufen seit 1977 als freischaffender Schriftsteller in Deutschland und Amerika. Seine großen Reisen haben ihn in viele Teile der Welt geführt. Dank seiner mitreißenden Abenteuerromane ist er einer der erfolgreichsten deutschsprachigen Jugendbuchautoren.

Weitere Arena-Taschenbücher von Rainer M. Schröder:
Die wundersame Weltreise des Jonathan Blum (Band 1934)
Die wahrhaftigen Abenteuer des Felix Faber (Band 2120)
Das Vermächtnis des alten Pilgers (Band 2140)
Der Schatz der Santa Maravilla (Band 2138)
Mein Feuer brennt im Land der fallenden Wasser (Band 2130)

Rainer M. Schröder

DAS GEHEIMNIS DER WEISSEN MÖNCHE

Roman

Arena

Für Pater Martin Stork,
Prior der Abtei Himmerod,
in Dankbarkeit und Zuneigung.

*»Die Wahrheit hat keinen größeren
Feind als das Vorurteil.«
Cautio Criminalis*
Friedrich Spee

In neuer Rechtschreibung

8. Auflage als Arena-Taschenbuch 2006

Umschlagillustration: Klaus Steffens
Umschlagtypografie: Agentur Hummel + Lang
Gesamtherstellung: Westermann Druck Zwickau GmbH
ISSN 0518-4002
ISBN 3-401-02150-8
ISBN 978-3-401-02150-8

www.arena-verlag.de

ERSTES BUCH

DIE ABTEI

Erstes Kapitel

Zitternd vor Kälte und Erschöpfung, stand Jakob in der stürmischen Februarnacht und rang nach Atem, während der Himmel in wildem Zorn Blitze wie Speere aus gleißendem Licht nach ihm schleuderte. Ein böiger Wind schlug ihm den Regen, der halb Schnee und halb Hagel war, wie eine Peitsche aus messerscharfen Eisschnüren schmerzhaft ins Gesicht.

Sie würden beide elendig in dieser eisigen Sturmnacht zu Grunde gehen, wenn das Kloster nicht bald auftauchte! Jakob war am Ende seiner Kraft und konnte den einachsigen Eselskarren mit der Last des alten Mönches nicht länger ziehen! Er hatte in den Händen, die wie festgefroren um die Deichsel des Karrens und den ledernen Zuggurt lagen, kaum noch Gefühl.

Wieder erhellte ein Blitz für kurze Momente die Finsternis der Nacht, die ihm wie der schwarze, gierige Schlund des Verderbens vorkam. Jakob konnte erkennen, dass der schlammige Pfad vor ihm auf die Kuppe eines sanft ansteigenden Hügels führte. Ein mächtiger Eichenbaum mit ausladender Krone erhob sich auf der kleinen Anhöhe, die wie der Rest des Eifellandes unter einer knöcheltiefen Decke alten, harschen Schnees lag. Dahinter zeichnete sich ein Waldstück ab, schwarz wie ein Henkerstuch und abweisend wie eine Wand aus Festungspalisaden.

An jedem anderen Tag wäre es für Jakob ein Leichtes gewesen den Eselskarren mit dem eingefallenen, alten Mönch den Hügel hochzuziehen. In dieser Nachtstunde jedoch bewirkte der Anblick der Steigung, dass ihn ein Gefühl der Verzweiflung und des zornigen Aufbegehrens gegen ein allzu ungnädiges Schicksal überkam.

»Ich kann nicht mehr!«, schrie er in die Nacht hinaus, als dem Blitz nun ein scharfer Donner folgte, der wie das Krachen von Kanonen über das bergige Eifelland rollte. Er hatte Tränen der Erschöpfung in den Augen. »Ich will nicht mehr! Ich habe mich genug geplagt!« Und in Gedanken stieß er eine lästerliche Verwünschung aus. Verflucht sei der Morgen vor drei Tagen am Laacher See, als er sich hatte beschwatzen lassen dem alten Kuttenträger seine Dienste zu verkaufen!

Jakob wandte sich um und warf einen gehetzten Blick auf das gekrümmte Bündel, das unter zwei räudigen Pferdedecken auf den Brettern seines Wagens lag. Deichsel und Zuggurt entglitten seinen kraftlosen Händen und fielen in den Schlamm des aufgeweichten Weges.

Mit tauben Fingern zog er die nassen Decken über dem Kopf des alten Mannes zurück. Er konnte dessen ausgezehrtes Gesicht in der Öffnung der Kapuze nicht sehen, doch er spürte, dass die Augen des Klosterbruders ihn anblickten, und er hörte ihn etwas murmeln.

Jakob beugte sich zu ihm hinunter. »Ich kann nicht weiter. Es tut mir Leid, ich bin am Ende meiner Kräfte, Bruder Anselm«, sagte er keuchend und dachte an den versprochenen Lohn. Der Mönch hatte einen kleinen Beutel um den Hals hängen, in dem Jakob vor drei Tagen den verlockenden Klang von Münzen vernommen hatte.

». . . heilige Jungfrau . . . an dem Busen der Gottesmutter . . .« Bruder Anselm stieß die Worte abgehackt hervor und war offensichtlich nicht mehr fähig einen ganzen Satz zu formulieren. ». . . auch die grässlichste Schuld . . . barmherzige Aufnahme . . . Hort der Gnade und Sicherheit . . . mich ihr anvertrauen . . . Ihr Angesicht . . . dein Erbarmen . . . deine Huld . . .« Er versuchte sich aufzurichten, fiel jedoch mit einem schwachen Stöhnen sofort wieder auf die harten Bretter zurück.

»Schon gut, schon gut, der Herr wird sich Eurer gewiss erbarmen«, antwortete Jakob und berührte die Stirn des alten Mönches. Er zuckte zurück, als hätte er eine feuerrote Herdplatte berührt. Der Mann glühte vor Fieber!

Dem Mönch war nicht mehr zu helfen! Er war schon so gut wie tot. Es machte also keinen Sinn mehr, sich weiter mit ihm abzuplagen. Bruder Anselm würde ihn bloß noch mit sich ins Grab ziehen, wenn er sich seiner Last nicht endlich entledigte. Der kranke Mönch war für ihn zu einem lebensbedrohlichen Ballast geworden, denn wer weiß, wie weit es noch bis zu dieser Abtei Himmerod war. Wenn er sich verirrt hatte, konnte das Kloster im Salmtal noch viele Meilen entfernt sein.

Ich werde ihn dort oben unter der Eiche zurücklassen, beschloss Jakob. Bis dahin bringe ich ihn noch. Dann möge ihm der Herr gnädig sein!

Er zog den Ledergurt aus dem Schlamm, legte ihn sich wieder über die linke Schulter, packte mit der Rechten die Deichsel und setzte sich mühsam in Bewegung.

Das Gewitter tobte mit unverminderter Gewalt. Immer wieder rissen grelle Blitze die Nacht auf und tauchten das Land in ihren gespenstisch hellen Schein. Das Krachen des Donners, der nun fast gleichzeitig mit jedem Blitz erfolgte, war so ohrenbetäubend, als wollte das Himmelsgewölbe in tausend Stücke zerbersten und auf ihn niederstürzen.

Jakob quälte sich den Hügel hinauf. Bei jedem Schritt verfluchte er den maulfaulen Fuhrmann, der ihm am Nachmittag beim Hunnenkopf den Weg gewiesen hatte. Er hatte so geklungen, als läge das Kloster dieser Zisterziensermönche gleich hinter der nächsten Hügelkette. Die Landstraße war trocken und der Himmel sonnig gewesen und so hatte er die letzte, scheinbar kurze Wegstrecke guten Mutes in Angriff genommen. Und dann, noch vor Einbruch der Dunkelheit, hatte sich das Unwetter zusammengebraut und war über ihn hergefallen, kaum dass er den Manderscheider Wald hinter sich gebracht hatte. Die Pest und Krätze über den Fuhrmann, der ihn über die wahre Entfernung zur Abtei so getäuscht hatte!

Wenn er den falschen Weg eingeschlagen hatte, konnte er noch die ganze Nacht herumirren, ohne auf das Kloster oder sonst eine Behausung zu stoßen, wo man ihm ein Dach über dem Kopf und ein trockenes Lager gewähren konnte. Dann blieb ihm nichts anderes übrig als irgendwo im Wald Schutz zu suchen und unter seinen Karren zu kriechen.

Voller Bitterkeit dachte er daran, dass er gestern noch einen Esel besessen hatte. Das Tier war zwar mager, äußerst übellaunig und bissig gewesen, aber es hatte doch den Karren mit ihm und dem Mönch gezogen. Aber dann, beim Abstieg ins Tal von Manderscheid, hatte das störrische Biest auf dem verschneiten Berghang den Tritt verloren, war gestürzt und hatte sie mit sich gerissen. Dass der Mönch und er den Sturz überlebt hatten, ohne sich auch nur einen Knochen gebrochen zu haben, war ein kleines Wunder gewesen. Der Esel hatte weniger Glück gehabt. Er hatte sich das Genick gebrochen. Und so hatte dann er, Jakob Tillmann, der vom Pech verfolgte Bastard einer Bauernmagd und eines durchziehenden Landsknechtes, sich den Zuggurt über die Schulter legen müssen.

Jakob blieb stehen, als er sah, dass der Weg nicht direkt zu der Eiche auf dem Hügel führte, sondern ein gutes Stück unterhalb davon nach links abbog und Richtung Wald lief. Im Licht eines Blitzes entdeckte er rechts vom Weg eine Mulde, die von einem Dickicht halb überwachsen war. Er zögerte kurz und zuckte dann die Achseln.

»Dies ist ein ebenso guter Platz zum Sterben wie die Eiche. Besser liegt er da oben auch nicht«, murmelte er grimmig vor sich hin. Was nützte es denn dem alten Mönch, wenn er ihn noch bis unter den Baum schleppte, sich dabei völlig verausgabte und dadurch selbst dem Tod zum Opfer fiel? Gott oder Teufel, wer auch immer mehr Anspruch auf seine Seele hatte, er sollte die des alten Mönches nun endlich haben!

Sein Gewissen, das sich dennoch zu regen begann, beruhigte Jakob damit, dass er wahrhaftig alles getan hatte, was in seiner Macht stand, um den alten Mann nach Himmerod zu bringen. Er hatte seinen Esel dabei verloren und sich selbst nicht geschont. Mehr konnte keiner von ihm verlangen. Was die großzügige Belohnung anging, die ihm Bruder Anselm versprochen hatte, so musste er sich diese wohl selbst nehmen. Der fiebernde Mönch hatte gewiss nicht mehr die Kraft dazu, ihm seinen Lohn zu geben.

Jakob fragte sich, wie viel Geld wohl in dem kleinen Lederbeutel sein mochte. Wenn er es recht überlegte, hatte er eigentlich Anspruch darauf, auch für seinen Esel entschädigt zu werden.

Ich werde mir an Münzen nehmen, was er im Brustbeutel mit sich trägt! Wenn es nur ein paar lausige Heller sind, will ich mich damit zufrieden geben. Wenn es jedoch ein hübscher Batzen Geld ist, soll er mir als Belohnung ebenso recht sein, beschloss er und vergaß vor Aufregung einen Augenblick sogar die Kälte, die ihn quälte, und das Wüten des Unwetters. Gerechter kann ich es gar nicht machen als mein Glück ganz dem Zufall zu überlassen!

Jakob hatte seine Hand um den Lederbeutel gelegt, fühlte unter seinen Fingern den harten Widerstand von mindestens einem halben Dutzend Münzen und versuchte ihren Wert schon anhand ihres Gewichtes zu schätzen, als erneut ein Blitz aus dem Himmel zuckte.

Dieser gleißende Blitz übertraf mit seiner blendenden Helligkeit alle anderen um ein Mehrfaches, zumindest kam es Jakob so vor. Begleitet von einem unbeschreiblich lauten Donnern und Bersten, das Jakob durch Mark und Bein ging, fuhr der Blitz in die Eiche – und spaltete den Baum wie ein Henker mit seinem Richtschwert.

Jakob schrie zu Tode erschrocken auf, ließ den Lederbeutel mit den Münzen los und stürzte rücklings in den Schlamm. Mit entsetztem Blick starrte er zur Eiche hinüber, deren mächtigen Stamm der Blitz wie ein Bündel Stroh auseinander gerissen hatte. Ein Schauer, der diesmal von innen kam, durchfuhr ihn und ließ ihn erzittern. Hätte er den Mönch unter die Eiche geschleppt und dort von seinem Karren gezogen, hätte der Blitz sie beide erschlagen!

Waren der Blitz und die gespaltene Eiche direkt vor seinen Augen ein Zeichen? Eine letzte Warnung? Und wenn ja, galt sie dann nur dem irdischen Besitz des todkranken Mönches, den er gerade an sich hatte nehmen wollen? Oder wollte ihm dieses zeichenhafte Geschehen etwas anderes sagen?

Am ganzen Leib wie Espenlaub zitternd und von beklemmenden Ängsten bedrängt, rappelte er sich auf, zog die Decken hastig wieder über den Fieberkranken und beeilte sich von diesem schauerlichen Ort fortzukommen. Die Furcht vor den dunklen Mächten, denen er weder einen Namen geben konnte noch wollte, weil sie ihm auch namenlos schon Angst genug machten, weckte Kräfte in ihm, die er nie in sich vermutet hätte.

Fast im Laufschritt hielt er mit seinem Karren auf den Wald zu. Vergessen war der Entschluss sich des Mönches zu entledigen. Er würde ihn in dieses vermaledeite Kloster Himmerod bringen, tot oder lebendig!

Zweites Kapitel

Wie viele Stunden waren seit dem Blitzschlag in die Eiche vergangen? War es schon Mitternacht oder erst um die zehnte Abendstunde? Jakob wusste es nicht zu sagen. Es wurde ihm auch mit jedem Schritt gleichgültiger. Er würde dem Weg folgen, bis er umfiel.

Wenigstens hatte sich das fürchterliche Unwetter verzogen. Zwar flammte am nächtlichen Horizont noch immer der Lichtschein gelegentlicher Blitze auf, allerdings flößte ihm dies keine Angst mehr ein. Wenn doch auch der eisige Schneeregen mit dem Gewitter fortgezogen wäre!

Jakob kam aus einem schmalen Waldstück und blieb einen Moment auf freiem Feld stehen, um Atem zu holen und sich über das Gesicht zu wischen. Als er den Blick hob, stellte er fest, dass er sich auf einer Anhöhe befand. Vor ihm erstreckte sich offenes Weide- und Ackerland, das in ein schmales Tal hinunterführte.

Das Salmtal!, fuhr es ihm durch den Kopf. Und als er angestrengt in die Dunkelheit spähte, glaubte er hinter dem Schleier des dichten Schneeregens sogar die Silhouette eines hoch aufragenden Gebäudes sowie andere schwarze Umrisse erkennen zu können, die zu kantig waren, um zur Natur zu gehören. Das musste die Klosterkirche von Himmerod sein!

Mit neu erwachter Hoffnung legte sich Jakob ins Zeug. Wenige Minuten später vermochte er sogar den schwachen Schimmer einer Lampe auszumachen. Er war auf dem richtigen Weg! Auch wenn das nicht die Abtei war, so würde er dort immerhin auf eine menschliche Behausung stoßen, wo er sicherlich Unterschlupf und vielleicht sogar ein wärmendes Feuer finden konnte.

Es war jedoch tatsächlich das Kloster der Zisterzienser, das wenig später am linken Ufer der Salm mit seiner hohen Mauer und der dahinter liegenden Kirche vor ihm aus der Dunkelheit wuchs. Deutlich hob sich das Kreuz auf der Turmspitze vor dem Nachthimmel ab.

Von grimmiger Genugtuung erfüllt, taumelte Jakob an mehreren dunklen Stallungen vorbei, die schon von weitem den penetranten Geruch von Schweinen ausströmten. Eine gute Meile dahinter sah er endlich den wuchtigen Torbau vor sich, der in die wehrhafte Umfriedung der Klosteranlage eingelassen war. Über dem hohen Torbogen, in dem eine Lampe brannte, lag unter einem Giebeldach noch ein Geschoss mit schmalen Fenstern. Das wuchtige, doppelflügelige Tor bestand aus mächtigen Bohlen, die mit hunderten von sicherlich fingerdicken, handgeschmiedeten Eisennägeln beschlagen waren, deren Köpfe Rosetten trugen. In den linken Torflügel war eine schmale Tür mit einem Fenster eingelassen, unter dem ein schwerer Eisenklopfer befestigt war. Von dem oberen Wulst des Torbogens hing eine Reihe von armlangen Eiszapfen herab.

Jakob ließ den Zuggurt von seiner schmerzenden Schulter gleiten, stellte das Deichselende auf einen kniehohen Markstein neben dem Torbogen und hämmerte mit dem Eisenklopfer gegen die schweren Bohlen.

»Macht auf!«, schrie er mit rauer Kehle. »Aufmachen!«

Endlich ging die Klappe hinter dem kleinen, vergitterten Fenster in der Tür auf. »Was macht Ihr für einen Lärm zu dieser nachtschlafenden Zeit?«, bellte eine ärgerliche Stimme hinter dem Gitter. »Wollt Ihr unseren Konvent vielleicht um die kurze Zeit der Nachtruhe bis zur Matutin bringen?

Wenn Ihr Almosen wollt, so kommt morgen wieder, wie es sich gehört. Das Armenbrot gibt es erst nach dem Hochamt! Also sucht Euch einen Platz drüben im Stall und . . .«

»Ich will keine Almosen!«, fuhr Jakob dem Pfortenbruder ungeduldig ins Wort. »Ich verlange Einlass!«

»Der Allmächtige möge Euch Eure hochmütige Rede verzeihen!«, wies ihn der Mönch zurecht.

»Ich bin nicht hochmütig, sondern nass bis auf die Haut, kalt wie ein Eisklotz und am Ende meiner Kräfte, weil ich einen von Euren Brüdern seit drei Tagen auf meinem Karren hinter mir herziehe!«, antwortete Jakob hitzig.

»Ihr habt einen von unseren Brüdern auf Eurem Wagen?«, stieß der Mönch hinter dem Fenstergitter ungläubig hervor. »Das kann nicht sein! Hütet Euch vor Lügen, Fremder, ganz besonders im Angesicht des Kreuzes! Habt mehr Gottesfurcht im Herzen, wenn Ihr an die Pforte eines Klosters klopft!«

Jakob unterdrückte den lästerlichen Fluch, der ihm schon auf der Zunge lag. »Ich lüge nicht! Seht selbst!«, rief er und schlug die Decken zurück. »Er nennt sich Bruder Anselm und trägt die Kutte eines Mönches! Ich traf am Laacher See auf ihn und er drängte mich unter dem Versprechen auf eine ansehnliche Belohnung ihn hierhin nach Himmerod zu bringen!«

»Bruder *Anselm*?« Die Stimme des Mönches bekam plötzlich einen überraschten, aufgeregten Klang.

»Ja, so ist sein Name. Ihn hat das Fieber niedergeworfen. Er konnte sich schon vor drei Tagen kaum noch auf den Beinen halten. Wer weiß, ob er überhaupt noch am Leben ist.«

»Barmherziger Gott, was redet Ihr da!«, stieß der Pfortenbruder erschrocken hervor. »Wartet, ich mache Euch auf!«

»Na, endlich!«, murmelte Jakob.

Die Fensterklappe fiel mit einem scharfen Knall zu, der wie ein Pistolenschuss über den Hof hallte. Jakob hörte, wie schwere Riegel zurückgestoßen wurden und ein Balken zu Boden polterte. Dann schwang der rechte Torflügel nach innen auf.

»Kommt schon, kommt!«, drängte der kleinwüchsige Mönch, der über seinem Habit aus weißem Unterkleid, der Tunika, und schwarzem Überkleid, dem Skapulier, einen dunklen Umhang aus grober Wolle trug. Die Tonsur des Ordensmannes kränzte seinen kugelrunden Kopf.

Aufgeregt winkte der Mönch ihn in den Hof, der hinter dem ersten Tor des Klosters, der sogenannten *porta prima* lag. Jakob stellte zu seiner Verwunderung fest, dass sich dahinter noch eine weitere Mauer mit einer zweiten Pforte erhob. Dies war die eigentliche Klosterpforte, die *porta secunda*, wie Jakob später erfahren sollte.

Der Portarius warf im Licht der Torlampe einen raschen Blick auf den Kranken, der den Kopf unruhig hin und her warf. Bestürzung zeigte sich auf dem rundlichen Gesicht des Klosterbruders. »Heiliger Florian, er ist es wirklich! Pater Anselm von Picoll, der abgesetzte Abt aus dem Rheinland!« Fassungslos legte er seine Hand auf die Stirn des Kranken. »Muttergottes, steh ihm bei!«

Jakob stutzte. Diese klapperdürre, armselige Gestalt, der er am Laacher See seine Dienste verkauft hatte, sollte einmal ein Abt gewesen sein? Er konnte es kaum glauben. Was hatte ein Mann, der einst einem Kloster vorgestanden und damit doch wohl eine nicht geringe Macht ausgeübt hatte, allein und zu dieser Jahreszeit auf den verschneiten Wegen des unwirtlichen Eifellandes verloren? Und weshalb die große Eile, ausgerechnet in dieses abgelegene Kloster zu kommen, statt Ruhe und Genesung in der

Benediktinerabtei Maria Laach oder einem guten Gasthof in deren Nähe zu suchen? Was mochte diesen schweigsamen, kranken Mönch, der offenbar einmal ein hohes Amt bekleidet hatte, bloß bewogen haben sein Leben so leichtfertig aufs Spiel zu setzen, um nach Himmerod zu gelangen?

Er kam nicht dazu, Fragen zu stellen oder sich weitere Gedanken darüber zu machen, denn kaum hatte der Pfortenbruder den kranken Mönch auf der Ladefläche des Eselskarrens erkannt, als er auch schon herumfuhr und mit erregter Stimme rief: »Liffard! . . . Liffard! . . . Liffard, wo steckst du? Wirst du dich wohl gefälligst sputen, in Gottes Namen?«

Ein kräftiger Bursche von vielleicht zwanzig Jahren, der seinem kahl rasierten Schädel und dem zotteligen Bart nach kein Mönch sein konnte, auch wenn er eine Art von brauner Kutte trug, tauchte aus einer Tür auf und kam mit einer Sturmlaterne in der erhobenen Rechten über den Hof gelaufen. Sein Oberkörper war leicht vornüber und nach rechts gekrümmt. Auf dem Rücken zeichnete sich unter seinem derben Gewand ein Buckel ab.

»Bin ja schon zur Stelle, Bruder Johannes!«, rief der Mann namens Liffard und lachte, obwohl es wahrlich nichts zu lachen gab. Der Eisregen war inzwischen in Schnee übergegangen, wurde dafür jedoch von einem scharfen Wind getrieben.

»Geh dem jungen Mann zur Hand, der Pater Anselm von Picoll auf seinem Karren hat! Er muss so schnell wie möglich in die Infirmaria. Jede Minute ist kostbar! Der Wille des Herrn geschehe, doch bete mit mir, dass uns wenigstens noch genug Zeit bleibt, um ihn mit den heiligen Sterbesakramenten zu versehen, bevor der Allmächtige seine Seele zu sich nimmt!«, wies der Pfortenbruder Johannes ihn aufgeregt an, nahm ihm die Laterne ab und schloss rasch das Tor. Dann eilte er ihnen voraus.

Nur zu bereitwillig überließ Jakob seinen Karren mit dem Fieberkranken den kräftigen Händen von Liffard und ging nun neben ihm her. Augenblicke später passierten sie die zweite Pforte, die mit einem Kreuzgewölbe und einer Mittelnische versehen war, in der die Figur eines Heiligen stand. Nun hinderte keine Mauer mehr den Blick auf die innere Klosteranlage.

Flüchtig nahm Jakob die Torkapelle wahr, die gleich links neben der Durchfahrt lag, sowie ein Remisengebäude mit zwei breiten, rundbogigen Einfahrten. Rechter Hand bemerkte er Stallungen und den unverkennbaren Geruch von Pferden. Die Abteikirche und das sich rechts davon anschließende Konventsgebäude erkannte er an ihrer Silhouette. Schräg vor sich, dort, wo hinter den Klostermauern die Salm vorbeifließen musste, bemerkte er noch die Umrisse von mehreren anderen Ordensgebäuden.

Eines davon, das direkt an der Umfriedung lag, machte auf ihn den Eindruck einer Mühle.

Bruder Johannes hastete mit kurzen Trippelschritten auf das Konventshaus zu. Die Laterne pendelte hin und her und warf ihren gelblichen Lichtschein wie ein Irrlicht in die Nacht.

Sie kamen an einem kleinen, gedrungenen Bau vorbei, dessen Dachstuhl eingestürzt war, offenbar als Folge eines Brandes. Hier und da ragten verkohlte Balkenstummel auf und die Fassade rund um die leeren Fensterhöhlungen war rußgeschwärzt.

»Unser Gästehaus. Ist zwei Nächte nach Epiphanias abgebrannt. Oh, war das ein Feuer! Wie zu Walpurgis in Kyllburg«, sagte Liffard zu Jakob und kicherte. »Wart Ihr schon mal zum Walpurgisfeuer in Kyllburg?«

Jakob hatte den Namen des Ortes noch nie gehört. Bevor er jedoch etwas antworten konnte, wandte Bruder Johannes den Kopf und zischte verärgert: »Schwatz nicht so viel, Liffard! Die Seele wird durch das Ohr vergiftet wie der Leib durch den Mund!«

Liffard lachte mit einem leisen, glucksenden Geräusch und nickte Jakob fröhlich zu, als hätte er statt eines Rüffels eine Belobigung erhalten.

Sie erreichten das Konventsgebäude, in dem mittlerweile schon hinter mehreren Fenstern Lichter aufgeflammt waren. Als Bruder Johannes die drei Stufen zum Klosterportal hocheilte und die Tür öffnen wollte, wurde sie ihm von innen aus der Hand genommen. Ein schlanker Mönch von etwa dreißig Jahren und mit den ebenmäßigen Zügen einer klassischen Heldenstatue erschien in der Tür, umdrängt von mehreren nicht weniger neugierigen Mitbrüdern und einigen bärtigen Männern in braunen Kutten, deren Schädel ebenso gänzlich rasiert war wie der von Liffard.

»Was hat dieser Radau zu bedeuten, Bruder Johannes?«, verlangte er mit recht scharfer, gar nicht brüderlicher Stimme zu wissen. »Was geht hier mitten in der Nacht vor sich?«

Eilfertig und mit einem Anflug von Unterwürfigkeit sprudelte der Pfortenbruder hervor, wen sie da auf dem Karren hatten. »Die arme Seele brennt vor Fieber, Bruder Tarzisius!«

Ein Murmeln ging wie ein kurzes, scharfes Atemholen durch die Gruppe der Männer, die sich am Klosterportal eingefunden hatte und inzwischen auf über ein Dutzend angewachsen war.

Liffard stieß Jakob mit dem Ellbogen an. »Bruder Tarzisius ist unser Subprior«, raunte er ihm zu. »Er sorgt für die rechte Zucht bei den Mönchen und uns Konversen. Bruder Johannes sagt, er hat schon jetzt den frommen Eifer eines Heiligen und die strenge Zucht eines Jesuitenoberen! Man will schon Engel über seinem Haupt schweben gesehen haben.« Dabei stieß er ihn noch einmal heimlich in die Seite und kicherte hinter vorgehaltener Hand.

Jakob sah die Veränderung, die sich in den makellosen Zügen dieses schlanken Mannes vollzog, der den Habit des Zisterziensermönches trug, jedoch das Aussehen wie auch die selbstbewusste Haltung eines Edelmannes besaß. Als der Name Pater Anselm von Picoll fiel, verwandelte sich die Verärgerung auf Bruder Tarzisius' Gesicht augenblicklich in hellwache Aufmerksamkeit. Mit zwei schnellen Schritten war er bei dem Fieberkranken und beugte sich über ihn.

»In der Tat, er ist es!« Er klang fast triumphierend. Doch schon im nächsten Moment zeigte sein ebenmäßiges Antlitz die gebotene Betroffenheit und seine Stimme bekam einen besorgten Klang, als er nun Anweisungen gab den ehemaligen Abt ins Haus zu tragen und zu versorgen.

Jemand rief nach dem Infirmarius, dem Krankenbruder. Doch der Subprior befahl: »Bringt ihn nicht in die Infirmaria, sondern in die freie Zelle neben der meinigen! Wer weiß, wie kurze Zeit ihm noch auf Erden vergönnt ist. Unser hochwürdiger Abt oder Prior Pinius werden ihm sicherlich unverzüglich die Lebensbeichte abnehmen, sofern Bruder Anselm noch bei Bewusstsein ist, und ihn mit den heiligen Sterbesakramenten versehen wollen.«

Als nun zwei kräftige Mönche an den Karren traten, um den Schwerkranken behutsam von seiner harten Lagerstatt zu heben, bemerkte Jakob unter den Umstehenden eine merkwürdige Gestalt, die so gar nicht zu den anderen

Ordensleuten in ihrem einheitlichen, armseligen Habit zu passen schien.

Der Mann, dessen Alter Jakob auf Anfang bis Mitte vierzig schätzte, ragte mit seiner hoch gewachsenen, sehnigen Gestalt aus der Menge der Tonsurierten und Kahlgeschorenen heraus. Aber auch sonst wäre er kaum zu übersehen gewesen. Zahllose Pockennarben verunstalteten sein markantes Gesicht. Ein rotbrauner Bart, der einem auf dem Kopf stehenden Dreieck glich, zierte sein kantiges Kinn. Die Farbe seiner Augen, auf die das Licht der Sturmlaterne fiel, ähnelte der von poliertem Bernstein. Und eine blonde, zerzauste Lockenflut, die auf der hohen Stirn schon etwas licht war, reichte ihm bis auf die kräftigen Schultern. Bekleidet war er mit einem schäbigen, knöchellangen Umhang aus grobem, dunkelblauem Soldatentuch. Darunter kam ein ebenso abgenutztes, buntes Flickenwams zum Vorschein sowie pechschwarze Pluderhosen aus dickem, schwerem Stoff, die in klobigen Stiefeln steckten. An seinem handbreiten Ledergürtel mit eingeritzten Verzierungen hing ein Dolch, dessen Klinge eine kunstvoll gehämmerte, kupferne Scheide umschloss.

Diese seltsame Erscheinung stach unter den Mönchen hervor wie ein schillernder Paradiesvogel in einem Schwarm von grauen Tauben. Und Jakob fragte sich unwillkürlich, was dieser Mann bloß in einem Kloster zu suchen hatte.

»Fürwahr, Bruder Anselm steht der Tod schon im Gesicht geschrieben«, sagte einer der Krankenträger mit leiser Stimme.

»Die Toren und die Weisen müssen sterben, kein Kraut und Wissen schützt vorm Scheiden«, bemerkte da der Pockennarbige gedankenvoll, als er Jakobs Blick auffing, und schaute dann den beiden Mönchen nach, die den einstigen Abt ins Haus trugen. »Die letzte Stunde bringt die letzte Fehde und oft hat sie der Feind verloren.«

Aus einem unerklärlichen Grund reagierte der Subprior ausgesprochen ungehalten. »Gebt Acht, was Ihr sagt, Schwede!«, wies er ihn brüsk zurecht. »Eure lockere Zunge ist hier fehl am Platz!«

Das Gesicht des Schweden blieb ausdruckslos, als er ungerührt und noch rätselhafter antwortete: »Sah einen Frevler einst sich üppig spreizen, der Zeder gleich, die Platz für viele Raben. Kam dann zum andern Mal vorbei und fand nichts mehr als Wüstenei.«

Liffard, der mit dem Rücken zum Subprior stand, feixte Jakob an. »Oh, er kennt den Psalter wie kein anderer, der Schwede! Er hat die Psalme all hier oben drin gesammelt.« Dabei tippte er sich an die Stirn. »Da pickt er die klugen Zeilen so mühelos heraus wie Bruder Chrysostomus die Grundlinge aus unserem Fischteich!«

Sichtlich ergrimmt über die Antwort des Schweden, runzelte Bruder Tarzisius die Stirn und schien schon eine scharfe Erwiderung auf der Zunge zu haben, machte dann aber nur eine knappe Handbewegung, als wollte er die Worte dieses Mannes wie eine lästige Fliege wegwischen, und wandte sich Jakob zu.

»Wer seid Ihr, junger Mann?«, fragte er, die Stimme nun wieder sanft wie Öl. »Wem haben wir es zu verdanken, dass Bruder Anselm in solch einer stürmischen Nacht noch zu uns gefunden hat?«

Am liebsten hätte Jakob dem Subprior geantwortet, dass der alte Abt schon seit dem gestrigen Tag nicht mehr in der Lage gewesen sei auch nur vom Karren bis zum nächsten Baum zu finden. Das Finden dieser elendig abgelegenen Abtei bei Sturm und Nacht hatte er ganz allein besorgt, auf Kosten seiner Knochen, und er hoffe, so drängte es ihn zu sagen, dass sich seine Strapazen nun auch, wie hoch und heilig versprochen, in klingender Münze auszahlen würden.

Doch nichts davon kam ihm über die Lippen. Er zog nur den alten Filzhut mit der eingerissenen Krempe vom Kopf und sagte respektvoll: »Jakob ist mein Name, ehrwürdiger Bruder, Jakob Tillmann. Freier Fuhrmann aus dem Rheinischen.« Was nicht ganz der Wahrheit entsprach, aber eben auch nicht ganz gelogen war.

»Und was verbindet Euch mit Bruder Anselm von Picoll?«, wollte der Subprior wissen, während der Schwede im Dunkel des Türbogens verschwand.

Nun wallte Unmut in Jakob auf. Was sollten all diese Fragen? Hatte das nicht Zeit bis später? Und so platzte er in seinem Groll heraus: »Zuerst einmal, dass ich nass bis auf die Haut bin und in dieser Nacht lange genug Wind und Wetter über mich ergehen ließ!«

Bruder Tarzisius musterte ihn einen kurzen Moment lang mit scharfem Blick. Dann glättete sich seine Miene und ein nachsichtiges Lächeln erschien auf seinem Gesicht. »Natürlich, ich verstehe. Verzeiht meine Gedankenlosigkeit, junger Mann. Die tiefe Sorge um Bruder Anselm ließ mich das Nächstliegende einen Moment lang vergessen. Kommt, tretet ein und seid willkommen in unserem Haus, Jakob Tillmann aus dem Rheinischen.«

Jakob lächelte. Diesen Ton ließ er sich schon eher gefallen!

Der Subprior sah ihn mahnend an, als er über die Schwelle trat. Jakob wusste nicht, was er von ihm wollte, bis Bruder Tarzisius ungeduldig auf das Gefäß mit Weihwasser deutete, das gleich vorn im Vestibül an der Wand angebracht war.

»Vergesst nicht, Gottes Segen zu erbitten!«, sagte der

Subprior streng, während sich die bärtigen Kahlköpfe zurückzogen und durch eine Seitentür verschwanden.

Beinahe hätte Jakob gleichgültig mit den Achseln gezuckt, vermochte diese Regung jedoch noch im letzten Moment zu unterdrücken. Dies war nicht der Gutshof von Quirin Schlehenbusch, der es nicht mit der heiligen Mutter Kirche gehabt und Gott für einen fernen Herrscher gehalten hatte, der seiner Schöpfung längst überdrüssig geworden war und sie den dunklen Mächten dieser Welt willig überlassen hatte. Und hatte Quirin, der kauzige Alchimist und Besitzer zweier Pulvermühlen, ihn nicht mehr als einmal grob zurechtgestaucht und ermahnt: »Wer aus fremden Krügen trinkt, hat seine Klage über den verpanschten Wein gefälligst mit hinunterzuschlucken!« Und so tauchte nun Jakob seinen Mittelfinger in das eisige Wasser und schlug das Kreuz. Es war befremdend, dieses alte Ritual nach so vielen Jahren wieder zu vollziehen, und zugleich doch auch seltsam vertraut.

Bruder Tarzisius nickte zufrieden, fasste ihn am Arm und führte ihn weiter. Von einem halben Dutzend Mönchen begleitet, gingen sie im Licht flackernder Kerzen einen kurzen, dunklen Gang hinunter, um bald darauf einen großen Raum zu betreten, bei dem es sich zweifellos um die Küche der Abtei handelte. Schon der Geruch von kalter Asche und gebratenem Fisch verriet Jakob die Nutzung dieses Gewölbes, noch bevor eine zweite Lampe entzündet war und genug Licht verbreitete, dass er sich umsehen konnte.

»Macht ein Feuer und tischt dem guten Mann etwas Warmes auf, Bruder Isenbard!«, trug der Subprior einem kleinen, kahlköpfigen Mönch auf, der mit einer dicken Knollennase und lebhaften Augen sowie überaus üppigem Haarwuchs in Nase und Ohren gestraft war. Jakob bedeutete er, sich an den schweren Küchentisch zu setzen, der so groß und massiv gebaut war, dass man einen Ochsen auf ihm zerlegen konnte. »Lasst es Euch schmecken, Jakob Tillmann. Wir reden später miteinander. Jetzt muss ich erst sehen, wie es dem armen Bruder Anselm geht. Möge uns der Herr die große Huld erweisen ihn nicht schon in dieser Nacht zu sich zu rufen!« Damit eilte er aus der Küche.

Von wegen »Lasst es Euch schmecken!«, dachte Jakob voller Ingrimm, als ihm Bruder Isenbard wenig später eine tiefe Holzschüssel mit pampiger Haferschleimsuppe vorsetzte und einen gerade mal zwei Finger breiten Kanten altbackenes Brot dazulegte. Das Feuer, dass der Mönch in der Herdstelle entfacht hatte, war von so armseliger Natur, dass die müden Flammen noch nicht einmal den Topf mit der Suppe richtig erhitzt, geschweige denn einen Hauch von Wärme in den kalten Küchenraum gebracht hatten. Die Kleider klebten ihm nass und so kalt am Leib, dass er meinte für den Rest seines Lebens nicht wieder richtig warm zu werden. Warum konnte der Ordensmann nicht mehr Barmherzigkeit zeigen und einen ganzen Arm voll Holzscheite aus dem großen Feuerkasten nehmen und auf die Glut aufschichten? Wie sehr verlangte es ihn nach einem prasselnden Feuer, dessen Hitze ihm die Haut versengte und die Eiseskälte aus seinem Körper trieb!

Wenn doch wenigstens die Suppe richtig heiß gewesen wäre! Aber die letzten Monate hatten ihn nicht eben verwöhnt und er war viel zu ausgehungert, um das lauwarme Essen zu verschmähen. So griff er denn zum klobigen Holzlöffel und schlang den Brei in sich hinein, während er zwischendurch immer wieder ein Stück vom harten Kanten abbiss. Er kümmerte sich dabei nicht um die neugierigen Blicke der Mönche, die neben der Feuerstelle standen und so leise miteinander flüsterten, dass er nicht ein einziges

Wort verstehen konnte. Sollten sie doch denken und reden, was ihnen beliebte! Jakob wischte gerade mit dem Rest Brot die Schüssel aus, als ein Mönch mit einer grauen Stoffklappe über dem linken Auge im Küchengewölbe erschien.

Der Mönch war von mittelgroßer Gestalt, hielt sich aufrecht und besaß die klaren Gesichtszüge eines Ordensmannes, der die Askese mit Sicherheit nicht über die Lebensfreude stellte. Allein die lange Narbe auf seiner rechten Wange störte diesen Eindruck. Sie gab seinem Gesicht zusammen mit der Augenklappe etwas Geheimnisvolles, ja Beunruhigendes. Das Haar seiner silbrig schimmernden Tonsur stand noch dicht, obwohl er bestimmt schon nahe an die sechzig Jahre heranging. An einer einfachen Lederschnur trug er ein merkwürdiges Kreuz auf der Brust, das von einem Ring umschlossen war.

Zielstrebig ging er auf Jakob zu, die Hand am Rosenkranz, der an seinem breiten Leibgurt herabhing und aus alabasterweißen Perlen bestand. »Ihr habt Bruder Anselm gebracht?«, fragte er ohne Umschweife. Seine Stimme war kräftig und wohlklingend, wie geschaffen zur Predigt, jedoch auch nicht ohne Härte.

Jakob hatte den Mund noch voll Haferschleim und hartem Brot und nickte deshalb nur.

»Und Euer Name ist Jakob Tillmann?«

Wieder begnügte sich Jakob mit einem wortlosen Nicken.

»Wo und wann seid Ihr Bruder Anselm begegnet?«

»Etwa zwei, drei Meilen westlich vom Laacher See. Er war schon krank und schwach auf den Beinen, als ich am Wegkreuz auf ihn traf. Ich hatte andere Pläne, wollte mich in Mendig oder Andernach verdingen, habe mich dann aber überreden lassen ihn nach Himmerod zu bringen. Er hat versprochen mich für meine Dienste großzügig zu entlohnen. Das war am Morgen vor drei Tagen«, gab Jakob Auskunft. »Da hatte ich noch meinen guten Esel Theoderich . . .« Das Tier hatte in Wirklichkeit nie einen Namen gehabt, jedenfalls nicht dass er wüsste. Aber bestimmt machte das einen besseren Eindruck und half dabei, seinen Anspruch auf eine ansehnliche Entschädigung zu untermauern. »Theoderich war mir ein lieber, tapferer Freund, der sich dann bei Manderscheid an einem verschneiten Hang den Hals gebrochen hat. Es war ein kräftiges Tier, gut im Futter und makellos im Fell, wie ich es wohl nie wieder finden werde. Bruder Anselm versprach . . .«

»Wo habt Ihr sein Gepäck gelassen?«, fiel der Mönch ihm ins Wort, völlig unbeeindruckt vom Verlust des Esels und ohne auf die versprochene Belohnung einzugehen. Statt Mitgefühl zu zeigen nahm er ihn vielmehr scharf ins Visier, als wollte der Blick seines gesunden, rechten Auges bis auf den Grund von Jakobs Seele vordringen.

»Er hatte kein Gepäck, nur seinen Wanderstab, der Herr ist mein Zeuge!«, beteuerte Jakob, plötzlich von der Angst befallen des Diebstahls verdächtigt zu werden. »Ich wusste auch nicht, dass er einmal Abt gewesen ist.«

»Die wenigsten Menschen gleichen ihrer äußeren Erscheinung«, erwiderte der Ordensbruder trocken. »Sonst sähen viele Fürsten wie aussätzige Strolche aus und so manch einfacher Mann käme als König daher.«

»Ich hielt ihn für einen gewöhnlichen Bettelmönch! Nicht einmal einen Brotbeutel hatte er bei sich!«, versicherte Jakob noch einmal mit allem Nachdruck. Eisige Schauer der Angst durchfuhren ihn. Es herrschten grausame Sitten in dieser Zeit, die noch immer in den Nachwehen des fürchterlichen Dreißigjährigen Krieges lag. Weltliche Richter waren da schnell mit einem Urteil zur Hand, das einen Dieb unter das Brandeisen oder das Messer brachte, das ihn verstümmelte und auf ewig als Dieb zeichnete. Und dann konnte man sogar noch von Glück reden nicht vor den Toren der Stadt auf dem Richtplatz sein Leben gelassen zu haben! »Er trug weder Tornister noch Seitentasche bei sich. Ich habe sogar das wenige, was ich an Brot und Speck noch hatte, mit ihm geteilt. Das ist die reine Wahrheit!«

Einen Augenblick herrschte angespannte Stille. Das müde Feuer hinter den Mönchen bei der Herdstelle warf dunkle Schatten an das rußgeschwärzte Deckengewölbe.

»Gut«, sagte der Mönch mit der Augenklappe nach einem letzten durchdringenden Blick. »Ich glaube dir.«

Jakob gab innerlich einen Stoßseufzer der Erlösung von sich. Zugleich aber drängte sich ihm der Eindruck auf bei diesem seltsamen Mönch eine regelrechte Erleichterung darüber feststellen zu können, dass der alte Abt nichts an Gepäck bei sich gehabt hatte. Doch wieso war das überhaupt von so großem Interesse? Auch der Subprior hatte ihn ja schon mit derlei läppischen Fragen gepiesackt als gäbe es in dieser Stunde nichts Wichtigeres zu bedenken. Was konnte ein Ordensmann, der doch das Gelübde der Armut abgelegt hatte, schon Wertvolles bei sich tragen? Nein, diese Fragen ergaben wahrlich keinen Sinn.

Abrupt wandte sich der Mann nun von ihm ab, als wäre sein Wissensdurst schlagartig erloschen, und sagte in Richtung der anderen Mönche, ohne jedoch einen von ihnen im Besonderen anzusprechen: »Unser junger Samariter wird sich noch den Tod holen, wenn er nicht rasch aus den nassen Sachen rauskommt! Er braucht trockene Kleidung auf dem Leib. Und weist ihm eine Lagerstatt zu, es springt ihm die Müdigkeit doch schon aus den Augen.« Weder erhielt er darauf eine Antwort noch schien er eine zu erwarten, denn schon beim Sprechen wandte er sich zur Tür.

»War das Euer Abt?«, fragte Jakob verstört, als der Mönch mit der Augenklappe das Küchengewölbe verlassen hatte.

»Unser hochwürdiger Abt Ambrosius?« Einer der Mönche schüttelte mit fast gekränkter Miene den Kopf. »Nein, das war Bruder Basilius. Er und sein wunderlicher Begleiter, dieser Schwede Henrik Wassmo, gehören nicht zu unserem Konvent. Sie kommen aus dem Frankenland, so heißt es, und sind nur zu Gast bei uns.«

Das klang nicht gerade so, als würden sich die beiden Männer besonderer Wertschätzung unter den Ordensleuten dieser Abtei erfreuen!

»Aber Bruder Basilius hat Recht«, sagte nun Bruder Isenbard, »der junge Mann hier muss schnellstens trockene Sachen auf den Leib bekommen und er braucht eine Schlafstatt, wo er sein müdes Haupt betten kann.«

»Er ist jung und kräftig und kaum mit einem Silberlöffel im Mund zur Welt gekommen«, brummte daraufhin eine dritte, verdrossene Stimme. »Eine der Büßerzellen dürfte seinen Ansprüchen vollauf genügen. Ich werde Bruder Simon und Bruder Tarzisius Bescheid sagen.« Sprachs und ging hinaus.

Die anderen Ordensmänner folgten ihm. Nur Bruder Isenbard blieb zurück. Er legte noch drei Stück Reisig, jeder Stock kaum mehr als fingerdick, in das heruntergebrannte Feuer. Dabei machte er ein Gesicht, als hätte er soeben aus Mitleid mit Jakob eine ungeheure Verschwendung begangen.

»Eine Büßerzelle? Das hat mir zu meinem Glück gerade noch gefehlt!«, brummte Jakob mürrisch. Er war jedoch zu erschöpft, um energischer zu protestieren. Zudem war es nicht ratsam sein Glück an einem Tag zu oft auf die Probe zu stellen.

»Bruder Simon ist unser Camerarius, ein frommer Mann mit rauher Schale und weichem Kern«, erklärte Bruder Isenbard eilfertig und mit einem aufmunternden Lächeln, so als wollte er den ungehobelten Ton seines Klosterbruders schnell wieder vergessen machen. »Ich hole Euch jetzt trockene Sachen. Dann werdet Ihr Euch gleich zehnmal besser fühlen!«

Wenige Augenblicke später kehrte er mit langen, kratzigen Wollstrümpfen, ebenso rauer Leibwäsche, einer derben Hose und einer dunkelbraunen Kutte, wie sie der Bursche Liffard getragen hatte, zurück. »Das ist die Kleidung unserer Konversen. Sie wird Euch sicherlich passen.«

»Und was sind Konversen?«, fragte Jakob, der das Wort nun schon zum wiederholten Male gehört hatte. Und ihm dämmerte, dass er in den Jahren bei Quirin Schlehenbusch zwar bedeutend mehr gelernt hatte, als ihm seiner niederen Herkunft nach zugestanden hätte, aber doch auch einiges weniger, als er bisher angenommen hatte. Was machte allerdings ein Rätsel mehr oder weniger, ja gar eine volle Hundertschaft von ihnen aus, wo doch die ganze Welt ein einziges, dunkles Labyrinth aus ungezählten Geheimnissen und Abgründen war?

Sichtlich verwundert, dass Jakob etwas so scheinbar Selbstverständliches nicht wusste, sah Bruder Isenbard ihn an. Dann erklärte er nachsichtig: »*Fratres conversi*, Konversen oder wegen ihrer Bärte auch *viri barbati,* was bärtige Männer heißt, nennt man die Laienbrüder, die auf den Höfen und in den Werkstätten einer Abtei arbeiten, ohne die Priesterweihe empfangen oder die strengen Gelübde eines Mönches abgelegt zu haben.«

»Jetzt verstehe ich«, sagte Jakob spöttisch. »Konversen

sind also die Knechte eines Klosters, die die groben Arbeiten verrichten.«

Bruder Isenbard zog es vor diese spitze Bemerkung zu ignorieren. »Am besten zieht Ihr jetzt Eure nassen Kleider aus, damit ich sie gleich aufhängen kann. Dann können sie morgen gut trocknen, wenn hier das Küchenfeuer lodert!«

Jakob nickte.

»Tut mir nur den Gefallen Euch ein wenig zu beeilen, junger Mann!«, drängte der Mönch, während er ihm nun den Rücken zukehrte. »Mitternacht kann nicht mehr weit sein. Und dann wird Bruder Nicolaus, unser Sakristan, zur Matutin läuten. Lasst uns also sputen, wenn Ihr nicht wollt, dass ich zu spät im Chorgestühl erscheine!«

Jakob zog sich hastig aus. Die nassen Kleider warf er Bruder Isenbard zu, der die Sachen rasch und mit abgewendetem Blick aufhob und über einem Gitter im steinernen Boden auswrang, bevor er sie über eine Leine seitlich von der Feuerstelle warf.

Jakob fuhr in Strümpfe, Leibwäsche und Hose, die ihm reichlich groß war und eines Gürtels dringend bedurfte, um sie auf seinen schmalen Hüften zu halten, und zog dann das kuttenähnliche Gewand aus derber, brauner Wolle über den Kopf. Es war eine Wohltat nun wieder in trockener, wenn auch recht kratziger Kleidung zu stecken. Seine rissigen Halbstiefel, die dringend der kundigen Hand eines Schusters bedurften, tauschte er gegen das klobige, aber dichte und wetterfeste Schuhwerk der Himmeroder Konversen ein. Zu seiner freudigen Überraschung waren ihm die Schuhe sogar weder zu weit, noch drückten sie. Zum ersten Mal seit gut anderthalb Tagen kehrte ein Gefühl von Wärme in seinen erschöpften und geschundenen Körper zurück.

»Prächtig, prächtig!«, freute sich Bruder Isenbard und

brachte ein geradezu schelmisches Lächeln zu Stande, als er sich umdrehte und Jakob im Konversenaufzug sah. »Bruder Pinius, unser gichtgeplagter Prior, wird bestimmt versucht sein Euch eine sinnvolle Aufgabe zuzuteilen, wenn er Euch so sieht. Am besten trägt er Euch auf ein scharfes Auge auf den einfältigen Liffard zu halten.«

»Ihr meint diesen Burschen, dessen Geist so helle ist wie ein tiefer Brunnenschacht?«, fragte Jakob spöttisch.

Der Mönch nickte mit einem vergnügten Schmunzeln. »Ja, bei Liffard kann der Geist mit seinem löblichen Eifer und seiner Muskelkraft leider nicht Schritt halten. Erst gestern scheuerte der arme Tropf das Chorkleid von Bruder Tarzisius so lange mit Bürste und Essigwasser, bis das gute Gewand voller Löcher war! Und Bruder Tarzisius hatte keine Zeit mehr sich vor der Komplet noch ein anderes Gewand aus der Kleiderkammer zu holen. Gottes Lobpreis fiel ihm reichlich schwer, als er da in seinem löchrigen Kleid im Chorgestühl stand.« Er lachte auf, presste dann aber schnell die Hand auf den Mund, während er sich gleichzeitig erschrocken umsah, als hätte er sich bei etwas höchst Ungehörigem ertappt und fürchtete dabei belauscht worden zu sein.

Jakob begann sich für Bruder Knollennase, wie er ihn bei sich nannte, ein wenig zu erwärmen. Unter der Kutte dieses kleinen Mannes verbarg sich offenbar eine gehörige Portion Schalk – und wohl auch eine geduldige, mitteilsame Seele.

»Vergesst, was ich Euch erzählt habe. Und sprecht unseren Subprior besser nicht darauf an«, riet Bruder Isenbard. »Und jetzt kommt, ich zeige Euch Eure Unterkunft!«

Jakob seufzte schwer. »Und Ihr habt wirklich keine andere Unterkunft für mich als eine Büßerzelle, Bruder Isenbard? Verzeiht mir, aber nach Buße steht mir derzeitig wahrlich nicht der Sinn.«

Der Mönch schüttelte den Kopf. »Zu traurig, dass unser Gästehaus vor einigen Wochen völlig ausgebrannt ist. Und die beiden freien Kammern bei uns im Konventshaus, von denen Euch eine jede wohl gut gefallen hätte, sind seit heute Nachmittag von drei gelehrten Stiftsherren auf Durchreise belegt. Die Herrn Scholaren sind auf dem Weg nach Koblenz. Doch wenn das schlechte Wetter anhält, wird ihre Rast, so ist zu fürchten, bei uns länger als geplant ausfallen. Aber grämt Euch nicht. Eine Büßerzelle ist der rechte Ort für eine genügsame Seele und ein von Gottesfurcht erfülltes Herz«, sagte Bruder Isenbard tröstend.

»Dann bin ich da ja goldrichtig«, murmelte Jakob selbstironisch vor sich hin.

Bruder Isenbard bedeckte die Glut in der Feuerstelle mit zwei Schaufeln Asche und hatte es nun offenbar eilig aus dem Küchengewölbe zu kommen. Er führte ihn über einen breiten, steinernen Treppenaufgang ins Obergeschoss. Als sie an zwei hohen Bogenfenstern vorbeikamen, sah Jakob, dass dieser Trakt des Konventsgebäudes zum Hof hinausging.

»Da kommen Abt und Prior!«, raunte Bruder Isenbard.

Jakob wandte den Kopf schnell wieder nach vorn und musterte die beiden Männer, die ihnen entgegenkamen. Wer von den beiden der Himmeroder Abt Ambrosius war, verriet ihm sein Instinkt auf Anhieb: Es konnte nur dieser hoch gewachsene, asketische Mann sein, dessen Gesicht wie auch jede seiner gemessenen Bewegungen eine ganz besondere innere Ruhe und feierliche Würde ausstrahlte. Auf diesem Gesicht lag zudem ein feines Lächeln, das von Milde und einer gewissen weltlichen Entrücktheit kündete, aber auch von einer großen Müdigkeit. Bei dem stämmigen, untersetzten Mann an seiner Seite, dessen Miene von tiefer Besorgnis geprägt war und der unablässig seine Hände knetete und rieb, konnte es sich nur um den von Gicht befallenen Prior Pinius handeln. Und so verhielt es sich auch.

Der Abt blieb nur kurz bei ihnen stehen. »Ihr seid der tapfere junge Mann, der Bruder Anselm auf seinem Karren bei diesem fürchterlichen Wetter zu uns über die verschneiten Höhen geschleppt hat?«, vergewisserte er sich mit einer milden Stimme, die seiner ganzen Erscheinung gerecht wurde.

»Ja, hochwürdiger Abt«, bestätigte Jakob.

»Wir stehen tief in Eurer Schuld, mein Sohn«, sagte Abt Ambrosius schlicht. »Der Allmächtige segne Euch für Eure edle Tat und erhelle Eure Wege auch weiterhin mit dem Licht seiner unendlichen Gnade.« Dabei zeichnete er ihm mit dem Daumen das Kreuz auf die Stirn und ging weiter.

Bruder Pinius, der Prior, nickte Jakob nur mit abwesendem Blick zu, um dann wieder neben seinem Abt den Schritt aufzunehmen.

Verwundert und sich nicht ganz sicher, was er von den Worten des Abtes halten sollte, schaute Jakob den beiden nach. Nichts gegen nette Worte des Dankes und segensreiche Zeichen, aber einen Beutel mit harten Münzen, für die er sich einen neuen Esel kaufen und mit denen er dem Rest des Winters sorgenlos entgegensehen konnte, vermochten sie auf keinen Fall zu ersetzen! Und das würde er ihnen auch zu gegebener Zeit deutlich zu verstehen geben, notfalls dem Abt persönlich. Gottesdank allein brachte ihn nämlich nicht über den Winter!

Bruder Isenbard zupfte am Ärmel seiner Kutte. »Lasst uns gehen, Jakob! Die Matutin!«, erinnerte er ihn.

Augenblicke später stand Jakob in der Büßerzelle, die

man ihm als Unterkunft zugewiesen hatte. Hell erklang eine Glocke in einem anderen Trakt des Konventes. Bruder Isenbard wünschte ihm hastig einen gesegneten Schlaf und eilte davon, bevor Jakob auch nur ein einziges Wort der Klage über die Armseligkeit der schmalen Zelle und die erschreckende Kargheit der Lagerstatt äußern konnte.

Das Bett bestand aus einer roh gezimmerten Bretterpritsche, auf der ein Sack lag, mehr mit Reisig gefüllt als mit Laub und Stroh. Und als Kopfkissen sollte ihm, wie er fassungslos feststellte, doch tatsächlich ein nackter, kantiger Stein dienen! Das einzige Zugeständnis, das man ihm wohl gemacht hatte, waren die beiden groben Decken, die auf dem dreibeinigen Holzschemel lagen. Dieser stand vor einem kleinen Buchpult mit schrägem Deckel und einer fingerdicken Halteleiste an seinem unteren Ende. Das Lesepult war gerade groß genug für Bibel oder Brevier und mit einem Kerzenhalter versehen, in dem ein Wachsstummel von nicht einmal halber Daumenlänge steckte. Darüber befand sich das schmale Fenster.

Eine Büßerzelle, in der Tat!

Jakob vernahm den an- und abschwellenden Gesang der Mönche, der wie aus einem tiefen, fernen Gewölbe zu ihm drang. War das der gregorianische Mönchsgesang, von dem Kaplan Bierbach, mit dem Quirin sich so häufig beim Wein in die Haare geraten war, ihm einmal auf Gut Schlehenbusch so begeistert erzählt hatte? Es war ein fürwahr wundersamer Klang, der von ganz eigenartigen Melodien getragen wurde. Und immer wieder erhob sich die klare Stimme eines Kantors über den Chor, der ihm dann mit kraftvoller Freude zu antworten schien.

Einen Augenblick stand Jakob still in der Zelle und lauschte versonnen dem nächtlichen Chorgesang der Himmeroder Mönche. Dann überfielen ihn gleichermaßen Müdigkeit und Bedrückung. Und er fragte sich, womit er all dies, was ihm seit dem tödlichen Sturz seines Esels widerfahren war, bloß verdient hatte.

Auf einmal erinnerte er sich mit Bitterkeit daran, dass dies ja die Nacht vom Freitag auf den Samstag war und dass er vor nicht ganz siebzehn Jahren in dieser verfluchten Mitternachtsstunde zur Welt gekommen war. Und wer beim Glockenschlag vom Freitag auf den Samstag geboren wurde, der sollte, wie jedermann wusste, besser nicht allzu viel vom Leben erwarten. Kein Wunder also, dass das Unglück wie Pech an ihm klebte!

Plötzlich stutzte er, meinte er doch das Geräusch von Pferdehufen vernommen zu haben. Er trat ans Fenster, öffnete die hölzernen Läden und schaute auf den Hof hinaus, in der festen Annahme sich verhört zu haben.

Er hatte sich jedoch nicht getäuscht. Gerade noch erhaschte er einen Blick auf den Reiter, der im Torbogen der inneren Klosterpforte verschwand und noch ein zweites Pferd am Zügel hinter sich herführte.

Verwundert stand Jakob am Fenster und schaute in die noch immer stürmische Nacht hinaus. Was, in Gottes Namen, trieb einen Klosterbewohner zu dieser Mitternachtsstunde und bei diesem entsetzlichen Wetter bloß dazu, ein Pferd zu satteln und den Schutz der sicheren Abtei zu verlassen? Was gab es nur so ungeheuer Wichtiges, dass es keinen Aufschub bis wenigstens zum Anbruch des Tages erlaubte und das enorme Risiko rechtfertigte, welches der Reiter bei diesen Wetterverhältnissen einging? Hatte sein Aufbruch vielleicht mit Bruder Anselm, dem einstigen Abt, zu tun? Und war dieser überhaupt noch am Leben?

Drittes Kapitel

Ein eisiger Windhauch holte Jakob schon früh am Morgen, gerade als die Glocke die Zisterziensermönche zur Prim rief, aus dem Schlaf. Es war noch dunkel über der Abtei.

Doch das Erste, was er bewusst wahrnahm, war sein schmerzender Nacken. Der harte Feldstein als Kopfkissen war ihm schlecht bekommen. Und seine restlichen Glieder fühlten sich kaum weniger zerschunden an. Sein Körper meldete ihm mit einem scharfen Stechen hier und einem peinigenden Ziehen da, dass Jakob ihm die letzten Tage reichlich viel abverlangt hatte. Und womit hatte man ihn für seinen selbstlosen Einsatz belohnt? Mit einer Büßerzelle, deren Schlafstelle mehr Ähnlichkeit mit einer Folterpritsche besaß als mit einem Ort, wo man seine verdiente Erholung finden konnte!

Jakob zog die Decken bis zum Kinn hoch und versuchte auf dem Sack voll Reisig eine Lage zu finden, die einigermaßen bequem war und seinen schmerzenden Gliedern ein wenig Linderung verschaffte. Als ihm das nicht gelang, stieß er einen unterdrückten Fluch aus.

»Hütet Eure Zunge vor dem gottlosen Frevel der Unzucht im Wort!«, kam es da aus der Dunkelheit.

Die Stimme und mit ihr die Erkenntnis, dass er nicht allein in der Zelle war, trafen Jakob wie ein unerwarteter Schlag. Zu Tode erschrocken und mit einem erstickten Aufschrei schnellte er hoch. Eine Gestalt in einem langen, grauweißen Gewand mit hochgeschlagener Kapuze, dem Chorkleid der »weißen Mönche«, wie die Zisterzienser im Volksmund hießen, saß auf dem Schemel unter dem Fenster. Mehr als diese schemenhaften Umrisse vermochte er im Dunkel jedoch nicht zu erkennen.

»Wer seid Ihr?«, stieß er hervor und erinnerte sich auf einmal wilder Alpträume, die ihn im Schlaf verfolgt hatten. An einen vermochte er sich noch vage zu entsinnen: Er hatte im Schneesturm verzweifelt das verlorene Gepäck des fieberkranken Altabtes gesucht, verfolgt von einem Henkersgesellen, der eine Sanduhr bei sich trug und den Auftrag hatte ihn zur Brandmarkung auf den Marktplatz zu schleppen, sowie der Sand aus dem oberen Stundenglas durchgelaufen war. »Und was wollt Ihr?«

»Nur gemach, junger Freund! Beruhigt Euch und fasst Vertrauen. Niemand will Euch etwas zu Leide tun«, lautete die beruhigende Antwort des Mönches, als spürte er Jakobs wilden Herzschlag. »Eure Tür stand halb offen. So glaubte ich Euch schon wach und hoffte noch vor der Prim ein Wort mit Euch wechseln zu können. Dabei vergaß ich wohl, dass die Gebetszeiten unseres geheiligten Horariums in Eurem Tagesablauf nicht dieselbe Wertschätzung genießen, wie wir Ordensbrüder sie ihnen zum Lobe des Allmächtigen erweisen.«

Jakob erkannte die Stimme nun als die des Subpriors und der letzte Rest schläfriger Benommenheit fiel von ihm ab. »Meine Zellentür soll halb offen gestanden haben? Das kann schlechterdings sein. Ich bin mir sicher, dass ich die Tür fest ins Schloss gezogen habe, Bruder Tarzisius!«, antwortete er verwundert. Dass der Subprior das Chorgebet mit seinen Mitbrüdern versäumte, nur um mit ihm »ein Wort zu wechseln«, weckte in ihm Wachsamkeit und Misstrauen.

»Wohl aber nicht fest genug und so wird sie dann eben aufgesprungen sein, als Ihr in tiefem Schlaf lagt«, erwiderte der Subprior. »Aber lasst uns zu den Dingen von wichtigerer Bedeutung kommen und . . .«

»Wie geht es Bruder Anselm?«, fiel Jakob ihm ins Wort und empfand auf einmal Beklommenheit, als er daran dachte, dass der alte Mönch sein Leben vielleicht schon ausgehaucht hatte. »Lebt er noch?«

Die grauweiße Kapuze bewegte sich in der Dunkelheit, was Jakob als ein Nicken deutete. »Bruder Anselm hat die Nacht überstanden, doch niemand vermag zu sagen, wann ihn der Herrgott zu sich ruft. Das Fieber tobt in ihm wie ein lodernder Scheiterhaufen unter einer Teufelsanbeterin . . .«

Der Vergleich bewirkte eine Gänsehaut bei Jakob und schnürte ihm in Erinnerung an den Scheiterhaufen, den er einst auflodern gesehen hatte, die Kehle zu.

». . . und raubt ihm das Bewusstsein, sodass es ihm noch nicht vergönnt gewesen ist die Lebensbeichte abzulegen«, fuhr der Subprior fort. »Die Sterbesakramente sind ihm zu seinem Seelenheil schon zuteil geworden. Ich hoffe jedoch, dass er noch einmal zu sich kommt, um zu beichten und hernach wirklich im vollen Zustand der Gnade diese Welt verlassen zu können.«

Jakob konnte sich nicht vorstellen, was ein alter Mönch wie Bruder Anselm vor seinem Tod noch zu beichten haben sollte. Bei all seiner Beharrlichkeit, unbedingt und ohne Rücksicht auf seine angegriffene Gesundheit nach Himmerod zu gelangen, hatte dieser Mann einen sehr sanftmütigen und leidensgeduldigen Eindruck auf ihn gemacht. Zu jenen feisten Pfaffen, die hinter ihrer frömmelnden Fassade der Genusssucht, Machtgier und tyrannischen Selbstherrlichkeit frönten und das einfache Volk ausbluteten, hatte Bruder Anselm ganz sicher nicht gehört. Aber Jakob hütete sich dies zu äußern, wusste er doch nicht, zu welcher Sorte Kirchenmann er den Subprior zuordnen sollte. Jedenfalls hatte dieser wortgewandte Mönch mit der Ausstrahlung eines Hochgeborenen wenig Ähnlichkeit mit Bruder Anselm oder seinem Abt Ambrosius!

»Der Herrgott wird schon wissen, was er auf Erden an ihm gehabt hat«, sagte Jakob trocken.

»Euch schmückt die Sorglosigkeit und Naivität der Jugend, Jakob Tillmann«, erwiderte der Subprior mit einem halb bissigen, halb herablassenden Tonfall. »Mein Alter und meine Gelübde sowie die Sorge um das Seelenheil von Bruder Anselm verbieten es mir jedoch denselben Irrweg einzuschlagen.«

»Das will ich Euch gern glauben, Bruder Tarzisius. Nur wie kommt es dann, dass Euer Weg Euch ausgerechnet zu dieser frühen Morgenstunde in meine Zelle geführt hat, wo doch Euer Platz jetzt bei Euren Brüdern im Chorgestühl wäre?« Jakob konnte sich diese spitze Frage einfach nicht verkneifen. Denn dass der Subprior etwas von ihm wollte, sprang doch so offensichtlich ins Auge wie ein dampfender Kuhfladen auf frisch gefallenem Schnee!

Fast meinte Jakob ihn im schwarzen Halbrund der Kapuze lächeln zu sehen, was bei der Dunkelheit natürlich nur eine Einbildung sein konnte.

»Ihr habt einen hellen Geist und seid wahrlich nicht auf den Mund gefallen, Jakob Tillmann.«

»Wenn's anders wäre, läge ich jetzt wohl schon längst einige Fuß unter der Erde!«, warf Jakob grimmig ein und verdrängte die aufsteigenden Erinnerungen an die Landsknechte und das Blutbad, das sie vor seinen Augen angerichtet hatten.

»Ich weiß einen klugen Kopf zu schätzen und ich vermute mal, dass Ihr es Euch in diesen unruhigen, gottlosen Zeiten zur löblichen Gewohnheit gemacht habt Augen und

Ohren stets offen zu halten, besonders in der Fremde«, sagte der Subprior mit einschmeichelndem Tonfall.

»Mhm«, antwortete Jakob nur, was ebenso Zustimmung wie auch Skepsis bedeuten konnte. Ihm schien Vorsicht geboten, wusste er doch nicht, worauf der Mönch hinauswollte.

»Ihr habt gute drei Tage mit Bruder Anselm verbracht und das ist eine lange Zeit, wenn man zu dieser Jahreszeit gemeinsam über die einsamen Wege und Straßen der Eifel zieht«, fuhr Bruder Tarzisius nun fast im Plauderton fort. »Da werdet Ihr gewiss manch munteres Gespräch geführt haben, um Euch von der Eintönigkeit des Weges abzulenken und die langen Stunden rascher vergehen zu lassen. Zumal Bruder Anselm für seine geistreiche Geselligkeit bekannt ist.«

»Ein Urteil über Euren früheren Abt steht mir nicht zu . . .«, begann Jakob.

»Anselm von Picoll ist niemals Abt von Himmerod gewesen! Und er hat auch nie zu diesem Konvent gehört!«, stellte der Subprior mit einem Nachdruck fest, der Jakob erstaunte. Klang es doch fast so, als hätte Bruder Tarzisius in Gedanken noch ein »Gott sei gedankt!« hinzugefügt.

»Nein? Welcher Abtei stand er dann vor?«

Bruder Tarzisius machte eine herrische Handbewegung. »Das tut nichts zur Sache!«, beschied er ihn schroff. »Kommen wir auf Eure Tage mit Bruder Anselm zurück!«

Jakob zuckte die Achseln. »Nun, wie ich schon sagte, ein Urteil vermag ich mir nicht über ihn herauszunehmen. Aber dass Schwatzhaftigkeit nicht zu seinen Charaktereigenschaften zählt, kann ich wohl guten Gewissens sagen. Zudem war er schon krank, als er zu mir auf den Karren kletterte. Und jeden Tag ging es ihm schlechter. Mit der geistreichen Geselligkeit war es daher nicht weit her.«

»Aber Ihr werdet doch miteinander geredet haben!«, rief der Subprior mit einem Anflug von ärgerlicher Ungeduld.

Jakob zuckte erneut die Achseln. »Ja, hier und da ist natürlich ein Wort gefallen.«

Der Subprior beugte sich vor und fragte mit unverhohlen erwartungsvoller Stimme: »Und worüber? Sprecht, mein Freund! Lasst Euch nicht jedes Wort einzeln aus der Nase ziehen!«

»Na, was man eben so redet, wenn man sich nicht kennt und doch zusammenbleiben muss«, antwortete Jakob lustlos, weil er in diesen Fragen einfach keinen Sinn erblickte. Glaubte der Subprior vielleicht, der alte Mönch hätte vor ihm seine Lebensbeichte abgelegt?

»In Gottes Namen, da muss mehr gewesen sein! Bemüht Euren Verstand und forscht in Eurer Erinnerung, was Bruder Anselm Euch berichtet hat!«, forderte ihn Bruder Tarzisius ungehalten auf, um dann fast beschwörend zu fragen: »Hat er Euch zum Beispiel erzählt, welche Kloster er auf seiner Reise besucht hat? Und hat er irgendwann einmal etwas von wichtigen Aufzeichnungen erwähnt, die er während der vergangenen Monate gemacht hat?«

Jakob überlegte und schüttelte den Kopf. »Nein, ich kann mich an nichts dergleichen erinnern.«

»Denkt gut nach! Macht rechten Gebrauch von Euren Geistesgaben, mit denen der Herrgott Euch gesegnet hat. Meine Fragen haben ihren tiefen Sinn!«

»Wenn ich Euch doch sage, dass mir nichts dergleichen zu Ohren gekommen ist, dann verhält es sich auch so!«, sagte Jakob verdrossen. »Bruder Anselm hat viel gebetet und er hat oft mit sich selbst Zwiesprache gehalten!«

»Sieh da!«, rief Bruder Tarzisius.

»Aber ich habe nicht darauf Acht gegeben, was er da gemurmelt hat!«, stellte Jakob sofort klar. »Es mag Euch enttäuschen, aber von den Dingen, die Ihr zu wissen verlangt, weiß ich nichts!«

Einen Augenblick saß der Subprior schweigend auf dem dreibeinigen Schemel und Jakob hatte das unangenehme Gefühl das Ziel bohrender Blicke zu sein. Das angespannte Schweigen zerrte zusätzlich an seinen Nerven.

»Was ist denn daran überhaupt so wichtig?«, brach Jakob schließlich die unangenehme Stille in der Zelle.

»Interne Ordensbelange. Wichtig für unsere Arbeit, die dem *Opus Dei* in bedingungsloser Hingabe gewidmet ist, aber nichts, was Euch interessieren könnte oder gar beunruhigen sollte«, antwortete der Subprior ebenso ausweichend wie geheimnisvoll, um sich im nächsten Moment mit einem Ruck zu erheben, als wollte er mit seinem Aufbruch weiteren Fragen zuvorkommen. »Vergesst, was ich gefragt habe und ruht Euch nur aus. Es wird Euch gut tun bei uns ein paar Tage zu bleiben und wieder zu Kräften zu kommen. Das Wetter lädt zudem nicht dazu ein, sich auf die Landstraße zu begeben.«

Auch Jakob erhob sich nun. Nach diesem merkwürdigen Gespräch mit Bruder Tarzisius war an Schlaf nicht länger zu denken. Er wollte sich ein wenig in der Abtei umsehen, wobei ihn sein erster Gang hinunter ins Kellergewölbe führen würde.

Der Subprior blieb in der Tür stehen und benetzte eine Fingerspitze im kleinen, irdenen Weihwasserkessel, der gleich am Eingang an der Wand hing. Er drehte sich zu Jakob um und sagte mit mahnender Stimme, während sein auf Kopfhöhe erhobener, feuchter Finger wie eine zusätzliche Ermahnung in der Luft verharrte: »Jede Wohnung ist auch Wohnstatt unseres Herrn Jesu. In dieser Gesinnung der Ehrfurcht und Hingabe solltet auch Ihr Eure Unterkunft unter unserem Dach ehren.«

»Ich werde es an Ehre schon nicht mangeln lassen«, versicherte Jakob und hatte Mühe sich seine Verdrossenheit nicht anmerken zu lassen.

»Dazu ist es ganz hilfreich«, fuhr der Subprior belehrend fort, als hätte er Jakobs Bemerkung überhaupt nicht gehört, »wenn wir beim Kommen und Gehen ein kurzes Gebet sprechen, damit unser Ausgehen und Heimkehren nicht profan und zerstreut ist, sondern fromm und gesammelt, ernsthaft und nutzbringend für die Reinheit der Seele.«

Jakob hielt es für klüger diesmal keinen Kommentar abzugeben, sondern nur pflichtschuldig zu nicken. Ein Gebet bei jedem Kommen und Gehen! Kein Wunder, dass auf jeden Heiligen tausend Teufel kamen, wie Gretel Minde, die alte Magd auf Schlehenbusch, immer gesagt hatte. Aber das war gewesen, bevor die Landsknechte gekommen waren und sie den Verstand verloren hatte. Heute würde sie vielleicht die Zahl der Teufel für jeden Heiligen noch um einiges höher schätzen. Wenn es sie denn überhaupt gab, die Heiligen. Vielleicht waren sie ja bloß eine Erfindung – ganz im Gegensatz zu den Teufeln. Denn dass diese existierten, wusste Jakob nur zu gut. Er hatte sie gesehen, mehr als einmal, und sogar am eigenen Leib erfahren!

Viertes Kapitel

Der nächtliche Sturm mit seinem Schneeregen hatte sich zwar verzogen, geblieben war jedoch ein schneidender Wind, der um die Gebäude pfiff und über die freien Flächen der Klosteranlage fegte. Kein Wetter, um sich draußen aufzuhalten, wenn es sich nicht irgendwie vermeiden ließ. Und so wenig Jakob davon angetan war, ausgerechnet in einem Kloster eingeschlossen zu sein und sich seinen strengen Regeln unterwerfen zu müssen, so beruhigend war es andererseits zu wissen, dass er hinter dicken Mauern Schutz gefunden hatte und sich um seine leiblichen Bedürfnisse vorerst keine Sorgen zu machen brauchte. Büßerzelle und Haferschleimsuppe nahmen zwar auf der Liste seiner Wünsche wahrlich keinen hohen Stellenwert ein, kamen aber gewiss ellenweit vor einem leeren Brotbeutel und einer feuchten Erdhöhle in irgendeinem Wald. Zudem stand seine Belohnung ja noch aus. Er baute fest darauf, dass auch für die frommen Brüder von Himmerod ein gegebenes Versprechen galt und von ihnen geehrt wurde. Und allein das war schon ein Gedanke, der ihn über manches hinwegtröstete, etwa über den vermaledeiten Feldstein als Kopfkissen.

Während der neue Tag über der Abtei im Salmtal heraufdämmerte und die Finsternis der Nacht sich in immer heller werdende Grautöne aufzulösen begann, streifte Jakob durch das Konventsgebäude. Er fand sich plötzlich im Kreuzgang wieder. Das Spitzbogengewölbe, das zum Innenhof mit Maßwerkfenstern ausgestattet war, beeindruckte ihn mit seiner schlichten Formschönheit und der tiefen Stille, die dieser Ort ausstrahlte. Ihm war, als hätte die Zeit hier ihre Gültigkeit als das buchstäbliche Maß aller menschlichen Dinge verloren. Schwach drang der Gesang der Mönche aus der Abteikirche zu ihm in das Gewölbe. Und in ihm rührte sich eine schwache Ahnung von dem, was Menschen seit vielen Jahrhunderten bewegte der Welt zu entsagen und hinter Klostermauern ein gottgeweihtes Leben zu führen.

Ehrfürchtig schlich er auf Zehenspitzen durch den Kreuzgang, vorbei an tiefen Nischen mit Heiligenstatuen und reich verzierten Schlusssteinen in barocker Kartuschenform. Bei den eigenartigen Wappen und lateinischen Inschriften, die er im Dämmerlicht nicht näher zu entziffern vermochte, handelte es sich wohl um die Gedenktafeln ehemaliger Himmeroder Äbte.

Dass der Gesang der Ordensleute verstummt war, wurde ihm erst bewusst, als er um die südöstliche Ecke des Kreuzganges bog – und sich am Ende des Gewölbes eine Tür öffnete.

Die Mönche kehrten in geschlossener Prozession von der Prim zurück!

Geistesgegenwärtig trat er in den Schatten eines schmalen Torbogens, der sich gleich zu seiner rechten Hand befand und hinter dem ein Treppenaufgang lag. Neugierig spähte er um die Kante des Torbogens.

In Doppelreihen kamen die Mönche in ihren weiten, bodenlangen Chorgewändern aus grauweißem Habitstoff den Kreuzgang hinunter. Dabei hielten sie sich ganz nahe an der Wand zu ihrer Linken. Fast lautlos und wie geisterhafte Gestalten, denn unter den Kapuzen waren keine Gesichter zu erkennen, bewegte sich die Prozession der Zisterzienser den Gang entlang.

Jakob zog sich tiefer in die Dunkelheit des Treppenaufgangs zurück und hielt den Atem an, als die Mönche am

Torbogen vorbeizogen. Eine Doppelreihe nach der anderen glitt an seinem Versteck vorbei und nicht einer der Mönche wandte den Kopf. Irgendwo knarrte eine Tür. Dann schlug Metall an Metall und dieses Geräusch, das Jakob mit einem Schloss oder Riegel in Verbindung brachte, wirkte in der Stille des Kreuzgangs beinahe schmerzhaft laut.

Angestrengt horchend wartete er noch einen Augenblick, bis er sich aus dem Torbogen wagte. Er wollte nicht dabei erwischt werden, wie er sich im Kreuzgang herumtrieb, der für die Mönche zu den heiligsten Orten ihres Klosters zählte und zu dem bestimmt nur Ordensleute Zutritt hatten.

Überzeugt davon, den Kreuzgang wieder verlassen vorzufinden, wollte er denselben Weg, den er gekommen war, zurückgehen. Doch als er um die Ecke kam, fuhr er erschrocken zusammen, denn vor einem der Fenster zum Innenhof sah er zwei Mönche stehen. Einer von ihnen war der Mönch mit der Augenklappe, der Bruder Basilius hieß, wie Jakob sich erinnerte. Die andere, schmächtige Gestalt vermochte er nicht zu erkennen, wies diese ihm doch den Rücken zu.

Statt sich schnell zurückzuziehen und einen anderen Weg aus dem Kreuzgang zu suchen presste Jakob sich an den kalten Stein des Gemäuers und lugte um die Ecke. Kein Wort von dem, was da zehn, zwölf Schritte von ihm geflüstert wurde, drang an sein Ohr. Er beobachtete jedoch, dass Bruder Basilius mit knappen, aber eindringlichen Gesten auf seinen Mitbruder einredete. Ihm war, als schüttelte der andere Mönch den Kopf. Daraufhin packte ihn Bruder Basilius an den Schultern, als wollte er ihn aufrütteln – oder ihm drohen. Der schmächtige Klosterbruder schien davon alles andere als angetan zu sein, denn mit einer unwilligen Geste machte er sich los und hastete dann den Gang hinunter, um Augenblicke später in einem Durchgang zu verschwinden. Bruder Basilius stand noch eine Weile reglos und mit geballten Fäusten da. Dann folgte er dem schmächtigen Klosterbruder.

Was war zwischen den beiden Mönchen bloß vorgefallen? Worüber mochten sie sich gestritten haben? Und hatte der Mönch mit der Augenklappe wirklich eine Drohung ausgesprochen?

Diese Fragen beschäftigten Jakob noch, als er zehn Minuten später einen Blick in die Küche warf. Seine Hoffnung, dort den umgänglichen Bruder Isenbard anzutreffen, erfüllte sich. Und jener rückte dann sogar einen großen Becher Milch, eine Scheibe Brot sowie zwei gekochte, kalte Kartoffeln vom Vortag heraus.

»Frühstück gibt es in einem Kloster nicht, junger Mann«, belehrte er ihn, während er die Holzscheite, die er in einer großen geflochtenen Kiepe hereingetragen hatte, in dem großen Feuerholzkasten aufschichtete. »Wie ich eigentlich auch nicht mit Euch sprechen dürfte.«

»Wieso nicht, Bruder Isenbard? Seid Ihr Euch vielleicht zu fein mit einem einfachen Fuhrmann zu sprechen?«, spottete Jakob und kniete sich neben ihn, um ihm bei der Arbeit zur Hand zu gehen.

Bruder Isenbard reagierte mit einem Schmunzeln. »Ihr seid so wenig ein einfacher Fuhrmann wie unser hochwürdiger Abt!«, erwiderte er trocken. »Nein, es ist das Schweigegebot, zu dem wir uns verpflichtet haben. Gewöhnlich dürfen wir dieses Schweigen nur bei unseren Zusammenkünften im Kapitelsaal, während der Rekreation und bei der Arbeit brechen, wenn es unumgänglich ist.«

»Aber gestern habt Ihr doch auch mit mir gesprochen, ebenso Euer Pfortenbruder, der Subprior und einige andere, ja sogar Euer Abt hat mit mir geredet«, wandte Jakob ein.

»Das war eine Ausnahmesituation.«

»Dann sind Gespräche im Kreuzgang wohl auch verboten«, sagte Jakob und dachte an die merkwürdige Szene, die er dort vor kurzem beobachtet hatte.

»Selbstverständlich! Besonders dort ist Reden strengstens untersagt!«, bekräftigte der Mönch. »Wie auch bei den Mahlzeiten im Refektorium sowie im Scriptorium.«

»Nun, ich glaube nicht, dass der Herrgott etwas dagegen hat, wenn Ihr mir Eure Hilfe erweist, ist es doch das erste Mal, dass ich mich in einem Kloster befinde. Er wird es Euch gewiss vergelten, dass Ihr Barmherzigkeit und Nächstenliebe über die gestrenge Regel gestellt habt«, sagte Jakob einschmeichelnd. »Zumal Euch sicherlich noch viele Stunden am Tag für Euer frommes Schweigen bleiben.«

Er schien damit den richtigen Ton getroffen zu haben. Bruder Isenbard nickte zustimmend und murmelte etwas in der Art, dass man alle Gäste gleich zu behandeln und das Schweigen nicht allein für gelehrte Stiftsherren zu brechen habe.

Jakob biss in eine Kartoffel – und spuckte die Hälfte angeekelt wieder aus, weil sie voll schwarzer Fäule war. »Und ich dachte, Mönche hätten zumindest immer gute und reichhaltige Kost auf ihrem Tisch!«

Bruder Isenbard machte eine bedrückte Miene. »*Bona culina, bona disciplina* – Eine gute Küche bringt gute Disziplin! Dies ist stets der Leitspruch unseres hochwürdigen Abtes gewesen. Aber Himmerod hat schlechte Zeiten hinter sich. Die Kriegswirren des Dreißigjährigen Krieges sind nicht spurlos an uns vorbeigegangen. Ach, wie oft sind plündernde Soldatenhorden über unsere Abtei hergefallen!«, klagte er, um mit Bitterkeit fortzufahren. »Nicht allein die protestantischen Heere haben sich den Grundsatz der schwedischen Herrscher zu Eigen gemacht, demnach fremde Heere sich ihren Sold und ihre Verpflegung nach wallensteinschem Muster in Deutschland selbst einzutreiben hätten. Auch die Armeen der katholischen Liga sind so verfahren und haben das eigene Land bis zum letzten ausgepresst.« Er machte eine Pause und fragte dann: »Habt Ihr schon mal von dem ›Kometen mit dem langen Schweif‹ gehört?«

Jakob schüttelte den Kopf.

»Er erschien vor Ausbruch des Krieges, an einem Novembertag im Jahre des Herrn 1618, und verbreitete am Himmel ein gespenstisches Rotlicht. Genau dreißig Tage und Nächte konnte man ihn sehen und jedermann, der Augen im Kopf hatte und derlei Zeichen zu deuten vermochte, wusste, dass dieser Komet düstere Ereignisse verhieß«, berichtete Bruder Isenbard mit leiser, gedankenschwerer Stimme. »Viele Eltern versprachen in jener Zeit einen ihrer Söhne einem Bettelorden, um drohendes Unheil abzuhalten. Auch meine Eltern legten den heiligen Schwur ab, dass mein Leben einem gottgefälligen Dasein im Kloster gewidmet sein sollte. Und so kam ich schon mit zwölf Jahren nach Himmerod. Nicht, dass ich es bereut hätte von meinen Eltern zu diesem Leben vorbestimmt worden zu sein. Aber das schreckliche Unheil, das dann über das Land gekommen ist, haben diese vielen heiligen Gelübde nicht aufhalten können.«

»Für jeden Tag dieser Kometenerscheinung mit seinem roten Licht ist also ein blutrünstiges Kriegsjahr gekommen«, stellte Jakob fest.

Bruder Isenbard nickte. »Auch Himmerod hat in dieser grausamen Zeit schwer zu leiden gehabt. Immer wieder wurden wir geplündert, mit drückenden Abgaben belegt und mussten Zwangseinquartierungen hinnehmen. Wie oft fielen lothringische Truppen über uns her, aber auch Truppen unserer eigenen Liga! Allein 1650 wurden wir dreimal hintereinander geplündert. Wir litten derart unter Hunger, dass wir bei den Bauern, die sich in den Wäldern versteckt hatten, betteln mussten. Unser Abt musste sogar zehn Mönche in andere Klöster schicken, weil einfach nicht genügend zu essen für alle da war. Ein Jahr später suchte uns der Herzog von Lothringen, trotz des Westfälischen Friedens vom Oktober 1648, wieder heim und ließ weder einen Tropfen Wein noch eine einzige Brotkrume zurück. Auch alle Kleider und aller Hausrat gingen wieder einmal verloren. Wir Mönche versteckten uns zwei Tage und zwei Nächte auf dem Speicher der Abtei und über dem Kirchengewölbe, während die Soldaten in unserem Kloster wie die Vandalen wüteten. Oh, es war eine entsetzliche Zeit, die mich heute noch erschauern lässt, wenn ich daran denke, welches Elend dieser Krieg über das Land gebracht hat.«

Jakob schwieg. Er hatte seine eigenen Erinnerungen, die um einiges schlimmer waren als ein vor Hunger knurrender Magen und die Angst diesen blindwütigen, blutdürstigen Landsknechten in die Quere zu kommen und kurzerhand abgestochen zu werden. Es waren Erinnerungen, über die er nicht sprechen wollte, sondern die er tief in seinem Innern vergraben hatte, wo sie hoffentlich zu seinen Lebzeiten so wenig auferstehen würden wie die Toten in ihren Gräbern ...

Eine zweite, große Kiepe mit Feuerholz stand draußen vor der Tür zum Küchengewölbe und Jakob nahm Bruder Isenbard die Arbeit ab sie die Treppe hinunterzutragen. Gemeinsam schichteten sie das Holz auf, während der Mönch ihm bereitwillig erklärte, welche Räume welchem Zweck dienten, wann die Mahlzeiten in Verbindung mit der Tischlesung im Refektorium eingenommen wurden und dass man im Parlatorium, in das sich gerade die drei Stiftsherren begeben hatten, nach Herzenslust reden konnte. Er erfuhr allerlei interessante Dinge von dem kleinen Ordensbruder, dem die grauen Haarbüschel aus Ohren und Nase wucherten.

Ihr munteres Gespräch fand ein jähes Ende, als ein breitschultriger Mönch mit einem Schädel so kantig wie ein Hauklotz erschien.

»Bruder Anton, unser Refektorearius, der Speisebruder!«, stieß Bruder Isenbard leise hervor und warnte ihn: »Macht besser, dass Ihr verschwindet. Bruder Anton neigt zu Unleidlichkeit und duldet keine Fremden in den Küchenräumen!«

Jakob machte, dass er dem Refektorearius, der ihm einen erbosten Blick zuwarf, so schnell wie möglich aus den Augen kam. Er huschte durch eine offen stehende Tür, die ihn in das Refektorium führte, einen lang gezogenen Speisesaal mit harten Holzbänken und -tischen längs der Wände sowie einer kleinen Kanzel, die in eine Nische eingefügt war und von der aus einer der Mönche während der schweigend eingenommenen Mahlzeiten aus der Ordensregel des heiligen Benedikt sowie aus Bibel und Heiligengeschichte vorlas. Die hohen Wände gingen in ein fast rundes Deckengewölbe über. An der Stirnwand des Saals waren drei schmale, aber hohe Bogenfenster eingelassen, durch die nun helles Morgenlicht flutete und den blank polierten Quadersteinen des Fußbodens einen blau schimmernden Glanz entlockte. Ebenfalls an der Stirnwand hing ein schlichtes, mehr als mannshohes Kreuz mit dem Korpus des Gekreuzigten. Es schien nicht an der Wand zu hängen, sondern in diesem Strom aus Sonnenlicht zu schweben.

Jakob bekreuzigte sich hastig und verließ das Refektorium durch eine Tür gegenüber der Wand mit den Fenstern und dem Kreuz. Zu seinem Erstaunen fand er sich im Kreuzgang wieder. Er wandte sich nach rechts, wo er einen Durchgang und dahinter eine breite Treppe erblickte, die hoch ins Obergeschoss führte.

Schon wollte er die Treppe hinaufeilen, als er eine sonore Stimme vernahm, die aus dem Raum zu seiner Linken kam. Das muss das Parlatorium sein, von dem Bruder Isenbard gesprochen hat!, fiel es Jakob ein. Der Raum, in dem sich die drei Stiftsherren aufhielten.

Die schwere Kassettentür zum Parlatorium stand eine gute Hand breit offen und Jakob konnte der Versuchung nicht widerstehen näher zu treten und zu lauschen, was diese vornehmen Kirchenmänner zu bereden hatten.

». . . sollten die Zeit nutzen, wenn wir schon nicht weiterreisen können«, sagte die dunkle, volle Bassstimme.

»Rufinus hat Recht«, stimmte ihm eine heiser klingende Stimme zu. »Es kann nicht schaden unsere Argumentation für den Disput noch einmal auf Schwachstellen zu überprüfen.«

»Und ich sage Euch, mein verehrter Mattheiß, es gibt keine«, meldete sich der dritte Stiftsherr zu Wort. »Wer wollte es wagen daran zu zweifeln, dass Maria Gottes Sohn acht Tage vor den Kalenden des April, also am 25. März, empfangen hat – am selben Tag, an dem unser Herr auch am Kreuz für uns gestorben ist. Hat doch schon unser Kirchenvater, der heilige Augustinus, in seinem gelehrten Traktat über die Dreifaltigkeit, diesen Tag der Heilsgeschichte bestätigt!«

»In der Tat, Dederich!«, pflichtete ihm Stiftsherr Rufinus bei. »Jeweils acht Tage vor den Kalenden des April schuf Gott die Welt, hauchte er Adam Seele ein, wurde Abel von seinem Bruder Kain erschlagen, wurde die Welt von der Sintflut vernichtet, war Abraham zur Opferung seines Sohnes Isaak bereit, kam König Pharao von Ägypten mit seinem Heer im Roten Meer um, wurde Maria vom Erzengel Gabriel die Gnadenbotschaft Gottes verkündet, starb Christus zur Erlösung der Welt am Kreuz – wie auch der Apostel Paulus an diesem Tag des Jahres aus dem Kerker befreit und Apostel Jakobus enthauptet wurde.«

»Vergesst nicht, dass Jerusalem sich an diesem Tag von den tyrannischen Fesseln des Titus und Vespasian befreite!«, warf Dederich ein.

»Die Heilstaten Gottes fanden zweifellos acht Tage vor den Kalenden des April statt!«, bestätigte Mattheiß. »Christus, unser Herr, wurde am Tag der Tagundnachtgleiche empfangen und geboren am Tag der Wintersonnenwende, wenn die Tage wieder zunehmen. Während Johannes der Täufer am Tag der Sommersonnenwende, wenn die Länge der Tage abnimmt, zur Welt kam. Dies entspricht ihrem göttlichen Auftrag. Denn sagte Johannes im Evangelium seines gleichnamigen Bruders in Christo im Kapitel 3, Vers 30 nicht selber: ›Er muss wachsen, ich aber muss kleiner werden‹?«

»Trefflich gesagt, verehrter Mattheiß!«, lobte ihn die Bassstimme von Stiftsherr Rufinus. »Der März ist nicht nur der Monat der Baumblüte und des Erwachens der Natur aus der Zeit der winterlichen Erstarrung, sondern im biblischen Chronos die gnadenreiche Zeit göttlicher Erneuerung und Erlösung!«

Jakob glaubte seinen Ohren nicht zu trauen. Drei Kirchenmänner von Rang beschäftigten sich ernsthaft mit der Frage, an welchem Tag die Verkündigung des Erzengels an Maria ergangen sei und wann die Gottesmutter wohl empfangen habe? Ebenso fassungslos wie fasziniert, lauschte er dem Gespräch im Parlatorium, das plötzlich eine noch wunderlichere Note erhielt, als der Mann namens Dederich sagte: »Nun, in dem Datum der Verkündigung und der Empfängnis sind wir uns trefflich einig und mir scheint, dass wir jedwede Einwände falsch geleiteter, kirchlicher Zweifel mit der geradezu erdrückenden Kraft unserer Argumente zum Schweigen bringen werden. Doch was die genaue Stunde der Verkündigung und Empfängnis durch den Heiligen Geist betrifft, so mangelt es in unseren eigenen Reihen noch immer an einer Übereinstimmung. Wie Ihr wisst, haben meine Betrachtungen, Forschungen und Gebete um Erleuchtung mich zu der Erkenntnis geführt, dass dies nur in der Morgenstunde geschehen sein konnte. Gott begann sein Schöpfungswerk, als die Sonne aufging und der erste Tag begann. Was die Erschaffung der Sonne für die noch nicht von Gottes Ebenbildern bewohnte Erde darstellt, findet seine Entsprechung in der Menschwerdung Jesu für uns sündige Kreaturen. Folgerichtig wird also auch die Erlösungsgeschichte im hellen Licht eines neuen Tages begonnen haben!«

»Gewiss, die Morgenstunde scheint sich unter diesem Aspekt förmlich aufzudrängen und wenig Platz für eine andere Möglichkeit zu lassen«, räumte Stiftsherr Mattheiß ein, um dann mit Leidenschaft seinen Standpunkt vorzutragen. »Nur gebe ich zu bedenken, dass auch nicht wenig für die Mittagsstunde spricht. Ist denn nicht die Geburt Isaaks und Johannes' zur Mittagszeit angekündigt worden? Und hat man Jesus nicht auch in der Mitte des Tages ans Kreuz genagelt? Am Mittag erreicht die Sonne ihren Zenit und damit ihre stärkste Kraft. Liegt es da nicht nahe anzunehmen, dass das göttliche Wort, die ›Sonne der Gerechtigkeit‹, wie es schon bei Maleachi Kapitel 3, Vers 20 geschrieben steht, zu dieser Stunde in der Gottesmutter Fleisch geworden ist? Und geschah es nicht während der heißen Mittagszeit, dass Abraham, im Eingang seines Zeltes sitzend, von drei Männern die unglaubliche Kunde erhielt, dass seine alte Frau Sara noch binnen Jahresfrist froher Hoffnung sein werde? Auch geschah die Bekehrung des Christenverfolgers Saulus in den Apostel Paulus, als die Sonne ihren höchsten Punkt erreicht hatte, wie es in der Apostelgeschichte verzeichnet ist. All dies sind nur einige Beispiele dafür, dass der Mittag in der heiligen Mutter Kirche schon immer als die Zeit göttlicher Epiphanie gilt. Ich denke, diese gewichtigen Argumente, die auf den Mittag als die geheiligte Stunde hinweisen, dürfen wir nicht leichtfertig von der Hand weisen.«

»Wir werden Eure Hinweise mit der größten Sorgfalt, wie sie diesem Thema angemessen ist, studieren, lasst Euch dessen versichert sein, mein lieber Mattheiß«, versprach Stiftsherr Rufinus. »Aber nicht allein Morgenstunde und Mittagszeit können schwerwiegende Argumente für sich ins Feld führen! Bedenkt, dass der Abend die Fülle des Tages ist. Und hat nicht der Allmächtige, als nun die ›Fülle der Zeit‹ gekommen war, wie wir im Galater 4, Vers 4 nachlesen können, uns nicht seinen Sohn geschickt? Auch für Mitternacht, wo die Finsternis am größten ist, spricht einiges. Dem Propheten Jeremias erschienen zu mitternächtlicher Stunde Engel, die ihm den bevorstehenden Untergang Israels ankündigten. Und weist nicht auch das Wort des Propheten Jesaja in Kapitel 9, die Verheißung der Geburt des göttlichen Kindes, unmissverständlich auf Mitternacht hin? Dort steht geschrieben: ›Das Volk, das im Dunkel lebt, sieht ein helles Licht; über denen, die im Land der Finsternis wohnen, strahlt ein Licht auf. Denn uns ist ein Kind geboren, ein Sohn ist uns geschenkt. Man nennt ihn Starker Gott, Vater in Ewigkeit, Fürst des Friedens.‹ Ohne Zweifel herrschte doch tiefste

Nacht, als das Licht der Erlösung mit Mariä Verkündigung und Empfängnis aufging.«

»Euer Hinweis auf die ›Fülle der Zeit‹ verlangt in der Tat eingehende Betrachtung und Abwägung«, antwortete Mattheiß. »Jedoch nach kanonischen . . .«

Jakob, der dem Gelehrtendisput gefesselt zugehört hatte, bekam nicht mehr mit, welchen Einwand der Stiftsherr Mattheiß nun vorbrachte.

Denn in diesem Augenblick sagte hinter ihm eine spöttische Stimme: »So dunkel ist die Pilgerstraße und Irrgeleucht von allen Seiten.«

Jakob fuhr erschrocken herum, wie ein auf frischer Tat ertappter Dieb. Der Schwede Henrik Wassmo stand auf halber Höhe der Treppe gegen das steinerne Geländer gelehnt. Der schon vielfach geflickte Umhang aus dickem, mitternachtsblauem Stoff lag um seine Schultern. In der linken Hand hielt er ein Stück mageren Speck, in der rechten ein Federmesser mit schmaler Klinge. Jakob hatte diesen merkwürdigen Mann, den Begleiter dieses kaum weniger merkwürdigen Mönches mit der Augenklappe, nicht kommen gehört. Hatte er vielleicht schon eine ganze Weile in seinem Rücken gestanden und ihn dabei beobachtet, wie er dem Disput der drei Stiftsherren lauschte?

Jakob wusste nicht, was er von dem unerwarteten Auftauchen des Schweden und dessen Bemerkung halten sollte. Sicherlich war aber eine Erklärung, möglicherweise sogar eine Entschuldigung angebracht. Und so sagte er mit einem verlegenen Achselzucken: »Die Stimmen der ehrwürdigen Stiftsherren tragen so weit, dass man hier draußen jedes Wort verstehen kann. Man braucht sich noch nicht einmal anzustrengen.« Und als der Schwede nichts darauf erwiderte, sondern ihn nur schweigend ansah, da setzte er mit einem gequälten Lächeln hinzu: »Mir wäre es nie in den Sinn gekommen, dass sich gelehrte Kirchenmänner den Kopf darüber zerbrechen könnten, zu welcher Stunde die Verkündigung erfolgt ist und wann Maria empfangen hat. Aber wenn man es recht betrachtet, warum eigentlich nicht?«

Der Schwede schien ihm eine Antwort schuldig bleiben zu wollen. Wortlos stieß er sich vom Geländer ab und kam die Treppe herunter. Dabei schnitt er sich ein Stück von dem herrlich mageren Speck ab und schob es sich in den Mund. Als er bei Jakob angelangt war, blieb er stehen, warf einen kurzen Blick auf die Tür zum Parlatorium und sagte nun: »Kein Buch kann Seine Werke fassen, kein Mund verkündet Seinen ganzen Ruhm.«

Irritiert sah Jakob ihn an. »Ihr haltet also nichts von solchen Betrachtungen?«

Der Schwede verzog den Mund. »Die Könige der Welt erkühnen sich, Gott aber lacht und spottet ihrer«, antwortete er und Jakob war sicher, dass diese Worte genauso aus irgendeinem Psalm stammten wie all die anderen Äußerungen, die er bisher von ihm gehört hatte. »Ihr Toren, weicht mit Eurem Plunder! Die höchste Liturgie sei Euch die Liebe!«

Jakob nahm sich ein Herz und fragte keck: »Und in welchen Psalmen kann ich Eure Antworten wiederfinden?«

Nicht ein Muskel bewegte sich im Gesicht des Schweden. »Glücklich zu preisen, wer nicht Bösen Gehör schenkt, den Trott der Sünder nicht mitmacht und nicht auf der Spötterbank sitzt!«, lautete seine ruhige Antwort. »Denn der Herr sieht auf des Menschen Schritte.«

Jakob fragte sich verunsichert, ob das eine Zurechtweisung oder ein guter Ratschlag sein sollte. Denn weder die Stimme noch das pockennarbige Gesicht des Schweden verriet, wie er seine Worte verstanden wissen wollte.

Und dann tat der seltsame Begleiter von Bruder Basilius etwas, was Jakob vollends durcheinander brachte: Er schnitt mit dem Messer eine fingerdicke Scheibe Speck ab, spießte sie mit der Klinge auf und hielt sie ihm hin.

Augenblicklich lief ihm das Wasser im Mund zusammen. »Oh!«, sagte er verblüfft und zog den Speck von der Klinge. »Besten Dank.«

»Der Herr sieht auf des Menschen Schritte«, wiederholte der blonde Mann mit dem verunstalteten Gesicht und dem rotbraunen Kinnbart noch einmal. Dann zog er die Tür auf, durch die man hinaus auf den verschneiten Hof gelangte. Ein eisiger Windstoß ließ seinen Umhang wie die in zahllosen Gefechten zerschossene und hinterher geflickte Fahne einer Söldnertruppe wehen. Dann fiel die Tür hinter dem Schweden zu und Jakob war wieder allein.

Noch ganz unter dem Eindruck seiner verwirrenden Begegnung, stieg Jakob langsam die Treppe hoch. Genussvoll kaute er auf dem Streifen Speck und grübelte darüber nach, was er bloß von diesem Mann halten sollte. Musste er vor ihm auf der Hut sein und ihm besser aus dem Weg gehen oder konnte er Vertrauen zu ihm fassen? Und wieso hatte ein einfacher Mönch wie dieser Bruder Basilius einen Begleiter, der statt einer Kutte die Kleidung eines Landsknechtes trug und aus dem verhassten, protestantischen Schweden kam, gegen deren Heere die katholische Liga so viele blutige Schlachten geschlagen hatte? Ja, wieso hatte der Ordensmann mit der Augenklappe überhaupt einen Begleiter? Welch dunkles Geheimnis mochte diese beiden Männer wohl umgeben? Denn dass sie ein solches teilten, stand für ihn plötzlich außer Frage. Woher er diese Gewissheit nahm, wusste er selbst nicht. Sie hatte sich einfach eingestellt, quasi mit dem letzten Bissen Speck.

Fünftes Kapitel

Unbewusst hatten ihn seine Schritte in jenen Teil des oberen Stockwerkes geführt, wo Bruder Anselm von Picoll in einer der spartanischen Mönchszellen mit dem Tode rang. Jakob spürte nun den Drang in sich den einstigen Abt, den er unter Aufbringung seiner letzten Kraft nach Himmerod gebracht hatte, noch einmal zu sehen, bevor er seinem Fieber erlag. Irgendwie glaubte er ihm oder sich selbst dies schuldig zu sein.

Schon wollte er an die Tür klopfen, als sie von innen aufgezogen wurde. Der junge Mann, der die Zelle gerade verlassen wollte, fuhr genauso erschrocken zusammen wie Jakob. Er trug nicht das schwarze Skapulier des Mönches über der Tunika, sondern war gänzlich in den weißgrauen Stoff der Zisterzienser gekleidet, was ihn als Novize auswies. Er konnte nicht viel älter als siebzehn, achtzehn Jahre sein und machte mit seiner schmächtigen, schmalbrüstigen Gestalt den Eindruck eines ausgezehrten Sperlings. Große, sanfte Augen lagen wie stille Seen in einem übermüdeten Gesicht, das nach dem ersten Moment der Überraschung dennoch sofort zu einem Lächeln fähig war.

»Ihr seid Jakob Tillmann, der mutige Fuhrmann, der dem gestrigen Sturm getrotzt, Bruder Anselm so aufopferungsvoll betreut und sich mit ihm zu uns durchgeschlagen hat, nicht wahr?« Seine Stimme war voller Bewunderung, aber sehr leise, kaum mehr als ein Flüstern, als fürchtete er von einem der Mönche beim Reden ertappt und bestraft zu werden.

Das Lob war Jakob ausgesprochen unangenehm, erinnerte es ihn doch sofort daran, dass er den alten Mönch beinahe auf der Hügelkuppe von seinem Karren gekippt und dort im Stich gelassen hätte. Und so antwortete er mit einem unwilligen Kopfschütteln und betont schroff: »Mit Mut und Aufopferungsbereitschaft hatte das nichts zu tun. Er hatte mir eine ansehnliche Belohnung versprochen und die wollte ich mir nicht durch die Lappen gehen lassen.«

»Natürlich nicht«, sagte der fast gleichaltrige Novize lächelnd, als würde er ihm kein Wort glauben, und streckte ihm die Hand hin: »Ich bin der Novize Dominik. Zu Ostern ist mein Noviziat beendet und dann werde ich die Profess ablegen.« Seine Augen strahlten dabei, als hätte er ihm von etwas Wunderbarem Kenntnis gegeben.

»Na, denn«, sagte Jakob trocken und tauschte einen Händedruck mit dem Novizen. »Wie geht es Bruder Anselm?«

Betrübnis löschte den glücklichen Ausdruck auf dem Gesicht des Novizen aus. »Er kämpft, doch Hoffnung gibt es keine mehr, wie es heißt. Wir können nur noch für ihn beten.«

»Kann . . . ich zu ihm?«

Dominik zögerte kurz und nickte dann. »Gewiss, geht nur hinein. Bruder Tarzisius hat zwar angeordnet, dass niemand ohne seine Erlaubnis die Zelle des Kranken betreten darf, damit das Fieber nicht auch noch in unserem Konvent Opfer fordert. Aber Euch kann er mit dem Verbot ja nicht gemeint haben, seid Ihr doch schon mehrere Tage an seiner Seite gewesen, ohne von dem Fieber befallen worden zu sein.«

Jakob schluckte unwillkürlich. Der Gedanke, dass der alte Mönch eine ansteckende Krankheit haben könnte, war ihm noch gar nicht gekommen. Ein letzter Besuch erschien ihm unter diesem Gesichtspunkt plötzlich doch sehr entbehrlich zu sein. »Nun, vielleicht sollte ich Bruder Tarzisius doch besser vorher fragen . . .«

»Ach was, das ist nicht nötig. Kommt nur herein, Jakob Tillmann!«, forderte Dominik ihn munter auf und schob ihn durch die Tür. »Ihr würdet mir zudem einen großen Gefallen tun. Denn eigentlich soll ich Bruder Anselm nicht eine Minute allein lassen, so hat es mir der Subprior aufgetragen. Aber wenn Ihr nun an seinem Lager sitzt, kann ich guten Gewissens meinem . . .« Er machte eine kurze, verlegene Pause, bevor er grinsend fortfuhr: ». . . einem drängenden Bedürfnis nachgehen und meine Eingeweide in Ruhe erleichtern. Bohnen bescheren mir immer ein fürchterliches Rumoren.«

»Also gut«, sagte Jakob. »Doch ich bleibe nur ein paar Minuten!«

Dominik nickte. »Aber betet stumm!«, ermahnte er ihn noch, bevor er ging. »Bruder Tarzisius hat lautes Beten strengstens untersagt! Ich weiß nicht, warum, aber unser Subprior wird dafür seine guten Gründe haben.«

»Das Beten überlasse ich Euch Ordensleuten«, brummte Jakob und trat zögerlich an das Krankenlager.

Bis auf den schwachen Schein einer Kerze, die auf dem Lesepult unruhig flackerte, war es dunkel in der Zelle. Die hölzernen Schlagläden vor dem Fenster waren geschlossen und verriegelt. Die Kammer, in die man Bruder Anselm gebracht hatte, war nicht viel geräumiger als die Büßerzelle, in der er, Jakob, untergebracht war.

Mit einem flauen Gefühl im Magen nahm Jakob auf dem harten Schemel Platz, der vor dem primitiven Bettgestell des Fieberkranken stand. Der alte Mönch lag unter einem halben Dutzend Decken. Kerzenlicht tanzte über das von Fieberschweiß glänzende Gesicht und warf dabei gespenstische Schatten über die tiefen Augenhöhlen und eingefallenen Wangen. Die knochigen Hände des betagten Ordensmannes hielten einen Rosenkranz umklammert, bewegten sich jedoch nicht. Wie ein Toter lag Bruder Anselm da. Und die ganze Zelle schien von der Gegenwart des Todes erfüllt zu sein.

Der Mönch atmete jedoch noch, und zwar schnell und flach, wie Jakob bei näherem Hinsehen feststellte. Seine Beklemmung wuchs mit jeder Sekunde, die in der Stille der dunklen Klosterkammer verstrich. Was hatte er hier überhaupt zu suchen? Er hatte gegenüber dem einstigen Abt wohl nicht die geringste Verpflichtung. Wenn hier einer einem etwas schuldete, dann war das doch wohl Bruder Anselm, der ihn mit dem Versprechen einer fetten Belohnung geködert hatte! Und wenn der Alte starb, ging diese Schuld natürlich auf die weißen Mönche von Himmerod über, das verstand sich ja wohl von selbst!

Jakob war entschlossen die versprochene Belohnung in Himmerod einzutreiben. Und er nahm sich fest vor sich notfalls selbst schadlos zu halten, falls die frommen Kuttenträger versuchen sollten ihn mit wohlfeilem Gottesdank und einem Hungerlohn abzuspeisen. Deshalb war es ratsam, wenn er sich jetzt schon einmal umsah, was sich mitzunehmen lohnte und wie er es am besten anstellen konnte ...

»Holt sie ... aus den ... Feuern!«

Jakob zuckte zusammen, als die keuchende Stimme von Bruder Anselm seinen grimmigen Gedanken ein jähes Ende bereitete.

Der alte Mönch schien aus einem totenähnlichen Schlaf erwacht zu sein und fuchtelte nun, wie von Zitterkrämpfen geschüttelt, mit der Hand, die den Rosenkranz hielt, durch die Luft. Sein Gesicht verzerrte sich zu einer Maske höchster

Anstrengung, während einzelne Worte und Satzfetzen abgehackt über seine Lippen kamen.

Hastig beugte sich Jakob vor.

»Weg! . . . Holt die Zeugen . . . Ruchloser Wahn . . . Oh selige Madonna! . . . Singt . . . singt . . . ihr Distelfinken . . . Jesu rotes Blut . . . Barmherzigkeit und Wahrheit . . . findet sie nur im Schoß der Jungfrau . . .«

Das gequälte, kaum verständliche Gestammel von röchelnden Lauten unterbrochen, machte Jakob eine Gänsehaut. Er hatte das Gefühl, als versuchte der alte Mönch mit verzweifelter Kraftanstrengung den betäubenden Schleier seines Fieberdeliriums zu durchbrechen und ihm etwas Wichtiges mitzuteilen.

»Ich höre Euch!«, sagte Jakob mit klopfendem Herzen und griff nach der Hand des Mönches, die sich sofort wie eine Kralle an ihn klammerte. »Was ist es, das Ihr mir sagen wollt? Wollt Ihr beichten? Soll ich einen Eurer Brüder rufen?«

»Singen . . . mit der Madonna . . . Disteln und Ähren . . . sie ruhen im Strom . . . Zeugen der Schande . . . gottloser Wahn . . . auf der Insel unserer Töchter . . . unschuldiges Blut . . .«

Angestrengt versuchte Jakob dem unverständlichen Gemurmel des Fieberkranken einen Sinn, eine Botschaft oder Aufforderung zu entnehmen. Aber es war vergebliche Mühe. Er vermochte mit dem Gestammel nichts anzufangen.

Während er noch angestrengt auf das Gemurmel von Bruder Anselm lauschte, vernahm er auf einmal ein merkwürdiges Geräusch. Es hörte sich wie ein Kratzen an, ein scharfes Geräusch, als wenn ein schweres Stück Metall über Stein schabt.

Jakob stutzte, richtete sich vom Bett auf und lauschte.

Da war es wieder! Verwirrt sah er sich in der Zelle um und suchte nach der Ursache für dieses merkwürdig schabende Kratzen. Doch es war schon wieder verstummt und sein umherschweifender Blick fand nichts, was eine Erklärung bieten konnte.

Nun, vielleicht hatte er sich dieses seltsame Geräusch ja auch bloß eingebildet. Die Fieberphantasien des sterbenskranken Mönches konnten einem schon gehörig zusetzen und einem wohl auch Dinge vorgaukeln, die gar nicht da waren. Oder aber das Geräusch war oben aus dem schweren Dachgebälk gekommen, das ja bekanntlich die merkwürdigsten Geräusche erzeugte, wenn das Holz sich bei veränderten Temperaturen zusammenzog oder ausdehnte.

Was immer es auch sein mochte, ihn sollte es nicht weiter interessieren. Er hatte hier sowieso nichts verloren und war gut beraten so schnell wie möglich zu verschwinden. Sollte doch dieser Novize Dominik herausfinden, was Bruder Anselm vor seinem Tod unbedingt noch loswerden wollte. Er für seinen Teil hatte mehr als genug für den armen Kerl getan und sollte besser seinen eigenen Vorteil im Auge behalten.

Die Tür flog mit einem Knall auf und zu Tode erschrocken sprang Jakob vom Schemel auf, der dabei polternd zu Boden stürzte. »Heiliges Kanonenrohr, habt Ihr mich erschreckt!«, stieß er hervor und presste die Hand vor die Brust. Der starke Windzug, den die heftig aufgestoßene Tür durch die Zelle jagte, löschte die Kerze in der Wandnische. Einzig der graue Schimmer Tageslicht, der durch die Ritzen der Schlagläden fiel, kämpfte jetzt noch gegen die Dunkelheit.

Bruder Tarzisius stürzte zu Jakob in die Zelle und packte ihn mit beiden Händen an der Konversenkutte. »Was habt

Ihr hier zu suchen?«, fuhr er ihn grob an und zerrte ihn fast von den Füßen. »Was schnüffelt Ihr hier herum?«

»Ich . . . ich . . . wollte Bruder Anselm nur einen Krankenbesuch abstatten!«, stotterte Jakob verstört. »Dominik, der Novize . . .«

Der Subprior ließ ihn nicht einmal ausreden. »Was habt Ihr mit Bruder Anselm gesprochen?«

»Gesprochen? . . . Ich? . . . Nichts!«

»Lügt mich nicht an!«, zischte Bruder Tarzisius und bohrte seinen Blick in Jakobs Augen. »Ich habe doch im Flur gehört, dass Ihr mit ihm gesprochen habt! Und er hat Euch geantwortet! Untersteht Euch also mir frech ins Gesicht zu lügen!«

Am liebsten hätte Jakob ihm geantwortet, dass doch wohl er, Bruder Tarzisius, hier der dreiste Lügner sei. Denn nie und nimmer hatte er bei geschlossener Zellentür draußen auf dem Gang auch nur ein Wort von dem hören können, was der Fieberkranke mit kraftloser, röchelnder Stimme von sich gegeben hatte. Er, Jakob, hatte ihn ja selbst kaum verstanden und dabei hatte er sich doch ganz nahe zu ihm vorgebeugt!

Aber eine innere Stimme warnte Jakob davor, den Subprior, der zweifellos ein überaus hitziges Temperament besaß, unnötigerweise noch mehr zu reizen. »Ich lüge nicht, ehrwürdiger Bruder!«, antwortete er deshalb mit vorsichtiger Zurückhaltung. »Miteinander gesprochen haben wir wirklich nicht. Er hat nur irgendetwas in seinem Fieberwahn gesagt . . .«

»Was genau?«, verlangte der Subprior schroff zu wissen.

»Ich weiß es nicht!«, beteuerte Jakob. »Er hat nicht in ganzen Sätzen gesprochen, sondern nur sinnloses Zeug gestammelt.«

»Was für ein sinnloses Zeug?«, fragte Bruder Tarzisius

mit herrischer Stimme. »Ich will jedes Wort wissen, habt Ihr mich verstanden?«

Jakob warf die Arme in einer Geste der Hilflosigkeit und des Unverständnisses hoch. »Mein Gott . . .«, begann er.

»Untersteht Euch den Namen unseres Herrn missbräuchlich in den Mund zu nehmen!«

»Er hat etwas von Gesang gestammelt und von der seligen Jungfrau, von Blut und Schande und Wahrheit und all solch einem Zeug!«, antwortete Jakob und nun brach der Ärger doch bei ihm durch. Welches Recht nahm sich der Subprior bloß heraus ihn so schäbig zu behandeln, als hätte er sich etwas zu Schulden kommen lassen! »Nichts davon hat auch nur annähernd Hand und Fuß gehabt. Jedenfalls habe ich mir nichts zusammenreimen können.«

»Und das soll ich Euch glauben?«, fragte der Subprior voller Misstrauen.

Jetzt explodierte Jakob. »Ob Ihr mir glaubt oder nicht, interessiert mich einen feuchten Dreck!«, platzte er heraus. »Vielleicht wollte er ja, dass ich jemanden hole, damit er die Beichte ablegen kann! Mir ist es auch völlig wurscht, was er wollte und was Ihr glaubt! Was mir jedoch gar nicht passt, ist, dass Ihr mich wie einen Strolch behandelt! Ich habe meinen Esel verloren und meine Knochen in Wind und Wetter riskiert, um mein Versprechen zu halten und diesen alten Mönch nach Himmerod zu bringen. Aber auf die zugesagte Entlohnung und Entschädigung warte ich noch immer! Wenn wir also über Strolche reden wollen, dann habe ich dazu meine ganz eigene . . .«

Jakob fand keine Gelegenheit seinen Satz zu beenden. Denn in diesem Moment tauchte Prior Pinius in der Tür auf und fragte mit naiver Verblüffung: »Was geht denn hier vor sich?«

Bruder Tarzisius ließ Jakob augenblicklich los. »Oh, eine

kleine Meinungsverschiedenheit darüber, wie viel Besuch dem Kranken zuzumuten ist, wo er doch schon an der Schwelle zu Gottes Königreich steht. Nichts, womit Ihr Euch belasten müsstet, ehrwürdiger Bruder«, antwortete er, während seine zornige Miene und sein herrisches Betragen sich von einem Wimpernschlag auf den anderen in aufgesetzte Liebenswürdigkeit verwandelten. »Ich glaube, die Missverständnisse sind ausgeräumt und wir verstehen uns jetzt, nicht wahr?« Er bedachte Jakob nun mit einem falschen Lächeln.

»Ja, ich habe Euch sehr wohl verstanden, Bruder Tarzisius«, erwiderte Jakob sarkastisch und dachte, dass der Subprior doch wahrlich ein ausgemachter Lügner war.

Dem Prior entging der Sarkasmus völlig, was Jakob zu dem Schluss kommen ließ, dass Bruder Pinius offenbar äußerst naiv und leicht hinters Licht zu führen war. Denn er nickte mit freundlicher Erleichterung und sagte zu Jakob in väterlichem Ton: »Ein offenes Wort zur rechten Zeit bewahrt alte Freundschaften, schafft gegenseitigen Respekt und baut zukünftigen Missverständnissen vor. Eure Sorge um Bruder Anselms Befinden ehrt Euch. Doch nun geht in Frieden Eurer Wege, mein Sohn.«

»Ich täte nichts lieber als das«, murmelte Jakob grimmig, während er sich an Bruder Tarzisius vorbeizwängte. »Wenn man mich nur wie versprochen auszahlen würde!«

Mit einer geballten Wut im Magen stürmte er den Gang und die Treppe hinunter. Er musste jetzt erst einmal an die frische Luft und sich irgendwie abkühlen, um sich in seinem Zorn nicht zu einer Dummheit hinreißen zu lassen! Er brauchte einen klaren Kopf, wenn er sich seine Belohnung notfalls auf eigene Faust beschaffen wollte, und einen guten Plan. Aber erst musste er seinen wollenen

Umhang und Schal holen, die mit seinen anderen Sachen zum Trocknen in der Küche über der Leine hingen.

Ohne sich um die verdrossenen Blicke von Bruder Anton zu kümmern, der gerade einen großen Eisenkessel an den schweren Haken über der Feuerstelle hängte, durchquerte er das Küchengewölbe, zerrte Umhang und Schal von der Leine und ging ebenso wortlos und selbstbewusst, wie er auch gekommen war. Er war es satt sich herumstoßen zu lassen – egal, von wem! Von Mönchen würde er sich jedenfalls nicht übers Ohr barbieren lassen!

Sechstes Kapitel

Der schneidende Wind hatte sich gelegt und auf dem Klosterhof regte sich fast kein Lüftchen. Dafür hing der Himmel grau und tief wie eine schwere Schieferplatte über dem Land. Jakob brauchte über keine hellseherischen Kräfte zu verfügen, um zu sehen, dass Schnee in der Luft lag.

Eine Weile wanderte er ziellos auf dem Gelände der Abtei umher und staunte nicht schlecht, wie viele klösterliche Werkbetriebe und Gebäude innerhalb der Umfassungsmauern lagen. An mehreren Stellen waren Baumaßnahmen im Gange, so auch am rückwärtigen Teil des Konventsgebäudes. Sein Weg führte ihn zur Pforte, wo er einen Blick in die Stallungen und die Hufschmiede warf. Die Werkstatt wurde von zwei bulligen, aber freundlichen Konversen betrieben und während er ihnen bei der Arbeit zusah und die Wärme ihres Schmiedefeuers genoss, verzehrte er seinen Rest Brot und eine Kartoffel. Anschließend trieb er sich eine Weile beim Pfortenhaus und der Torkapelle herum, wo er unglücklicherweise dem Portarius Bruder Johannes in die Arme lief. Dieser zeigte ihm voller Stolz den Altar zu Ehren des heiligen Bernhard von Clairvaux, begnügte sich dabei jedoch nicht mit einigen erklärenden Worten, sondern holte zu weit greifenden Ausflügen in die Geschichte der Zisterzienser aus.

»Der heilige Bernhard, der geniale Prediger und Kirchenlehrer, ist der Patron aller Zisterzienser. Eigentlich ist er der wahre Begründer unseres Ordens, auch wenn es die Zisterzienser schon gab, als er im Alter von zweiundzwanzig Jahren in das noch junge Reformkloster von Cîteaux eintrat, was im Jahre des Herrn 1112 geschah. Seine große

Begabung und Sendung offenbarte sich schon drei Jahre später, als er zum Gründerabt von Clairvaux, unserem Mutterkloster, wurde«, berichtete Bruder Johannes mit großer Begeisterung.

»So, so«, murmelte Jakob.

»Ja, fast siebzig Klöster gründete er zu seinen Lebzeiten, davon Himmerod im Jahre 1134. In einsamen Tälern von besonderer landschaftlicher Schönheit und auf kargem Boden zu siedeln, um mit der eigenen Hände Arbeit das wirtschaftliche Überleben des Klosters zu sichern, gehört mit der Hingabe zu Gebet und Kontemplation von Anfang an zu den großen Stärken unseres Ordens.« Bruder Johannes nickte nachdrücklich und strahlte ihn an wie ein Vater, der von den großartigen Leistungen seines Sohnes erzählt. »Der heilige Bernhard war aber nicht nur Gründer von Klöstern, sondern auch ein flammender Kreuzzugsprediger, der Könige und Edelleute dazu brachte, das Kreuz aus seiner Hand entgegenzunehmen und ins Heilige Land zu ziehen! Wie bitter es ihn deshalb getroffen hat, als der zweite Kreuzzug von 1149, den er mit solcher Leidenschaft unterstützt hatte, dann ein so schändliches, klägliches Ende nahm. Ein schwerer Schlag, von dem sich unser heiliger Bernhard nicht mehr erholen sollte, denn schon 1153 nahm ihn unser Herr zu sich. Wisst Ihr, warum man unseren Patron oft mit einem Bienenkorb oder mit einem weißen Hund darstellt?«

Jakob wusste es nicht und ehrlich gesagt interessierte es ihn auch wenig, was ihn jedoch nicht vor den Erklärungen des kleinen Mönches schützte. Er hatte alle Mühe dem eifrigen Wortschwall des Portarius zu entkommen, ohne dessen Gefühle zu verletzen, was er gern vermeiden wollte. Denn Bruder Johannes gehörte mit Bruder Isenbard zweifellos zu jenen Ordensleuten von Himmerod, die sich in der Weltabgeschiedenheit ihres harten, klösterlichen

Lebens ein freundliches Wesen bewahrt hatten – was man wahrlich nicht von allen hier behaupten konnte.

Als er den Ausführungen des Pfortenbruders endlich entwischt war, wandte Jakob sein flüchtiges Interesse auf der anderen Seite der Klosteranlage Mühle, Walkmühle und Weberei zu. In Bäckerei und Brauerei hätte er sich gern länger aufgehalten, wurde jedoch ausgerechnet dort im Handumdrehen von unleidlichen Konversen und Mönchen vertrieben, die wie Küchenbruder Anton keinen Fremden in ihrem Reich duldeten, und so schlenderte er bald wieder draußen herum und fragte sich, wie gut wohl die mächtigen Kornspeicher gefüllt waren, an denen er vorbeikam. Dann ging er zum abgebrannten Gästehaus hinüber, wo Liffard und zwei andere Laienbrüder damit beschäftigt waren, die Steine und Balken, die noch für zukünftige Bauvorhaben verwendet werden konnten, von Dreck und Lehm zu säubern und vor der Ruine säuberlich aufzuschichten. Er machte sich auch mit der Lage der anderen Wirtschaftsgebäude vertraut, besah sich den Friedhof, der auf der Nordseite der umfriedeten Klosteranlage lag, mit seinen schmucklosen Gräbern und der kleinen Friedhofskapelle – und betrat nach einigem Zögern schließlich die Abteikirche.

Wie der Zufall es wollte, stieß er im Vorraum der romanischen Basilika, dem sogenannten Paradies, auf Bruder Isenbard. »Ihr kommt ja wie gerufen, junger Freund!«, rief dieser gedämpft, während er sich nach rechts und links beugte und sich dabei mit der linken Hand den schmerzenden Rücken rieb. »Meine alten Knochen wollen heute mal wieder nicht so, wie es die Arbeit eigentlich verlangt. Ihr könnt mir ein wenig zur Hand gehen, Jakob!« Dabei deutete er auf eine Lattenkiste, die mit Kerzen aus der klostereigenen Kerzenzieherei gefüllt war.

Jakob unterdrückte ein geplagtes Seufzen, hob die Kiste auf, die ihm recht leicht vorkam, und folgte dem Mönch, der offenbar der Klosterknecht für tausend kleine Aufgaben und nicht eine einzige große war, zu all den Seitenaltären. Am Schluss drückte Bruder Isenbard ihm vor dem St.-Ursula-Altar eine Kerze in die Hand und raunte gutherzig: »Sie soll Euch nichts kosten, Jakob Tillmann. Bestimmt werdet Ihr guten Gebrauch davon machen. Möge Euer Bittgebet erhört werden.« Er lächelte ihm zu, klemmte sich die leere Kiste unter den Arm und schlurfte davon, nachdem er in Richtung des Hochaltars, der nach zisterziensischer Ordenstradition der Gottesmutter geweiht war, niedergekniet und sich bekreuzigt hatte.

Jakob starrte einen Augenblick unschlüssig auf die Kerze in seiner Hand. Wann hatte er das letzte Mal eine geweihte Kerze in der Hand gehalten, ja wann das letzte Mal von sich aus eine Kirche betreten? Das war gewesen, bevor Quirin Schlehenbusch sich seiner angenommen hatte, was nun schon über zehn Jahre zurücklag. Und was hatten damals die Kerzen sowie seine flehentlichen Gebete vor dem Kruzifix und der Muttergottes ausgerichtet? Nichts.

Einen langen Moment stand er reglos da. Dann zündete er die Kerze an einem der brennenden Lichter des Seitenaltars an und stellte sie auf. Er kniete jedoch nicht nieder und faltete auch nicht die Hände zum Gebet. Erinnerungen an seine Mutter bedrängten ihn mit aller Macht und er biss sich auf die Lippen um sowohl die Tränen als auch einen lästerlichen Fluch zurückzuhalten, der ihm in die Kehle stieg. Abrupt wandte er sich ab und stürzte förmlich aus der Kirche.

Er lief noch immer, als er die Stallungen erreicht hatte. Wie von Furien gehetzt, stürmte er um die Ecke – und hätte beinahe den Schweden über den Haufen gerannt, der dort unter dem Vordach neben einer Tonne an der Wand lehnte und mit seinem Messer an einem handtellergroßen, flachen Stück Holz herumschnitzte.

Jakob entschuldigte sich, blieb auf die Tonne gestützt stehen, weil er plötzlich nicht mehr wusste, wohin er eigentlich wollte, und rang nach Atem. Sein kopfloses Davonstürzen war ihm auf einmal peinlich. Aber warum konnte die Erinnerung nicht gnädiger sein und im Laufe der Jahre die entsetzlichen Bilder der Vergangenheit verblassen lassen?

»Ist Euch jemand auf den Fersen? Oder ist Euch vielleicht der Leibhaftige begegnet?«, fragte Henrik Wassmo mit unbeweglicher Miene und auf die ihm eigene trockene Art, die nicht verriet, ob seine Frage ernst gemeint oder nur Spott war.

»Nein, ich habe heute nur einen besonders schlechten Tag«, stieß Jakob verdrossen hervor.

»Der nächste Tag ist immer noch schlechter.«

»Danke für Eure trostvollen Worte! Das macht mir das Herz wirklich ungemein leichter!«, grollte Jakob und sagte dann mit einem Blick auf das Stück Holz, an dem der Schwede herumschnitzte: »Ich sehe, Ihr habt Euch von den Brüdern eine sinnvolle Arbeit zuteilen lassen.«

»Es ist weit besser müßig zu sein als nichts zu tun!«, lautete Henrik Wassmos schlagfertige Antwort und dabei verzog er in seinem pockennarbigen Gesicht nicht einen einzigen Muskel. »Des Menschen Leben ist wie Gras, wie eine Blume blüht er auf. Und kommt ein Wind, wo bleibt die Rose, und weiß noch einer, *dass* sie war?«

»Ihr scheint ja auf alles eine Antwort zu haben, Schwede«, sagte Jakob und wusste nicht recht, ob er verärgert oder belustigt sein sollte. »Dann könnt Ihr vielleicht auch das Rätsel lösen, wieso gestern kurz nach Mitternacht ein

Reiter mit einem zweiten Pferd die Abtei verlassen hat – mitten im Sturm!«

Henrik Wassmo stutzte. Er ließ Messer und Holz sinken, während sein Kopf ruckartig zu Jakob herumfuhr. »Was sagt Ihr da? Ein Reiter mit zwei Pferden hat Himmerod noch bei Nacht verlassen? Seid Ihr Euch dessen sicher?«

»Ja, kurz nachdem die Glocke zur Matutin gerufen hat!«, versicherte Jakob. »Ich habe es von meiner Zelle aus deutlich gesehen!«

Henrik Wassmo blickte einen Augenblick stumm über den Hof. Dann steckte er das Messer weg, ließ das flache Holzstück in einer Brusttasche verschwinden und wandte sich zum Gehen.

»He, was hat das zu bedeuten?«, rief Jakob ihm ärgerlich nach. »Wollt Ihr mir keine Antwort geben?«

»Hat einer nicht mehr Gottesfurcht im Herzen, gewinnt das Böse leicht sein Ohr!«, lautete die geheimnisvolle Antwort des Schweden. Dann stiefelte er hastigen Schrittes in Richtung Konventsgebäude davon.

Mit grimmiger Miene sah Jakob ihm nach. Bruder Tarzisius und der Mönch mit der Augenklappe waren nicht die Einzigen, die ein merkwürdiges Betragen an den Tag legten! Irgendetwas Rätselhaftes ging in diesem Kloster vor und es hatte mit dem sterbenden, ehemaligen Abt zu tun, den er nach Himmerod gebracht hatte, darauf wollte er schwören. Aber niemand dachte daran, ihn auch nur vage in das Geheimnis einzuweihen, und das nährte seinen tiefen Groll.

Wenige Minuten später sah Jakob den Subprior über den Hof eilen. Bruder Tarzisius hielt direkt auf die Stallungen zu. Nach der heftigen Auseinandersetzung in der Zelle erschien es ihm ratsamer dem Subprior eine Weile aus dem Weg zu gehen.

Doch Bruder Tarzisius wechselte sofort seine Richtung, als Jakob sich von den Stallungen entfernte. Er winkte ihm zu und rief mit dampfendem Atem: »Wartet! . . . Jakob Tillmann, wartet! . . . Ich habe mit Euch zu sprechen!«

Jakob zögerte, ob er der Aufforderung Folge leisten sollte, und blieb dann mit finsterer Miene und zusammengepressten Lippen stehen. Er war nicht schlecht überrascht, als Bruder Tarzisius auf den letzten Schritten die Arme ausbreitete, als wollte er ihn gleich in brüderlicher Umarmung an seine Brust drücken, und ihm mit einem entschuldigenden Lächeln gegenübertrat.

»Könnt Ihr mir noch einmal verzeihen, junger Freund?«, waren seine ersten Worte. »Ich würde es Euch nicht verdenken, wenn Ihr es nicht könntet. Wer vermag schon das Gebot unseres Herrn, nicht siebenmal, sondern siebenundsiebzigmal und mehr zu vergeben, stets zu befolgen? Ich gestehe, Euch großes Unrecht angetan zu haben, und ich erbitte Eure großmütige Vergebung.«

Jakob war sprachlos vor Verblüffung.

Bruder Tarzisius schüttelte mit betrübter Miene den Kopf und hob die Hände in einer Geste der Ratlosigkeit, während er fortfuhr: »Mir ist selbst schleierhaft, was vorhin bloß in mich gefahren ist Euch derartig zuzusetzen und Vorhaltungen zu machen, die jeglicher Grundlage entbehren. Ich habe wohl die Nerven verloren und es tut mir aufrichtig Leid.«

Jakobs Gesicht entspannte sich. Die Entschuldigung des Subpriors ging ihm hinunter wie Öl, war Balsam für seine Seele. Er bewahrte sich jedoch eine gute Portion gesundes Misstrauen. »So«, sagte er deshalb nur und wartete ab.

Bruder Tarzisius seufzte und machte ein zerknirschtes Gesicht. »Meine ehrwürdigen Mitbrüder haben mir, obwohl dessen gar nicht würdig, zu viel Verantwortung anvertraut. Die vielen Aufgaben und Sorgen, die mich beschäftigen, haben es wohl mit sich gebracht, dass ich Euch vorhin so schändlichst ungerecht behandelt habe. Ich bitte Euch noch einmal um Eure Vergebung und verspreche Euch, dass ich meine Entgleisung wieder gutmachen werde.« Und dabei senkte er demütig den Kopf.

Nun wurde Jakob die Angelegenheit unangenehm. Der Mönch hatte sich entschuldigt, aus welchem Antrieb auch immer, und damit musste es gut sein. Diese Büßerhaltung, die der Subprior jetzt einnahm, war ihm peinlich und ging ihm gegen den Strich. Auch regte sich Argwohn in ihm, ob dieses Benehmen wohl überhaupt aufrichtig war.

»Ich bin kein nachtragender Mensch. Es soll also vergessen sein«, sagte Jakob und fühlte sich dabei ganz unwohl in seiner Haut. Manchmal war es doch entschieden einfacher, seinen Groll gegen einen Menschen weiter zu hegen und zu pflegen, als eine Entschuldigung anzunehmen und ihm zu verzeihen. »Aber wenn Ihr wirklich etwas gutmachen wollt, dann könnt Ihr Euch darum kümmern, dass mir die Belohnung ausgezahlt wird, die Bruder Anselm mir versprochen hat.«

Der Subprior nickte eifrig. »Ihr könnt versichert sein, dass ich mich Eurer berechtigten Forderungen annehmen und bei der nächsten Gelegenheit mit unserem hochwürdigen Abt darüber reden werde, möglicherweise schon gleich nach der Kapitellesung.«

»Das wäre mir sehr lieb.«

»Und wenn Ihr mir etwas Zeit einräumt, dann werde ich mich darum bemühen, dass trotz unserer angespannten wirtschaftlichen Lage genug für Euch herausspringt, um ein gutes Zugtier für Euren Karren zu erstehen und für den Rest des Winters versorgt zu sein«, versprach Bruder Tarzisius. »Nun, wie klingt das, Jakob Tillmann?«

Das war Musik in Jakobs Ohren und er konnte sich ein zufriedenes Grinsen nicht verkneifen. »Das klingt sehr gut, Bruder Tarzisius.«

»Aber ich muss Euch um einen Gefallen bitten . . .«

Jakob runzelte die Stirn. »Jetzt kommt der Haken, ja?«, fragte er mit neu erwachtem Misstrauen.

»Nein, kein Haken. Es ist bloß ein Gefallen, um den ich Euch bitten möchte. Natürlich ist es Euch ganz unbenommen ihn unserer Gemeinschaft zu verwehren. Es wird Eurer verdienten Entlohnung auch nicht zum Nachteil gereichen, Ihr habt mein Wort drauf.«

»So, und was ist das für ein Gefallen?«

»Ihr seid doch Fuhrmann und versteht Euch darauf, ein Gespann zu lenken, nicht wahr?«

Jakob nickte, obwohl er alles andere als ein Fuhrmann war, wie er bei seiner Ankunft in Himmerod behauptet hatte. Aber auf Schlehenbusch hatte er gelernt mit Pferden umzugehen und eine Kutsche zu lenken. »Sicher, obwohl es immer auf das Gespann ankommt«, schränkte er vorsichtshalber ein.

»Nun, unsere Pferde sind weder von hitzigem Temperament noch von störrischer Natur. Ihr werdet keine Schwierigkeiten haben sie unter Kontrolle zu halten, wenn Ihr mir den Gefallen tut mit Bruder Liffard zu einem unserer Wirtschaftshöfe hinauszufahren.«

»Und wozu ist die Fahrt nötig?«

»Drei Tonnen Mastfutter und ein Fass Wein werden dringend auf dem Schwickerather Hof erwartet, der bei Steinborn, einige Meilen nordwestlich von hier und hinter dem Kammerforst, liegt. Wenn Ihr Euch ein wenig sputet, werdet Ihr weit vor Einbruch der Dunkelheit wieder zurück sein. Und selbstverständlich werdet Ihr eine handfeste Brotzeit mit auf den Weg bekommen!«

Jakob ließ sich die Sache kurz durch den Kopf gehen. Bruder Tarzisius hatte sich bei ihm in aller Form entschuldigt und versprochen ihm zu seinem verdienten Lohn zu verhelfen. Das bedeutete einen großen Fortschritt. Ungern hätte er sich als Dieb aus der Abtei fortgeschlichen. Dem Subprior nun den Gefallen abzuschlagen war deshalb nicht klug. Es war ratsamer ihn sich weiterhin gewogen zu halten. Zudem verlockte ihn die Fahrt mit dem Fuhrwerk mehr als die Aussicht in den Mauern der Klosteranlage untätig darauf zu warten, dass man ihn auszahlte. Er hatte etwas zu tun und brachte auf sinnvolle Art die Zeit herum.

»Also gut, ich mache die Fahrt. Vorausgesetzt Bruder Liffard kennt den Weg.«

»Er kennt ihn so gut wie kein anderer, kommt er doch aus Steinborn«, versicherte Bruder Tarzisius.

Zwanzig Minuten später saß Jakob mit Bruder Liffard auf dem Kutschbock eines klobigen Fuhrwerkes, das mit dem Mastfutter und dem Wein für die beiden kräftigen Braunen nicht allzu schwer beladen war. Unter dem Sitz stand ein Bastkorb, der mit Schinkenbroten, hart gekochten Eiern und anderen deftigen Köstlichkeiten gut gefüllt war. Sie legten sich jeder noch eine Pferdedecke um die Schultern, dann griff Jakob mit leichtem Herzklopfen zu den Zügeln – und atmete insgeheim erleichtert aus, als das Gespann sich gehorsam ins Geschirr legte.

Jakob lachte und warf einen Blick über die Schulter zurück, als sie die Pforte passierten und das hohe Kreuzgewölbe den Hufschlag wie ein mächtiger Schalltrichter verstärkte. Einen Augenblick war ihm so, als sähe er den Mönch mit der Augenklappe aus dem Konventsgebäude laufen und ihm zuwinken. Aber dann sagte er sich, dass er sich wohl irrte, und so wandte er den Kopf wieder nach vorn, während das schwere Tor schnell hinter ihnen zurückblieb. Denn die Pferde, die durch das schlechte Wetter lange im Stall eingeschlossen gewesen waren, zeigten einen freudigen Drang ihre überschüssige Kraft loszuwerden und in einen flotten Trab zu fallen.

Die Straße wand sich durch Wälder und Hügelketten, die unter einer knöcheltiefen Schneedecke lagen. Von dem hohen Kutschbock eines robusten Fuhrwerkes aus, das von zwei kräftigen, wohlgenährten Pferden ohne sonderliche Mühsal gezogen wurde, hatte die Straße mit ihren Steigungen, Windungen und Bodenrillen wenig Ähnlichkeit mit dem mühsamen Weg, den er zu Fuß und mit der Deichsel eines Eselskarrens in der Hand kennen gelernt hatte.

Das Gespann zu lenken ging Jakob leichter von der Hand als gedacht und er fühlte sich so gut wie schon lange nicht mehr. Er war in bester Stimmung und fand sogar Gefallen an Bruder Liffards Geschichten. Sein Begleiter erwies sich als ebenso geschwätzig wie einfältig – und besaß zweifellos die scharfen Ohren eines Luchses. Denn wie Jakob seinem von Kichern begleiteten Reden entnehmen konnte, entging ihm kaum etwas, was innerhalb der Klostermauern geschah und gesprochen wurde.

So erfuhr er, dass der hochbetagte Himmeroder Abt Ambrosius seiner Amtsgeschäfte müde war und seine freie Zeit am liebsten damit verbrachte, Inkunabeln kunstvoll auszumalen und an einer geschichtlichen Abhandlung über die Himmeroder Abtei zu arbeiten. Und dass mit seiner baldigen Abdankung zu rechnen sei.

»Dann wird Euer neuer Abt ja wohl Bruder Pinius heißen«, vermutete Jakob.

Liffard grinste breit. »Wisst Ihr, was Bruder Bruno, unser Cellerar, gesagt hat? ›Eher wird der Tölpel Liffard Kardinal, als dass Bruder Pinius auf dem Abtstuhl Platz nimmt!‹« Er kicherte. »Oh, die Kardinalsfarben würden mir schon gut zu Gesicht stehen. Nur wo soll ich im Sommer bei der Arbeit im Klostergarten und auf den Feldern mit der Mitra hin? Und der dicke Ring wie auch der Stab würden mir ganz schön lästig sein. So was taugt nicht zum Jäten und Umgraben.«

»Ist eine Mitra nicht ein Würdezeichen von Bischöfen und nicht von Kardinälen? Außerdem glaube ich nicht, dass man einen Kardinal irgendwo in einem Klostergarten beim Unkrautjäten oder auf einem Feld beim Umgraben sehen kann«, spottete Jakob.

»Kein Wunder!«, meinte Liffard in einem Tonfall, als bedauerte er die Kardinäle um ihre schwere Last und die Beschränkungen, die ihr hohes Kirchenamt ihnen auferlegte.

»Und warum kommt Bruder Pinius für die Abtweihe nicht in Frage?«, wollte Jakob wissen.

»Weil er bei den religiösen Eiferern in unserem Konvent und bei der erzbischöflichen Kurie in Trier keine Gunst genießt, so hat es Bruder Anton einst zu Bruder Chrysostomus gesagt, als wir letztes Jahr den Fischteich trocken gelegt und die Dämme erneuert haben«, antwortete Liffard. »Er soll zu milde sein, nicht streng genug auf Zucht und Ordnung sehen und genau wie unser hochwürdiger Abt mehr als einmal das Missfallen der hohen Herren in Trier erregt haben. Ich verstehe das nicht. Ich würde für Bruder Pinius mit beiden Händen stimmen, wenn ich dürfte. Denn keiner betet so andächtig wie unser Prior und im Beichtstuhl ist er wie ein gütiger Vater.«

»Wer hat dann die besten Chancen die Nachfolge von Abt Ambrosius anzutreten?«, fragte Jakob.

»Subprior Tarzisius«, antwortete Liffard ohne Zögern. »Er ist ein feiner Mann, gebildet und aus vornehmem Haus. ›Ein

Mann, der sich stets zur rechten Zeit ins rechte Licht zu setzen weiß und dessen Blick schon vom ersten Tag an auf den Abtstuhl gerichtet ist!‹, habe ich Bruder Isenbard einmal sagen gehört.«

Jakob war nicht überrascht, dass Bruder Tarzisius ehrgeizige Pläne verfolgte und die Abtwürde eifriger anstrebte als Vollkommenheit in Gebet und klösterlichem Dienst.

»Ja, und dann hat Bruder Isenbard noch etwas ganz Merkwürdiges gesagt, nämlich: ›Seine Familie füllt die Taschen des Erzbischofs. Und dass Wohltaten umsonst sind, glauben doch nur die Bösen und die Blöden!‹« Liffard nagte an seiner Unterlippe und schüttelte den Kopf. »Wohltaten sind doch immer umsonst. Ist das nicht so etwas wie ein weißer Schimmel? Also, ich weiß mit diesen Worten heute genauso wenig anzufangen wie damals. Oder könnt Ihr Euch einen Reim darauf machen?«

Jakob konnte sehr wohl, hielt es jedoch für unnötig, Liffard darüber aufzuklären und seinen naiven Geist noch weiter in Verwirrung zu stürzen. Jetzt hatte er zumindest eine Ahnung von dem, was Bruder Tarzisius umtrieb und was sich hinter den Kulissen des Klosters abspielte. Vermutlich hatte auch das rätselhafte Verhalten des Subpriors, was den todkranken Bruder Anselm von Picoll betraf, mit seinem hoch gesteckten Ziel zu tun der nächste Abt von Himmerod zu werden. Nun, ihm sollte es gleichgültig sein, ob der Subprior bei seinem heimlichen Kampf um die Abtwürde nicht vor Intrigen und anderen wenig christlichen Methoden zurückschreckte, wenn er ihm nur endlich seinen gerechten Lohn für seine Dienste beschaffte!

Den Schwickerather Hof erreichten sie ohne Zwischenfälle kurz vor der zweiten Mittagsstunde, als die ersten Schneeflocken aus der schmutzig grauen Wolkendecke zu fallen begannen. Jakob staunte jedoch nicht schlecht, als der Verwalter des klösterlichen Hofes sich völlig überrascht zeigte.

»Drei Tonnen Mastfutter und ein Fass Ürziger Wein? Wie kommt Bruder Tarzisius bloß darauf, wir hätten nicht mehr genug Vorräte, wo wir doch erst vor zwei Wochen die Bestände gemeinsam durchgegangen sind?«, wunderte sich der Verwalter. »Das kann sich bloß um ein Missverständnis handeln. Aber gut, wenn er meint, wir sollten unsere Bestände noch mehr auffüllen, soll es mir recht sein.«

Jakob war es egal, ob die Vorräte auf dem Hof gebraucht wurden oder ob Bruder Tarzisius ein Fehler unterlaufen war. Er hatte eine unterhaltsame Fahrt hinter sich und dachte jetzt nur daran, so schnell wie möglich nach Himmerod zurückzukommen, bevor der leichte Flockentanz zu einem dichten Schneetreiben wurde. Wie konnte er auch ahnen, dass er in weniger als vierundzwanzig Stunden die tiefe Bedeutung dieses angeblichen Missverständnisses erkennen und bitter bereuen würde, dass er sich zu dieser Fahrt hatte überreden lassen.

Siebtes Kapitel

Kurz nach der Vesper traf Jakob mit Liffard wieder in der Abtei ein. Mittlerweile fiel der Schnee so dicht, dass die kraftlose Februarsonne den Tag schon für verloren gab. Dabei war es bis zum eigentlichen Einbruch der winterlichen Abenddämmerung noch eine gute Stunde hin. Über der Klosterpforte und im Hof vor den Gebäuden brannten die Laternen und warfen ihren gelblichen Lichtschein auf den jungfräulichen Schnee, der alle Geräusche dämpfte und den trügerischen Eindruck von Besinnlichkeit und Frieden erweckte.

Jakob brachte das Fuhrwerk unter dem weit vorgezogenen Vordach der Stallungen zum Stehen, wickelte die Zügel um die Bremsstange und steckte schnell noch eines der restlichen Schinkenbrote ein, bevor er vom Kutschbock sprang.

»Bruder Tarzisius!« Er lief dem Subprior nach, der bei seinem Eintreffen gerade aus der gegenüberliegenden Remise gekommen war und nun mit verdächtig eiligen Schritten von ihm weg und zurück zum Konventsgebäude strebte.

»Oh, Ihr seid schon zurück?«, fragte der Subprior und tat überrascht. »Nun, demnach habt Ihr wohl eine leichte Fahrt gehabt. Aber ich sagte ja, dass Ihr es gut bis vor Anbruch der Dunkelheit schaffen würdet. Dennoch ist es gut, Euch wohlbehalten zurück zu wissen. Besten Dank.«

Jakob berichtete ihm, dass der Verwalter des klösterlichen Hofes die drei Tonnen Mastfutter und den Wein ganz und gar nicht dringend erwartet hatte, sondern über mehr als ausreichende Vorräte verfügte. »Die Fahrt ist also völlig unnötig gewesen«, schloss er und war auf die Reaktion des Mönches gespannt.

Bruder Tarzisius zog die Augenbrauen jedoch nur in mildem Erstaunen hoch und antwortete unbekümmert: »Wirklich? Da muss ich in meinen Aufzeichnungen etwas falsch notiert haben. Aber das ist ja kein Beinbruch. Mastfutter und Wein sind auf Schwickerath genauso gut aufgehoben wie hier. Und wer weiß, wozu das noch mal von Nutzen ist.«

»Habt Ihr mit Eurem Abt wegen meines Lohnes gesprochen?«

»Ich habe das Thema gleich nach der Kapitellesung angesprochen, erhielt jedoch leider keine Gelegenheit es gebührend auszuführen, da unseren hochwürdigen Abt andere Sorgen auf der Seele drückten. Jedoch bin ich zuversichtlich diese Angelegenheit noch heute nach der Komplet oder doch spätestens morgen zu Eurer Zufriedenheit abschließen zu können«, versicherte Bruder Tarzisius in gewandter Redeweise.

Jakob sah ihn skeptisch an. Sagte der ehrgeizige Mönch die Wahrheit oder hielt er ihn nur hin?

»Ihr habt mein Wort, Jakob Tillmann!«, beteuerte der Subprior und fügte dann mit einem merkwürdig heiteren Lächeln hinzu: »Außerdem scheint uns ein neuer Schneesturm zu erwarten, mein Freund. Also wohin könntet Ihr bei diesem Wetter schon wollen?« Und damit ließ er ihn stehen.

Jakob sah ihm mit dem unguten Gefühl nach, dass der Subprior ein undurchschaubares Spiel mit ihm trieb. Warum hatte er ihn mit dem Fuhrwerk zum Schwickerather Hof geschickt, obwohl dafür keine Notwendigkeit bestanden hatte? Dass es sich um ein Missverständnis gehandelt haben könnte, schloss er aus. Dieser Mönch tat nichts, was er vorher nicht gut durchdacht hatte. Also warum hatte er ihn losgeschickt? Hatte er ihn an diesem Tag fern der Abtei halten wollen? Oder war es ihm nur darum gegangen, ihn irgendwie zu beschäftigen? Aber wenn ja – weshalb? Und was hatte all das bloß mit dem todkranken Bruder Anselm zu tun? Denn dass es da eine Verbindung geben musste, stand außer Frage!

Er beschloss dem aalglatten Subprior noch bis zum nächsten Vormittag Zeit zu geben. Wenn er die Angelegenheit dann nicht zu seiner Zufriedenheit geregelt hatte, würde er höchstpersönlich dafür sorgen, dass der Abt erfuhr, was er von Klosterbrüdern hielt, die Barmherzigkeit und Nächstenliebe predigten, ihm jedoch seinen gerechten Lohn schuldig blieben. Und sollte er ihm kein Gehör schenken, würde er eben zu drastischeren Maßnahmen greifen!

Gerade wollte er sich in die Schmiede zu den beiden umgänglichen Konversen begeben, um sich an dem Feuer dort aufzuwärmen, als der Mönch mit der Augenklappe sich aus dem Schatten der Torkapelle löste und ihn zu sich winkte. Widerwillig ging Jakob zu ihm hinüber.

»Was soll ich für Euch tun?«, fragte er sarkastisch. »Offenbar glaubt hier jeder mich für seine Zwecke einspannen und mir dann meinen Lohn schuldig bleiben zu können!«

»Für mich braucht Ihr nichts zu tun, Jakob«, antwortete Bruder Basilius, der die Kapuze seiner Kutte hochgeschlagen hatte. »Aber Ihr könnt eine Menge für Euch selbst tun.«

»So? Und das wäre?«

»Indem Ihr Himmerod den Rücken kehrt und Euch so schnell wie möglich aus dem Staube macht, solange Ihr noch könnt!«

Jakob sah ihn verblüfft an. »Ich soll mich davonstehlen? Und warum?«

»Weil Ihr ahnungslos in Dinge verwickelt zu werden droht, die Eurer Gesundheit sehr abträglich sein können!«

»Das wüsste ich schon gern genauer, Bruder Basilius.«

»Es geschieht zu Eurem eigenen Schutz, dass ich darauf verzichte, Euch genaue Auskünfte zu geben«, erklärte der Mönch, dessen Gesicht im Dunkel der Kapuze lag. »Wir leben in Zeiten der Verwirrung, in denen das Unkraut aufgeht und der reinen Saat das Licht nimmt! Und Ihr seid klug beraten diesem Unkraut aus dem Weg zu gehen.«

»Damit kann ich wenig anfangen, Bruder Basilius«, erwiderte Jakob ungehalten und wehrte sich gegen das Gefühl des Unbehagens, das der Mönch in ihm hervorrrief – nicht allein durch seine Worte, sondern durch seine ganze geheimnisvolle Erscheinung. Aber so schnell wollte er sich nicht einschüchtern und aus der Abtei vertreiben lassen! »Und noch weniger kann ich mir für Euren Ratschlag etwas kaufen. Was Ihr und Eure Mitbrüder hier umtreibt und was die ganze Aufregung soll, die dieser alte Mönch, den ich auf seinen Wunsch hin nach Himmerod gebracht habe, offenbar ausgelöst hat, das interessiert mich nicht die Bohne. Alles, was ich will, ist meinen gerechten Lohn!«

»Nehmt das hier!« Der Mönch drückte ihm einen kleinen Leinenbeutel mit Münzen in die Hand und redete hastig auf ihn ein: »Aber seht in Gottes Namen zu, dass Ihr heute noch aus dem Kloster kommt, und zwar so heimlich wie möglich. Am besten schleicht Ihr Euch während der Komplet davon. Ihr könnt für die Nacht Unterschlupf auf dem Marienhof finden, der anderthalb Meilen von hier auf der linken Straßenseite liegt. Er ist gar nicht zu verfehlen, nicht einmal im Schneetreiben. Sagt, dass Bruder Basilius Euch geschickt hat, und man wird Euch ohne weitere Fragen aufnehmen.«

Jakobs Herz machte im ersten Moment einen Freudensprung, als er den Klang von Münzen vernahm und sich am Ziel seiner Wünsche wähnte. Seine Freude verwandelte sich jedoch schon Augenblicke später in Enttäuschung und ausgesprochenen Unmut, als er den Beutel in seine linke Handfläche leerte und sah, welch geringen Wert die Münzen besaßen. »Wollt Ihr Euch einen schlechten Scherz mit mir erlauben oder glaubt Ihr wirklich, ich lasse mich mit ein paar lumpigen Hellern abspeisen?«, entrüstete er sich. »Ich habe nicht an die Klosterpforte geklopft und um ein Almosen gebettelt! Drei bitterkalte Tage habe ich mich mit Eurem Ordensbruder abgeplagt und dabei auch noch mein prächtiges Zugtier verloren! Für diesen läppischen Betrag kann ich mir ja noch nicht einmal einen alten Ziegenbock kaufen, geschweige denn einen Esel!«

»Leider ist das alles, was ich Euch geben kann.«

»Es reicht aber nicht!« Aufgebracht warf Jakob die Münzen in den Beutel zurück und drückte ihn dem Mönch wieder in die Hand. »Ich will meinen Lohn, wie ich ihn mir erarbeitet habe und wie er mir zusteht. Und das bekomme ich auch, verlasst Euch drauf!«

»Ihr begeht womöglich einen schweren Fehler, wenn Ihr noch länger in Himmerod bleibt und nur an Eure Entlohnung denkt! ›Verlass dich nicht auf deine Klugheit!‹ So steht es schon im Buch der Sprüche, Jakob Tillmann!«, warnte ihn Bruder Basilius eindringlich. »Hört auf meine Worte, vergesst das Geld und geht Eurer Wege, solange Ihr noch könnt!«

»Ich bin nicht auf den Kopf gefallen und habe längst gemerkt, dass hier irgendetwas im Busche ist. Aber das schreckt mich nicht. Ich habe schon ganz andere Sachen überstanden und weiß mich meiner Haut zu erwehren!«, prahlte er und fügte dann mit beißendem Hohn hinzu: »Obwohl ich zugeben muss, dass ich ein Kloster bisher für einen Ort gehalten habe, an dem fromme Menschen ein gottgefälliges Leben führen!«

»Im Flussbett der Welt fehlt es nie an Schlamm, so klar und rein der Fluss auch sein mag«, räumte Bruder Basilius ein und seine Stimme hatte einen betrübten Klang. »Leider wird das Kreuz zu oft als Würde auf dem Bauch getragen statt als Bürde auf dem Rücken.«

»Dafür kann ich mir nichts kaufen«, sagte Jakob verdrossen. »Und es interessiert mich auch nicht, wer hinter Klostermauern welche Intrige gegen wen spinnt. Ich lasse mich jedenfalls nicht um meinen Lohn bringen und wenn Ihr Euch den Mund in Fransen redet!«

Jakob wollte sich entfernen, doch Bruder Basilius hielt ihn am Arm fest. »Ich beschwöre Euch auf meinen guten Rat zu hören! Euer Trotz ist in dieser Situation so hilfreich wie eine erloschene Fackel in der Dunkelheit! Ihr werdet damit nicht weit kommen, sondern womöglich die bittere Erfahrung machen, dass . . .«

»Ihr könnt ja für mich beten, ehrwürdiger Bruder!«, fiel Jakob ihm bissig ins Wort, riss sich los und stapfte wütend durch den Schnee.

Er hörte, wie Bruder Basilius einen resignierten Stoßseufzer von sich gab und tatsächlich ein Bittgebet gen Himmel schickte: »Allmächtiger, ewiger Gott, halte deine schützende Hand über diesen unerfahrenen, uneinsichtigen jungen Mann und schenke ihm die Einsicht, die ich vergebens in ihm zu wecken versucht habe. Und segne, oh Herr, das Feuer des rechten Glaubens, das die Nacht der unbarmherzigen Selbstgerechtigkeit, des Hasses und der Verzagtheit erhellt, und entflamme in uns eine immer stärker werdende Sehnsucht nach dir! Herr, alles steht in deiner Macht. Hilf, dass wir auf dem Weg der Gerechtigkeit . . .«

Jakob drehte sich nicht einmal um und die Stimme von Bruder Basilius verlor sich hinter ihm im Schneetreiben. Was für ein merkwürdiger Kauz dieser Mönch doch war. Aber weder von ihm noch von irgendeinem anderen hier würde er sich ins Bockshorn jagen und um seinen Lohn prellen lassen!

Achtes Kapitel

Jakob war noch nicht einmal bis zur Ruine des Gästehauses gekommen, als er einen scharfen Knall vernahm, dem sofort ein zweiter und ein dritter folgten. Es klang wie Pistolenschüsse. Verwundert blieb er stehen und drehte sich um. Im selben Augenblick stieß bei der zweiten Klosterpforte eine gellende Stimme einen Warnschrei aus, dem ein wütendes Schimpfen folgte.

Jakob kniff die Augen zusammen. Das dichte Schneetreiben bei schwindendem Tageslicht behinderte die Sicht erheblich. Alles schien hinter tanzenden, weißen Schleiern zu verschwimmen. Nur vage sah er einen Mann an der Pforte zur Seite springen, kaum dass ein großer, dunkler Schatten wie eine mächtige, graue Wolke durch den hohen Torbogen geflogen kam.

Im nächsten Moment nahm der dunkle Schatten Gestalt an – und erwies sich als rubinrot lackierte Kutsche, die von vier nachtschwarzen Pferden gezogen wurde.

»Heiliger Pegasus!«, stieß jemand hinter Jakob hervor. »Wenn das nicht die Kutsche des Erzbischofs ist!«

Die Kutsche schlingerte unter dem scharfen Peitschenknall des Kutschers über den Hof, passierte Jakob mit weniger als zwei Armlängen Abstand und kam dann ein gutes Dutzend Schritte vor dem Konventsgebäude zum Stehen.

Wie magisch angezogen, ging Jakob auf das hochherrschaftliche Gefährt zu, auf dessen Kutschenschlag tatsächlich ein prächtiges Wappen prangte.

»Die Nacht rückt an mit dunklem Felle, geliebt vom schweifenden Getier. Die Löwen brüllen zu den Sternen:

Deck uns den Tisch mit deinem Brot!«, sagte eine bekannte Stimme neben ihm und Jakob brauchte nicht den Kopf zu wenden, um zu wissen, dass es der Schwede war.

»Kennt Ihr das Wappen? Ist das wirklich der Erzbischof aus Trier?«, fragte Jakob.

»Kaum anzunehmen, wiewohl das Wappen die Kutsche in der Tat als erzbischöfliches Gefährt ausweist. Ein Mann von seinem Rang würde sich jedoch kaum dazu herablassen, ohne standesgemäße Eskorte zu reisen«, lästerte der Schwede. »Und schon gar nicht würde er sich bei diesem Wetter aus seinem bischöflichen Palast begeben. Nein, er wird die Kutsche einem seiner Günstlinge überlassen haben, hoch im Rang, aber doch um einiges unter dem eines kurfürstlichen Erzbischofs!«

Die vier prächtigen Hengste hatten Schaum vor dem Maul. Ihre Flanken bebten im schnellen Rhythmus ihres Atems und glänzten vor Schweiß. Kein Zweifel, der Kutscher hatte die Pferde nicht geschont, sondern hart herangenommen und durch die verschneite Landschaft gejagt. Der Mann, dessen schwerer, pechschwarzer Umhang mit einem roten Samtkragen versehen war, sprang nun vom Bock. Er war von breitschultriger, kantiger Gestalt und das Erste, was Jakob ins Auge fiel, war, dass er Hände so groß wie Mühlsteine besaß. Das Gesicht des Mannes schien wie aus einem Block Granit gehauen. Es wirkte grobflächig und unfertig, so als hätte der Steinmetz die Gesichtszüge nur ansatzweise aus dem Stein gemeißelt und dann die Arbeit daran eingestellt.

Der Klotz von einem Kutscher riss nun den wappengeschmückten Schlag auf. »Die Zisterzienserabtei Himmerod, Euer Hochwürden«, meldete er förmlich.

»Ich habe noch Augen im Kopf, Rutger Mundt!«, antwortete ihm eine kräftige, befehlsgewohnte Stimme aus dem

Innern der Kutsche, die mit violettfarbenem Samt ausgeschlagen war.

Ein gerötetes, fleischiges Gesicht mit der scharf gebogenen Nase eines Habichts erschien in der Türöffnung und lugte auf den Hof hinaus.

»Bei Zions Zimbeln!«, stieß der Schwede überrascht hervor. »Melchior von Drolshagen!«

»Wer ist dieser Mann?«, wollte Jakob wissen.

»Domherr und Prälat!«, antwortete der Schwede. »Er gehört zu den einflussreichsten Männern in der erzbischöflichen Kurie. Ein Kanoniker, dessen Ehrgeiz und flammender Glaubenseifer so grenzenlos ist wie ein Fass ohne Boden.«

»Ihr kennt ihn?«

»Er ist uns nicht unbekannt«, antwortete der Schwede ausweichend.

Der Domherr Melchior von Drolshagen war kräftig, wohl beleibt und in einen kostbaren Pelzmantel gehüllt. Er trat auf die Stufe, die der grobschlächtige Kutscher namens Rutger Mundt ausgeklappt hatte, verharrte dort jedoch. »Warum seid Ihr nicht näher vor das Portal gefahren, Mundt?«, rügte er scharf. »Wollt Ihr, dass ich meinen Mantel durch den Dreck des Hofes schleife und mir nasse Stiefel hole? Sorgt gefälligst dafür, dass ich trockenen Fußes ins Haus komme!«

»Sehr wohl, hochwürdiger Domherr!«, sagte Rutger Mundt katzbuckelnd und drehte sich um. Sein Blick fiel sofort auf Jakob und den Schweden, die ihm am nächsten standen. »Ihr zwei! . . . Ja, ihr! . . . Kommt her!«

Der Schwede stellte sich taub wie eine Ziegelwand und rührte sich nicht von der Stelle und Jakob tat es ihm gleich, wenn ihm auch das Herz im Halse klopfte.

Mit grimmiger Miene kam der kantige, bullige Mann

nun auf sie zu. »Habt Ihr nicht gehört, was der hochwürdige Domherr und vertraute Berater unseres hochwohlgeborenen Erzbischofs gesagt hat? Holt ein paar Bretter von da drüben und legt sie von der Kutsche bis zum Portal in den Schnee!«, befahl er ihnen und wies auf den Stapel Bauholz, der neben dem niedergebrannten Gästehaus aufragte.

Der Schwede blieb unter dem eisigen Blick des Kutschers gelassen und antwortete scheinbar gedankenversunken: »Es quoll wie Rauch hervor sein Odem und wie bei Glut- und Feuerbergen aus seinem Munde fressend Feuer.«

Rutger Mundt starrte ihn einen Augenblick verständnislos an. »Was redet Ihr da für wirres Zeug, Mann! Geht an die Arbeit!«, blaffte er ihn an. Dann ging sein Blick zu Jakob. »Und du auch, Bursche!«

»Du rufst, aber im Wind verweht dein Wort«, sagte der Schwede spöttisch.

Rutger Mundt fixierte ihn scharf. »Wollt Ihr Euch über mich lustig machen, Spitzbart?«, zischte er und trat ganz nahe an den Schweden heran.

Dieser rührte sich weder von der Stelle, noch verzog er auch nur einen Muskel im Gesicht. »Dein Wort ist noch so jung in mir. Tu meine Augen auf, dass sie das Licht deiner Wunder fassen. Und in meine Seele senke Sehnsucht nur deinen Willen zu erfüllen«, deklamierte er, den Kopf leicht zur Seite geneigt und den Blick gen Himmel gerichtet, als lauschte er verzückt seinen eigenen Worten nach.

Jakob wäre beinahe in schallendes Gelächter ausgebrochen, als er den Schweden aus dem Psalter rezitieren hörte und dabei den ungläubigen Gesichtsausdruck des Kutschers sah.

»Ich warne Euch!«, zischte Rutger Mundt und Jakob nahm nun einen fauligen Geruch wahr, der dem Mund des groben Kerls entströmte. »Geht an die Arbeit und ich will Eure Unverschämtheit vergessen!«

Der Schwede zeigte sich nicht im mindesten beeindruckt. »Ich habe weise Räte: deine Worte«, antwortete er ruhig. »Ich aber preise den gerechten Gott und nur Gerechte feiern mit das ew'ge Fest vor seinem Angesicht.«

Jakob bemerkte plötzlich, dass der Kutscher unter seinen Umhang griff. Im selben Moment legte aber auch der Schwede seine Hand scheinbar zufällig auf den Griff seines Dolches. »Nur zu, leg aus, was du geboten, mich dürstet nach dem Kelch der Weisung!« Ein drohender Unterton lag in seiner trügerisch sanften Stimme.

Der Kutscher zögerte.

Die Anspannung zwischen den beiden Männern war fast mit Händen zu greifen. Jeden Augenblick konnten Messerklingen aufblitzen und Blut fließen.

»Der gute Mann spricht in Psalmen«, platzte es da aus Jakob heraus, als müsste er den Schweden vor dem Zorn dieses Fremden beschützen. »Er kann nicht anders! Das ist so seine Art. Ihr könnt hier jeden Klosterbruder danach fragen!«

»Gesegnet ist das wenige des Gerechten, verflucht des Bösen Überfluss«, sagte der Schwede mit einem kurzen Seitenblick zu Jakob. »Wie Mond erlischt in Wolken, so gehn die Bösen unter.«

Jakob sah, wie der Kutscher die Lippen zu einem dünnen, harten Strich zusammenpresste, und hielt den Atem an. Noch immer lag Gewalt in der Luft.

»Mundt, was geht da vor? Wie lange wollt Ihr mich noch warten lassen? Ihr sollt nicht herumstehen und mit den Leuten schwatzen!«, rief Melchior von Drolshagen voller Ungeduld. »Habt Ihr vielleicht vergessen, wofür ich Euch bezahle?«

Fast im selben Augenblick ging die Tür auf und Bruder Tarzisius eilte, die Kutte geschürzt wie ein Weib die Röcke, die Stufen des Portals hinunter. Er konnte gar nicht schnell genug zum Domherrn Melchior kommen, um ihn willkommen zu heißen und lautstark zu verkünden, wie überrascht der Konvent über seinen unerwarteten Besuch sei, aber auch wie geehrt den erzbischöflichen Berater in Himmerod zu Gast zu haben. Und als Melchior von Drolshagen ihn ungnädig darauf hinwies, dass er nicht gedenke das Leder seiner Stiefel zu ruinieren oder sich gar nasse Füße zu holen, da rief der Subprior eilfertig Liffard und zwei andere Konversen zu sich und wies sie an, die Arbeit zu tun, für die der Kutscher Jakob und den Schweden im Auge gehabt hatte.

Damit war der kritische Moment überwunden.

»Ihr habt Glück gehabt, Spitzbart! Aber wagt es nicht noch einmal mir und meinem Herrn so dreist die Stirn zu bieten!«, fauchte Rutger Mundt den Schweden an. »Das nächste Mal kommt Ihr nicht so billig davon!«

»Dein Wort gehe in mir auf wie ein Batzen Hefe in einer warmen Stube!«, erwiderte der Schwede sarkastisch.

Rutger Mundt starrte ihn an wie ein Henkersknecht, der Maß für das Richtschwert nimmt. Unter seinem rechten Auge zuckte nervös ein Muskel. Dann wandte er sich abrupt ab und kehrte zur Kutsche zurück.

Im nächsten Moment stand Bruder Basilius in ihrer Mitte, die Kapuze weit in die Stirn gezogen, sodass von seinem Gesicht kaum etwas zu erkennen war. »Habt Ihr Euch mit ihm angelegt, Henrik?«, fragte er leise.

Der Schwede zuckte die Achsel, nahm die Hand vom Dolch und schlug sich die rechte Seite seines Umhangs über die linke Schulter. »Jeder erhält die Antwort, die er verdient.«

»Ihr hättet ihn nicht herausfordern dürfen! Das war äußerst unklug von Euch!«, tadelte Bruder Basilius ihn ungehalten.

»Nicht ich habe ihn herausgefordert, sondern er mich. Lautre Wahrheit ist's, was ich beteure!«

»Ich kenne Euch, Henrik. Und nur zu gut! Euer Stolz steht Eurer Starrköpfigkeit in nichts nach!«, grollte der Mönch. »Jedenfalls war das unserer Sache gewiss nicht dienlich. Denn wer immer dieser Mann dort sein mag, er ist von Beruf so wenig Kutscher, wie Ihr ein Posamentenmacher seid!«

Der Schwede gab sich zerknirscht. »Sieh an mein Leid, mein Reuen, vergiss darüber meine Schuld«, zitierte er wieder aus den Psalmen.

Der Mönch machte eine grimmige Miene. »Euer Eigensinn ist manchmal schwerer zu ertragen als die Gefahren der Pilgerschaft!«, schimpfte er.

»Herr, lass deinen Zorn verrauchen, straf mich nicht mit deinem Grimm.«

Bruder Basilius gab es auf. »Ihr seid unverbesserlich, Henrik Wassmo! Manchmal glaube ich, der Herr hat mich mit Euch mehr gestraft als gesegnet. Ich hätte Euch schon vor Jahren zurück übers Meer schicken sollen!«, brummte er und sagte brüsk zu Jakob: »Und wenn Ihr auch nur so viel Hirn habt, wie in eine Haselnuss passt, dann bringt Ihr mehr Meilen zwischen Euch und diese Leute . . .«, er deutete zur Kutsche hinüber, »als Ihr zählen könnt!« Damit stiefelte er mit gesenktem Kopf davon.

Der Schwede sah ihm nach und Jakob meinte auf dem pockennarbigen Gesicht den Hauch eines belustigten Lächelns erkennen zu können, als dieser sagte: »Er gleicht einem Baum am Bach, der immer voll Saft und in Laub. Ein Vagabund im Heiligen Geist!«

»Wie kommt es, dass Ihr, ein Schwede, Begleiter eines Mönches seid?«, wagte Jakob nun zu fragen. »Ist das nicht höchst ungewöhnlich? Ich habe jedenfalls noch nie davon gehört.«

»Auch was nie geschieht, geschieht einmal zum ersten Mal«, antwortete der Schwede.

»Aber damit habt Ihr meine Frage noch nicht beantwortet. Oder wollt Ihr nicht verraten, was Euch mit dem einäugigen Mönch verbindet?«, stichelte Jakob.

»Ich wollte nichts wissen von göttlichen Zeichen, auf fremden Gefilden, in Pharaos Land«, deklamierte Wassmo, seine Antwort wieder einmal in ein Rätsel aus Psalmen kleidend. »Paladine und Herren in Eisen, Gottes Glorie und Ruhm im Munde, das doppelschneidige Schwert in den Händen – so streuten wir das Saatkorn des Leids . . . Blut floss wie Regenwasser durch die Gosse und keiner mochte Totengräber sein.« Er machte eine kurze, gedankenschwere Pause. »Er aber kam, entriss mich dem Rachen des Löwen und mein Herz hielt an ihm fest.« Und bevor Jakob ihm noch mit weiteren Fragen zusetzen konnte, ging er davon und folgte den Spuren, die Bruder Basilius im frischen Schnee hinterlassen hatte.

»Der eine so kauzig und rätselhaft wie der andere«, murmelte Jakob vor sich hin und nahm sich vor später ausführlicher über die verschlüsselte Antwort des Schweden nachzusinnen, wenn er mehr Ruhe dazu hatte. Jetzt wurde seine Aufmerksamkeit von dem Geschehen bei der erzbischöflichen Kutsche in Anspruch genommen.

Die drei Konversen schleppten Bretter herbei und legten sie in den Schnee, immer drei nebeneinander. Der Domherr und Prälat im edlen Pelzmantel machte jeweils zwei, drei behände Schritte, um dann mit sichtlicher Ungeduld wieder stehen zu bleiben und zu warten, bis eine neue Lage Bretter vor ihm in den Schnee fiel.

Noch ein dritter Mann, klein und schmächtig von Statur und mit dem besorgten Blick des geborenen Pessimisten, war mit der Kutsche nach Himmerod gekommen.

»Laurentis Coppeldiek, mein Sekretär!« Mit einer beiläufigen Geste stellte der Domherr dem Subprior seinen blassgesichtigen Begleiter vor, der respektvoll zwei Schritte Abstand hielt, mit der einen Hand eine bauchige Tasche aus Gobelinstoff trug und sich mit der anderen ständig den Schnee aus seinem lichten Haar strich. Dabei irrten seine kummervollen Augen ruhelos hin und her, als fürchtete er einen Hinterhalt oder sonst ein drohendes Unheil.

Endlich war der provisorische Bretterweg von der Kutsche bis zu den Stufen des Portals fertig und die drei Männer verschwanden in Begleitung des Subpriors im Konventsgebäude, während der herbeigerufene Stallknecht, ein wortkarger Konverse mit gespaltener Oberlippe, sich der Kutsche und der erhitzten Pferde annahm.

Von Bruder Isenbard hörte Jakob wenig später, dass Himmerod den unerwarteten Besuch des einflussreichen Prälaten aus Trier angeblich dem schlechten Wetter zu verdanken hatte. Das heftige Schneetreiben habe Hochwürden gezwungen seine Reisepläne zu ändern und in der Abtei Schutz zu finden statt wie geplant die Nacht schon in der Burg von Manderscheid zu verbringen, so jedenfalls streuten es der Sekretär Laurentis Coppeldiek und der Kutscher Rutger Mundt aus.

»Aber woher hat der Domherr bloß von Bruder Anselm gewusst?«, fragte Bruder Isenbard mit grüblerischer Miene. »Denn als sie die Treppe hochkamen, habe ich ganz deutlich vernommen, wie er Bruder Tarzisius höchst besorgt gefragt hat, ob Bruder Anselm noch am Leben sei.«

Er zuckte die Achseln. »Nun, was soll es uns interessieren, was in den Köpfen dieser Herren vorgeht. Helft mir noch mit dieser einen Kiepe Feuerholz, guter Freund. Dann wird es auch schon Zeit für die Komplet.«

Jakob fand es sehr wohl von großem Interesse, dass Domherr Melchior von Drolshagen offenbar schon vor seinem Eintreffen über Bruder Anselms Aufenthalt in Himmerod und seine schwere Erkrankung unterrichtet gewesen war. Er glaubte auch zu wissen, wer ihn informiert hatte: der mitternächtliche Reiter! Jemand hatte noch in der Nacht seiner Ankunft im Kloster einen Boten nach Trier geschickt. Die Nachricht, die dieser Reiter überbrachte, war wohl so wichtig gewesen, dass ein hoch stehender Kirchenmann wie dieser Domherr und Prälat umgehend aufgebrochen war. Und wie die abgekämpften Pferde verrieten, hatte er diesem Rutger Mundt zweifellos die Order erteilt ihn so schnell wie möglich zu den Zisterziensern zu bringen und dabei die Tiere nicht zu schonen.

Domherr Melchior von Drolshagen befand sich also ganz und gar nicht zufällig in der Abtei! Auch Bruder Basilius glaubte nicht an einen Zufall, das war deutlich zu erkennen gewesen. Aber welches Geheimnis verband sich bloß mit Bruder Anselm von Picoll, dass dieser alte Mönch, der doch schon auf dem Totenbett lag, einen hoch gestellten Kleriker aus der erzbischöflichen Kurie von Trier dazu brachte, sich bei Wind und Wetter und mit vermutlich halsbrecherischem Tempo an sein Sterbelager zu begeben? Was steckte nur hinter all dem rätselhaften Verhalten, das Ordensleute wie Bruder Basilius und der Subprior an den Tag legten?

Es war eindeutig Neugier, die Jakob zur Komplet in die Abteikirche führte. In dieser Abendstunde und im schwachen Licht weniger Kerzen vermochte er sich der schlichten Anmut der Basilika, die gemäß den strengen Bauvorschriften des Zisterzienserordens jeden Prunkes entbehrte, nicht zu entziehen. Er nahm weit hinter dem romanischen Lettner, der die Chorapsis von den Bankreihen für die Laien trennte, direkt neben einer Säule Platz. Als Jakob den Kopf wandte, bemerkte er auf der anderen Seite, aber fast auf gleicher Höhe, den kleinwüchsigen Sekretär und den grobschlächtigen Kutscher des Domherrn. Laurentis Coppeldiek kniete mit demütig gesenktem Kopf nieder, bekreuzigte sich und faltete die Hände zum Gebet. Auch Rutger Mundt kniete sich hin, doch er hielt sich aufrecht und starrte zu ihm, Jakob, herüber.

Im selben Moment und lautlos wie ein Schatten tauchte der Schwede im Mittelgang auf. Er setzte sich so, dass er dem breitschultrigen Kutscher des Domherrn den Blick auf Jakob verwehrte. Ob das ein Zufall war oder eine stumme Botschaft an Rutger Mundt?

In feierlicher Prozession und in ihre grauweißen Gewänder gehüllt, erschienen die Klosterbrüder wenig später in Doppelreihen am Hochaltar und schwenkten dann nach links in die Chorapsis mit dem geschnitzten Gestühl ein. Und Domherr Melchior von Drolshagen schritt an der Seite von Abt Ambrosius voran!

Jakob meinte schon an der selbstbewussten Haltung des Domherrn ablesen zu können, dass dieser sich in diesem Kloster weniger als Gast fühlte, sondern als mächtiger Vertreter des Erzbischofs, dem mehr als nur brüderliche Gastfreundschaft zustand. Er verströmte förmlich den Anspruch von Macht. Seltsamerweise trug sein Gesicht jedoch zugleich auch einen frommen, hingebungsvollen Ausdruck.

Als der Gesang der Mönche einsetzte, vergaß Jakob für eine Weile, was ihn beschäftigte – und dass sich unter den

Ordensleuten wohl einige befanden, die mehr um die Erlangung irdischer Vorteile kämpften als um die Einhaltung ihrer Ordensgelübde. Versunken saß er da und lauschte dem Chor, der die nächtliche Basilika bis unter die hohen Gewölbe mit feierlicher Anbetung erfüllte. Wie die Wogen von Ebbe und Flut erhoben sich die Melodien der gregorianischen Gesänge in lichte Höhen, um sanft zurückzufallen, für eine Weile auf einem ruhenden Ton zu verharren und dann erneut in beseeltem Lobgesang aufzusteigen, immer und immer wieder aufs Neue, ähnlich dem Rhythmus ewiger Brandung, nur dass diese hier nicht aus den Weiten der Meere kam, sondern ihre Quelle in den Herzen der Mönche hatte. Jakob hatte das *Salve Regina* noch lange nach der Komplet im Ohr.

Als die Mönche das Chorgestühl verließen und seitlich vom Hochaltar einzeln und gebeugten Hauptes an ihrem Abt vorbeizogen, der sie mit Weihwasser segnete, schlich sich Jakob um die Säule herum und aus der Kirche. Er hatte es eilig zurück ins Konventsgebäude und dort in den Kreuzgang zu kommen, wo er sich in einer der großen Nischen versteckte. Er wollte das nächtliche Ritual der Ordensmänner beobachten, von dem ihm Liffard auf der Fahrt zum Schwickerather Hof erzählt hatte.

Kaum hatte ihn die Schwärze der Wandnische umhüllt, als die Klosterbrüder auch schon den Kreuzgang betraten. Das schwache Kerzenlicht von nur einer Leuchte, die der Prior Pinius trug, beleuchtete spärlich ihren Weg.

Gespannt beobachtete Jakob, wie Abt Ambrosius in der Mitte des Kreuzgangs stehen blieb, sich bückte, eine quadratische Holzplatte von der Größe einer Kaminklappe anhob und sie zur Seite zog. Darunter kam eine Öffnung zum Vorschein, ein mehrere Ellen in die Tiefe führender, schmaler Steinschacht. Nun trat ein Ordensbruder nach dem anderen vor, griff in eine Holzschale, die mit Asche gefüllt war, beugte sich über diese Öffnung im Kreuzgangboden und streute einige Fingerspitzen der Asche in die Grube. Ein Ritual, das sich in wortloser Andacht und Stille vollzog und dessen Sinn es war, so hatte Liffard ihm berichtet, dass jeder den klaren Gedanken an die Allgegenwart und Unausweichlichkeit des Todes mit in seine Zelle und mit in den Schlaf nahm.

Jakob kauerte noch eine ganze Weile, nachdem die Klosterbrüder den Kreuzgang verlassen hatten, in der Nische, erfüllt von beunruhigenden Gedanken. Er wusste nicht, ob es an dieser einfachen und doch so bedeutungsvollen Zeremonie lag, die er gerade beobachtet hatte, dass er sich auf einmal sehr unwohl in seiner Haut fühlte. Oder hatte diese Empfindung mit dem Auftauchen des Domherrn mit seinem Gefolge zu tun? Möglich auch, dass Bruder Basilius ihn mit seiner Warnung in größere Unruhe versetzt hatte, als er sich zunächst eingestehen wollte. Wie auch immer, er wurde das unangenehme, dumpfe Gefühl nicht los, dass sich in dieser Abtei tatsächlich etwas Unheilvolles zusammenbraute. Vielleicht war er wirklich gut beraten, wenn er diesem Ort so schnell wie möglich den Rücken kehrte.

Aber zuerst musste sich das Wetter zum Besseren wenden, bevor er daran denken konnte, sich mit seinem Karren davonzumachen. Noch immer umwirbelte dichtes Schneegestöber die Klosteranlage. Wer sich jetzt ins Freie wagte, riskierte sein Leben. Denn wie schnell konnte es passieren, dass man auf den zugeschneiten Wegen die Orientierung verlor und in die Irre lief, vermochte man doch kaum die eigene Hand vor Augen zu sehen!

Tief in düstere Gedanken versunken, schritt Jakob den breiten, steinernen Treppenaufgang ins Obergeschoss hoch, wandte sich nach links und ging den kurzen Gang hinunter, wo die drei Scholaren untergebracht waren. Kaum hatte er ihre Kammern passiert und war um die Ecke gebogen, als ein scharfes, rhythmisch klatschendes Geräusch seine Aufmerksamkeit erregte, das von einem Strom gemurmelter Worte begleitet wurde. Sechs, sieben Schritte vor ihm fiel Kerzenlicht aus einer offen stehenden Zellentür.

Vorsichtig, fast auf Zehenspitzen und von einer unangenehmen Ahnung begleitet, näherte er sich der Tür – und blieb abrupt stehen, als sein Blick ungehindert in die Kammer fiel. Beinahe hätte er einen Schrei ungläubigen Erschreckens ausgestoßen, vermochte ihn im letzten Moment jedoch noch zu unterdrücken.

Melchior von Drolshagen, der hochwürdige Domherr und Prälat aus Trier, kniete mit dem Rücken zur Tür im Büßerhemd auf dem Steinboden seiner Zelle – auf einem Bett von Kieselsteinen und mit bis zu den Hüften entblößtem Oberkörper. Und mit einer Geißel aus geflochtenen Hanfstricken kasteite er seinen massigen Leib, während er gleichzeitig mit frommem Eifer betete. Blutige Striemen zogen sich von den Schultern bis zu den Hüften herab. Bei jedem Schlag erzitterte der fleischige, von Speckrollen umschlossene Körper und zuckte ein wenig hoch, als wollte der Domherr aufspringen und den Geißelhieben von eigener Hand entfliehen. Doch er blieb dort auf den Kieselsteinen knien, die ihm zusätzliche Schmerzen bereiten mussten, und erteilte sich einen Schlag nach dem anderen.

»... und tilge, Herr, meinen Frevel nach deinem reichen Erbarmen«, hörte Jakob ihn inbrünstig murmeln, während er die Geißel gegen sich führte. »Gib mir die Kraft und die Leidensfähigkeit, um der Ehre deines Namens willen meinen sündigen Leib so bitterlich zu strafen und mein Kreuz ohne Aufbegehren zu tragen, so wie du, oh Herr, die Schläge deiner Henkersknechte und das Leid am Kreuz angenommen hast, um unsere Schuld zu sühnen! . . . Dein Angesicht, allmächtiger Gott, will ich suchen! . . . Höre, Herr, und hab Erbarmen, denn wir haben wider deine Gebote gesündigt! . . . Hilf uns umzukehren und Taten der Buße zu vollbringen, damit wir erlöst werden von unseren bösen Neigungen und dem Fluch des schwachen Fleisches . . . Reinige uns von unseren Sünden und gib uns die Kraft das Feuer der Ungläubigen und der Ketzer mit unnachgiebiger Härte zu bekämpfen und auch noch den letzten Funken satanischer Glut auszutreten . . .«

Jakob spürte plötzlich warmen Atem in seinem Nacken. Erschrocken fuhr er herum – und blickte in das grimmige Gesicht von Bruder Basilius. Der Mönch packte ihn unsanft am Arm und zog ihn von der offen stehenden Zellentür zurück.

»Habt Ihr das gesehen?«, stieß Jakob mit gedämpfter Stimme hervor. »Dieser vornehme Domherr kniet auf Kieselsteinen und geißelt sich bis aufs Blut!«

»Ja, einer jener besessenen Eiferer, die sich trunken geißeln und das mit demütiger Buße verwechseln«, erwiderte Bruder Basilius mit beherrschtem Zorn.

»Ihr scheint das zu verurteilen.«

»Oh ja, das tue ich in der Tat!«, bestätigte der Mönch. »Sich selbst zu geißeln, um Christus nahe zu sein und seine entsetzlichen Leiden körperlich nachzuahmen, hat nichts mehr mit Buße und glaubensvoller Hingabe zu tun, sondern ist eine schändliche Anmaßung und verhöhnt all jene, die unter Not und Schmerz zu leiden haben! Ein Christ soll das Leid nicht suchen und auch nicht nachahmen, sondern er soll es ertragen, wenn es ihn trifft, und anderen dabei helfen ihr Leid zu ertragen, wenn er sie nicht davon befreien kann! Schmerz ist nicht süße Verklärung und fromme Lust – Schmerz ist das Kreuz, das wir in Demut zu tragen haben, wenn es uns auferlegt wird!«

Jakob war von den zornigen Worten überrascht.

»Man kann sich Gottes Wohlwollen nicht durch übermäßiges Fasten, Beten oder Geißeln erkaufen!«, fuhr Bruder Basilius erbost fort. »Gott ist kein Tagelöhner und Krämer, dem man seine Gunst abkaufen kann. Glaube und Liebe, das ist der Weg, den wir gehen müssen. Alles andere ergibt sich dann von selbst!«

»Wer ist dieser Mann, Bruder Basilius?«, fragte Jakob beklommen. »Und was hat ihn *wirklich* nach Himmerod geführt?«

»Ihr tut besser daran, dies nicht herauszufinden, denn Männer wie er sind gefährlicher als ein Korb giftiger Ottern!«, beschied der Mönch ihn knapp. »Wie Ihr auch gut daran tut, Eure Tür verriegelt zu halten.«

»Meine Tür hat weder Schloss noch Riegel!«

»Dann legt Euer steinernes Kopfkissen innen vor die Tür!«, riet ihm der Mönch, schlug seine Kapuze hoch und eilte den Gang hinunter. Die sehnige Gestalt des Schweden löste sich aus dem Dunkel eines Türbogens und trat an seine Seite. Gemeinsam schluckte sie das Dunkel am Ende des langen Flurs.

Jakob hatte weder den Mönch noch den Schweden in seiner Nähe geahnt. Beide waren plötzlich wie aus dem Nichts hinter ihm aufgetaucht. Waren sie ihm vielleicht die ganze Zeit auf den Fersen gewesen, zumindest der Schwede, ohne dass er es bemerkt hatte? Und wenn sie ihn bewachten, wovor wollten sie ihn dann schützen? Was hatte er, Jakob Tillmann, ein ziellos herumziehender Niemand, der nur einen lumpigen Karren sein Eigen nannte, zu befürchten?

Ihm war auf einmal ganz flau zu Mute und er beeilte sich, dass er in seine Büßerzelle kam. In dieser Nacht schlief er ohne das »Kopfkissen«. Den schweren Stein schob er, ganz wie Bruder Basilius ihm geraten hatte, von innen gegen die Tür.

Neuntes Kapitel

Der Mann mit den milchigen Augen eines Blinden und dem fauligen Atem eines Siechen hatte ihn durch die verschneiten Trakte des Konventes gejagt und schließlich in einer Nische gestellt, wo er knietief in kalter Asche versank. Nun gab es kein Entkommen mehr. Der Häscher öffnete seinen mit violettfarbener Seide gefütterten Umhang und hüllte ihn unter höhnischem Gelächter darin ein. Die Finsternis schlug wie ein Meer über ihm zusammen. Er bekam keine Luft mehr und wusste, dass er in dieser Schwärze, in die nie ein Lichtstrahl drang, ersticken würde. In wilder Verzweiflung schlug er um sich.

Jakobs Hand schrammte schmerzhaft über den rauen Putz der Wand und er erwachte aus seinem unruhigen Schlaf. Benommen und noch ganz unter dem Eindruck seines grässlichen Alptraums, richtete er sich auf der harten Pritsche auf. Sein Blick ging zur Tür. Der Stein lag noch immer an seinem Platz.

Es war schon Morgen, doch seine Hoffnung auf besseres Wetter hatte sich nicht erfüllt. Es schneite noch immer heftig, wie er feststellte, als er ans Fenster trat und die schweren Holzläden aufklappte. Aus der Basilika kam der Gesang der Mönche, die sich zur Prim, der ersten Stunde des lichten Tages, eingefunden hatten.

Jakob wuchtete den schweren Stein wieder zurück aufs Bett und trat auf den Gang hinaus. Der geistliche Gesang der Klosterbrüder war verstummt, die Prim somit beendet. Er musste sich also beeilen, wenn er noch vor Bruder Anton im Küchengewölbe sein und etwas ergattern wollte.

Er befand sich schon an der Treppe, als er hinter sich

eine Tür laut schlagen hörte und dann hastige Schritte, die Augenblicke später in ein Rennen übergingen. Verblüfft drehte er sich um – es war der Novize Dominik, der den Gang heruntergelaufen kam.

»Was ist geschehen?«, rief Jakob ihm zu.

»Bruder Anselm! Der Herr hat ihn zu sich geholt! Friede seiner Seele!«, stieß der Novize mit sichtlicher Verstörung hervor. »Die ganze Nacht habe ich an seiner Seite gewacht. Er ist soeben gestorben! Und ich weiß nicht, was ich tun soll. Ich . . . ich habe noch nie mit Toten zu tun gehabt.«

Jakob wünschte, das auch von sich sagen zu können. Der Tod war ihm nur allzu sehr vertraut. »Im Umgang mit Toten ist Eile jedenfalls nicht vonnöten«, sagte er.

Seine Antwort hatte offensichtlich eine beruhigende Wirkung auf den Novizen. Denn dieser atmete nun einmal kräftig durch, nickte und sagte mit einem entschuldigenden Lächeln: »Natürlich. Ihr habt Recht, Jakob. Ich fürchte, ich habe sehr kopflos und mit unziemlicher Hast reagiert.«

»Bruder Tarzisius hat es ja nicht gesehen«, sagte Jakob mit leichtem Spott, achtete der Subprior doch noch strenger als Bruder Pinius auf die Einhaltung der Klosterzucht. »Und ich werde es ihm auch nicht zutragen.«

Der Novize berührte ihn in einer scheuen Geste der Dankbarkeit kurz am Arm. »Ich danke Euch, Jakob Tillmann, und Gottes reicher Segen möge Euch auf allen Wegen begleiten«, sagte er und ging dann in gefasster, statthafter Eile die Treppe hinunter, um seine Klosterbrüder vom Tod des alten Mönches zu unterrichten.

»Friede deiner Seele, Bruder Anselm«, murmelte Jakob und nutzte die günstige Gelegenheit, um sich in der Küche in aller Ruhe den knurrenden Magen zu füllen. Zwar hielt Bruder Anton die Vorratskammern so fest verschlossen wie ein Geizhals seine Geldbörse. Aber es gab bei der

Feuerstelle links vom mächtigen Abzug noch eine kleine, geheime Vorratskammer, wie Bruder Isenbard ihm anvertraut hatte, für die man keinen Schlüssel brauchte. Es war eine mit einem passenden Stein gut getarnte Maueröffnung, in der man stets einen Kanten Brot und einen Krug Milch sowie Käse und gelegentlich auch Leberwurst oder Speck finden konnte. Auch Mönche auf dem Weg zur Heiligkeit hatten Schwächen und fanden Wege ihre allzu menschlichen Gelüste zu stillen, ohne dass ihre Oberen ihnen auf die Schliche kamen! Und diese Mönche waren ihm zutiefst sympathisch.

Jakob stillte in aller Ruhe seinen Hunger. Denn er wusste von Liffard, dass sich die Ordensleute nach alter Tradition jetzt oben von ihrem verstorbenen Zisterzienserbruder mit einem sogenannten Bruderkuss verabschieden und Gebete sprechen würden. Er gönnte sich ein ordentliches Stück vom Käse, widerstand aber der Versuchung sich noch mit einem Vorrat für später zu versorgen. Er wollte das Vertrauen, das Bruder Knollennase ihm geschenkt hatte, nicht mit schäbiger Maßlosigkeit vergelten.

Als Jakob das Konventsgebäude verließ, um sich in die Schmiede zu begeben, wo jetzt bestimmt schon ein fröhliches Feuer unter dem mächtigen Blasebalg aufloderte, bemerkte er zwei Konversen, die dem Gottesacker der Abtei auf der Nordseite der Basilika zustrebten. Sie trugen Spitzhacke und Schaufel über der Schulter und hatten wohl den undankbaren Auftrag erhalten das Grab für Bruder Anselm auszuheben.

Bei dem Wetter beneidete Jakob sie nicht um ihre Aufgabe. Der Boden war sicher hart gefroren und sie würden sich mächtig ins Zeug legen müssen, um dem alten Mönch die letzte Ruhestätte aus der eisigen Erde zu schlagen.

In der Schmiede ging Jakob den beiden Konversen, die

an einem schmiedeeisernen Gittertor für den Gemüsegarten arbeiteten, bereitwillig zur Hand, indem er den Blasebalg bediente. Gesprochen wurde dabei nicht. Bruder Winfried, der Meisterschmied mit einem ellenlangen und von zahllosen Funken brandgezeichneten Bart, nickte ihm nur zu, wenn er das Feuer anheizen sollte.

Jakob war es recht so. Ihm stand der Sinn nicht nach einer Unterhaltung. Er war mit seinen eigenen Gedanken beschäftigt. Zu viel war in den letzten Tagen geschehen – und zu viel davon ergab keinen Sinn, schürte jedoch in ihm Angst. Zudem rumorte irgendetwas in seinem Kopf, was er jedoch nicht ins Licht klarer Erkenntnis ziehen und benennen konnte. Ihm war, als hätte er eine wichtige Beobachtung gemacht, ohne aber zu wissen, wohin sie gehörte und was er damit anfangen sollte.

Die Beerdigung von Bruder Anselm fand nach der Sext und vor dem Mittagessen statt. Dabei sah Jakob auch Bruder Basilius und den Schweden wieder, der sich zu ihm auf die Seite der Nicht-Ordensleute stellte. Auch Domherr Melchior fand sich mit seinem ungleichen Gefolge aus schmächtigem Sekretär und bulligem Kutscher ein.

Jakob beobachtete ihn verstohlen und ihm war, als drückte die finstere, verbissene Miene dieses erzbischöflichen Beraters Missmut, ja geradezu zornige Verdrossenheit aus. Doch zornigen Verdruss worüber? Weil er bei diesem ungemütlichen Wetter an einer Beerdigung teilnehmen und sich der Gefahr aussetzen musste, dass sein edler Pelz dreckig wurde und er vielleicht feuchte Stiefel bekam? Oder zürnte er dem Toten, weil dieser ihm durch seinen Tod . . . nun, was? Zuvorgekommen, entkommen oder irgendetwas schuldig geblieben war? Jakob fragte sich auch, weshalb der Domherr bloß immer wieder zum Novizen Dominik hinüberstarrte, der mit blassem Gesicht zwischen ihm und dem Subprior stand. Fast konnte man den Eindruck haben, der hohe Kirchenmann aus Trier hätte dem Novizen etwas vorzuwerfen. Das war natürlich unsinnig. Und dennoch . . .

Die Totenmesse in der kleinen Friedhofskapelle war kurz und schlicht – wie überhaupt das ganze Begräbnis von einer ausgesprochen ernüchternden Schmucklosigkeit gekennzeichnet war. Die Leiche des ehemaligen Abtes lag nicht einmal in einem einfachen Sarg, sondern war nur in ein graues Leinentuch eingeschlagen und ruhte auf einem breiten Brett.

Nach der Totenmesse begab sich der Konvent ans Grab und Jakob sah zu seiner großen Verwunderung, wie der alte Abt Ambrosius, gestützt auf seinen Krummstab, in die Grube stieg, zur Schaufel griff und den frischen Schnee mit ein paar Brocken Erde aus dem Grab schaufelte.

Jakob wandte sich dem Schweden an seiner Seite zu. »Warum tut er das?«, fragte er leise.

»Als ein letzter brüderlicher Dienst und als Zeichen, dass ein Abt nicht mehr wert ist als ein einfacher Mönch und wir alle denselben Weg gehen«, raunte der Schwede zurück. »Wie es in der Heiligen Schrift geschrieben steht: ›Bedenke, Mensch, dass du Staub bist und wieder zum Staub zurückkehren wirst.‹«

Der Leichnam des einstigen Abtes wurde ins Grab hinabgelassen, aus dem Leichentuch gewickelt und nur mit der Mönchskutte bekleidet begraben.

»Asche zu Asche, Staub zu Staub.«

Ein letzter Segen von Abt Ambrosius und dann griffen die Konversen auch schon zu den Schaufeln und bedeckten den Toten mit Schnee und harten Erdklumpen.

»Warum hat man Bruder Anselm, der doch einmal Abt gewesen ist, hier draußen auf dem Friedhof begraben und nicht im Kapitelsaal oder im Kreuzgang beigesetzt wie all die anderen Äbte?«,wollte Jakob wissen.

»Er ist nicht Abt von Himmerod gewesen. Aber auch wenn er in jenem Kloster gestorben wäre, dem er einst als Abt vorgestanden hat, ich glaube nicht, dass er ein anderes Grab erhalten hätte.«

»Warum nicht? Hat er sich vielleicht etwas zu Schulden kommen lassen?«, fragte Jakob, denn er erinnerte sich wieder an Bruder Basilius' Worte, dass Bruder Anselm seines Amtes enthoben worden war.

»Viele, die die vortrefflichsten Reden führen, tun die schändlichsten Dinge«, antwortete der Schwede auf seine rätselhafte Art. »Doch Bruder Anselm konnte die Stickluft des Bösen nicht länger atmen und schleuderte den Speer seines Wortes.«

Jakob verzog ärgerlich das Gesicht. »Das war ja mal wieder eine äußerst erschöpfende Auskunft!«

»Alle Tugenden speisen sich aus der Schweigsamkeit«, beschied ihn der Schwede trocken und stiefelte davon.

Nach dem Mittagessen geschah etwas Merkwürdiges. Im Vestibül traf er auf Bruder Isenbard und Bruder Pinius. Als der Prior ihn sah, wandte er sich ihm zu und fragte: »Habt Ihr vielleicht unseren Novizen Dominik gesehen?«

Jakob verneinte.

»Merkwürdig«, sagte Bruder Isenbard, als sich der Prior in Richtung Konversengang entfernte. »Das gibt mir jetzt doch Rätsel auf.«

»Was ist mit Eurem Novizen?«

»Bruder Dominik ist nirgends zu finden. Er ist weder zum Mittagessen erschienen noch zur Non und das sieht ihm gar nicht ähnlich«, wunderte sich der Mönch.

»Vielleicht hat er sich in seine Zelle zurückgezogen«, mutmaßte Jakob. »Mir scheint, der Tod von Bruder Anselm, an dessen Krankenbett er doch so viele Stunden gesessen hat, ist ihm sehr nahe gegangen. Er wird wohl gewusst haben, dass er keinen Bissen hinunterbringen würde.«

»Möglich, aber dann hätte er sich vorher die Erlaubnis zum Fernbleiben eingeholt – einmal ganz davon abgesehen, dass er nicht in seiner Zelle ist«, wandte Bruder Isenbard ein. »Die Non hätte er aber deshalb auf gar keinen Fall versäumt. Nein, die Sache ist zu merkwürdig. Bruder Dominik ist ein eifriger und vorbildlicher Novize, der seine Aufgaben stets mit ebenso großer Hingabe wie Gewissenhaftigkeit erledigt. Seit der Beerdigung hat ihn niemand mehr zu Gesicht bekommen. Allein Bruder Chrysostomus meint sich erinnern zu können ihn bei den Fischteichen gesehen zu haben, als er von den Schweineställen zurückkam. Er ist sich dessen aber nicht sicher. Denn bei diesem Schneetreiben kann man eine Gestalt schon auf ein halbes Dutzend Schritte nur zu leicht mit einer anderen verwechseln.«

»Das ist wirklich seltsam«, pflichtete Jakob ihm nun bei.

Der Subprior trat zu ihnen. Offensichtlich hatte er gehört, worüber Bruder Isenbard mit Jakob gesprochen hatte, denn er sagte mit zurechtweisendem Tonfall: »Ergehen wir uns nicht in geschwätzigen Vermutungen! Das Rätsel wird sich schon lösen und Bruder Dominik wird Rechenschaft über seine unerlaubte Abwesenheit ablegen müssen.«

Bruder Isenbard zog unter dem scharfen Tadel des Subpriors den Kopf zwischen die Schultern, murmelte eine unverständliche Entschuldigung und machte, dass er davonkam.

»Der hochwürdige Abt schickt nach Euch!«, teilte Bruder Tarzisius ihm nun im Befehlston mit. »Er wünscht Euch zu sprechen und erwartet Euch im Kapitelsaal!«

»Ich stehe ganz zu seinen Diensten!« Jakob hatte Mühe ein Grinsen zu unterdrücken. Endlich kam er zu seinem Recht. Jetzt galt es seine Forderung geschickt vorzutragen und sich nicht in seinem gerechten Lohn beschneiden zu lassen.

Der Subprior bedachte ihn mit einem stechenden Blick. »Dann kommt!«, forderte er ihn schroff auf.

Was bin ich froh, wenn ich mein Bündel schnüren kann und diesen verbissenen Zuchtmeister nicht länger ertragen muss!, dachte Jakob, während er dem Subprior beschwingten Fußes folgte. Drei Kreuze würde er machen!

Bruder Tarzisius sprach kein Wort mit ihm, als er ihn durch den Kreuzgang zum Kapitelsaal führte, der vom Seitenschiff der Basilika nur durch den schmalen Raum der Sakristei getrennt war. Vor der schweren Tür des Kapitelsaals, dem Versammlungsort der Ordensleute, blieb der Subprior kurz stehen.

»Ich will Euch eine ernste Mahnung mit auf den Weg geben: Haltet Euch an die Wahrheit und tut alles in Eurer Macht Stehende, um auf alle Fragen eine zufrieden stellende Antwort zu geben! Dann habt Ihr auch nichts zu befürchten!«

»Nichts leichter als das!«, versicherte Jakob und hätte ihn gern daran erinnert, dass er nicht zu den Ordensleuten gehörte, die sich seiner strengen Zucht beugen mussten, und dass er daher so oder so nichts zu befürchten hatte. Aber wozu sollte er diesen verbissenen Ehrgeizling jetzt noch gegen sich aufbringen, wo er doch kurz vor dem Ziel seiner Wünsche stand?

Jakob ahnte nicht, wie sehr er sich irrte!

Zehntes Kapitel

Bruder Tarzisius öffnete die Tür und Jakob betrat hinter ihm den Kapitelsaal. Zwei mächtige romanische Säulen stützten das hohe Kreuzgewölbe, das sich über dem Saal spannte. Vier Bogenfenster gingen auf die Ostseite der Klausur hinaus, vier weitere auf den Kreuzgang. Durch keines fiel an diesem Winternachmittag ausreichend Licht, um die tiefen Schatten aus dem Saal zu vertreiben, die wie dunkle Tücher über den Bankreihen lagen.

Dass etwas nicht stimmte und er kaum an diesen Ort gerufen worden war, um mit dem Abt über seine gerechte Entlohnung zu reden, begriff Jakob, als er im Licht zweier Lampen den Domherrn Melchior von Drolshagen neben dem Abt an der Stirnseite des Kapitelsaals sitzen sah – und in einem Abstand von den beiden hoch gestellten Klerikern den Sekretär Laurentis Coppeldiek. Dieser stand im Licht einer der Wandlampen hinter einem Pult mit schräg geneigter Schreibplatte und hielt eine gespitzte Feder in der Hand.

Jakob fuhr der Schreck in die Glieder. Was hatte das zu bedeuten?

»Der Fuhrmann Jakob Tillmann, hochwürdiger Abt!«, meldete der Subprior.

»Ich danke Euch, Bruder Tarzisius«, sagte der Abt förmlich. »Ihr könnt nun gehen und Euch wieder Euren Aufgaben widmen. Eure Gegenwart wird bei dieser . . . Unterredung wohl nicht vonnöten sein.«

Ein Ausdruck ärgerlicher Enttäuschung ging kurz über das Gesicht von Bruder Tarzisius. Er hatte sich jedoch sofort wieder unter Kontrolle und sagte mit trügerischer Demut: »Ganz wie Ihr befindet, hochwürdiger Vater Abt.«

»Wartet!«, rief der Domherr. »Wer weiß, vielleicht ist die Gegenwart Eures Subpriors ja doch von Nutzen? Bruder Tarzisius scheint mir scharfe Augen und einen ebensolchen Verstand zu besitzen. Schaden kann es jedenfalls nicht, wenn er bleibt.«

Abt Ambrosius schien irritiert über das Verlangen des Domherrn zu sein und zögerte mit seiner Antwort. »Also gut«, sagte er dann, »wenn es Euer Wunsch ist, mag Bruder Tarzisius bleiben.«

Der Subprior neigte den Kopf in scheinbarer selbstloser Folgsamkeit, als hätte er persönlich nicht das geringste Interesse daran, im Kapitelsaal zu verbleiben. Doch Jakob bemerkte das zufriedene Aufblitzen in seinen Augen, als er sich umwandte und an ihm vorbeiging, um in der ersten Bank Platz zu nehmen.

Abt Ambrosius richtete seinen Blick nun auf Jakob. »Ich habe Euch rufen lassen, weil der hochwürdige Domherr von Drolshagen Euch einige Fragen zu stellen wünscht«, begann der asketische Mönch und seine Miene verriet, dass er nicht sehr glücklich darüber war.

»In der Tat!«, rief der Domherr. »Und wir sollten unverzüglich zur Sache kommen!«

Der Abt ließ sich nicht aus der Ruhe bringen. »Die Fragen mögen Euch verwirren und sinnlos erscheinen, Jakob Tillmann, was Euch aber nicht bekümmern soll«, fuhr er freundlich und um Verständnis werbend fort. »Redet nur freiheraus, was Ihr zu sagen habt und wessen Ihr Euch mit Gottes Hilfe zu entsinnen vermögt, und wir werden diese Unterredung rasch zu einem für alle zufrieden stellenden Ende bringen.«

Jakob schluckte und wich dem stechenden Blick des Domherrn aus. »Worüber soll ich Rede und Antwort stehen? Wird mir irgendetwas zur Last gelegt?«

»Nein, sorgt Euch nicht. Ihr steht hier nicht unter Anklage«, versicherte Abt Ambrosius.

Der Domherr gab ein kurzes Schnauben von sich, als wollte er sagen: »Das wird sich noch zeigen!« In sichtlicher Ungeduld drehte er den funkelnden Ring an seinem fleischigen Finger hin und her. Sein angespanntes Gesicht mit der scharfen Habichtsnase machte den Eindruck eines Raubvogels, der es nicht erwarten konnte sich auf ihn zu stürzen und seine Krallen in ihn zu schlagen.

Der Abt ließ einen kurzen Moment verstreichen, als müsste er sich erst sammeln – oder zu etwas durchringen, was ihm im Innersten widerstrebte. Dann sagte er zu Jakob: »Die Fragen, die wir Euch stellen möchten, betreffen die Zeit, die Ihr mit Bruder Anselm, möge seine Seele Frieden finden und in Gottes Herrlichkeit auferstehen, verbracht habt. Es ist unsere Bitte, dass Ihr uns darüber so ausführlich Auskunft gebt, wie es Euer Gedächtnis zulässt!«

»Und Ihr seid gut beraten Euch anzustrengen, Jakob Tillmann!«, fügte der Domherr hinzu. Er schien mit der ganzen Art, wie der Abt diese Angelegenheit anging, äußerst unzufrieden, denn er wandte sich nun dem Mönch zu und sagte mit kaum verhohlenem Unmut: »Nichts liegt mir ferner als in Eure Vollmachten eingreifen zu wollen, hochwürdiger Abt, aber da Ihr mit dem Hintergrund dieser Untersuchung wenig vertraut seid, erscheint es mir ratsamer zu sein, wenn ich Euch die Durchführung abnehme. Wir ersparen uns damit viel Zeit und falsche Wege, denn was die erzbischöfliche Kurie zu erfahren wünscht, ist Euch verständlicherweise nicht so vertraut wie mir. Wenn Ihr also die Güte hättet mich die Fragen stellen zu lassen, wäre uns allen sehr gedient.«

»Nun, wenn Ihr meint, es sei der Sache dienlich, kann ich Euch den Wunsch natürlich nicht abschlagen.« Der Abt sah jedoch nicht sehr glücklich aus, als er dem arroganten Verlangen des Domherrn nachgab. Melchior von Drolshagen besaß aber wohl einen zu großen Einfluss am Hof der Mächtigen von Trier, als dass man ihn vor den Kopf hätte stoßen können.

»Ich weiß Euer Entgegenkommen zu schätzen, hochwürdiger Abt«, sagte der Domherr mit einem heuchlerischen Lächeln. Dann nahm er Jakob ins Visier und mit der scharfen, anklägerischen Stimme eines Mannes, der schon so manches Verhör geführt hatte, fragte er: »In welcher Beziehung habt Ihr zu Bruder Anselm gestanden? Und wie lange seid Ihr in seinen Diensten gewesen?«

»Beziehung?«, echote Jakob verständnislos. »Was meint Ihr mit Beziehung?«

»Weicht nicht meinen Fragen aus, Jakob Tillmann!«, fuhr Domherr von Drolshagen ihn an. »Ihr wisst ganz genau, was ich damit meine! Und ich erwarte, dass Ihr auf meine Fragen ohne Zögern antwortet statt durch dreiste Gegenfragen vom Thema abzulenken und Euch Zeit zu verschaffen, um nach Ausflüchten und Wegen zu suchen, um einer wahrheitsgemäßen Antwort zu entgehen!«

Der vehemente Angriff brachte Jakob völlig durcheinander, war er sich doch keiner Schuld bewusst. »Aber ich weiß wirklich nicht, was Ihr mit der Frage gemeint habt«, beteuerte er.

Der Domherr funkelte ihn an und sagte mit zorniger Ungeduld zum Abt: »Entweder haben wir es hier mit einem geistlosen Tölpel zu tun oder aber mit einem gerissenen Burschen, der glaubt uns den einfältigen Dummkopf vorspielen zu können. Wie auch immer die Wahrheit aussehen mag, erweist mir den Gefallen, hochwürdiger Abt, und macht diesem Jakob Tillmann klar, wem er hier Rede und Antwort zu stehen hat!«

»Ganz wie Ihr wünscht«, antwortete der Abt. Dann sah er Jakob mit eindringlichem, ja fast schon flehentlichem Blick an, während er ihn aufforderte: »Seht von Gegenfragen ab, Jakob Tillmann, und beschränkt Euch darauf, die Fragen des hochwürdigen Domherrn unverzüglich und nach bestem Wissen und Gewissen zu beantworten. Dies ist eine ernste Angelegenheit, auch wenn Ihr nur als Zeuge damit zu schaffen habt, und der hochwürdige Domherr und Prälat ist mit den höchsten Befugnissen ausgestattet. Ich bin sicher, dass Ihr uns nach besten Kräften helfen wollt.«

Jakob nickte beklommen.

»Seid Ihr dann auch bereit beim Kreuz unseres allmächtigen Herrn und Erlösers, bei der erhabenen Muttergottes und allen Heiligen zu schwören, dass Ihr bereitwillig alles sagen werdet, was Ihr wisst und was Euch in Erinnerung geblieben ist?«

Jakob spürte, dass der Abt ihm helfen wollte und ihm eine goldene Brücke baute. »Ja, das will ich, das schwöre ich bei Gott, der Heiligen Jungfrau und allen Heiligen!«

»Dann sagt, von welcher Beschaffenheit Eure Bekanntschaft mit dem seligen Bruder Anselm war«, führte ihn der Abt sanft auf die ursprüngliche Frage zurück. »So wie ich unterrichtet bin, war sie doch wohl von nur sehr flüchtiger Natur, nicht wahr?«

»Ja, das ist richtig«, bestätigte Jakob hastig. »Ich stand nur drei Tage in seinen Diensten. Und ich habe auch nicht gewusst, dass er einst Abt gewesen ist, der seines Amtes enthoben worden war.«

»Aha!«, rief der Domherr triumphierend, als hätte er ihn bei einer schwerwiegenden Lüge ertappt, und stieß mit ausgestrecktem Zeigefinger nach ihm, als wollte er ihn aufspießen. »Nur drei Tage willst du in seinen Diensten gestanden haben, ja? Aber du weißt, wer er einst war!«

Jakob erschrak über seine Gedankenlosigkeit. »Das habe ich erst hinterher erfahren!«

»Das lässt sich leicht behaupten!«, rief der Domherr. »Zudem will es mir nicht einleuchten, dass ein junger Mann wie Ihr, der doch ganz offensichtlich mit leeren Taschen und fern der eigenen Heimat wie ein Tagelöhner übers Land zieht, einen vorgeblich einfachen und ihm unbekannten Mönch in scheinbar selbstloser Aufopferung tagelang durch Schnee und Eis schleppt!«

»Ihr stellt mich als Lügner und Landstreicher dar, doch nichts davon ist wahr!«, protestierte Jakob, zutiefst beleidigt von dem Bild, das der Domherr von ihm zeichnete. »Ich habe Bruder Anselm mein Wort gegeben, so wie er mir seines gegeben hat, dass ich für meine Dienste in Himmerod gebührend entlohnt würde, und ich halte mein Wort!«

»So, und was treibt ein Fuhrmann aus dem Rheinischen, der nicht einmal über ein Pferdefuhrwerk verfügt, sondern bloß einen lumpigen Karren sein Eigen nennt, in der Südeifel?«, wollte der Domherr wissen. »Wo seid Ihr eigentlich zu Hause?«

Jakob biss sich auf die Lippen und überlegte fieberhaft nach einer glaubwürdigen Antwort. Gut Schlehenbusch und die Gemeinde, zu der das heruntergebrannte Anwesen gehörte, wollte er auf keinen Fall nennen. Es ging niemand etwas an, wessen Kind er war und woher er kam. Aber eine Antwort geben musste er. Er erinnerte sich des Ortes, wo er mit der Fähre über den Rhein gesetzt war. »In einem kleinen Dorf bei Rodenkirchen.«

»Aha, aus dem Kölner Raum!« Auch das erschien dem Domherrn suspekt zu sein und seinen Argwohn zu nähren.

Der Subprior räusperte sich hinter Jakob vernehmlich und zog damit die Aufmerksamkeit des Domherrn auf sich.

»Ja, Bruder Tarzisius?«

»Vermutlich ist es ohne jeden Belang, was mir in diesem Zusammenhang in den Sinn gekommen ist, aber hat sich nicht auch Bruder Anselm in den letzten Jahren überwiegend in dieser rheinischen Region aufgehalten?«, erinnerte der Subprior mit falscher Bescheidenheit.

»In der Tat!«, pflichtete ihm der Domherr bei. »Das gilt es zu bedenken!«

Jakob glaubte seinen Ohren nicht trauen zu dürfen. Unterstellten ihm die beiden Männer wirklich, er und Bruder Anselm hätten sich schon viel länger gekannt und wären fast so etwas wie Vertraute gewesen? Waren sie noch ganz bei Sinnen? Er hätte über diese lächerliche Posse gern laut aufgelacht, doch der bohrende, anklägerische Blick des Domherrn ließ ihm das Lachen in der Kehle ersticken und zu einem würgenden Kloß werden.

»Das Leben ist voller Zufälle«, bemerkte der Abt trocken, um die Bedeutung des gehässigen Hinweises von Bruder Tarzisius zu entschärfen.

»Wo sich Häretiker und Wegbereiter des Antichrist die Hand zum teuflischen Bund reichen, ist von uns höchste Wachsamkeit und erbitterter Widerstand gefordert, hochwürdiger Abt! Allein durch Feuer und Blut ist die Ruchlosigkeit dieser Ketzer auszumerzen! Und nur wer in der Wachsamkeit nicht erlahmt und sich nicht täuschen lässt, kommt den raffinierten Werken des Teufels auf die Spur und vermag den Kräften der ewigen Verdammnis zu widerstehen«, erwiderte der Domherr zurechtweisend. »Und da lasse ich mich auch nicht von scheinbaren Zufällen in Sicherheit wiegen!«

Jakob musste unwillkürlich daran denken, mit welcher

Inbrunst sich der feiste Domherr in seiner Zelle gegeißelt hatte. Bis aufs Blut hatte er sich ausgepeitscht. Und er ahnte in diesem Moment mit einem tiefen Erschauern, wozu der Domherr, der sich trotz seiner fraglosen Selbstgerechtigkeit schmerzhafter Bußübungen unterzog, wohl fähig war, wenn er jemanden einer wirklich schwerwiegenden Verfehlung für schuldig hielt. Oh ja, Domherr Melchior von Drolshagen gehörte zu jenen Leuten, die mit buchstäblich flammender Hingabe auf Feuer und Blut schworen, um alles gnadenlos auszumerzen und mit dem Rauch der Verbrannten zu Gott emporzuschicken, was sie für das Böse hielten.

Bestürzung zeichnete sich kurz auf dem Gesicht des alten, asketischen Abtes ab. »Ich stimme Euch im Prinzip selbstverständlich zu«, versicherte er, als hätte der Domherr ihm einen schwachen Glauben und ein noch kraftloseres Eintreten für die Wahrung der reinen Lehre vorgeworfen. »Nur scheint mir in diesem Zusammenhang der Hinweis auf die Werke des Teufels nicht gerechtfertigt zu sein«, sagte er, um schnell absichernd hinzuzufügen: »Soweit ich dies aus meiner beschränkten Perspektive und meinem unvollständigen Wissensstand nach überhaupt beurteilen kann. Aber sosehr man den Auffassungen, die Bruder Anselm nachgesagt wurden, auch widersprechen mag, so sehe ich doch nichts, was es gerechtfertigen würde ihn mit den Werken des Teufels in Verbindung zu bringen oder gar in einem Atemzug mit Ketzern zu nennen.«

»Verzeiht, hochwürdiger Abt, dass ich es wage Euch und dem hochwürdigen Domherrn von meiner gänzlich unbedeutenden Überzeugung Kenntnis zu geben«, machte sich da wieder der Subprior bemerkbar, mit geheuchelter Demut in Wort und Haltung. »Aber hat nicht einer unserer großen Kirchenlehrer gesagt: ›Nicht die Ungläubigen, deren offene Feindschaft gegen die heilige Kirche und der Pakt mit dem Antichrist, sind die wahre Gefahr für den reinen Glauben, sondern die Gläubigen, die vom rechten Pfad der reinen Lehre abweichen und die Lehren der Häretiker verbreiten!‹?«

»Sehr wahr, Bruder Tarzisius!«, pflichtete ihm der Domherr bei, worauf der Subprior bescheiden den Kopf senkte, sich wieder setzte und die Hände gefaltet in den Schoß legte. »Ich hätte es nicht besser sagen können. Der Judas in den eigenen Reihen, der den Glauben verrät und dem Feind Tor und Tür öffnet, ist der echte Erzfeind, den es mit Stumpf und Stiel auszurotten gilt!«

Abt Ambrosius sah irritiert von seinem Subprior zum Domherrn. »Gewiss, dunklen Umtrieben in unseren eigenen Reihen muss entschieden entgegengetreten werden«, räumte er widerwillig ein. »Aber sollten wir uns nicht darauf besinnen, dass hier weder Bruder Anselm noch seine Auffassungen zur Debatte stehen, sondern dass wir nur hören wollen, was dieser einfache Mann über die kurze Zeit berichten kann, die er in seiner Gesellschaft verbracht hat?«

»Wer weiß, ob nicht das eine mit dem anderen zusammenhängt!«, erwiderte der Domherr und setzte die Befragung fort.

Jakob hatte Zeit genug gehabt sich seiner Situation bewusst zu werden. Er verstand plötzlich, warum Bruder Basilius ihn gedrängt hatte die Abtei so schnell wie möglich hinter sich zu lassen. Wieso der Mönch mit der Augenklappe gewusst hatte, dass der Domherr umgehend nach Himmerod kommen und ihn einem peinlichen Verhör unterziehen würde, hatte ihn im Augenblick genauso wenig zu interessieren wie das, was man Bruder Anselm vorwarf.

Entscheidend war im Moment nur, dass der Domherr ein ebenso mächtiger wie gefährlicher Mann war. Und wo die erschreckenden Worte »Ketzerei« und »Judas« aus dem Mund eines religiösen Eiferers vom Rang eines Prälaten und erzbischöflichen Beraters kamen, da galt es auf der Hut zu sein und jedes Wort dreimal gut abzuwägen, wenn einem etwas an seinem Leben lag!

Der Domherr setzte ihm heftig zu, als Jakob ihm von seinen drei Tagen mit Bruder Anselm berichtete und standhaft beteuerte nicht zu wissen, wo sich der Mönch vorher aufgehalten hatte. Denn dieser Punkt schien den Domherrn besonders zu interessieren, wie er auch immer wieder nach Papieren, geheimen Aufzeichnungen und Protokollen fragte.

»Mein Herr, von alldem weiß ich nichts!«, erklärte Jakob zum wiederholten Mal. »Bruder Anselm hat mir gegenüber kein Wort darüber verloren. Er war krank, fieberte und hat einen Rosenkranz nach dem anderen gebetet!«

Domherr von Drolshagen ließ nicht locker. »Aber Ihr habt doch beispielsweise am ersten Tag gemeinsam um ein Feuer gesessen, wie Ihr berichtet habt.« Er machte eine herrische Bewegung in Richtung seines Sekretärs und befahl: »Coppeldiek, lest ihm die Stelle vor!«

»Sehr wohl, Hochwürden!« Laurentis Coppeldiek legte die Feder aus der Hand und blätterte eifrig in seinen Papieren. »Ah ja, hier ist es. Fragt Hochwürden: ›Wann habt Ihr das nächste Mal ein Gespräch mit Bruder Anselm geführt? Und ich warne Euch, mich noch einmal mit einer so dürftigen Antwort abspeisen zu wollen! Ich will jedes Detail wissen, und Ihr tut besser daran, Euch derer zu erinnern!‹ Antwortet Jakob Tillmann: ›Als wir um die zweite Mittagsstunde eine Rast und ein Feuer entzündet haben, um uns aufzuwärmen. Aber da . . .‹«

»Das genügt! Es ist nicht nötig ihm Wort für Wort in Erinnerung zu rufen, was er vorhin zu Protokoll gegeben hat«, unterbrach ihn der Domherr. »Wir werden ja sehen, ob er sich in Widersprüchen verfängt. Also haltet alles gewissenhaft mit Eurer Feder fest, Coppeldiek!«

»Mir entgeht nicht ein Wort, Hochwürden!«, versicherte der Sekretär. »Auch nicht Seufzen oder Zaudern!«

Jakob spürte kalten Schweiß auf der Stirn und musste an sich halten ihn nicht mit dem Handrücken abzuwischen. Ihm war, als wären die tiefen Schatten im Kapitelsaal noch länger und dunkler geworden. Dämmerte schon der Abend herauf? Ihm kam es vor, als wäre er nun schon mehrere Stunden den bohrenden Fragen des argwöhnischen Domherrn ausgesetzt. Er hatte völlig das Gefühl für die Zeit verloren.

Domherr von Drolshagen starrte nun Jakob wieder mit durchdringendem Blick an. »Also, redet, Mann! Was habt Ihr und Bruder Anselm miteinander gesprochen, als Ihr um das Feuer saßet und es Euch gut gehen ließet?«

»Es ging uns gar nicht gut, hochwürdiger Domherr, wie ich es schon einmal gesagt habe«, antwortete Jakob. »Bruder Anselm machte auf mich einen sehr kranken, ja geradezu erbärmlichen Eindruck. Und ich versuchte ihn zu bewegen die Reise nach Himmerod nicht fortzusetzen, sondern einen Doctor aufzusuchen und sich Ruhe zu gönnen. Ich schlug vor ihn nach Mayen zu bringen, konnten wir diesen Ort doch noch vor Einbruch der Dunkelheit erreichen, wenn wir uns sputeten. Doch er wollte nicht und bestand darauf, dass er nach Himmerod und nirgendwohin sonst wollte. Das ist alles, was wir miteinander geredet haben.«

Der Domherr lief nun zornrot an. »Es kann einfach nicht angehen, dass Ihr sonst nichts miteinander geredet habt,

Bursche! Ihr habt nicht nur um ein Feuer gesessen, Ihr habt auch in zwei Nächten das Zimmer eines Gasthofes geteilt! Ihr habt an einem Tisch gesessen, Ihr habt die Mahlzeiten gemeinsam eingenommen, Herr im Himmel, Ihr habt drei lange Tage und Nächte miteinander verbracht!«, donnerte er aufgebracht. »Und Ihr wollt mir erzählen, Bruder Anselm hätte nur gebetet und sich sonst stumm wie ein Fisch verhalten? Ihr lügt mich an, Bursche!«

Jetzt platzte auch Jakob der Kragen. »Hätte ich gewusst, dass man mich später einem solchen Verhör unterziehen würde, hätte ich ihm gewiss tausend Fragen gestellt und ihm keine Ruhe gelassen, bis ich alles aus ihm herausgelockt hätte!«, antwortete er mit grimmigem Sarkasmus. »Aber vielleicht wäre ich dann auch erst gar nicht so dumm gewesen diesen kranken Mann auf Kosten meiner Knochen bei Eis und Schnee nach Himmerod zu schleppen. Ich hätte ihn dann nicht mal für einen Beutel Goldtaler auf meinen Karren gelassen! Das schwöre ich genauso bei Gott, der Heiligen Jungfrau und allen Heiligen, wie ich schwöre nichts von dem zu wissen, was Euch zu erfahren drängt!«

Erregt sprang der Domherr von seinem Lehnstuhl auf. »Wie könnt Ihr es wagen in diesem dreisten Ton mit mir zu reden, Bursche?«, herrschte er ihn an. »Ich besitze die Autorität Euch einer ganz anderen Art der Befragung zu unterziehen, nämlich einer peinlichen auf dem Turm! Und ich versichere Euch, dass sie weniger gemütlich ausfällt als diese Befragung hier!«

Jakob verstand den Hinweis auf die Inquisition unter der Folter und erblasste.

Abt Ambrosius griff nun ein, sichtlich verärgert und am Rand seiner Geduld. »Eure . . . löbliche Absicht im Kampf gegen den Unglauben und die Werke des Teufels die reine

Lehre zu schützen, in allen Ehren, hochwürdiger Domherr. Und Ihr könnt meiner Unterstützung in jedem berechtigten Fall gewiss sein! Aber was diesen jungen Mann betrifft, der sich unseres Wissens nach nichts hat zu Schulden kommen lassen, so besteht wahrhaftig kein Grund ihm zu misstrauen und an seinem Wort zu zweifeln, geschweige denn ihm mit anderen Formen der Befragung zu drohen!«

Der Domherr lief im Gesicht hochrot an. »Ich darf Euch doch wohl erinnern, hochwürdiger Abt, dass Eure Pflicht gegenüber . . .«

Weiter kam er nicht, denn hier fiel ihm der Himmeroder Abt mit selbstbewusstem, kühlem Tonfall ins Wort. »Ich lasse mich ungern an meine Pflichten erinnern, nachdem ich dieser Abtei im dreiundzwanzigsten Jahr vorstehe! Ich habe mehr als einem Erzbischof und Papst meine Loyalität und meine uneingeschränkte Hingabe an die Bewahrung der reinen Lehre unseres Herrn Jesu Christi bewiesen!«

Es war, als hätte Abt Ambrosius nun genug davon, in seiner eigenen Abtei, in der er und sein Konvent aufgrund verbrieften Rechts über jeder weltlichen Gerichtsbarkeit standen und nur dem Generalkapitel von Citeaux in Frankreich verantwortlich waren, einem Kleriker aus Trier das Sagen und Regieren zu überlassen. Der Erzbischof und die Kurie mochten erschreckende Macht besitzen und sich im Laufe der Jahrhunderte widerrechtlich immer größeren Einfluss auf die Klöster in ihrer Diözese verschafft haben. Aber der im Amt ergraute Abt Ambrosius dachte nicht daran, sich das Zepter beziehungsweise den Krummstab hinter den Mauern seiner eigenen Abtei völlig aus der Hand nehmen zu lassen.

Und so sagte er mit fester Stimme, die keinen Widerspruch duldete: »Der junge Fuhrmann Jakob Tillmann hat nach Lage der Dinge in völliger Unkenntnis der Person und seiner religiösen Überzeugungen unserem Bruder Anselm einen Akt der Barmherzigkeit erwiesen, indem er ihn bei Nacht und Sturm in unsere Abtei gebracht hat. Deshalb sehe ich keine Veranlassung ihn noch länger mit Fragen zu beschweren, die ihm nun schon dreimal gestellt worden und von ihm stets auf dieselbe Weise beantwortet sind, wie Euer fleißiger Sekretär durch seine Mitschriften ja wohl bestätigen kann! Und nun bitte ich Euch mich und Bruder Tarzisius zu entschuldigen. In wenigen Minuten ruft die Glocke zur Vesper. Und ich bin sicher, dass Ihr diese ebenso wenig zu versäumen wünscht wie ich.« Er lächelte verbindlich. »Denn Gottes unermessliche Größe und Barmherzigkeit zu preisen, das ist es doch, dem wir unser Leben geweiht haben, nicht wahr?«

Der Domherr rang sichtlich mit der Wut, die in ihm kochte wie in einem glutheißen Waschkessel und die sein Gesicht mit einer puterroten Farbe überzog. »Also gut, belassen wir es vorerst dabei und gehen wir zur Vesper!«, stieß er schließlich hervor, wobei die Betonung auf dem Wort »vorerst« lag. »Ich möchte mir jedoch das Recht ausbitten, dass dieser Jakob Tillmann in seiner Zelle bleibt und mir zu einer weiteren Befragung zur Verfügung steht, nachdem ich im Anschluss an die Vesper mit Euch unter vier Augen ein Gespräch geführt habe.«

»Ihr meint, vorausgesetzt, es gelingt Euch mich von der Notwendigkeit einer weiteren Befragung zu überzeugen«, schränkte der Abt sofort ein.

Der Domherr nickte knapp.

Abt Ambrosius überlegte kurz und zuckte dann mit den Achseln. »Nun, ich wüsste nicht, was dagegen einzuwenden wäre«, sagte er und bedachte Jakob mit einem beruhigenden Blick. »Bei diesem unfreundlichen Wetter werdet Ihr wohl kaum etwas dagegen haben, Euch nach der Vesper noch eine Weile in Eurer Zelle aufzuhalten, bis ich Euch Bescheid gebe, welchen Ausgang mein Gespräch mit dem hochwürdigen Domherrn genommen hat, nicht wahr?«

Jakob verzog das Gesicht. Wo sollte er bei dem Wetter auch hin? Er saß wie ein Gefangener im Kloster fest, das wusste doch jeder, der einen Blick nach draußen warf! »Wenn das Euer Wille ist, soll es so sein«, sagte er respektvoll und wagte dann die Frage: »Aber darf ich darauf hoffen, dass Ihr bei passender Gelegenheit auch einen Gedanken auf den mir versprochenen Lohn für meine Mühen verwendet, hochwürdiger Abt?«

»Ihr habt mein Wort!«, versprach dieser, erhob sich und verließ in würdevoller Haltung den Kapitelsaal.

»So ist das mit Schlangengezücht!«, murmelte Bruder Tarzisius verächtlich. »Wenn man ihm nicht gleich das Haupt abschlägt und es unerbittlich ausmerzt, verspritzt es sein Gift, windet sich davon und verkriecht sich im Gehölz!«

Der Abt konnte diese Bemerkung nicht mehr hören, weil er schon den Kreuzgang hinunterging. Jakob dagegen verstand jedes einzelne Wort, als hätte der Subprior ihm direkt ins Ohr gesprochen. Er hütete sich jedoch sich umzudrehen, geschweige denn etwas darauf zu erwidern. Raubtiere, die nach Blut dürsteten und schon ihre Krallen gewetzt hatten, sollte man nicht noch reizen, wenn man nicht jede Chance verspielen wollte ihnen zu entkommen!

Elftes Kapitel

Jakob befand sich schon auf dem Weg ins Obergeschoss, um sich in seiner Zelle zu verschanzen und den Bescheid des Abtes abzuwarten, als ihm einfiel, dass dieser ihm ja das Versprechen erst für die Zeit *nach* der Vesper abgenommen hatte.

Er blieb auf halber Treppe stehen, starrte auf das stürmische Schneetreiben hinaus und überlegte kurz, was er tun sollte – besser gesagt, was er tun *konnte*. Denn groß war die Auswahl seiner Möglichkeiten wahrlich nicht. Er konnte versuchen sich während der Vesper aus dem Kloster zu schleichen, was ihm vermutlich gelingen würde. Aber bei dem Wetter befand er sich da draußen in noch größerer Gefahr als in den Mauern der Abtei, wo der Abt die maßgeblichen Entscheidungen fällte. Und dieser hatte ihm wie auch dem anmaßenden Domherrn doch gerade unmissverständlich zu verstehen gegeben, dass er, Jakob Tillmann, sich nichts hatte zu Schulden kommen lassen. Demnach war er in der Abtei also um ein Mehrfaches sicherer als jenseits der Mauern, vom Wetter einmal ganz abgesehen!

Diese Überlegung beruhigte Jakob und gab ihm neues Selbstvertrauen. Der habichtgesichtige Domherr hatte ihm im Verbund mit Bruder Tarzisius, diesem aalglatten Ehrgeizling, einen gehörigen Schrecken eingejagt. Aber er hatte die Feuerprobe überstanden und konnte sich jetzt, unter der ausdrücklichen Protektion des Abtes, wieder sicher fühlen.

Seine Gedanken gingen nun unwillkürlich zu Bruder Basilius und dem Schweden. Sie waren die Einzigen, mit denen er über das beunruhigende Verhör sprechen konnte. Bisher waren sie in ihren Auskünften, was das Geheimnis des Mönches Anselm von Picoll betraf, zwar so hilfreich gewesen wie ein löchriger Wasserkessel. Aber vielleicht ließen sie sich jetzt dazu bewegen, Licht in das Dunkel zu bringen und ihm zu verraten, in was für eine gefährliche Auseinandersetzung er da ahnungslos hineingeraten war.

Jakob schlich sich in die Abteikirche. Er sah, dass Bruder Basilius bei seinen Ordensbrüdern im Chorgestühl stand und dass der Domherr wieder den Ehrenplatz neben dem Abt eingenommen hatte. Den Schweden konnte er in der Basilika jedoch nicht entdecken.

Henrik Wassmo musste also woanders stecken und das bedeutete, dass er sich in das ungemütliche Schneegestöber hinausbegeben musste, wenn er ihn finden wollte. Er schlug den Kragen seines Umhangs hoch und hastete mit gesenktem Kopf über den sturmgepeitschten Hof.

Die beiden wortkargen Konversen in der Schmiede sagten ihm, wo er den Schweden vielleicht finden konnte: »Werft mal einen Blick in die Sattelkammer!«

»Die Schankstube vor dem Tor ist auch kein schlechter Ort, wenn man nach dem Schweden sucht«, meinte der andere.

Der Gang zur Wirtschaft vor den Mauern der Abtei blieb Jakob erspart. Er fand den Schweden in der geräumigen Sattelkammer, in der es intensiv nach Pferd, altem Leder und Wichse roch. Henrik Wassmo saß neben einem mit glühender Holzkohle gefüllten Kohlebecken auf einem Stoß Decken – und schärfte im Licht einer Laterne mit einem granitfarbenen Schleifstein die lange, blitzende Klinge eines Degens. Rechts von ihm, auf einer alten großen Haferkiste, lagen eine schwere Armbrust aus einem rötlichen Holz sowie vier nicht ganz armlange Pfeile. Jakob staunte nicht schlecht.

»Kommt rein oder bleibt draußen, schließt aber in jedem Fall die Tür!«, forderte ihn der Schwede auf, ohne in seiner Arbeit innezuhalten.

Jakob schloss hastig die Tür, durch die der Wind pfiff und Schnee in die Kammer trieb. »Habt Ihr was dagegen, wenn ich Euch für einen Moment Gesellschaft leiste?«

Der Schwede zog den Schleifstein mit gleichmäßigem Andruck über die Klinge, während er trocken antwortete: »Mich verlangt es nicht nach Gesellschaft, aber wenn Euch danach zumute ist, soll es mir recht sein.«

Jakob sah sich nach einem Sitzplatz um und hockte sich dann auf die Haferkiste. »Darf ich?«, fragte er und deutete auf die Armbrust. Sie besaß zwei eiserne Spannfedern. »Ich habe noch nie eine Armbrust in der Hand gehalten. Ich verspreche Euch, auch nicht an der Spannvorrichtung herumzuspielen.«

Der Schwede zuckte mit den Achseln. »Nur zu, nehmt sie in die Hand. Und wenn Ihr sie spannen könnt, gehört sie Euch – zusammen mit einem Golddukaten!«

Jakob lachte und griff nach der klobigen Waffe. Sie war schwerer als gedacht. Und als er sich nun mühte die Eisenfedern zu spannen und den Schlitten zurückzuziehen, da schoss ihm vor Anstrengung das Blut ins Gesicht und der Schweiß brach ihm aus. Es gelang ihm nicht. »Heiliges Pulverfass, dabei bricht man sich ja die Arme ab!«, stöhnte er und gab es auf.

Ein schwaches Lächeln kräuselte die Lippen des Schweden. »Eine Armbrust, die ein junger Spund wie Ihr schon spannen könnt, taugt so viel wie eine undichte Zisterne, die das Wasser nicht halten kann!«, spottete er.

»Sicherlich ist bloß ein Trick dabei«, erwiderte Jakob und

legte die Armbrust zurück. Er fühlte sich von den Worten des Schweden nicht gekränkt, sondern eher belustigt. Henrik Wassmo mochte einige Macken und einen dazu passenden, recht eigenartigen Humor haben, aber er war ihm nicht übel gesinnt, das spürte er.

»Wenn Ihr es sagt, wird es wohl so sein.«

Jakob nahm einen der fast armlangen Pfeile auf. Die gezackte Eisenspitze, groß wie sein Daumen, steckte auf einem hölzernen Schaft mit einem dreifach gefiederten Ende. Die Spitze war scharf wie eine Nadel und ohne den kleinsten Rostflecken. Makellos waren auch die Federn sowie das Holz des Schaftes, das wie ein edles Möbelstück glänzte, das jeden Tag poliert wurde.

»Was ist das für ein Holz?«

»Gebeizte Roteiche.«

»Mhm«, machte Jakob. »Und was sagt Bruder Basilius dazu?«

»Ich glaube, er ist mehr ein Freund von Linden und Weiden.«

Jakob wusste, dass Henrik Wassmo ihn vorsätzlich missverstand und sich über ihn lustig machte. »Das habe ich nicht damit gemeint und das wisst Ihr.«

»Man soll immer sagen, was man meint, wie man auch meinen soll, was man sagt«, entgegnete der Schwede.

»Das müsst ausgerechnet Ihr sagen, der Ihr mehr meint, als Ihr sagt, und ein Vielfaches davon wisst!«, hielt Jakob ihm vor.

»Ich sage, was ich meine, dass Ihr wissen sollt – was zweifellos nicht immer das ist, was Ihr von mir zu hören wünscht.«

Jakob seufzte. »Schon gut, ich krieche ja zu Kreuze und gebe klein bei. Also, was sagt Bruder Basilius dazu, dass Ihr als sein Begleiter wie ein Landsknecht Waffen mit Euch herumschleppt? Hat er sich denn als Mönch nicht ganz dem Gebet und der Nächstenliebe verschrieben?«, fragte er mit leichtem Spott.

»Macht ohne Liebe wird zur Tyrannei – und Liebe ohne Macht zu rührseliger Hilflosigkeit«, antwortete Henrik Wassmo und prüfte mit der Daumenkuppe die Schärfe der Klinge.

»Und Bruder Basilius sieht das auch so?«, wunderte sich Jakob.

»Ihr habt mich gefragt und ich habe allein für mich gesprochen. Bruder Basilius mag die Dinge anders sehen. Das hindert mich jedoch nicht daran, an meiner Überzeugung festzuhalten. Und außerdem: Wenn der Jäger kommt, flieht der Tiger mit dem Reh.«

Jakob lachte. »Ihr habt das Geschick Euch mit Euren Antworten wie eine Schlange zu winden, die man einfach nicht zu packen bekommt!« Aber sogleich wurde er wieder ernst, als er sich darauf besann, warum er eigentlich gekommen war. »Da wir gerade von Schlangen reden: Der Domherr hat mich im Kapitelsaal im Beisein von Abt Ambrosius und Bruder Tarzisius einem regelrechten Verhör unterzogen und diese Spitzmaus von Sekretär hat jedes Wort zu Protokoll genommen.«

»So?« Henrik Wassmo schien nicht sonderlich überrascht.

»Wenn ich mich nicht täusche, wisst Ihr und Bruder Basilius ja schon lange, welch übles Spiel in diesen Mauern getrieben wird – und was das plötzliche Auftauchen des vornehmen Domherrn zu bedeuten hat. Ist es nicht so?«

Der Schwede schaute ihn scheinbar gleichmütig an. »Man kann nicht seinen Nächsten trauen, denn ihnen glauben heißt: verkauft sein und verloren.«

»Kommt mir nicht immer mit Euren Psalmen, wenn ich

etwas wirklich Wichtiges von Euch zu erfahren wünsche!«, sagte Jakob ärgerlich. »Statt mir zu helfen und mich aufzuklären, in welch dunkle Machenschaften ich völlig ohne mein Wissen und Wollen geraten bin, verschanzt Ihr Euch hinter rätselhaften Psalmversen und lasst mich ins offene Messer dieser feinen Kirchenmänner laufen.«

»Seid Ihr nicht gewarnt worden?«, fragte der Schwede zurück, unbeeindruckt von Jakobs Vorwurf.

Jakob verzog schuldbewusst das Gesicht. »Schon, aber wie konnte ich denn ahnen, dass man mich in Verbindung mit Ketzerei und Werken des Teufels bringen würde! Und genau diese Worte sind gefallen! Bruder Anselm hat sich wohl etwas Schreckliches zu Schulden kommen lassen und jetzt stecke ich bis über die Ohren mit in dem Schlamassel, ohne jedoch auch nur einen schwachen Schimmer davon zu haben, worum es überhaupt geht! Der Domherr hat mir sogar mit einem verschärften Verhör gedroht. Und Ihr wisst, was das heißt: Folter!«

Der Schwede nickte. »Sie tragen den Rabenmantel der Finsternis. Doch wie Mond erlischt in Wolken, so gehen die Ruchlosen unter. Der Herr wird richten das Tribunal, jene, die unter dem Schein des Rechtes Böses stiften«, sagte er, hob mit der linken Hand einen Strohhalm vom Boden auf und machte mit dem Degen eine kurze, blitzschnelle Bewegung. Die rasiermesserscharfe Klinge schnitt den Halm in zwei gleich große Stücke.

»Ihr . . . Ihr habt gut reden«, sagte Jakob, halb bewundernd und halb erbost. »Ihr wisst vermutlich bis ins Kleinste, worum es geht, was sich Bruder Anselm hat zu Schulden kommen lassen und was das erschreckende Gerede von Ketzerei und Werken des Teufels zu bedeuten hat. Ich dagegen tappe im Dunkeln und verfange mich vielleicht noch in der Schlinge des Domherrn, weil ich nicht weiß, worum es geht und worauf ich zu achten habe! Ihr lasst mich völlig schutzlos in mein Verderben rennen!«

»Ihr irrt!«, widersprach der Schwede und schob den Degen in eine verbeulte Blechscheide. »Eure Unwissenheit ist Euer größter Schutz. Je mehr Ihr nämlich wisst, desto größer wäre Eure Angst – und Angst riechen und verfolgen Männer wie der Domherr, so wie ein Raubtier eine blutige Fährte aufnimmt und ihr folgt, bis es sein angeschlagenes Opfer gestellt und zu Tode gebracht hat!«

Jakob schluckte schwer. »Eure Worte sind aber auch nicht gerade dazu angetan, mir Mut zu machen!«

Der pockennarbige Schwede warf ihm einen bedauernden Blick zu. »Menschenmacht allein vermag da nichts, wir siegen nur mit Gottes Kraft im Bunde.«

Bevor Jakob etwas erwidern konnte, wurde die Tür zur Sattelkammer aufgerissen. Bruder Basilius, vom Laufen ganz außer Atem und mit vor Kälte gerötetem Gesicht, lehnte sich gegen den Rahmen. Seine schäbige Kutte wehte im Wind, umwirbelt von Schneeflocken.

»Sie haben ihn gefunden!«, stieß er hervor.

»Wen?«

»Den Novizen Dominik. Er ist tot!«

Zwölftes Kapitel

Der tote Novize lag im Kellergewölbe eines der Wirtschaftsgebäude, das den Klosterbrüdern als Vorratslager diente. Mehl, Butter, Öle, Schmalz und Sirup, abgefüllt in verschieden großen und schweren Fässern, lagerten in den Räumen bis unter die Decke. Die Fässer, auch die leeren, ruhten in dreistöckigen Stellagen aus schweren Bohlen. Eines von diesen Regalen aus alten Kanthölzern war zusammengebrochen, hatte eine schmale Trennwand aus Backstein zum Einsturz gebracht – und den Novizen unter sich begraben.

Bruder Anton hatte ihn gefunden, als er sich nach der Vesper ins Lagerhaus begeben hatte und in den Keller hinuntergestiegen war, um ein neues Fass Schmalz zu holen.

Die Betroffenheit unter den zusammengelaufenen Klosterbrüdern war groß, als sie sahen, dass dem Novizen nicht mehr zu helfen war. »Die schweren Fässer haben ihn erschlagen und ihm wohl jeden Knochen im Körper gebrochen!«, stellte der Krankenbruder erschüttert fest, als sie den übel zugerichteten Körper des jungen Mannes endlich aus den Trümmern gezogen hatten. Das Gesicht war eine entsetzliche, blutige Masse.

Jakob war dem Schweden und Bruder Basilius in das Kellergewölbe des Lagerhauses gefolgt und dort in einer dunklen Ecke auf eines der halb leeren Regale geklettert, weil er von da aus alles im Blick hatte. Beim Anblick der Leiche wurde ihm ganz flau zu Mute und Erinnerungen an noch grässlichere Bilder stiegen in ihm auf.

»Was er bloß hier unten gewollt hat?«, rätselte Bruder

Anton. »Und wie ist er überhaupt ins Haus gekommen? Ich bin mir absolut sicher die Tür gut abgeschlossen zu haben. Und es gibt nur zwei Schlüssel. Den einen trage ich stets bei mir und den zweiten hält der Vater Abt unter Verschluss. Also, wie um alles in der Welt . . .«

»Ihr werdet eben doch nicht abgeschlossen haben«, fiel ihm Bruder Tarzisius mit rauer, zitternder Stimme ins Wort. Ihm ging der Tod des Novizen offenbar sehr nahe, war er doch im Gesicht so weiß, als wäre er in einen Sack Mehl gefallen. »Außerdem tut es jetzt nichts mehr zur Sache, Bruder Anton. Der junge Dominik ist tot. Was auf Erden an Gutem wie an Schlechtem in seinem Leben war, wird nun im Himmel gewogen. Möge der Herr seiner Seele in gnädiger Barmherzigkeit Einlass in die ewige Herrlichkeit gewähren!«

»Amen«, kam es von den Mönchen und Konversen, die sich gegenseitig auf die Füße traten, im Chor.

Jakob bemerkte Rutger Mundt auf der Treppe. Mit ausdrucksloser Miene blickte er über das Gedränge hinweg, während er auf etwas kaute. Dann spuckte er etwas Weißes aus, das wie ein Stück Knorpel aussah, pulte mit einem Kienspan in seinen Zähnen, wandte sich um und verschwand wieder nach oben.

»Tretet zur Seite und lasst die Brüder mit der Totenbahre durch!«, rief der Prior.

»Wohin sollen wir ihn bringen, Bruder Pinius?«

»Säubert ihn und bahrt ihn dann in der Kapelle auf!«,wies der Prior sie nach kurzem Überlegen an. »Wir müssen seine Eltern benachrichtigen.«

Der Leichnam des Novizen wurde auf die Totenbahre gelegt, mit einem Tuch gnädig zugedeckt und dann aus dem Kellergewölbe getragen, das sich nun im Handumdrehen leerte.

Einer inneren Eingebung folgend, kletterte Jakob nicht vom Balkengerüst, sondern harrte dort oben noch eine Weile aus, hörte er doch die Stimme von Bruder Basilius, der mit Bruder Anton, dem Küchenbruder, redete. Sein Gefühl sagte ihm, dass der Mönch mit der Augenklappe und der Schwede gleich zurückkommen würden.

Und so geschah es auch.

Die beiden Männer kamen schon im nächsten Moment die Treppe herunter. ». . . zu viele Ungereimtheiten, als dass ich an einen simplen Unfall glauben könnte«, hörte er Bruder Basilius sagen, während sie unter ihm vorbei und zum Ende des Gewölbes gingen, wo ein Trümmerhaufen aus Backsteinen, geborstenen Balken und mehreren aufgeplatzten Fässern den Boden bedeckte.

»Ja, so sehe ich es auch«, stimmte ihm der Schwede zu. »Außerdem ist er auch nicht hier zu Tode gekommen!«

Jakob hätte beinahe einen scharfen Laut der Überraschung von sich gegeben, vermochte sich aber noch zu beherrschen. Dominik war nicht hier im Keller gestorben? Ja, aber wo dann? Und wieso hatte man ihn an diesem Ort gefunden?

»Ihr sagt es, Henrik. Seht Euch doch nur die Blutlache an!«, forderte Bruder Basilius ihn auf und kniete sich an der Stelle nieder, wo der Leichnam des Novizen gelegen hatte. »Nicht viel größer als eine Handfläche!«

Der Schwede stieß ein grimmiges Schnauben aus. »Unmöglich! Habt Ihr allein sein Gesicht gesehen? Bei den vielen Wunden muss er wie ein Schwein geblutet haben. Aber von all dem Blut ist hier nichts zu finden.«

»Was mich nicht im Mindesten überrascht.«

»Nein, mich auch nicht«, pflichtete ihm der Schwede düster bei. »Denn der Unglückliche ist vermutlich weit von diesem Kellergewölbe entfernt gestorben – und weit langsamer, als dieses Szenario glauben machen will!«

Jakob hielt den Atem an und lauschte mit wachsendem Entsetzen den Stimmen der beiden Männer. Wenn es kein Unfall gewesen war, dann blieb doch nur noch eine Möglichkeit und die hieß . . . Oh Gott, nein!

Bruder Basilius zog ein Balkenstück unter einem aufgeplatzten Fass hervor. »Wie auch die massive Stellage nicht auf Grund eines morschen Balkens plötzlich eingestürzt ist! Hier, kommt mit der Laterne her und werft doch mal einen Blick auf die Bruchstelle!«

Der Schwede hob die Laterne an. »Bruchstelle? Von wegen! Der Balken wurde angesägt und dann aus sicherer Entfernung mit einem Seil mutwillig eingerissen – um den ruchlosen Mord an dem Novizen als Unfall zu tarnen!«, stieß er zornig hervor.

Mord! Jakob erstarrte, während ein eisiger Schauer durch seinen Körper lief. Der Schwede und Bruder Basilius waren überzeugt, dass Dominik ermordet worden war!

»Der Fuchs wechselt den Balg, aber nicht die Sitten . . .«, sagte Bruder Basilius erbittert und warf das Balkenstück zu den Trümmern zurück. »Mein Gott, ich hätte nie gedacht, dass sie sich an dem jungen Novizen vergreifen würden. Was kann er denn schon gewusst haben? Wenn ich geahnt hätte . . .« Er brach ab, schüttelte müde den Kopf und wandte sich um. »Lasst uns gehen, Henrik. Ich möchte für den Unglücklichen beten. Das ist das Einzige, was ich jetzt noch für ihn tun kann.«

»Und dann?«, fragte der Schwede knapp, als wartete er auf den Befehl zu seinen Waffen zu greifen und den Mord zu rächen.

»Wir treffen uns zur Komplet, wenn alle in der Basilika sind, in der Kapelle!«, antwortete Bruder Basilius. »Und dann müssen wir uns etwas ausdenken, um diesen Unglücksraben Jakob Tillmann verschwinden zu lassen!«

»Ja, das müssen wir wohl«, stimmte ihm der Schwede mit einem schweren Seufzen zu und stiefelte hinter ihm die Treppe hoch. Das Laternenlicht kroch mit ihnen die Stufen hoch und ließ das Gewölbe wieder in pechschwarze Dunkelheit versinken.

Mit wild schlagendem Herzen und zugleich wie gelähmt, kauerte Jakob auf dem Regal, gegen ein Fass gepresst, dem ein intensiver süßlicher Geruch entströmte. Nicht nur, dass der Novize Dominik keinem tragischen Unfall zum Opfer gefallen, sondern ermordet worden war. Nein, jetzt sollte es auch ihm an den Kragen gehen! Zumindest musste er damit rechnen, dass Bruder Basilius und der Schwede irgendetwas ausheckten, das ihm ganz und gar nicht gefallen würde. Und dabei hatte er geglaubt ihnen trauen zu können. Aber sie waren wohl selbst zu tief in diese finsteren Machenschaften verstrickt, die zum Mord an dem Novizen geführt hatten.

Längst war oben die schwere Tür zugefallen, als Jakob endlich von der Stellage herunterkletterte, sich im Dunkel zur Treppe tastete und nach oben schlich. Auch hier vermochte er nicht einmal die eigene Hand vor Augen zu sehen. Mehrfach stieß er schmerzhaft gegen Kisten und Wände. Es dauerte eine ganze Weile, bis er den Weg zur Tür gefunden hatte, und es verwunderte ihn nicht sie von außen verschlossen vorzufinden. Er suchte nun das nächste Fenster, das, ganz wie erwartet, nur von innen verriegelt war. Vorsichtig schob er die Riegel zurück, öffnete die Holzläden einen Spalt und spähte hinaus. Er musste beide Schlagläden festhalten, damit der böige Wind sie nicht laut gegen die Wände schlagen ließ.

Der Schnee fiel noch immer mit unverminderter Heftigkeit und hüllte die Abtei in ein weißes windgepeitschtes Treiben, in dem alle Gebäude ihre festen Konturen zu verlieren schienen. Kein Wunder, dass niemand bemerkt hatte, dass jemand die Leiche des Novizen in das Lagerhaus geschleppt hatte. Wer sich im Freien aufhalten musste, ging mit hochgeschlagener Kapuze und mit vor dem Wind tief geneigtem Kopf und war sogar aus der Nähe nur als schemenhafte Gestalt zu erkennen. Ein perfektes Wetter für den Mörder!

Es war niemand zu sehen und so sprang Jakob beherzt aus dem Fenster in die Schneewehe vor der Hauswand. Das augenblickliche Knallen der Schlagläden im Wind erschien ihm so erschreckend laut, dass er meinte, jeden Moment müssten Mönche und Konversen aus allen Richtungen zusammenlaufen und ihn auf frischer Tat ertappen.

Doch niemand tauchte aus den weißen, wirbelnden Schleiern auf und verstellte ihm den Weg, als er über den Hof rannte. Unangefochten erreichte er das Konventsgebäude, riss die Tür auf und hetzte die Treppe hoch. Auch auf dem Gang zu seiner Zelle begegnete ihm niemand. Eine tiefe, trügerisch friedvolle Stille lag über der Abtei, die in ihren Mauern einen skrupellosen Mörder beherbergte.

In seiner Zelle schlug Jakob hastig den Schnee von seinem Umhang und wischte ihn sich aus dem Haar. Nachdem er den schweren Stein vor die Tür geschoben hatte, sank er auf seine harte Lagerstatt und versuchte zu einem klaren Gedanken zu kommen. Zu viel ging ihm durch den Kopf. Fragen über Fragen wirbelten wie die Schneeflocken in ihm durcheinander.

Wer war der Mörder? Und weshalb hatte der Novize sterben müssen? Wo hatte man ihn ermordet? Wen hatte Bruder Basilius wohl mit dem Fuchs gemeint, der den Balg wechselte, aber nicht die Sitten? Welch entsetzliche Verfehlungen mochte Bruder Anselm bloß begangen haben, um Auslöser all dieser schrecklichen Geschehnisse zu sein? Und welch dunkles Geheimnis hatte er mit sich ins Grab genommen, hinter dem der Domherr so versessen her war wie der Teufel hinter einer armen Seele?

Ein kurzes, herrisches Pochen riss Jakob aus seinen Gedanken. Erschrocken fuhr er zusammen, als er die Stimme des Subpriors hörte: »Jakob Tillmann? Hättet Ihr vielleicht die Freundlichkeit mich in Eure Zelle zu lassen? Irgendetwas blockiert Eure Tür!«

»Einen Moment!«, rief Jakob, augenblicklich von angespannter Wachsamkeit und Unruhe erfüllt, welche Nachricht der Subprior wohl bringen mochte. Er sprang auf, schob den Stein zur Seite und öffnete die Tür.

Der Blick des Subpriors fiel auf den schweren Stein und eine scharfe Falte bildete sich auf seiner Stirn. »Weshalb habt Ihr Eure Tür damit versperrt?«

»Zur Sicherheit.«

»Vor wem denn?«, fragte Bruder Tarzisius nach.

Jakob zog es vor keine direkte Antwort zu geben, sondern nur vage mit den Achseln zu zucken.

Zu seiner Überraschung ließ der Subprior es auch dabei bewenden. »Ihr habt von dem schrecklichen Unfall gehört, bei dem unser Novize Dominik zu Tode gekommen ist?«

»Unfall?«, fragte Jakob zurück und jetzt fiel ihm auf, dass Bruder Tarzisius immer noch blass im Gesicht war und recht mitgenommen aussah. Der Tod des Novizen schien ihn sehr getroffen zu haben. Merkwürdig. Hatte er diesem Mann vielleicht unrecht getan?

»Ja, ein schrecklicher Unfall«, murmelte Bruder Tarzisius und blickte wie abwesend auf das Kruzifix über der Tür. »Er war so ein eifriger junger Mann . . .«

»Hat er nicht die ganze Zeit Bruder Anselm gepflegt?«, rutschte es Jakob heraus.

»Ja, das hat er.« Ein Ruck ging durch den hoch gewachsenen Körper des Subpriors und sein Gesicht nahm wieder den energischen, harten Ausdruck an, der Jakob so vertraut war. »Unser hochwürdiger Abt schickt mich und lässt Euch ausrichten, dass er für eine weitere Befragung keine Notwendigkeit sieht.«

»Es geschehen wahrlich noch Zeichen und Wunder!«, entfuhr es Jakob. Seine Erleichterung war jedoch nicht so vorbehaltlos, wie er geglaubt hatte. Die Leiche des Novizen ging ihm nicht aus dem Kopf. Sie erinnerte ihn daran, dass in dieser Abtei schreckliche Dinge geschahen, die sich dem Einfluss und wohl auch dem Wissen des Abtes völlig entzogen. Er befand sich noch immer auf unsicherem Eis, das jeden Moment unter ihm einbrechen konnte.

»Gewiss geschehen sie, Tag für Tag!«, erwiderte der Subprior. »Die Schöpfung des Allmächtigen ist voller Wunder und der Gläubige der reinen Lehre ist sich ihrer zu jeder Stunde seines sündigen Lebens bewusst! Nur Heiden, Ketzer und Anhänger des Teufels, die gottlosen Mächte der Finsternis, leugnen sie und lassen nichts unversucht, um die Menschen in ihren satanischen Bann zu schlagen!«

»Davon versteht ein einfacher Fuhrmann wie ich nichts, ehrwürdiger Bruder. Solch Dinge überlasse ich studierten und geweihten Männern wie Euch, die Ihr in diesen schwierigen Fragen wohl bestens bewandert seid«, sagte Jakob demütig und hoffte den Subprior damit gnädig zu stimmen.

»Ja, und Ihr tut auch gut daran, uns die Entscheidung darüber zu überlassen, was im ewigen Kampf gegen die Saat des Bösen notwendig ist und was nicht!«, bekräftigte Bruder Tarzisius, jedoch schon milder im Ton. »Deshalb rate ich Euch dem Wunsch des Domherrn nach einer zweiten Unterredung untertänigst zu entsprechen, auch wenn unser hochwürdiger Abt Euch vom Zwang zu einer selbigen befreit hat!«

Unter keinen Umständen würde er sich freiwillig einem zweiten Verhör unterziehen, auch wenn Bruder Tarzisius es als »Unterredung« schönzureden versuchte. Schon gar nicht nach dem Mord an dem Novizen! Er würde Himmerod so schnell wie möglich den Rücken kehren und sich aus dem Staub machen. Nur durften der Subprior und der Domherr nichts davon ahnen. Sie mussten im Gegenteil den Eindruck erhalten, dass er verängstigt genug war, um sich ihnen auch freiwillig in die Hände zu begeben.

Jakob wusste jedoch, dass er nicht zu eilfertig erscheinen durfte, wenn er nicht den Argwohn des Subpriors wecken wollte. Deshalb nagte er scheinbar unentschlossen an seiner Unterlippe, um dann mit einem leicht resignierenden Unterton zu antworten: »Zwar weiß ich wirklich nicht, was sich der hochwürdige Herr davon erwartet, wo ich doch schon alles zu Protokoll gegeben habe, was ich weiß. Aber ich mag natürlich auch nicht seinen Unmut wecken, und wenn es ihm so wichtig ist ...« Er führte den Satz nicht zu Ende.

»Ihr seid also bereit?«, vergewisserte sich der Subprior erfreut.

Jakob verzog das Gesicht zu einer hilflosen Grimasse. »Was bleibt einem einfachen Mann denn anderes übrig, wenn ein so hoher Würdenträger wie Domherr von Drolshagen auf einer zweiten Unterredung besteht?«

»Endlich habt Ihr zur rechten Einstellung gefunden, gelobt sei Jesus Christus!«

»Wäre es zu viel erbeten, diese Unterredung aber erst morgen stattfinden zu lassen?«, fragte Jakob zögerlich, als traute er sich kaum diese Bitte vorzubringen. »Mir ist nämlich schon den ganzen Tag so unwohl und die Kopfschmerzen, die mich quälen, haben es mir schon vorhin schwer gemacht mich auf die Fragen des Domherrn in rechtem Maß zu konzentrieren.«

»Macht Euch darüber keine Gedanken, Jakob Tillmann. Morgen nach dem Konventamt ist eine gute Zeit, um noch einmal in aller Gewissenhaftigkeit die Dinge zu rekapitulieren, an denen der Domherr interessiert ist«, versicherte Bruder Tarzisius beinahe beschwingt. »Schlaf und aufrichtige Einkehr der Seele werden Euch morgen erfrischt und im rechten Gottvertrauen zum Gespräch mit dem hochwürdigen Berater des kurfürstlichen Erzbischofs führen.«

Jakob nickte. »So sei es, ehrwürdiger Bruder.«

Mit einem zufriedenen Lächeln tunkte der Subprior seinen Finger in den kleinen Weihwasserkessel an der Tür, schlug das Kreuz und trat aus der Büßerzelle.

Jakob musste sich ein breites Grinsen verkneifen und schloss schnell die Tür hinter ihm. Dieser arrogante Ehrgeizling und sein feiner Domherr würden ganz schön dumm aus der Wäsche gucken, wenn sie seine Zelle morgen leer vorfanden. Schade, dass er ihre hochnäsigen Gesichter nicht . . .

Er hielt plötzlich in seinem Gedanken inne und blickte hinunter auf den steinernen Klotz, den er gerade wieder vor die Tür gerückt hatte. Das schabende Geräusch des Steines über den Boden hatte jäh eine Erinnerung in ihm wachgerufen.

Das merkwürdige Geräusch in Bruder Anselms Zelle, das schabende Kratzen! Es hatte genauso geklungen. Es war das Geräusch von einem Stein gewesen, der über einen anderen Stein rutschte und dabei Sandpartikel unter sich zerrieb!

Jakob überlegte nicht lange. Er musste Gewissheit haben, ob sich für den Verdacht, der sich ihm aufdrängte, ein Beweis in der Kammer fand, in der Bruder Anselm bis zu seinem Tod gelegen hatte. Deshalb zerrte er den Stein wieder zur Seite und ging aus seiner Büßerzelle.

Auf Zehenspitzen und in angespannter Wachsamkeit schlich er den Flur hinunter, der ausgestorben vor ihm lag. Er bog um die Ecke und auch hier war alles still. Niemand kreuzte seinen Weg. Unbemerkt erreichte er die Zelle, in der der alte Mönch die letzten Tage seines Lebens im Fieberdelirium verbracht hatte.

Die Tür stand offen. Schnell schlüpfte er in das dunkle Zimmer und schloss die Tür so weit, dass man vom Flur aus nicht hereinsehen konnte. Dann machte er sich auf die Suche nach der verborgenen Öffnung, die es hier irgendwo geben musste, wenn sein Verdacht richtig war.

Er wünschte, er hätte ein Licht bei sich gehabt, denn mittlerweile war das letzte Tageslicht der abendlichen Dunkelheit gewichen und in der Zelle herrschte eine ähnlich undurchdringbare Finsternis wie vorhin im Lagerhaus. Aber dann sagte er sich, dass die versteckte Öffnung auch in hellem Lichtschein kaum mit bloßem Auge zu entdecken sein würde. Und dass er die Stelle so oder so ertasten musste.

Jakob verharrte vor dem Bett und versuchte sich daran zu erinnern, aus welcher Richtung das Geräusch bei seinem Krankenbesuch gekommen war.

Hinter seinem Rücken! Und eher von oben als von unten, denn er hatte das Geräusch doch dem arbeitenden Dachgebälk zugeschrieben! Er musste also auf der dem Bett gegenüberliegenden Wand suchen, und zwar oberhalb der Mauermitte.

Als Jakob sich auf die andere Seite der Zelle begab und

die Wand abtastete, stellte er plötzlich aufgeregt fest, dass sich dort in Brusthöhe eine halbrunde, bogenförmige Mauernische befand, die ihm bei seinem einzigen Besuch in dieser Kammer entgangen war. Sie mochte vielleicht drei Handbreit tief und etwas höher sein, als sein Arm lang war. Und in dieser Nische stand eine hölzerne Figur, zweifellos eine geschnitzte Madonna mit einem Sternenkranz um ihr Haupt, wie er ertastete.

Er stellte die Madonnenfigur auf den Boden und untersuchte dann die Rückwand der Nische, indem er auf jeden Stein vorsichtig Druck ausübte. Beim vierten Stein spürte er, wie er nachgab und sich nach hinten schieben ließ. Er zog sofort die Hand zurück, um den Stein nicht zu weit aus der Wand zu drücken.

Da war sie, die geheime Öffnung! Das Loch, durch das man von der Zelle des Subpriors aus in diese Kammer spähen und jedes Wort verfolgen konnte, sofern es nur laut genug gesprochen wurde!

Jetzt verstand Jakob, weshalb Bruder Tarzisius bei ihrer Ankunft befohlen hatte den fieberkranken Mönch nicht in die Infirmaria, sondern in diese Zelle zu bringen. Und nun wunderte es ihn auch nicht mehr, dass der Subprior ihn mit Bruder Anselm reden gehört hatte, obwohl der Kranke zu kaum mehr als zu einem Flüstern fähig gewesen war: Er hatte sie durch diese Maueröffnung hinter der Madonna beobachtet und sie zu belauschen versucht.

Und natürlich hatte er auch den Novizen all die Zeit beobachtet und jedes Wort aufzuschnappen versucht, was in der Krankenkammer gesprochen wurde.

Hatte Dominik deshalb sterben müssen?

War gar Bruder Tarzisius der Mörder?

Jakob fror bei dem Gedanken. Und er schwor sich, dass er schon nicht mehr im Kloster sein würde, wenn sich die weißen Mönche von Himmerod, mit dem Mörder in ihren Reihen, das nächste Mal zur Prim einfanden und ihre morgendlichen Lobgesänge anstimmten!

Dreizehntes Kapitel

Am liebsten wäre Jakob dem Abendessen ferngeblieben, denn er verspürte nicht den geringsten Appetit. Sein verkrampfter Magen fühlte sich wie ein dicker, kalter Klumpen Lehm an, der für nichts anderes mehr Platz ließ. Weil er jedoch keinen Verdacht erregen wollte, zwang er sich zu essen. Er wusste, dass sein Körper jede Stärkung bitter nötig hatte. Im tiefsten Winter bei diesem Wind und Wetter zu Fuß die Flucht zu ergreifen stellte ein enormes Risiko dar. Aber so gefährlich sein Vorhaben auch sein mochte, die Gefahr, die ihm innerhalb der Klostermauern drohte, war um ein Mehrfaches größer. Er brauchte bloß an Dominik zu denken.

Er war versucht sich heimlich einige Scheiben Brot einzustecken, entschied sich jedoch dagegen. Rutger Mundt starrte nämlich immer wieder zu ihm herüber, als wartete er nur darauf, dass er irgendetwas Verdächtiges tat. Nein, er würde sich später mit Proviant eindecken müssen.

Nach dem Essen trieb sich Jakob rastlos im Konventsgebäude herum. Voller Ungeduld wartete er darauf, dass die halbe Stunde der Rekreation verstrich, die den Mönchen am Abend vor der Kompletlesung gewährt wurde. Endlich rief die helle Glocke über dem Kreuzgang zur Komplet und Jakob schlich sich aus dem Haus.

Er lief so schnell er konnte durch die verschneite Nacht und erreichte die Kapelle, noch bevor die Glocke verklungen war. Seine Hoffnung, noch vor dem Schweden und Bruder Basilius einzutreffen, erfüllte sich. Niemand hielt sich in der Kapelle auf, in der nur das Ewige Licht brannte.

Der Leichnam des Novizen war auf zwei Böcken vor dem Altar aufgebahrt.

Wo sollte er sich verstecken? Er schaute sich hastig um – und sein Blick blieb am Beichtstuhl haften, der an der linken Seite auf halber Höhe zum Altar stand. Er atmete auf. Dort würde er vor Entdeckung sicher sein.

Kaum hatte er sich hinter den schweren Vorhang gekauert und ihn so verrückt, dass er den Altar und den toten Novizen genau im Blick hatte, als er die Tür schlagen hörte und gleich darauf Schritte vernahm.

Es war Bruder Basilius, der zur Schranke vorging, niederkniete und sich bekreuzigte und dann die Pforte des geschnitzten Lettners öffnete. Die Laterne, die er mitgebracht hatte, stellte er auf den Altar. Dann beugte er sich über den Toten. Mit Verwunderung beobachtete Jakob, dass die Aufmerksamkeit des Mönches ganz besonders den Händen des Toten galt.

Der Schwede ließ nicht lange auf sich warten. Schwere Stiefelschritte verkündeten sein Kommen. Er begab sich direkt zu Bruder Basilius, ohne am Lettner innezuhalten und sich zu bekreuzigen.

»Nun? Was sagen Euch die Wunden?«, fragte er und drehte den Kopf des Toten zur Seite, sodass er im Licht der Lampe auf dem Altar lag.

»Wie ich es befürchtet habe: Sie haben ihn gefoltert«, antwortete Bruder Basilius. »Welch ein Wahnsinn! Was glaubten sie denn von ihm erfahren zu können? Der Novize war so ahnungslos wie ein Schaf und was hätte er schon am Krankenbett aufschnappen können!«

»Sie wollten sichergehen.«

»Vermutlich. Und zum Ruhme Gottes haben sie ihm die Seele aus dem Leib gefoltert. Diese Männer, die im Namen des Kreuzes Blut fließen lassen, werden wohl nie begreifen, was Jesu Botschaft ausmacht – und vom Alten Testament unterscheidet!«, stieß der Mönch mit ohnmächtigem Zorn heraus. »Folter im Namen des Allmächtigen, was für ein Wahnwitz, was für eine Perversion des Glaubens!«

Jakob sog vor Entsetzen die Luft scharf ein und presste schnell die Hand vor den Mund. Gefoltert? Und im nächsten Moment fiel ihm die Drohung des Domherrn ein: Ich besitze die Autorität Euch einer ganz anderen Art der Befragung zu unterziehen, nämlich einer peinlichen auf dem Turm! Und peinliche Befragung war nur ein anderes Wort für die Tortur unter der Folter!

»Seht Euch seine Daumen an!«, forderte der Mönch den Schweden auf. »Zu Brei zermalmt.«

»Sie haben ihm Daumenschrauben angelegt!«

»Und nicht nur das. Seht hier, Spuren von heißem Pech. Und seine Augen . . .«

Jakob hörte voller Grauen, welch entsetzliche Torturen und Qualen der Novize hatte erdulden müssen, bis der Tod ihn erlöst hatte. Er wollte sich die Ohren zuhalten, doch er war unfähig sich zu rühren.

»Er muss schrecklich gelitten haben, der arme Bursche«, stellte der Schwede fest. »Dem Himmel sei Dank, dass sie nicht einen wirklich erfahrenen Folterknecht zur Hand hatten.«

Der Mönch nickte. »Der einstige Henker von Würzburg versteht eben besser mit dem Richtschwert und mit dem Brandeisen umzugehen als mit Folterwerkzeugen«, antwortete er. »Aber Rutger Mundt wird sicherlich schnell lernen, wenn es darauf ankommt und man ihm genug Zeit lässt. Und genau das müssen wir verhindern, Henrik. So schwer es mir fällt, aber wir haben keine andere Wahl.«

Der Schwede nickte und wandte sich ab. »Ich weiß, wir müssen ihnen zuvorkommen. Um jeden Preis. Aber lasst uns das nicht hier besprechen. Ich habe drüben in der Sattelkammer noch eine halbe Flasche Branntwein. Und ich denke, ein kräftiger Schluck ist jetzt mehr als angebracht!«, sagte er und stiefelte davon.

Bruder Basilius brummte so etwas wie eine Zustimmung, nahm die Lampe vom Altar und folgte ihm.

Jakob verharrte eine ganze Weile in seinem Versteck. Er brauchte Zeit, um das Gehörte zu verkraften: Die Beschreibung der grauenhaften Folter und dass Rutger Mundt einst in Würzburg das blutige Handwerk des Henkers ausgeübt hatte. Er erschauerte bei dem Gedanken, dass der Domherr bestimmt seine guten Gründe gehabt hatte einen Mann wie Rutger Mundt mit nach Himmerod zu nehmen und ihn als seinen harmlosen Kutscher auszugeben.

Er überlegte, ob er sich nicht doch Bruder Basilius und dem Schweden anvertrauen sollte, nahm von dieser Möglichkeit jedoch schnell wieder Abstand. Sie mochten nichts mit Bruder Tarzisius, Rutger Mundt und dem Domherrn gemein haben, aber das sagte noch nichts darüber aus, welcher Art ihre Interessen waren. Unzweifelhaft war nur, dass sie tief in diese mörderischen Machenschaften verstrickt waren. Und ob er bei ihnen Sicherheit finden konnte, wagte er sehr in Frage zu stellen. Nein, er tat besser daran, keinem zu vertrauen und auf eigene Faust zu handeln. Dann konnte ihn auch niemand hintergehen und verraten!

Jakob hatte vorgehabt während der Matutin aus dem Kloster zu fliehen. Nun aber beschloss er seinen Vorsatz sofort in die Tat umzusetzen. Wozu noch Stunden mit nervzehrendem Warten verbringen und dabei Gefahr laufen, dass irgendetwas geschah, was seine Flucht unmöglich machte. Je eher er Himmerod hinter sich ließ, desto besser!

Als er sich einigermaßen beruhigt hatte, schlich er sich aus der Kapelle. Die tiefen Schatten der Klostermauer und der Wirtschaftsgebäude ausnutzend, kehrte er zum Konventsgebäude zurück. Er betrat das Haus jedoch nicht durch das Portal, sondern durch die Hintertür bei den Küchenräumen, die er unverschlossen vorfand.

Lautlos huschte er durch das Gewölbe zur Feuerstelle. Er kannte sich inzwischen gut genug aus, um die geheime Vorratskammer links vom Rauchfang auch im Dunkeln zu finden. Er nahm einen kräftigen Schluck aus dem Krug mit der Buttermilch, steckte sich den halben Brotlaib unter sein Hemd und biss ein Stück vom vier Finger breiten Käse ab, bevor er auch ihn einsteckte.

Wie dankbar war Jakob jetzt für das dichte Schneetreiben, als er Augenblicke später über den Hof und zu den Stallungen lief. Dort stand ein klobiges Fuhrwerk mit hohen Seitenwänden direkt an der Mauer, das ihm als ideale Kletterhilfe dienen würde. Und er wusste, wo er ganz in der Nähe ein Seil fand, ohne eine Tür aufbrechen oder sonstwie verräterischen Krach machen zu müssen. Die zweite Umfriedung der Abtei war noch viel einfacher zu überwinden als die innere Klostermauer, wies sie unten am Ufer der Salm doch eine große Lücke auf, die wohl schon lange ihrer Ausbesserung harrte.

Unbehelligt erreichte Jakob das Fuhrwerk. Es fiel ihm auch niemand in den Arm, als er das Seil vom Haken nahm, das nur wenige Schritte entfernt unter dem Vordach hing. Er stieg auf die Ladefläche, verknotete ein Ende des Seils an einem Holm und warf es dann mit aller Kraft über die Mauer, die er mehr erahnte, als dass er sie sehen konnte. Nun stieg er auf den Kutschbock des Fuhrwerkes. Von dort aus konnte er die Mauerkrone mit seinen Händen erreichen. Er stieß sich ab und saß im nächsten Moment rittlings auf der Mauer. Ein Windstoß riss ihm seinen alten Filzhut vom Kopf. Er versuchte ihn noch festzuhalten, doch seine Hände griffen ins Leere, während der Hut davonsegelte und sofort von der Dunkelheit verschluckt wurde.

Jakob fluchte und verharrte einen Augenblick auf der Mauerkrone. Ach, zum Teufel mit dem alten Ding! Hauptsache, er rettete seinen Kopf. Er packte das Seil und prüfte, ob der Knoten auch festsaß. Dann ließ er sich hastig an der Außenseite in die Tiefe hinab.

»Gott sei Dank!«, stieß er leise hervor, als er festen Boden unter den Füßen spürte. Die schwierigste und gefährlichste Hürde hatte er überwunden. Er ließ das Seil los und ging vorsichtig in das Schneetreiben hinein. So ähnlich musste es sein, wenn man nahezu blind war. Er stolperte mehrmals und wäre einmal fast gestürzt. Endlich tauchte vor ihm die zweite Umfriedung der Abtei auf. Jetzt brauchte er bloß noch vorsichtig in Richtung Flussufer zu gehen, um zur Lücke im Mauerwerk zu gelangen.

Wenige Minuten später erreichte er den eingestürzten Teil der Umfassung. Er tastete sich vor. Gerade hatte er seine Hand auf das lockere Gestein am Rand des gut anderthalb Schritt breiten Einschnitts gelegt und wollte über den kniehohen Berg aus Trümmern und Schnee klettern, als schräg von hinten ein Schatten wie ein riesiger Nachtvogel auf ihn zusprang.

Eine Hand krallte sich in sein Haar und riss seinen Kopf zurück, während sich fast im selben Moment kalter Stahl auf seine Kehle legte und eine hämische Stimme fragte: »Sucht Ihr vielleicht Euren Eselskarren, Fuhrmann? Oder steht Euch der Sinn nach einer ungewöhnlichen Nachtwanderung?«

Jakob schrie zu Tode erschrocken auf und erstarrte. Rutger Mundt, der Henker von Würzburg! Der Gefolgsmann des Domherrn hatte ihm aufgelauert und ihm nun eine Klinge an die Kehle gesetzt. Derselbe Mann, der den Novizen zu Tode gefoltert hatte!

»Ihr habt wohl geglaubt, wir wären mit Dummheit geschlagene Tölpel und würden Eurer Zusage, dem Domherrn noch einmal bereitwillig Rede und Antwort stehen zu wollen, Glauben schenken, nicht wahr?«, höhnte der Henker. »Ich hoffe, Ihr seid nun nicht zu enttäuscht, dass wir Eure Einfalt nicht teilen!«

»Lasst mich laufen!«, stieß Jakob flehentlich hervor. »Ich kann Eurem Herrn bei dem, was er zu erfahren wünscht, nicht helfen. Ihr müsst mir glauben. Ich weiß wirklich nichts! Das ist die Wahrheit, ich schwöre es!«

»Die Wahrheit? Das werden wir ja sehen und hören, Fuhrmann! Und Ihr könnt sicher sein, dass wir die Wahrheit aus Euch herausholen werden – so wie man eine Nuss knackt, wenn man an den Kern will!«

»Man sollte nicht schon mit dem Kauen beginnen, wenn das Essen noch nicht einmal aufgesetzt ist!«, rief da eine sarkastische Stimme hinter ihnen.

Ein freudiger Schock durchfuhr Jakob. Der Schwede!

»Und jetzt lasst den Burschen los, Blutscherge. Wenn Ihr einen Fuhrmann braucht, sucht Euch einen anderen. Dieser da steht schon in unseren Diensten!«, erklärte der Schwede mit aufreizendem Spott, begleitet vom scharfen, metallischen Klang einer aus der Scheide fahrenden Klinge.

Jakob spürte förmlich, wie überrascht und verstört der Henker über das plötzliche Auftauchen des Schweden war. Die Klinge löste sich von seiner Kehle.

Jetzt oder nie!, fuhr es Jakob durch den Kopf und im selben Moment wurde er sich des lockeren Ziegelsteines bewusst, auf dem seine Hand noch immer ruhte. Er handelte, ohne lange zu überlegen. Blitzschnell und mit aller Kraft, zu der er fähig war, hob er den Stein an, riss ihn nach hinten und schlug damit nach Rutger Mundt. Er hatte Glück. Der Ziegelstein traf den Schergen des Domherrn irgendwo zwischen Schienbein und Oberschenkel.

Der Henker schrie gellend auf und ließ im Augenblick des Schmerzes Jakobs Haarschopf los. Dieser sprang geistesgegenwärtig zur Seite. Das Messer schnitt durch die Luft, durchtrennte seine Kleidung und fuhr oben an der Schulter tief in seinen rechten Oberarm.

Jakob achtete nicht auf den scharfen Schmerz, der durch Arm und Schulter schoss. Sein einziger Gedanke galt in diesem Moment seiner Flucht. Die Freiheit war zum Greifen nahe. Ein paar Schritte und er war dem Henker entkommen. Jenseits der Mauer war er sicher. Dort würde ihn das nächtliche Schneetreiben vor seinen Verfolgern schützen.

Er stürzte nach vorn, stolperte über die Trümmer des eingestürzten Mauerwerkes, sprang durch die Öffnung, stolperte und stürzte kopfüber in den Schnee. Er rappelte sich auf und lief los. Hinter sich vernahm er den harten Aufprall von Stahl auf Stahl. Er hörte den Schweden etwas rufen, doch die Worte erreichten ihn nicht wirklich. Die Angst trieb ihn weiter. Und sooft er auch stolperte und stürzte, er kam immer wieder sofort auf die Beine. Er rannte und rannte, bis er nicht mehr konnte und erschöpft unter einem Baum in den Schnee sank. Angestrengt und mit angsterfülltem Herzen lauschte er in die Nacht.

Nicht ein Laut drang an sein Ohr.

Er war entkommen!

Jakob liefen Tränen der Erlösung über das schweißnasse Gesicht. Er lachte und weinte zugleich. Dann wurde er sich zum ersten Mal der Schmerzen in seinem Oberarm bewusst. Es war ein heißes, schmerzhaftes Pochen. Aber er machte sich darüber keine Sorgen. Immerhin konnte er den Arm bewegen und die Hand zur Faust ballen, wenn auch unter Schmerzen. Die Wunde würde bald verheilen. Er hatte schon ganz andere Verletzungen überlebt. Und er wollte nicht undankbar sein und für eine Nacht gleich mehrere Wunder verlangen. Dass er dem skrupellosen Domherrn und seinem Henker Mundt entkommen war, dank des Schweden, genügte völlig.

Zumindest vorerst.

Denn Jakob traf nun die ernüchternde Erkenntnis, dass sie wohl bei Tagesanbruch unverzüglich die Verfolgung aufnehmen und nichts unversucht lassen würden, um ihn aufzuspüren und in ihre Gewalt zu bringen. Damit sie ihn ein zweites Mal verhören konnten – diesmal jedoch unter der Folter! Seine Flucht war also noch weit davon entfernt, ein glückliches Ende gefunden zu haben. Sie hatte vielmehr gerade erst begonnen!

ZWEITES BUCH

AUF DEM TURM
UND
ÜBERS LAND

Vierzehntes Kapitel

Elf quälend lange Tage und elf zermürbende Nächte dauerte Jakobs Flucht durch die verschneite Eifel. Angst war sein ständiger Begleiter und das Licht des Tages sein größter Feind.

Jakob machte sich keine Illusionen. Ein Mann wie Domherr von Drolshagen verfügte über genug Macht und finanzielle Mittel, um ihn von einer ganzen Meute skrupelloser Schergen jagen zu lassen. Sicherlich würde der Henker Mundt die Männer anführen und sie mit einer guten Beschreibung seiner Person versehen haben. Und ein junger Bursche wie er, der sich schon durch seine Aussprache als Fremder verriet, nicht einmal über ein Pferd verfügte und im tiefsten Winter in großer Hast über die Straßen zog, fiel in jedem Dorf, jedem Gasthaus und auf jedem Bauernhof auf. Wer immer ihm begegnete oder ihn gar ein Stück Weges mit seinem Fuhrwerk mitnahm, würde nicht die geringsten Schwierigkeiten haben sich seiner zu entsinnen und seinen Verfolgern Auskunft zu geben, in welche Richtung er sich gewandt hatte. Sie würden ihn wie bei einer Treibjagd im Handumdrehen aufspüren und einkesseln.

Schon gleich noch in der Nacht seiner Flucht aus Himmerod kam Jakob zu der Einsicht, dass er nur nachts marschieren durfte, wenn er eine Chance haben wollte seinen Verfolgern zu entkommen. Tagsüber musste er sich so gut versteckt halten, dass nicht einmal die Einheimischen von seiner Gegenwart in ihrem Sprengel eine Ahnung hatten. Lautlos und unbemerkt wie ein Schatten bei Nacht musste er durch ihr Land ziehen.

Der Vorsatz war zwar leicht gefasst, aber seine konsequente Ausführung erwies sich mit jedem Tag und jeder Nacht als Tortur für Geist und Körper. Die erste Nacht war die einfachste. Trotz des Schneetreibens verließ ihn die Angst, von Mundt eingeholt zu werden und wie der Novize Dominik zu enden, nicht für eine Minute. Sie mobilisierte in ihm ungeahnte Kräfte und ermöglichte es ihm, sich Stunde um Stunde durch tief verschneite Wälder zu kämpfen und sich nur kurze Atempausen zu gönnen. Die Wunde am Oberarm behinderte ihn dabei kaum. Er verband sie notdürftig mit zwei Stoffstreifen, die er vom Saum seines Hemdes abriss, und vertraute auf sein gutes Heilfleisch.

Als der neue Tag sich ankündigte, hielt Jakob nach einem geeigneten Versteck Ausschau. Er befand sich in einem Wald, ohne genau zu wissen, wie weit und in welcher Himmelsrichtung er sich überhaupt in den Nachtstunden von der Abtei entfernt hatte. Er konnte nicht einmal ausschließen, dass er im Kreis gelaufen war, hatte ihm das Schneetreiben doch jegliche Möglichkeit der Orientierung an Hand der Sterne verwehrt.

Das bewaldete Gelände war bergig und von zahlreichen tiefen Schluchten durchzogen. Jakob hoffte eine Höhle oder doch wenigstens einen Überhang zu finden, unter dem er Schutz finden und sich verstecken konnte. Doch seine Hoffnung erfüllte sich nicht. Ihm blieb deshalb nichts anderes übrig als sich ein provisorisches Versteck zu bauen. Er entschied sich für einen umgestürzten Baum an der Kante eines Abhangs, der noch nicht lange dort liegen konnte und dessen schneegebeugte Äste ihm die Arbeit etwas leichter machten. Er trug Stöcke und Zweige zusammen, steckte sie zwischen die herabhängenden Äste und benutzte am Schluss einen abgebrochenen Ast, um in einem Umkreis von zwanzig Schritten seine Spuren zu verwischen. Er konnte von Glück reden, dass es noch immer fest schneite. Damit wuchs die Wahrscheinlichkeit, dass seine Fährte längst unter einer Decke Neuschnee begraben lag, wenn Mundt und seine Gesellen den Weg kreuzten, den er genommen hatte.

Jakob kroch unter das Dach aus Ästen und schaufelte den Schnee am Boden mit den Händen zur Seite. So entstand eine fast knietiefe Kuhle, in die er sich hineinhockte. Nun begann das Warten – und das Zittern vor Kälte und Angst. Er fürchtete jeden Moment laute Stimmen zu hören, die sich seinem Versteck von allen Seiten näherten.

Er wusste, dass er unendlich viel Zeit und absolut nichts zu tun hatte, bis auf die Morgendämmerung wieder die Dunkelheit der neuen Nacht folgte und er seine Flucht fortsetzen konnte. Deshalb zwang er sich von dem Brot und Käse jeweils nur ganz kleine Stückchen abzubrechen, die kaum größer als eine Murmel waren, und so langsam wie möglich zu essen. Seinen Durst löschte er mit Schnee, den er in kleinen Portionen auf der Zunge zergehen ließ. Aber sosehr er das Essen auch hinauszögerte, es war doch noch immer erst früher Morgen, als er ein Viertel von beidem gegessen und den Rest wieder unter sein Hemd gesteckt hatte.

So lange er konnte, kämpfte er gegen die Müdigkeit an. Er wusste, dass er in dieser Kälte Gefahr lief nicht wieder aufzuwachen und zu erfrieren, wenn ihn der Schlaf übermannte. Und diese Angst hielt ihn bis in den Mittag hinein wach. Dann verlor der Wille den Kampf gegen seinen erschöpften Körper, der nach Schlaf gierte. Die Lider wurden ihm schwer wie Blei. Schließlich vermochte er die Augen nicht länger offen zu halten und er sank in den Schnee.

Vermutlich wäre er irgendwann in den Nachmittagsstunden erfroren, wenn er sich im Schlaf nicht auf die rechte Seite gedreht hätte und dabei mit der Wunde gegen einen der Äste gestoßen wäre. Der feurige Schmerz, der durch seinen Körper raste und ihn jäh aus dem Schlaf riss, rettete ihm das Leben.

Stöhnend kam Jakob zu sich und glaubte von Kopf bis Fuß aus Eis zu sein. Er konnte sich die ersten Minuten kaum bewegen, so steif war er. Zitternd wie Espenlaub, kam er in seinem primitiven Unterstand schließlich auf die Knie. Schnee rieselte ihm in den Nacken, als er mit dem Kopf gegen das Ästedach stieß. Er rieb seine eiskalten Hände und versuchte ihnen mit seinem Atem Wärme einzuhauchen. Was hätte er jetzt für ein Feuer und einen heißen Trunk gegeben!

Es dauerte eine ganze Weile, bis ihm bewusst wurde, dass es inzwischen Abend geworden war. Nur noch ein schwacher Rest Tageslicht fand seinen Weg zwischen den wie weiß gepuderten und mit Hauben versehenen Baumkronen hinunter auf den Waldboden, wo die Schatten schon überall vorrückten. In spätestens einer halben Stunde würde es dunkel sein.

Vorsichtig kroch Jakob aus seinem Versteck am Berghang. Es hatte zu schneien aufgehört. Die Luft war klar und kalt und unbewegt. Der Himmel lag jedoch noch immer unter einer dichten Wolkendecke. Nicht ein Stern war zu sehen.

Er bewegte seine steifen Glieder im Schutz des Baumes und wartete, bis es ganz dunkel geworden war. Dann setzte er seine Flucht fort. Anhand der vermoosten Seite der Bäume versuchte er notdürftig auszumachen, wo Norden lag. Da er kein Licht bei sich hatte, war er dabei auf seinen Tastsinn und häufig auf reine Vermutung angewiesen.

Er hatte in Himmerod gesagt, er käme aus dem Rheinischen. Seine Verfolger konnten nicht wissen, dass dies nicht der Wahrheit entsprach, und würden daher davon ausgehen, dass er sich nach Norden wenden und versuchen würde heimatliche Gefilde zu erreichen, wo er besser Hilfe und Unterschlupf finden konnte als in der Fremde. Diese Richtung galt es also zu meiden, so wie er auch nicht nach Süden marschieren durfte. Denn dort lag die Mosel, und je näher er dem Fluss kam, desto dichter besiedelt war das Land – und damit wuchs die Gefahr jemandem aufzufallen und an die Spürhunde des Domherrn verraten zu werden. Im Osten lag der Rhein mit ebenso vielen Ortschaften, weshalb diese Richtung gleichfalls nicht in Frage kam. Er musste es also im Westen versuchen. Vielleicht gelang es ihm sich bis ins Luxemburgische durchzuschlagen. Und ob ihm das schmeckte oder nicht, ihm blieb gar keine andere Wahl.

Der zweite nächtliche Marsch zehrte stärker an seinen Kräften als der erste. Müde und hungrig schleppte er sich dahin. Da der Schneefall aufgehört hatte, wagte er es nicht mehr große freie Flächen zu überqueren. Denn im Tageslicht würde man von der Kuppe eines Hügels oder aus dem Sattel eines Pferdes schon von weitem seine Spuren auf den eingeschneiten Weiden und Feldern ausmachen können. Deshalb musste er oft im Zickzack gehen, um von einem Wald in den anderen zu gelangen sowie Gehöfte und Dörfer zu umgehen.

Um schneller voranzukommen, blieb er eine Zeitlang sogar auf der Landstraße, wo man seine Spuren nicht von anderen unterscheiden konnte. Sowie er jedoch schon von weitem einen Hof ausmachen konnte, verließ er die Landstraße und suchte wieder Zuflucht im Wald, so groß die Verlockung auch war sich irgendwo in einen Schuppen oder gar eine Scheune zu schleichen und einen warmen Schlafplatz im Stroh zu finden.

Das Glück war ihm gegen Mitte der zweiten Nacht hold, stieß er doch auf einer Waldlichtung auf die verlassene Hütte eines Köhlers. Es war eine schmutzige, schäbige Behausung, doch Jakob erschien sie in seiner Situation wie ein Geschenk des Himmels. Und er war ganz außer sich vor Glück, als er mehrere Holzscheite, eine Hand voll Kienspäne und trockenes Laub neben der Feuerstelle fand. Es dauerte lange, bis seine steifen Hände geschickt genug waren, um mit Feuerstein und Lunte ein Feuer zu entfachen. Doch als dann die winzige Flamme die Kienspäne in Brand setzte und das Feuer hell auflodern ließ, sodass er drei Holzscheite auflegen konnte, da fiel für eine kurze Zeit alles ab, was ihn gequält hatte. Angst und Erschöpfung waren angesichts des herrlich wärmenden Feuers für eine Weile vergessen. Er wärmte sich auf und trug dann genug Holz zusammen, um das Feuer für den größten Teil der Nacht unterhalten zu können. Seinem Körper Wärme und Erholung zu gönnen war wichtiger als noch ein paar Meilen weiterzukommen. Es erschien ihm zudem unwahrscheinlich, dass sie ihm so nahe auf den Fersen waren, um den Rauch riechen oder den gelegentlichen Funkenflug aus dem Kamin aufsteigen sehen zu können. Und falls sie doch schon in der Nähe waren, dann war er auch ohne das Feuer in der Hütte des Köhlers verloren. Denn sie würden kaum daran vorbeiziehen, ohne sich zu vergewissern, dass er sich nicht darin versteckt hielt.

Jakob streckte sich auf einem Bett aus Zweigen vor dem Feuer aus. Alle halbe Stunde legte er etwas Brennholz nach. Als der Morgen graute, löschte er das Feuer und legte sich zum Schlafen in die warme Asche.

So nervzehrend das untätige Warten auch war, in der

Hütte ließ sich der Tag natürlich zehnmal besser ertragen als in einer eisigen Schneekuhle mit ein paar schneebedeckten Zweigen über dem Kopf. Aber auch hier setzte ihm die Kälte bald wieder zu. Er vermochte sich jedoch wenigstens einigermaßen warm zu halten, indem er in der rußgeschwärzten Behausung auf und ab ging. Zu seiner Freude begann es am Nachmittag wieder zu schneien. Er nahm es als ein gutes Zeichen und fasste neue Hoffnung. Noch ein, zwei Nächte strammen Marschierens und er musste in Sicherheit sein.

Jakob täuschte sich.

Zwei Tage später entkam er Rutger Mundt nur um Haaresbreite.

Er hatte in einem schmalen, bewaldeten Tal eine Höhle gefunden und dort die Tagesstunden verbracht, hungernd und frierend. Schließlich hatte er es nicht länger in der eisigen Höhle ausgehalten und war früher als sonst aufgebrochen. Er musste sich einfach bewegen und sehen, ob er sich irgendwo etwas zu essen besorgen konnte. Schon seit zwei Tagen lebte er nur von Baumborke und Schnee. Der Hunger machte ihn nun schier verrückt.

Als er den Hang hinunterstieg und zum Waldsaum gelangte, sah er Mundt und zwei Begleiter, alle zu Pferd und keine fünfzig Schritte von ihm entfernt. Und es war ganz unverkennbar der grobschlächtige Klotz von einem Henker, der dort mit einem Bauern oder Hofknecht redete! In der Nähe musste es einen Hof geben und dort würde man zweifellos von der Höhle Kenntnis haben.

In panischem Schrecken wandte Jakob sich ab und rannte parallel zur Landstraße durch den Wald. Er hatte viele Meilen zwischen sich und seinen Verfolgern geglaubt und nun wäre er dem Henker fast in die Arme gelaufen! Die Erkenntnis, dass Mundt ihm trotz aller Strapazen so dicht im Nacken saß wie in der ersten Stunde seiner Flucht, traf ihn wie ein Schlag und raubte ihm für einen Moment all seine Hoffnung.

Hinter einer scharfen Biegung der Landstraße wechselte Jakob die Straßenseite und setzte seine Flucht in dem gegenüberliegenden Waldstück fort, das bergauf führte. Zu Pferd würde man ihm auf diesem Weg nicht folgen können! Dieser Gedanke spornte ihn an und trieb ihn immer wieder hoch, wenn er ausrutschte, stolperte und in den Schnee stürzte. Zweige peitschten sein Gesicht und sein rechter Oberarm meldete sich wieder mit einem scharfen, heißen Stechen. Doch er gab nichts darauf, ging es doch um sein Leben. Denn noch war die Nacht, sein einziger Freund, nicht angebrochen. Und so hetzte er weiter.

Die Angst ließ etwas nach, als die Dunkelheit endlich das letzte Tageslicht vertrieben hatte und wie ein schwarzes Tuch über dem Land lag. Er gönnte sich aber keine Ruhepause, sondern stapfte weiter.

In dieser Nacht brach er auf einem großen Teich ein, als er ihn überquerte, ohne zu ahnen, was sich unter seinen Stiefeln befand. Er geriet mit dem linken Fuß in ein Loch, das jemand wohl zum Fischen in die massive Eisdecke geschlagen hatte und das danach nur dünn mit einer neuen Schicht überfroren war.

Bis zur Hüfte brach er ein. Das eiskalte Wasser raubte ihm im ersten Moment den Atem. Zu allem Übel zerrte er sich dabei auch noch einen Muskel, sodass er nur unter Schmerzen weiterlaufen konnte. Er biss jedoch die Zähne zusammen und kämpfte erfolgreich gegen die Versuchung an für diese Nacht aufzugeben und sich irgendwo zu verkriechen. Allein Bewegung hielt ihn in der Kälte warm. Wenn er jetzt dem Drang seines geschundenen Körpers nach Ruhe nachgab, kam er vielleicht nicht wieder auf die Beine und holte sich den Tod.

Etwa zwei, drei Stunden später stieß er auf einen großen Bauernhof am Rande eines Dorfes. Er schlich sich näher und hörte schon von weitem zwei Hunde kläffen. Aus dem Dorf antworteten ihnen mehrere Artgenossen mit teils wütendem, teils kläglichem Gebell. Das konnte ihm nur recht sein. Denn diese Hunde taugten nichts als Wachhunde und würden ihn nicht ihrem Herrn verraten!

Jakob ging das Wagnis ein sich auf den Hof und in die Scheune zu schleichen, wo er sich ins Heu vergrub und innerhalb weniger Minuten in einen tiefen Schlaf der Erschöpfung sank. Unbehelligt erwachte er eine gute Stunde vor Tagesanbruch. Er stellte sein Glück noch einmal auf die Probe, indem er in den Stall schlich, sich erst den Mund und dann die Taschen reichlich mit Hafer füllte sowie eine der drei Kühe molk, die ihn auch bereitwillig an ihr pralles Euter ließ. Nie hatte er etwas Köstlicheres getrunken als diese frische, warme, sahnige Milch. Gestärkt und mit neuem Mut machte er sich davon, noch bevor der Bauer und sein Gesinde erwachten. Er versteckte sich an diesem Tag wieder im Wald und brach in der folgenden Nacht in eine Schäferhütte ein, zu der ihn ein gnädiges Schicksal führte.

Die Flucht bei Nacht und Kälte sowie das Sichversteckthalten bei Tag wurden nun mehr und mehr zu einem Alptraum. Selten einmal litt er nicht unter quälendem Hunger. Das wenige, das er auf einsamen Bauernhöfen zu stehlen wagte, reichte nicht aus, um ihn länger als ein paar Stunden zu sättigen. Die Strapazen, die er seinem Körper abforderte, verlangten nach einer ganz anderen Kost. Aber er dachte nicht daran, aufzugeben und darauf zu warten, dass Mundt und seine Gehilfen ihn aufstöberten.

Es schneite in diesen einsamen, qualvollen anderthalb Wochen immer wieder, manchmal tagelang, was Segen und Fluch zugleich war. Einerseits machte der Schneefall ihm das Vorankommen noch schwerer, als es ohnehin schon war. Andererseits verloren sich seine Spuren immer wieder unter dem vielen Neuschnee, der über der Eifel herabfiel.

Jakob wurde immer schwächer und langsamer. Aber es waren nicht nur die körperlichen Kräfte, die ihn verließen. Auch sein Geist versank allmählich in einen Zustand der Ermattung, ja der Lähmung. Er erschrak selbst, als er sich am achten Tag seiner Flucht dabei ertappte, wie er mit einem Stock auf dem Boden der Schäferhütte, in die er eingebrochen war, sinnlose Kreise und Striche zog und dabei immer und immer wieder Kinderreime vor sich hin murmelte.

In der folgenden Nacht stürzte er schwer, als er neben einer Viehtränke über einen Weidezaun kletterte und vor Müdigkeit mit einem Fuß an der obersten Latte hängen blieb. Er fiel kopfüber und mit seinem verletzten Oberarm genau auf die Kante des langen Viehtroges. Nicht nur der notdürftige Verband riss dabei auf, sondern auch die Wunde, die sich schon geschlossen und mit einer dünnen Schorfschicht geschützt hatte. Der Schmerz war größer als damals, als ihm Mundt den Schnitt zugefügt hatte. Und er verließ ihn auch nicht wieder. Im Gegenteil, er wurde im Laufe des Tages immer ärger, denn die Wunde entzündete sich und ließ seinen Arm anschwellen.

In der elften Nacht fand Jakob an einem eingefrorenen Bachlauf in einer Ruine, die einst wohl eine Mühle gewesen war, notdürftige Unterkunft. Ihm war kalt und heiß zugleich. Sein Arm schmerzte, als hätte man ihn mit brennendem Öl übergossen. Und er wusste, dass er Fieber hatte.

Ich kann nicht mehr weiter. Ich bin am Ende meiner Kräfte ... das ist dann wohl das Ende meiner Flucht ... So dachte er, bevor er in der Ruine unter altem Sackleinen in einen unruhigen Schlaf fiel. In seinen Alpträumen kehrte er nach Himmerod zurück.

Das Klirren von Metall und raue Männerstimmen rissen ihn in den frühen Morgenstunden aus dem Schlaf. Verstört und steif vor Kälte, fuhr er auf. Der Himmel war noch dunkel, doch die Ruine war vom hellen, flackernden Schein vieler Pechfackeln erfüllt. Und dann sah er den Henker Mundt mit schneebedecktem Umhang vom Pferd springen.

Sie hatten ihn gefunden!

Jakob sprang auf. Die Todesangst verlieh ihm noch einmal neue Kräfte. »Nein, lebend bekommt ihr mich nicht!«, schrie er, griff zu seinem dicken Knüppel, auf den er sich die letzten Tage gestützt hatte, und schlug wild um sich, um sich die näher rückenden Männer vom Leib zu halten.

Mundt lachte höhnisch und schlug seinen schwarzen Umhang mit dem feuerroten Samtkragen zurück, sodass sein Säbel an der linken Hüfte zum Vorschein kam. »Ihr habt uns lange genug aufgehalten, Jakob Tillmann. Jetzt kommt Ihr auf den Turm, Fuhrmann! Oder habt Ihr Eure zweite Unterredung mit meinem Herrn vergessen?«

Jakob holte zum Schlag aus und wollte sich auf ihn stürzen. Doch da zog Mundt seinen Säbel mit einer blitzschnellen Bewegung aus der Scheide und kam ihm zuvor. »Wie schade, dass Euer Kopf nicht fallen darf – zumindest *noch* nicht!«

Jakob sah die breite Klinge im Licht der Fackeln aufblitzen und auf sich zufliegen. Er wollte sich wegducken, aber sein Körper reagierte nicht mehr. Es ging alles zu schnell.

Die Klinge traf ihn mit der breiten Seite am Kopf und schleuderte ihn in einen bodenlosen, schwarzen Abgrund. Dass er auf der harten Erde aufschlug, spürte er schon nicht mehr.

Fünfzehntes Kapitel

Als Jakob aus seiner Bewusstlosigkeit erwachte, fand er sich gefesselt und geknebelt in einer Kutsche wieder. Dass es die Bischofsstadt Trier war, in die er gebracht wurde, erkannte er, als die Kutsche durch die Porta Nigra ratterte. Wenig später hielt sie in einem Hof. Dort schleppten ihn die Gehilfen des Henkers in den Turm des Greven, des erzbischöflichen Oberrichters.

»Bringt ihn gleich in die Folterkammer!«, trug Mundt seinen Handlangern auf, als sie im Licht von Pechfackeln eine steinerne Treppe hochstiegen. »Mein Herr wird keine Zeit verlieren und gleich mit der Befragung beginnen wollen.«

Die elf Tage und Nächte auf der Flucht hatten Jakob körperlich ausgelaugt und ausgezehrt. Zudem schwächte ihn das Fieber, das sein schmerzhaft entzündeter Arm ausgelöst hatte. Als man ihn jetzt in das fensterlose Gewölbe der Folterkammer zerrte, verlieh ihm die Todesangst allerdings noch einmal für einen kurzen Augenblick gewaltige Kräfte. Wild bäumte er sich auf und versuchte sich aus den Händen der Schergen zu befreien. Dabei schrie er aus vollem Leib. Doch der Knebel erstickte sein Schreien und die rohe Gewalt der Henkersknechte brach seinen Widerstand mit Leichtigkeit. Unter höhnischem Lachen schleiften ihn die Männer über den kalten Steinboden zu einer Wand, an der zwischen zwei rußenden Fackeln ein hohes Balkengestell aufragte. An dieses Gestell, dessen Rundhölzer mit Eisendornen gespickt waren, fesselten sie ihn.

»Das war gute Arbeit, Männer, auch wenn es etwas

gedauert hat. Aber das lag am Wetter und keiner hätte es besser machen können«, lobte Mundt. »Der Domherr wird zufrieden sein. Hier ist Euer Lohn.« Er warf jedem seiner Gehilfen einen kleinen Geldbeutel zu.

Die gedungenen Handlanger steckten mit fröhlichen Mienen das Geld ein, versicherten dem Henker eifrig, ihm jederzeit wieder zu Diensten stehen zu wollen, und machten sich dann davon. Zurück blieb nur ein breitschultriger Mann in derber Kleidung, der wie Mundt das breite Kreuz eines Ochsen und die muskulösen Arme eines Flussschiffers besaß. Auf dem Kopf trug er eine topfförmige Filzmütze. Das rundliche, einfältig wirkende Gesicht mit der Stummelnase und den kleinen Augen machte den Eindruck, als könnte dieser Mann keiner Fliege etwas zu Leide tun. Er hieß Gotschalk Pleisgen – und war der Folterknecht.

»Steht nicht so faul herum, Pleisgen! Ihr könnt schon mal Euer Werkzeug zurechtlegen und für eine ordentliche Glut im Kohlenbecken sorgen!«, wies Mundt ihn von oben herab an. »Der Domherr wird jeden Moment erscheinen! Und Ihr wisst, wie sehr er Verzögerungen hasst!«

»Der hochwürdige Domherr wie auch der Greve beginnen nie mit dem Kohlenbecken, wenn Ihr mir diese Bemerkung erlaubt«, erwiderte der Folterknecht mit einer Spur Ingrimm in der Stimme. »Eure Herren mögen es in Würzburg anders gehalten haben, doch wer hier bei uns in Trier auf den Turm kommt und sich der peinlichen Befragung zu unterziehen hat, der macht zuallererst mit den Daumenschrauben und den spanischen Stiefeln Bekanntschaft. Es bleibt daher stets Zeit genug ein anständiges Feuer im Kohlenbecken zu entfachen.«

Jakob erschauerte und kalter Angstschweiß brach ihm aus. Übelkeit würgte ihn.

»Ganz wie Ihr meint, Pleisgen. Aber damit wir uns

nicht missverstehen: Nun, da ich das Amt des Scharfrichters von Trier innehabe . . .« Mundt brach mitten im Satz ab, denn in diesem Augenblick tauchte der Domherr im Rundbogen der Tür auf, begleitet von seinem Sekretär Laurentis Coppeldiek, der unter dem Arm ein Reiseschreibpult trug. Dessen bleiches Gesicht zeigte wie immer eine höchst kummervolle Miene und sein starrer Blick, den er eisern auf den Boden gerichtet hielt, als wollte er jeden Augenkontakt mit den grauenvollen Gerätschaften in diesem Gewölbe vermeiden, verriet, dass eine Folterkammer nicht der Ort war, an dem er sich gern aufhielt.

»Das wurde aber auch allerhöchste Zeit, Mundt!«, rief Domherr von Drolshagen, während er mit wehendem Pelzumhang die sechs breiten Steinstufen in die Folterkammer hinuntereilte. »Ihr habt reichlich lange gebraucht, um dieses rheinischen Fuhrmanns habhaft zu werden. Fast zwei Wochen!«

»Wir hätten ihn in einem Tag gestellt, wenn es nicht so viel geschneit hätte. Angesichts der extrem schlechten Wetterlage haben meine Männer zweifellos ausgezeichnete Arbeit geleistet«, erwiderte der Henker. »Jemandem bei ständigem Schneegestöber auf der Fährte zu bleiben ist nur mit der Suche nach einer Stecknadel im Heuhaufen vergleichbar.«

»Sei's drum«, sagte der Domherr mit einer großzügigen Handbewegung. »Wir haben den Begleiter von Bruder Anselm endlich hier im Turm und allein das zählt!«

Domherr Melchior von Drolshagen schritt zu Jakob hinüber und musterte ihn kritisch, wie ein Pferdehändler ein zum Verkauf stehendes Tier abschätzte. »Er sieht übel aus, nur noch Haut und Knochen!«, stellte er fest. »Pleisgen, Ihr werdet Eure ganze Kunst aufbringen müssen, damit uns dieser Bursche nicht schon unter der leichten Tortur dahinsiecht!«

»Seid unbesorgt, Hochwürden, ich verstehe mein Handwerk«, versicherte der Folterknecht mit einer Mischung aus Beflissenheit und Stolz. »Ich verspreche Euch, dass er mir auch unter der verschärften Folter nicht wegstirbt, falls Ihr diese für nötig erachten solltet.«

Der Domherr nickte. »Gut, aber vielleicht ist er ja klug genug sich diese zu ersparen, indem er redet«, sagte er und forderte den Folterknecht auf Jakob vom Knebel zu befreien.

Keine Sekunde zu spät. Jakob war so übel geworden, dass er sich erbrechen musste, kaum dass Gotschalk Pleisgen den Knebel aufgeknotet hatte. Er spuckte bittere Galle, keuchte und krümmte sich am eisendorngespickten Gestell, so weit es die Fesseln zuließen.

Während der Folterknecht einige Spritzer auf seine Hose und Stiefel abbekam, sprang der Domherr noch rechtzeitig genug zur Seite. »Mir scheint, schon der Gedanke an die Tortur lässt Euren Magen revoltieren. Das ist ein hoffnungsvolles Zeichen, Jakob Tillmann. Ihr müsst wissen, dass ich nur äußerst ungern zum Mittel der peinlichen Befragung greife. Eine Tortur ist eine unangenehme Sache, zumal mein Gewissen es mir gebietet während der Dauer der Folter, auch der verschärften, zugegen zu sein, so lange sie sich auch hinziehen mag.«

Jakob würgte und spuckte, während ihm der beißende Angstschweiß über das Gesicht rann und ihm die Tränen in die Augen trieb.

»Es mag manchen Inquisitoren, die dieses aufopferungsvolle Geschäft zum Schutze der heiligen Kirche und zum Ruhme Gottes zu ihrer Aufgabe gemacht haben, ein großer Trost sein, dass die Qualen, die ihre Delinquenten hier auf

Erden unter der Folter erleiden, diesen helfen die jenseitigen Torturen im Fegefeuer abzukürzen«, fuhr der Domherr ungerührt und offenbar mit festem Glauben an die Richtigkeit seines Handelns fort. »Ich dagegen tue mich schwer mich damit zu trösten und ich leide mit jedem, den ich der Folter unterziehen muss, glaubt mir. Doch wenn es sein muss, dann weiche ich nicht vor der Pflicht, sondern stelle mich der Aufgabe, die mir der Allmächtige zugewiesen hat, mit ganzer Kraft und Verantwortung.«

Am liebsten hätte Jakob ihn angespuckt.

Mit fast väterlicher Stimme forderte der Domherr ihn nun auf: »Also seid vernünftig und sagt, was Ihr von Bruder Anselm über seine Tätigkeit und seine Aufenthaltsorte in den letzten Monaten erfahren habt, Jakob Tillmann! Dann werde ich auf die Tortur verzichten und dafür sorgen, dass Ihr nur aus der Stadt gepeitscht werdet, was angesichts der Umstände, die Ihr mir und der erzbischöflichen Kurie schon gemacht habt, eine geradezu milde Strafe ist. Und Ihr könnt versichert sein, dass ich zu meinem Wort stehe.« Er räusperte sich, verschränkte die Arme hinter dem Rücken und nickte ihm mit einem aufmunternden Lächeln zu: »Nun denn, gebt meinem Schreiber zu Protokoll, was ich von Euch wissen will und Ihr mir bisher verschwiegen habt.«

»Ich ... ich habe Euch nichts verschwiegen, hochwürdiger Domherr!«, stieß Jakob verzweifelt hervor. »Ich weiß nichts von den Dingen, die Ihr zu erfahren wünscht!«

»Stellt mich nicht auf die Probe!«, warnte ihn der Domherr und seine Miene verfinsterte sich.

»Es ist die Wahrheit!«, beteuerte Jakob verzweifelt. »Bruder Anselm hat mir nichts von alldem erzählt. Nicht ein Wort! ... Ich schwöre es bei allem, was mir und Euch heilig ist! ... Ich flehe Euch an, Ihr müsst mir glauben!«

Der Domherr schüttelte enttäuscht den Kopf. »Ich hätte

Euch für klüger gehalten, Jakob Tillmann. Dass Ihr Euch bei der Befragung in der Abtei verstockt gezeigt habt, dafür hatte ich ja noch Verständnis. Doch dass Ihr auch hier starrköpfig darauf beharrt, nichts zu wissen, ist Dummheit und maßlose Überschätzung dessen, was Ihr an Schmerz zu ertragen vermögt. Aber nun gut, wenn Ihr mich herausfordern wollt, sollt Ihr Euren Willen bekommen.«

»Ich will Euch nicht herausfordern!«, schrie Jakob. »Mein Gott, ich weiß nichts! . . . So glaubt mir doch! . . . Ich weiß nichts! . . . Das schwöre ich bei den vier Evangelien und der Heiligen Jungfrau Maria! . . . Selbst wenn Ihr mich zu Tode foltert, ich werde Euch bis zum Ende nichts sagen, *weil ich nichts weiß!«* Seine Stimme überschlug sich und war ein hysterisches Kreischen.

Der Domherr gab einen schweren Stoßseufzer von sich. »Das wird sich ja zeigen«, sagte er und wandte sich dem Folterknecht zu. »Pleisgen . . .«

In diesem Moment erschien ein schlaksiger Halbwüchsiger in der Livree eines erzbischöflichen Dieners in der Tür der Folterkammer. »Hochwürdiger Domherr von Drolshagen?«

Der erzbischöfliche Berater wandte sich verwundert um. »Ja, was gibt es?«, fragte er gereizt.

Der Junge, der sich als Bote ausgab, teilte ihm unterwürfig mit, dass Seine Eminenz, der Erzbischof, ihn, den hochwürdigen Domherrn, umgehend zu sehen wünsche. »Es sei sehr dringend, da es ihm nicht gut gehe und er nicht ohne Beichte und ohne die rechten Sterbesakramente seinem Herrgott gegenübertreten wolle. Er habe auch schon nach seinem Leibarzt geschickt«, schloss der Junge seine hastig vorgetragene Botschaft.

Der Domherr furchte die Stirn. »Sterbesakramente? Ach was, es wird wohl wieder die Galle sein, die ihm bitterlich zu schaffen macht und ihn mit trüben Gedanken an sein baldiges Lebensende beschwert! Ein guter Aderlass dürfte wohl wieder für die richtige Mischung seiner Körpersäfte sorgen und ihn auf weniger morbide Gedanken bringen«, brummte er unwillig. Dann nickte er knapp. »Aber gut, er ist der Erzbischof und ich bin sein untertänigster Diener. Sag ihm also, ich bin auf dem Weg!«

Der Junge verbeugte sich demütig und eilte davon.

Der Domherr gab seinem Sekretär mit einer knappen, herrischen Handbewegung zu verstehen, dass er Tintenfass, Federn, Kratzmesserchen, Streusand und Papier wieder in sein Reisepult verstauen und dieses zuklappen konnte. Und zu Mundt sagte er: »Es wird gewiss etwas dauern, bis ich zurück bin. Am besten gönnt Ihr Euch jetzt schon ein deftiges Abendbrot, damit wir später keine weitere Zeit verlieren. Es könnte heute sehr spät werden.«

Mundt nickte und folgte dem Domherrn zur Tür. »Soll mir recht sein.«

»Ich ziehe es vor bei nüchternem Magen meine Arbeit zu machen«, sagte Gotschalk Pleisgen, als wollte er sich vom Henker absetzen und sich ins rechte Licht rücken.

»Tut, wie Ihr beliebt«, sagte der Domherr gleichgültig und verließ zusammen mit seinem Sekretär, der sichtlich aufatmete, und dem Henker die Folterkammer.

Gotschalk Pleisgen schaute ihnen nach, schüttelte den Kopf und sagte grimmig: »Ein feiner Herr, unser neuer Henker! Eigentlich hätte mir das Amt zugestanden, wo ich dem Greven und unserem Erzbischof hier im Turm schon so viele Jahre treue Dienste leiste.«

»Bitte, habt Erbarmen!«, flehte Jakob. »Lasst mich frei! Ich bin unschuldig! Man hat sich gegen mich verschworen!«

Der Folterknecht schien ihm überhaupt nicht zuzuhören. Er war ganz in seinem Neid und Ärger gefangen.

»Henker Mundt wird bald in Gold und Silber dahergeritten kommen, das sehe ich schon. Vier Taler bekommt er für jede Erdrosselung und Verbrennung und pro Enthauptung zweieinhalb, weil's ja auch schneller geht. Und für das Brechen eines Daumens, was nun wahrlich rasch gemacht ist, streicht er immerhin noch je einen Vierteltaler ein. Da kommt in einer Stadt wie Trier, wo man auf Recht und Ordnung achtet und den Werken des Teufels früh Einhalt gebietet, schnell ein ordentlicher Batzen zusammen. Aber wer muss die Arbeit machen? Der treue Folterknecht Gotschalk Pleisgen, auf dem nun schon seit Jahren die Verantwortung für die gewissenhafte Tortur lastet. Denn der bisherige Henker ließ sich dabei ja kaum einmal blicken. Zu mühsam war ihm das Geschäft! Und wie ich die Sache sehe, wird auch der neue Scharfrichter keine Ausnahme von der Regel sein.«

»Bitte, lasst mich frei!«, beschwor Jakob ihn erneut mit lauter Stimme und zerrte an den Fesseln. »Es ist alles ein schrecklicher Irrtum! . . . Ich weiß tatsächlich nichts, das schwöre ich Euch! . . . Löst meine Fesseln und lasst mich laufen! . . . Ich werde es Euch auch vergelten.«

Gotschalk Pleisgen sah ihn erst verwundert und dann ausgesprochen gekränkt an. »Was redet Ihr da? Haltet Ihr mich vielleicht für einen korrupten Mann, dem man seine Ehre abkaufen kann? Ich bin ein gottesfürchtiger Mann, der gewissenhaft seine Arbeit macht!«

»Aber wie könnt Ihr Menschen foltern, die nichts verbrochen haben?«, stieß Jakob verzweifelt hervor. »Ich habe mir doch nichts zu Schulden kommen lassen!«

»Über Schuld oder Unschuld zu entscheiden steht mir nicht zu, mein junger Freund. Das ist die Domäne der hochwürdigen Herren von Kurie und Magistrat. Ich führe nur Befehle aus, und wenn diese von einem gelehrten, hoch stehenden Mann kommen wie dem hochwürdigen Domherrn, dann wird es schon seine Richtigkeit damit haben.«

Der ärgerliche Ausdruck auf dem Gesicht des Folterknechtes wich einer fast milden, freundlichen Miene, als er dann fortfuhr: »Ihr müsst wissen, dass ich nichts gegen Euch persönlich habe und das bitte ich Euch nicht zu vergessen, auch wenn mich meine Pflicht zwingen sollte Euch Tag um Tag der Tortur zu unterziehen. Eigentlich darf die Tortur ja nur einmal angewandt werden und sollte innerhalb von vierundzwanzig Stunden abgeschlossen sein. Aber seit den Hexenprozessen hat es sich so eingebürgert, dass der Inquisitor die Tortur nicht für beendet, sondern stets nur für unterbrochen erklärt. Das hat den Vorteil, dass man diesem mühseligen Geschäft der Wahrheitsfindung in aller Ruhe und über viele Tage, ja sogar über Wochen und Monate hinweg nachgehen kann.«

»Wollt Ihr mich verhöhnen?«, keuchte Jakob. Dies musste ein grässlicher Alptraum sein, aus dem er gleich erwachen würde. Es konnte einfach nicht sein, dass er solchen Bestien in Menschengestalt, die ihr grausames Handwerk noch für rechtens und gottgefällig hielten, wirklich hilflos ausgeliefert war.

Der Folterknecht warf ihm einen beleidigten Blick zu. »Ihr tut mir unrecht, junger Mann. Habe ich Euch vielleicht auf den Turm gebracht? Ich tue nur meine ehrliche Arbeit, wie mein Herr sie von mir verlangt. Seht in mir so etwas wie einen weltlichen Beichtvater, der aus den ihm anvertrauten Sündern alle Verfehlungen und Missetaten herausholt, nicht mit Worten, sondern mit den Werkzeugen der Tortur, aber doch nicht weniger zur Erleichterung und für das Seelenheil der Beichtenden!«

Jakob starrte ihn an und fragte sich, ob der Mann wohl

den Verstand verloren hatte. Aber nein, der Folterknecht meinte jedes Wort, wie er es gesagt hatte, überzeugt vom hohen Wert seiner grausamen Zunft.

»Ich will Euch die Sache erleichtern, mein Freund«, sagte Gotschalk Pleisgen mit gedämpfter, verschwörerischer Stimme und trat näher. »Die Ermahnungen des hochwürdigen Domherrn haben bei Euch nicht recht gefruchtet. Das ist bedauerlich. Aber vielleicht hängt Eure jugendliche Verstocktheit ja damit zusammen, dass Ihr Euch einfach kein Bild davon machen könnt, was Euch erwartet, wenn ich erst einmal meine Kunst entfalte. Falls dem so ist, kann Euch geholfen werden.«

»Nur die Freiheit kann mir helfen!«, stieß Jakob hervor und zerrte an seinen Fesseln. »Ich flehe Euch an, schneidet mich los und lasst mich laufen!«

»Seid doch nicht so einfältig! Selbst wenn ich Euch die Fesseln lösen würde, wohin wolltet Ihr denn von hier aus fliehen? Ihr kämet ja noch nicht einmal an der oberen Wachstube vorbei. Nein, vergesst diesen Unsinn«, rügte er Jakob wie ein unartiges Kind. »Hört besser zu, was ich Euch zu sagen habe. Denn ich will Euch ein Bild davon machen, was auf Euch zukommt, wenn Ihr Eure Verstocktheit nicht ablegt und zur Einsicht gelangt.«

Er räusperte sich.

»Also, wir werden wie gewöhnlich mit der leichten Tortur beginnen. Das bedeutet, dass ich Euch Daumenschrauben aus Eisen anlege, die Eure Daumenglieder zermalmen werden. Als Nächstes bekommt ihr dann die spanischen Stiefel zu spüren. Das sind Beinschrauben, die die Waden zu einem blutigen Brei zerquetschen und die Knochen splittern lassen.«

Jakob begann wieder zu würgen.

»Jaja, das sind gar unfreundliche Gesellen, diese spanischen Stiefel«, fuhr der Folterknecht munter fort. »Aber sie gehören wie die Daumenschrauben noch zur leichteren Tortur. Brennende Pechfackeln unter Achselhöhlen und Fußsohlen sind schon um einiges ärger, doch noch längst nicht die hohe Kunst der verschärften Folter. Ich kann Euch einige arge Geschichten über die Streckbank erzählen, die Euch das Blut in den Adern gefrieren lassen. Und seht Ihr den mit eisernen Stacheln besetzten Sessel dort drüben? Das ist der ›Hackerstuhl‹, vom Scharfrichter Hacker im hessischen Ortenberg entwickelt. Dieser Hexenstuhl kann durch eine eingebaute Feuerung von innen erhitzt werden und dem darauf festgebundenen Opfer einen Vorgeschmack von den Qualen der Hölle geben . . .«

»Entschuldigt, mein Sohn«, kam da eine sanfte und zugleich doch selbstbewusste Stimme von der Tür her. »Erlaubt, dass ich Eure aufschlussreichen Ausführungen über die hohe Kunst Eures Handwerkes für einen Augenblick unterbreche.«

Der Folterknecht wandte sich ohne Hast um.

Jakob hob den Kopf und seine Augen weiteten sich in ungläubiger Überraschung. Auf der obersten Treppenstufe stand Bruder Basilius, der Zisterziensermönch mit der Augenklappe und der langen Narbe auf der rechten Wange!

Sechzehntes Kapitel

»Gestattet Ihr, dass ich näher trete, guter Mann?«, fragte Bruder Basilius mit sanfter Stimme, während er schon seine Kutte schürzte und die Stufen herunterkam. »Mein Name ist Pater Basilius und von den fürchterlichen Qualen der Hölle, die Ihr so kennerhaft zu schildern versteht, weiß auch ich einiges zu berichten.«

»Was führt Euch zu mir. Und was kann ich für Euch tun, ehrwürdiger Pater?«, erkundigte sich der Folterknecht.

»Der hochwürdige Domherr Melchior von Drolshagen schickt mich. Er hat mir aufgetragen mich dieser jungen, verirrten Seele anzunehmen.« Er deutete auf Jakob, die Hand wie zum Segen erhoben. »Ich soll diesem verstockten Jakob Tillmann, so soll sein Name sein, ins Gewissen reden und ihm, während Hochwürden im erzbischöflichen Palais aufgehalten wird und den Befund des Leibarztes Seiner Eminenz abwartet, die heilige Beichte abnehmen. Er sprach die Hoffnung aus, dass es mir mit Gottes Hilfe vergönnt sein mag, ihn zur Einsicht und zu fügsamer Aussage zu bekehren und ihn so vor der peinlichen Befragung unter der Folter zu bewahren.«

Gotschalk Pleisgen lächelte ihm wohlwollend zu, als hätte der Mönch ihm aus der Seele gesprochen. »Das ist ein fürwahr trefflicher Einfall, einen ehrwürdigen Mönch um Beistand zu bitten! Der hochwürdige Domherr ist für seine große Barmherzigkeit und Geduld zu preisen.«

»Oh ja, das ist er in der Tat«, pflichtete Bruder Basilius ihm bei. »Er ist ein unerbittlicher Streiter Gottes, wie man ihn nur noch selten findet.«

»Also nur zu, ehrwürdiger Pater. Ich überlasse Euch gern

das Feld und hoffe sehr, dass Ihr Erfolg habt und diesen jungen Mann davor bewahren könnt, sich das Leben unnötig schwer zu machen. Er scheint nicht recht ermessen zu können, dass bisher noch jeder unter der Tortur gestanden hat.«

Bruder Basilius faltete die Hände vor der Brust und nickte mit ernster Miene. »Ich werde nichts unversucht lassen ihm die Zunge zu lösen, damit Ihr einmal weniger Eure Fertigkeit unter Beweis stellen müsst, mein Sohn. Allerdings . . .« Er hüstelte. »Wie Ihr wisst, ist die Beichte ein heiliges Sakrament, das allein in Gegenwart eines geweihten Priesters und im Angesicht Gottes vollzogen wird.«

Gotschalk Pleisgen nickte verständnisvoll. »Ihr wollt mit dem guten Mann allein sein, nicht wahr?«

Bruder Basilius lächelte dankbar. »So ist es, mein Sohn«, bestätigte er, legte seine Hand auf den kräftigen Arm des Folterknechtes und geleitete ihn zur Tür. »Gebt mir eine gute halbe Stunde. Und tut mir den Gefallen die Tür hinter Euch zu verriegeln.«

»Das ist aber nicht nötig, ehrwürdiger Pater. Ich werde draußen auf dem Schemel hocken und warten, bis Ihr mich wieder ruft. Das soll genügen.«

»Euer Vertrauen ehrt Euch, mein Sohn, und Eure Gottesfürchtigkeit wird Euch eines Tages hoch angerechnet werden, wenn der Allmächtige am Jüngsten Tag über uns alle zu Gericht sitzen wird. Dennoch tut Ihr besser, wie ich Euch geheißen, denn es soll auch nach unseren irdischen Gesetzen alles seine Richtigkeit haben«, beharrte Bruder Basilius mit salbungsvoller Stimme. »Ich werde klopfen, wenn ich aus dem Verließ entlassen zu werden wünsche.«

»Gut, dann soll es so sein, ehrwürdiger Pater«, sagte der Folterknecht, stieg die Stufen hoch, zog die schwere, eisenbeschlagene Bohlentür hinter sich zu und schloss von außen ab.

Bruder Basilius wartete einen Moment und lauschte auf die Geräusche, die von jenseits der Tür zu ihm auf den Treppensockel drangen. Dann zog er den schweren Balken, der rechts von der Tür aufrecht im Mauerwinkel stand, aus seinen Halterungen. Er kämpfte einen Augenblick mit dem Gewicht und wuchtete den Balken dann in die drei breiten Eisenarme, die auf der Innenseite der eisenbeschlagenen Bohlentür hervorragten. Die Enden des Balkens glitten rechts und links in passende Maueröffnungen. Damit ließ sich die Tür von außen nur noch mit brachialer Gewalt öffnen.

»Dem Himmel sei Dank!«, stieß Bruder Basilius hervor. »Mit einem Tropfen Honig fängt man in der Tat mehr Fliegen als mit einem ganzen Fass Essig!« Er bekreuzigte sich und hastete wieder die Stufen herunter. Dabei zog er einen Dolch unter seiner Kutte hervor.

Jakob war im ersten Moment, als er den Mönch mit der Augenklappe dort auf der Steintreppe erblickt hatte, von einer geradezu wilden Flamme der Hoffnung erfüllt gewesen. Denn er hatte damit gerechnet, dass der Schwede jeden Augenblick mit blankgezogener Klinge durch die Tür gestürmt kommen würde, um den Folterknecht zu überwältigen und ihn zu befreien.

Doch er wartete vergeblich darauf, dass Henrik Wassmo ihn in einem tollkühnen Handstreich aus dem Turm des Greven holte. Stattdessen komplimentierte der Mönch den Folterknecht aus dem Gewölbe und sorgte auch noch dafür, dass die Tür von beiden Seiten fest verschlossen war! Er verstand nicht, was der Mönch damit bezweckte. Es erschien ihm vollkommen sinnlos und beraubte ihn augenblicklich wieder jeder Hoffnung. Denn da die Folterkammer nicht einmal über eine Schießscharte verfügte, geschweige denn über ein Fenster, blieb er nach wie vor hier gefangen.

Bruder Basilius eilte zu ihm und sah sogleich den matten Glanz in seinen Augen. Er legte ihm die Hand auf die Stirn. »Ihr habt Fieber, Jakob!«

Jakob nickte schwach. »Ja, mein Arm ... Mundt hat mich mit seinem Messer erwischt. Die Wunde hat sich entzündet und schmerzt schrecklich. Aber sagt, was könnt Ihr für mich tun?«

Der Mönch durchtrennte die Fesseln und fing Jakob auf, der kraftlos in sich zusammensackte. »Ich werde Euch aus dem Turm herausbringen und Euch zur Freiheit verhelfen«, versprach er. »Also schöpft Mut, Jakob!«

»Das ist unmöglich! Wir sind unbewaffnet und ich bin zudem am Ende meiner Kräfte. Es mag uns vielleicht gelingen den Folterknecht vor der Tür zu überwältigen, aber wir werden nicht einmal an der oberen Wachstube vorbeikommen ...«

»Mit Gottes Hilfe ist selbst eine Flucht aus dem Turm des Greven nicht unmöglich!«, erwiderte der Mönch. »Wobei das Wissen um einige Geheimnisse, die in den Mauern dieser Stadt verborgen sind, natürlich recht hilfreich ist.«

»Ihr kennt einen geheimen Weg aus dem Turm?«, stieß Jakob aufgeregt hervor und die Hoffnung, der Folter und dem Tod noch einmal zu entkommen, durchströmte ihn wie ein Kraft bringendes Lebenselixier.

Bruder Basilius nickte. »Dieser geheime Weg ist jedoch mit einiger Anstrengung verbunden. Werdet Ihr die Kraft dazu noch aufbringen?«

»Mein Gott, ja! Ich brauche bloß an die Folter zu denken, die mich erwartet, wenn ich es nicht schaffe, und dann werde ich sogar kräftig genug sein, um Bäume auszureißen!«, antwortete Jakob mit wilder Entschlossenheit, verbiss sich den Schmerz, der in Arm und Schulter tobte, und richtete sich auf.

»So ist es richtig!«, lobte der Mönch. »Kommt! Wir haben nicht mehr viel Zeit. Der Domherr wird jeden Moment herausfinden, dass er einer Täuschung aufgesessen ist und dass der Erzbischof gar nicht nach ihm geschickt hat. Und dann wird er Alarm schlagen.«

»Somit kam der Bote von Euch?«, fragte Jakob überrascht, während er sich die schmerzenden Handgelenke rieb.

»Ja, eine geschickte Finte, die sich Henrik da hat einfallen lassen, um den Domherrn aus dem Turm zu locken.«

»Aber was hättet Ihr getan, wenn der Henker Mundt nicht mit ihm gegangen wäre?«

Der Mönch schmunzelte verhalten. »Auch für diesen Fall hatten wir vorgesorgt. Agnes Minde, eine von den ... barmherzigen Schwestern dieser Stadt ...«

»Werden so nicht ... die Dirnen genannt?«

»So ist es, Jakob. Und diese Agnes Minde stand unten bereit, um ihn aus dem Turm zu locken. Denn der Henker ist zugleich auch Dirnenaufseher: Jede Woche kassiert er von diesen armen, gefallenen Geschöpfen und jede neue barmherzige Schwester muss bei ihm eine Einstandsgabe entrichten.«

Jakob grinste. »Da hattet Ihr Euch ja wirklich was Tolles ausgedacht. Aber wie seid Ihr bloß an die Livree des erzbischöflichen Boten gekommen?«

»Wenn ich Euch das alles erzählen soll, kann ich Euch auch gleich wieder an das Folterreck binden! Wir müssen uns sputen, wenn unsere Flucht gelingen soll!«, drängte er nun, packte Jakobs linken Arm und legte ihn sich um die Schulter. »Stützt Euch nur auf mich!«

Bruder Basilius führte ihn auf die andere Seite der geräumigen Folterkammer, vorbei an der Streckbank und dem grauenhaften Hexenstuhl. Zielstrebig ging er mit Jakob auf die halbkreisförmige Ausbuchtung in der Mauer zu, die gute zwei Schritte in der Tiefe und doppelt so viele in der Breite maß. In der Mitte dieser Nische stand ein hoher Kasten aus dunklem Holz, der von mehr als einem Dutzend breiter Eisenbänder umschlossen war. Dieser mehr als mannshohe Kasten hatte mit seinen plumpen, menschlichen Umrissen die merkwürdige Form einer aufrecht stehenden Mumie.

»Wisst Ihr, was das ist?«, fragte Bruder Basilius.

»Nein«, sagte Jakob und lehnte sich gegen die Wand.

»Das ist eine ›Eiserne Jungfrau‹, das Folter- und Mordinstrument für Angehörige des Adels und andere Verdächtige nobler Herkunft«, erklärte der Mönch, umfasste einen eisernen Bügel an der Seite – und klappte den Kasten auf.

Jakob stieß einen erstickten Schrei des Entsetzens aus. Der hohle Rumpf der lebensgroßen Figur war innen mit dolchähnlichen Eisenspitzen gespickt.

»Wenn man einen Delinquenten in diese Eiserne Jungfrau sperrt, dann spießen die messerlangen Eisendornen den Unglücklichen förmlich auf, bohren sich in Brust und Augen. Und diese schreckliche Todesart gilt noch als gnädig!«

Jakob schluckte. »Aber was . . . was hilft uns das?«

Bruder Basilius lachte grimmig auf. »Als man diesen Turm errichtete, hat man auch eine Methode ersonnen, um Leichen aus der Folterkammer bequem und unauffällig zu beseitigen«, sagte er, kniete sich hin und tastete hinter der Eisernen Jungfrau über den Boden. »Und deshalb . . . Ah, hier ist ja der Hebel! . . . Deshalb hat man gleich einen Schacht mit eingebaut!«

Erschrocken fuhr Jakob zurück, als sich direkt vor seinen

Füßen mit einem dumpfen Laut plötzlich der Boden öffnete. Eine Platte unter der Eisernen Jungfrau klappte nach unten weg – und gab den Blick in einen tiefen Schacht frei. Und dieser Schacht war zu beiden Seiten mit scharfen Messern besetzt!

»Mein Gott!« Jakob erschauerte.

»Die menschliche Erfindungsgabe kennt wahrlich keine Grenzen, wenn es darum geht, anderen Gewalt anzutun. Sie beweist dann eine geradezu teuflische Raffinesse«, sagte Bruder Basilius angeekelt. »Dieser Schacht führt in einen Abwasserkanal, der tief unter uns liegt und vom Stadtbach gespeist wird. Um eine Leiche zu beseitigen, brauchen die Folterknechte hier oben nur den Hebel umzulegen. Dann rutscht sie durch die Falltür und wird von den Dolchen zerstückelt. Das Wasser des Kanals spült die unkenntlichen Leichenteile dann mit sich fort und schwemmt sie in die Mosel. Und wenn das bei Nacht geschieht, ist jede Entdeckung so gut wie ausgeschlossen.«

»Aber wie sollen wir auf diesem Weg flüchten?«, stieß Jakob hervor. »Wir haben nicht mal ein Seil. Und auch wenn wir eines hätten, würde es uns nichts nützen, weil zwischen den Dolchreihen einfach nicht genug Platz ist! Die Messer werden uns bei lebendigem Leib zerstückeln, wenn wir es wagen dort hinunterzusteigen!«

Bruder Basilius warf ihm einen spöttischen Blick zu. »Keine Sorge, ich erwarte nicht, dass Ihr Euch in diesen messerstarrenden Rachen stürzt. Die Baumeister dieses Turms haben zu unserem Glück für den Fall vorgesorgt, dass jemand hinunterklettern muss, etwa um die Messer zum Schärfen auszuwechseln«, sagte er, während er sich über den offenen Boden der Eisernen Jungfrau beugte und in eine Öffnung griff. »Dafür gibt es hier nicht nur Trittstufen in der Wand und Eisenstangen zum Festhalten, sondern auch zwei Hebel, die dem blutigen Rachen der Eisernen Jungfrau vorübergehend die Zähne ziehen.«

Jakob hörte ein lautes, schnappendes Geräusch, auf das augenblicklich ein schreckliches, metallisches Klirren folgte, als eine der Messerreihen nach unten wegklappte und gegen die Steinwand des Schachtes schlug.

Bruder Basilius bemühte sich unter Einsatz all seiner Kräfte auch den zweiten Hebel umzulegen. Vergeblich.

»Er klemmt und rührt sich nicht von der Stelle!«, keuchte der Mönch und gab es schließlich auf. »Wir haben keine Zeit mehr. Es wird auch so gehen. Ihr müsst Euch nur ganz flach an die vordere Schachtwand pressen. Andernfalls werden Euch die Messer von der anderen Wandseite den Rücken aufschlitzen!« Er rutschte rückwärts über die Kante der Öffnung, tastete nach der Trittstufe und ließ sich langsam und eng an die Wand gepresst in den Schacht hinab.

Jakob wurde es ganz flau im Magen, als er sah, wie nahe die Messerspitzen dem Rücken des Mönches kamen. »Mein Gott, Ihr habt Nerven!«

Bruder Basilius schaute nur noch mit dem Kopf über den Rand hinweg. »Habt Ihr vielleicht einen besseren Vorschlag? Also was ist, kommt Ihr nun oder wollt Ihr darauf warten, bis der Domherr uns auf die Schliche gekommen ist? Wenn er die Tür zur Folterkammer verbarrikadiert vorfindet, wird er sich zwei und zwei zusammenrechnen! Er weiß mit Sicherheit von der Existenz dieses Schachtes. Und er wird sich nicht damit aufhalten, zuerst die Tür einzurammen, was eine Menge Zeit kosten wird, sondern er wird den Henker und dessen Schergen auf der Stelle dorthin schicken, wo der Kanal in die Mosel mündet – und wo Henrik auf uns wartet. Und wenn sie schneller sind als wir, ist das unser aller Tod! Also nehmt Euch ein Herz und kommt! Wenn Ihr bleibt, ist Euer Schicksal besiegelt.«

»Oh Gott, stehe uns bei!«, stöhnte Jakob und ließ sich nun mit jagendem Herzen in den Schacht hinab.

»Es ist doch immer wieder seltsam, dass wir uns in der Not ganz schnell des Allmächtigen besinnen und ihn um Schutz bitten, während wir ihn in guten Zeiten mit Missachtung strafen . . .«

Seine Beine baumelten schon im Schacht, als Jakob plötzlich verharrte. Er lag mit dem Oberkörper auf dem Boden und presste nun Hände und Gesicht auf den kalten Stein. »Ich schaffe es nicht«, stöhnte er.

»Unsinn! Lasst Euer rechtes Bein noch ein Stück tiefer herab. Ich führe Euren Fuß in die erste Öffnung in der Wand!«, rief Bruder Basilius ihm zu. »Kommt, Ihr habt nichts zu verlieren, hört Ihr? Wir müssen es wagen!«

Jakob schluckte heftig, biss sich auf die Lippen und gab sich innerlich einen Ruck. Besser von den Messern im Schacht aufgespießt werden als unter der Folter zu sterben!

»Ja, so ist es gut. Ausgezeichnet! . . . Nun langsam tiefer und das linke Bein . . . Gut! . . . Jetzt wieder das rechte . . . Und nur die Ruhe bewahren, Jakob! . . . Gleich müsst Ihr oben die erste Haltestange fassen können. Ihr findet sie im oberen Drittel der Trittstufen, die in die Wand eingelassen sind! . . . Habt Ihr sie?«

»Ja!«

»Gebt gut Acht, dass Ihr nicht abrutscht. Die Wände sind feucht und die Kanten glatt! . . . Und den Körper immer an die Wand pressen!«

Jakob klammerte sich mit der linken Hand an die Eisenstange. Sein Herz raste und der Angstschweiß brach ihm wieder aus. Er wusste, dass er in seinem rechten Arm, den er nur mit Mühe und unter großen Schmerzen bewegen konnte, so gut wie keine Kraft mehr besaß. Deshalb musste er sich bei diesem gefährlichen Abstieg völlig seiner linken Hand anvertrauen.

Bruder Basilius leitete ihn umsichtig und mit beruhigenden Worten Stufe um Stufe tiefer. Die Einstiegsöffnung hoch über seinem Kopf schrumpfte zu einem immer kleiner werdenden, hellen Viereck zusammen, während ihn die Dunkelheit des Schachtes umfing. Und diese Dunkelheit war erfüllt von einem ekelhaften Gestank, der den vermoosten Wänden entströmte und vom Kanal aus der Tiefe aufstieg.

Würden sie es schaffen? Reichte die Zeit? Waren Mundt und seine Männer vielleicht schon auf dem Weg, um sie abzufangen? Wenn das der Fall war, durften sie ihn nicht lebend in ihre Hände bekommen. Bruder Basilius musste ihm dann den Dolch überlassen. Bis zum letzten Atemzug würde er sich zur Wehr setzen ...

Jakob löste sich ein wenig von der stinkenden Wand, als sein Fuß nach der nächsten Trittöffnung suchte. Für diesen winzigen Moment der Nachlässigkeit wurde er sofort bestraft. Die Messerspitzen bohrten sich wie ein Nadelkissen durch seine Kleidung in den Rücken und rissen ihm die Haut auf, bevor er sich mit einem Aufschrei wieder an die Wand pressen konnte.

»Reißt Euch zusammen, Jakob!«, rief Bruder Basilius ihm zu. »Wir haben es gleich geschafft. Es dürften bloß noch zehn, fünfzehn Stufen sein, dann haben wir den Kanal erreicht! Haltet durch!«

»Wofür eigentlich?«, keuchte Jakob. Zitternd und mit brennendem Rücken hing er an der Wand. »Warum lasse ich mich nicht einfach fallen. Dann ist alles vorbei!«

»Wollt Ihr, dass der Domherr und der Henker Mundt

triumphieren?«, rief der Mönch. »Und wenn Ihr Euch jetzt fallen lasst, werdet Ihr auch mich in die Messer stoßen. Mir allerdings scheint der rechte Zeitpunkt noch nicht gekommen zu sein, um meinen weißen Stein zu empfangen.«

Jakob schloss kurz die Augen. »Von welchem weißen Stein redet Ihr?«, stieß er hervor.

»Wer seinen Weg vor Gott gegangen ist, der wird nach seinem Tod aus Seiner Hand jenen geheimnisvollen weißen Stein empfangen, auf dem sein neuer Name steht und mit dem zusammen ihm ein neues Wesen geschenkt wird. Nur Gott kennt diesen Namen, der ein Symbol für das ist, was er in seinem Himmelreich für uns bereitet. So steht es in der Offenbarung des Johannes!«, rief der Mönch ihm zu. »Und wie gesagt, mir scheint die Stunde noch nicht reif zu sein, um jetzt schon einen Blick auf meinen weißen Stein zu werfen. Also strengt Euch gefälligst an!«

»Ihr habt gut reden!«

»Ja, weil ich weiß, dass Ihr es schaffen könnt, Jakob. Also kommt, macht einen Schritt nach dem anderen«, sagte der Mönch nun mit sanfter, liebevoller Stimme. »Habt Vertrauen in Eure verborgenen Kräfte – und habt Vertrauen in mich. Los, gebt mir Euren Fuß!«

Jakob spürte die Hand des Mönches auf seiner Ferse. Die Berührung beruhigte ihn und wiederbelebte seinen Willen den gefährlichen Abstieg in die Tiefe fortzusetzen.

»Gut so! . . . Nur weiter so!«, lobte ihn der Mönch. »Ich kann schon den Kanal und einen Schimmer Tageslicht sehen! . . . Wir haben das Schlimmste hinter uns . . . Nur noch ein paar Stufen, dann sind wir den Messern entkommen . . . Henrik wird schon ungeduldig auf uns warten und sich fragen, wo wir bloß bleiben . . . Nein, schaut Euch nicht um! Konzentriert Euch ganz auf die Trittöffnungen und die Haltestangen . . .«

Aus der Folterkammer drang auf einmal ein dumpfes, rhythmisches Hämmern zu ihnen in den Schacht hinunter. Jakob wusste sofort, was das Geräusch zu bedeuten hatte. »Sie haben gemerkt, dass die Tür verriegelt ist! Und jetzt versuchen sie sich mit Gewalt Einlass zu verschaffen!«

»Nur die Ruhe, Jakob! Gleich sind wir an den Messern vorbei! Jetzt nur nicht die Nerven verlieren!«, redete der Mönch ihm gut zu und führte ihn Stufe um Stufe tiefer. Dann kam endlich der erlösende Ruf: »Jetzt! Jetzt habt Ihr die letzte Reihe Messer passiert! Die Gefahr ist gebannt, Jakob! . . . Und Ihr hattet schon aufgeben wollen!«

Jakob hob vorsichtig den Kopf und schaute ungläubig nach oben. Er sah schier endlose Messerklingen, die sich dreißig, vierzig oder noch mehr Ellen hoch vor der zusammengeschrumpften Schachtöffnung abzeichneten. Und ein Schauer des Grauens durchlief ihn, als er sich fragte, wie viele Opfer schon durch diesen mörderischen Messerschacht gestürzt waren . . .

»Habt Ihr gehört, was ich gesagt habe? Jakob!« Bruder Basilius zerrte ungeduldig an seiner Hose. »Lasst Euch fallen, sowie ich es Euch zurufe! Habt Ihr das verstanden?«

»Ja . . . ich werde tun, was Ihr sagt.« Jakob schaute nach unten. Der Schacht endete eine gute Manneslänge über dem Kanal. Er sah noch, wie der Mönch in die dunklen, stinkenden Fluten sprang, kurz untertauchte und dann prustend wieder auftauchte. Das Wasser reichte ihm bis zur Brust. Schnell watete er zur Seite. Dann winkte er und rief ihm zu: »Springt!«

Jakob ließ die Eisenstange los, hielt die Luft an und stürzte in den Abwasserkanal. Noch unter Wasser spürte er die kräftigen Hände des Mönches, die ihn packten und sofort auf die Beine zerrten.

»Oh Gott, was für eine ekelhafte Brühe!«, stieß Jakob

hervor und hatte das Gefühl sich jeden Moment erbrechen zu müssen.

»Habe ich Euch eine Flucht aus der Folterkammer des Domherrn versprochen oder ein Bad in parfümierten Salben?«, fragte Bruder Basilius bissig und zerrte ihn weiter. »Bewegt Euch! Jede Sekunde ist kostbar!«

Der Kanal floss unter dem rundgemauerten Gewölbe noch etwa fünfzig Schritte weit dahin, bis er bei dem hellen Rundbogen in die Mosel mündete. Jakob watete, auf den einäugigen Zisterziensermönch gestützt, durch die brusttiefen Abwässer, die nicht nur aus Kloaken stammten, sondern auch aus den Badestuben sowie den Werkstätten der Gerber und Färber in den Kanal flossen. Glücklicherweise verdünnte der kräftige Stadtbach die stinkende Brühe.

Im Morast, der sich bei jedem Schritt wie Saugnäpfe um seine Füße schloss, verlor Jakob schon gleich zu Anfang seine halbhohen Stiefel. Er versuchte gar nicht erst sie zu retten, ihn beherrschte nur ein einziger Gedanke: Nichts wie an die frische Luft! Dort, wo sich am Ende des Kanals das helle Halbrund abzeichnete, lag die Freiheit!

Siebzehntes Kapitel

Mühsam kämpften sie sich dem Licht entgegen. Jeder Schritt im schlammigen Grund wurde für Jakob zu einer übermäßigen Anstrengung und jagte ihm eine neue Welle des Schmerzes durch den Körper. Dazu kamen die betäubenden Dämpfe und Gerüche, die sich unter dem gemauerten Kanalgewölbe stauten. Ohne die Hilfe von Bruder Basilius hätte er sich schon längst nicht mehr aufrecht halten können und er wäre in den ekelhaften Fluten versunken – der Freiheit so nahe und doch weiter von ihr entfernt, als seine eigenen Kräfte ihn tragen konnten.

Bruder Basilius stützte ihn und redete ihm gut zu. Doch Jakob nahm in seiner schmerzerfüllten Benommenheit kaum wahr, dass der Mönch zu ihm sprach. Verbissen richtete er seinen Willen darauf, einen Fuß vor den anderen zu setzen. Das helle Ende des Tunnels kam näher. Und dann sah er, wie sich vor ihm ein langer Schatten aus der Dunkelheit löste. Es handelte sich um ein Ruderboot, in dem sich nun eine Gestalt aufrichtete. Das musste Henrik Wassmo sein!

»Ich rief aus Nacht und Bangen und du im Licht, Herr, hast mich erhört!«, rief der Schwede erleichtert und dabei klang seine Stimme merkwürdig gedämpft.

Jakob taumelte an der Seite von Bruder Basilius auf das Ruderboot zu. Er sah und roch, dass Henrik Wassmo sich ein in Essig getränktes Tuch um Mund und Nase gebunden hatte, das er nun herunterzog. Er war wie ein einfacher Tagelöhner gekleidet und hatte seine blonde Lockenflut unter einer ausgebeulten Mütze versteckt. Zudem hatte er sich einen Vollbart wachsen lassen und seinen Kinnbart so zurechtgestutzt, dass er nicht mehr als Besonderheit auffiel.

»Helft mir Jakob ins Boot zu bekommen«, sagte Bruder Basilius atemlos. »Er ist verwundet und nur noch ein Schatten seiner selbst!«

»Von der Folter?« Der Schwede klang erschrocken.

»Nein, aber er fiebert und es geht ihm schlecht. Hievt ihn zuerst an Bord! Aber fasst ihn nicht am rechten Arm, denn dort hat ihn der Henker Mundt mit seinem Messer erwischt!«

Der Schwede packte Jakob am linken Arm und zog ihn mit Unterstützung des Mönches ins Boot. Dann half er Bruder Basilius den stinkenden Abwässern zu entkommen. »Zieht alles aus! Und beeilt Euch!«, drängte er Jakob und zerrte ihm die nassen, stinkenden Sachen förmlich vom Leib. Er gab ihm eine derbe Arbeitskutte, mit der Jakob sich bedecken konnte. »In einer halben Stunde ist es dunkel!«

Auch Bruder Basilius entledigte sich nun in Windeseile seiner Kleidung und zog eine ähnliche unscheinbare Kutte über, während der Schwede ihre nasse Kleidung in einen Beutel aus grobem Sackleinen stopfte.

»Legt Euch auf den Boden!«, forderte Henrik Wassmo sie nun auf.

»Wozu?«, fragte Jakob verwirrt.

»Falls jemand das Boot bemerkt, soll er nicht drei Männer, sondern nur eine Person sehen, einen Tagelöhner, der einen Haufen stinkender Felle in seinem Boot hat«, erklärte Bruder Basilius und zog Jakob zu Boden. »Atmet nur durch den Mund. Die Häute stinken nicht weniger als der Kanal!«

»Der Abdecker Kleinhans lässt herzlich grüßen!«, sagte der Schwede spöttisch und warf nun ein halbes Dutzend Rinderfelle über sie.

Das Ruderboot schaukelte bedenklich, als Henrik Wassmo über sie hinwegstieg, auf der mittleren Ruderbank Platz nahm und zu den Riemen griff. Jakob hörte, wie ein Ruder über Mauersteine schrammte und dann zugleich mit dem anderen in das Wasser eintauchte.

»Betet zu Gott, dass wir schnell genug waren!«, raunte Bruder Basilius.

»Wir kommen jetzt aus dem Kanal«, teilte Henrik Wassmo ihnen mit, während das Wasser mit hörbarem Plätschern an der Bootswand entlangrauschte. »Nirgendwo ein Zeichen von den Häschern des Domherrn! . . . Noch ist alles ruhig . . . Kein Mensch ist am Ufer zu sehen . . .«

Jakob lag steif vor Angst unter den Fellen, lauschte in die sie umgebende Dunkelheit und versuchte die strengen Ausdünstungen der Felle zu ignorieren. Er wartete darauf, jeden Augenblick vom Ufer die gellenden Alarmschreie ihrer Verfolger zu hören. Doch das Einzige, was er vernahm, war das Knarren der Riemen in den Dollen und das verstärkte Rauschen und Gurgeln des Wassers. Es war deutlich zu hören, dass der Schwede die Riemen mit aller Kraft durchs Wasser zog, um so schnell wie möglich außer Sichtweite zu kommen. Aber wenn es bis zum Einbruch der Nacht noch eine gute halbe Stunde hin war, wie der Schwede gerade gesagt hatte, wie wollten sie da in einem plumpen Ruderboot schnell genug entkommen? Mundt würde die Verfolgung zu Pferd aufnehmen und sie entdecken, noch bevor sie sich in die nächtliche Dunkelheit flüchten konnten!

Jakob litt mit jedem Augenblick mehr unter Atemnot. Obwohl nur ein paar Felle auf ihnen lagen, hatte er das Gefühl erdrückt zu werden. Die Wunde im Arm pochte im schnellen Rhythmus seines Herzens und er bekam viel zu wenig Luft. Schließlich ertrug er es nicht länger.

»Ich ersticke!«, keuchte er und zerrte die Felle zur Seite, bis sein Kopf halb frei lag und er die frische Luft atmen konnte. Nun hörte er, dass der Schwede im Takt seiner Ruderschläge leise vor sich hin murmelte. Es waren mal wieder Psalmenverse, die er rezitierte.

»Der Herr ist mein Licht und mein Heil . . . wen sollte ich fürchten? . . . Der Herr ist meine Zuflucht, vor wem denn da bangen? . . . Hat man mir Tod geschworen, . . . so werden meine Feinde fallen . . . Und zieht ein Heer heran, mein Herz bleibt fest . . .«

Jakob presste die Stirn gegen die feuchten Planken des Ruderbootes und lauschte wie gebannt auf den gleichmäßigen Wechsel von Psalmvers und Ruderschlag. Er wünschte, der Schwede würde sie bis weit in die Dunkelheit hinein so flussabwärts rudern. Denn solange dieser eigenartige Wechselgesang anhielt, wusste er, dass sich noch nichts an den Ufern der Mosel tat und dass sie noch niemand entdeckt hatte.

». . . getrost bin ich und gehe ohne Bangen . . . dem Lichte nach in meiner Brust: . . . der Hoffnung auf den Herrn.«

Der Schwede verstummte. Kein neuer Psalmvers drang an Jakobs Ohr. Einige Herzschläge lang waren nur noch das Rauschen des Wassers und das Einstechen der Ruderblätter zu hören. Und dann schwang das Boot herum – in Richtung Ufer!

Jakob fuhr zusammen und fürchtete das Schlimmste. »Was ist passiert? Hat man uns entdeckt?«, stieß er erschrocken hervor.

»Nein, wir haben die Stelle erreicht, wo wir an Land gehen«, antwortete Bruder Basilius. Im nächsten Augenblick legte sich auch schon ein dunkler Schatten über sie. Die tief herabhängenden Zweige einer mächtigen Weide, die einen natürlichen Vorhang bildeten, glitten über sie hinweg. Gleichzeitig knirschte Sand unter dem Boden des Bootes, das mit einem Ruck zum Stehen kam.

»Wir gehen schon an Land, wo wir doch noch gar nicht weit gekommen sind?«, fragte Jakob verständnislos.

Bruder Basilius schob die Felle zur Seite und richtete sich auf. »So ist es. Hier endet unsere Bootsfahrt. Weiter oberhalb im Gebüsch wartet ein Fuhrwerk auf uns.«

»Ihr wollt die Flucht wahrhaftig mit einem Fuhrwerk fortsetzen?« Jakob machte ein ungläubiges Gesicht. »Himmel, auf dem Fluss kommen wir doch zehnmal schneller voran und sind auch nicht so leicht zu stellen wie an Land mit einem lahmen Pferdewagen!«

»Lieber humpelnd in die richtige Richtung, als behände ins Verhängnis. Das hat schon Thomas von Aquin gesagt«, antwortete der Mönch gelassen und half ihm auf die Beine.

»Wäre er in meiner Situation gewesen, hätte er bestimmt was anderes gesagt!«, erwiderte Jakob und stöhnte vor Schmerzen auf, als der Mönch und Henrik Wassmo ihm aus dem Boot und die Uferböschung hinaufhalfen.

Der Schwede stieß einen kurzen, scharfen Pfiff aus. Wenige Augenblicke später brach ein schlaksiger Junge in abgerissener Kleidung durch das Gebüsch.

»Jesus, Maria und Josef, das wurde aber auch Zeit! Viel länger hätte ich nicht mehr gewartet!«, stieß der Junge halb vorwurfsvoll, halb erleichtert hervor. »Mir brennt der Boden unter den Füßen! Es wird Zeit, dass ich mich aus dem Staub mache!«

Als Jakob die Stimme des Jungen hörte, gingen ihm die Augen auf. Das war derselbe Junge, der als livrierter Bote dem Domherrn in der Folterkammer die angebliche Nachricht vom Erzbischof überbracht hatte!

Der Schwede holte die Felle, aber nicht den Kleiderbeutel aus dem Ruderboot, in das nun der Junge sprang. »Du weißt, was du zu tun hast, Lukas?«, fragte er.

Der Junge grinste und stieß mit dem Fuß gegen den Kleiderbeutel. »Ich werde Eure stinkenden Sachen ein paar Meilen hinter der nächsten Flussbiegung ans Ufer werfen. Und das andere, was Ihr mit meinem Vater besprochen habt, wird auch genauso ausgeführt. Das ist so sicher, wie ein fetter Ochse hundertmal mehr scheißt als eine magere Taube!«

Bruder Basilius lächelte.

»Die Sachen wirfst du am rechten Flussufer über Bord, und zwar so, dass man die Sachen auch gut findet!«, erinnerte ihn der Schwede.

Lukas nickte und streckte die Hand aus. »Und jetzt den versprochenen Rest Lohn!«

Henrik Wassmo ließ mehrere Münzen in die ausgestreckte Hand fallen. Sie zauberten ein breites Grinsen auf das Gesicht des pfiffigen Jungen. »Es war mir ein Vergnügen, Bruder Basilius!«, rief er.

»Vergiss nicht, dass du nichts weißt und nichts gehört hast, schon gar nicht den Namen Bruder Basilius!«, ermahnte ihn der Schwede.

»Bei allen Heiligen, was weiß denn schon ein dummer Dorfjunge wie ich? Außerdem bin ich nie in meinem Leben in Trier gewesen!«, rief Lukas lachend zurück, griff zu den Rudern und stieß das Boot vom Ufer ab.

»Der Herr höre dich in schweren Tagen, mein Junge, und segne mit Erfüllung deine Pläne«, sagte Bruder Basilius und machte über ihm das Kreuzzeichen. Der Strom erfasste das Boot und trieb es von Ruderschlägen unterstützt rasch flussabwärts und außer Sicht.

»Wer ist dieser Lukas?«, wollte Jakob wissen, während er sich wieder auf die Schulter des Mönches stützte.

»Der Sohn eines Moselbauern bei Köwenich, für dessen Zuverlässigkeit und Schweigsamkeit ich meine rechte Hand ins Feuer legen würde.«

»Und warum sind wir nicht auf dem Weg zu ihm, um uns bei ihm zu verstecken?«

»Weil drei Fremde in einem kleinen Dorf, wo jeder jeden kennt und wo es keine großen Geheimnisse gibt, wie drei Fettaugen in einer Schüssel mit klarem Wasser ins Auge stechen und zu allerlei Gerede Anlass geben würden. Und was meint Ihr, wie schnell die Kunde davon an die Ohren von Mundt und seinen Bluthunden dringen würde?«, hielt der Mönch ihm vor, während er ihn durch das Gestrüpp führte.

»Aber wo werden wir uns verstecken?«, fragte Jakob und hörte das Schnauben eines Pferdes.

»Wo ist es am sichersten, wenn der Löwe auf Jagd geht?«, antwortete Bruder Basilius mit einer Gegenfrage, um sie sogleich selbst zu beantworten: »Natürlich in der *Höhle* des Löwen!«

»Ihr wollt zurück nach Trier?«, stieß Jakob ungläubig hervor. »Hinter die Mauern der Stadt, wo der Domherr seine ganze Macht ausspielen kann?«

»Ihr vergesst, dass er und Mundt fest davon ausgehen, dass wir uns auf der Flucht befinden – und zwar die Mosel flussabwärts und dann in den Hunsrück, was auch viele Spuren scheinbar bestätigen werden«, entgegnete Bruder Basilius mit einem flüchtigen Schmunzeln. »Nein, so schnell werden der Domherr und der Scharfrichter Mundt nicht auf die Idee kommen, wir könnten uns wieder zurückgeschlichen haben, und in den Mauern von Trier nach uns suchen. Seid versichert, dass wir nirgendwo besser aufgehoben sind als dort. Zudem seid Ihr in Eurem Zustand überhaupt nicht in der Lage eine strapaziöse Flucht auch nur einen Tag zu überstehen.«

Das Gestrüpp wich vor ihnen zurück und gab den Blick auf eine kleine Waldlichtung frei, auf der ein klobiges Fuhrwerk mit einem bunt gescheckten Wallach im Geschirr stand. Auf der Ladefläche lagen einige stark gekrümmte Äste von Oberarmdicke. Neben dem Fuhrwerk türmte sich ein gut hüfthoher Berg Fallholz und Reisig auf.

Henrik Wassmo warf die Felle, die er bis jetzt über der Schulter getragen hatte, auf den Kutschbock. »Macht, dass Ihr unter die Äste kommt!«, drängte er. »Wenn wir nicht rechtzeitig am Stadttor sind, kommen wir heute nicht mehr in die Stadt. Und dann steht uns eine schlimme Nacht bevor!«

Jakob kroch mit Bruder Basilius unter die gebogenen Äste, die sie vor der Last des Fallholzes und des Reisigs schützen sollten, mit denen Henrik sie bedecken würde. Doch vorher zogen sie sich dunkelbraune, schmutzige Pferdedecken über den Kopf.

»Wo werden wir uns in Trier verstecken?«, fragte Jakob, während der Schwede einen Arm voll Reisig nach dem anderen über sie warf.

»Im Gasthaus *Zum Roten Ochsen* von Conradt Stroedecker und seiner Frau Anna, besser gesagt auf dem Dachboden ihres Hauses«, antwortete der Mönch.

»Woher kennt Ihr bloß all die Leute, die Euch und einem Fremden wie mir helfen, wo doch ein so mächtiger Mann wie der Domherr hinter uns her ist?«, wunderte sich Jakob.

Bruder Basilius lachte leise auf. »Niemand wird als Ordensbruder geboren, mein Freund. Auch ich bin nicht mit Kutte und Kreuz auf der Brust zur Welt gekommen. Männer wie ich, die erst jenseits der Mitte ihres Lebens ihre Gelübde ablegen und zu Priestern geweiht werden, nennt man Spätberufene. Das heißt unter anderem, dass diese Ordensleute schon ein halbes Leben hinter sich haben, das sich außerhalb von Klostermauern abgespielt und nicht unbedingt im Zeichen des Kreuzes und der Demut gestanden hat!«

Nun war Jakobs Neugier erst richtig geweckt. »Was seid Ihr vorher gewesen, bevor Ihr ins Kloster gegangen seid? Und wieso habt Ihr von dem geheimen Schacht unter der Eisernen Jungfrau gewusst?«

»Ah, das ist eine lange und leider auch unrühmliche Geschichte«, wich der Mönch aus. »Und für lange Geschichten ist später wohl noch Zeit genug.«

»Erzählt mir wenigstens, wieso Ihr ausgerechnet dann in Trier gewesen seid, als Mundt mich gestellt und auf den Turm gebracht hatte!«

»Nichts einfacher als das: Ich wurde unbemerkt Zeuge, wie in der Nacht Eurer Flucht aus Himmerod Domherr von Drolshagen dem Henker Mundt auftrug ein Dutzend Männer zu dingen, mit ihnen unverzüglich die Verfolgung aufzunehmen und Euch unbedingt lebend nach Trier auf den Turm zu bringen, um Euch ungestört und ohne Zeitdruck verhören zu können. Da erschien es mir ratsamer, in Trier Euer Eintreffen abzuwarten und die Zeit bis dahin zu nutzen, als mit Henrik die Verfolgung der Verfolger aufzunehmen.«

»Ihr gabt mir also keine Chance ihnen zu entkommen«, folgerte Jakob.

»Nein, die gab ich Euch in der Tat nicht.«

»Warum habt Ihr Euch überhaupt die Mühe gemacht und Euch selbst größter Gefahren ausgesetzt, um mich aus der Folterkammer zu befreien? Und warum habt Ihr in der Kapelle, als Ihr den toten Novizen untersucht habt, zu dem Schweden gesagt, Ihr müsstet mich ›um jeden Preis verschwinden lassen‹? Was steckt hinter alldem, Bruder Basilius? Und was hätte mir Bruder Anselm so Wichtiges anvertrauen können, dass der Domherr sogar zu morden bereit ist, um es in Erfahrung zu bringen?«

»Auch das ist eine überaus lange Geschichte, die eines geeigneteren Zeitpunktes bedarf, um Euch erzählt zu werden. Außerdem ist es nicht ratsam Euch jetzt schon Dinge anzuvertrauen, die erst zu einer späteren Zeit ungestraft ausgesprochen werden können«, antwortete Bruder Basilius reichlich rätselhaft. »Es bringt nichts, Euch mit Wissen zu beschweren, das Euch nur gefährlich werden könnte.«

Jakob ahnte jedoch, was der Mönch damit sagen wollte. »Ihr habt Angst, wir könnten gefasst werden – und dann würde ich unter der Folter sagen, was Ihr mir anvertraut habt. Das ist es, was Ihr fürchtet, nicht wahr?«

Bruder Basilius schwieg kurz. »Ja«, gab er dann ehrlich zu. »Noch ist die Gefahr zu groß.«

»Aber Ihr haltet damit ein Wissen zurück, das mich davor bewahren würde, so grausam gefoltert zu werden!«, begehrte Jakob auf. »Ihr wollt mich lieber den Folterknechten übereignen als mir zu verraten, was mich retten könnte! Versteht Ihr das unter christlicher Nächstenliebe?«

»Es würde Euch nicht retten, Jakob«, antwortete Bruder Basilius ruhig. »Und es würde Euch auch nicht vor der Folter bewahren, weil es nicht reicht, um alle Fragen des Domherrn auch nur annähernd zu beantworten. Im Gegenteil, man würde Euch noch mehr quälen, um auch noch den entscheidenden Rest aus Euch herauszuholen. Weil man aus Eurem plötzlich zugegebenen Halbwissen nämlich den falschen Rückschluss ziehen würde, Ihr hättet von Anfang an alles gewusst und den Domherrn bewusst getäuscht.«

Jakob schwieg.

Der Schwede hatte indessen das mit Schnee vermischte Kleinholz über ihr Versteck geschichtet.

Endlich setzte sich das Fuhrwerk in Bewegung. Henrik

Wassmo ließ die Peitsche knallen und trieb den Wallach zur Eile an. Diesmal hatte er keine Psalmverse auf den Lippen, sondern eine reichhaltige Mischung aus derben Flüchen und Anfeuerungsrufen, wie Fuhrknechte sie gebrauchten. Man merkte, dass er gewiss nicht zum ersten Mal auf dem Kutschbock saß und die Peitsche schwang.

Das heftige Gerüttel ließ den Schmerz in Jakobs Arm und Schulter anschwellen, als das Fuhrwerk aus dem Wald und dann über die Landstraße zurück nach Trier rumpelte. Krampfhaft hielt er einen der dicken Äste umklammert und biss die Zähne zusammen, um das Aufschreien zu unterdrücken, das ihm in die Kehle stieg. Jeder Gedanke an ein Gespräch mit dem Mönch hatte ihn verlassen. Der feurige Schmerz füllte sein ganzes Denken und Fühlen aus.

Eine Ewigkeit schien zu vergehen.

Reiter im Galopp jagten an ihnen vorbei. Und als der trommelnde Hufschlag verklungen war, rief Henrik Wassmo gedämpft: »Das waren Mundt und seine Männer!«

»Dem Himmel sei Dank!«, stieß Bruder Basilius hervor.

Jakob war übel vor Schmerzen. Er hörte nur wie aus weiter Ferne, dass das Fuhrwerk über eine Brücke ratterte und dass der Schwede etwas von »Stadttor« sagte. Er vernahm eine grobe, unfreundliche Männerstimme, die dem Schweden im Befehlston Fragen stellte, doch der Inhalt dieses kurzen Wortwechsels drang nicht in sein Bewusstsein. Dann ruckte das Fuhrwerk wieder an und der veränderte Klang der Räder und der Hufe verriet, dass sie sich auf einer Straße mit Kopfsteinpflaster befanden.

»Wir sind durch!«, flüsterte der Mönch ihm zu, als spürte er, wie sehr Jakob mit den Schmerzen kämpfte. »Gleich sind wir im Hof vom *Roten Ochsen*! Und dann kann ich mich Eurer Verwundung annehmen.«

Wenig später blieb das Fuhrwerk endlich stehen. Ein Tor

knarrte. Der Wagen setzte sich sofort wieder in Bewegung, um gleich darauf erneut zum Stillstand zu kommen. Ein Balken fiel laut in seine Halterung. Sie waren im Hinterhof des Gasthauses angekommen.

Jakob schloss die Augen. Wie gut es tat, einfach nur ruhig liegen zu können. Und wenn ihn die Schmerzen auch nicht verließen, so waren sie doch in dieser ruhigen Lage auszuhalten. Zudem half der Gedanke daran, was ihn in der Folterkammer erwartet hätte, das feurige Pochen und Ziehen zu ertragen.

Es dauerte eine ganze Weile, bis Henrik Wassmo das Holz abgeladen hatte und sie unter den dicken, krummen Stämmen hervorkriechen konnten.

»Beeilt Euch, dass Ihr auf den Dachboden kommt!«, flüsterte eine kleine, rundliche Gestalt mit einem Glatzkopf, die im Dämmerlicht des Abends bei der Hintertür stand und bei der es sich um den Gastwirt Conradt Stroedecker handelte. Aus dem Schankraum drangen fröhliche Stimmen und Gelächter. »Ich passe auf, damit Euch keiner zufällig in die Quere kommt!«

Mit zittrigen Beinen stand Jakob gegen die Seitenwand des Fuhrwerks gelehnt und sah sich um. Sie befanden sich in einem engen Hinterhof, in dem man einen Pferdewagen wohl nur mit großer Mühe wenden konnte. Umschlossen wurde der Hof von einer hohen Mauer sowie an zwei Seiten von den Rückfronten einfacher Fachwerkhäuser. Das Gasthaus mit dem roten Ziegeldach machte seinem Namen alle Ehre, wie Jakob fand, sah es doch genauso gedrungen und klobig aus wie ein Ochse.

Er spürte, dass ihm schwindelig wurde. »Ich glaube, ich . . . ich kann keinen Schritt mehr tun«, murmelte er, während ihm die Sinne schwanden.

»Henrik, fass mit an!«

Bevor Jakob wusste, wie ihm geschah, hatten Bruder Basilius und der Schwede ihn gepackt und trugen ihn die hölzerne Treppe hoch, die außen am Haus zu den oberen Geschossen führte.

Auf dem Dachboden war es stockdunkel. Es roch nach Wein und Holz und altem Sackleinen. Bruder Basilius und der Schwede fanden den Weg auch ohne Licht. Als sie Jakob auf ein schon vorbereitetes Strohlager legten, durchfuhr ihn ein wilder Schmerz und er verlor endgültig das Bewusstsein.

Achtzehntes Kapitel

Tausende von Staubkörnern tanzten im Sonnenlicht, das am Giebelfenster in drei schmalen, scharf begrenzten Streifen durch die Ritzen der Schlagläden auf den Dachboden fiel.

Jakob blickte schläfrig zu den hellen Lichtbahnen auf und erinnerte sich wilder Träume. Er wollte sie festhalten, sich ihre Bilder ins Gedächtnis zurückrufen. Doch sie entzogen sich seinem Zugriff und verwehten wie Rauch im Wind.

Er brauchte eine Weile, bis die Benommenheit von ihm wich und er wieder wusste, was ihm widerfahren war und wo er sich befand. Ihn schauderte, als er an die Folterkammer, den messergespickten Schacht unter der Eisernen Jungfrau und den betäubenden Gestank des Abwasserkanals dachte. Doch sie waren den Bluthunden des Domherrn entkommen und er lag nun auf dem Dachboden des Gasthauses *Zum Roten Ochsen*! Und das war ein kleines Wunder.

Der Schmerz in Arm und Schulter brachte ihm seine Verletzung ins Bewusstsein zurück. Ihm war heiß und sein Mund fühlte sich wie ein in der Sonne ausgedörrter Lappen an. Er fuhr sich mit der Hand über sein Gesicht, das mit Schweiß bedeckt war. Dann nahm er die leise Stimme in seiner Nähe wahr. Er wandte den Kopf nach rechts und erblickte Bruder Basilius. Der Mönch kniete auf dem Boden und betete. Einer der Lichtstreifen fiel quer über seinen Rücken und nahm sich auf der Kutte wie eine goldene Schärpe aus.

»Ich hoffe . . . Ihr bittet Gott um einen ganzen Haufen wundersamer Gefälligkeiten . . . Und ich hoffe . . . Ihr findet dabei auch den richtigen Ton, damit er sich herablässt . . . sie uns auch zu gewähren«, sagte Jakob leise und er wunderte sich, dass ihm das Sprechen so viel Mühe bereitete.

Der Mönch hielt augenblicklich in seinem Gebet inne, bekreuzigte sich und begab sich an Jakobs linke Seite. Er strahlte förmlich. Und zum ersten Mal wurde sich Jakob der Sanftmut seiner Züge und der Güte bewusst, die im Blick seines gesunden Auges lag. Er empfand diese Augenklappe seltsamerweise gar nicht mehr als entstellend, wie er noch in Himmerod gedacht hatte. Es war das vertraute Gesicht des Mannes, dem er seine Rettung verdankte – und zu dem er ein tiefes, geradezu blindes Vertrauen gefasst hatte.

»Dem Allmächtigen sei Dank, Ihr seid endlich wieder bei Bewusstsein!«, rief Bruder Basilius erleichtert. »Ihr werdet sicherlich großen Durst haben. Die feuchten Tücher und die paar Tropfen, die ich Euch einflößen konnte, haben ja kaum mit Eurem Ausschwitzen Schritt halten können. Kommt, trinkt, damit Eure Lebenssäfte wieder zu ihrem gesunden Gleichgewicht zurückfinden!« Er legte Jakob seinen rechten Arm um den Nacken und half ihm sich etwas aufzurichten, während er ihm mit der linken Hand einen Steinbecher an die Lippen führte.

Gierig trank Jakob die nach Kräutertee schmeckende Flüssigkeit. Ohne einmal innezuhalten, leerte er den irdenen Becher, so durstig war er. Dann sank er mit einem dankbaren Aufseufzen wieder ermattet auf sein Strohlager zurück, als hätte er eine besonders anstrengende körperliche Leistung hinter sich gebracht.

Der Mönch stellte den Becher weg und machte ein ernstes Gesicht. »Ihr habt uns große Sorgen bereitet, Jakob. An jenem Abend, als wir Euch hierher auf den Dachboden des *Roten Ochsen* brachten, hattet Ihr schon das

Bewusstsein verloren, bevor ich Eure Wunde öffnen und . . .«

Jakob stutzte. »Was heißt ›an jenem Abend‹? Das war doch gestern, nicht wahr?«

Bruder Basilius schüttelte den Kopf. »Oh nein, der Abend unserer Flucht liegt mittlerweile schon dreieinhalb Tage zurück, Jakob!«, eröffnete er ihm. »Dreieinhalb Tage, in denen Ihr mit hohem Fieber gekämpft und um Euer Leben gerungen habt. Ihr wart kraftlos von Eurer Flucht durch die winterliche Eifel und Euer Arm sah böse aus, schrecklich geschwollen und vereitert. Das schlechte Blut hat Euch ein lebensgefährliches Fieber beschert. Wenn die Wunde nicht so weit oben an der Schulter gewesen wäre, hätte ich wohl nicht gezögert Euren Arm zu amputieren.«

Jakob sah ihn in wortlosem Erschrecken an.

Der Mönch nickte nachdrücklich. »Ja, so schlecht war es um Euch bestellt! Ich habe schon am Wert meiner bescheidenen Heilkunst und an der Kraft meiner Salben und Tinkturen gezweifelt. Doch letzte Nacht sank dann Euer Fieber endlich und nun seid Ihr auf dem Weg der Genesung, dem Himmel sei Dank!«

»Ich ziehe es vor, Euch und dem Schweden zu danken, die Ihr Euch um mich gekümmert und mich gepflegt habt«, sagte Jakob, noch ganz bestürzt, dass er dem Tod so nahe gewesen war und fast vier Tage in fiebriger Betäubung verbracht hatte. »Vermutlich habt Ihr auch fleißig für meine Genesung gebetet. Als Mönch wird man bei Gott ja wohl eher gehört, als wenn unsereins um etwas bittet. Jedenfalls sind meine Bitten nie erhört worden.«

»Gewiss, ich habe auch für Eure Genesung gebetet«, sagte Bruder Basilius, ohne gekränkt zu sein. »Aber das Gebet ist nicht ein zielgerichtetes Bitten um etwas. So wie Gott auch kein Krämer ist, zu dem man mit einer Liste all jener Dinge geht, die man einkaufen will – und den man auch nur dann aufsucht, wenn man dringend etwas braucht.« Er machte eine kurze Pause. »Gott ist nicht der Lückenbüßer unserer Enttäuschungen, dem ich mich nur dann zuwende, wenn ich etwas benötige, was ich mir selbst nicht beschaffen kann. Gott ist der Grund einer unzerstörbaren Hoffnung.«

»So. Und was ist dann wahres Gebet?«, fragte Jakob herausfordernd.

»Es ist eine Sehnsucht der Seele, Jakob, und die Pflege der Beziehung zu Gott«, antwortete der Mönch ruhig. »Das Gebet ist wie Atemholen, ist Freiheit, unermüdliches Zwiegespräch, stille Anbetung – und vor allem Liebe. Beten ist Leben. Und echtes Gebet ist immer getragen von den Vaterunserbitten ›Dein Reich komme‹ und ›Dein Wille geschehe‹. Beten ist das Einfachste von der Welt – aber auch das Schwerste, weil der Mensch so schwer von seinen egoistischen Wünschen und Forderungen an das Leben und damit auch an Gott loslassen kann.«

»Na, ich habe mit Beten jedenfalls nicht viel Glück gehabt«, versuchte Jakob unbekümmert darüber hinwegzugehen. Denn mit diesen schwergewichtigen geistlichen Dingen wollte er sich nicht belasten.

»Das mag eine Folge von dem Bild sein, das Ihr Euch von Gott gemacht habt.«

»Was für ein Bild?«

»Unser Beten hängt nun mal wesentlich von unserem Gottesbild ab«, erklärte Bruder Basilius geduldig. »Gar zu viele Christen wachsen leider über ein dürftiges und einseitiges Bild von Gott, das sich in ihrer Kindheit in ihnen festgesetzt hat, nicht hinaus. Sie bleiben daher für den Rest ihres Lebens buchstäblich kindlich, oft sogar kindisch in ihrem Gottesglauben. Und dementsprechend dürftig und im

Grunde selbstbezogen ist dann auch ihr Gebet, das nie über ein Gespräch mit sich selbst, ein Geplapper hinauswächst. Ihr Beten ist dann keine Hingabe, keine Freiheit und keine Liebe, sondern ein angstvolles, gequältes und letztlich bitter enttäuschtes Flehen und Hadern.«

»Was erwartet Ihr denn, wenn man zu Gott betet, aber nie eine Antwort bekommt!«, hielt Jakob dagegen, der Gott eine Menge vorzuwerfen hatte.

Der Mönch lächelte. »Gottes Schweigen ist nicht gleichbedeutend mit Verstummen oder Weghören, Jakob. Wie auch der Gegensatz zur Sünde nicht die Tugend ist, sondern die Gnade«, erwiderte er. »Zum Glauben gehört eben immer auch das Ringen mit Gott, dem unfassbaren, scheinbar stummen, schattenhaften Gott. Und man muss akzeptieren, dass es für Gott keine angemessenen Worte und schon gar keine umfassende Erklärung gibt. Auch die Worte und Abhandlungen der größten Philosophen, der Mystiker, ja sogar der heiligsten Kirchenväter, sie alle sind im Grunde nichts anderes als ein hilfloses Gestammel im Angesicht des Unfassbaren. Denn wäre Gott für uns Menschen erklärbar und zu fassen, wäre er nicht Gott, sondern bestenfalls ein billiger Götze.«

»Ich weiß nicht«, murmelte Jakob. »Wie kann ich an etwas glauben, was ich nicht beweisen und nicht fassen kann? Und wie kann man dafür sein Leben hingeben und ins Kloster gehen?«

»Existiert die Liebe?«, fragte Bruder Basilius zurück.

Jakob zögerte kurz. »Natürlich!«

»Gut. Dann sagt mir doch mal, wie Ihr Liebe beweisen und fassen wollt?«, hielt der Mönch ihm vor. »Zwei Menschen, die sich lieben, *wissen* um ihre Liebe, sind erfüllt davon und vertrauen auf ihre Kraft, opfern sogar ihr Leben aus Liebe, ohne sie jedoch mit Händen greifen und beweisen zu können. Das ist, was Nikolaus von Cues, ein großer Denker und Mystiker des 15. Jahrhunderts, in Hinsicht auf den Glauben als ›Wissendes Nichtwissen‹ bezeichnet oder wie es im 1. Hebräerbrief geschrieben steht: ›Der Glaube ist das feste Vertrauen auf das, was man erhofft, die Gewissheit dessen, was man nicht sieht.‹ Denn manche Dinge in unserem Leben braucht man eben nicht erst zu beweisen, um zu wissen, dass sie existieren!«

»Gut, das mag mit der Liebe ja eine Ausnahme sein«, räumte Jakob widerstrebend ein.

»Warum, Jakob? Gott *ist* die Liebe! Warum beginnt und endet für so viele Menschen die Wirklichkeit der Welt nur mit dem, was ihre Augen sehen und ihre Hände greifen können? Der wahre Durst des Herzens, der von Geburt an in uns angelegt ist, gibt sich nicht mit diesen Brosamen, dieser begrenzten, armseligen Welt zufrieden.«

»Aber wenn diese . . . Sehnsucht nach Gott und dem Gebet angeblich in jedem von uns schon angelegt ist, wieso fällt es dann so schwer zu glauben?«, wollte Jakob wissen und kämpfte gegen die Schläfrigkeit an, die ihn schon wieder überfiel.

»Weil uns tausend andere Dinge wichtiger sind. Und da Gott uns mit einem freien Willen gesegnet hat, haben wir auch die Freiheit uns nur um das zu kümmern, was wir im Augenblick für wichtig und erstrebenswert halten. Darüber verkümmert unsere Beziehung zu Gott. Es ist wie mit einem fruchtbaren Acker, der dazu geschaffen ist, reiche Ernte zu tragen. Doch wenn er brachliegt, dann bringt er bald bloß noch Disteln und Dornen hervor. Und nach einiger Zeit ist er verwildert und kaum noch zugänglich, so dass niemand mehr weiß, dass unter diesem Dickicht aus Unkraut und Dornen fruchtbarer Boden liegt, der darauf wartet, bestellt zu werden.«

Jakob verzog das Gesicht. »Mit den Disteln hat es Bruder Anselm auch gehabt . . .«, murmelte er. »Nein, es waren Distelfinken, von denen er gesprochen hat.«

»Was habt Ihr gesagt?«

Jakob machte eine müde Handbewegung. »Es tut mir Leid, mir fallen wieder die Augen zu, Bruder Basilius . . . Aber sagt, wo steckt Euer treuer Begleiter, der Schwede?«

Der Mönch seufzte. »Ich fürchte, er schäkert wieder mit Magdalena, der hübschen Tochter des Gastwirts, herum. Und wisst Ihr, wie er ihr geschmeichelt hat? Er hat sie mit den Worten ›Weib, dein Leib gleicht einer vollen Rebe, wie des Ölbaums frische Zweige! Ihr seid rank und schön wie Tempelsäulen‹ begrüßt. Ich wünschte, er würde nicht auch bei solchen Gelegenheiten aus den Psalmen zitieren.«

Jakob lachte. »Das sieht ihm ähnlich! Wie seid Ihr überhaupt dazu gekommen, einen fremdländischen Mann wie ihn zum Begleiter zu haben?«

»Das erzähle ich Euch später. Denn das ist eine dieser langen Geschichten, für die Ihr im Augenblick zu müde seid. Schlaft nur, die Ruhe wird Euch gut tun. Wenn Ihr das nächste Mal aufwacht, werdet Ihr eine kräftige Suppe zu Euch nehmen, damit Ihr schnell wieder zu Kräften kommt.«

»Wie lange können wir hier überhaupt bleiben?«, wollte Jakob wissen. Die Angst kehrte wieder zurück und zeigte sich unverhohlen in seinen Augen. Nie würde er die Folterkammer im Turm des Greven vergessen und was Gotschalk Pleisgen ihm für Qualen ausgemalt hatte. Er wusste, dass sie noch weit davon entfernt waren, wirklich in Sicherheit zu sein. »Und was geschieht, wenn ich wieder auf den Beinen bin? Wohin geht es dann? Werden der Domherr und Mundt nicht bald auf den Gedanken kommen, wir könnten uns in Trier versteckt haben, und hier mit der

Suche beginnen? Dann sind wir in den Mauern der Stadt nicht weniger gefangen als in einem Kerker!«

»Keine Sorge, wir sind nicht untätig gewesen. Wenn der Augenblick gekommen ist Trier zu verlassen, wird uns das unbemerkt gelingen. Aber noch besteht kein Grund zur Besorgnis, Jakob. Wie ich erfahren habe, sucht man uns noch im Hunsrück, wo man uns angeblich zu Pferd gesehen hat, in wildem Galopp auf der Landstraße nach Wahlenau«, beruhigte ihn der Mönch mit einem feinen Schmunzeln. »Und jetzt schlaft.«

»Und Ihr?«

Bruder Basilius lächelte. »Die Horen rufen den Ordensmann auch außerhalb der Klostermauern zum Gottesdienst. Wir haben die dritte Stunde nach Sonnenaufgang und damit ist es an der Zeit, die Terz zu beten.«

Jakob erwiderte das Lächeln und schloss die Augen. Er lauschte noch für einen Moment auf die Stimme des Mönches, dann glitt er, von dessen Worten sanft getragen, in einen tiefen Schlaf.

Neunzehntes Kapitel

Jakob saß aufrecht auf seinem Krankenlager, mit dem Rücken gegen ein Fass gelehnt, und löffelte mit großem Genuss Rübensuppe aus einem tiefen Holzteller. Er hatte den ganzen Tag geschlafen und war erst bei Einbruch der Dunkelheit wieder aufgewacht – mit einem knurrenden Magen. Bis auf den kläglichen Lichtkreis um die Laterne, die neben ihm auf einem Schemel stand, hatten die tiefen Schatten der Nacht den staubigen Dachboden längst wieder zurückerobert. Auch wenn es im Moseltal um einiges wärmer war als in der bergigen Eifel und seit Tagen schon sonniges Tauwetter herrschte, war es nach Sonnenuntergang doch immer noch kalt genug, dass sein eigener Atem so dampfte wie die heiße Suppe in seinem Schoß.

»Das ist die beste Suppe, die ich je gegessen habe«, lobte er und griff zum Brot, um die Schüssel damit auszuwischen. Er fühlte sich immer noch sehr zittrig und gerade kräftig genug, um sich allein in der Ecke auf den Aborteimer zu begeben. Doch seit dem Morgen litt er nicht mehr unter heftigen Schweißausbrüchen. Das Fieber war wundersamerweise rapide gesunken.

»Euer Appetit ist ein gutes Zeichen. Ihr habt bewiesen, dass Ihr von zäher Natur seid. Deshalb werdet Ihr auch bestimmt schnell wieder zu Kräften kommen«, sagte Bruder Basilius, der wie Henrik Wassmo auf einer Kiste im Lichtkreis der Lampe saß, mit einem zufriedenen Lächeln.

Jakob grinste. »Unkraut wie ich ist eben unverwüstlich!«, prahlte er. »Dagegen ist sogar ein feiner Herr wie Drolshagen machtlos!«

Henrik Wassmo schaute kurz von seiner Schnitzarbeit

auf, die unter seinen geschickten Händen inzwischen die groben Umrisse einer Madonna mit dem Jesuskind angenommen hatte. »Zum Teufel die Stolzen? Nein, Herr, zu dir und erschrecke sie heilsam!«, sagte er scheinbar beiläufig. »Und wenn einer sich selbst bewundert, kannst du dein Gift gegen ihn ruhig sparen.«

Jakob verzog reumütig das Gesicht. »Ich weiß, ich weiß, wir sitzen noch immer in der Falle und Ihr hängt mit drin, weil Ihr mir geholfen habt.«

Bruder Basilius schmunzelte. »Ich bin einmal mit Henrik nach Jerusalem gepilgert und das Großartigste, was ich auf dieser Reise gelernt habe, ist: Das Heilige Land ist überall«, sagte er scheinbar ohne jeden Zusammenhang. »Oder um Ignatius von Loyola zu zitieren: ›Man muss sich bewusst sein, dass der Mensch Gott nicht nur dann dient, wenn er betet.‹ Auch ich habe das erst lernen müssen.«

Jakob runzelte die Stirn. »Wollt Ihr damit sagen, dass Ihr das, was Ihr für mich getan habt und tut, mit Gebet und Gottesdienst gleichsetzt?«

»Wo der Mensch sein Leben als Dienst Gottes versteht, gibt es keinen Bruch mehr zwischen Gebet und Arbeit«, bestätigte der Mönch.

Henrik Wassmo nickte und bemerkte trocken, während ein dünner Holzspan von seinem Messer flog: »Allein die Narren machen Ernst.«

Jakob lachte. »Nun müsst Ihr mir aber endlich erzählen, wie Ihr und der Schwede zusammengekommen seid, Bruder Basilius! Ihr habt es mir versprochen!«

Der Mönch machte ein nicht gerade glückliches Gesicht und schien sich davor drücken zu wollen. Henrik Wassmo lächelte hingegen still vor sich hin und tat, als ginge ihn Jakobs Anliegen nichts an.

Bruder Basilius seufzte. »Also gut, Ihr sollt Euren Willen

haben, Fuhrmann Jakob Tillmann aus dem Rheinischen.« Gutmütiger Spott lag in seiner Anrede, so als wollte er Jakob ganz nebenbei wissen lassen, dass er sich so leicht keinen Sand in die Augen streuen ließ.

Jakob zuckte nicht mit der Wimper. Er stellte den Holzteller neben sich auf den Boden und zog sich in freudiger Erwartung die warme Decke bis zum Kinn hoch. »Wo und wann seid Ihr Euch das erste Mal begegnet?«, fragte er gespannt.

»Wir standen uns auf dem Schlachtfeld von Lützen, das ist nahe bei Halle und Leipzig, als Feinde gegenüber«, begann der Mönch. »Es war am 6. November 1632, als der Dreißigjährige Krieg schon fast fünfzehn Jahre Tod und Verderben über Europa gebracht hatte. Henrik stand als Kanonier in den Reihen der protestantischen Heere, die König Gustav Adolf von Schweden in die Schlacht führte. Ich ritt unter dem Banner der katholischen Liga in das Gemetzel.«

Die Überraschung hätte für Jakob nicht größer ausfallen können. »Ihr habt einmal den Waffenrock getragen?«

Bruder Basilius machte ein betrübtes Gesicht. »Ja, es hat einmal eine Zeit in meinem Leben gegeben, da glaubte ich tatsächlich an den Ruhm und die Ehre, die man angeblich im Kampf mit der Waffe in der Hand erringen kann.«

»Ihr kommt aus einem vornehmen Haus, nicht wahr?« Diese Vermutung hatte Jakob schon seit langem.

Bruder Basilius antwortete darauf mit einem knappen Nicken. »Welcher Familie ich entstamme, soll Euch nicht weiter interessieren. Ein Mönch, der mit dem Namen und der Macht seiner Familie prahlt, ist ein bedauernswerter Mönch.«

Jakob lächelte. Ihm genügte es zu wissen, dass der

Mönch aus einem vornehmen Haus kam, womöglich sogar aus Trier oder von einer der wehrhaften Burgen der Eifel.

»Ich wuchs jedenfalls in der gut genährten Überzeugung auf, als Katholik den einzig wahren christlichen Glauben zu besitzen und damit das Recht zu haben im Namen *meines* Gottes andere Menschen töten zu dürfen, ja töten zu müssen, die nicht bereit waren sich zu diesem Glauben zu bekennen. Und mit dieser alttestamentarischen Überzeugung sowie der flammenden Begeisterung im Feld für mich und meine Familie Ruhm zu erstreiten, zog ich in den Krieg.« Er machte eine gedankenschwere Pause. »Doch schon nach der ersten Schlacht, die im wahrsten Sinne des Wortes eine grauenvolle Schlächterei war, geriet meine scheinbar so festgefügte Welt ins Wanken. Wenn man durch Blut watet, vorbei an hunderten von zerfetzten, hingeschlachteten Soldaten, dann können nur ganz einfältige und ganz hochmütige und grausame Menschen noch an Ruhm und Ehre glauben – und solch ein Gemetzel für einen verdienstvollen Kampf zum Ruhme Gottes halten.«

Jakob spürte, wie bewegt der Mönch innerlich war, als er sich die Erfahrungen seiner Jugend nun wieder in Erinnerung rief. Er selbst empfand Beklommenheit, dass er ihn dazu gebracht hatte, die Tore zu diesen dunklen Verliesen seiner Vergangenheit wieder zu öffnen. Manche Türen, die in dunkle Gemächer der eigenen Lebensgeschichte führten, ließ man besser fest verschlossen, wie er nur zu gut wusste.

»Die schlimmen Färber Scham und Schande bemalen wechselweise uns bleich und rot«, murmelte Henrik Wassmo, der zu schnitzen aufgehört hatte und gedankenverloren auf der Kiste saß, so als hätte auch ihn die Vergangenheit wieder eingeholt.

»Ja, Scham und Schande«, griff Bruder Basilius die Worte

des Schweden auf. »Wären mein Stolz und meine Feigheit nicht so groß gewesen, sie hätten mich schon viele Jahre früher dazu aufrütteln können, den Waffenrock abzulegen und dem inneren Ruf zu folgen, der nach Umkehr verlangte. Doch erst nach der fürchterlichen Schlacht von Lützen, in der auch der schwedische König fiel und die mit der Niederlage der protestantischen Heere endete, fand ich den Mut zur radikalen Umkehr. Ich erkannte meine persönliche Schuld und Niederlage angesichts eines angeblich großen Sieges zum Ruhme Gottes.«

»Und wo kommt Henrik ins Spiel?«, wollte Jakob wissen.

»Es war nach der Schlacht: Der trunkene Siegestaumel meiner Kameraden stieß mich ab und ich entfloh ihm, indem ich auf das Schlachtfeld zurückkehrte. Irgendetwas zog mich an den Ort dieses grauenvollen Gemetzels zurück. Niemals werde ich das Schreien und Wimmern, das Stöhnen, Fluchen und Beten der Verwundeten und Sterbenden vergessen«, fuhr der Mönch mit leiser Stimme fort. »Und dann stieß ich auf einen namenlosen Schweden, der schwer verwundet neben einem zerstörten Geschütz lag. Er flehte einen von unseren Soldaten, die verwundete und tote Feinde schamlos plünderten, inständig an ihn von seinen Schmerzen zu erlösen und ihn zu töten. Und dieser Soldat hatte schon das Bajonett erhoben, als ich ihm in den Arm fiel und mich dieses Schweden, den man mich zu hassen gelehrt hatte, annahm.«

Jakob erinnerte sich sofort wieder der rätselhaften Antwort, die ihm der Schwede in Himmerod auf die Frage gegeben hatte, wie ein Mönch bloß zu einem Begleiter wie ihm käme. Die Antwort, bestimmt aus Psalmversen zusammengesetzt, hatte ihm so geheimnisvoll geklungen, dass er sie sich in jenen Tagen mehrfach wiederholt, darüber nachgegrübelt und sie so im Kopf behalten hatte: *Ich wollte nichts wissen von göttlichen Zeichen, auf fremden Gefilden, in Pharaos Land . . . Paladine und Herren in Eisen, Gottes Glorie und Ruhm im Munde, das doppelschneidige Schwert in den Händen – so streuten wir das Saatkorn des Leids . . . Blut floss wie Regenwasser durch die Gosse und keiner mochte Totengräber sein . . . Er aber kam, entriss mich dem Rachen des Löwen und mein Herz hielt an ihm fest.*

»Bei Kedars schwarzen Zelten, ich wäre an meinen Verletzungen elendig krepiert! Doch er hat mich vom Feld getragen und sein Leben riskiert, um meines zu retten!«, sagte Henrik Wassmo mit großem Nachdruck. »Er nahm den Rabenmantel der Finsternis von mir und . . .«

»Wer hat Euch denn aufgefordert die Geschichte weiterzuerzählen?«, fiel Bruder Basilius ihm ins Wort.

Der Schwede neigte scheinbar demütig den Kopf, aber doch mit dem Anflug eines spöttischen Lächelns auf den Lippen, und erwiderte: »Zu Psalmen sind mir deine Worte geworden im Hause meiner Pilgerschaft!«

Bruder Basilius seufzte geplagt und schüttelte den Kopf. »Das mit den Psalmen habe ich mir wohl selber zuzuschreiben. Denn ich war es, der ihm den Psalter in die Hand drückte, als ich herausfand, dass er des Lesens und Schreibens kundig war. So hoch ich den Psalter verehre, so habe ich doch schon oft gewünscht, ich hätte damals eine andere Lektüre für ihn gefunden. Aber der Psalter war das einzige Buch, das ich auftreiben konnte. Und er hat es in den vielen Monaten seiner langsamen Genesung immer und immer wieder gelesen, bis er nicht nur unsere Sprache fließend beherrschte, sondern gleichzeitig auch noch alle Psalme auswendig kannte. In dieser Zeit hat er es sich zur lästigen Angewohnheit gemacht, seine Rede mit Psalmversen zu spicken.«

Henrik Wassmo grinste und antwortete auf den sanften

Tadel mit unerschütterlicher Ruhe: »Ich habe meinen Weg bedacht, nach deinen Marksteinen ausgerichtet.«

»Ja, so steht es im 119. Psalm, aber damit ist kein Herr auf Erden gemeint, sondern unser Herr im Himmel!«, brummte Bruder Basilius.

»Und dann habt Ihr Euch entschlossen den Waffenrock für immer auszuziehen, nur noch Gott zu dienen und seid ins Kloster eingetreten?«, fragte Jakob, der wissen wollte, wie es mit ihm und dem Schweden weitergegangen war.

»Ja, ich folgte endlich meiner inneren Stimme, stürzte mich in das Studium der Theologie, ließ mich zum Priester weihen und legte die ewigen Gelübde ab.«

»Und wo war Henrik all die Zeit?«, wunderte sich Jakob. »Ich meine, er kann ja nicht mit Euch studiert haben und dann mit ins Kloster gegangen sein, oder? Denn ein Mönch wie Ihr ist er ja offensichtlich nicht geworden.«

»Auf Erden geschehen viele Dinge, die sich einer vernünftigen Erklärung entziehen. Eins davon ist sicherlich Henriks außergewöhnliche Treue«, antwortete der Mönch mit gutmütigem Spott. »Als ich ihn an jenem Novembertag schwer verletzt in unser Lager trug und mich um ärztliche Versorgung für ihn gekümmert hatte, da schwor er mir stets zu Diensten zu sein und nie mehr von meiner Seite zu weichen, sollte er seine schweren Verwundungen überleben. Ich dachte mir damals nichts dabei. Doch wundersamerweise war es ihm Ernst mit seinem Schwur – bis heute, wie Ihr seht.«

Jakob machte große Augen. »Wollt Ihr damit sagen, Henrik hat Euch in all den Jahren stets begleitet, egal, wohin Ihr gegangen seid und was Ihr getan habt?«, fragte er ungläubig.

Bruder Basilius lächelte. »Ja, das ist genau das, was geschehen ist. Er ist überzeugt davon, dass das Schicksal sein Leben mit dem meinigen unauflöslich verbunden hat. Viele Jahre wollte ich nichts davon wissen und habe nichts unversucht gelassen, um mich von seiner unerbetenen Gegenwart zu befreien. Doch was immer ich auch versucht habe, es hat nichts gefruchtet.«

»Ihr meint, er blieb wie eine Klette an Euch hängen?«

»In der Tat! Er fand stets einen Weg wenigstens in meiner Nähe zu bleiben, wo ich mich auch aufhielt. Als ich mich für ein Leben als Mönch entschied, glaubte ich mich meines zweiten Schattens ein für alle Mal entledigt zu haben. Doch ich irrte. Denn er blieb hartnäckig und legte sich jede Nacht vor die Klosterpforte, bis man ihm erlaubte eine Arbeit in der Abtei anzunehmen und wie ich innerhalb der Klostermauern zu leben. Als ich dann nach Jerusalem auf Pilgerfahrt ging, da war er sofort wieder an meiner Seite. Und eines Tages habe ich es aufgegeben mich von ihm zu lösen. Ich habe mich mit ihm abgefunden. Nach über zwanzig Jahren fällt es mir nun schwer mir vorzustellen, wie es anders hätte sein können. Und wer weiß, vielleicht ist es uns tatsächlich vorbestimmt gewesen.«

Henrik Wassmo nickte bekräftigend. »Dein Wort ist Felsengrund und Sänger und Schreiber ist meine Zunge!«

Bruder Basilius erhob sich. »So, jetzt wisst Ihr, wie Henrik und ich, . . . nun, wie wir zueinander gefunden haben«, sagte er, nahm den leeren Holzteller an sich und ging nach unten, um Jakob noch einen stärkenden Schlaftrunk zu holen.

Einen Augenblick herrschte Schweigen und Jakob dachte über die wundersame Geschichte nach, die der Mönch ihm aus seinem Leben erzählt hatte.

»Er ist ein Mann, der dem großen Wort misstraut und von sich allzu gering denkt, um sich selbst Gerechtigkeit widerfahren zu lassen«, brach Henrik das Schweigen. »Nie hätte er von sich erzählt, wenn Ihr ihn nicht so bedrängt hättet und er nicht bei Euch im Wort gestanden wäre.«

»Wie konnte ich denn ahnen . . .«, setzte Jakob zu einer Entschuldigung an.

»Das ist es nicht, was ich damit meinte, Jakob. Ihr sollt ruhig die Wahrheit erfahren, aber dann auch die ganze Wahrheit.«

»Was hat er mir denn verschwiegen?«

»Dass er ein letztes Mal zur Waffe griff und sein Leben aufs Spiel setzte, um das Leben eines namenlosen, verwundeten Feindes zu retten«, berichtete der Schwede. »Einer seiner Kameraden wollte nämlich nicht zulassen, dass er mich in ihr Lager brachte und mich von einem ihrer Ärzte behandeln lassen wollte. Aus einem hitzigen Wortgefecht wurde ein Gefecht mit der blanken Klinge. Dabei und nicht etwa im Feld zog er sich die lange Narbe im Gesicht zu und verlor sein linkes Auge.«

»Und was ist aus dem Mann geworden, der ihn herausgefordert hatte?«

»Er hat ihn noch mit blutiger Augenhöhle bezwungen, ihm den Degen aus der Hand geschlagen und ihm die Klinge an die Kehle gesetzt – um ihn dann mit dem Leben davonkommen zu lassen«, erzählte Henrik. »Das ist der Teil der Geschichte, die er unter den Tisch hat fallen lassen.«

»Ich danke Euch für Euren Freimut«, sagte Jakob, beeindruckt von dem Gehörten. Nun lösten sich viele Rätsel und sein Bild von Bruder Basilius und dem Schweden erhielt klarere Konturen.

Wenig später kam der Mönch die Stiege hoch. Er brachte einen großen Steinhumpen voll Kräutertee, der mit einem kräftigen Schuss Rum versetzt war.

»Ich glaube, es ist an der Zeit, dass auch ich mir einen

Becher hochprozentiger Medizin gönne. Zudem kann es nicht schaden, wenn ich mich ein wenig umhöre, was geredet wird«, sagte Henrik spöttisch, steckte Messer und Schnitzarbeit ein und begab sich nach unten.

Jakob schlürfte das heiße Getränk und schaute dabei immer wieder über den Rand des Bechers hinweg auf den Mönch, der wieder auf der Kiste Platz genommen hatte.

»Nun sprecht schon aus, was Euch auf der Seele drückt!«, forderte Bruder Basilius ihn schließlich auf. »Ich weiß nicht, was Henrik Euch noch erzählt hat. Aber ich sehe Euch an, dass Euch eine Frage auf der Zunge brennt.«

»Ihr seid wirklich gut im Gedankenlesen . . .«

»Nun rückt schon mit der Sprache heraus! Was beschäftigt Euch?«

Jakob zuckte vage mit den Schultern, weil er nicht wusste, wie er seine Verwirrung in Worte fassen sollte, ohne dass es verletzend klang. »Hängt Henrik nach all den Jahren, die er Euch nun schon begleitet, noch immer seinem protestantischen Glauben an?«

»Ja, das tut er. Er ist ein treuer Anhänger der lutheranischen Reformationskirche.«

»Es ist Euch also in all den Jahren nicht gelungen ihn zu Eurem wahren Glauben zu bekehren«, stellte er fest. »Aber Ihr kommt offenbar dennoch ganz wunderbar miteinander aus, wie es den Anschein hat.«

Bruder Basilius lächelte. »Etwas, was ich erst gar nicht zu tun versucht habe, kann mir auch mitnichten gelingen.«

»Ihr habt erst gar nicht den Versuch gemacht?«, fragte Jakob verwundert.

»Nein. Wir haben sehr oft miteinander über das geredet, woran wir glauben. Aber keiner hat versucht den anderen davon zu überzeugen, dass er den christlichen Stein der Weisen in seinen Händen hält.«

»Das ist es, was ich nicht verstehe. Wie könnt Ihr auf der einen Seite von Eurem Glauben derart überzeugt sein, dass Ihr mit Eurem alten Leben radikal brecht und in ein Kloster eintretet, andererseits aber zwei Jahrzehnte in Gesellschaft eines Protestanten verbringt, ohne ihm zum wahren Glauben zu verhelfen? Denn nur durch diesen wahren Glauben, so lehrt es ja wohl die katholische Kirche, kann der Mensch doch das Heil erlangen und ins Himmelreich kommen. Wäre es da nicht Eure allerheiligste Pflicht, nicht eher zu ruhen, als bis Ihr die verirrte Seele des Schweden gerettet und wieder in den Schoß der katholischen Kirche zurückgeholt habt?«, fragte Jakob herausfordernd.

»Henrik ist kein Heide. Er glaubt wie ich aus tiefstem Herzen an Jesus Christus, an die Dreifaltigkeit und an die Jungfrau Maria, für die auch Luther stets große Verehrung gezeigt hat, und an die Auferstehung. Sein Glaube ist so stark wie der meinige. Ich mag aufgrund meines Wesens und meiner Natur meine persönlichen Vorlieben haben, zu denen ich mich auch mit Herz und Seele bekenne – so wie mir eben auch mein katholischer Glaube kostbar ist. Aber ist es letztlich nicht gleichgültig, ob ich zuerst mit dem linken oder mit dem rechten Fuß losgehe, wenn ich nur die richtige Richtung einschlage? Und heißt unsere gemeinsame Richtung nicht: der Glaube an unseren Erlöser und Heiland Jesus Christus? Also wozu sollte ich ihn noch bekehren? Dazu, dass er nicht mehr zuerst den linken Fuß nimmt, sondern wie ich den rechten?«

»Natürlich zu der einzig wahren Lehre, zur einzigen Wahrheit, so wie es doch immer verkündet wurde!«, stichelte Jakob. »Denn ist Luther für Rom nicht ein Ketzer gewesen? Und sind wegen dieses Konfessionenstreites nicht schon unzählige Kriege geführt worden?«

»Leider ja. Aber Luther ist in meinen Augen kein Ketzer

gewesen, Jakob, sondern ein wahrhaft großer Mann, ein genialer Denker, wenn auch ein Grobian und oft polemisch, der nie die Kirchenspaltung gewollt hat. Luther war Augustinermönch und wollte die *Erneuerung* der Kirche. Unglücklicherweise war die Zeit für die längst überfälligen Reformen noch nicht reif, besser gesagt: Die verantwortlichen Männer in unserer Kirche waren es nicht. Hätten wir das Konzil von Trient, das zu einer Erneuerung der Kirche geführt und der Korruption des Klerus den Kampf angesagt hat, schon zu seiner Zeit abgehalten, wäre es wohl nie zu dieser unseligen Spaltung der Christenheit gekommen. Und es war nicht Luther, der diese unselige Kirchenspaltung zu verantworten hat. Erst mit der Exkommunizierung ist aus dem streitbaren Reformator der Gründer der protestantischen Kirche geworden – wider Willen, muss man sagen, wenn man diesem Mann und der Geschichte Gerechtigkeit widerfahren lassen möchte.«

»Aber einer muss doch Recht haben!«

»Warum muss immer einer über den anderen triumphieren? Hat der Regenbogen nicht auch viele wunderschöne Farben? Und wer kann schon sagen, dass die Rose schöner ist als die Lilie oder die Blüte einer Weißdornhecke? Gottes Schöpfung ist vom ersten Tag an auf wunderbare Vielfalt angelegt, Jakob. Und Weisheit ist das Ende der Schwarzweißmalerei.«

»Das ist mir zu allgemein, Bruder Basilius. Entweder ist Luther mit seinen Anhängern im Recht gewesen – oder Rom!«

»Kein Mensch befindet sich im Besitz der allein selig machenden Wahrheit – und schon gar keine Institution«, erwiderte Bruder Basilius. »Ob Kardinal oder Gelehrter, die Wahrheit liegt jenseits unserer menschlichen Grenzen. ›Denn die Weisheit dieser Welt ist Torheit vor Gott‹, so steht es im 1. Korinther und an vielen anderen Stellen in der Heiligen Schrift. ›Er fängt die Weisen in ihrer eigenen List‹ und ›Der Herr kennt die Gedanken der Weisen; er weiß, sie sind nichtig‹. Daran sollten wir uns stets erinnern, wenn wir uns um Erkenntnis bemühen! Nur Fanatiker nehmen für sich in Anspruch die Antwort auf alle Fragen zu kennen.«

»Was meint Ihr mit Fanatiker?«

»Fanatisch sein heißt die Wahrheit nicht suchen zu wollen, sondern sich in unbedenklicher Überheblichkeit schon im Voraus für den Besitzer der Wahrheit zu halten. Doch es darf nie um richtig oder falsch gehen, sondern nur um ein gemeinsames Bemühen der Wahrheit näher zu kommen. Und niemals darf Gewalt ein Mittel zum Zweck sein! Jesus hat sich nie mit Gewalt verbunden, er hat nie dem Schwert das Wort geredet und er hat auch niemals Zweifler und Ungläubige zur Umkehr *gezwungen*. Er hat sehr wohl versucht ihre Ohren und Augen zu öffnen und ihre Herzen zu erreichen, aber Gewalt hat er abgelehnt und verabscheut, ja verflucht. Lieber hat er sich den Folterknechten seiner Feinde ausgeliefert als für seine erlösende Heilsbotschaft auch nur einen Tropfen Blut eines anderen Menschen zu vergießen.«

»Stellt Ihr damit nicht Euren eigenen Glauben in Frage und all die Dogmen und Vorschriften der heiligen römisch-katholischen Kirche?«, hielt Jakob ihm vor und genoss es sichtlich ihn in die Ecke zu drängen. »Ihr redet nämlich wie ein Ketzer, Bruder Basilius! Lasst das bloß nicht dem Domherrn zu Ohren kommen, sonst landet Ihr noch auf dem Scheiterhaufen.«

»Ein guter Hirte schert seine Schafe, aber er zieht ihnen nicht das Fell ab. Und die eigenen Meinungen dürfen nie Gräben reißen, sondern müssen Brücken bauen, insbesondere wenn man sich zum Christentum bekennt«, antwortete der Mönch. »Und was die heilige Mutter Kirche und ihre Diener bis hoch zum Papst betrifft . . . nun, so fehlt vielen die demütige Einsicht, dass das Bewusstsein des eigenen Irrtums das Fundament der geistigen Freiheit ist. Aber was wollt Ihr anderes erwarten? Sind wir vielleicht ohne Sünde und Fehler? Auch ein noch so hohes Kirchenamt befreit einen Menschen nicht von seinen Fehlern, es macht ihn leider viel eher überheblich und selbstgerecht als demütig und großherzig. Die Apostel und ihre Mitarbeiter sind nicht Herren der Gemeinde, sondern ihre Diener. Und je höher das Amt, desto größer sind die Pflichten zum Dienst und zur Treue gegenüber dem Evangelium – und nicht die Privilegien!«

»Das ist aber nicht die Wirklichkeit! Männer wie der Subprior Tarzisius in Himmerod und der Domherr von Drolshagen – das ist die Wirklichkeit!«

»Leider habt Ihr Recht«, gab Bruder Basilius unumwunden zu.

»Und obwohl dem so ist, glaubt Ihr dieser Kirche noch immer und habt ihr Gehorsam geschworen?«, wunderte sich Jakob. »So, wie Ihr redet, müsstet Ihr doch längst ein erklärter Feind dieser Kirche sein!«

Bruder Basilius nickte. »Die Versuchung, sich über andere zu erheben und Macht auszuüben liegt, uns Menschen im Blute, uns allen. Deshalb müssen wir Barmherzigkeit mit der Armutsgestalt der Kirche haben und auch Demut, spiegelt sie doch mit all ihren Mängeln und Auswüchsen unsere eigene Unvollkommenheit wider.«

»Damit kann man natürlich alles entschuldigen!«

»Nein, ganz und gar nicht. Denn das bedeutet nämlich nicht, dass wir alles wortlos hinnehmen und über Missstände hinwegsehen müssen. Im Gegenteil, wir müssen beharrlich unseren Teil dazu beitragen, dass wir das, woran wir glauben, in unserem Leben verwirklichen und es auch in der Kirche wieder finden – und das ist Jesu Christi Botschaft von der Nächstenliebe, die auch die Feinde mit einschließt, von der Erlösung unserer Sünden und von der Auferstehung der Toten.«

»Aber dann kann man doch nicht mehr zu allem, was die Kirche vorschreibt, Ja und Amen sagen! Wo bleibt da der Gehorsam, den Ihr geschworen habt?«

»Ja, da beginnt die Gewissensnot und die Mühsal, die keinem erspart bleibt«, räumte Bruder Basilius ein. »Ich kenne darauf nur eine Antwort und die lautet: Gehorche nie einem Befehl, der sich nicht mit deinem Gewissen verträgt!«

»Auch dann nicht, wenn er direkt vom Papst kommt?«

»Ja«, sagte der Mönch ohne jedes Zögern. »So schwer es mir auch fallen würde, ihm meinen Gehorsam zu verweigern.«

Jakob zog die Brauen hoch. »Oh, damit könnt Ihr Euch in Teufels Küche bringen! Denn wenn das keine Ketzerei ist, weiß ich nicht, was sonst!«

»Es ist keine Ketzerei«, erwiderte Bruder Basilius gelassen. »Lest in den Evangelien nach. Wie oft widersetzte sich Jesus dem Tempel? War er deshalb ungehorsam – oder stand nicht vielmehr der Tempel außerhalb des Lichtes der göttlichen Wahrheit?«

Jakob machte ein nachdenkliches Gesicht und gähnte dann herzhaft. Der Rum machte ihn wieder ganz schläfrig. »Keine Ahnung, darüber habe ich nie nachgedacht. Aber vielleicht sollte ich es mal tun. Denn so, wie Ihr die Dinge seht, bekommt vieles ein neues Gesicht . . .«

»Da habt Ihr einiges, worüber Ihr nachdenken könnt«, sagte der Mönch und nahm ihm den Becher ab. »Aber jetzt schlaft erst einmal.«

»Und wann erzählt Ihr mir endlich, was es mit Bruder Anselm auf sich hat und was der Domherr unter der Folter aus mir herausholen wollte?«

»Alles zu seiner Zeit. Werdet erst einmal gesund.«

»Ihr weicht mir wieder aus!«, protestierte Jakob, obwohl er viel zu müde für eine weitere Unterhaltung war, und streckte sich unter den warmen Decken aus.

»Wie scharfsinnig von Euch. Aber wenn ich Euch ausweiche, so werde ich dafür auch meine guten Gründe haben, was Euch genügen muss«, beschied ihn der Mönch. »Und nun schlaft. Je eher Ihr gesund werdet, desto eher werdet Ihr auch erfahren, welches Geheimnis der Domherr so verzweifelt zu lösen sucht.« Und damit löschte er das Licht.

Zwanzigstes Kapitel

»Ich fühle mich wieder so frisch und munter wie ein Fisch im Wasser!«, beteuerte Jakob vier Tage später, als Henrik und der Mönch am Morgen ihre schäbige Bettlerkleidung anlegten, um aus dem Haus zu gehen. »Warum kann ich denn nicht mit Euch kommen, Bruder Basilius?«

»Weil Ihr hier viel besser aufgehoben seid und es sinnvoller ist, wenn Ihr Eure Kräfte schont«, antwortete der Mönch und wickelte sich schmutzige Stoffstreifen solcherart um den Kopf, dass seine verräterische Augenklappe unter dem vorgetäuschten Verband verschwand. Dann schmierte er sich etwas Dreck, dem er Ruß beigemischt hatte, ins Gesicht, sodass auch seine lange Narbe auf der rechten Wange nicht mehr zu sehen war.

»Das ist keine redliche Antwort!«, beschwerte sich Jakob.

»Nun denn: Vernunft, ihr Könige, Vernunft, ihr Herren, gewarnt vom Herrn!«, riet Henrik ihm, während auch er sein zerschlissenes Bettlergewand umwarf.

Doch Jakob beharrte ärgerlich: »Mir geht es längst wieder gut. Und ich bin es leid meine Tage auf diesem Dachboden mit untätigem Warten und Herumsitzen zu verbringen! Also, warum kann ich Euch nicht begleiten? Und warum haltet Ihr Eure Pläne, wie wir aus Trier herauskommen wollen, vor mir geheim?«

»Weil es zu Eurem Schutz ist – das eine wie das andere. Und dabei wollen wir es auch bewenden lassen«, sagte Bruder Basilius in einem Ton, der jede Widerrede zwecklos machte. »Habt noch ein, zwei Tage Geduld. Ihr werdet noch früh genug beweisen können, wie gut bei Kräften Ihr wieder seid. Und nun lasst uns gehen, Henrik. Wir müssen heute nicht nur zu Däublin und Hasenkötter, sondern auch prüfen, wie aufmerksam die Torwachen ihren Dienst versehen.« Und zu Jakob gewandt sagte er: »Es wird wohl etwas dauern, bis wir wieder zurück sind.«

Jakob machte eine grimmige Miene.

»Ich eile wie die Morgenröte.« Henrik griff zu seinen selbst gefertigten Krücken, warf Jakob einen aufmunternden Blick zu und verschwand durch die Luke.

»Ihr seid mir schöne Freunde!«, rief Jakob ihnen nach, erhielt aber keine Antwort. Er hörte nur, wie sie die steile Bohlenstiege hinunterstiegen.

Wütend trat er nach einem Strohsack. Es wurmte ihn, dass er auf dem staubigen Dachboden des Gasthauses Stunde um Stunde, Tag für Tag herumsitzen musste, während Bruder Basilius und der Schwede sich immer wieder mal für einige Zeit in der Stadt herumtrieben. Er fühlte sich längst kräftig genug, um das Haus zu verlassen, und hätte sie gut begleiten können. Zumal die Vorboten des Frühlings die harte Tyrannei des Winters offenbar gebrochen hatten. Seit Tagen herrschte einladend sonniges Wetter im Moseltal. Und er – er saß auf dem Dachboden fest, umgeben von Spinnweben, Staub und muffigen Strohsäcken!

Voller Ärger und Unruhe, ging Jakob zwischen den schweren Stützbalken auf und ab. Er saß hier oben nicht nur fest wie in einem Kerker, sondern er wusste auch nicht, was Bruder Basilius mit Henrik Wassmo ausheckte und was es mit diesen Männern Däublin und Hasenkötter auf sich haben mochte. Er hatte diese beiden Namen schon mehrfach aufgeschnappt, aber nie eine Erklärung erhalten, wenn er nachgefragt hatte. Dass Bruder Basilius ihn nicht aus Misstrauen, sondern aus übergroßer Vorsicht im Dunkeln ließ, war nur ein schwacher Trost und änderte nichts daran, dass er nicht in die Pläne eingeweiht war. Nun, damit hätte er sich ja noch abfinden können, wenn es ihm wenigstens gestattet gewesen wäre ab und zu mal den Dachboden zu verlassen. Er war es nicht gewohnt so lange eingeschlossen zu sein und nicht ins Freie zu kommen.

Wieso eigentlich *gestattet*? Wer sagte denn, dass er jemanden um Erlaubnis fragen musste? Gewiss, er hatte Bruder Basilius und dem Schweden eine Menge zu verdanken und das würde er ihnen auch niemals vergessen. Aber er hatte sich ja nichts vorzuwerfen, war er doch völlig ohne eigenes Verschulden in diese mysteriöse Geschichte verstrickt worden. Und Bruder Basilius hatte offenbar ein ganz eigenes, persönliches Interesse daran, warum er sein Leben für ihn riskiert hatte. Denn auch er wollte unbedingt wissen, wo sich Bruder Anselm in den letzten Monaten seines Lebens aufgehalten hatte. Außerdem folgerte aus der Tatsache, dass sie ihm das Leben gerettet hatten, ja wohl noch längst nicht, dass sie nun so etwas wie seine Vormunde geworden waren und er nicht mehr tun und lassen konnte, was er für richtig hielt. Er war ein freier Mann und konnte tun und lassen, was ihm beliebte!

»Und genau das werde ich heute tun!«, sagte Jakob laut und entschlossen. »Ich werde mich mal ein bisschen in dieser Stadt umsehen!«

Mit einem vergnügten Pfeifen auf den Lippen warf er sich den alten Umhang um und stülpte sich den filzenen und reichlich großen Topfhut über. Bruder Basilius hatte die Sachen für ihn besorgt. Dann schmierte auch er sich ein wenig von dem mit Ruß vermischten Dreck ins Gesicht und kletterte über die Stiege in das Obergeschoss hinunter, wo sich die Schlafkammern der Stroedeckers befanden. Niemand hielt sich hier oben auf. Wenig später befand er sich auf der hölzernen Außentreppe, die hinunter in den Hof führte. Er schlüpfte durch das Tor, lief die schmale Gasse hoch und spähte um die Ecke. Er wollte nicht gerade Bruder Basilius, dem Schweden oder dem Gastwirt in die Arme laufen. Mit hastigen Schritten und gesenktem Kopf wandte er sich nach rechts und ließ die Schenke *Zum Roten Ochsen* rasch hinter sich.

Sowie er sich außer Sicht des Gasthauses befand, verlangsamte er seinen Schritt und schob sich die Mütze aus der Stirn. Wie herrlich es war, die Sonne auf dem Gesicht zu spüren, auch wenn ihre Kraft noch schwach war. Kein Zweifel, der Frühling war nicht mehr weit. Bald würden Busch und Baum und Wiesen frisches Grün zeigen und die ersten Knospen würden sich zu Blüten entfalten.

Aber auch dann, wenn das Land in voller Blüte stand, würde ein Hauch von Frühlingsduft in diesen Teil der Stadt dringen. Jakob stellte nämlich fest, dass ihr Versteck nicht gerade in einem der besseren Viertel der Stadt lag. Denn schon ein halbes Dutzend verwinkelter Gassen weiter drang ihm der penetrante Gestank aus den Werkstätten der Gerber und Färber in die Nase, der sogar den starken Geruch der gewöhnlichen Fäkaliengruben in den Hinterhöfen mit Leichtigkeit überstieg. In den schmalen Abflussgräben, die zwischen den Häusern gezogen waren, schwamm eine ekelhafte, rotgelbe Brühe, die ihn sofort an den Kanal erinnerte. Er hielt sich die Nase zu und machte, dass er aus diesem Viertel kam.

Als er kurz darauf in eine breite Gasse einbog, hätte ihn beinahe der Inhalt eines vollen Nachttopfes getroffen. Eine Magd beugte sich nämlich gerade im Obergeschoss des Eckhauses aus dem Fenster und rief gleichgültig eine Warnung, während sie den Nachttopf auch schon auskippte.

Geistesgegenwärtig und mit einem Fluch auf den Lippen

sprang Jakob in eine Toreinfahrt und wandte den Kopf ab, während Urin und Kot sich auf die Straße ergossen. Fäkalien und anderer Abfall fanden sich auch an vielen Stellen auf den Gassen und Schweine liefen frei herum und wühlten in dem Dreck. Jakob fand diese Sitte der Stadtbewohner, allen Unrat einfach aus dem Fenster und auf die Straße zu kippen, ziemlich ekelhaft und er verstand nicht, wie man so leben konnte. Da lobte er sich doch den Misthaufen, der sich auf dem Land vor jedem Bauernhaus fand. Häufte sich dort doch wenigstens alles schön an einer Stelle auf, während man in den Straßen der Städte nie wusste, wohin man trat – und welch ekelhafte Überraschung einen von oben im nächsten Moment wohl treffen mochte!

Dass er sich langsam dem Stadtkern von Trier näherte, merkte er daran, dass die Gassen weiter und die Häuser stattlicher wurden.

Hier und da bemerkte er schon reich verzierte Erker, mit Ziegeln bedeckt und zum Teil kunstvoll mit Wappen und schönen Heiligenfiguren bemalt. Die Hauptportale waren entweder ganz aus Eisen oder doch zumindest mit Eisen beschlagen sowie in allen möglichen Farben angestrichen.

Der Verkehr auf den Straßen nahm jetzt auch merklich zu. Fuhrwerke, Kutschen, Lastenträger, Reiter, Knechte mit Handkarren, Tagelöhner, Bettler, Mädge mit bastgeflochtenen Körben, gut gekleidete Frauen mit sauberen Hauben und Männer aller Schichten – sie alle strömten in Richtung Markt.

Jakob ließ sich vom Strom der Menschen mitziehen, vorbei an immer stattlicheren Patrizierhäusern. Und dann lag der Hauptmarkt, überragt vom Turm der Pfarrkirche und mit seinem siebenhundert Jahre alten Marktkreuz, vor ihm. Noch nie in seinem Leben hatte er so viele Buden und Verkaufsstände gesehen und so viele Menschen, die sich durch die Reihen drängten. Es kam ihm wie das Gewimmel in einem aufgeschreckten Ameisenhaufen vor. Dazu gesellten sich dann noch das Stimmengewirr und die Rufe der Marktschreier, die tausenderlei Waren anpriesen und sich gegenseitig zu übertönen versuchten.

Jakob hatte noch nie eine so große Stadt wie Trier betreten. Wipperfürth im Bergischen Land war ihm mit seinen mehreren hundert Einwohnern nach dem abgeschiedenen Leben auf Gut Schlehenbusch schon groß vorgekommen. Um richtige Städte hatte er eigentlich immer einen großen Bogen gemacht, weil ihm diese Welt fremd war und er nicht verstehen konnte, wie man freiwillig wie in engen Hühnerkäfigen leben konnte. Aber ein solcher Markt, das musste er eingestehen, besaß natürlich schon eine große Faszination und Anziehungskraft.

Was da nicht alles unter den graubraunen Segeltuchplanen der Stände zum Kauf feilgeboten wurde! Vielerlei Stoffe und Lederarbeiten, grobes Steingut und wundersam dünne Becher aus buntem Glas, Bänder in allen Farben und Hauben, feine Hüte und einfache Kappen, Stricke, Felle und Zaumzeug, Kessel, Pfannen und eiserne Dreibeine in allen Größen, Holzzuber und Messer, Scheren und Raspeln, Strohkörbe und Holzschuhe, Schmuckperlen und holzgeschnitzte Broschen – und noch so vieles mehr.

Dazu kamen die Verkäufsstände mit frischem Fisch, allerlei Backwerk wie Brezeln, Honigkuchen, Nusswerk und Blätterteig sowie Schmalzkringel und andere Köstlichkeiten aus kleinen Garküchen. Etwas weiter standen die Lattenkäfige der Bauern und Händler, die Hühner und Ziegen, Schafe und Schweine verkauften. Da grunzte und blökte und krähte und meckerte es wie in einem Chor, der sich weder auf eine Melodie noch auf eine Tonlage einigen konnte.

Dann gab es die Stände und Buden der Quacksalber, die allerlei Salben und Pflaster, Kräuter und Tinkturen verkauften. Da gab es Nelkenöl und den Sirup von Mohnsaft gegen Schmerzen und Schlaflosigkeit, Quirinusöl zur Behandlung von Pferdeleiden, Labkraut und Beinwell, das Allheilmittel Theriah und Latwerge, Rosmarinbalsam, Johanniskraut und gemahlenes Planetengestein, Simplicia und Composita, Lavendelöl, geriebene Knollen und getrocknete Gräser sowie weiße Hasenpfoten, die jedes Unheil abzuwenden halfen, und andere Wundermittel. Ein Bader, der Patienten auf einem hölzernen Lehnstuhl mit Blutegeln behandelte, heiße Schröpfköpfe auf die Haut setzte und sie zur Ader ließ sowie Urinbeschau betrieb, hatte ebenso gut zu tun wie der Zahnreißer ein paar Stände weiter. Das Gleiche galt für den Okulisten und Starstecher, der sich der Augenleiden der Menschen annahm. Es gab sogar einen Schreiber, der hinter seinem Schreibpult saß, Briefe vorlas und aufsetzte sowie andere Schreiben wie Pacht- und Kaufverträge verfasste.

Wohin Jakob bei seinem gemächlichen Rundgang auch schaute, sein Blick traf immer wieder auf etwas Neues, was sein Interesse weckte. Was war das bloß für ein buntes Treiben! Das Gedränge, Gelärme und Gefeilsche an den Ständen ließ sich ja kaum ertragen.

Als er auf die andere Seite des Marktes geriet, sah er das herrschaftliche Rathaus mit seinen Laubengängen. In dem Gebäude waren nicht nur die Brotlaube und eine Markthalle für die normalen Markttage während der Woche untergebracht, sondern das Rathaus beherbergte auch die Salzkammer und den Kornspeicher.

Und dann bemerkte er den Pranger nahe der Kirche und die beiden Frauen, die dort mit Kopf und Armen in den Stock eingeschlossen waren. Er ging zögernd näher und blieb dann stehen. Man hatte ihnen das Diebeszeichen, in der Form eines Galgens, auf die Stirn gebrannt. Um ihren Hals hing ein Schild, das ihr Verbrechen verkündete. Und für die, die des Lesens nicht kundig waren, mussten sie einen leeren Mehlsack in der Hand halten.

Jakob entnahm dem Spott der vorbeikommenden Bürger, die die beiden fürs Leben gebrandmarkten Frauen bespuckten sowie mit Kot und Dreck bewarfen, dass man die beiden Diebinnen am nächsten Tag mit Ruten aus der Stadt peitschen würde. Sollten sie sich danach noch einmal in Trier blicken lassen, drohte ihnen die Verstümmelung – oder gar der Galgen, wenn sie zudem erneut bei einer Diebestat ertappt wurden.

Der erbarmungswürdige Anblick der beiden Frauen erinnerte Jakob an die Folterkammer und er hatte Mitleid mit ihnen. Aber er konnte ihnen nicht helfen und deshalb wandte er sich schnell ab, um nicht länger Zeuge dieses bösartigen, entwürdigenden Schauspiels zu werden, das sich um den Pranger herum abspielte.

Ihn zogen nun die bunten Wagen der Vaganten, Landfahrer, Komödianten und Schausteller an, die sich nach einer langen Winterpause hier eingefunden und auf dem nahen Kirchplatz ausgebreitet hatten, um die Trierer Bürger auf mehreren kleinen Bühnen und in grellbunt bemalten Zelten mit ihren Kunststücken und Späßen zu unterhalten.

Jakob war noch nie so vielem fahrenden Volk auf einmal begegnet. Da gab es Bärenführer und Gaukler, Tänzer und Seilartisten, Schattenspieler und Zwerge auf Stelzenbeinen, Trommelschläger und Trompeter, ein Zelt, in dem gar scheußliche Monster zu besichtigen waren, und ein anderes mit einem wundersamen Flohzirkus, den Kettensprenger und den Schwertschlucker, den Messerwerfer und den

Feuerfresser sowie den Mann, der über glühende Kohlen ging und sich auf ein Bett aus scharfen Dornen legte. Wie gern hätte er so manches Zelt betreten, um sich all diese aufregenden Darbietungen anzusehen. Aber er hatte nicht einmal einen einzigen Pfennig in der Tasche.

Er kam jedoch in den Genuss der unterhaltsamen Vorstellung einer kleinen Gruppe von Artisten und Schauspielern, die über kein eigenes Zelt verfügte und ihre Künste daher unter freiem Himmel auf einer primitiven Bretterbühne darbot, um hinterher mit dem Hut sammeln zu gehen.

Jakob stellte sich an die Seite der Bühne, neben einen der bemalten Kastenwagen, und bewunderte die artistischen Kunststücke der Männer und Frauen, die mit einem Salto vorwärts und rückwärts durch Feuerreifen sprangen, mit Fackeln jonglierten und mit verbundenen Augen über das Seil balancierten, das sie zwischen zwei Wagen rechts und links von der Bühne gespannt hatten.

Ihm fiel dabei ein Mädchen auf, das in einem Kostüm aus goldgelben Pumphosen, veilchenblauer Schärpe und einem engen, mohnroten Mieder steckte und herrlich schwarzes, blau schimmerndes Haar besaß. Das Mädchen hatte ein liebreizendes Gesicht und eine anmutige Figur und sie bewegte sich bei den Saltos durch die Feuerreifen ebenso behände wie furchtlos. Bei all den anderen atemberaubenden Kunststücken zeigte sie jedoch deutliche Anzeichen von Unsicherheit. Zweimal sah es so aus, als würde sie im nächsten Moment vom Seil stürzen, und sie rettete sich nur dadurch, indem sie sich von der Augenbinde befreite, was Angehörige ihrer Truppe zu einem ärgerlichen Zischen veranlasste. Und beim gefährlichen Jonglieren mit den Pechfackeln unterlief ihr ein Missgeschick, das beinahe zu einem Brand geführt hätte.

Das Mädchen warf ihre Fackeln schwungvoll vor sich in

die Luft, machte auf den Brettern eine blitzschnelle Rolle vorwärts, sprang auf – und sollte die lodernden Fackeln nun wieder auffangen. Bei der einen gelang es ihr auch. Doch ihre linke Hand verfehlte den richtigen Zeitpunkt oder die richtige Stellung. Auf jeden Fall fiel das geriffelte Ende der Fackel nicht in ihre geöffnete Hand, sondern sie stieß mit den Fingerspitzen gegen den Holzstab – und schleuderte die Fackel damit von sich.

Die brennende Fackel flog von der Bühne, traf Jakob vor die Brust und fiel neben ihm auf einen Stoß Decken und Tücher, die dort auf der Treppe des Kastenwagens für eine andere Nummer bereitlagen. Sofort fingen sie Feuer, als sie mit dem lodernden Pech in Berührung kamen.

Jakob reagierte, ohne zu überlegen. Mit der einen Hand riss er die Fackel hoch, während er mit der anderen die brennenden Tücher von der Treppe fegte. Er hörte wütende und aufgeregte Schreie und versuchte die Flammen auszutreten. Im nächsten Moment waren andere Männer zur Stelle und halfen ihm. Dann klatschte ein Eimer Wasser in die Flammen – und über Jakobs Füße.

»Danke für Euer beherztes und schnelles Eingreifen. Margas Fehler hätte schwer ins Auge gehen können!«, sagte einer der Artisten und nahm ihm die Fackel ab.

»Gern geschehen«, antwortete Jakob, während sein Blick das Mädchen suchte, deren Namen Marga war. Er sah gerade noch, wie ein hoch gewachsener Mann mit einem dichten, schwarzen Schnurrbart ihr eine schallende Ohrfeige gab, was die Zuschauer mit schadenfrohem Gelächter und Gejohle bedachten, und sie mit einer wütenden Gebärde von der Bühne stieß. Augenblicklich verschwand das Mädchen zwischen den Wagen, die hinter der Bühne standen. Sie tauchte nicht wieder auf.

Jakob trieb sich noch eine Weile zwischen den Zelten,

Ständen und Bretterbühnen der Zigeuner und Schausteller herum. Dann setzte er seinen Streifzug durch die Stadt fort. Er wollte unbedingt einen Blick auf das kurfürstliche Palais sowie auf die uralten römischen Thermen und das Amphitheater werfen, von dem Bruder Basilius ihm erzählt hatte. Auch die gewaltigen Stadttore wie die Porta Nigra wollte er sich gern anschauen. Vieles reizte seine Neugier, war es doch das erste Mal, dass er sich in einer so großen Stadt befand. Zudem genoss er es, nach den langen Tagen auf dem düsteren Dachboden sich frei bewegen zu können und bei frühlingshaft milder Luft unter einem sonnigen Himmel durch die Straßen zu schlendern. Mit großem Interesse beobachtete er das lebhafte Treiben auf den Straßen, wunderte sich über manches und vergaß ganz und gar, welche Gefahren in den Mauern von Trier auf ihn lauerten.

Als er einer Straße folgte, die einen fast halbkreisförmigen Bogen vollführte, fiel ihm plötzlich eine Kutsche ins Auge, die keine zehn Schritte entfernt vor einem Patrizierhaus stand. Die rubinrote Lackierung und das pechschwarze Gespann machten, auch ohne das Wappen auf dem Schlag, jede Verwechslung unmöglich: Bei diesem Gefährt handelte es sich um die erzbischöfliche Kutsche, mit der Domherr von Drolshagen nach Himmerod gekommen war!

Jakob blieb jäh, wie gegen eine unsichtbare Wand gelaufen, stehen. Die unbeschwerte Freude an seinem Streifzug fiel augenblicklich in sich zusammen und machte ernüchternder Beklemmung Platz. Die Folterkammer im Turm des Greven tauchte vor seinem geistigen Auge auf und erinnerte ihn daran, was ihn erwartete, wenn er dessen Häschern in die Hände fiel. Und dann würden der Domherr und der Henker jede Chance für eine erneute Flucht von vornherein zunichte machen. Sie würden ihn foltern, bis ...

Er führte den schrecklichen Gedanken nicht zu Ende. Denn in diesem Moment trat eine Gestalt aus dem Schatten der Bogengänge und sprach ihn an.

»Seid Ihr es . . . oder seid Ihr es nicht?« Unsicherheit sprach aus der Stimme des Mannes.

Jakob fuhr erschrocken herum – und starrte in das Gesicht des Sekretärs Laurentis Coppeldiek!

Einundzwanzigstes Kapitel

»Natürlich! Ihr seid es wirklich, der entflohene Fuhrmann Jakob Tillmann!«, rief Laurentis Coppeldiek. »Und Ihr treibt Euch frech in Trier herum!«

Jakob wusste instinktiv, dass ihn kopflose Flucht ins Verderben führen würde. Er musste verhindern, dass Coppeldiek in der Nähe der erzbischöflichen Kutsche Alarm schlug. Und mit einem Satz war er bei ihm.

»Mein lieber Laurentis! Was für eine wunderbare Überraschung, Euch nach so langer Zeit wieder zu sehen!«, rief er, indem er ihn überschwänglich umarmte und dabei wieder zurück unter den Bogengang drängte. Damit überrumpelte er den Sekretär derart, dass dieser weder in Wort noch in Tat Widerstand leistete. Und sowie sie sich außer Sicht der Kutsche befanden, war es dafür schon zu spät. Denn Jakob legte ihm seine linke Hand blitzschnell um die Kehle und presste ihm die Luft ab. Gleichzeitig rammte er ihm seinen gestreckten Zeigefinger in die Seite. »Wenn Ihr schreit, steche ich Euch wie ein Schwein ab!«, drohte er.

Seine Rechnung ging auf. Laurentis Coppeldiek erbleichte und Angst trat in seine Augen. »Wenn Ihr . . . mir etwas antut, wird man Euch hängen, rädern und vierteilen!«, stieß er hervor. »Und . . . Eure Reste wird man den Raben . . . zum Fraß überlassen!«

»Mehr als einmal sterben geht nicht, Büttel!«, zischte Jakob. »Außerdem habe ich nichts zu verlieren, wie Ihr sehr wohl wisst! Ob ich Euch nun die Eingeweide aus dem Leib schneide oder nicht, Euer skrupelloser Domherr wird mich auf die Folter spannen, bis kein Leben mehr in mir ist. Also warum soll ich mich nicht ein wenig revanchieren, indem ich dafür sorge, dass er sich nach einem neuen Schreiber umsehen muss?«

Laurentis Coppeldiek quollen vor Angst fast die Augen aus den Höhlen. »Heiliger St. Gangolf, macht Euch nicht unglücklich!«, keuchte er. »Ihr bringt Euch um Euer Seelenheil, wenn Ihr . . .«

»Haltet das Maul!«, fuhr Jakob ihn schroff an. »Wenn ich Euch nicht aufschneiden soll, tut Ihr besser, was ich sage! Ihr kommt mit mir, ohne dass Ihr einen Ton von Euch gebt oder Euch verdächtig benehmt. Wenn Ihr schreit oder wegzurennen versucht, bekommt Ihr meine Klinge zu schmecken, habt Ihr verstanden?«

Laurentis Coppeldiek brachte nur ein krächzendes »Ja!« heraus.

Jakob nahm seine Hand von der Kehle des Sekretärs. »Ihr geht vor mir her, aber schön langsam!«, forderte er ihn auf und fragte sich voller Bangen, wie lange der Schreiber wohl auf seine Täuschung hereinfallen würde. »Aber ohne Hast! Und nun macht schon!«

Mit steifen, hölzernen Bewegungen setzte sich Coppeldiek in Bewegung. Jakob dirigierte ihn in die Richtung, aus der er gekommen war. Sein Herz klopfte mindestens so schnell wie das des Sekretärs. Wenn er wenigstens bis zum Dom und der Liebfrauenkirche oder gar bis jenseits des Marktplatzes kam. Dann hatte er eine gute Chance . . .

Ein klobiges Ochsenfuhrwerk, das Basaltblöcke für einen Steinmetz geladen hatte, rumpelte an ihnen vorbei. Und mit einer katzenhaften Behändigkeit, die Jakob dem Sekretär nicht zugetraut hätte, griff Coppeldiek nach der niedrigen Seitenwand, hechtete nach vorn, um dem vermeintlichen Messer in seinem Rücken zu entkommen, und sprang hinter die Blöcke auf die Ladefläche. Und sowie er in Sicherheit war, schrie er mit gellender, sich überschlagender Stimme, aus der noch immer Angst, aber auch schon Triumph sprach: »Haltet den Mann dort! . . . Haltet den Verbrecher! . . . Er wird gesucht! . . . Auf seinen Kopf ist eine Belohnung ausgesetzt!« Dabei gestikulierte er wild und wies auf Jakob. »Er hat ein Messer und wollte mich abstechen! Haltet ihn! Zehn Taler dem, der ihn überwältigt! Ihm nach, Männer!«

Jakob rannte schon, kaum dass Laurentis Coppeldiek ihm entkommen war und auf dem Fuhrwerk hinter den Basaltsteinen Schutz gesucht hatte. Er lief so schnell er konnte. Ein hastiger Blick über die Schulter bestätigte seine Befürchtung, dass mehrere Männer, die sich dort auf der Straße aufgehalten hatten, ihn verfolgten. Zwei Männer, deren abgerissene Kleidung sie als Tagelöhner auswies, waren ihm besonders dicht auf den Fersen. Was bei einer Belohnung von zehn Talern kein Wunder war. Die Aussicht auf solch einen Batzen Geld machte schnelle Beine.

Aber ebenso die Aussicht auf ein langsames, qualvolles Ende in der Folterkammer! Jakob lief so schnell, wie er wohl noch nie in seinem Leben gelaufen war, nicht mal in der Nacht seiner Flucht aus Himmerod. Er rannte, als wäre der Leibhaftige hinter ihm her. Und wahrlich – was konnte teuflischer sein als die Behandlung, die der Domherr ihm zugedacht hatte?

Jakob versuchte seine Verfolger abzuhängen. Er rannte durch Gassen, die so schmal waren, dass zwei Personen nicht nebeneinander gehen konnten, kletterte über Mauern und nahm jede Gelegenheit wahr die Richtung zu ändern. Dabei geriet er dem Hauptmarkt und dem Kirchplatz, wo die Vaganten und Schausteller sich ausgebreitet hatten, immer näher. Auf einmal sah er vor sich die Zelte und die bunten Kastenwagen. Er lief darauf zu. Seitenstiche quälten ihn. Er benötigte dringend eine Atempause!

Kaum hatte er den ersten Wohnwagen zwischen sich und seine Verfolger gebracht, als er sich auch schon gegen eines der Räder lehnte und seinen schmerzenden Lungen einen Moment Atempause gönnte.

»Ist jemand hinter dir her?«

Jakob fuhr zusammen und richtete sich auf. Vor ihm stand das Mädchen Marga, jedoch nicht mehr in ihrem farbenroten Kostüm, sondern in einem einfachen, grauen Kattunkleid.

»Ja, und sie sind mir dicht auf den Fersen«, keuchte er.

»Ich höre es«, sagte sie, streckte ihm ihre Hand hin und forderte ihn dann auf: »Komm, ich weiß, wo du dich verstecken kannst!«

Jakob zögerte nicht lange, sondern ergriff ihre Hand und folgte Marga, die nun mit ihm zwischen den Wagen entlanglief. Sie führte ihn zu einem Wohnwagen, der schon sehr mitgenommen aussah. Die bunte Farbe war verblichen, sodass die Regenbogen, Sterne und astrologischen Zeichen kaum noch als solche zu erkennen waren.

Marga nahm die drei Stufen der kleinen Treppe mit einem Satz, stieß die Tür auf, zog ihn ins Innere des Wagens und verriegelte die Tür von innen. Keine Sekunde zu früh. Denn von draußen kam im nächsten Moment die atemlose Stimme eines Mannes: »Ja, ich habe ihn zwischen den Wagen verschwinden sehen! . . . Er muss hier irgendwo stecken! . . . Ihr geht am besten außen herum! . . . Hans, du kommst mit mir!«

»Himmel, das war knapp!«, stieß Jakob hervor.

»Sie werden die Wagen durchsuchen!«

»Du hast Recht. Und was jetzt?«

»Komm mit nach hinten!«

Jakob hatte nicht einmal Zeit sich flüchtig umzusehen. Die Vorhänge vor den beiden kleinen Fenstern waren zugezogen, sodass nur wenig Tageslicht eindrang. Er nahm rechts und links je eine Sitzbank wahr, die wohl auch als Schlafstelle dienten, und darüber eine Reihe von Staukästen. Von der Decke und an Wandhaken hingen allerlei Kostüme und Gerätschaften.

Marga kniete sich am Ende des Wohnwagens auf den Boden, schob einen kleinen Haufen Tücher und Kleider zur Seite und klappte eine Luke auf, die im Bretterboden eingelassen war. »Komm, hilf mir!«

Unter der Luke befand sich ein Hohlraum, der mit bauchigen, großen Korbflaschen gefüllt war. Sie hoben vier von ihnen heraus. Ein Geruch, der ihn an Branntwein erinnerte, drang Jakob dabei in die Nase.

»Das muss reichen! Nichts wie rein mit dir!«, drängte sie. »Sie können jeden Augenblick an die Tür klopfen. Und Zigeuner wie uns fasst man nicht gerade mit Samthandschuhen an, schon gar nicht, wenn man uns mal wieder im Verdacht hat irgendetwas Schändliches begangen zu haben. Also bete, dass wir Glück haben und ich als Schauspielerin besser bin denn als Jongleurin mit Fackeln!«

Jakob nickte und kroch hastig zwischen die Korbflaschen in den engen Hohlraum. Er musste sich reichlich verrenken, um dort Platz zu finden. Doch es ging und die Angst war eine große Helferin. Marga schloss die Luke und er hörte, wie sie einige der Korbflaschen, die sie aus dem verborgenen Stauraum geholt hatten, oben auf die Bretter stellte.

»Rühr dich bloß nicht da unten, wenn du uns nicht beide ins Verderben bringen willst!«, rief sie ihm zu.

»Ich werde so still und reglos sein wie ein toter Fisch!«, versprach er.

Gekrümmt lag er zwischen den Korbflaschen und wagte kaum zu atmen. Sein Herz hämmerte wie verrückt, während er auf die Geräusche lauschte, die von oben kamen und von draußen. Die erregten Stimmen ließen keinen Zweifel, dass seine Verfolger in den Wagen nach ihm suchten – und rasch näher kamen.

Dann hämmerte eine Männerfaust auch schon gegen die Tür und rüttelte am Schloss. »Aufmachen, verdammte Vaganten! Macht auf oder es bekommt Euch schlecht! . . . Wir suchen einen entflohenen Verbrecher!«

»Einen Augenblick!«, antwortete Marga unwirsch. »Ich bin gerade dabei, mich umzuziehen!«

»Sofort, habe ich gesagt! Keine Ausflüchte, Weib! Oder wir schlagen die Tür ein!«

Jakob hörte, wie Marga den Riegel zurückschob. In Schweiß gebadet, lag er in seinem Versteck. Die Angst jeden Moment entdeckt und hervorgezerrt zu werden bewirkte in ihm ein starkes Übelkeitsgefühl.

»Was wollt Ihr von mir?«, fragte Marga halb ärgerlich, halb verstört. »Ich habe nichts verbrochen! Und es ist eine Schande, dass Ihr mir keine Zeit gegeben habt mich züchtig zu bedecken.«

Schadenfrohes Gelächter kam von der Tür.

»Schau dir doch mal dieses Liebchen an!«, spottete einer der Männer. »Ist das nicht ein einladender Anblick, Willem?«

»Kann man wohl sagen, knackig wie ein Floh, der einem das Fell juckt. Nur die stinkende Vagantendecke stört.«

Jakob glaubte seinen Ohren nicht trauen zu können. Das Mädchen hatte sich vollkommen ausgezogen und stand nur mit einer Decke, mit der es seine Blößen wohl absichtlich kaum bedeckte, vor diesen lüsternen Männern?

»Ja, da kann einem richtig warm ums Herz werden – und anderswo auch. Na komm schon, lass die Decke fallen und zeig uns den Rest, Zigeunermädchen!«, forderte der Mann namens Hans sie auf. »Nur nicht so prüde. Es weiß doch jeder, dass ihr für alles zu haben seid und so etwas wie Scham und Anstand nicht kennt.«

»Sagt, was Ihr von mir wollt, und dann verschwindet besser, bevor Ihr es mit meinem Vater zu tun bekommt!«, warnte Marga sie erbost. »Er hat ein verdammt hitziges Gemüt und mehr als einmal zum Messer gegriffen, wenn mir jemand auch bloß einen anzüglichen Blick zugeworfen hat! Also sucht Euch aus, wonach Euch der Sinn steht!«

»Wenn ich dich so ansehe, fällt mir eine Menge ein, wonach mir der Sinn steht, Liebchen. Und ich bin sicher, dass wir uns über den Preis . . .«

»Lass den Quatsch, Hans!«, fiel nun der andere ungeduldig ein. »Dafür haben wir jetzt keine Zeit. Oder willst du den Kerl entwischen lassen? Wenn wir uns die Belohnung von zehn Talern verdienen, können wir uns die besten der barmherzigen Schwestern im Dutzend leisten!«

»Zehn Taler Belohnung wofür?«, fragte Marga mit unverhohlenem Interesse. »Wovon redet Ihr?«

»Wir suchen einen jungen Burschen«, erklärte Hans barsch und gab eine kurze Beschreibung von Jakob. »Hast du den Kerl gesehen?«

»Eurer Beschreibung nach kann er kaum ein Zigeuner sein«, stellte Marga sich dumm.

»Nein, zu diesem von Gott verfluchten fahrenden Volk gehört er nicht!«, lautete die grobe Antwort.

Marga lachte grimmig auf. »Und dann sucht Ihr ihn hier? Mein Gott, wie wenig wisst Ihr doch über uns Zigeuner! Sehe ich vielleicht so aus, als würde ich einen jungen Mann, der gar nicht zu unserer Sippe gehört, hier im Wagen verstecken? Ich muss in mein neues Kostüm, und wenn Ihr mir nicht glaubt, seht Euch doch selbst im Wagen um. Aber wenn mein Vater kommt und mich so mit Euch entdeckt . . . also, das ist Eure Sache.«

»Das können wir uns sparen. Hier steckt er nicht, das sieht doch ein Blinder«, sagte einer der Männer. »Los, zum nächsten Wagen. Vielleicht ist er ja auch schon drüben auf dem Markt untergetaucht!«

»Vielleicht sehen wir uns später noch mal, Liebchen«, sagte der Begleiter spöttisch. »Ein paar Fettmännchen wärst du mir schon wert . . .«

Die Männer sprangen von der Treppe und liefen zum nächsten Wagen. Marga verriegelte schnell wieder die Tür. Dann schob sie die schweren Korbflaschen von der Luke. »Du kannst aus dem Loch kommen. Aber wenn du Anstand hast, hältst du deine Augen für einen Augenblick geschlossen!«

Jakob tat, wie ihm geheißen. Er hob die Luke an, richtete sich auf und trat vorsichtig aus dem Hohlraum – mit geschlossenen Augen. Dabei konnte er jedoch nicht verhindern, dass er sich dieses hübsche Mädchen in Gedanken genau in jenem Zustand vorstellte, in dem es von Gott geschaffen war. Er hörte das Rascheln von Stoff, als sie sich nun schnell wieder anzog.

»So, fertig. Du brauchst nicht länger den Blinden zu spielen«, sagte sie dann.

Jakob öffnete die Augen. Marga hatte ihm den Rücken zugekehrt und drehte sich nun zu ihm um. Mit einer verlegenen Geste und leicht geröteten Wangen strich sie über ihr Kattunkleid. »So etwas tue ich wirklich nicht alle Tage«, sagte sie, als müsste sie sich für eine schamlose Tat entschuldigen.

Jakob verzog das Gesicht. »Das hätte ich auch nie angenommen. Danke, dass du mich gerettet hast. Ich werde nie wieder gutmachen können, was du für mich getan und riskiert hast. Das war unglaublich mutig von dir, Marga.«

»Ach was«, sagte sie und winkte verlegen ab. »Mir ist

eben auf die Schnelle nichts Besseres eingefallen. Außerdem bin ich dir was schuldig gewesen, wo du doch auch mir geholfen hast! Was glaubst du, was ich erlebt hätte, wenn es zu einem richtigen Brand gekommen wäre. Demeter hätte mich mit dem Ledergurt grün und blau geprügelt. Aber lassen wir das. Wie heißt du überhaupt?«

»Jakob Tillmann. Und du heißt Marga, nicht wahr?«

Sie nickte. »Marga Bandi. Und du bist aus Trier?«

»Nein, ich komme aus dem Bergischen Land«, antwortete er und verriet ihr damit mehr über seine Herkunft, als er Bruder Basilius und dem Schweden anvertraut hatte.

»Hast du etwas Schlimmes verbrochen, dass man dich sucht und zehn Taler auf deinen Kopf ausgesetzt hat?«, fragte sie mehr neugierig als argwöhnisch.

»Das einzige Verbrechen, das ich begangen habe, ist, dass ich mich eines alten, sterbenskranken Mönches angenommen und ihn in ein Kloster gebracht habe, ohne zu ahnen, dass er in eine gefährliche Sache verstrickt war und dass ebenso einflussreiche wie skrupellose Kirchenmänner mich deshalb auf der Folter sehen wollen!«

»Man will dich foltern?«, stieß sie entsetzt hervor.

Jakob nickte. »Sie hatten mich schon in der Folterkammer und ich bin ihnen gerade noch im letzten Moment entkommen.«

»Aber wer will dich denn foltern? Und warum, wenn du doch gar nichts weißt, wie du sagst?«

»Das ist eine lange Geschichte.«

»Und für lange Geschichten ist jetzt keine Zeit«, erkannte Marga.

»Genau«, sagte Jakob und sank auf eine Sitzbank. Er bereute nun bitter, dass er seinen Drang, einen Streifzug durch die Stadt zu machen, nicht beherrscht hatte. Wäre er oben auf dem Dachboden des Gasthauses geblieben, wäre er auch Laurentis Coppeldiek nicht in die Arme gelaufen. Der Sekretär hatte bestimmt schon den Domherrn und dieser alle Torwachen und Amtleute alarmiert. Bald würde eine systematische Suche nach ihm beginnen, die es ihm vielleicht sogar unmöglich machte unbemerkt das Versteck unter dem Dach vom *Roten Ochsen* zu erreichen, geschweige denn mit Bruder Basilius und Henrik Wassmo aus Trier zu entkommen! Hätte er doch bloß auf den Mönch gehört. Bruder Basilius hatte schon gewusst, warum er ihm jeden Ausgang verwehrt hatte. Und nun hatte er ihrer aller Leben in noch größere Gefahr gebracht, nur weil er unbedingt seinen eigenen Kopf hatte durchsetzen müssen! Nun erhielt er die Rechnung dafür.

»Hast du irgendwo hier in der Stadt einen Schlupfwinkel, wo du dich verstecken kannst und vor deinen Verfolgern sicher bist?«, wollte Marga wissen.

»Ja, schon . . . aber wie komme ich jetzt dahin? Das Versteck ist ein gutes Stück von hier entfernt, fast auf der anderen Seite der Stadt. Man wird überall die Augen nach mir aufhalten.«

»Mhm«, machte Marga und wickelte eine Strähne ihres schulterlangen, blau schimmernden Haares um ihren Zeigefinger, während sie nachdachte. »Bis zur Dunkelheit kannst du jedenfalls nicht warten. Dann fällst du garantiert den Kettenwärtern auf, die bei Einbruch der Nacht überall in der Stadt die Straßenketten schließen. Außerdem wird Demeter dir nicht erlauben dich so lange hier im Wagen versteckt zu halten. Es ist nämlich gut möglich, dass unsere Wagen noch einmal durchsucht werden. Uns fahrendem Volk traut man ja alles Schlechte zu.«

»Es war dumm von mir, dass ich mich auf die Straßen

hinausgewagt habe!« Jakob machte sich bittere Selbstvorwürfe. »Ich hätte mich still verhalten und in Geduld üben sollen, wie man es mir geraten hatte!«

Marga sah ihn plötzlich mit gefurchter Stirn an. »Warte mal, da kommt mir eine Idee!«

»Weißt du einen Ausweg? Ist dir etwas eingefallen, wie ich meinen Hals noch einmal aus der Schlinge ziehen kann?«

»Wer immer nach dir sucht, wird nach einem jungen Mann in abgerissener Kleidung Ausschau halten, nicht wahr?«

Jakob nickte. »Ja, sicher.«

»Aber nicht nach einer alten Frau!« Sie lachte ihn an. »Und als alte Frau wirst du diesen Wagen verlassen!«

Jakob sah sie verständnislos an. »Als alte Frau? Und wie willst du dieses Kunststück fertig bringen? Erzähl mir bloß nicht, dass du dich auf Hexerei und schwarze Magie verstehst!«

Sie winkte lachend ab. »Ach was, das geht ohne Hexerei. Ich muss bei unseren Schwänken selbst oft eine alte Frau spielen, seit Demeters ältere Schwester tot ist. Du bist ziemlich dürr, Jakob Tillmann, und hast glücklicherweise keinen Bartwuchs. Mit den richtigen Kleidern, einer Perücke und ein bisschen Schminke wirst du dich selbst nicht wieder erkennen, das verspreche ich dir.«

»Gebe Gott, dass du nicht zu viel versprichst!«

»Lass uns an die Arbeit gehen! Ich wette, dass dir die Sachen von Rosa passen werden. Sie war am Schluss auch nur noch Haut und Knochen.«

»Wer ist Rosa?«

»Rosa ist nicht mehr, sie war einmal. Demeters ältere Schwester ist vor ein paar Wochen gestorben. Die Schwindsucht hat sie dahingerafft«, teilte Marga ihm mit, während sie aus einem Leinensack Frauenkleider herauszerrte und ihm zuwarf. »Probier die Sachen an!«

Jakob zögerte.

Marga warf ihm einen spöttischen Blick über die Schulter zu. »Was ist? Worauf wartest du? Oder genierst du dich vielleicht vor mir? Ich verspreche dir auch nicht hinzugucken!«

Er wurde puterrot im Gesicht. »Blödsinn!«, brummte er, wandte ihr dann aber doch den Rücken zu, während er sich hastig bis auf seine Leibwäsche auszog. Er fuhr in das schlichte Kleid aus dunkelbraunem Flachstuch und legte dann das graue Mieder an.

»Bist du so weit?«

»Ja.«

Marga lachte belustigt, als sie ihn in den Frauenkleidern sah. »Nicht schlecht für den Anfang. Das Kleid passt wie angegossen!«

»Von wegen! Es schlottert mir um die Beine!«

»Das soll es doch auch. Eine alte, dürre, zahnlose Frau kommt doch nicht herausgeputzt daher wie ein Mädchen, das zum Tanz geht.«

Jakob sah sie erschrocken an. »Was meinst du mit zahnlos? Ich bin heilfroh, dass ich noch alle Zähne habe!«

Marga grinste vergnügt. »Dazu kommen wir gleich. Aber keine Sorge, ich werde dir deine Zähne schon nicht ausschlagen.« Sie zupfte an seinem Mieder. »Das sitzt noch nicht richtig, aber mit ein paar Nadeln kriegen wir das schon hin. Hier, zieh noch die löchrigen Wollstrümpfe an. Deine alten Stiefel werden wir gegen einfache Holzpantinen austauschen. Und jetzt setz mal die Perücke auf! Sie ist aus bestem Pferdehaar gefertigt und so gut gefärbt, dass die Farbe nicht auswäscht, selbst wenn es noch so heftig vom Himmel gießt.«

Die Perücke mit dem langen, zotteligen, grauen Pferdehaar presste sich eng an seinen Kopf, aber es ließ sich aushalten.

Marga klatschte begeistert in die Hände. »Ausgezeichnet! Du kriegst gleich noch Rosas alte Haube, dann verschwindet der Haaransatz unter dem breiten Saum. Jetzt müssen wir bloß noch dein junges Gesicht richtig schminken – und man wird dich für ein altes Bettelweib halten!«

Jakob seufzte nur, denn seine Skepsis war noch längst nicht ausgeräumt. Wie wollte sie es schaffen, dass er, ein junger Mann, wie ein altes Weib aussah?

Marga forderte ihn auf sich im gedämpften Licht eines Fensters auf die Koje zu setzen, klappte ein Seitenbrett hoch und holte aus einem der oberen Staukästen eine ganze Reihe von Tiegeln und Dosen, die mit Schminke, Asche, Holzkohle und Farbpulvern gefüllt war.

Sie tunkte ihre Fingerspitzen in eine der Dosen. »Halte jetzt still!«, forderte sie ihn auf und begann die graubraune Schminke auf seinem Gesicht aufzutragen.

Ihr Gesicht war seinem jetzt ganz nahe und er sah ihr in die blauen Augen, während er ihre Fingerkuppen spürte, die mit sanftem Druck über seine Haut glitten. Es fühlte sich fast so an, als würde sie ihn streicheln. Ein merkwürdiges Gefühl überkam ihn, eine Mischung aus Verlegenheit, Zuneigung und Wohlbehagen.

Sein Blick begegnete ihrem Blick. Ihre Hand unterbrach ihre kreisförmigen Bewegungen und verharrte auf seiner linken Wange. Sie sahen einander einen kurzen Augenblick an. Dann senkte sie ihren Blick und sagte: »Es ist besser, du schließt deine Augen. Ich muss auch da Schminke auftragen.«

»Ich gebe mich ganz in deine Hände«, sagte er und schloss folgsam die Augen.

Sie lachte leise. »Ja, was bleibt dir auch anderes übrig, nicht wahr?«

Marga arbeitete eine ganze Weile an seinem Gesicht. Er hörte das Klappern der Dosen und Tiegel – und spürte immer wieder ihre Finger auf seiner Haut. Es war ein schönes Gefühl und es gab lange Momente, da vergaß er völlig, warum er mit geschlossenen Augen in diesem Zigeunerwagen saß.

»Das muss genügen«, sagte sie schließlich und brach damit das Schweigen der letzten Minuten. »Jetzt zeig mir deine Zähne. Nur nicht so zaghaft. Du musst sie schon richtig blecken, wenn ich dir schwarzfaule Stummel und ein paar Lücken im Gebiss schminken soll.«

Jakob zeigte ihr die Zähne.

»So, fertig ist das alte Weib!«, rief Marga wenig später. »Du kannst die Augen wieder aufmachen und dich im Spiegel begutachten.«

Jakob starrte wortlos in den Spiegel, den Marga ihm nun hinhielt. Das Gesicht, das ihm da unter einer schmutzigen Haube mit breitem Saum und zwischen strähnigem, grauem Haar entgegenblickte, war ihm fremd – erschreckend fremd!

»Na, was ist?«

»Ich weiß nicht, was ich dazu sagen soll. Es ist nicht zu glauben!«, stieß er verblüfft hervor. »Wenn ich nicht wüsste, dass ich es bin, der da in den Spiegel blickt . . . also, dann würde ich es jetzt mit der Angst zu tun bekommen. Ich sehe tatsächlich wie ein altes Weib aus! Du bist wirklich eine Künstlerin, weißt du das?«

Marga lächelte geschmeichelt. »Das hat mir Rosa beigebracht. Und jetzt sollten wir uns beeilen aus dem Wagen zu kommen.«

Sie warf ihm Holzpantinen zu, stopfte seine Sachen in

einen alten Weidenkorb und gab ihm noch ein schwarzes Schultertuch, das er sich über den Kopf legte.

»Bist du bereit?«, fragte sie dann, die Hand auf dem Riegel.

Jakob nickte beklommen.

Marga öffnete die Tür. Dann fiel ihr noch etwas ein. Sie drückte ihm einen knorrigen Stock in die Hand. »Der hat Rosa gehört. Und jetzt lass uns gehen.«

»Du willst mitkommen?«, fragte Jakob verwundert und mit leiser Stimme.

»Eine alte Frau, die sich auf einen Stock und auf ihre Enkelin stützen muss, ist viel unverdächtiger als ein altes Weib, das seltsamerweise aber so flott auf den Beinen ist wie ein junger Mann«, antwortete sie. »Und ich gehe jede Wette ein, dass du zwischendurch immer wieder mal vergisst, dass du dich wie eine alte, gebrechliche Frau benehmen musst, falls ich dich allein ziehen lasse.«

Er grinste schief. »Ja, vermutlich.«

»Du weist mir leise den Weg. Und denk immer daran, dass du ein altes Weib darstellst. Also krümm deinen Rücken und mach kleine, schlurfende Schritte. Und nun komm!«

Jakob hakte sich mit dem rechten Arm bei ihr ein und ließ sich von ihr die Treppe hinaufführen. Mit der anderen Hand stützte er sich auf den Stock, während er mit gesenktem Kopf nach rechts und links spähte.

Die ersten Amtsleute begegneten ihnen, als sie außen um den Marktplatz herumgingen. Jakob hatte Herzrasen und er fühlte sich tatsächlich zittrig wie ein altes Weib, als die Männer auf sie zukamen. Doch sie beachteten die beiden gar nicht und gingen vorbei, ohne ihnen auch nur einen zweiten Blick zu schenken.

»Es wirkt tatsächlich!«, murmelte Jakob.

»Natürlich, Rosa! . . . Meine Heilkräuter wirken Wunder, so als hätte man Jahrzehnte übersprungen . . . Und hab keine Sorge, ich habe dich fest im Griff!«, antwortete Marga belustigt.

Als sie die Straße hinter dem Markt hinuntergingen, stießen sie hinter einer scharfen Biegung plötzlich auf eine Sperre. Und bei den Posten, die dort aufgestellt waren, stand auch Laurentis Coppeldiek.

»Der kleine Mann mit den buschigen Augenbrauen, er kennt mich!«, stieß Jakob mit aufflammender Panik hervor. »Er gehört zu den Männern des Domherrn, der mich auf die Folter bringen will!«

»Ganz ruhig, Muttchen«, sagte Marga beruhigend. »Wir haben es nicht mehr weit. Bis zum Bader sind es bloß noch zwei Straßen. Er soll ein wahres Wundermittel gegen Schwindsucht haben. Nur Mut, Muttchen.« Sie sprach laut genug, so dass Laurentis Coppeldiek und die Männer, die bei ihm standen, sie gut hören konnten.

»Hast du Schwindsucht gesagt?«, rief einer der Posten ihr zu.

»Ach, das ist noch gar nicht sicher. Muttchen Rosa hat es wohl mit . . .«, begann Marga hastig, erhielt aber keine Gelegenheit ihren Satz zu beenden.

»Geh uns mit dem alten Weib bloß aus dem Weg!«, herrschte der Sekretär des Domherrn sie an. »Kommt uns bloß nicht zu nahe! Wer weiß, was ihr für Krankheiten einschleppt. Pack wie euch sollte man erst gar nicht in die Stadt lassen. Los, hinüber auf die andere Straßenseite mit euch! . . . Lasst sie durch!«

Marga zog Jakob auf die andere Straßenseite hinüber, wo nun einer der Kettenwärter die quer gespannte Eisenkette aushakte und schnell mehrere Schritte zurücktrat und ihnen den Rücken zuwandte, um nicht einmal mit ihrem Atem in Berührung zu kommen.

»Danke«, raunte Jakob, als sie die Sperre passiert hatten und rasch in die nächste Seitengasse einbogen. »Das hast du ganz ausgezeichnet gemacht. Du hast wirklich das Zeug zur Schauspielerin.«

»Das war kinderleicht. Ich brauchte mich doch bloß an das zu erinnern, was Rosa und mir die letzten Monate tausendmal widerfahren ist«, sagte Marga mit einem Anflug von Bitterkeit in der Stimme. »Niemand wollte mehr in ihrer Nähe sein und ihren Wagen betreten, als sie anfing Blut zu spucken. Deshalb hatte ich den Wagen nach ihrem Tod auch ganz für mich. Aber Demeter will ihn morgen, wenn wir Trier verlassen haben, draußen vor der Stadt mit Schwefel ausräuchern. Und dann bin ich mein eigenes kleines Reich los.«

»Ist Demeter der Mann, der dich auf der Bühne geohrfeigt hat?«, fragte Jakob.

»Ja, er ist das Oberhaupt der Sippe.«

»Und er ist auch dein Vater?« Jakob wagte nur zu sprechen, wenn niemand vor oder hinter ihnen war, der sie hätte hören können.

Sie schüttelte den Kopf. »Meine Eltern sind schon tot. Sie sind vor anderthalb Jahren bei einem Fährunglück im eisigen Rhein ertrunken.«

»Das tut mir Leid«, sagte Jakob. »Ich habe auch keine Eltern mehr. Meine Mutter ist aber schon vor zehn Jahren umgekommen . . . in einem Feuer. Meinen Vater habe ich nie kennen gelernt.« Er zögerte kurz und vertraute ihr dann ein weiteres persönliches Geheimnis an. »Er soll ein fescher Landsknecht aus dem Bayerischen gewesen sein, der nach dem Ende des Krieges auf dem Weg zurück in seine Heimat war, als er durch unser Dorf kam. Meine

Mutter hat mit ihm angebändelt und fest darauf vertraut, dass er sie heiraten und mitnehmen würde. Doch er hat sich eines Tages bei Nacht und Nebel aus dem Staub gemacht – und so bin ich denn als Bastard zur Welt gekommen. Wie mir meine Mutter erzählt hat, sollen die anderen Frauen im Dorf erst voller Neid und dann voll hämischer Schadenfreude gewesen sein.«

»Ich weiß, was es heißt gebrandmarkt zu sein und nicht wirklich dazuzugehören«, sagte Marga bedrückt, während Jakob sie durch das Viertel der Gerber und Färber lenkte.

Ihnen kamen Handwerker entgegen und für eine Weile schwiegen sie, weil auf den Straßen in diesem Viertel ein reges Kommen und Gehen herrschte.

»Wer ist denn nun dieser Demeter?«, wollte er leise wissen, als er wieder eine Gelegenheit zum Sprechen fand.

»So etwas wie ein Onkel väterlicherseits, dem ich es nie recht machen kann, jedenfalls nicht bei unseren Vorstellungen«, antwortete Marga. »Und seit Rosa tot ist, hat er wohl zudem noch vergessen, dass wir blutsverwandt sind. Er stellt mir nämlich bei jeder Gelegenheit nach, sodass ich meine liebe Not habe ihn mir vom Hals zu halten. Mal versucht er es mit Zuckerbrot, mal mit der Peitsche.«

»Das darfst du dir nicht von ihm gefallen lassen!«, rief Jakob erbost. »Wenn ich an deiner Stelle wäre, würde ich ihm das nächste Mal damit drohen, ihn irgendwann im Schlaf mit einem Rasiermesser zu überraschen – und das mit ihm zu tun, was aus einem feurigen Hengst einen zahmen Wallach macht!«

Marga lachte. »Keine schlechte Idee! Eine solche Drohung könnte bei ihm wirken. Auf jeden Fall ist es einen Versuch wert, Muttchen Rosa.«

Jakob blieb stehen. »Da drüben ist es«, sagte er und deutete zum Gasthaus hinüber, wo das Holzschild mit dem roten Ochsen vor dem Eingang hing. »Hier trennen sich unsere Wege. Danke für alles, Marga.«

Sie gab seinen Arm frei und reichte ihm den Weidenkorb mit seinen Sachen. »Ach was, das habe ich doch gern getan. Und es hat mir Spaß gemacht.«

»Ich werde versuchen dir die Kleider und die Perücke wiederzugeben. Ich kann jemanden von der Schenke mit den Sachen zu euch schicken.«

»Besser, du behältst sie und keiner erfährt, dass ich dir geholfen habe. Das ist sicherer so. Niemand wird Rosas alte Kleider vermissen.«

Er nickte und wusste nicht, was er sagen sollte. Jetzt bereute er, dass er nicht das Risiko eines längeren Rückweges eingegangen war. Dann hätte er noch mehr Zeit mit ihr verbringen können. Mit verlegenen Mienen standen sie sich gegenüber. Keiner von ihnen schien endgültig Abschied nehmen zu wollen.

»Wohin werdet ihr ziehen, wenn ihr Trier morgen verlasst?«, fragte Jakob schließlich.

»Wohl die Mosel flussabwärts und dann den Rhein entlang. Zu Ostern wollen wir in Köln sein, wenn dort die große Frühjahrsmesse stattfindet. Und du? Was wird aus dir?«

Er zuckte die Achseln. »Ich weiß nicht. Ich habe Freunde, die mich aus der Stadt schmuggeln wollen. Aber wohin es dann gehen soll, haben sie mir noch nicht verraten.«

»Vielleicht verschlägt es dich zu Ostern ja auch nach Köln«, sagte sie hoffnungsvoll. »Wir werden dort bestimmt mehrere Wochen bleiben.«

»Ja, das würde mir gefallen«, sagte er und schluckte. »Ich meine dich wieder zu sehen, Marga.«

Sie errötete leicht und nickte. »Irgendwann und irgendwo laufen wir uns bestimmt wieder über den Weg. Dann aber unter günstigeren Vorzeichen, versprochen?«

»Versprochen«, sagte Jakob mit belegter Stimme und wünschte, er könnte mit ihr nach Köln ziehen. Wie kam es bloß, dass man das Gefühl hatte einen Menschen schon lange zu kennen, obwohl man von dessen Existenz noch vor einer Stunde nicht die geringste Ahnung gehabt hatte? Er nahm ihre Hand zum Abschied. Dann aber folgte er einem spontanen Impuls, beugte sich vor und gab ihr einen Kuss auf die Wange. »Pass auf dich auf und Gottes Segen, Marga!«

»Dir auch, Jakob!«, flüsterte sie.

Jakob wandte sich schnell um, überquerte die Gasse und trat durch das schmale, offene Tor neben der Außentreppe. Er drehte sich noch einmal um, weil er ihr zuwinken wollte. Doch Marga stand nicht mehr an der Straßenecke. Sie war verschwunden. Und der Gedanke, dass er ihr vielleicht nie wieder begegnen würde, erfüllte ihn mit schmerzlichem Bedauern, ja mit großer Traurigkeit.

Zweiundzwanzigstes Kapitel

In Gedanken noch ganz bei seiner Begegnung mit Marga, stieg Jakob die Treppe hoch. Ein vernehmliches Räuspern holte ihn in die Gegenwart zurück und ließ ihn aufblicken. Oben auf dem Treppenabsatz des zweiten Obergeschosses stand Henrik Wassmo und versperrte den Zugang zum Dachboden.

»Ich glaube, Ihr habt Euch in der Treppe geirrt!«, sprach der Schwede ihn an. »Hier oben habt Ihr sicherlich nichts verloren, gute Frau.«

Obwohl Jakob mit einer geharnischten Strafpredigt rechnete, konnte er sich eines Grinsens nicht erwehren. »Aber guter Mann, Ihr werdet einem alten Mütterchen wie mir doch nicht die Tür weisen«, antwortete er spöttisch und mit kieksender Kopfstimme. »Meine müden Knochen sehnen sich nach meinem herrlichen Strohlager da oben ...« Er wies mit dem knorrigen Stock in Richtung Dachboden. »... und mein Geist dürstet nach einem erbaulichen Vers aus Eurem reichen Psalmenschatz.«

Henrik machte ein entgeistertes Gesicht. »Jakob?«, stieß er dann ungläubig hervor. »Bei Zions Zimbeln, Ihr seid es tatsächlich!«

»Die Luft von Trier scheint mir schlecht zu bekommen, sie lässt mich zu schnell altern, findet Ihr nicht auch?«, gab sich Jakob unbekümmert, während er zu ihm hochstieg.

»Bei der Knute der Gottlosen, wo seid Ihr bloß gewesen? Und wo habt Ihr diese unglaubliche Verkleidung her?«, wollte der Schwede wissen und packte ihn mit schmerzhaftem Griff an der Schulter.

»Ich weiß, ich hätte es nicht tun sollen. Aber ich habe es

auf dem dunklen, muffigen Dachboden einfach nicht länger ausgehalten, Henrik«, sagte er entschuldigend, während sie ins Haus traten. Gleich links hinter der Tür führte die steile Stiege auf den Dachboden, dessen Bodenluke aufgeklappt stand. »Und diese tolle Verkleidung verdanke ich Marga.«

»Wer ist Marga?«, fragte der Schwede grimmig und gab ihm einen Schubs in Richtung Stiege.

»Ein Zigeunermädchen«, antwortete Jakob, um dann noch um einiges leiser hinzuzufügen: »Das genauso wenig tun und lassen kann, was es will, wie ich.«

Bruder Basilius saß im Licht der Dachluke auf einer Kiste und las in seinem Brevier. Auch er glaubte im ersten Moment eine alte Frau vor sich zu haben, als Jakob auf dem Dachboden auftauchte, und fragte Henrik verwundert, warum er diese Frau zu ihm führte. »Bringt sie Nachrichten von ihm? Weiß sie, wo er steckt?«

»Er ist es selbst, Bruder Basilius«, sagte Henrik, und als er sah, wie sich das verblüffte Gesicht des Mönches zu einem erbosten Ausdruck veränderte, rezitierte er begütigend: »Deine Ruhe hat er dir wiedergeschenkt; Seele, was hat er dir Gutes getan!«

Jakob hielt sich erst gar nicht mit umständlichen Entschuldigungen auf. Er wusste, dass er einen schwerwiegenden Fehler begangen und sie durch seinen eigenmächtigen Streifzug alle in noch größere Gefahr gebracht hatte. »Ich bitte um Absolution! Ich weiß, dass es nicht richtig war . . .«

»Nicht richtig?«, fiel ihm der Mönch grimmig ins Wort. »Habt Ihr überhaupt eine Vorstellung von den Sorgen, die wir uns die letzten Stunden gemacht haben?«

Jakob zeigte sich zerknirscht. »Es tut mir wirklich Leid, dass ich Euch Kummer bereitet habe, Bruder Basilius. Das wollte ich nicht. Aber ich habe es hier oben einfach nicht länger ertragen. Ich habe mich wie erdrückt gefühlt und musste an die frische Luft.«

»So, es tut Euch Leid! Und Ihr konntet es hier oben nicht länger ertragen! Na, vielleicht habt Ihr mehr Gefallen daran, diesen Dachboden wieder gegen die Folterkammer einzutauschen!«, hielt der Mönch ihm sarkastisch vor. »Gilt Euch mein Wort so wenig, dass Ihr Euch über meine Anweisungen so leicht hinwegsetzen könnt?«

Schuldbewusst und mit gesenktem Kopf stand Jakob vor ihm. Er hatte diese Ermahnungen und Vorhaltungen verdient und es gab wirklich keine Entschuldigung für sein Verhalten.

»Henrik, sagt ihm, wie es im 32. Psalm heißt!«, forderte Bruder Basilius den Schweden auf.

»Ihr seid doch mehr als Ross und Muli, die man mit Zaum und Zügel zwingt«, zitierte Henrik umgehend. »Euch sollte doch mein Wort schon lenken.«

»Ja, das sollte es!«, bekräftigte Bruder Basilius. »Wisst Ihr denn nicht, was hier auf dem Spiel steht?«

Jakob nickte stumm.

Henrik kam ihm nun zu Hilfe. »Herr, lass deinen Zorn verrauchen«, bat er psalmierend um Nachsicht. »Lass dein Erbarmen über uns kommen. Wie schön und lieblich ist es, wenn Brüder in Eintracht beisammen.«

Bruder Basilius warf ihm einen missgestimmten Blick zu, seufzte dann aber und sagte versöhnlich: »Ich lese ihm nicht die Leviten, weil mir das Vergnügen bereitet, Henrik. Es geht mir vielmehr darum, ihm zu Bewusstsein zu bringen, was für uns alle auf dem Spiel steht. Wir befinden uns nun mal in der Höhle des Löwen! Wie leicht hätte er da einem von Mundts Männern oder gar dem Domherrn selbst in die Arme laufen können.«

Jakob räusperte sich. »Genau das ist mir auch passiert. Zwar nicht Mundt und auch nicht dem Domherrn, aber doch seinem Sekretär, diesem Laurentis Coppeldiek«, eröffnete er ihnen und seine Ohren brannten vor Scham.

Der Mönch machte ein bestürztes Gesicht, sank auf seine Kiste und schloss kurz die Augen. »Oh Gott, du bist der Quell des Erbarmens und der Güte, wir stehen als Sünder vor dir und unser Gewissen klagt uns an. Sieh auf unsere Not und lass uns Vergebung finden vor dir!«, stieß er inbrünstig hervor.

Auch Henrik zeigte sich betroffen. »Und sie tauschen den Purpur der Beschämung für ihren eigenen Übermut ein«, stellte er mit einem Blick auf Jakobs hochrotes Gesicht fest. »Muss erst ein Greis werden, wer mit Einsicht gesegnet?«

Jakob zerrte Tuch, Haube und Perücke vom Kopf und setzte sich mit hängenden Schultern zu Bruder Basilius. »Ich weiß, dass ich mich verantwortungslos und wie ein Tölpel benommen habe. Ich wünschte, ich hätte es nicht getan. Aber es ist nun mal geschehen«, sagte er beschämt.

Bruder Basilius atmete tief durch und legte ihm dann seine Hand auf den Arm. »Gut, reden wir nicht mehr darüber. Erzählt nun, was geschehen ist!«

Jakob berichtete ihnen in knappen, nüchternen Worten von seinem Streifzug durch die Stadt. Er schilderte, wie Laurentis Coppeldiek ihn erkannte und wie ihn das Zigeunermädchen Marga versteckt und durch ihre geniale Schminkkunst und die Verkleidung vor seinen Verfolgern gerettet hatte.

»Dem Himmel sei Dank für dieses Mädchen!«, rief Bruder Basilius, noch im Nachhinein erschrocken, wie nahe Jakob wieder der Ergreifung und damit der Folterkammer gewesen war.

»Aber sie hat Euch bis vor das Haus geführt, nicht wahr?«, vergewisserte sich Henrik mit besorgter Miene.

»Ja, aber ich vertraue ihr. Marga wird niemandem ein Wort von mir erzählen!«, beteuerte Jakob. »Sie wird dieses Geheimnis schon aus eigenem Interesse für sich behalten.«

Der Schwede warf Bruder Basilius einen sorgenvollen Blick zu, worauf dieser mit düsterer Miene zu Jakob sagte: »Ich zweifle nicht an Euren Worten. Aber kann sie dieses Geheimnis auch auf der Folter für sich bewahren?«

Jakob erschrak. »Auf der Folter? Aber wieso? Es weiß doch niemand, dass sie mich versteckt und mir zur Flucht verholfen hat! Und wenn jemand von ihren Leuten sie nach der alten Frau fragen sollte, dann wird ihr bestimmt eine harmlose und unverfängliche Erklärung einfallen.« Eine andere Möglichkeit wollte er nicht einmal vage in Erwägung ziehen.

»Hoffen wir, dass es so sein wird, Jakob«, sagte der Mönch.

»Die Zeit ist reif, die Stunde da«, meinte Henrik nun.

Bruder Basilius nickte. »Auch wenn dieses Zigeunermädchen unbehelligt bleibt, was Gott geben möge, sind wir unter diesem Dach nicht länger sicher. Wir müssen dieses Versteck umgehend räumen.«

»Aber warum denn?«, wollte Jakob wissen.

»Ihre Zunge steht Schlangenzungen nicht nach, ihr Gift nicht dem schillernder Ottern«, warf Henrik unheilvoll ein.

Bruder Basilius nickte ihm beipflichtend zu. »Und Domherr von Drolshagen ist in dieser Stadt mächtig genug, um sein Gift gleich kübelweise ausgießen zu können! Denn da er nun weiß, dass wir uns nicht irgendwo im Hunsrück herumtreiben, sondern uns in den Mauern von Trier versteckt haben, wird er ohne Frage eine groß angelegte Suche in Gang setzen, bei der Schenken und

Gasthäuser natürlich ganz oben auf der Liste stehen werden!«

Daran hatte Jakob nicht gedacht. Ihm wurde ganz mulmig zu Mute. »Und was machen wir jetzt?«

Bruder Basilius sprang auf. »Wir packen unsere Sachen und begeben uns unverzüglich in die Werkstatt des Küfers Albrecht Hasenkötter!«, teilte er ihm mit. »Dem Himmel sei Dank, dass er schon mit den Vorbereitungen fertig ist. Wir werden nicht bis morgen warten, sondern es heute schon wagen aus der Stadt zu kommen.«

Henrik nickte. »Dann müssen wir zum Goldschmied. Vor allem aber müssen wir Fritz Däublin Bescheid geben.«

»Richtig, Däublin! Hoffentlich ist er nicht unterwegs. Übernehmt Ihr das, Henrik! Er soll so schnell wie möglich kommen. Und dann sucht den Goldschmied auf – und nehmt, was Ihr kriegen könnt«, trug Bruder Basilius ihm auf, während er seine wenigen Habseligkeiten in einen Beutel stopfte und sich dann wieder den dreckigen Kopfverband anlegte, der seine Augenklappe verbergen sollte. »Ich bringe indessen unsere vorwitzige alte Frau schon mal zu Hasenkötter hinüber.« Und zu Jakob, der mit blassem Gesicht dastand, sagte er, als wollte er ihm Mut machen: »Ein Segen, dass diese Marga Euch so täuschend hergerichtet hat. Davon werden wir beide profitieren. Ein Segen auch, dass die Werkstatt des Küfers nur ein paar Straßen von hier entfernt liegt.«

Der Schwede hatte augenblicklich den Dachboden verlassen. Wenige Minuten später hasteten auch Jakob und der Mönch die Außentreppe hinunter. Auf der ersten Etage, wo sich die Privaträume von Conradt Stroedecker und seiner Familie befanden, rief Bruder Basilius gedämpft nach dem Gastwirt. Die beiden Männer wechselten hastig ein paar Worte, dann umarmten sie sich kurz und der Mönch segnete ihn, bevor er zu Jakob zurückkehrte, mit ihm die letzten Treppenstufen hinuntereilte und ihn dann durch das Tor auf die Straße führte.

Jakob stützte sich auf seinen Stock und ging wieder in gekrümmter Haltung und kurzen, schlurfenden Schrittes durch die Gassen. »Ihr wollt doch wohl nicht versuchen uns in einer Tonne oder so aus der Stadt zu schmuggeln?« raunte er. »Die Torwachen werden bestimmt den Befehl haben kein Fuhrwerk und keine Kutsche ohne gründliche Durchsuchung passieren zu lassen. Und natürlich werden sie auch in jede große Kiste oder Tonne schauen und sich vergewissern, dass sich niemand darin versteckt hat! Jeder wird sich die ausgesetzte Belohnung von zehn Talern verdienen wollen!«

»Es wird sicherlich nicht einfach sein die Wachen zu übertölpeln«, räumte Bruder Basilius leise ein. »Aber mit Gottes Hilfe wird es uns schon gelingen. So, hier links. Da drüben ist die Werkstatt, gleich hinter der halb eingestürzten Mauer!«

Bruder Basilius führte ihn durch ein offen stehendes Tor in einen geräumigen Hinterhof, der zu einem gut Teil mit Fässern und Tonnen in den unterschiedlichsten Größen und Holzstärken voll gestellt war. Die Mauern der Werkstatt, die sich hinter einem Fachwerkhaus anschloss, bestand aus grob behauenen Steinquadern. Aus Holz gearbeitet waren allein die beiden Flügel des hohen Brettertores, das bis auf einen mannsbreiten Spalt geschlossen stand. Jakob hörte dumpfes, rhythmisches Hämmern und bemerkte den roten Schein starker Glut, als sie auf den Eingang der Küferwerkstatt zugingen. Der Mönch stieß eines der Flügeltore etwas weiter auf und schob Jakob vor sich her.

Ein stämmiger, muskulöser Mann, der über der nackten Brust nur eine kurze, ärmellose Jacke aus Schaffell trug, stand über ein halb fertiges Fass gebeugt, das Gesicht von Hitze und Feuerschein gerötet. Die Dauben waren am oberen Ende schon mit Holzringen zusammengefügt. Unten dagegen klafften sie noch weit auseinander und standen gespreizt auf dem festgestampften Lehmboden, sodass man zwischen ihren breiten Spalten gut die rot leuchtende, aufgetürmte Glut sehen konnte, die der Fassbinder für seine Arbeit brauchte. Albrecht Hasenkötter schwang einen klobigen, kurzstieligen Holzhammer mit breiten Flächen und schlug auf einen schmalen, länglichen Holzkeil ein, der auf dem oberen Holzring auflag und den er mit jedem Schlag ein wenig tiefer und damit fester um die Dauben drückte.

Überrascht blickte er nun von seiner Arbeit auf, wischte sich mit dem Unterarm über die Stirn und sagte verwundert: »Ihr seid ja schon wieder zurück, Pater! Gehört diese alte Frau auch zu Euch?« Abwehrend hob er die Hände, den würfelähnlichen Hammer in der einen und den Führungskeil in der anderen. »Eine vierte Person, die zudem auch noch so alt und gebrechlich ist, kann ich unmöglich . . .«

»Spart Euch Euren Atem, mein lieber Hasenkötter«, fiel Bruder Basilius ihm ins Wort, während er Jakob bedeutete die Perücke samt Haube und Schultertuch vom Kopf zu ziehen. »Die Frau ist ein Mann, wie Ihr seht, und er ist auch nicht alt und gebrechlich, sondern jung – und manchmal leider auch dementsprechend gedankenlos. Dieser jugendlichen Gedankenlosigkeit verdanken wir es denn auch, dass wir schon heute aus der Stadt müssen.«

»Mit dieser trefflichen Verkleidung seid Ihr auf meine Hilfe doch gar nicht angewiesen«, sagte Albrecht Hasenkötter zu Jakob. »Damit passiert Ihr alle Kontrollen und Torwächter!«

»Nicht, wenn man ihn anspricht und er den Mund aufmachen muss«, entgegnete Bruder Basilius. »Außerdem haben wir bis vor wenigen Minuten noch nichts von jener Person geahnt, die eine solch täuschende Schminkkunst beherrscht. Aber auch die beste Schminke wird nicht über mein fehlendes linkes Auge hinwegtäuschen können. Nein, es bleibt bei unserem ursprünglichen Plan.«

Albrecht Hasenkötter nickte. »Man merkt, dass Ihr ein Mann des Geistes seid und nichts unbedacht lasst, Pater. Nun, in Eurer Situation tut Ihr auch gut daran, kein unnötiges Risiko einzugehen. Und was meinen Part bei Eurem Plan betrifft, so kann es von mir aus jederzeit losgehen.«

»Darf ich jetzt erfahren, um was für einen Plan es sich handelt?«, fragte Jakob.

Bruder Basilius nickte. »Wie würde Henrik jetzt sagen? ›Die Zeit ist reif, die Stunde da!‹« Und zum Küfer gewandt sagte er: »Zeigt Ihm Euer meisterliches Werk!«

»Mit Vergnügen!« Albrecht Hasenkötter legte Hammer und Führungskeil aus der Hand, holte eine Laterne und führte Jakob dann in die hinterste, dunkle Ecke der Werkstatt.

Jakob runzelte die Brauen, als er nun im Licht der Laterne das gut vier Schritt lange und brusthohe Fass erblickte. »Darin sollen wir uns verstecken?«, fragte er besorgt.

Bruder Basilius, der ihnen gefolgt war, nickte. »Darin werden wir, mit ein bisschen Glück und Gottes Segen, unbemerkt aus der Stadt kommen.«

»Unmöglich!«, widersprach Jakob heftig. »Das Fass mag groß genug sein, um uns drei aufzunehmen, aber so eine große Tonne wird an jedem Tor Misstrauen erwecken und zu einer Durchsuchung führen. Und dann genügt schon ein einziger Blick ins Innere, um uns ans Messer zu liefern!«

Albrecht Hasenkötter und der Mönch tauschten einen vergnügten Blick und der Küfer sagte: »Nicht, wenn Hannes Däublin, einer unserer stadtbekannten Goldgräber, diese Tonne auf seinem Fuhrwerk hat.«

»Goldgräber?«, fragte Jakob irritiert. »Meint Ihr damit einen Kloakenreiniger?«

Albrecht Hasenkötter nickte schmunzelnd. »Ja, so werden bei uns die Leute genannt, die Kloaken und Abortgruben ausheben und die Jauche aus der Stadt bringen.«

»Aber dass diese Tonne ganz neu und nicht mit Kloakenjauche gefüllt ist, sieht doch ein Blinder!«, wandte Jakob ein.

»Keine Sorge, die Tonne wird bis oben hin gefüllt sein und schon aus guter Entfernung keinen Zweifel daran lassen, was sie in ihrem Bauch hat!«, versicherte Bruder Basilius. »Sollen die Wachen nur den Deckel öffnen und einen Blick hineinwerfen, wenn sie Lust danach verspüren.«

»Ja, aber ... wenn das Fass gefüllt ist, wo und wie sollen wir uns dann darin verstecken, ohne in der Jauche zu ersaufen?«, wandte Jakob verständnislos ein. »Gibt es vielleicht einen zweiten Boden oder andere Hohlräume?«

Der Küfer schüttelte den Kopf. »Nein, dazu fehlte die Zeit. Kommt, ich zeige Euch etwas!« Er beugte sich vor, hob dabei die Laterne an und deutete auf eine Stelle nahe des äußersten Holzringes. »Seht Ihr diese winzigen Löcher in der Mitte der Daube?«

»Nein, ich kann nichts entdecken.«

»Ich sagte ja, Euch ist ein meisterliches Werk gelungen!«, bemerkte Bruder Basilius hinter ihnen.

»Schaut genauer hin, Jakob! Genau hier vor meiner Fingerspitze!«, forderte der Fassbinder ihn auf und legte nun seinen Finger auf die Daube.

»Mein Gott, ja, jetzt sehe ich die Löcher!« Sie waren kaum größer als Nadelstiche und lagen auf einer kleinen Fläche von der Größe einer Pfennigmünze so nahe am Holzring, dass sie nur zu bemerken waren, wenn man genau wußte, wonach man zu suchen hatte.

»Es sind genau acht an der Zahl. Zu wenige, um aufzufallen, aber genug, um ausreichend Luft zu bekommen. Auf der anderen Seite der Tonne befinden sich zwei weitere durchlöcherte Stellen.«

Jakob runzelte verwirrt die Stirn. »Gut, es sind Luftlöcher. Aber wie sollen wir denn da durchatmen, wenn die Tonne mit Jauche gefüllt ist? Dann müssen wir uns ja den Kopf verrenken und den Mund ständig auf diese kleine Stelle gepresst halten!«, wandte er ein.

»Das hier wird es Euch ein wenig leichter machen«, antwortete Albrecht Hasenkötter, griff neben sich und reichte ihm im nächsten Moment einen Holzstab, der daumendick war und die Länge eines Unterarms besaß. Er war hohl und verfügte an einem Ende über ein Gewinde. »Dies hier schraubt Ihr von innen in Euer Atemloch. Ich kann zwar nicht garantieren, dass Ihr dabei keinen steifen Nacken bekommt, dafür aber ist sicher, dass Ihr genug Luft bekommt, sofern Ihr Euer Luftrohr schön im Mund behaltet.«

Verblüfft blickte Jakob auf das Holzrohr. Dann grinste er. »Keine schlechte Idee!«, sagte er beeindruckt und mit neuer Zuversicht. »So kann es wirklich gelingen!«

»Und ob es gelingen wird!«, bekräftigte Bruder Basilius. »Andernfalls . . .« Er beließ es dabei. Was sie erwartete, wenn bei der Sache irgendetwas schiefging, war ihnen allen nur zu gut bewusst.

Dreiundzwanzigstes Kapitel

Wenig später rumpelte ein schmutziges Fuhrwerk in den Hof des Fassbinders. Der durchdringende Geruch, der von dem Gefährt und dem halben Dutzend kleiner Tonnen ausging, die auf der offenen Ladefläche festgezurrt waren, sprach eine beredte Sprache: Fritz Däublin, der »Goldgräber«, war mit seinem Gespann eingetroffen!

Der Kloakenreiniger, der mit den Schindern und Gassenkehrern und den Totengräbern und Knochensammlern in jeder Stadt zu den anstößigen Außenseitern gehörte, deren Dienste man zwar dringend benötigte, deren Nähe man aber möglichst mied, war ein sehniger, älterer Mann mit einer Hasenscharte und lichtem Haar. Er machte nicht viel Worte. Man merkte ihm sofort an, dass er es gewohnt war sofort zur Sache zu kommen und ohne große Umschweife mit der Arbeit zu beginnen.

»Wie ich gehört habe, soll es heute noch losgehen, Pater?«, vergewisserte er sich.

Bruder Basilius nickte. »Die Zeit drängt.«

»Dann lasst uns an die Arbeit gehen!«

Fritz Däublin spannte sein Pferd aus und hing ihm den Futtersack ums Maul. Jakob packte dann mit an der Deichsel an und half ihm dabei, das Fuhrwerk rückwärts in die Werkstatt des Fassbinders zu schieben. Es kostete ihn einige Überwindung, neben dem Kloakenreiniger zu stehen und sich seinen Ekel nicht anmerken zu lassen. Innerlich schämte er sich seines Abscheus, verdankte er Männern wie ihm und Hasenkötter doch sein Leben, wenn es ihnen gelang aus Trier herauszukommen.

Bruder Basilius schien seine Gedanken und Empfindungen erraten zu können. Denn als Fritz Däublin zum Tor ging, um es wieder zu schließen, raunte der Mönch Jakob zu: »Von Beruf Kloakenreiniger, doch von der Gesinnung her vermutlich zehnmal mehr Ehrenmann und barmherziger Samariter als alle Ratsherren und Domherren von Trier zusammen! Sagt, ist Euch schon mal aufgefallen, dass Courage, Anstand und Hilfsbereitschaft abnehmen, je ehrbarer die Berufsstände sind, denen die Menschen angehören, und je angesehener und erfolgreicher sie sind?«

Jakob kam nicht dazu, ihm zu antworten, denn Fritz Däublin kehrte zu ihnen zurück. Sie luden die kleinen, mit Jauche gefüllten Behälter von der Ladefläche. Dann wuchteten sie zu viert die große Tonne auf das Fuhrwerk. Es passte haargenau zwischen die Holme. Fritz Däublin zeigte sich von der Arbeit des Fassbinders hellauf begeistert. Das faustgroße Spundloch mit der kurzen Ablaufrinne hatte wie auch die große Einfüllöffnung genau die richtige Größe, wie er lobend feststellte.

Sie hatten gerade damit begonnen, das mächtige Fass mit Wasser zu füllen, als Henrik eintraf. Jakob beobachtete, wie der Schwede dem Mönch einen Beutel in die Hand drückte, und hörte ihn dabei sagen: »Mehr als den reinen Goldwert wollte er nicht bezahlen. Er sagte, er müsse den Ring völlig umarbeiten, bevor er ihn gefahrlos verkaufen kann. Und die Siegelplatte müsse er vernichten, um sich nicht selbst an den Galgen zu bringen. Für heute wird es ja reichen, aber was dann wird, weiß allein der Allmächtige.«

Bruder Basilius nickte. »Das ist nicht weiter schlimm, Henrik. Das Geld wird reichen. Bekümmern wir uns nicht heute schon um morgen. Jeder Tag hat seine eigenen Plagen. Ich hätte mich außerdem schon längst von dem Ring trennen sollen. Aber so hat er ja noch einen guten

Zweck erfüllt«, sagte er und steckte den Beutel ein. »So und jetzt lass uns weitermachen. Es ist nicht zu glauben, wie viele Kübel Wasser in solch ein Fass passen!«

Fast eine Stunde brauchten sie, um das Fass in etwa drei viertel voll zu bekommen. Kübel um Kübel schleppten sie von der Pumpe zum Fuhrwerk. Über der Grube voller Glut, über der Albrecht Hasenkötter sonst die Fassdauben zusammenband, stand indessen ein Dreibein, an dessen Kette ein mit Wasser gefüllter Kessel über einem lodernden Feuer hing.

»Wir können nicht eine halbe Stunde oder noch länger in eisigem Wasser ausharren, ohne uns den Tod zu holen!«, hatte Bruder Basilius richtig erkannt. »Wir müssen das eiskalte Wasser durch einige Dutzend Kübel kochendes Wasser wenigstens ein wenig anwärmen.«

Wann immer das Wasser im Kessel kochte, kippten sie es in ihre Holzeimer und gossen es zu dem eisigen Wasser, das schon in der Tonne schwappte.

»Bevor wir nun die ersten Kübel Jauche auskippen, solltet Ihr die Atemrohre ausprobieren und Euch mit Eurem Versteck schon ein wenig vertraut machen«, schlug der Küfer vor.

Henrik verzog das Gesicht. »Könnte ich doch mit der Morgenröte fliegen!«, seufzte er und begann sich zu entkleiden.

Jakob genierte sich etwas, als Bruder Basilius darauf bestand, dass sie alle Kleider ablegten. »Wir werden nachher dankbar sein trockene Sachen zum Anziehen zu haben!« Dann wandte er sich dem Kloakenreiniger und dem Küfer zu. »Dann lasst uns jetzt Abschied nehmen und Dank sagen, ein wenig Dank auch in klingender Münze.« Damit zog er den Geldbeutel hervor.

Beide Männer wehrten jedoch sogleich ab. »Nicht einen

Heller nehme ich von Euch, Pater! Ich verdanke Euch mehr, als ich und meine Familie Euch jemals in irdischen Gütern zurückzahlen könnten!«, erklärte Albrecht Hasenkötter.

Auch Fritz Däublin lehnte entschieden ab. »Ich lasse mich nicht für etwas bezahlen, was mir mein Herz und mein Gewissen zu tun auftragen, ehrwürdiger Pater. Zu bitter haben die Menschen hier in Trier und im Umland unter dem blinden Toben der feinen Herren und Kanoniker zu leiden gehabt. Mein größter Lohn wird sein Euch und Eure Begleiter in Sicherheit zu wissen. Und wenn Ihr einmal Zeit findet unser zu gedenken, so schließt uns in Eure Gebete ein.«

Der Küfer nickte zustimmend. »Männern wie Euch verdanke ich es, dass ich auch in den schlimmen Jahren, als überall die Scheiterhaufen brannten, meinen Glauben an Gott und Kirche nicht verloren habe. Wir werden ewig in Eurer Schuld stehen!«

Bruder Basilius war sichtlich gerührt. Er legte jedem von ihnen eine Hand auf die Schulter und zog sie dann an sich. »Wer mit dem Herzen glaubt und mit dem Mund bekennt, wird Gerechtigkeit und Heil erlangen!«, sagte er mit bewegter Stimme. »Gott schütze und behüte Euch. Und seid gewiss: Ihr werdet stets in meinen Gebeten sein!«

Der Fassbinder reichte nun jedem von ihnen ein Holzrohr – und eine Holzklammer. »Setzt sie Euch auf die Nase, damit Ihr erst gar nicht in Versuchung kommt anders als durch den Mund zu atmen!«

Henrik tippte dem Kloakenreiniger auf die Schulter, als dieser sich wieder an die Arbeit machte die Kübel mit Wasser zu füllen. »Sagt, meine anderen Sachen . . . Ihr wisst schon«, raunte er andeutungsweise.

Fritz Däublin lächelte. »Liegt alles wie besprochen im Versteck für Euch bereit.«

Der Schwede atmete erleichtert auf. »Gut«, sagte er, schob sich sein Holzrohr hinters eine Ohr und die Nasenklammer hinters andere. Dann hockte er sich auf einen umgedrehten Eimer und zog seine Stiefel aus.

Bruder Basilius stieg ohne Scham aus Kutte und Untergewand, steckte sich seine Klammer auf die Nase, nahm sein Holzrohr, kletterte auf den Wagen und zwängte sich durch die Öffnung in das Fass. Jakob sah, dass der Körper des Mönchs von zahlreichen Narben gezeichnet war, Spuren seines Lebens, als er noch den Waffenrock getragen hatte. Er ließ seine Kleider, die er mit einer Hand schamhaft vor seinen nackten Körper gepresst hatte, nun fallen, nahm sein Luftrohr und folgte dem Mönch.

Das Wasser hatte eine angenehme Temperatur, wenn es auch nicht als richtig warm zu bezeichnen war, und reichte ihm schon bis zum Hals, als er sich neben Bruder Basilius unter sein Atemloch kauerte. Es war schon recht dunkel im Innern der lang gestreckten Tonne und er war froh, dass er nicht an Bruder Basilius' Stelle am hinteren Ende saß, sondern in Armweite der Öffnung. Andernfalls hätte er wohl jetzt schon mit Platzangst zu kämpfen gehabt.

»Am besten kniet Ihr Euch hin«, riet ihm der Mönch mit nasaler Stimme, »und stützt Euch beim Fahren rechts und links an den Wänden ab. Dann ist die Gefahr nicht so groß, dass Ihr Euer Luftrohr aus dem Mund verliert. Und wenn doch mal Wasser in Euer Rohr eindringt, müsst Ihr das Wasser erst einmal ausblasen, bevor Ihr wieder Luft ansaugen könnt. Denn sonst bekommt Ihr Wasser in die Lunge und dann wird Euch schwer zu helfen sein.«

Jakob schraubte das Rohr ins Loch, legte den Kopf dann in den Nacken, sodass ihm das Wasser nun bis zu den Ohren schwappte, und nahm das untere Ende in den Mund. Er blies das Wasser hinaus, was wegen der winzigen

Löcher einige Anstrengung verlangte, und machte dann mehrere Atemzüge durch das Rohr.

»Himmel, da muss man ja ganz ordentlich dran saugen! Wie ein junges Kalb an den Zitzen seiner Mutter, die wenig Milch in ihrem Euter hat!«, stieß er hervor.

»Manchmal ist es eben mit einiger Anstrengung verbunden, wenn man seine Haut retten will«, erwiderte der Mönch mit sanftem Spott.

Henrik kletterte nun zu ihnen in die Tonne und mit ihm stieg der Wasserstand so hoch, dass Jakob sich aufrichten musste und mit dem Kopf gegen die Wölbung stieß, um ohne Rohr noch Atem zu bekommen.

»Der Schwede schlägt die höchsten Wellen!«, rief Jakob, als Henrik zu seiner Luftöffnung kroch und dabei das Wasser ordentlich hin und her schwappen ließ. Er musste aufpassen, dass er Luft bekam, ohne dabei Wasser in den Mund zu bekommen.

»Genieße, solange du noch darfst, solange dein Kahn noch schwimmt auf heiterer Flut«, antwortete Henrik sarkastisch und nahm seinen Platz ein.

Fritz Däublins Gesicht erschien in der Öffnung. »Noch etwas: Wenn wir zum Tor kommen, werde ich mit dem Stiel meiner Peitsche zweimal kurz gegen die Tonne schlagen. Dann wisst Ihr, dass es ernst wird. Und wenn dann einer von Euch sein Luftrohr ausblasen muss, dann soll er es so langsam wie möglich tun, damit das Wasser nicht als auffällige, achtstrahlige Fontäne aus den Dauben geschossen kommt, sondern unbemerkt aus den Öffnungen sickert!«, ermahnte er sie. »Wenn wir das Stadttor passiert haben, klopfe ich mit dem Peitschenstiel viermal gegen die Seitenwand.«

Bruder Basilius, Jakob und Henrik versicherten, dass sie verstanden hatten und alles in ihrer Macht Stehende tun würden, um die Nerven zu bewahren. Nur so war zu vermeiden, dass diese Fahrt in der Jauchetonne für sie alle in der Folterkammer oder auf dem Richtplatz vor der Stadt endete.

»Gut, und wer seine Klammer noch nicht auf der Nase hat, sollte es jetzt tun!«, riet ihnen Fritz Däublin. »Denn nun ist es an der Zeit diese Tonne nicht nur von außen zu beschmutzen, sondern ihr auch im Innern den Anschein zu geben, als würde sie einzig den stinkenden Inhalt einiger Kloaken bergen.«

Henrik stöhnte gequält auf. »Verfehlung mehr als Haare auf dem Haupte und Mut so viel wie Wasser in der Wüste!«, spottete er bitter über sich. »Mein Helfer du, in tiefster Nacht mein Licht, mein Gott und Retter, säume nicht!«

Hastig setzte sich Jakob nun die Klammer auf die Nase, hockte sich unter sein Luftrohr und presste mit seinem Atem das noch saubere Wasser durch die acht feinen Löcher in der Daube über ihm. Dann ergoss sich auch schon der erste Schwall Abwasser in die Tonne. Jakob schloss die Augen, setzte sich auf seine Knie, wie Bruder Basilius ihm geraten hatte, und atmete so ruhig wie möglich.

Es dauerte nicht lange und die Tonne war bis oben hin voll. Einer der Männer schloss den Deckel, und das Wissen, dass nun nicht ein einziger Lichtschimmer mehr zu ihnen in den Kloakentank fiel, steigerte Jakobs Gefühl der Beklemmung. Er versuchte sich abzulenken, indem er auf die Geräusche lauschte, die stark gedämpft von draußen zu ihnen drangen. Er vermochte jedoch weder eine Stimme zu erkennen noch ein Wort zu verstehen.

Ein Ruck ging durch das Fuhrwerk und Jakob folgerte, dass Fritz Däublin sein Pferd wieder eingespannt hatte.

Jetzt musste es jeden Moment losgehen! Er spreizte seine Beine etwas, um mehr Halt zu gewinnen, und tastete rechts und links nach den Wänden der Tonne.

Jakob hatte sich keinen Moment zu früh um festen Halt bemüht. Denn kaum hatte er sich zu beiden Seiten abgestützt, als sich das Fuhrwerk auch schon in Bewegung setzte und über die Schwelle der Küferwerkstatt rumpelte. Eine unsichtbare Kraft wollte ihn dabei nach hinten drücken. Wäre er unvorbereitet gewesen, hätte er vermutlich das Gleichgewicht verloren – und das Luftrohr aus dem Mund.

Den Kopf in den Nacken gelegt und den Mund angestrengt um das Atemrohr gepresst, so kniete Jakob vor Bruder Basilius und versuchte nicht daran zu denken, was geschehen würde, wenn sein Holzrohr brach oder wenn er sich vor Angst verschluckte. Währenddessen rollte das schwer beladene Fuhrwerk des Kloakenreinigers langsam durch die Gassen von Trier. Bis zur Porta Nigra, dem Nordtor, würden es nicht mehr als zehn, zwölf Minuten sein, wie Fritz Däublin ihnen beim Auffüllen der Tonne versichert hatte, und von dort bis zum ersten Halt hinter der Richtstätte, wo der Kloakenreiniger in einen Graben genug Wasser ablassen wollte, damit sie bei offener Luke und ohne ihre Holzrohre atmen konnten, waren es noch einmal fünf bis acht Minuten.

Aber schon nach kurzer Zeit spürte Jakob, dass sein verkrampfter Körper gegen die unnatürliche Haltung mit Schmerzen antwortete. Sein Nacken protestierte mit scharfen Stichen, seine Wangenmuskeln begannen zu schmerzen und seine Knie taten weh. Aber was konnte er schon dagegen tun? Es gab keine andere Haltung, die er hätte einnehmen können. Und er konnte auch schlecht den Deckel aufstoßen, um für einen Augenblick aufzutauchen und tief nach Luft zu schnappen.

Ignoriere die Schmerzen, Jakob, redete er sich zu. Du kannst sie aushalten und sie bringen dich nicht um – im Gegensatz zu Mundt und Drolshagen! Ignoriere alles! Ruhig atmen und bloß nicht die Nerven verlieren. Die paar Minuten hältst du durch. Es können doch bloß noch sechs, sieben Minuten sein. Lächerlich! Vergiss nicht, dass es um dein Leben geht. Du willst doch wohl nicht in die Folterkammer zurück, oder? Also reiß dich gefälligst zusammen, Bursche!

Für eine Weile gelang es ihm das gefährliche Gemisch aus Angst und Schmerzen, das in ihm brodelte, unter Kontrolle zu halten. Doch nach einigen Minuten wurde ihm jeder Atemzug zur Qual. Sein Herz begann immer schneller zu schlagen und seine Lungen schienen plötzlich nicht mehr genug Luft zu bekommen. Er atmete hastiger und verzweifelter.

Wo bleibt das Tor?, schrie es in ihm und er bewegte seinen Körper in wachsender Panik hin und her. Wo bleibt das verfluchte Tor! Ich halte es nicht mehr länger aus! Ich muss hier raus oder ich ersticke!

Plötzlich spürte er eine Hand auf seiner Schulter. Bruder Basilius schien zu ahnen, was in ihm vor sich ging und wie gefährlich nahe er daran war, die Nerven zu verlieren. Mit kräftigem Druck presste er ihn hinunter, sodass Jakob wieder auf seinen Knien zu sitzen kam. Dann griff er nach seiner rechten Hand und schob seine Finger zwischen seine, sodass ihre Hände ineinander gefaltet lagen. Und so hielt er ihn fest.

Der stumme Beistand verfehlte nicht seine Wirkung. Jakob bekam die panikartige Aufwallung immerhin einigermaßen in den Griff. Zwar ließ sie ihn nicht ganz los, aber er schaffte es, sie mit äußerster Willensanstrengung unter Kontrolle zu halten.

Plötzlich kamen von vorn zwei dumpfe Stöße. Sie hatten das Stadttor erreicht! Jetzt würde es sich entscheiden, ob die Wachen auf die Täuschung hereinfielen.

Jakob hielt den Atem an.

Das Fuhrwerk schaukelte! Jemand kletterte an der Seite hoch! Unwillkürlich riss Jakob die Augen auf. Er sah, wie der Deckel geöffnet wurde und Licht zu ihnen durch die trübe Brühe drang. Etwas Schmales, Langes stach durch die Jauche und bohrte sich direkt vor seinen Knien in den Boden.

Eine der Wachen hatte eine Lanze in den Tank gerammt, wohl um zu sehen, ob die Tonne einen doppelten Boden hatte. Und die Spitze hatte ihn nur um weniges verfehlt!

Er starrte nach oben und sah, wie die Lanze wieder verschwand. Im hellen Kreis der Öffnung schwamm etwas Unförmiges. Doch bevor er feststellen konnte, was es war, knallte der Deckel wieder zu. Er hörte Stimmen, ohne jedoch verstehen zu können, was sie sagten. Und dann ruckte das Fuhrwerk wieder an.

Bruder Basilius drückte seine Hand und schüttelte sie, und Jakob beantwortete die Geste des stummen Jubels mit einem gleichsam kräftigen Händedruck. Sie hatten die Wachen passiert und rollten durch das Stadttor in die Freiheit!

Augenblicke später gab Fritz Däublin mit dem Peitschenstiel das verabredete Zeichen, dass die Mauern von Trier hinter ihnen lagen. Ihre Flucht war gelungen!

Vierundzwanzigstes Kapitel

Trotz des glücklichen Gefühls entkommen zu sein spürte Jakob immer noch entsetzliche Beklemmung und Atemnot. Es dauerte fast unerträglich lange, bis sie endlich den Graben hinter der Richtstätte erreicht hatten. Hier standen der Galgen und das große Rad, auf das diejenigen Unglücklichen mit ausgestreckten Armen und Beinen gespannt wurden, über die das Gericht den grausamen Tod durch Rädern ausgesprochen hatte. Denn Rädern bedeutete, dass man ihnen, gefesselt auf das Rad, mit der Axt die Gliedmaßen abhackte – und dass nach der Vollstreckung die Leichenteile den Krähen und anderem Getier zum Fraß überlassen blieben.

Fritz Däublin öffnete an diesem schauderhaften Ort, um den auch hart gesottene Gesellen einen großen Bogen machten, den Deckel und ließ ausreichend Jauche abfließen, sodass die drei im Innern des Fasses nun nicht mehr auf die Atemrohre angewiesen waren. »Aber haltet Euch ruhig und zeigt Euch bloß nicht in der Öffnung!«, rief er ihnen warnend zu, bevor er sich wieder auf den Kutschbock schwang.

Jakob richtete sich mit einem unterdrückten Laut des Schmerzes und der Erlösung auf, hütete sich aber die Augen zu öffnen oder die Nasenklammer abzunehmen. Er wollte weder sehen noch riechen, was ihn im Jauchetank umgab. Es reichte, dass er spürte, wie ab und zu etwas Festes, Haariges gegen seine Brust stieß, das oben auf dem Wasser trieb. Er wollte nicht wissen, was das war. Er konzentrierte sich vielmehr darauf, seinen schmerzenden Nacken zu massieren. Und welche Wohltat war es, eine andere Sitzhaltung einnehmen und sich wenigstens etwas bewegen zu können.

Nach einer weiteren Viertelstunde wurde der Weg, über den Fritz Däublin das Fuhrwerk lenkte, spürbar holpriger. Sie mussten sich nun wieder gut an den Seitenwänden der Tonne abstützen, um nicht zu stürzen und in der stinkenden Brühe unterzutauchen. Deutlich war auch zu hören, wie tief hängende Zweige außen an Wagen und Holztank entlangkratzten.

»Endlich sind wir im Wald!«, brach Jakob nun das angespannte Schweigen. Denn bisher hatte weder der Schwede noch Bruder Basilius ein Wort von sich gegeben.

»Dem Himmel sei Dank und Lobpreis!«, stieß der Mönch hervor, als das Fuhrwerk Augenblicke später zum Stehen kam und Fritz Däublin ihnen zurief, das Ende des Ausfluges sei nun erreicht. »Gott, du bist der Quell des Erbarmens und der Güte. Wir danken dir für deine Barmherzigkeit und deinen Beistand in dieser schweren Stunde!« Die Inbrunst, mit der er dem Allmächtigen dankte, verriet, wie sehr auch er gelitten hatte.

Auch Henrik gab seinem Gefühl der Erlösung unverhohlen Ausdruck: »Als Todeswogen bis zum Munde und Ströme Unheils mich umwanden, fast zugeschnürt des Todes Schlingen – in höchster Not rief ich zum Herrn, schrie ich zu meinem Gott hinauf . . .«

Bruder Basilius fiel in den Psalmtext mit ein und gemeinsam rezitierten sie die beiden nächsten Verse: »Er aber hörte mich in seinem Lichte und wie erschloss er mir sein Ohr!«

Jakob machte die Augen auf – und stieß einen gellenden Schrei aus. Direkt vor ihm schwammen zwei tote Ratten. Und er war sicher, dass diese beiden nicht die einzigen waren, die sich mit ihnen im Jauchetank befanden. Er sprang auf, stieß mit dem Kopf schmerzhaft gegen die Dauben und konnte sich nicht schnell genug durch die Öffnung ins Freie zwängen. Vor Übelkeit würgend, rutschte er die Tonne hinunter und sprang auf den moosigen Waldboden. Das Ekelgefühl war so stark, dass er für einen Moment völlig vergaß, dass er nicht einen einzigen Fetzen Stoff am Leib trug.

»Der Bach ist da drüben!«, rief Fritz Däublin ihm zu und wies auf die andere Seite des Fuhrwerks. »Dort könnt Ihr Euch waschen. Ich hole indessen Eure Kleider.«

Jakob rannte, wie von Furien gehetzt, zum Bach hinüber, der am Rand der schmalen Waldlichtung kraftvoll über glatt geschliffene Felsen hinwegrauschte. Dort, wo der Bach am breitesten war und eine wannenartige Mulde in seinem Bett aufwies, warf er sich der Länge nach hinein. Das eisige Wasser ließ ihn aufschreien und nach Atem ringen, aber er hieß diesen Schock willkommen, befreite er ihn doch von seinem Brechreiz. Er drückte seinen Kopf unter Wasser, rieb hektisch über Arme, Brust und Beine und drehte sich hin und her, damit die winterkalten Fluten allen Dreck von seinem Körper spülten. Dann hielt er es nicht länger im eisigen Bach aus und sprang auf. Keinen Augenblick zu früh . . .

»Macht Platz, Jakob!«, rief Bruder Basilius und stürzte sich gleichfalls in die wannenförmige Ausbuchtung im Bachbett. Henrik folgte ihm. Der Schwede kniete sich erst ans Ufer. »Da zog er mich aus der Grube, aus Unrat und Schlamm ans Licht!«, rief er, schöpfte mit beiden Händen Wasser und warf es sich ins Gesicht, immer und immer wieder. Erst als der Mönch sich von Kopf bis Fuß gesäubert hatte, legte auch Henrik sich in die natürliche Wanne, die der Bach an dieser Stelle geformt hatte.

Fritz Däublin hatte indessen ihre Kleidung gebracht, die

er in zwei kleinen Fässern hinter dem Kutschbock versteckt gehabt hatte. Hastig kleideten sie sich nun wieder an.

Henrik warf sich seinen Umhang um und grinste Jakob zu. »Nacht und Bangen – weggegangen!«

Auch Bruder Basilius lächelte nun wieder, während seine immer noch nasse, tropfende Augenklappe den Eindruck erweckte, er würde mit dem rechten Auge lachen und mit dem linken weinen. »Ja, wie leicht ist es doch, all den Unrat von unserem Körper zu waschen und den Ekel vor uns selbst loszuwerden«, sagte er. »Wäre es doch nur halb so leicht, uns auch von all dem Unreinen zu befreien, das im Laufe unseres Lebens unser Herz verkrustet und unsere Seele beschmutzt!«

Fritz Däublin hatte sich in die Büsche geschlagen und kehrte nun mit zwei prallen Säcken zurück. Aus einem ragte das Griffstück von Henriks Degen hervor. »In diesem Sack hier sind die drei Deckenrollen und der Proviant«, sagte er. »Der andere enthält die Dinge, die Ihr mir anvertraut habt.«

Vermutlich auch Henriks Armbrust, dachte Jakob.

Der Kloakenreiniger nahm nun Abschied von ihnen, wendete auf der Waldlichtung und lenkte sein Fuhrwerk den Weg zurück, den er gekommen war. Er musste sich sputen, wenn er noch vor Einbruch der Dunkelheit wieder in Trier sein wollte.

»Trennen sich hier auch unsere Wege?«, fragte Jakob beklommen. Er hatte keinen einzigen Heller in der Tasche und wusste auch nicht, wie er es verhindern sollte den Handlangern des Domherrn auf Dauer zu entkommen. Zwar konnte er auf Marga und ihre Sippe warten und sich ihnen vielleicht anschließen, wenn sie morgen Trier verließen und sich auf den Weg nach Köln machten. Aber wie lange konnte er sich bei diesen Zigeunern versteckt halten, die zudem mit ihren schweren Wagen bestimmt nur sehr langsam vorankamen? Und gut möglich, dass Demeter Bandi es ihm erst gar nicht erlauben würde sich ihnen anzuschließen. Wie sollte er sich also, ganz allein auf sich gestellt und die Männer des Domherrn im Nacken, bis nach Köln oder sonst wohin durchschlagen?

»Allein werdet Ihr nicht weit kommen, Jakob. In spätestens zwei, drei Tagen seid Ihr wieder dort, wo wir Euch mühsam herausgeholt haben – in der Folterkammer auf dem Turm des Greven«, sagte Bruder Basilius. »Nein, wir haben nicht so viel riskiert, um Euch nun wieder den Schergen des Domherrn auszuliefern. Dann hätten wir uns das alles ersparen können. Für halbherzige Sachen haben wir nicht viel übrig.«

Henrik nickte. »Geteilte Herzen sind mir ein Gräuel, denn nie lieben Halbe das Ganze ganz.«

»Ich halte es aus mehr als einem Grund für ratsam, dass wir vorerst zusammenbleiben, Jakob«, fuhr der Mönch fort. »Ein einzelner Stock ist leicht zu brechen. Doch wo sich drei verbinden, da bedarf es schon erheblich größerer Gewalt. Zudem sind drei Paar Augen wachsamer als nur eines.«

Jakob lächelte erleichtert. »Euer Angebot nehme ich nur zu gerne an, Bruder Basilius. Habt Ihr schon eine Idee, wohin wir uns wenden sollen und wie wir uns unsere Verfolger vom Hals halten können?«

»Unser erstes Ziel wird Winterbach sein, das zu den Wirtschaftshöfen von Himmerod gehört. Heute werden wir es nicht mehr schaffen, aber wenn wir scharf marschieren, dürften wir morgen noch vor der Mittagsstunde eintreffen. Mit ein bisschen Glück können wir dort drei Pferde erstehen. Zumindest wird Hofmeister Struphaver wissen, wo wir uns welche beschaffen können, ohne dass der Verkäufer es an die große Glocke hängt.«

»Und von dort aus reiten wir wohin?«

»In einem weiten Bogen, der uns erst einmal ein gutes Stück von Trier und der Mosel wegführt, über die Wirtschaftshöfe Schwickerath, Wirft, Rodenbusch und Dernau nach Koblenz!«, teilte Bruder Basilius ihm mit.

»Warum wählt Ihr eine Route, die uns über die Himmeroder Wirtschaftsgüter führt?«, wunderte sich Jakob.

»Weil ich die Verwalter auf diesen Höfen kenne und auf ihr Stillschweigen bauen kann. Bruder Tarzisius hat mehr Macht in Himmerod, als ihm eigentlich zusteht. Auf ihn und seinesgleichen trifft die Forderung des heiligen Ignatius von Loyola zu, die da heißt: ›Für eine Prälatur soll rechtlich unfähig und untauglich sein, wem man nachweisen kann, dass er sie angestrebt hat!‹ Wer sich zu Macht und Ämtern drängt, sollte wahrhaftig von ihnen ausgeschlossen sein! Denn Männer wie der Subprior und der Domherr missbrauchen die Kirche und Gottes Namen für ihre persönlichen Machtgelüste«, erklärte er mit unverhohlenem Ingrimm. »Aber auch wenn Bruder Tarzisius ein Günstling der erzbischöflichen Kurie ist und in der Abtei viel Macht an sich gerissen hat, so bedeutet das noch lange nicht, dass er bei seinen Mitbrüdern beliebt ist. Auf jeden Fall fällt es weniger auf, wenn wir die Pferde auf einem der Himmeroder Wirtschaftshöfe kaufen, wo ich mich des Stillschweigens des Verwalters und seiner Männer sicher weiß, als auf einem fremden Hof, wo wir Neugier wecken und zu Gerede Anlass geben würden. Gerede, das früher oder später an die Ohren unserer Verfolger dringen dürfte.«

»Sind wir denn in Koblenz vor den Nachstellungen des Domherrn sicher?«, fragte Jakob hoffnungsvoll.

»Nein, sicher werden wir nirgends sein, solange von Drolshagen und die einflussreichen Männer hinter ihm noch Hoffnung haben die mutige Tat von Bruder Anselm auslöschen zu können, bevor sie bekannt wird und breite Wirkung erzielen kann«, antwortete der Mönch. »Aber seine Macht ist in Koblenz wesentlich geringer als in Trier, weil man sich gegenseitig nicht eben brüderlich gesonnen ist. Zudem hege ich die Hoffnung dort einen wichtigen Hinweis zu erhalten, um dem Domherrn zuvorzukommen.«

»Wem oder was wollt Ihr zuvorkommen? Ich weiß immer noch nicht, was es mit Bruder Anselm auf sich hat und weshalb von Drolshagen nicht vor Mord und Folter zurückschreckt, um zu erfahren, wo sich der ehemalige Abt die letzten Wochen seines Lebens aufgehalten hat. Meint Ihr nicht, dass es langsam an der Zeit ist mir reinen Wein einzuschenken?«, fragte Jakob.

»Nein, das meine ich nicht«, lautete die ungerührte Antwort des Mönches. »Zuerst einmal ist es an der Zeit, dass wir uns aus dem Staub machen und noch ein paar Meilen hinter uns bringen, bevor es dunkel wird.« Er warf Jakob eine Deckenrolle und einen kleinen Leinenbeutel mit Proviant zu, bevor er fortfuhr: »Wenn Ihr dann noch nicht zu müde seid Euch eine längere Geschichte anzuhören, will ich Euch meinetwegen in die Hintergründe all dieser Vorkommnisse einweihen.«

Jakob nickte mit einem zufriedenen Lächeln. »Das ist ein Wort, Bruder Basilius. Und ich werde ganz sicher nicht zu müde für Eure Geschichte sein, auch wenn wir bis in die Nacht hinein unterwegs sind!«, versicherte er.

Forschen Schrittes marschierten sie nun gen Norden. Das Moseltal lag im freundlichen Licht der späten Nachmittagssonne und kein Schnee beschwerte ihnen das Vorankommen, als sie am linksseitigen Flussufer die bewaldeten Hänge hinaufstiegen. Doch kaum hatten sie die Höhen des Ehranger Forstes erreicht, als sie in nördlichen Lagen wieder auf große Schneeflächen stießen. Dennoch gab es keinen Zweifel, dass der Frühling auch in der Eifel unwiderruflich Einzug gehalten hatte. Mutig reckten die ersten Blumen ihre Knospen der Sonne entgegen. Überall spross frisches Grün aus dem Boden und auch Büsche und Bäume begannen ihre winterkahlen Äste und Zweige mit einem neuen Blätterkleid zu schmücken, wenn auch viel zaghafter als der Wiesengrund und die Felder in den Tälern.

Jakob, Henrik und der Mönch legten sich mächtig ins Zeug, weil sie in den wenigen Stunden Tageslicht, die ihnen noch blieben, eine gute Strecke Weges zurücklegen wollten. Als die Sonne im Westen hinter den dunklen Wäldern versank, hielten sie abseits von Landstraße und Waldwegen Ausschau nach einem geeigneten Lagerplatz für die Nacht. Sie fanden eine kleine Lichtung und ganz in der Nähe nicht nur genug Feuerholz, sondern auch eine kleine Quelle.

Sie waren vom flotten Marschieren erhitzt und durstig. Der erste Schluck frischen Quellwassers schmeckte daher ungemein köstlich. »Mein Hals brennt scherbentrocken, die Zunge klebt am Gaumen wund!«, rief Henrik beim Anblick der Quelle und schlürfte das Wasser wie einen edlen Wein. »Oh, was für ein kostbares Nass!«

Auch Bruder Basilius stillte voller Wohlgenuss seinen Durst. Dann sagte er sinnierend: »Wenn uns etwas fehlt, wie dies Wasser etwa, dann tötet es uns. Wenn wir es im Überfluss haben, sodass wir darin ertrinken, tötet es ebenfalls. So auch mit dem Feuer und vielen anderen Gaben unseres Lebens. Ist das nicht ein wundersamer Fingerzeig unseres Schöpfers in *allen* Dingen Maß zu halten? Habgier,

Tyrannei und Fanatismus führen früher oder später immer ins Verderben.«

Henrik pflichtete ihm bei und zitierte aus dem Psalter: »Ein Mensch, der arm im Reichtum lebt, weil er die Weisheit anderen überlässt, ja, dieser gleicht dem Tiere. Die Selbstherrlichen sind solche Armen, den Selbstgefälligen wird solches Los. Wie Schafe laufen sie zum Pferch des Todes, dem Hirten ohne Herz und Mund.«

Sie sammelten reichlich Holz im Wald zusammen und entzündeten ein Feuer gegen die zunehmende Abendkühle. Die warmen Decken um die Schultern gelegt, hockten sie am Feuer und brieten in den lodernden Flammen Kartoffeln und mehrere Streifen Fleisch. Dazu gab es körniges Brot und Quellwasser. Ein wahres Festessen, wie Jakob fand, der erst glaubte sich nicht satt essen zu können, dann aber eine seiner dicken Kartoffeln für den Morgen weglegen musste, weil er einfach nicht mehr konnte.

Längst war es Nacht geworden. Von einem klaren, fast wolkenlosen Himmel blinkten die Sterne herab, als hätte jemand planlos Myriaden von funkelnden Diamanten und leuchtenden Silberstaub über ein riesiges, samtschwarzes Seidentuch gestreut. Und wenn Henrik Holz nachwarf, dann sprühten Funken aus der Glut und schienen zu ihren fernen, kosmischen Brüdern und Schwestern aufsteigen zu wollen.

»Legen wir uns schlafen oder seid Ihr noch munter genug, um Euch eine Geschichte anzuhören, Jakob?«, fragte Bruder Basilius mit gutmütigem Spott in der Stimme.

Jakob lachte. »Der Schlaf kann warten! Heute lasse ich Euch nicht vom Haken. Also fangt nur an, ich höre!« Natürlich war er nach den Erlebnissen des Tages und dem anstrengenden Marsch müde, aber doch nicht zu müde für die Geschichte, die Bruder Basilius ihm versprochen hatte.

Es drängte ihn zu erfahren, was sich hinter den mysteriösen Vorfällen im Kloster und dem geheimnisvollen alten Mönch verbarg, den er bei Eis und Schnee nach Himmerod gebracht hatte. Endlich würde sich ihm offenbaren, in welch dunkles Geheimnis er ahnungslos hineingestolpert war und was Domherr Melchior von Drolshagen um jeden Preis in Erfahrung bringen wollte!

Fünfundzwanzigstes Kapitel

Bruder Basilius faltete seine Decke doppelt und legte sie sich über Schulter und Rücken, um sich hinten vor der Kühle der Nacht zu schützen. »Damit Ihr versteht, wer Bruder Anselm war und was ihn zeit seines Lebens nicht in Ruhe gelassen hat, muss ich Euch zuerst von einem anderen tapferen Mann erzählen – und zwar von Bruder Anselms Jugendfreund, dem Jesuiten Friedrich Spee.«

Jakob schaute ihn über das Feuer hinweg an und wartete geduldig, während Henrik noch einen dicken Ast in die Flammen schob und dann zu seiner Schnitzarbeit griff.

»Friedrich Spee kam 1591 als Sohn eines Burgvogtes in Kaiserswerth, der Kaiserpfalz am Rhein, zur Welt – und zwar in einer Zeit, als marodierende Kriegshorden durch das Land zogen und hysterische Hexenjagden einen schrecklichen Blutzoll forderten. Allein im Trierer Umland starben mehrere hundert Menschen auf den Scheiterhaufen der Hexenjäger. Es gab hier Dörfer, wo nur ein, zwei Frauen die Massenschlächterei überlebten«, begann Bruder Basilius.

Jakob erschauerte und verschränkte die Arme vor der Brust, als vermochte ihn das Feuer nicht länger zu wärmen. Er war sich auf einmal nicht mehr sicher, ob es eine gute Idee gewesen war nach den Hintergründen zu fragen.

»Die Eltern des jungen Friedrich Spee hatten für ihren Sohn eine juristische Laufbahn im Dienst des Kölner Kurfürsten im Auge«, fuhr Bruder Basilius fort. »Deshalb schickten sie ihn im Jahre 1601 auf das Kölner Gymnasium *Tricoronatum*. Die ›spanischen Priester‹, wie die Jesuiten im Volksmund ja wegen ihres spanischen Ordensgründers

Ignatius von Loyola auch genannt werden, hatten das Gymnasium damals schon zu einer berühmten Lehranstalt mit an die tausend Schülern gemacht. Hier lernten sich Friedrich Spee und Anselm von Picoll kennen. Beide trugen als Schultracht voller Stolz den roten Mantel mit goldenen Borten, der nur adeligen Schülern zusteht. Hier am *Tricoronatum* schlossen sie Freundschaft fürs Leben. Gemeinsam wechselten sie später an die Kölner Universität, wo sie 1609 den akademischen Grad des Baccalaureus erwarben. Dann trennten sich ihre Wege, obwohl sich beide für das Priestertum entschlossen hatten. Doch während Anselm von Picoll mehr dem zurückgezogenen Klosterleben in Gebet und Kontemplation zugeneigt war und daher in den Zisterzienserorden eintrat, entschloss sich Friedrich Spee für die ›Gesellschaft Jesu‹ und wurde Jesuit.«

»Zisterzienser und Jesuit, ist das denn so ein großer Unterschied?«, wollte Jakob wissen.

»Oh ja!«, versicherte der Mönch. »Die Gemeinschaft der Zisterzienser ist bestimmt von der strengen Befolgung der benediktinischen Regel und dem Grundsatz *ora et labora* – bete und arbeite, von Einfachheit und Strenge in klösterlicher Abgeschiedenheit, und sie strebt durch Hingabe an das Studium der Heiligen Schrift, das Gebet, die Meditation und schließlich die Kontemplation eine religiöse Vertiefung an.«

»Und was haben sich die Jesuiten auf ihr Ordensbanner geschrieben?«, fragte Jakob, während die Rufe eines Käuzchens aus dem Wald kamen.

»Ignatius von Loyola hat einen im weltlichen Leben sehr aktiven Orden ins Leben gerufen. Aus der Erkenntnis, dass die wahre Liebe zu Gott ohne die Liebe zum Nächsten nicht zu haben ist, hat er für seine Bruderschaft seine ganz eigene Konsequenz gezogen: Jesuiten sollen sich nicht hinter Klostermauern zurückziehen, sondern in die Welt hinausgehen. Sie sollen Gott in allen Dingen suchen und finden und sich dorthin begeben, wo Not und Verzweiflung herrschen. Gottesdienst will nicht *gefeiert*, sondern *getan* werden. Sich der dringlichsten Probleme der Gegenwart anzunehmen ist daher die große Aufgabe, die sich der Jesuitenorden gestellt und die ihm auch zu einer starken Weltfrömmigkeit verholfen hat. Jesuiten widmeten sich von Anfang an der Bildung des einfachen Volkes, was auch heute noch vielen Mächtigen in Staat und Kirche ein Dorn im Auge ist. Sie unterrichten, zumeist zu zweit, in Stadt- und Dorfpfarreien, verfassen einfache Katechismen, die sie kostenlos verteilen, benutzen ein vereinfachtes Messbuch und haben das Singen deutscher Kirchenlieder bei ihren Gottesdiensten zur Regel gemacht.«

»Ihr scheint für die Jesuiten große Bewunderung zu hegen«, stellte Jakob fest.

»Das habt Ihr richtig erkannt.«

»Warum seid Ihr dann nicht in die ›Gesellschaft Jesu‹ eingetreten statt Zisterzienser zu werden?«

Der Mönch lächelte. »Jede Zeit hat ihre Aufgabe und jeder Mensch muss seinen ganz eigenen Weg finden, der ihn zum Innersten seines Wesens führt. Es hat in Gottes Schöpfungsplan schon seinen Sinn, warum nicht jeder Vogel als Adler geboren wird und warum der Regenwurm genauso wichtig ist wie der Schmetterling oder die fleißigen Bienen.«

»Der Mond, der Silberschmied der Nacht, steht genauso am Firmament wie die Sonne, die dem Tag vorangeht«, bemerkte Henrik wie zu sich selbst. »Und auch von den unendlich vielen anderen Gestirnen ist wohl nicht ein einziges einem anderen gleich.«

Jakob verstand. »Wann haben sich dieser Friedrich Spee

und Bruder Anselm denn wieder gesehen?«, fragte er und brachte Bruder Basilius damit zum Kern seiner Geschichte zurück.

»Als die Hexenverfolgung wie ein böses Fieber um sich griff und zu einem entsetzlichen Blutrausch wurde«, antwortete Bruder Basilius. »Als in den zwanziger und dreißiger Jahren unseres Jahrhunderts überall auf dem Land, aber auch in Trier und Köln, in Würzburg und Bamberg sowie in anderen fränkischen Hochstiften innerhalb weniger Jahre tausende Menschen im Feuer der Scheiterhaufen oder in den Folterkammern ihr Leben ließen, darunter auch unzählige Kinder von gerade mal zehn, zwölf Jahren.«

Jakob wünschte, er hätte nicht gefragt. Schweigend saß er da und starrte ins Feuer. Vor seinem geistigen Auge sah er jedoch die Flammen eines ganz anderen Feuers auflodern.

Bruder Basilius sah ihn aufmerksam an. »Glaubt Ihr an Hexen und Druden, Jakob?«

Jakob biss sich auf die Lippen. Dann schüttelte er heftig den Kopf. »Nein!«, stieß er hervor.

Der Mönch nickte. »Gut, denn all dieses Gerede über Hexenflug und Pakt mit dem Teufel ist nichts als Aberglaube und Altweibergeschwätz. Dass Teufelsanbeter satanische Magie betreiben, sich in Kröten, Fliegen und anderes Getier verwandeln können, andere Menschen verhexen, mit ihrem angeblich bösen Blick Ernten vernichten und Missgeburten hervorrufen und dass sie nachts tote Kinder auf den Kirchhöfen ausgraben, um sie zu zerstückeln und zu Zauberelixieren zu zerkochen – all das sind die ebenso widerwärtigen wie unsinnigen geistigen Ausgeburten furchtsamer, verquerer Seelen.«

»Die aber unzählige Unschuldige auf den Scheiterhaufen gebracht haben und immer noch bringen!«, rief Jakob mit erregter Stimme. »Und zwar durch die Inquisitoren der Kirche, die diese gefolterten Frauen ›zur Ehre Gottes durch das reinigende Feuer gehen lassen‹, wie es doch stets heißt, wenn wieder einmal eine Hexe verbrannt wird!«

»Leider ist das die traurige und beschämende Wahrheit«, gestand Bruder Basilius. »›Nichts ist so absurd, dass es nicht von einem Philosophen oder Kirchenmann irgendwann einmal behauptet worden wäre.‹ Das hat schon Cicero erkannt. Der Hexenwahn gehört zu diesen absurden Theorien und er hat zu einem entsetzlichen Blutbad geführt. Dabei galt der Glaube an Hexen in der frühen Kirche geradezu als Beweis, dass man nicht an Gott und das Evangelium glaubte. Schon im Jahre 785 fasste eine Synode zu Paderborn einen drastischen Beschluss, der dem Hexenglauben ein Ende bereiten sollte und der in seinem entscheidenden Satz ungefähr so lautete: ›Wer vom Teufel geblendet wie die Heiden glaubt, jemand sei eine Hexe und fresse Menschen, und wer diese Person deshalb verbrennt, der soll selbst mit dem Tode bestraft werden.‹ Das waren klare Worte, die damals von der Kanzel drangen und in den Schriften der Gelehrten Niederschlag fanden. Und solche Beschlüsse waren keine Seltenheit. So exkommunizierte beispielsweise ein irisches Konzil im 9. Jahrhundert jeden, der an die Existenz von Hexen glaubte. Und es schrieb vor einer Rückkehr in den Schoß der Kirche ausdrücklich einen öffentlichen Widerruf vor. Im 13. und 14. Jahrhundert machten Synoden auch in Trier, Mainz, Köln und anderswo mit Leuten, die solchen Aberglauben verbreiteten, kurzen Prozess, indem sie diese kurzerhand wie in Irland exkommunizierten. Und berühmte Theologen wie der Bischof von Chartres und später auch Männer wie Erasmus von Rotterdam nannten den Glauben an Hexen jammervolle Torheiten und Krankheiten des Geistes. Als bestes Heilmittel dagegen empfahlen sie solchem Gerede erst gar kein Gehör zu schenken.«

Jakob lachte bitter auf. »Und wie konnte es dann zu diesen fürchterlichen Hexenverfolgungen kommen?«

Bruder Basilius gab einen schweren Stoßseufzer von sich. »Ach, darauf gibt es nicht eine einzige, alles erklärende Antwort. Auf Euer Warum kann ich nur sagen: Weil die Menschen immer noch mehr Aberglauben als wahren Glauben an Gott und die Botschaft des Evangeliums besitzen. Weil die Verunsicherung durch die Glaubensspaltung und die Furcht vor dem Jüngsten Gericht und der Hölle, mit der so viele Priester ihre Gemeinden in Angst und Schrecken versetzen, das Vertrauen auf den Himmel zerstören sowie Missgunst, Hass und der Bereitschaft zur Gewalt Vorschub leisten. Weil Hexenrichter, Folterknechte und Scharfrichter sich ihr grausames Handwerk gut bezahlen lassen. Weil Städte und Gemeinde das Vermögen verurteilter Hexen und Drudner konfiszieren und sich daran bereichern können. Weil eine anonyme Denunziation schon reicht, um jemanden zur Hexe zu stempeln und sie auf die Folter zu bringen, sodass man sich auf diese Weise bequem eines unliebsamen Nachbarn oder gar Gläubigers entledigen kann. Vor allem aber weil Menschen in Zeiten der Verelendung, wo Missernten, fürchterliche Seuchen, Naturkatastrophen und Kriege das Land heimsuchen, Sündenböcke brauchen und einen Weg suchen, um ihrer Ohnmacht bei all dem Leid und Unglück auf irgendeine Weise Luft zu machen – mögen sie nun Juden, Zigeuner, Protestanten oder Hexen heißen.«

»Das allein kann es nicht sein, denn harte Zeiten gab es doch auch in den Jahrhunderten davor!«

»Ihr habt recht, Jakob. Sicherlich kamen mehrere unselige Umstände zusammen. So, wie Kalisalpeter, zerstoßene Holzkohle und Schwefel getrennt harmlos sind und keinen Schaden anrichten, in richtiger Mischung aber zu Schießpulver werden, bei dem es nur eines Funkens bedarf, um es explodieren zu lassen. Ich fürchte, die päpstliche Bulle *Summis desiderantes affectibus* von 1484 hat in Zusammenhang mit dem grotesken, aber leider rasch weit verbreiteten *Malleus Maleficarum* eine solch mörderische Mischung ergeben und die blutige Lawine der Hexenjagden losgetreten. Diese sogenannte ›Bibel der Hexenrichter‹ hat auf jeden Fall die Aufmerksamkeit von vielen Kirchenmännern und Ratsherren geweckt und diese haben sich dann von dem Hexenwahn der Verfasser anstecken lassen.«

»Von diesem *Malleus Maleficarum* habe ich schon mal gehört«, sagte Jakob zögernd und mit angestrengtem Gesicht.

»Man nennt dieses ebenso dicke wie wirre Werk auch den *Hexenhammer*, eine unsägliche Sammlung von angeblichen Beweisen über das Unwesen der Hexen und sich wissenschaftlich gebärdenden Anregungen, wie man Hexen und Druden und andere Satanshörige angeblich überführen kann. Zwei Inquisitoren aus dem Dominikanerorden haben ihn verfasst, Heinrich Kramer und Jakob Sprenger. Beide stießen bei ihrer Verfolgung von Hexen auf starken Widerstand von kirchlichen und weltlichen Behörden. Um diesen Widerstand zu brechen, erwirkten sie 1484 von Papst Innozenz VIII. die Bulle *Summis desiderantes affectibus*, die es ihnen erlaubte ihre Arbeit fortzusetzen. Diese Bulle und ein Anerkennungsschreiben der Kölner Universität nahmen sie als Vorwort in ihren *Hexenhammer* auf, den sie drei Jahre später in Druck legten, sodass es den Anschein hatte, als wäre ihr Hexenfieber von Rom gebilligt und auch von höchsten deutschen theologischen

Gremien abgesegnet.« Er seufzte. »Worte haben schöpferische oder zerstörerische Kräfte, sie können Engel gebären – oder Dämonen. Der *Hexenhammer* gebar zweifellos ein Heer von Dämonen.«

Er machte eine kurze Pause und für einen Moment war nur das Knistern und Knacken der brennenden Äste und das leise Raspeln von Henriks Federmesser zu hören. Dann fuhr er fort: »Ihren Kritikern machten die beiden Autoren in ihrem umfangreichen Traktat kühn und schnell den Prozess, indem sie nämlich glattweg behaupteten, dass jeder, der die Existenz von Satansbräuten und Hexerei in Abrede stelle, ein Ketzer und vermutlich selbst Satan untertänig sei!«

»Das ist perfide!«, sagte Jakob voller Abscheu. »Genau wie diese Wasserprobe für Hexen! Wenn man sie gefesselt in einen Fluss wirft und sie dabei ertrinken, dann hat sie der Dämon verlassen, was aber nichts an ihrem Tod ändert. Wenn sie aber über Wasser bleiben, dann ist das angeblich ein deutliches Zeichen, dass sie Hexen sind – und dann kommen sie unter die Folter und danach auf den Scheiterhaufen. In jedem Fall ist ihnen der Tod gewiss! Das ist Irrsinn, verbrecherische Willkür!«

Henrik nickte und murmelte bitter: »Sie haben Lippen und sind stumm geboren, haben Augen und sehen kein Leid. Sie haben Hände und können nicht segnen.«

Bruder Basilius stimmte ihm zu. »Ein Irrsinn im blutigen Gewand der Gottesstreiter! Denn natürlich bringt die Folter nur Lügen und falsche Geständnisse hervor. Wer vermag schon Tage oder gar Wochen der verschärften Tortur zu überstehen, ohne schließlich alles zu gestehen, was die Inquisitoren hören wollen und was sie den Gefolterten schon mit ihren Fragen in den Mund legen? Selbstverständlich gestehen diese armen Geschöpfe jeden Unsinn, nur damit die Qualen endlich ein Ende haben! Nach dieser perversen Methode angeblicher Wahrheitsfindung würden auch so gut wie alle Inquisitoren, wenn man sie auf die Folter spannte, auf dem Scheiterhaufen landen – ja, auch alle Ordensleute, Bischöfe, Kardinäle und sogar der Papst!«

Jakob kämpfte mit seinen Erinnerungen und schluckte schwer. »Was ist mit diesem Friedrich Spee und Bruder Anselm? Wolltet Ihr mir nicht von ihnen erzählen?« Eine gewisse Ungeduld lag in seiner Stimme.

Henrik blickte auf und sein Blick war so spöttisch wie seine Worte: »Das Korn wächst nicht schneller, wenn man auf die Halme schießt!«

Bruder Basilius hob begütigend die Hand. »Ich verstehe Eure Ungeduld, Jakob. Aber das eine gehört zum andern, wie der Tag zur Nacht und der Schmerz zur Freude.« Er stieß mit seinem Stock einen dicken Ast in die Mitte des Feuers, dessen Flammenzungen gierig nach der neuen Nahrung griffen. »Friedrich Spee war ein großartiger Poet und Prediger – aber ein noch größerer Kämpfer gegen die Verblendung und den Hexenwahn. Als er um 1630 in Paderborn Vorlesungen hielt, da fanden im benachbarten Geseke über fünfhundert vermeintliche Hexen den Tod auf dem Scheiterhaufen. Und nur wenige Jahre vorher hatte sich in Bamberg der Fürstbischof wie ein Massenmörder aufgeführt und über 900 Hexen verbrennen lassen. Auch Trier, wo Friedrich Spee bei den Jesuiten sein Noviziat angetreten hatte, war eine Hochburg des Hexenwahns und die umliegenden Dörfer machten davon keine Ausnahme. All das bekam der Jesuit hautnah mit, wohin er auch ging, und er kämpfte mit heiligem Zorn gegen diesen Irrsinn an. Denn er kannte die Nacht der Hölle, durch die die Gefolterten gehen mussten. Er stieg nämlich in die schrecklichen Kerker hinab, redete mit den Gequälten und begleitete sie zur Richtstätte. Deshalb, so sagte man, sei er schon in so jungen Jahren schlohweiß geworden. Im Gegensatz zu vielen anderen Priestern und Schreibstubengelehrten, die mit Feder und Papier ebenso zu Massenmördern geworden sind wie die Inquisitoren, im Gegensatz zu diesen verblendeten Männern glaubte er an die Unschuld der Unglücklichen und verurteilte die Folter auf das Schärfste – genau wie Bruder Anselm, mit dem er in Kontakt blieb und der im Umland seines Klosters, dem er mittlerweile als Abt vorstand, gegen den Hexenwahn zu Felde zog und an Vernunft und Barmherzigkeit appellierte. Und dann verfasste Friedrich Spee die *Cautio Criminalis*. Sie erschien im Jahre 1631, also mitten im Krieg, beim protestantischen Buchdrucker Peter Lucius in Rinteln – anonym. *Auctore incerto theologo Romano* steht auf dem Titelblatt, was übersetzt ›von einem unbekannten römischen Theologen‹ heißt. Aber der Verdacht fiel schnell auf Friedrich Spee.«

»Und was ist das für ein Traktat gewesen?«

Bruder Basilius schlug mit der geballten Faust in die Handfläche. »Eine vernichtende Kritik! Eine brillante und mutige Kampfschrift gegen die Hexenverfolgung, in der er mit den Theoretikern des Hexenglaubens wie mit den Inquisitoren gnadenlos ins Gericht ging. Er zeigte in seiner geschliffenen *Cautio Criminalis* auf, dass die Verfahren nicht nur rechtswidrig und unmenschlich, sondern schon vom gedanklichen Ansatz her unsinnig und zudem ausgesprochen unchristlich, ja heidnisch sind!«, berichtete der Mönch mit flammender Erregung. »Während den Fanatikern des Hexenglaubens keine Folter grausam genug sein kann, fordert Friedrich Spee von diesen selbstherrlichen, vermeintlichen Streitern zur Ehre Gottes die ›göttlichen Tugenden‹ ein, die da *Glaube, Hoffnung* und *Liebe* heißen – und nicht Argwohn,

Folter und Vernichtung. Sein Gott und der Gott unseres Christentums, das macht er immer wieder deutlich, ist der Christus des Neuen Testamentes, der uns die frohe Heilsbotschaft von Gottes Liebe und Barmherzigkeit gebracht hat. Und er hält diesen verblendeten Massenmördern im Priestergewand vor Augen, dass ihr Gott, der mit Feuer und Schwert straft, den alttestamentarischen Götzen der Heiden entspricht, die mit Menschenopfern versöhnt werden wollen. Denn genau dem kommt ihr blutiges Handwerk gleich! Oh, er zerpflückt ihre wirren, abergläubischen und menschenverachtenden Theorien über die Teufelsdienerinnen, wie ein frischer Windstoß kalte Asche hinwegfegt! Er nennt den unmenschlichen, bestialischen Wahnsinn beim Namen. Vehement verurteilt er die Folter, bezeichnet so erzielte Geständnisse als völlig wertlos und als unter Qualen abgepresste Lügen, fordert Einhaltung der Gesetze, volle Einsicht in die angeblichen Beweise der Anklage, einen Verteidiger und die Vermutung der Unschuld, wenn die Beweise nicht wirklich hieb- und stichfest sind. Und immer wieder weist er mit Nachdruck darauf hin, dass gerade der Christ verpflichtet ist Nachsicht, Mitgefühl und Liebe walten zu lassen – und vor allem nicht mit Menschenblut Kurzweil zu treiben!«

Jakob lachte mit bitterem Sarkasmus auf. »Wie nobel von ihm. Aber viel Erfolg hat dieser Friedrich Spee mit seiner Kampfschrift ja wohl nicht gehabt. Denn noch immer werden überall Hexen verbrannt.«

»Dass auf den Scheiterhaufen der Hexenkommissare noch immer Unschuldige ihr Leben lassen, ist leider nur zu wahr. Aber diese unglaublichen Massenhinrichtungen sind sehr selten geworden. Die *Cautio Criminalis* hat schon viele Auflagen gesehen und ist nicht ohne Wirkung geblieben! Jetzt wagen sich immer mehr Theologen die Theorie und

Praxis der Hexenverfolgung offen anzuprangern und als bestialische Willkür zu verurteilen«, versicherte Bruder Basilius. »Damals, vor gut zwanzig Jahren, wäre Friedrich Spee beinahe noch selber als Ketzer auf dem Scheiterhaufen gelandet. Wäre er nicht im August 1635 in Trier, als er nach der Eroberung der Stadt durch kaiserliche Truppen verwundete Soldaten pflegte, an einer Seuche gestorben, hätten seine erbitterten Feinde ihn wohl auch der Zauberei angeklagt und durch das Feuer gehen lassen.«

Jakob hatte Mühe vor Henrik und dem Mönch zu verbergen, wie sehr ihn dieses Thema innerlich aufwühlte. »Und Bruder Anselm, drohte auch ihm einst der Scheiterhaufen?«

»Er wäre nicht der erste Ordensmann und Priester gewesen! Viele haben für ihre Überzeugung mit dem Leben bezahlt, Jakob, und daher wäre es ungerecht alle Priester über einen Kamm zu scheren. Ich brauche bloß an die Jahre 1610 bis 1615 zu denken, in denen im Trierer Umland wieder einmal das Hexenfieber grassierte. Als sich einige mutige Dorfpfarrer dem blutigen Treiben zu widersetzen versuchten, wurden kurzerhand acht von ihnen ebenfalls eingekerkert und auf den Scheiterhaufen geschickt – zusammen mit dem Abt von St. Martin, einigen Schöffen und sogar einem Bürgermeister!«, erinnerte sich der Mönch. »Bruder Anselm aber blieb von den Hexenkommissaren verschont. Er büßte für seinen beharrlichen Einsatz gegen Hexenhysterie und für die Verbreitung der *Cautio Criminalis* in seiner Region nur mit dem Verlust seiner Abtwürde. Unter Druck eines päpstlichen Legaten und anderer einflussreicher Kirchenmänner setzte man ihn ab und sorgte dafür, dass er als einfacher Ordensbruder hinter den Mauern eines Klosters im Frankenland verschwand. Man schickte ihn sozusagen in die Verbannung. Seine Feinde, von denen nicht wenige aus dem Erzbistum Trier kommen, ahnten lange Zeit jedoch nicht, dass der dortige Abt ihm nicht nur großen Respekt entgegenbrachte, sondern ihm im Geheimen auch große Freiheiten ließ. Er gestattete ihm mit anderen Streitern wider den Hexenwahn schriftlich in Kontakt zu bleiben und seine Arbeit mit Hilfe seiner verschwiegenen Vertrauten in jahrelanger, mühseliger Beharrlichkeit fortzuführen.«

»Habt auch Ihr zu diesem Kreis von verschwiegenen Vertrauten gehört?«

Bruder Basilius nickte. »Ja, und das ist eines der wenigen Dinge in meinem Leben, auf die ich stolz bin.«

»Na, da wüsste ich aber noch ein paar andere zu nennen, auf die Ihr stolz sein könnt und die mit mir zu tun haben«, widersprach Jakob. »Ihr und Henrik habt Euer Leben schon mehrfach aufs Spiel gesetzt, um mich vor der Folter zu retten.«

»Hier soll nicht von mir die Rede sein. Lasst uns deshalb wieder zu Bruder Anselm zurückkehren«, sagte der Mönch und lenkte damit geschickt von sich ab. »Wie groß die Wirkung seiner Briefe und Aufrufe gewesen ist, die kopiert und anonym in Umlauf gebracht wurden, lässt sich schwer feststellen. Sicher ist jedenfalls, dass sie den fanatischen Verfechtern der Hexenverfolgung ein schmerzhafter Dorn im Fleisch gewesen sind. Sicher ist auch, dass sie bei einigen berüchtigten Hexenkommissaren der zwanziger und dreißiger Jahre mit dazu beigetragen haben, angesichts ihres nahen Todes ihr einstiges schreckliches Wüten in Frage zu stellen und zu bereuen.«

Jakob hob überrascht die Augenbrauen. »Ihr meint, einige dieser Schlächter haben sich vom Saulus zum Paulus gewandelt?«

»In der Tat«, bestätigte der Mönch. »Von zweien weiß ich

es mit Sicherheit, und zwar von Bischof Johann Eichstätt von Bornheim, der zwischen 1626 und 1630 fast sechshundert Hexen verbrennen ließ, und von Bischof Philipp Adolf von Ehrenstein, der zur selben Zeit im Machtbereich seines Hochstiftes noch grausamer als Eichstätt wütete und als ›Hexenbischof‹ im ganzen Deutschen Reich bekannt und gefürchtet war. Und es war ausgerechnet dieser Hexenbischof von Ehrenstein, der mit der Schuld der mehr als neunhundert Opfer seiner Hexenjagden nicht mehr leben konnte. Im letzten Frühjahr, als er sein Ende nahen fühlte, begann er damit seine Lebensbeichte schriftlich niederzulegen und schonungslos gegen sich selbst auszuführen, welches Unrecht er begangen hat.«

»Die späte Reue eines Verbrechers, der es plötzlich mit der Angst zu tun bekommen hat nach seinem Tod für seine bestialischen Morde im ewigen Fegefeuer zu landen, wenn er nicht vorher noch schnell bereut und Absolution erlangt!«, höhnte Jakob verächtlich. »Einen solchen Mann nenne ich einen feigen Hund von einem Mörder!«

»Mörder und Tyrannen sind immer feige«, warf Henrik ein und zeigte damit, dass seine Schnitzerei ihn nicht davon abhielt, ebenfalls aufmerksam zuzuhören.

»Diese Angst hat gewiss eine Rolle gespielt«, räumte Bruder Basilius ein. »Aber für die Absolution hätte es nur einer gewöhnlichen Beichte auf dem Sterbebett bedurft, vergesst das nicht! Dabei hat er es jedoch nicht belassen. Bischof von Ehrenstein hat sich schriftlich und ausführlich zu seinen schrecklichen Taten bekannt. Zudem ist er auf die starken Zweifel und Gewissensbisse eingegangen, die ihn nach der Lektüre von Abhandlungen wie Friedrich Spees *Cautio Criminalis* immer stärker gequält haben, und zu dem Ergebnis gekommen, dass Hexenverfolgung in der Tat ein Wahn ist, ein Verbrechen gegen die Menschlichkeit und gegen alle göttlichen Gebote. Dieses umfassende Schuldbekenntnis, das zugleich Abrechnung mit dem Hexenwahn und Aufruf zu einer radikalen Umkehr ist, hat der einstige Hexenbischof noch auf seinem Totenbett handschriftlich beendet und von seinen Leibärzten beglaubigen lassen. Damit nach seinem Tod auch wirklich niemand die Echtheit dieses Dokumentes anzweifeln kann, hat er zudem noch jede Seite mit seinem Siegel versehen.«

Nun begann Jakob die ersten Zusammenhänge zu erahnen. »Weil er befürchtet hat, dass die noch immer allzu mächtigen Hexenjäger in Kirche und Staat seine Aufzeichnungen als Fälschung abtun würden?«

»Natürlich! Denn das Schuldbekenntnis des einst berühmt-berüchtigten Hexenbischofs, würde es öffentlich bekannt, wäre für sie eine Katastrophe, für die Opfer der Vergangenheit ein Schuldfreispruch *post mortem* – und für alle Verfolgten ein Segen, könnte es doch zu einem jähen Ende aller Hexenverfolgungen führen.«

Jakob nickte. »Und dieser Bischof Eichstätt, hat der vor seinem Tod auch so ein spätes Schuld- und Reuebekenntnis verfasst?«, wollte er wissen.

Bruder Basilius verneinte. »Die beiden Männer waren jedoch befreundet, der eine quasi Schüler des anderen. Bischof von Ehrenstein war sich bewusst, welch brisantes Dokument er da verfasst hatte und dass man es sofort vernichten würde, wenn es nach seinem Tod in die falschen Hände geriet.«

»Und deshalb hat er mit Bruder Anselm heimlich Kontakt aufgenommen!«, mutmaßte Jakob.

»Nein, nicht direkt. Er hat Bischof Eichstätt zu sich gebeten und ihm zwei Tage vor seinem Tod seine schriftliche Lebensbeichte anvertraut und ihm aufgetragen für ihre Veröffentlichung zu sorgen. Er wusste sie bei ihm in guten

Händen. Denn Eichstätt hatte ihm schon vor Jahren gestanden, dass sich seine einstige, unerschütterliche Selbstsicherheit in der Frage der Folter und der Hexenverbrennungen in ein erdrückendes Schuldbewusstsein verwandelt hatte, dass ihn jede Nacht Alpträume quälten und dass er auch tagsüber nicht vergessen konnte, wie verblendet er früher gewesen war und was er angerichtet hatte.«

»Die Reue alter Männer angesichts des Todes! Ich will Euch zeigen, was ich davon halte!« Jakob spuckte demonstrativ ins Feuer. »Wenn es Gott wirklich gibt, dann hoffe ich, dass er gerecht genug ist diese Verbrecher, die in Blut und Asche unschuldiger Menschen gewatet sind, nicht ungestraft davonkommen zu lassen!«

»Die beste Art sich zu rächen besteht darin, nicht Gleiches mit Gleichem zu vergelten«, erwiderte der Mönch. »Und Gottes Gerechtigkeit wird kaum dem armseligen, irdischen Bild gleichen, das wir uns von Gerechtigkeit machen. Dann wäre unser Schöpfer und Erlöser nicht mehr als ein etwas besserer weltlicher Richter.«

Jakob machte eine ärgerliche Handbewegung. »Das sehe ich anders, Bruder Basilius!«, widersprach er kühl. »Aber lassen wir das. Erzählt lieber, was dann geschehen ist. Was hat dieser Eichstätt mit dem Dokument gemacht?«

»Bischof Eichstätt hat wenige Monate nach dem Tod des Hexenbischofs Verbindung mit Bruder Anselm aufgenommen«, fuhr Bruder Basilius in seinem Bericht fort, während Henrik noch einmal Holz nachlegte. »Die Lektüre der Lebensbeichte seines verstorbenen Freundes hatte ihn so erschüttert und aufgerüttelt, dass er entschlossen war dieser seine eigene hinzufügen. Da er jedoch schon halb erblindet und zudem von starker Gicht befallen war, so dass er die Feder nicht mehr selber führen konnte, musste er seine Bekenntnisse diktieren. Nur gab es in seiner

Umgebung keinen Einzigen, dem er in dieser Angelegenheit vertraute. Und so geriet Bruder Anselm, den er von früher kannte und dem er einmal bitterfeind gewesen war, in das gefährliche Spiel. Ihm wollte er sich anvertrauen, seine Bekenntnisse diktieren und ihm die Aufzeichnungen des Bischofs von Ehrenstein aushändigen. Nur konnte er diesen Mann, dessen Reputation nur zu bekannt war, schlechterdings zu sich in sein Hochstift einladen und tagelang mit ihm hinter verschlossenen Türen zusammensitzen, ohne Argwohn zu erregen und die Feinde auf den Plan zu rufen.«

»Und deshalb hat er sich mit Bruder Anselm an einem geheimen Ort verabredet!«, folgerte Jakob. »Und weil Domherr von Drolshagen glaubt, ich könnte wissen, wo sich die Männer getroffen haben, ist er hinter mir her, nicht wahr?«

»So ist es«, bestätigte der Mönch. »Bruder Anselm hat Ende letzten Jahres sein Kloster unter dem Vorwand verlassen Abschied von seiner sterbenskranken Schwester nehmen zu wollen. In Wirklichkeit hat er sich jedoch auf einem Gut bei Linz am Rhein mit Bischof Eichstätt getroffen. Dort haben die beiden Männer die Zeit zwischen Weihnachten und Neujahr verbracht und Bruder Anselm hat sich in diesen Tagen die Lebensbeichte des Bischofs diktieren lassen.«

»Ich nehme an, dass Bruder Anselm Euch in alles eingeweiht hat«, sagte Jakob und sah den Mönch nicken. »Was ich jedoch nicht verstehe, ist, dass bei der strengen Geheimhaltung Männer wie Domherr von Drolshagen und der Subprior von Himmerod davon erfahren haben.«

»Nun kurz ein Wort zu der bescheidenen Rolle, die Bruder Anselm mir zugedacht hatte. Er wusste, dass ich die Erlaubnis erhalten hatte in diesem Frühjahr zu einer Pilgerreise nach Santiago de Compostela aufzubrechen.

Meine Aufgabe sollte es sein beide Dokumente an mich zu nehmen, sie sicher außer Landes zu bringen und sie in Santiago de Compostela einem Mann zu übergeben, der für die Drucklegung dieser sensationellen Bekenntnisse und für ihre Verbreitung garantieren kann. Es war ausgemacht, dass wir uns Mitte Januar scheinbar zufällig in Himmerod treffen wollten.«

»Habt Ihr denn vor seinem Tod noch mit Bruder Anselm sprechen können?«, fragte Jakob.

»Leider nein, obwohl ich es mehrfach versucht habe«, bedauerte der Mönch. »Bruder Tarzisius hat ihn zu gut abgeschirmt. Ein einziges Mal habe ich mich in seine Zelle schleichen können, doch es ist mir nicht vergönnt gewesen, Bruder Anselm in einem klaren Augenblick anzutreffen.«

»Aber woher wussten die anderen von den geheimen Dokumenten und Eurem geplanten Treffen?«, hakte Jakob gespannt nach.

Der Mönch lachte auf. »Menschliche Geheimnisse haben es nun mal an sich, dass sie nicht auf Dauer so geheim bleiben, wie man es sich wünscht. Dass Bischof von Ehrenstein in den letzten Wochen seines Lebens mit einer Niederschrift begonnen hatte, über die er nicht einmal mit seinen engsten Vertrauten sprach; dass er sie handschriftlich verfasste statt sie seinem lang gedienten Sekretär zu diktieren; und dass er sie streng unter Verschluss hielt – all das gab in seiner Umgebung schon Anlass zu ersten Vermutungen und Gerüchten. Diese waren jedoch sogar nach dem Besuch von Bischof Eichstätt noch zu vage, um den Kern zu treffen. Das aber änderte sich ganz plötzlich, als Bischof Eichstätt auf dem Gutshof bei Linz einen Tag, bevor er die Rückreise antreten wollte, einem Gehirnschlag erlag. Damit flog die Geheimhaltung auf. Möglich, dass man bei dem Toten irgendwelche verräterischen Notizen oder gar Briefe von Bruder Anselm gefunden hat. Auf jeden Fall haben Domherr von Drolshagen und seine Freunde natürlich Erkundigungen eingezogen und zwei und zwei zusammengezählt. Und da Bruder Tarzisius beste Beziehungen zur erzbischöflichen Kurie unterhält, ist es nicht verwunderlich, dass der Domherr auch ihn unterrichtet und ihm wohl nahe gelegt hat Augen und Ohren offen zu halten.«

»Und dann haben von Drolshagen und seinesgleichen unverzüglich die Verfolgung von Bruder Anselm aufnehmen lassen, der bestimmt vorausschauend genug gewesen ist sich sofort aus dem Staub zu machen!«, warf Jakob ein.

»Ja, unglücklicherweise nicht in bestem gesundheitlichem Zustand, wie wir nun wissen«, seufzte Bruder Basilius. »Ihm ist es aber zumindest noch gelungen die brisanten Bekenntnisse der beiden Hexenbischöfe irgendwo gut zu verstecken, bevor er auf Euch getroffen, ins Fieberdelirium gesunken und dann in Himmerod in die Hände seiner Feinde gefallen ist. Nun wisst Ihr, in welche Ereignisse Ihr unfreiwillig verstrickt seid.«

Was für eine Geschichte! Einen Augenblick lang herrschte gedankenvolles Schweigen. Sogar Henrik hielt die Hände still und schaute wie in stillem Gedenken an den Mut von Bruder Anselm in das heruntergebrannte Feuer. Wie eine polierte Silberscheibe stand der Vollmond über dem dunklen Wald.

»Es wäre wirklich tragisch, wenn die Aufzeichnungen unauffindbar blieben«, brach Jakob schließlich das Schweigen. »Dann wären alle Mühen vergeblich gewesen.«

»Eine Enttäuschung, so bitter sie auch sein mag, ist noch lange nicht das Ende der Hoffnung«, erwiderte Bruder Basilius. »Die Dokumente sind viel zu wichtig, als dass wir die Suche nach ihnen so leicht aufgeben würden. Wir werden sie schon finden. Ich vertraue darauf, dass wir in Koblenz auf einige hilfreiche Hinweise stoßen werden. So, und nun wird es Zeit, dass wir uns schlafen legen. Die Nacht ist schnell vorbei und wir haben morgen einen anstrengenden Marsch vor uns.«

Henrik nickte und legte seine Schnitzarbeit weg. »Die Zeit ist reif, die Stunde da«, pflichtete er ihm bei, warf noch mehrere Äste ins Feuer und rollte sich dann in seine Decke ein.

Jakob spürte seine Müdigkeit auf einmal mit ganzer Macht. Nachdem er nun alles erfahren hatte, zog sie ihn wie mit Bleigewichten nieder. So wickelte er sich denn auch in seine Decke und streckte sich am warmen Rand der Feuerstelle auf dem Boden aus. Ihm fielen sofort die Augen zu. Er schlief schon fest, noch bevor Bruder Basilius sein Nachtgebet beendet hatte.

Sechsundzwanzigstes Kapitel

Die Pechfackeln senkten sich und augenblicklich loderten die Flammen auf. Das Feuer bildete im Handumdrehen einen Kreis um den Pfahl in seiner Mitte und fraß sich gierig von außen nach innen. Die Schreie, die aus dem Innern des Scheiterhaufens drangen und das laute Prasseln der Flammen anfangs noch weithin übertönten, gellten in seinen Ohren und zerrissen ihm das Herz. Er wollte sich losreißen und sich in dieses Feuer stürzen, doch eine kräftige Hand hielt ihn, den schmächtigen Jungen, zurück.

»Es ist nur ein böser Traum! . . . Hörst du, Jakob? . . . Es ist nur ein Alptraum«, hörte er dann eine beruhigende Stimme.

Jakob erwachte. Und in dem kurzen Moment, als der Schlaf ihn freigab und er an der Schwelle zum Erwachen stand, wurde er sich bewusst, dass er sich am Boden krümmte und dabei wimmerte.

»Du bist in Sicherheit, Jakob«, sagte da die Stimme wieder und rüttelte ihn sanft an seiner Schulter. »Niemand kann dir etwas zu Leide tun.«

Jakob öffnete die Augen, richtete sich jäh auf und fuhr mit gehetztem Atem herum. Völlige Dunkelheit umgab ihn. Das Feuer war erloschen und der Nachthimmel hatte einen Vorhang aus Wolken vor die leuchtenden Sterne gezogen.

»Ich bin es nur«, sagte Bruder Basilius. »Ihr hattet einen bösen Traum und habt geweint. Ich hielt es für besser Euch von diesem Alptraum zu befreien.«

Jakob tastete über sein Gesicht und fand es tränenfeucht.

»Wollt Ihr mir nicht sagen, was Euch bedrückt?«, fragte der Mönch und legte ihm seine Hand auf die Schulter.

»Ein Alptraum, nichts weiter«, murmelte Jakob. Von der anderen Seite der Feuerstelle kam das laute Schnarchen des Schweden.

»Ich fürchte, es ist mehr als nur ein Alptraum. Ihr tragt großen Kummer in Euch, den Ihr fest in Euch verschließt. Aber das ist nicht gut. Sprecht darüber. Es wird Euch befreien.«

Jakob schüttelte den Kopf. »Da ist nichts, was zu befreien wäre!«, wehrte er schroff ab. »Es ist Eure Geschichte, die mich im Schlaf verfolgt und mir so zugesetzt hat. Was ja wohl auch kein Wunder ist, oder?«

»Nein, das ist es nicht«, räumte Bruder Basilius ein. »Aber das allein wird es wohl nicht gewesen sein. Ich spüre nicht erst heute, dass etwas schwer auf Euch lastet. Ich will Euch nicht zu etwas drängen, was Ihr nicht wollt. Aber vergesst nicht, dass Ihr zu jeder Zeit mit mir reden könnt, wenn Euch danach zu Mute ist.«

»Wir reden doch gerade«, sagte Jakob spöttisch.

»Aber nicht über das Wesentliche.«

»Gut, dann lasst uns über das Wesentliche reden, Bruder Basilius!«, stieß Jakob grimmig hervor. »Und zwar darüber, warum Euer Gott, der doch angeblich der Gott der Liebe und der Barmherzigkeit ist, all diese Verbrechen und das Elend zulässt, von dem Ihr vorhin erzählt habt!«

»Ihr meint also, Gott hätte schon längst gegen den Hexenwahn einschreiten müssen, ja?«, fragte der Mönch ruhig.

»Natürlich! Und nicht nur gegen die Hexenjäger, sondern auch gegen die Ausbeutung und Unterdrückung durch die Fürsten und gegen so vieles andere!«

»Ich fürchte, Ihr habt ein falsches Bild von Gott, Jakob. Der Allmächtige ist kein Puppenspieler und wir sind keine Marionetten, die an unsichtbaren göttlichen Fäden hängen. Wir sind nicht der Willkür eines Herrschers ausgesetzt, der die Welt erschaffen hat, damit er in diesem Welttheater ganz nach Lust und Laune und zu seiner Erbauung mal an diesem Menschenfaden und mal an jenem zieht«, antwortete Bruder Basilius.

»Was sind wir dann?«

»Die Hüter der Schöpfung und frei in all unseren Entscheidungen. Gerade weil Gott uns liebt wie Eltern ihre Kinder, hat er uns nicht zu Sklaven gemacht, sondern uns die Freiheit geschenkt. Diese Freiheit beinhaltet nun aber auch, dass wir uns ebenso für das Gute wie für das Böse entscheiden können. Es ist nicht Gott, der Elend, Unterdrückung und Hexenwahn über die Menschen bringt, Jakob. Es sind die Menschen selbst, die sich gegen das Gute, gegen Liebe und Barmherzigkeit entscheiden und aus Verblendung, Raffgier und Herrschsucht ihren Mitmenschen so viel Leid antun.«

»Und Gott schaut tatenlos zu!«

Der Mönch lachte neben ihm leise auf. »Seid mir nicht böse, Jakob, aber solch eine Reaktion ist typisch für uns selbstsüchtige Menschen.«

»Das ist nicht gerecht!«, protestierte Jakob. »Ich habe nur davon gesprochen . . .«

»Lasst mich ausreden, Jakob!«, fiel Bruder Basilius ihm ins Wort. »Einerseits wollen wir, dass niemand uns vorschreibt, was wir zu tun und zu lassen haben und für welches Leben wir uns entscheiden. Wir wollen unseren Willen in allen Dingen durchsetzen und die Welt so gestalten, wie wir sie für richtig halten. Wir wollen Meister unseres eigenen Lebens sein und streben in allem nach Allmacht. Und dieses großartige Geschenk der völligen Entscheidungsfreiheit hat Gott uns gemacht. Nur ignorieren wir gerne, dass die erste Pflicht der Freiheit ist, dass sie sich Grenzen setzt, damit sie die Freiheit des Nächsten nicht stranguliert. Denn Freiheit ohne Verantwortung ist und bleibt Willkür.«

»Aber Fürsten und Prälaten werden offenbar mit entschieden mehr Freiheit geboren als ein Fuhrknecht oder eine Bauernmagd!«, warf Jakob bitter ein.

»Geboren werden wir alle gleich, Jakob. Doch Gottes Gebote, die uns dazu verpflichten, auch für unsere Mitmenschen ein Leben in Frieden und Freiheit zu gewährleisten, sind uns beim Erreichen unserer eigennützigen Ziele meist im Weg und deshalb ignorieren wir sie und machen unsere eigenen Regeln. Aber sowie wir mit unserer Freiheit und unserem Willen in Konflikt mit anderen geraten, die etwas ganz anderes wollen und uns auch noch überlegen sind, etwa weil sie mit brutaler Waffengewalt vorgehen, erwarten wir plötzlich göttlichen Beistand. Da besinnen wir uns plötzlich darauf, dass es einen Schöpfer und Allmächtigen gibt, und dann billigen wir ihm auch ganz schnell wieder die *alleinige* Allmacht zu – die er dann gefälligst rasch zu unseren Gunsten einsetzen soll! Ja, wir machen Gott für alles verantwortlich, was wir Menschen zu unserer eigenen Schande dieser Welt und unseren Mitmenschen antun oder was uns an Unglück zustößt. Aber Gott ist nun mal keine göttliche Mischung aus Amme und Amtmann, der überall da in unser Leben eingreift, wo es nicht so läuft, wie wir es uns wünschen.«

»Aber er lässt zu, dass seit Jahrhunderten all diese Verbrechen in seinem Namen begangen werden«, beharrte Jakob.

»Wenn ich jemandem mit einem Kruzifix den Schädel einschlage und dabei auch noch rufe ›Im Namen Gottes, stirb!‹, wer ist dann schuld – das Kruzifix und Gott oder derjenige, der Kreuz und Gottes Name für seine abscheuliche Mordtat missbraucht hat?«, hielt der Mönch ihm vor.

»Schon gut, ich verstehe«, brummte Jakob.

»Dann gehört Ihr zu den großen Ausnahmen, denn die meisten verstehen es nicht und wenden sich von Gott ab, obwohl sie eigentlich die Menschen meinen, die das Kreuz und Gottes Namen seit Jahrhunderten schänden«, sagte Bruder Basilius. »Nehmt doch nur das Vaterunser. Es ist der größte Märtyrer auf Erden. Denn jedermann zerplappert und zerklappert es, plagt und missbraucht es und nur die wenigsten ehren es durch wahrhaft andächtigen Gebrauch. Wer meint es denn schon ehrlich, wenn er beim Vaterunsergebet spricht: ›Dein Reich komme, dein Wille geschehe!‹ In Wirklichkeit wollen wir das doch gar nicht, sondern wir wollen *unser* Reich und dass *unser* Wille geschehe. Ist es nicht so, Jakob?«

»Mhm«, machte Jakob widerwillig, denn wenn er ehrlich vor sich selbst war, musste er Bruder Basilius darin zustimmen.

»Wenn wir alle Wörter aus unserem Sprachschatz verbannen«, fuhr der Mönch ruhig fort, »die im Laufe der Geschichte auf das Schändlichste missbraucht worden sind, dann wären wir zum hilflosen Stammeln verurteilt und dürften nie mehr Worte wie Liebe, Freiheit, Gott, Kreuz oder Jesus Christus in den Mund nehmen, ja dann müssten wir eigentlich vor Scham und Schuld auf ewig verstummen. Besonders Gottes Name ist besudelt worden wie kein anderes Wort der Menschheit. Es ist zerfetzt, in den Dreck getreten, geschändet und in Ströme von Blut getaucht worden. Und es trägt alle Last und Schuld der Menschheit. Aber wir haben nur diese eine Sprache und so müssen wir immer wieder aufs Neue versuchen diese geschändeten Worte aus dem Kerker ihrer Vergewaltiger zu befreien und sie mit dem Leben zu erfüllen, das ihrem wahren Wesen entspricht.«

»In vielem mögt Ihr Recht haben«, räumte Jakob nachdenklich und widerstrebend ein. »Aber Tatsache bleibt dennoch, dass das Böse in der Welt existiert – und dass Gott es zulässt, obwohl es doch in seiner Allmacht stände das Böse in seiner Schöpfung erst gar nicht zuzulassen!«

»Das will ich nicht bestreiten, Jakob«, gab Bruder Basilius zu. »Aber beides, das Böse und das Gute, ergibt sich aus der Macht, die Gott uns Menschen zugeteilt hat und die sich dadurch als wahre Gottesmacht erweist, dass es in unserem Vermögen liegt uns wider Gott zu erheben.«

Jakob furchte die Stirn.

»Ich weiß, es ist schwer zu verstehen. Aber vergesst nicht, dass die Extreme sich berühren und letztlich eine Einheit bilden. Unsere Welt ist nicht das Paradies von Adam und Eva, sondern eine Welt voller Gegenkräfte: Licht und Finsternis, Tag und Nacht, Ordnung und Chaos, Hitze und Kälte, Nähe und Distanz, Regen und Sonnenschein, Lust und Leid, Verstand und Gefühl, Leben und Tod.« Er machte eine kurze Pause. »Wie es schon in der Bibel bei Jesus Sirach heißt: ›Alles ist zweifach, eins steht immer dem anderen gegenüber.‹ Ohne das eine ist das andere nicht zu haben. Und so verhält es sich auch mit dem härtesten aller Widersprüche: Jesus am Kreuz ist die erbärmlichste Gestalt und doch ist er der ewige Gottessohn, der durch sein Leiden und seine Auferstehung zusammenhält, was sonst jeglichen Sinnes beraubt wäre – nämlich unser Leben und unseren Tod. Und der Tod ist nicht das Ende, sondern die Zukunft, die uns alle erwartet.«

»Jesu Auferstehung – das ist das, was ich am allerwenigsten verstehen kann«, gestand Jakob.

»Keine Sorge, Ihr findet Euch in bester und zahlreicher

Gesellschaft. Gott ist nun mal größer als die Gesetze der Natur und unvergleichlich größer als das, was unser begrenzter Verstand erfassen kann. Gottes Gegenwart ist wie das Meer, in dem ich schwimme, ohne ihn fassen und für mich vereinnahmen zu können. Und was die Auferstehung betrifft, die wir mit unserem Verstand nicht begreifen können, auch wenn wir uns noch so sehr darum bemühen, so gibt es dazu nur eine einzige Entsprechung – und das ist die Schöpfung der Welt aus dem Nichts. Beides übersteigt das Vermögen unseres Verstandes und daran wird sich auch in hundert oder gar tausend Jahren nichts ändern.«

»Quirin Schlehenbusch, der mich aufgezogen hat und ein Wissenschaftler und Alchimist war, hat aber behauptet, dass die Wissenschaft eines Tages alles wird erklären können!«, widersprach Jakob.

»Nichts gegen die Wissenschaft«, erwiderte Bruder Basilius überaus gelassen. »Natur mag wissenschaftlich erforschbar und erklärbar sein. Aber *Schöpfung* ist nicht gleich Natur! Wie kann die Wissenschaft ernsthaft behaupten, sie beschreibe die Welt so, wie sie sei?«

»Und was tut sie Eurer Ansicht nach?«

»Ihr durchaus legitimes Handwerk!«, betonte er. »Was sie untersucht und beschreibt, ist in Wirklichkeit aber nur ein kleiner, eng begrenzter Teil der Welt. Nehmt beispielsweise das Schauspiel eines prächtigen Sonnenaufgangs oder die Stimmung einer Abenddämmerung am Fluss, denkt an die Gerüche einer sommerlichen Blumenwiese, an den Gesang von Vögeln, das Plätschern eines Baches, das Toben eines Wintersturms, die stumme Zwiesprache von zwei Liebenden, die nur Blicke tauschen, die zärtliche Berührung – all das sowie unzählige andere Eindrücke, Gefühle, Stimmungen und Erlebnisse gehören ebenfalls zur Wirklichkeit. Es gibt nämlich auch noch diese *nicht* fassbare und *nicht* wissenschaftlich beweisbare Wirklichkeit, die spirituelle Dimension, die den Hintergrund der greifbaren Natur ausmacht. Er mag nicht fassbar und wissenschaftlich nicht beweisbar sein, doch er ist spürbar, erfahrbar und mit dem Herzen wahrnehmbar, wie wir alle aus tausendfacher Erfahrung wissen.«

»Ich muss zugeben, da ist etwas dran«, räumte Jakob ein und musste unwillkürlich an Marga denken.

»Wenn die Wirklichkeit ein Meer ist, dann ist das, was die Wissenschaft beschreiben und erklären kann, so etwas wie die Wellen an der Oberfläche und vielleicht die bekannten Küsten sowie einiges, was in diesem Meer lebt. Aber das Ganze, das sich erst durch die im Menschen vollzogene Verschmelzung von fassbarer und nicht fassbarer Wirklichkeit ergibt, das entzieht sich ihr. So wie unser Verstand auch nicht Gott begreifen kann – oder das Wunder der Liebe, deren Quelle er ist. Wer sagt, er sei im Besitz der Wahrheit, der lügt, egal, wer er auch sein mag.«

»Das trifft dann aber auch auf Euch und jeden anderen Mann der Kirche zu«, sagte Jakob.

»Natürlich!«, pflichtete ihm der Mönch bei. »Wir alle können die Wahrheit immer nur suchen, werden sie aber nie besitzen, so wie man einen Stein in der Hand hält oder ein Pferd am Zügel führt. Denn wüssten wir die Wahrheit, dann wären wir nicht mehr Suchende, sondern schon eins mit Gott. Zudem ist die Wahrheit kein starrer Lehrsatz, sondern etwas Lebendiges und zur Wahrheitssuche gehört immer auch eine große Portion Skepsis und Selbstzweifel.«

»Auch Zweifel am Glauben?«, fragte Jakob.

»Ja, auch der Glaube ist kein sicherer Besitz, sondern immer ein Leben zwischen Geborgenheit und Verbannung.

Die Nacht der Zweifel gehört dazu und niemand ist davor gefeit. Auch die großen Heiligen der Kirche sind nicht davon verschont geblieben«, sagte Bruder Basilius. »Wir dürfen nie vergessen, dass alle Worte und Bilder, die wir uns von Gott machen, nichts weiter sind als armselige Krücken. Wir tasten uns in diesem gewaltigen Geheimnis, das wir Gott nennen, wie die Blinden voran und versuchen diese göttliche unermessliche Welt anhand dessen zu beschreiben, was wir mit dem Blindenstock unseres Verstandes erkannt zu haben meinen.«

»Mancher Blindenstock liegt allerdings in einer sehr groben Hand und ist eher ein Knüppel, der mehr zerschlägt als ertastet!«, bemerkte Jakob sarkastisch.

»Richtig«, sagte der Mönch mit leisem Lachen. »Aber in einer empfindsamen Hand kann der Blindenstock, sofern er sich auch vom Herzen und vom innersten Wesen des Menschen leiten lässt, Ahnung von wunderbaren Geheimnissen geben.«

Jakob gähnte. »Ich glaube, ich kehre jetzt erst einmal zu den Geheimnissen des Schlafes zurück«, sagte er in Ermangelung einer Antwort, die seine innere Zerrissenheit passend zum Ausdruck gebracht hätte.

Auch der Mönch rollte sich neben ihm nun wieder in seine Decke ein. »Bevor Ihr einschlaft, will ich Euch noch eine kurze Geschichte erzählen, die mir ein Rabbi, ein jüdischer Gelehrter, in Jerusalem erzählt hat, als wir einmal über Gott und das Böse in der Welt diskutierten . . .«

»Ihr habt mit Juden gesprochen?«, wunderte sich Jakob.

»Das Eigene lieben heißt nicht das andere hassen«, erwiderte Bruder Basilius. »Ein Christ spricht mit jedem und erst wer mit anderen Religionen vertraut ist und ihnen Toleranz schenkt, kann ein tiefes Verständnis für den eigenen Glauben finden.«

»Und was ist das für eine Geschichte, die Euch dieser Rabbi im Heiligen Land erzählt hat?«

»Es war nach einem blutigen Pogrom, einer Verfolgung, bei der viele Juden wegen ihres Glaubens hingeschlachtet worden waren. Verbittert darüber, dass Gott sein auserwähltes Volk Jahrhundert um Jahrhundert schutzlos seinen grausamen Feinden ausgesetzt hat und dem Bösen auf dieser Welt völlig freie Hand ließ, saßen die gelehrten Rabbis eines Tages über Gott zu Gericht. Die Versammlung machte es sich wahrlich nicht leicht mit ihrem Tribunal. Wochenlang debattierten sie, wogen immer wieder die Anklagepunkte gegen die Einlassungen der Verteidigung ab. Schließlich fällten sie jedoch einstimmig das Urteil ›Schuldig!‹ Doch kaum hatten sie die Verurteilung ausgesprochen, als der Rabbi, der die Anklage vorgebracht hatte, auf den Sonnenstand blickte und sagte: ›Es ist Zeit für das Gebet.‹ Und da beugten Gottes unbarmherzige Richter ihre Häupter und beteten.«

Jakob lächelte unwillkürlich.

»Schlaft gut, Jakob.«

»Ihr auch, Bruder Basilius.«

In der Luft lag der Geruch von warmer Asche und schwelendem Holz. Jakob war müde, lag jedoch noch eine ganze Weile wach und blickte zum Himmel hoch, wo die Wolkendecke aufgerissen war und ein großes, wild gezacktes Loch klaffte, in dem aus kosmischer Ferne ein einsamer Stern blinkte.

Siebenundzwanzigstes Kapitel

Henrik kauerte über der Feuerstelle und stocherte in der Glut, während Bruder Basilius schon neues Brennholz zusammentrug, als Jakob beim ersten Licht des Tages erwachte. Sein Atem dampfte in der kalten Morgenluft. Dankbar wärmte er seine steifen Glieder vor dem Feuer, das Henrik im Handumdrehen entfacht hatte.

»Dass wir schon in kaum mehr als einer Woche Ostern haben, also davon merkt man nachts noch nicht viel«, seufzte Jakob, während er seine Hände über den Flammen rieb und von einem Fuß auf den anderen trat.

»Auch aus einem Funken kann ein großes Feuer werden«, antwortete Henrik mit der ihm eigenen Abgeklärtheit und warf ihm einen Kanten Brot zu. »Der Sommer kommt bestimmt. Und wir werden über seine Hitze so sehr stöhnen, wie wir uns über die Kälte des Winters beklagt haben.«

»Ihr versteht es wirklich einen aufzumuntern«, spottete Jakob und biss ins Brot.

»Erst auf langen Wegen und engstem Raum erkennt man eben, wer einem als Freund aufrichtig gesonnen«, erwiderte der Schwede mit einem kaum merklichen Schmunzeln.

Sie hatten an diesem Morgen einen langen, anstrengenden Marsch vor sich, wenn sie um die Mittagsstunde auf dem Wirtschaftshof Winterbach eintreffen wollten. Deshalb hielten sie sich nicht länger als unbedingt notwendig auf. Sowie sie sich gestärkt und aufgewärmt hatten, drängte Bruder Basilius zum Aufbruch. Sie löschten das Feuer, scharrten Erde über die Asche und verbargen ihre Lagerstelle unter Ästen. Dann schulterten sie ihr Bündel und marschierten los.

Mit dem Aufstieg der Sonne verlor der Morgen seine bissige Kälte. Die Luft erwärmte sich spürbar und das flotte Marschtempo, das Bruder Basilius vorlegte, trug das Seinige dazu bei, dass ihr Blut ordentlich in Wallung geriet.

»Wie schön der Weg und wie leicht die Füße!«, frotzelte Henrik, als Jakob schnell ins Schwitzen geriet. »Flöge ich doch mit der Morgenröte!«

Jakob lachte. Er fühlte sich in Gesellschaft des Schweden und des Mönches relativ sicher und war auch guten Mutes, schaute sich aber auf jeder Hügelkuppe und jedem Waldhang dennoch immer wieder um, ob hinter ihnen nicht vielleicht doch schon ihre Verfolger aufgetaucht waren. Die Angst vor dem Domherrn und dem Henker Mundt saß einfach zu tief in ihm. Aber wenn sie erst einmal beritten und somit nicht mehr so schnell einzuholen waren, würde dieses dumpfe Gefühl der Beklemmung bestimmt bald von ihm weichen.

Wie Bruder Basilius es vorausgesagt hatte, erreichten sie den Himmeroder Wirtschaftshof Winterbach, als die Sonne ihren höchsten Stand erreicht hatte. Sie waren erhitzt und müde, aber doch froher Stimmung. Denn von hier an sollte ja alles leichter für sie werden.

Die Enttäuschung hätte bei Jakob daher nicht größer sein können, als sie hörten, dass Clemens Struphaver, der Hofmeister, ausgerechnet an diesem Tag nach Bitburg geritten war, um eine geringfügige, aber doch lästige Rechtsstreitigkeit mit einem Kunden aus der Welt zu schaffen.

»Tja, und er kommt erst morgen am späten Nachmittag zurück«, teilte Bruder Basilius ihnen nach seinem Gespräch mit dem Vertreter des Hofmeisters mit. »Uns bleibt nichts anderes übrig als hier einen Tag zu pausieren.«

»Müssen wir denn unbedingt auf diesen Struphaver warten, um Pferde erstehen zu können?«, fragte Jakob, dem das ganz und gar nicht gefiel. Er war davon ausgegangen, dass sie sich nach einer kurzen Rast auf ihre Pferde schwingen und davonreiten würden. Zu Pferd hatten sie eine ungleich bessere Chance ihren Verfolgern zu entkommen. Auf dem Hof dagegen waren sie leicht zu überwältigen.

Bruder Basilius nickte. »Das ist leider unumgänglich, Jakob. Der Vertreter des abwesenden Hofmeisters, der Konverse Eustachius Scharbeck, hat nicht die Befugnis derlei wichtige Geschäfte zu tätigen. Zudem ist er neu auf dem Hof, und bevor wir von hier wieder verschwinden, möchte ich mich bei Struphaver versichern, dass auch er Stillschweigen über unser Auftauchen bewahren wird.«

Jakob machte eine gequälte Miene. »Aber einen ganzen Tag mit Warten zu vertrödeln, wo wir uns doch noch so nahe bei Trier befinden!«

»Lieber humpelnd in die richtige Richtung . . .«, begann der Mönch.

». . . als behände ins Verhängnis!«, beendete Jakob den Satz für ihn. »Ich weiß, was Thomas von Aquin gesagt hat. Aber wer kann sagen, ob das Verhängnis diesmal nicht darin besteht, einen Tag mit Warten zu vergeuden? Also, ich bin dafür, wir marschieren weiter und versuchen im nächsten Dorf Pferde zu kaufen!«

Henrik schüttelte den Kopf. »Wir bleiben, denn das ist, ganz wie Bruder Basilius dargelegt hat, das Vernünftigste«, widersprach er ihm und fügte dann süffisant hinzu: »Bei den meisten Menschen ist die Ruhe nichts als Erstarrung und die Bewegung nichts als Raserei. Wollt Ihr, dass man auch Euch zu diesen Menschen zählt?«

Jakob verzog das Gesicht und gab sich geschlagen. Das reichhaltige Essen und der kühle, verschnittene Wein, der ihnen vorgesetzt wurde, stimmten ihn ein wenig versöhnlich, wenn sie ihn auch nicht von seiner sorgenvollen Unruhe befreiten.

»Warten gehört zum Menschsein, zu seinem ureigensten Wesen«, erwiderte Bruder Basilius beim Essen, als Jakob darüber klagte, wie schrecklich das Warten für ihn sei. »Der Mensch ist von Natur aus ein Wartender.«

Jakob warf ihm nur einen skeptischen Blick zu, während er zur Schöpfkelle griff und seinen Teller noch einmal mit der herrlich dickflüssigen Bohnensuppe aus dem schwarzen Eisenkessel füllte.

»Wir warten doch immer auf etwas«, fuhr der Mönch fort. »Wir warten auf Regen oder Sonnenschein, auf den Frühling oder die Erntezeit. Wenn wir jung sind, warten wir auf den ersten Kuss, die erste Nacht der Leidenschaft, auf die Ehe und dann auf Kinder. Wir warten auf Geburt, auf das Alter und den Tod. Alles, was wir tun, ist auf Warten ausgerichtet. Die ganze Natur wartet. Oder mit Paulus gesprochen: Die gesamte Schöpfung seufzt nach Erlösung und Auferstehung.«

»Das mag ja sein«, räumte Jakob mit vollem Mund ein. »Aber im Augenblick mache ich mir weniger Gedanken um meine Auferstehung oder die der ganzen Schöpfung, sondern ich sitze wie auf heißen Kohlen, weil ich auf diesen Struphaver und drei Pferde warte!«

Henrik lachte. »Ihr macht es Euch selber schwer, Jakob. Euch ist mehr Gelassenheit angeraten. Denn kein Ding ist so leicht, dass es nicht schwer wird, wenn man es ungern tut.«

Nein, leicht wurde Jakob das Warten wahrlich nicht. Die Stunden zogen sich quälend langsam dahin und in der Nacht schreckte er immer wieder aus dem Schlaf, weil er verdächtige Geräusche zu hören glaubte. Er hatte mehr Zeit, als ihm lieb war, um über das Vermächtnis des abgesetzten Abtes und der einstigen Hexenbischöfe nachzudenken und sich zu fragen, wo Bruder Anselm die wichtigen Dokumente bloß versteckt haben mochte. Ob es ihnen wohl noch gelingen würde dieses Versteck vor dem Domherrn zu finden? Aber wie sollte das geschehen, wo der alte Mönch das Geheimnis offenbar mit in sein Grab genommen hatte? Vielleicht würden die Papiere viele Jahre oder gar Generationen später erst durch einen Zufall ans Tageslicht kommen – und dann gar nicht mehr von Bedeutung sein . . .

Diese und viele andere Gedanken, die ihn mit Trauer und Bedrückung erfüllten, gingen ihm in den langen, einsamen Stunden seiner Schlaflosigkeit durch den Kopf, während er auf seinem Strohsack lag und in die Dunkelheit starrte. Er sehnte sich plötzlich nach Worten des Trostes, nach einem Halt, der weiter ging und tiefer in Herz und Seele reichte als der Beistand eines noch so unverbrüchlichen Freundes. Er spürte ein eigenartiges Sehnen in sich, das er nicht zu benennen vermochte. Und er wünschte, jemand wäre an seiner Seite und würde ihn trösten, wie seine Mutter es früher getan hatte, wenn er in Sturmnächten erwacht war und sich vor den Dämonen der Finsternis gefürchtet hatte. Er schämte sich dieses Wunsches, was jedoch nichts daran änderte, dass er ihn heftig empfand.

Clemens Struphaver, trotz buschigen Konversenbartes und Kutte ein attraktiver Mann, traf am nächsten Tag erst kurz vor Einbruch der Abenddämmerung auf dem Hof Winterbach ein. Seine Freude Bruder Basilius wieder zu sehen kam sichtlich aus ehrlichem Herzen. Die beiden Männer mochten sich, das sah man. Seine Betroffenheit war deshalb nicht weniger groß, als ihm der Mönch in einem Gespräch unter vier Augen anvertraute, was geschehen war – und was ihnen drohte, sollten sie in die Hände ihrer Verfolger fallen.

Bruder Basilius hatte nicht zu viel versprochen. Auf Clemens Struphaver war Verlass. Zwar hatte er auf Winterbach selbst keine Pferde zum Verkauf stehen, jedoch wusste er, von welchem benachbarten Bauern er ihnen unter dem Siegel der Verschwiegenheit drei zuverlässige Reittiere besorgen konnte. Er machte sich noch am selben Abend auf den Weg und kehrte zwei Stunden später im Schutz der Dunkelheit mit einem Rotfuchs, einem Braunen und einem Schimmel zurück.

Zum großen Bedauern des hilfreichen Hofmeisters, der es sich nicht nehmen ließ sie noch gut mit Proviant zu versorgen, verließen sie das Gehöft gleich in selbiger Nacht und schlugen eine nordöstliche Richtung ein. Schon in den ersten Stunden zu Pferd zeigte sich, dass Henrik mit Abstand der beste Reiter von ihnen war und daher auch zu Recht den prächtigen Rotfuchs ritt. Wie angegossen saß er im Sattel und kommandierte das Tier so sicher und mit so geringem Aufwand, als wäre er auf dem Rücken eines Pferdes zur Welt gekommen. Auch Bruder Basilius erwies sich als geschickter und erfahrener Reiter. Doch spätestens nach ein, zwei Stunden musste er absteigen und eine ganze Weile neben seinem Braunen hergehen, weil ihn heftige Schmerzen in Rücken und Hüfte plagten. Jakob selbst war kein überragender Reiter, wusste sich aber ordentlich im Sattel zu halten und den anfangs leicht nervösen Schimmel davon zu überzeugen, dass er, Jakob Tillmann, die Zügel fest in der Hand hielt und ihm Eigenständigkeiten nicht durchgehen lassen würde.

Sie hielten sich an die Route, die Bruder Basilius festgelegt hatte und die sie nordwärts durch die Eifel führte. Erst ein gutes Stück hinter Adenau, schon fast an der Ahr, fielen sie von ihrer Nordroute ab und wandten sich nach Südosten. Denn ihr Ziel war Koblenz am Zusammenfluss von Mosel und Rhein.

Es war am Nachmittag des fünften Tages ihrer Flucht aus Trier, als Henriks Rotfuchs beim Durchqueren eines steinigen Baches ein Hufeisen verlor. Vor ihnen lag Mendelsheim, mit seinen gut zweihundert Bewohnern eine der wenigen größeren Ortschaften zwischen Hoher Acht und Laacher See.

Sie berieten kurz, ob sie es wagen sollten den Rotfuchs beim Hufschmied in Mendelsheim neu beschlagen zu lassen. Da sie sich ohnehin mit frischem Proviant für ihre letzte Etappe eindecken mussten, beschlossen sie diesmal eine Ausnahme zu machen und sich in den Ort zu begeben.

»Wenn wir nur ein bisschen Glück haben, suchen uns die Schergen des Domherrn viel weiter oben im Norden«, sagte Bruder Basilius, um sich und seinen Gefährten Mut zu machen.

»Und mit ein bisschen Pech hockt die Meute heute ausgerechnet in Mendelsheim«, hielt Henrik dagegen, schnallte sich seinen Degen um und steckte sich ein halbes Dutzend Pfeile für seine Armbrust in die Schlaufen seines breiten Gürtels. Damit seine Bewaffnung aber auf den ersten Blick nicht zu bemerken war, zog er seinen weiten Umhang vor der Brust zusammen.

Mendelsheim mit seinen Häusern aus Basalt und kunstfertigem Fachwerk lag in einem malerischen Tal, umgeben von wacholderbestandenen Hügeln und dunklen Wäldern. Da die Ortschaft direkt an der Landstraße nach Maria Laach lag, war man hier an durchreisende Fremde gewöhnt.

Während sie mit höchster innerer Anspannung und Aufmerksamkeit in den Ort ritten, schenkte ihnen außer einem streunenden Hund niemand ein besonderes Interesse. Die Menschen, die sie zu zweit sowie hier und da auch in kleinen Gruppen vor Häusern und Werkstätten stehen und miteinander reden sahen, blickten kaum mehr als flüchtig zu ihnen hin. Manche hoben noch nicht einmal den Kopf. Sie schienen viel zu sehr mit sich selbst und dem beschäftigt zu sein, was das Thema ihrer lebhaften Unterhaltung war.

»Täusche ich mich oder benehmen sich die Leute hier wirklich reichlich merkwürdig?«, fragte Jakob leise, als sie den vom Schmelzwasser angeschwollenen Mühlbach passiert hatten und nun um den von ihm gespeisten Dorfteich ritten. Die einzelnen Häuser rückten näher und formten einen typisch dörflichen Straßenzug. Hinter einigen hohen Bäumen, die den Blick auf den Marktplatz verwehrten, ragte der Glockenturm der Kirche auf.

Bruder Basilius nickte. »Ihr täuscht Euch nicht, Jakob. Mir scheint, die Mendelsheimer haben irgendetwas höchst Aufregendes zu bereden, was wichtiger ist als ein paar durchreisende Fremde.«

»Ja, einen Skandal oder den Tod eines mächtigen, unbeliebten Bürgers vielleicht«, mutmaßte Jakob, denn von einer Männergruppe, die vor einem Wirtshaus stand, drang spöttisches Gelächter zu ihnen herüber. »Na, uns soll es egal sein, was sie so bewegt. Hauptsache, sie sind beschäftigt. Umso besser für uns!«

»Da drüben ist die Werkstatt des Hufschmieds!«, rief Henrik und wies auf einen Schuppen zu ihrer Linken. Die beiden Tore der Schmiede standen sperrangelweit offen, was bei der Arbeit des Mannes nur zu verständlich war. Zumal es ein ungewöhnlich warmer, fast schon schwüler Tag war, der nicht so recht zur Jahreszeit passte.

Augenblicke später hörten sie auch den unverkennbaren

metallischen Klang von Hammer und Amboss, die ihr hartes, rhythmisches Lied sangen. Von der Hufschmiede nur durch ein schmales, verwildertes Grundstück getrennt, lagen die Stallungen des Mendelsheimer Mietstalls.

Sie lenkten ihre Pferde auf die andere Straßenseite hinüber, schwangen sich vor der Werkstatt aus dem Sattel und grüßten den Hufschmied, der laut Aufschrift des ovalen Schildes über dem Eingang auf den Namen Alois Wenzel hörte und nur mit einer Lederschürze vor der nackten Brust zu ihnen trat.

Alois Wenzel hatte viel Ähnlichkeit mit einem Braunbären, wie Jakob fand. Denn der Mann überragte ihn um eine Kopfgröße und schien nur aus Muskeln zu bestehen, außerdem war er so dicht behaart wie ein Bär. Dunkelbraunes, krauses Haar zog sich von den Handrücken über die Arme bis hoch in den Nacken und bedeckte seine mächtige Brust wie ein Vlies.

»Ihr habt schon einen langen Weg hinter Euch«, stellte Alois Wenzel mit sachkundigem Blick sowohl auf ihre Pferde als auch auf ihre staubige Kleidung fest. »Und Mendelsheim scheint nicht das Ziel Eurer Reise zu sein.« In seiner Feststellung schwang eine Frage mit.

Bruder Basilius trug wie Jakob und Henrik seit ihrer Flucht aus Trier einfache Kleidung, die wenig Aufschluss über Herkunft und Beruf zuließ, und seine verräterische Tonsur verbarg er unter einem Hut. Allein das irische Kreuz, das von einem Kreis umschlossen wurde, trug er an der Lederschnur über seiner Kleidung. Er übernahm nun das Reden, wie man es von ihm, dem mit Abstand Ältesten in der Gruppe, wohl auch erwartete. Denn die Augen des Hufschmieds waren nach einem ersten prüfenden Blick auf dem Gesicht des Mönches ruhen geblieben.

»An Treffsicherheit vermag wohl allein Eure Hand mit

dem Schmiedehammer Euer bewundernswert scharfes Auge zu überbieten, Meister Wenzel«, sagte er freundlich und mit großer Bedächtigkeit, als machte ihm die Last der Jahre schon schwer zu schaffen. »Unser Weg war fürwahr lang und staubig, kommen wir doch aus dem Bitburger Land. Aber die Meilen, die ich mit meinen gottesfürchtigen Gefährten, meinem getreuen Schwager Ehrenfried und meinem jüngsten Neffen Florian, schon bewältigt habe, sind dennoch nur wie ein Tropfen auf den heißen Stein, wenn ich daran denke, wie lang der Weg ist, der bis nach Rom noch vor uns liegt.«

»Ihr seid auf dem Weg nach Rom?«, fragte der Hufschmied überrascht und interessiert, während er sich in seinem dichten Pelz auf der Brust kratzte.

Bruder Basilius nickte mit ernster Miene. »Ja, in Erfüllung eines heiligen Gelübdes, das wir in einer Stunde größter Bedrängnis abgelegt haben«, log er munter drauflos, tat es jedoch so gesetzt, dass jedes Wort wie die Frucht langer Überlegung erschien. »Wir wollen uns der Pilgergruppe anschließen, die sich in diesen Tagen im Kloster Maria Laach versammelt und nach dem Ostersegen vom Kloster nach Rom aufbricht. Ihr habt sicher davon gehört.«

Der Hufschmied nickte. »Gewiss, und wer würde nicht gern an dieser frommen Pilgerreise teilnehmen! Ihr seid wahrlich gesegnet, dass Euch die Zeit sowie die nötigen Mittel vergönnt sind, um nach Rom pilgern zu können.« Ein wenig Neid sprach aus seiner Stimme.

Bruder Basilius verstand es ein bescheidenes Lächeln auf sein Gesicht zu zaubern. »Wir hoffen, dass uns der Verkauf unserer Tiere in Maria Laach genug einbringt, um die Pilgerreise bestreiten zu können. Es ist das Einzige, was uns an Besitz geblieben ist. Aber wir trennen uns mit frohem Herzen davon, um mit Lobpreis für die großen

Gnadengeschenke unseres Allmächtigen auf den Lippen zu erfüllen, was wir in der Stunde der Not zu tun versprochen haben.«

Henrik nickte in stummem Ernst.

Der diskrete Hinweis, dass es ihnen keineswegs so rosig ging, schien den Hufschmied Alois Wenzel zu versöhnen. Denn er nickte und sagte gönnerhaft: »Ihr tut recht daran, Euer Gelübde um jeden Preis zu erfüllen. Zur Ehre Gottes ist wahrlich kein Opfer und keine Anstrengung zu groß. So, und nun sagt, was ich für Euch tun kann.«

»Ein neues Eisen, gut geschmiedet und fest vernagelt, damit ich das Tier in Maria Laach auch reinen Gewissens verkaufen kann, guter Mann«, antwortete Bruder Basilius und hob den linken Hinterhuf des Rotfuchses an.

Alois Wenzel warf einen kurzen Blick auf den Huf. »Wenn es weiter nichts ist, kann Euch schnell geholfen werden! Bringt ihn herüber!«

Sie banden den Schimmel und den Braunen draußen am Zügelbalken hinter der Tränke an und führten den etwas nervös schnaubenden Rotfuchs unter das Vordach der Hufschmiede.

»Kein schlechter Tag, den Ihr da gewählt habt, um nach Mendelsheim zu kommen«, sagte Alois Wenzel gesprächig, während er ein passendes Eisen für den Rotfuchs auswählte.

»So?«, fragte Bruder Basilius mit höflichem Interesse.

»Ja, denn wenn Ihr es nicht zu eilig habt und die Nacht über bleiben könnt, habt Ihr morgen gleich nach der Messe Gelegenheit Euch schon hier auf Eure Pilgerreise einzustimmen. Es wird Eurer Frömmigkeit gewiss sehr dienlich sein und Eure Widerstandskräfte gegen die finsteren Versuchungen des Teufels stärken, wenn Ihr hier Zeuge werdet, wie entschlossen wir Mendelsheimer die Wurzeln des Bösen in unserer Mitte ausreißen und in Rauch und Asche aufgehen lassen!«, erklärte der Hufschmied voller Stolz und Begeisterung, während er das Eisen mit der langen Zange ins Feuer schob. »Denn morgen wird Mendelsheim seine erste Hexenverbrennung zur Ehre Gottes erleben! Wir schicken nämlich ein Zigeunermädchen auf den Scheiterhaufen, das zu Satans dämonischen Anbeterinnen gehört und seinen bösen Zauber in unser Dorf gebracht hat!«

Jakob, der bis dahin eher gelangweilt mit Henrik bei den beiden anderen Pferden am Eingang gestanden hatte, zuckte wie von einem Schlag getroffen zusammen. Das Blut wich aus seinem Gesicht und ihm war, als hätte ihm jemand urplötzlich den Boden unter den Füßen weggezogen. »Ein Zigeunermädchen?«, stieß er mit halb erstickter Stimme hervor, denn seine Kehle fühlte sich wie zugeschnürt an.

»Ja, dieses Mädchen kam vor drei Tagen mit einem kleinen Zirkus in unser Dorf, geschickt getarnt als Tänzerin und Akrobatin, in Wirklichkeit aber im Auftrag ihres teuflischen Buhlen Luzifer«, fuhr der Hufschmied redselig fort, während er mit der einen Hand das Eisen im Feuer drehte und mit der anderen den Blasebalg betätigte. »Doch unser Bürgermeister hat die Hexe entlarvt, bevor sie noch mehr Verderben über uns bringen konnte. Und morgen steigt sie auf den Scheiterhaufen, diese Satanstochter Marga Bandi!«

Achtundzwanzigstes Kapitel

Entsetzen erfüllte Jakob. Wie eine kochend heiße Woge wallte es in ihm auf und schoss ihm in den Kopf. Das Blut rauschte wie ein Wildbach in seinen Ohren und der Schweiß brach ihm aus. »Nein! Das ist unmöglich!«, keuchte er und suchte unwillkürlich Halt am Torpfosten, denn die Kraft schien aus seinen Beinen zu weichen. Sie zitterten. »Nicht Marga!«

Zu ihrem Glück reagierten sowohl Bruder Basilius als auch Henrik geistesgegenwärtig. Der Schwede bekam plötzlich einen ebenso heftigen wie lauten Hustenanfall, in dem der letzte Teil von Jakobs entsetztem Ausruf unterging. Dabei legte er Jakob eine Hand auf die Schulter, als müsste er sich auf ihn stützen. In Wirklichkeit gab er ihm mit einem überaus schmerzhaften Griff zu verstehen, dass er sich um Gottes willen bloß zusammenreißen sollte. Gleichzeitig stieß der Mönch erschrocken hervor: »Ein Hexe hier in Mendelsheim? Allmächtiger, schütze uns vor den Ausgeburten des Bösen!« Er bekreuzigte sich und führte dabei das Pferd einen Schritt zur Seite, sodass der Rotfuchs dem Hufschmied den Blick auf Jakob verwehrte.

Henrik beugte sich hastig vor. »Wollt Ihr Euch und uns um Kopf und Kragen reden?«, zischte er Jakob warnend ins Ohr. »Hütet Eure Zunge und lasst Euch bloß nichts anmerken!«

Alois Wenzel hatte sein Augenmerk glücklicherweise auf das Eisen gerichtet gehabt, das allmählich zu glühen begann, und deutete die Aufregung in seinem Rücken als das verständliche Erschrecken von gottesfürchtigen Männern, die vom Hexenkult so abgestoßen waren wie er und seine Mitbürger.

»Ja, das elende Zigeunerpack, das man eigentlich mit Stumpf und Stiel ausrotten sollte, hat uns dieses gottlose Geschöpf ins Dorf geschleppt«, bekräftigte der Hufschmied noch einmal, bevor er fortfuhr: »Sie hat mit ihrer schwarzen Magie dem Neugeborenen unserer Frau Bürgermeisterin den Tod angehext und mit ihrem bösen Blick hat sie der besten Milchkuh von Bauer Michels das Kalb im Leib in eine Missgeburt verwandelt!«

»Was Ihr nicht sagt!«, sagte Bruder Basilius bestürzt, aber auf eine andere Art erschüttert, als Alois Wenzel ahnen konnte. »Und wie ist Euer Bürgermeister dieser Zigeunerin so schnell auf die Schliche gekommen?«

»Der Vinzenz Groll versteht sich eben auf solche Sachen und hat die Teufelszeichen erkannt. Er ist damit aufgewachsen, denn sein Vater war seinerzeit ein berühmter Hexenkommissar!«, rühmte der Hufschmied seinen Bürgermeister, zog das rot glühende Eisen aus dem Feuer und griff nun zum Schmiedehammer.

»Da könnt Ihr Euch in Mendelsheim aber glücklich schätzen einen solch tüchtigen Mann in Eurer Mitte zu haben, der sich auf dieses gottlose Geschäft versteht«, sagte Bruder Basilius mehrdeutig. »Aber sagt, wer hat denn die Befragung vorgenommen und über diese Zigeunerhexe zu Gericht gesessen? Habt Ihr Euren Bischof benachrichtigt?«

»Dazu war keine Zeit. Die dumme Amme unserer Bürgermeisterin hat der Zigeunerhexe nur für wenige Minuten erlaubt das Kind ihrer Herrin auf den Arm zu nehmen – und das hat schon gereicht, um es zu verhexen und es wenige Stunden später aus heiterem Himmel ersticken zu lassen. Und genau zur selben Stunde brachte Bauer Michels' beste Milchkuh eine fürchterliche Missgeburt zur

Welt! Und wisst Ihr, wer am Nachmittag bei Michels auf dem Hof war, angeblich nur um eine Kanne Milch zu erstehen? Diese Zigeunerhexe! Hier musste also schnell gehandelt werden, um dem blasphemischen Hexensabbat und dem Verderben so früh wie möglich Einhalt zu gebieten«, erklärte Alois Wenzel zwischen schwungvollen Hammerschlägen. »Unser Bürgermeister hat die Gefahr gerade noch rechtzeitig erkannt und sofort gehandelt, dem Himmel sei Dank! Denn wer weiß, was noch über uns gekommen wäre, wenn er diese Teufelsanbeterin nicht so schnell entlarvt hätte! Und so sieht es auch unser Pfarrer.«

»Also hat Euer Bürgermeister höchstpersönlich die . . . peinliche Befragung vorgenommen?«, fragte der Mönch nach.

»Ich wünschte, er hätte dieses verdorbene Geschöpf, das sich Luzifer und seinem Reich der Finsternis verschrieben hat, auf die Folter gespannt und sie allen Graden der Tortur unterzogen. Und diesen Wunsch teilen sie alle hier in Mendelsheim, das könnt Ihr mir glauben!«, versicherte der Hufschmied, als müsste er sich für eine beschämende Unterlassung entschuldigen. »Aber leider hatten wir weder Daumenschrauben noch spanische Stiefel oder wenigstens eine Streckbank zur Hand. Nun, sie hat auch so ihren Pakt mit dem Teufel und ihre Untaten gestanden.«

»Und wie habt Ihr sie dazu gebracht, sich als Hexe zu bekennen?«, wollte der Mönch wissen.

»Durch die Wasserprobe im Dorfteich!«, antwortete Alois Wenzel stolz. »Unser Bürgermeister hat ihr Arme und Beine zusammenbinden und sie dann in der Mitte des Teiches aus dem Kahn stoßen lassen. Dreimal ist sie wieder aufgetaucht und dreimal hat unser Bürgermeister sie mit einem langen Stab wieder unter Wasser gedrückt. Als sie dann das dritte Mal wieder aufgetaucht ist, war ihre Schuld bewiesen. Denn nur eine Hexe kann die Wasserprobe überleben, wie jedermann weiß. Und sie hat dann auch alles gestanden, als Vinzenz ihr in Aussicht stellte sie in einen Kessel mit kochendem Öl zu tauchen, wenn sie nicht bald die Wahrheit gestehe. Und da hat sie endlich ihre verlogenen Unschuldsbeteuerungen aufgegeben. Wir haben es heute Mittag mit unseren eigenen Augen gesehen. Ganz Mendelsheim war am Dorfteich versammelt.«

»Das glaube ich Euch«, sagte Bruder Basilius.

»Morgen steigt sie auf den Scheiterhaufen und büßt für ihr dämonisches Treiben mit dem Gang durchs Feuer. Auf dem Marktplatz wird jetzt schon alles für die Hexenverbrennung vorbereitet. Ich sage Euch, das wird ein großartiges Erlebnis, das sich hier niemand entgehen lassen wird, und wenn er sich auf Krücken zum Marktplatz schleppen muss!«

»Ich hoffe, Ihr habt die Hexe sicher hinter Schloss und Riegel«, sagte Bruder Basilius mit fragendem Unterton und scheinbar sorgenvoller Miene.

»Worauf Ihr Euch verlassen könnt! Wir haben sie in Eisen gelegt und im fensterlosen Keller des Bürgermeisters eingeschlossen, der zudem noch von zwei Männern bewacht wird, Tag und Nacht!«

Der Mönch seufzte. »Mhm, das ist beruhigend.«

Alois Wenzel kühlte das Eisen, das er indessen in die richtige Form gebracht hatte, in einem Wasserbottich ab und beschlug nun den Huf des Rotfuchses. Das Eisen war noch heiß genug, um etwas Horn vom Huf zu brennen. Und dieser scharfe Geruch brachte Jakob fast zum Erbrechen. Mit kalkweißem Gesicht stand er am Tor.

Während Alois Wenzel die Hufnägel einschlug, lamentierte er darüber, dass sich der Wanderzirkus wie der Blitz aus dem Staub gemacht hatte, als bekannt geworden war, dass man Marga zum Bürgermeister gebracht und der Hexerei angeklagt hatte.

»In panischer Angst ist dieses Zigeunervolk davongejagt, das Gott ja nicht von ungefähr dazu verdammt hat, auf ewig heimatlos durch die Welt zu ziehen. Denn Zigeuner sind wie allseits bekannt die Nachkommen jener gottlosen Ägypter, die sich kurz nach Christi Geburt geweigert haben die Heilige Familie auf ihrer Flucht aufzunehmen. Und dafür hat unser Herr sie auf ewig verflucht«, sagte der Hufschmied, erfüllt von tiefem Aberglauben und ebenso großem Abscheu. »Ich bin sicher, dass dieses junge Satansweib unter den Vaganten noch Komplizinnen gehabt hat, die mit ihr nachts Hexensabbat gefeiert und die Gräber ungetaufter Kinder entweiht haben. Schwarze Magie und auch sonst alles Dämonische liegt diesem Pack im Blut, Ihr habt mein Wort drauf!«

»Es ist wahrlich bestürzend, wie abscheulich Gottes Wort und das Kreuz immer wieder missbraucht und beschmutzt werden«, erwiderte Bruder Basilius bedrückt.

»In der Tat! Wenn ich Euch und Euren Verwandten einen guten Rat geben kann: Lasst Euch unsere morgige Hexenverbrennung nicht entgehen. Sie wird Euch ein unvergessliches Erlebnis sein und Euch in rechter Weise auf Eure fromme Pilgerreise einstimmen. Und wenn Ihr Geld sparen wollt und mit einem bescheidenen Quartier zufrieden seid, kann ich Euch gleich nebenan im Mietstall meines Bruders Bruno einen Schlafplatz auf dem Heuboden verschaffen. Es wird Euch nur ein paar Heller kosten.«

Bruder Basilius warf Jakob über den Rücken des Pferdes hinweg einen kurzen Blick zu. »Ich denke, wir nehmen Euren guten Rat wie auch Euer freundliches Angebot dankbar an und bleiben über Nacht in Eurem gottesfürchtigen Ort«, sagte er mit einem kaum merklichen Seufzen.

Jakob hatte Mühe sich in Gegenwart des Schmiedes und wenig später bei dessen fettbäuchigem Bruder im Mietstall seine Erschütterung und Erregung nicht anmerken zu lassen. Dabei tobte in ihm ein Sturm wilder Gefühle, der mit aller Macht gegen seine äußere Selbstbeherrschung anlief.

Es dauerte eine ganze Weile, bis sie ihre Pferde untergestellt hatten und Bruder Basilius mit Bruno Wenzel handelseinig geworden war. Der Mietstallbesitzer zeigte ihnen, wo sie die Nacht verbringen konnten.

Endlich sagte der Mönch: »Gut, das ist geregelt. Lasst uns nun einen Gang durch den Ort machen.«

Kaum standen sie auf der Straße und außer Hörweite der Gebrüder Wenzel, da packte Jakob Bruder Basilius am Arm und stieß beschwörend hervor: »Wir dürfen das nicht zulassen, Bruder Basilius! Marga ist keine Hexe!«

»Natürlich ist sie das so wenig wie Ihr und ich!«, pflichtete der Mönch ihm bei. »Aber wartet, bis wir an einem ruhigen Ort ungestört reden können.«

Sie gingen zum Dorfteich, setzten sich unter eine der Weiden und taten so, als wollten sie eine wohlverdiente Rast mit einem kleinen Imbiss verbinden. Dabei war keinem von ihnen nach Essen zu Mute.

»Marga hat mir in Trier das Leben gerettet und dabei ohne Zögern ihr eigenes riskiert. Ich bin es ihr schuldig, dass ich versuche sie vor dem Scheiterhaufen zu bewahren!«, beschwor Jakob seine Gefährten, kaum dass Bruder Basilius ihm zu verstehen gegeben hatte, dass sie nun frei miteinander reden konnten. Die Vorstellung, dass Marga vor wenigen Stunden an diesem Teich verzweifelt darum gekämpft hatte, nicht zu ertrinken, war entsetzlich und machte ihn ganz elend – wie auch andere Bilder, die sich seinem geistigen Auge aufdrängten. »Es darf nicht noch einmal passieren! Ich könnte es nicht ertragen!«

Henrik nickte mit finsterer Miene. »Warum sind in Aufruhr die Völker, wohin führt der Wahnwitz die Nationen?«, murmelte er kopfschüttelnd. »Oh Herr, schenk gnädig aller Dunkelheit den Aufgang deines Angesichts!«

Der Mönch hob leicht die Augenbrauen und sah Jakob prüfend an. »Mit ›noch einmal‹ meint Ihr den Tod Eurer Mutter, nicht wahr?«, fragte er leise.

Henrik hob bestürzt den Kopf, während Jakob zusammenzuckte und leichenblass wurde. In seinen weit aufgerissenen Augen standen Schmerz und Erschrecken. »Woher . . .?« Er sprach nicht weiter.

Bruder Basilius nickte traurig. »Habe ich also richtig vermutet: Eure Mutter verlor ihr Leben als angebliche Hexe auf dem Scheiterhaufen«, sagte er voller Mitgefühl.

Jakob schluckte heftig. »Woher wisst Ihr das?«, fragte er mit zitternder Stimme.

»Ich habe es nicht gewusst, aber aus allem, was Ihr seit unserem ersten Zusammentreffen in Himmerod erzählt und angedeutet habt, hatte sich bei mir eine vage Vermutung gebildet«, antwortete der Mönch. »Als ich Euch in der Nacht nach der Flucht aus Trier von Bruder Anselm und den beiden Hexenbischöfen berichtete, da fiel es mir nicht schwer mir anhand Eurer Reaktionen ein Bild von dem zu machen, was Euch wohl schon in früher Kindheit widerfahren ist.« Er machte eine kurze Pause. »Natürlich liegt es ganz bei Euch, ob Ihr darüber reden oder weiterhin schweigen wollt.«

Jakob senkte den Kopf, denn er spürte Tränen in den Augen. »Jetzt ist es egal . . . und es ist nicht viel, was es . . . zu erzählen gibt«, begann er mit stockender Stimme und die Erinnerungen rissen ihn mit sich wie eine mächtige Flut, ohne dass er sich dagegen wehrte. »Ich wuchs mit meiner Mutter in einem kleinen Dorf im Bergischen Land auf. Mein Vater war ein durchziehender Landsknecht aus Bayern, der meine Mutter, eine einfache Magd, sitzen ließ, als sie schwanger wurde . . . Der Bauer, bei dem sie in Diensten stand, hatte ihr schon immer hinter dem Rücken seiner Frau nachgestellt. Und nun glaubte er, mit meiner Mutter leichtes Spiel zu haben . . . Doch sie weigerte sich standhaft sich ihm hinzugeben und ihm zu Willen zu sein . . . Daraufhin jagte er sie vom Hof. Sie kam bei einer alten Hebamme unter, die in einer kleinen Hütte hauste und schon bei vielen schweren Geburten ihr Können bewiesen hatte. Doch sie war mittlerweile halb erblindet und begann meine Mutter in die Kunst ihres Gewerbes und in die Wirkung heilender Kräuter und Säfte einzuweihen. Und je schlechter ihr Augenlicht wurde, desto mehr Verantwortung übertrug sie meiner Mutter. Sie war eine sanfte, großherzige Seele und ich nannte sie Tante Hildegard, obwohl wir nicht miteinander verwandt waren. So vergingen die ersten sieben Jahre meines Leben. Dann kam der schlimme Sommer vor nunmehr fast elf Jahren.«

Jakob verstummte kurz und blickte auf seine Hände im Schoß, die nicht aufhören wollten zu zittern.

»Innerhalb weniger Wochen folgte eine Katastrophe nach der anderen«, fuhr er dann fort. »Erst vernichteten schwere Hagelschauer das reife Korn auf dem Halm, dann brach die Schweinepest aus und schließlich rissen nächtens Wölfe ungewöhnlich viele Schafe auf den Sommerweiden. Zur selben Zeit konnten Tante Hildegard und meine Mutter gleich zweimal hintereinander nicht vermeiden, dass die Frauen, die sie gerufen hatten, ihr Kind bei der Niederkunft verloren. Vermutlich wäre nichts geschehen, wenn in jenen Wochen nicht einer jener berüchtigten Hexenkommissare durchs Land gezogen wäre, deren blutiges Treiben von den Obrigkeiten in unserem Bezirk kräftig unterstützt wurde. So begann bei uns die Hexenjagd, deren Opfer Tante Hildegard und meine Mutter wurden. Der Bauer, der meine Mutter einst von seinem Hof gejagt hatte, denunzierte sie. Wäre ich einige Jahre älter gewesen, wäre ich vielleicht ebenfalls verbrannt worden. So jedoch begnügte sich der Hexenkommissar damit, mich zu zwingen an ... an der Verbrennung ... meiner Mutter teilzunehmen ... bis zum schrecklichen Ende. Ich habe meine Mutter kaum wieder erkannt, als man sie zum Pfahl schleppte ... so schrecklich hatte man sie gefoltert. Und als man sie dann ... auf den Scheiterhaufen führte und die Flammen aufloderten, da ...«

Er vermochte die Tränen nun nicht länger zurückzuhalten und ihm versagte endgültig die Stimme. Mit einem verzweifelten Schluchzen schlug er die Hände vors Gesicht, krümmte sich zusammen, als wollte er sich einrollen, und wurde von einem heftigen Weinkrampf geschüttelt. Er hörte nicht, was Henrik und Bruder Basilius zu ihm sagten, doch er spürte ihre Hände und dass sie seinen Schmerz teilten und nachempfanden, was er erlitten hatte und bis an sein Lebensende nicht vergessen würde.

Es dauerte eine ganze Weile, bis sich der Weinkrampf gelegt und er sich wieder genug unter Kontrolle hatte, um ihnen auch noch den Rest seiner Lebensgeschichte erzählen zu können.

»Es war der Alchimist Quirin Schlehenbusch, der mich nach dem Tod meiner Mutter auf seinen Gutshof holte und sich meiner annahm. Er war ein kauziger Mann, verwitwet und kinderlos, der zwei gut florierende Pulvermühlen besaß und in den langen Kriegsjahren ein ansehnliches Vermögen verdient hatte, da er skrupellos mit allen Parteien Geschäfte gemacht hatte. Er behandelte mich mal wie einen Knecht, mal wie einen bevorzugten Lehrling. Auf der einen Seite lehrte er mich schreiben und lesen, gab mir Bücher zur Lektüre und erlaubte mir stundenlang bei ihm zu sein, wenn er in seinem Studierzimmer saß oder in seiner Experimentierküche wie besessen an der wundersamen Formel zur Herstellung von Gold arbeitete, an die er unerschütterlich glaubte. Andererseits gab es aber auch immer wieder Tage oder gar Wochen, in denen er mich wie Luft behandelte.« Jakob schüttelte in Erinnerung an diese Zeit verwundert den Kopf. »Ich habe nie herausgefunden, was Quirin bewegt hatte mich nach Gut Schlehenbusch zu holen und mich unter seinen Schutz zu stellen, als von den Dörflern niemand mir auch nur ein Stück Brot geben, geschweige denn sich meiner annehmen wollte. Denn nach eigenem Bekunden hielt er nichts von Rücksichtnahme auf andere oder gar von Religion, obwohl ihn so etwas wie eine streitbare Freundschaft mit Kaplan Bierbach verband. Er glaubte nur an das, was man mit Händen fassen, mit Experimenten beweisen – und mit Geld kaufen konnte.«

Henrik lächelte mitleidig. »Doch die mit Gold getünchten Zwerge, die Götter von Schmelzern und Gießern! Nach ihnen bilden sich die Tröpfe, ein jeder, der auf sie vertraut!«, spottete er.

Jakob nickte. »Ja, er war auf seine Art wohl ein Schmelzer und Gießer. Wenn er an etwas geglaubt hat, dann an die Macht des Goldes. Für alles andere hatte er nur Geringschätzung übrig, die er auch nicht verbarg. Deshalb war er bei den Leuten in unserer Gegend so unbeliebt. Ich glaube, sie hätten ihn damals am liebsten mit auf den Scheiterhaufen geschickt. Aber dafür war er doch wohl zu einflussreich.« Jakob stutzte. »Vielleicht war es diese Verachtung für die Leute, die ihn dazu bewogen hat, ausgerechnet den von allen ausgestoßenen Bastard einer verbrannten Hexe bei sich aufzunehmen. Aber auch das ist nur eine Vermutung. Sicher werde ich es nie wissen.«

»Und was ist aus Eurem kauzigen Gönner geworden?«, fragte Bruder Basilius.

»Eine Horde ehemaliger Landsknechte ist eines Abends im September über Gut Schlehenbusch hergefallen«, fuhr Jakob mit seinem Bericht fort. »Ich weiß nicht, was zwischen Quirin und dem Anführer der gut drei Dutzend Marodeure vorgefallen ist. Er hatte zu dieser Stunde sicherlich schon mehrere Gläser Wein getrunken, denn Kaplan Bierbach hatte ihm beim Abendessen Gesellschaft geleistet. Gut möglich, dass Quirin diese gewissenlosen Söldner auf seine arrogante Art erst richtig gereizt hat. Auf jeden Fall haben sie auf Gut Schlehenbusch ein entsetzliches Blutbad angerichtet und weder den jungen Laufburschen Thomas noch die alte Magd Agnes verschont.« Die Erinnerung ließ ihn schaudern und die Sätze kamen ihm nun wieder stockend über die Lippen. »Sie haben alle ohne Ausnahme hingeschlachtet . . . Die Mägde haben sie vorher geschändet . . . Kaplan Bierbach haben sie an die Scheunenwand genagelt . . . Und Quirin haben sie . . .« Er führte den Satz nicht zu Ende, sondern schüttelte nur den Kopf, als weigerte er sich die entsetzlichen Bilder auch noch in Worte zu fassen. »Zum Schluss haben sie ihn im Brunnen ertränkt. Dass ich dieser Schlächterei entkommen bin, verdanke ich wohl meinem harten Schädel. Der Söldner, der kaum älter als ich gewesen ist, glaubte wohl mir den Schädel gespalten zu haben. Doch das viele Blut, das mir über das Gesicht strömte, als ich bewusstlos zu Boden stürzte, kam nur aus einer klaffenden Platzwunde. Er hielt mich für tot und gesellte sich wieder zu seinen Komplizen, die sich mit dem Töten ihrer Opfer mehr Zeit ließen. Ich hatte das Glück, dass niemand sich überzeugte, ob ich auch wirklich tot war. Als ich zu mir kam, hatte die Bande Schlehenbusch schon verlassen – und niemand außer mir war noch am Leben.«

»Barmherziger Gott!«, murmelte Bruder Basilius erschüttert. »Der Dreißigjährige Krieg hat die Menschen wahrlich zu hunderttausenden in mitleidlose, blutrünstige Schlächter verwandelt!«

Jakob nickte düster. »Ich habe mich davongeschleppt, weil ich nicht wusste, was mit mir geschehen würde, wenn man mich als einzigen Überlebenden verhörte. Ich wollte nur möglichst schnell weg aus dieser Gegend, wo jeder wusste, wer ich war. Ich schlug mich zum Rhein durch und . . . beschaffte mir auf dem Weg dorthin einen Esel und einen Karren.«

Ein flüchtiges Lächeln huschte bei dem Wort »beschaffen« über das Gesicht des Schweden.

»Tja, und dann traf ich im Februar am Laacher See auf Euren Bruder Anselm. Damit begann der dritte Alptraum meines Lebens.« Jakob atmete tief durch und fühlte sich irgendwie befreit, weil er nun keine Geheimnisse mehr vor den beiden hatte. »So, jetzt wisst Ihr, wer ich bin und woher ich komme.«

Bruder Basilius legte ihm eine Hand auf die Schulter. »Ihr habt trotz Eurer Jugend wahrlich schon viel Schweres und Bitteres ertragen müssen, Jakob.«

Jakob wurde sich plötzlich wieder bewusst, wo sie sich befanden und was den Anstoß zu seiner Lebensbeichte gegeben hatte. Er schüttelte nun unwillig den Kopf. »Lasst uns nicht länger von mir reden! Hier geht es um Marga. Wir müssen etwas unternehmen, um sie vor dem Scheiterhaufen zu bewahren!«

»Was immer in unserer Macht steht, wir werden es versuchen«, versprach Bruder Basilius.

»Aber was können wir denn tun?«, fragte Jakob und quälende Angst stand auf seinem Gesicht.

»Dem Himmel sei Dank, dass Mendelsheim nicht Trier ist oder Koblenz. Da hätten wir kaum eine Chance etwas für dieses Mädchen zu tun«, sagte Henrik. »Aber in einem Dorf wie diesem können drei entschlossene Männer viel erreichen, wenn sie einen guten Plan und die Überraschung auf ihrer Seite haben.«

»Habt Ihr schon eine Idee?«, fragte Jakob hoffnungsvoll. »Glaubt Ihr, wir können die Wachen überwältigen und Marga aus dem Kerker befreien?«

Henrik zuckte die Achseln. »Ich weiß es nicht, wage es jedoch zu bezweifeln. Der Hufschmied hat davon gesprochen, dass sie das Mädchen in Eisen gelegt haben. Wenn wir also erst Ketten aufschlagen müssen, um sie aus dem Keller zu holen, können wir das gleich vergessen.«

»Bevor wir uns den Kopf zerbrechen, sollten wir uns mit den Örtlichkeiten vertraut machen und versuchen noch mehr darüber in Erfahrung zu bringen, wie gut das Zigeunermädchen bewacht ist und wer die Schlüssel hat«, schlug Bruder Basilius vor. »Denn zu einem blutigen Handgemenge darf es auf keinen Fall kommen!«

»Lieber wollt Ihr zulassen, dass eine Unschuldige bei lebendigem Leib verbrannt wird?«, fuhr Jakob erregt auf. »Ich sehe das anders, Bruder Basilius. Wer sich als Wache zum Handlanger dieser gnadenlosen Hexenjäger macht, hat nichts anderes verdient als notfalls sein eigenes Blut zu schmecken!«

Bruder Basilius zeigte sich gekränkt. »Schlimmer noch als die Brutalität der Gewaltmenschen ist die Gleichgültigkeit der Zuschauer. Und grausamer noch als das Zuschlagen der Täter ist die schweigende Komplizenschaft des Publikums. Denn erst durch seine Passivität verschafft es den Henkern freie Bahn. Ja, Schweigen ermutigt den Folterknecht in seinem Tun. Deshalb müssen wir Christen Partei ergreifen, denn Neutralität hilft immer nur dem Unterdrücker, niemals dem Opfer!«

»Na also!«, sagte Jakob mit grimmiger Genugtuung, glaubte er doch den Mönch in seiner Überzeugung ins Wanken gebracht zu haben.

»Ja, all das ist richtig. Und leider stimmt auch, was Tacitus schon angeprangert hat, als er schrieb: ›Die Menge ist so beschaffen, dass sie, wenn sie nicht selber zittert, andere zittern lässt‹«, fuhr Bruder Basilius in scheinbarer Übereinstimmung mit Jakob fort. Dann aber fügte er hinzu: »Nur wird aus Unrecht, mit dem ein anderes Unrecht bekämpft wird, niemals Recht. Es fügt dem ersten nur ein zweites Unrecht hinzu. Aber bevor wir uns weiter über theoretische Standpunkte streiten, sollten wir jetzt erst einmal ein scharfes Auge auf die hiesigen Örtlichkeiten werfen!«

Jakob nickte stumm und erhob sich. Aber insgeheim sagte er sich: Dann hole ich Marga eben auf eigene Faust aus dem Keller und notfalls nehme ich es auch ganz allein mit den Wachen auf!

Neunundzwanzigstes Kapitel

Knappe zwei Stunden später hatte sich Jakobs wilde Entschlossenheit in bedrückende Ernüchterung verwandelt. Ihn beherrschte ein entsetzliches Gefühl der Hilflosigkeit angesichts dessen, was sie beobachtet und in Erfahrung gebracht hatten.

Mehrmals waren sie um den Marktplatz herumspaziert, in dessen Mitte ein Zimmermann mit seinen beiden Gehilfen schon den Pfahl in den Boden gerammt hatte, an den Marga morgen gebunden werden sollte. Die Männer arbeiteten nun an einem kleinen Bretterpodest, auf dem die Verurteilte stehen sollte. Eine erste Fuhrwerkladung Reisig und trockene Äste wartete schon darauf, zu einem Scheiterhaufen rund um Pfahl und Podest aufgehäuft zu werden. Der Anblick dieser Hinrichtungsstätte hatte Jakob einen Schauer nach dem anderen durch den Körper gejagt.

Sie hatten sich zum klotzigen Haus des Bürgermeisters begeben, dem die Mühle beim Dorfteich gehörte, es mit scheinbarer furchtsamer Einfalt begafft und sich bemüht dabei jedes Wort der Dorfbewohner aufzuschnappen, die wie sie vor dem Haus standen und sich aufgeregt über die anstehende Hexenverbrennung unterhielten. Anschließend hatte Bruder Basilius einige kostbare Heller in der gut besuchten Dorfwirtschaft am Markt geopfert, um sich auch dort noch umzuhören. Und was sie in der Schenke mit den rußgeschwärzten Deckenbalken erfahren hatten, war alles andere als Mut machend gewesen.

»In das Haus des Bürgermeisters eindringen und das Mädchen im Handstreich da herausholen zu wollen wäre reinster Wahnwitz. Das können wir vergessen«, zog Henrik nüchtern ein Fazit. Sie hatten sich hinter die Kirche zum Friedhof begeben, um ungestört reden zu können, und saßen nun auf der niedrigen Mauer aus Feldsteinen, die den Gottesacker umschloss. »Leider ist der Kellerraum von außen weder durch eine Hoftreppe noch durch ein Fenster zu erreichen. Man gelangt nur durch die innere Kellertreppe in das Verlies, wo Marga angekettet ist.«

»Und von den Wachen einmal ganz abgesehen halten sich einfach zu viele Leute unter dem Dach von Vinzenz Groll auf, als dass ein überraschendes Zuschlagen Aussicht auf Erfolg hätte«, fügte Bruder Basilius niedergeschlagen hinzu. »Er hat die Familien seiner beiden jüngeren Brüder, die außerhalb des Dorfes Bauernhöfe bewirtschaften, in seinem Haus zu Gast, damit sie alle an der Morgenmesse vor der Hexenverbrennung teilnehmen können. Und während des Gottesdienstes wollen sie die Wachen im Keller sogar verdoppeln und noch zwei Männer vor dem Haus postieren. Zu glauben, sie alle ohne Blutvergießen überwältigen zu können, ist Illusion.«

»Dann nehmen wir den Bürgermeister eben als Geisel und zwingen ihn Marga freizulassen!«, schlug Jakob vor.

»Nein!«, wehrte Bruder Basilius sofort ab. »Auch das könnte nur allzu leicht zu einem Handgemenge und dann zu einem Blutbad führen.«

»Selbst wenn es uns gelänge ihn in unsere Gewalt zu bringen und Marga freizupressen, so würden wir doch nicht weit kommen«, sagte Henrik, noch bevor Jakob gegen die Haltung des Mönches protestieren konnte. »Wir hätten sofort mehrere Dutzend Verfolger im Nacken und keine reelle Chance ihnen zu entkommen.«

Angestrengt suchten sie nach einer halbwegs erfolgversprechenden Idee, wie sie Marga befreien konnten. Sie grübelten und zermarterten sich das Gehirn, doch was immer ihnen in den Sinn kam, erwies sich schon nach kurzer Prüfung als untauglich.

»Mein Gott, wir können Marga doch nicht tatenlos dem Tod auf dem Scheiterhaufen ausliefern!«, begehrte Jakob verzweifelt auf, als die Sonne schon tief im Westen stand und die Dämmerung nicht mehr fern war. »Irgendetwas müssen wir doch tun! Und wenn wir dem Bürgermeister das Haus über dem Kopf anstecken!«

Henrik hob abrupt den Kopf und sah Jakob mit einem halb verblüfften, halb begeisterten Lächeln an. »Das ist gar kein so schlechter Vorschlag!«, rief er. »Ich habe noch einen kleinen Beutel Schwarzpulver, der uns dabei ausgezeichnete Dienste leisten könnte.«

»Ja, das gäbe viel Aufregung und ein großes Durcheinander, das wir nutzen könnten!«, pflichtete Bruder Basilius ihm bei. »Aber dieser Brandanschlag dürfte auf keinen Fall bei Nacht stattfinden! Es sind Kinder und Frauen im Haus und es wäre gewissenlos diese in Gefahr zu bringen! Und gewiss würde niemand das Mädchen von seinen Ketten befreien. Wer weiß, ob wir genug Zeit hätten sie aus den Flammen zu holen.« Er schüttelte den Kopf und sagte niedergeschlagen: »Nein, ich fürchte, dass Euer Vorschlag bei näherem Besehen doch nicht so gut ist, wie er mir anfangs erschienen ist.«

»Es braucht weder das Haus des Bürgermeisters zu sein noch bei Nacht zu geschehen!«, meinte Henrik mit einem verschmitzten Grinsen. »Denn mir ist da plötzlich ein Einfall gekommen, wann und wie wir die abergläubischen Mendelsheimer Bürger am besten von ihrer so heiß ersehnten Hexenverbrennung ablenken und uns einen guten Vorsprung verschaffen können!«

Jakob bedrängte ihn sofort mit Fragen. Auch Bruder Basilius lauschte gespannt, was der Schwede ihnen nun vortrug. Seine Idee fand ihre einhellige Zustimmung, auch wenn sie bei der Verwirklichung auf ein gutes Quäntchen Glück angewiesen waren. Aber angesichts der Tatsache, dass sie nur zu dritt waren und nicht skrupellos vorgehen durften, blieb ihnen gar nichts anderes übrig als einige Risiken einzugehen.

Sie nutzten die letzte Stunde Tageslicht, um sich noch einmal in Mendelsheim umzusehen. Ihre Aufmerksamkeit galt besonders Häusern und Schuppen, die am Rand des Dorfes standen. Dazu gehörten im Südwesten die Mühle beim Dorfteich sowie die Werkstatt eines Fassbinders am westlichen Dorfrand. Als sie nach einem letzten Rundgang auf dem Weg zu ihrem Quartier wieder über den Marktplatz kamen, war das Brennholz des Scheiterhaufens schon bis auf Hüfthöhe angewachsen. Alles war für die Hexenverbrennung vorbereitet.

Da sich noch viele andere Neugierige auf dem Platz herumtrieben, fiel es niemandem auf, dass auch Henrik mehrfach um den Scheiterhaufen herumging und unauffällig die Gebäude einer Prüfung unterzog, die sich rund um den Marktplatz gruppierten.

»Und?«, fragte Bruder Basilius leise.

»Sie werden das Mädchen mit dem Gesicht zur Kirche an den Pfahl binden.«

Der Mönch nickte. »Hexen sollen im Angesicht des Kreuzes vom Feuer verzehrt werden.«

»Dann ist die Giebelluke unter dem Flaschenzug des Hauses dort drüben der am besten geeignete Ort«, antwortete der Schwede und deutete auf ein schmales Fachwerkhaus, das auf der gegenüberliegenden Marktseite stand.

Jakob machte ein nachdenkliches Gesicht. »Von dort bis zum Scheiterhaufen sind es aber gute fünfzig Schritte, Henrik! Traut Ihr Euch das zu?«, fragte er skeptisch.

Henrik verzog keine Miene. »Hoffen und vertrauen heißt über den Horizont hinausschauen«, erwiderte er trocken. »Und nun lasst uns sehen, wo wir einige Pechfackeln und ein paar alte Säcke beschaffen können. Es gibt noch einiges zu erledigen und vorzubereiten.«

Spät in dieser Nacht, als Henrik im Mietstall vor der offenen Dachluke des Heubodens saß und im Licht des Mondes mehrere Pfeile seiner Armbrust mit Pech und Schwarzpulver präparierte, plagten Jakob schwere Zweifel – und zwar nicht nur am Erfolg ihres Planes.

»So vieles verstehe ich einfach nicht«, gestand er Bruder Basilius mit leiser Stimme, während von unten das Scharren und Schnauben der Pferde kam. »Das Leben kommt mir manchmal völlig sinnlos vor, wie ein wilder Strudel und gänzlich ohne Ziel. All die Dinge, die den Menschen im Guten wie im Schlechten zustoßen, aber ganz besonders, was sie erleiden müssen, auch wenn sie sich um ein noch so . . . nun, sagen wir: anständiges Leben bemühen . . .«

»Warum sprecht Ihr nicht aus, was Ihr zuerst sagen wolltet?«, unterbrach ihn der Mönch. »Denn ›gottgefällig‹ ist doch wohl das Wort, das Ihr auf der Zunge hattet, nicht wahr?«

Jakob zuckte die Achseln und nickte dann. »Ja, stimmt«, gab er zu. »Doch sagt mir, was hat es zu bedeuten, wenn sich Menschen abrackern und um ein gottgefälliges Leben bemühen, aber dennoch nur eine bittere Erfahrung nach der anderen einstecken müssen? Wo liegt da der Sinn sich überhaupt an irgendwelche religiösen Gebote oder weltlichen Gesetze zu halten?«

Der Mönch sah ihn ernst an. »Ihr stellt mir schwere Fragen, auf die auch die größten Theologen und Philosophen bisher noch keine eindeutigen Antworten gefunden haben, geschweige denn ich. Was ich jedoch weiß, ist, dass es für unsere Existenz wichtig ist sich immer wieder dieses archimedischen Punktes unseres Seins zu versichern, der weit außerhalb der uns begreifbaren Welt liegt.«

Jakob runzelte verständnislos die Stirn. »Archimedischer Punkt? Was meint Ihr damit?«

»Diesen Punkt, der uns vor der irrigen Auffassung bewahrt, der Mensch könne jemals allwissend oder gar allmächtig sein. Und dieser archimedische Punkt ist Gott, unser Schöpfer, so wie er uns im Evangelium verkündet ist. Der Mensch ist weder der Maßstab aller Dinge noch die letzte Instanz. Gottes Wahrheit ist etwas, was der Mensch nicht einmal in Ansätzen erfassen kann. Und unser Leben ist wie die Rückseite eines Teppichs.«

»Wie bitte?« Jakob glaubte erst, der Mönch wollte sich einen Scherz erlauben.

Doch Bruder Basilius war es Ernst mit diesem Vergleich. »Ja, wie die Rückseite eines großen Teppichs, wo die Fäden in scheinbar wirrer Vielfalt und unmöglicher Farbigkeit hin und her und kreuz und quer laufen, wo es überall Knoten und lose Enden gibt und wo es an einer auch nur schwach erkennbaren Ordnung zu fehlen scheint«, führte er aus. »Dreht man dieses vermeintlich konfuse Wirrwarr der Fäden jedoch auf die richtige Seite, entfaltet sich ein herrliches Muster und fügt sich alles zu einem klaren Bild mit unzähligen zusammengehörenden Einzelheiten. Und genauso stelle ich mir den himmlischen Blick auf unser Leben vor, Jakob. Wir dagegen sehen von unten nur das Chaos. Doch wenn wir nach Gottes Willen leben, werden auch wir eines Tages die herrlichen Muster in unserem Leben erkennen.«

»Ich wünschte, ich könnte so fest daran glauben wie Ihr«, murmelte Jakob.

»Ihr seid auf dem besten Weg«, erwiderte Bruder Basilius.

»Ich?«, fragte Jakob mehr als überrascht.

»Ja, Ihr seid Euch dessen bisher bloß noch nicht bewusst geworden«, antwortete der Mönch. »Ihr seid voller Zweifel. Aber Zweifel stehen dem Glauben nicht im Weg, sondern sie sind Teil des Weges.«

Sie versanken für eine Weile in Schweigen und jeder hing seinen eigenen Gedanken nach. Indessen strich Henrik nun auch auf den faustgroßen Leinenbeutel, der das explosive Schießpulver enthielt, ein wenig Pech. In dieses Pech drückte er mit seinem Messer Prisen von Schwarzpulver. Zum Schluss wickelte er eine dünne Schicht aus Moos und Stroh um den Beutel, sodass er nun wie ein kinderkopfgroßer Strohball aussah.

»So, das hätten wir!«, sagte er zufrieden und warf einen Blick zu den Sternen hoch. »Es dürfte auf drei Uhr zugehen, wenn ich mich nicht sehr täusche. Mendelsheim liegt in tiefem Schlaf. Die beste Zeit, um dieses Spielzeug am rechten Ort zu verstecken«, sagte er spöttisch und erhob sich. »Ich bin gleich zurück. Ihr könnt indessen schon mal damit beginnen, die Säcke mit Stroh zu füllen!«

Lautlos wie ein Schatten stieg der Schwede vom Heuboden und glitt in die Nacht hinaus, während Jakob und Bruder Basilius sich an die Arbeit machten die zerschlissenen Säcke zu füllen, die sie beim Dorfkrämer erstanden hatten.

Sie arbeiteten stumm, aber ohne Eile, denn sie hatten viel Zeit. Einmal jedoch hielt Jakob inne, wischte sich Staub und Schweiß von der Stirn und sagte mit quälender Sorge: »Gebe Gott, dass wir nicht ein schweres Gewitter bekommen, so drückend schwül, wie es noch immer ist. Das Letzte, was wir jetzt gebrauchen können, ist Regen.«

Bruder Basilius sah nun auf und rückte seine Augenklappe zurecht. »Ja, Regen würde unseren Plan um einiges riskanter machen.«

Jakob wusste so gut wie der Mönch, dass das eine grobe Untertreibung war. Regen würde ihren Plan vereiteln – und Marga wohl unabwendbar den Tod bringen.

Dreißigstes Kapitel

Jakobs Sorge wuchs sich am Morgen zu beklemmender Angst aus, als er sah, wie die aufgehende Sonne von dunklen Gewitterwolken verdeckt wurde. Eine dräuende, regenschwere Wolkenwand schob sich aus Nordosten heran und legte sich über den morgenhellen Himmel.

»Bleibt es bei unserem Plan?«, fragte Jakob, als die Kirchenglocke zur Messe rief, zwischen Furcht und Hoffnung hin- und hergerissen.

Bruder Basilius schaute nicht weniger besorgt auf die langsam, aber stetig vorrückende Gewitterwand am Horizont. »Wie schon Hippokrates sagte: ›Das Leben ist kurz, die Kunst weit, der günstige Augenblick flüchtig, der Versuch trügerisch und die Entscheidung schwierig.‹ Aber entscheiden müssen wir uns, und zwar rasch. Denn wenn wir unseren Plan über den Haufen werfen und uns etwas anderes einfallen lassen wollen . . .«

Henrik fiel ihm energisch ins Wort. »Ausgeschlossen! Dafür ist keine Zeit mehr. Wir bleiben bei dem, was wir abgesprochen haben!«, entschied er. »Wir müssen es einfach riskieren. Mit ein bisschen Glück fällt der Regen erst, wenn der Scheiterhaufen schon brennt.«

Damit war die Entscheidung gefallen. Denn Henrik Wassmo führte bei diesem gefährlichen Unternehmen nicht nur das Kommando, sondern er hatte auch den schwierigsten Part übernommen.

»Dann lasst uns gehen«, sagte der Zisterziensermönch.

An diesem Morgen ruhte die Arbeit im Dorf und auf den umliegenden Höfen. Ganz Mendelsheim war auf den Beinen und strebte aus allen Richtungen der Kirche zu. Sogar die Alten und Gebrechlichen wollten sich das grausige Schauspiel nicht entgehen lassen und schleppten sich auf Krücken oder auf Familienangehörige gestützt aus den Häusern. Aufgeregtes Stimmengewirr erfüllte die Gassen sowie Markt- und Kirchplatz. Und auf vielen Gesichtern lag ein Ausdruck freudiger Erregung.

Henrik, Jakob und Bruder Basilius gingen überaus gemächlich und richteten es so ein, dass sie zu den Letzten gehörten, die zur Kirche kamen. Das Gotteshaus war wie erwartet brechend voll, sodass sie nur noch ganz hinten beim Ausgang einen Stehplatz fanden. Genau das hatten sie sich auch erhofft.

Jakob bekam nicht viel von der Predigt des hageren Geistlichen mit, der sich mit gerötetem Gesicht über das gefährliche Unwesen der Hexen ereiferte. Seine Gedanken gingen immer wieder zu Marga. Sein Herz krampfte sich schmerzhaft zusammen, als er sich vorstellte, wie sie im Haus des Bürgermeisters in einem fensterlosen, dunklen Loch und in Ketten eingeschlossen auf dem nackten Kellerboden kauerte. Den Tod auf dem Scheiterhaufen vor Augen und völlig ohne Hoffnung auf Rettung, musste sie halb wahnsinnig vor Angst sein. Er wünschte, es hätte eine Möglichkeit gegeben sie wissen zu lassen, dass er in Mendelsheim war und gemeinsam mit seinen Gefährten versuchen würde sie vor dem grässlichen Los zu bewahren. Denn nur zu gut erinnerte er sich daran, wie elend er sich vor Angst und Hoffnungslosigkeit in der Folterkammer gefühlt hatte.

Henrik stieß ihn vorsichtig an und Jakob schreckte aus seinen Gedanken auf. Der Pfarrer hatte seine geißelnde Predigt beendet. Und während die Gemeinde aus voller Kehle ein vertrautes Kirchenlied schmetterte, das Gottes Liebe und Barmherzigkeit pries, schritt der Geistliche zum

Altar, um die Wandlung von Hostie und Wein vorzunehmen.

»Haltet Euch bereit!«, flüsterte der Schwede.

Jakob nickte.

Als die Gemeinde niederkniete und den Kopf beugte, nutzten die drei Gefährten die Gunst des Augenblicks, um unbemerkt aus der Kirche zu schleichen. Das Dorf lag wie ausgestorben vor ihnen.

Sie liefen zum Mietstall. Ihrer Berechnung nach hatten sie noch mindestens fünfzehn Minuten für die letzten Vorbereitungen. Das sollte reichen, um im richtigen Moment bereit zu sein und zuschlagen zu können.

Jakob rannte voraus. Als Henrik und Bruder Basilius im Hof des Mietstalls auftauchten, warf Jakob schon die beiden letzten Strohsäcke durch die Luke. Dann nahm er eine der übrig gebliebenen Pechfackeln an sich.

Augenblicke später war Henrik neben ihm. »Ihr wisst, was Ihr zu tun habt?«, stieß er hastig hervor, während er seine Armbrust und die präparierten Pfeile aus dem Versteck im Stroh holte. »Und habt Ihr Feuerstein und Lunte?«

Jakob nickte. »Alles parat, Henrik. Ich warte auf das vereinbarte Zeichen von Bruder Basilius und fange mit der Mühle an!«

»Ja, aber vergesst das Wasser nicht. Und dann lauft so schnell Ihr könnt in die Gasse hinter dem Mietstall zurück!«, ermahnte ihn der Schwede.

»Ich fliege wie die Morgenröte!«, versprach Jakob. Er wusste, dass jeder Fehler, den er jetzt beging, Marga den Tod bringen konnte.

Henrik fasste ihn an der Schulter und sah ihn eindringlich an, als ahnte er, was in ihm vorging.

»Ihr werdet schon alles richtig machen und unser Plan wird gelingen! Wie es in den Psalmen geschrieben steht:

›Sein Feuer frisst das eigene Haus, sein Unheil trifft das eigene Haupt!‹«

Jakob nickte mit einem gequälten Grinsen und beeilte sich, dass er hinunter in den Hof kam. Dort rammte er die Pechfackel in einen der beiden mit Stroh gefüllten Säcke, klemmte sie sich dann unter die Arme und rannte los.

»Gottes Segen, Jakob!«, rief Bruder Basilius ihm nach, dessen Aufgabe es war, die Pferde aus dem Stall zu holen und zu satteln. »Und richtet nicht allzu viel Schaden an!«

Jakob ersparte sich eine Antwort. So schnell er konnte, lief er die Straße hinunter, die aus dem Dorf zu Teich und Mühle führte. Zwei Strohsäcke hatten sie gestern Nacht schon im Gebüsch hinter einem Schuppen am westlichen Dorfrand versteckt. Doch das Gelände um die Mühle herum war dafür zu offen und sie hatten das Risiko, dass die Säcke zufällig entdeckt wurden und Misstrauen erregten, nicht eingehen wollen. Deshalb schleppte sich Jakob jetzt damit ab.

Niemand begegnete ihm. Er lief um den Teich herum und gelangte zur stolzen Mühle von Bürgermeister Vinzenz Groll, der sich nun auch einen Namen als Hexenrichter machen wollte.

»Du wirst dein blaues Wunder erleben!«, keuchte Jakob und warf die beiden Strohsäcke auf die Treppe, die unter einem hölzernen Vordach lag.

Sein Herz raste, während er zu Feuerstein und Lunte griff. Es schien ihm unendlich lange zu dauern, bis er eine kleine Flamme entfacht hatte, mit der er die Pechfackel in Brand setzen konnte. Er stieß die blakende Fackel neben der Treppe in die Erde, nahm einen Sack und tunkte ihn zu einem Drittel in den Bach. Feuchtes Stroh entwickelte viel Rauch – und Rauch sollten die Bewohner von Mendelsheim zu sehen bekommen, aber nicht den des Scheiterhaufens!

Den trockenen Sack klemmte Jakob rechts unter das Vordach, damit es sogleich Feuer fing, während er den halb nassen auf der anderen Seite zwischen zwei Querstreben schob. Kaum hatte er das getan, als auch schon das Glockengeläut der Kirche klar und deutlich zu ihm an den Dorfrand drang. Der Gottesdienst war beendet! Nun wurde es ernst. Vor seinem geistigen Auge sah er, wie die Menschen aus der Kirche strömten und sich beeilten, um auf dem Marktplatz einen möglichst guten Platz zu ergattern.

Jakob wartete und blickte angestrengt über den großen Dorfteich zu der Stelle bei der Hufschmiede hinüber, wo Bruder Basilius jeden Moment auftauchen musste, um ihm das Zeichen zu geben, dass man Marga vom Bürgermeisterhaus zum Scheiterhaufen führte.

Mit wild hämmerndem Herzen und der brennenden Fackel in der Hand stand Jakob am Teich und nahm den Blick nicht von der Straße.

Wo blieb der Mönch bloß?

War es Henrik überhaupt gelungen in das schmalbrüstige Haus mit der Luke und dem Flaschenzug unter dem Giebel einzudringen? Und war er mit der Armbrust wirklich so treffsicher, um auf fünfzig Schritt Entfernung einen Pfeil in ein derart kleines Ziel zu lenken? Was war, wenn es nicht zu der erhofften Panik kam?

Ihm brach der Schweiß aus, was nicht allein an dem drückenden Wetter lag. Die tief hängenden Wolken waren bedrohlich näher gerückt und konnten jeden Augenblick ihre schwere Regenlast zur Erde schicken.

In den wenigen, scheinbar unendlich langen Sekunden des Wartens schossen Jakob die erschreckendsten Gedanken durch den Kopf. Er zweifelte plötzlich an den Erfolgsaussichten ihres Planes. Es brauchte nur eine Kleinigkeit schief zu gehen, und dann würde Marga . . .

Jakob führte den furchtbaren Gedanken nicht zu Ende, denn in diesem Augenblick tauchte Bruder Basilius auf und schwenkte einen Stofffetzen, der an den Zinken einer Heugabel hing.

Das Zeichen!

Jetzt begann der Wettlauf gegen die Zeit!

Jakob fuhr herum, sprang die Treppe hoch und setzte erst den trockenen und dann den halb nassen Strohsack in Brand. Die Flammen, die aus dem Stroh loderten, leckten heiß nach dem trockenen Holz des Daches, das augenblicklich Feuer fing. Auf der anderen Seite begann Rauch aus den Flammen aufzusteigen.

Noch nie war Jakob so schnell gerannt wie an diesem Morgen und noch nie mit einer brennenden Fackel in der Hand. Er überquerte die Straße, lief hinter mehreren Häusern vorbei, sprang über einen Abflussgraben und hatte dann endlich den Schuppen erreicht. Hastig zerrte er die beiden Strohsäcke aus dem nahen Gebüsch, lehnte sie gegen die Rückwand und setzte sie in Brand. Diesmal wartete er nicht, wie sich das Feuer entwickelte. Dieser Schuppen würde wie Zunder brennen, daran gab es nicht den geringsten Zweifel.

Und jetzt wie der Blitz zurück zu Bruder Basilius und dann zum Marktplatz!, feuerte er sich im Geiste selber an und holte alles aus sich heraus. Als er an der Hufschmiede vorbeikam, wurde ihm bewusst, dass er noch immer die Fackel in der Hand hielt. Ohne langes Zögern und aus dem Laufen heraus schleuderte er die Pechfackel auf das Dach der Hufschmiede und rief mit grimmiger Genugtuung: »Hier hast du dein Feuer, Alois Wenzel!«

Er schoss durch die Gasse, die auf die Rückseite des Mietstalls führte. Dort wartete Bruder Basilius schon auf ihn. Er saß im Sattel seines Braunen und hielt den Rotfuchs und den Schimmel am Zügel.

»Mühle, Schuppen und Hufschmiede brennen!«, rief Jakob ihm atemlos zu, während er sich auf sein Pferd schwang.

Der Mönch gab einen Stoßseufzer von sich. »Nun ja, besser Gebäude als Menschen.«

Jakob trieb den Schimmel an, bog um die nächste Hausecke und galoppierte die Gasse hoch, die auf den Marktplatz mündete. Er sah über die Köpfe der Menschenmenge hinweg und erblickte Marga, die schon gefesselt am Pfahl stand. Sie schrie in Todesangst und warf den Kopf hin und her, als hoffte sie sich noch von den Fesseln befreien zu können. Ihr gegenüber, auf der anderen Seite des Scheiterhaufens und mit dem Rücken zur Kirche, stand ein schwergewichtiger Mann in bestem Sonntagsstaat, bei dem es sich nur um den Bürgermeister Vinzenz Groll handeln konnte. Er hielt eine brennende Fackel. Neben ihm stand der Dorfgeistliche, bewehrt mit einem Kreuz in der einen Hand und einem Weihwasserschwenker in der anderen.

Der Pfarrer hob das Kreuz und richtete es auf Marga, deren gellende Schreie die Menge mit höhnischen Zurufen und Verwünschungen beantwortete. Dann senkte sich die Pechfackel in der Hand des Bürgermeisters.

Was nun geschah, war ein wilder Wirbel mehrerer Ereignisse, die fast zur selben Zeit passierten und nur wenige Sekunden in Anspruch nahmen, obwohl es Jakob viel länger erscheinen sollte.

»Feuer!«, schrie er der Menge zu. »Die Mühle brennt!«

Sein Schrei ging in einer ohrenbetäubenden Explosion

unter. Denn im selben Augenblick hatte Henrik seinen ersten Brandpfeil aus der Giebelluke abgeschossen. Wie ein Blitz aus heiterem Himmel raste der Pfeil am Pfahl vorbei und bohrte sich in den vermeintlichen Strohball, den Henrik in der Nacht auf der Innenseite des Scheiterhaufens zwischen das Reisig gesteckt hatte.

Eine gewaltige Stichflamme schoss fast genau an der Stelle aus dem Scheiterhaufen hoch, wo der Bürgermeister seine Pechfackel in das Holz gestoßen hatte. Es sah so aus, als wollte die gewaltige Flamme nach ihm und dem Geistlichen greifen. Beide Männer ließen alles fallen, was sie in ihren Händen gehalten hatten, und sprangen zu Tode erschrocken zurück. Gleichzeitig ging ein entsetzter Aufschrei durch die abergläubische Menge.

»Die Mühle brennt lichterloh und die Hufschmiede!«, schrie Jakob mit aller Lungenkraft. »Es brennt überall im Dorf! . . . Feuer!«

Sein Schrei wurde nun von anderen Stimmen aufgenommen, als die ersten Mendelsheimer den Rauch bemerkten, der an drei Stellen über dem Dorf aufstieg. Innerhalb weniger Augenblicke schrie alles wild durcheinander.

»Es brennt!«

»Die Mühle steht in Flammen!«

»Allmächtiger, meine Schmiede!«

»Das Dorf brennt!«

Die Gunst des Schicksals war mit Jakob und seinen Gefährten, denn gerade in diesem Moment meldeten sich die Gewitterwolken mit Blitz und berstendem Donner und trugen ihren Teil zum Erschrecken der Menge bei.

Vergessen war die vermeintliche Hexe, deren Schreie in dem allgemeinen Tumult untergingen, während die Flammen sich auf dem Scheiterhaufen auszubreiten begannen. Jetzt brach eine regelrechte Panik unter den Dorfbewohnern aus, die ihre Existenz bedroht sahen und zugleich eine Strafe Gottes fürchteten. Die Menge stürzte unter wildem Geschrei vom Marktplatz, um die Brände zu bekämpfen.

Niemand sah in dem Durcheinander, wie Henrik sich aus der Giebelluke schwang, die Armbrust über die Schulter gehängt, und sich geschwind am Seil des Flaschenzuges herabließ. Er rannte über den Marktplatz, der bis auf ein paar Alte und Lahme, die mit der davonstürzenden Menge nicht Schritt halten konnten, so gut wie ausgestorben unter dem dunklen Himmel lag. Mit gezücktem Messer sprang er über die Rückseite des Scheiterhaufens, die noch nicht in Flammen stand. Es schien, als stürzte er sich in ein Flammenmeer, das ihn nicht mehr freigeben würde.

Zur selben Zeit preschte Jakob auf die Richtstätte zu, gefolgt von Bruder Basilius, der Henriks Pferd hinter sich herführte. Einige alte Männer wurden auf sie aufmerksam, blieben stehen und versuchten ihre Landsleute zu alarmieren, doch niemand achtete auf sie.

Henrik durchtrennte die Fesseln, riss Marga, die vom Rauch halb bewusstlos war, vom Pfahl zurück, hob sie wie eine Feder hoch und trug sie aus dem sich schnell schließenden Feuerring.

Augenblicklich war Jakob neben ihm. »Marga, wirst du dich an mir festhalten können?«, rief er ihr aus dem Sattel zu.

Marga hustete und starrte fassungslos zu ihm hoch. »Jakob?« Ein verstörtes Lächeln irrte über ihr Gesicht. Sie begriff noch nicht recht, was geschehen war.

Henrik wartete nicht auf eine Antwort von ihr. »Wir haben keine Zeit zu verlieren. Wenn wir nicht sofort verschwinden, kann uns das alle den Kopf kosten!« Er setzte Marga kurzerhand hinter Jakob aufs Pferd, griff nach dem Riemen, den Jakob schon in der Hand hielt, und legte ihn um das Mädchen.

Jakob verknotete den Ledergurt über seiner Hüfte. »Ich bin bereit!«

Henrik warf einen Blick auf die Rauchwolken, die über den brennenden Gebäuden aufstiegen. »Den Fluch hat er geliebt, nun kommt er auf ihn selber!«, zitierte er grimmig aus den Psalmen, sprang dann gewandt auf seinen Rotfuchs und rief: »Nichts wie weg aus diesem elenden Dorf!«

»Oh Gott, ja!«, stieß Marga nun hervor, presste sich an Jakobs Rücken und krallte sich in seine Kleidung, als er den Schimmel antrieb.

Im gestreckten Galopp jagten sie aus dem Dorf, begleitet von einer Kanonade aus Blitz und Donner. Als der Regen schließlich mit schweren, dicken Tropfen über dem Tal niederging, lagen die wacholderbestandenen Hügel von Mendelsheim schon mehrere Meilen hinter ihnen.

Einunddreißigstes Kapitel

Erst drei Stunden später, als der Regen geradezu sintflutartige Ausmaße angenommen hatte, gönnten sie sich und den abgekämpften Pferden eine Rast. Sie flüchteten in den Schutz eines Unterstandes, auf den sie auf einer bewaldeten Hügelkuppe stießen. Er maß über ein Dutzend Schritte im Quadrat, war aus soliden, ungeschälten Kiefernstämmen gezimmert und zweifellos für die Bedürfnisse hochherrschaftlicher Grundbesitzer zur Jagdzeit errichtet worden. Er war mit Tränke und Futterkrippe versehen.

»Hier dürften wir erst einmal sicher sein«, sagte Bruder Basilius und glitt mit schmerzverzerrtem Gesicht aus dem Sattel. Der Gewaltritt hatte ihm schwer zugesetzt.

Nachdem sie das Tal in nordöstlicher Richtung hinter sich gelassen hatten, waren sie zunächst kreuz und quer geritten, um mögliche Verfolger abzuschütteln. Sie hatten die breiten, ausgefahrenen Landstraßen gemieden und schmalen, verschwiegenen Feld- und Waldwegen den Vorzug gegeben. Und statt weiter nach Nordosten zu reiten hatten sie einen Bogen geschlagen und ihre Flucht gen Nordwesten fortgesetzt. Wer immer ihnen aus dem Dorf folgte, würde sie auf dem Weg nach Maria Laach wähnen, kaum aber in Richtung Ahr vermuten.

Jakob löste den Ledergurt und Marga rutschte vom Pferd. Erst jetzt fand sie Gelegenheit ihren Rettern unter Tränen zu danken. Groß war ihre Überraschung, als sie erfuhr, dass der Mann mit der Augenklappe ein Zisterziensermönch und Henrik Wassmo dessen treuer Begleiter war und aus Schweden kam.

Das Gesicht noch geprägt von dem Grauen der vergangenen Tage, erzählte sie ihnen dann, was ihr in Mendelsheim widerfahren war und wie feige die Sippe ihres Vaters sie im Stich gelassen hatte. Dass ihr Folter und Schändung erspart geblieben waren, da sie nach der teuflischen Wasserprobe keine Hoffnung mehr gesehen und daher ein ›Geständnis‹ abgelegt hatte, war der einzige Lichtpunkt in ihrer erschütternden Geschichte.

»Und jetzt weiß ich nicht, wohin«, schloss Marga leise und kämpfte wieder mit den Tränen. »Demeter und die anderen werden mich nicht wieder bei sich aufnehmen, das weiß ich. Für sie bin ich auf ewig gebrandmarkt und nur eine Gefahr für ihre eigene Sicherheit.«

Bruder Basilius machte nicht viel Worte. »Habt keine Sorge, was aus Euch werden soll. Ihr könnt bei uns bleiben, bis Ihr wisst, wo Ihr bleiben oder wohin Ihr gehen wollt«, beruhigte er sie, und nicht nur Marga, sondern auch Jakob schenkte ihm ein dankbares Lächeln.

Jakob befand sich nach der gelungenen Rettungsaktion in euphorischer Stimmung. Nicht einmal der anstrengende Ritt hatte seine Freude auch nur um ein Quäntchen dämpfen können. Marga an seinen Rücken gepresst und ihre Hände um seine Hüften zu spüren hatte alle Ängste und Strapazen mehr als wettgemacht.

»Vorausgesetzt Ihr haltet unsere Gesellschaft nicht für zu gefährlich«, schränkte Bruder Basilius nun sein großherziges Angebot ein. »Und das solltet Ihr wirklich bedenken, bevor Ihr Euch entscheidet Euch uns anzuschließen.«

Henrik nickte. »Ihr könntet sehr leicht aus dem Regen in die Traufe kommen, Marga«, pflichtete er dem Mönch bei.

»Wieso sollte ich bei Euch in Gefahr sein, wo Ihr doch Eurer Leben aufs Spiel gesetzt habt, um mich vor dem Tod auf dem Scheiterhaufen zu bewahren?«, fragte sie verständnislos. »Das ergibt keinen Sinn, Bruder Basilius.«

Der Mönch sah Jakob an. »Wollt Ihr Euch der Aufgabe unterziehen ihr zu erklären, was es mit unserer Warnung auf sich hat?«, fragte er. »Ich muss gestehen, dass ich der vielen Erklärungen müde bin. Zumal mich auch noch meine Knochen über alle Maßen plagen.«

»Gern. Doch darf Marga alles erfahren?«, vergewisserte sich Jakob.

Der Zisterziensermönch lächelte und es war ein Lächeln voller Müdigkeit und Traurigkeit. »Wer hätte wohl mehr Recht die ganze Geschichte zu erfahren als sie, die nur um Haaresbreite einer Hexenverbrennung entkommen ist?«, fragte er zurück.

Der Regen prasselte auf das Dach aus halbierten Baumstämmen, als Jakob nun begann Marga von den beiden Hexenbischöfen und Bruder Anselms mutiger Tat sowie von Domherr Melchior von Drolshagen, Himmerod und Trier zu berichten. Es war eine lange Geschichte, zumal Marga ihn in ihrer Bestürzung oder Anteilnahme immer wieder mit Fragen unterbrach, besonders als er ihr von Himmerod und seiner Verschleppung nach Trier in den Turm des Greven berichtete.

»So, jetzt weißt du, auf was du dich einlässt, wenn du mit uns kommst«, schloss Jakob eine gute Stunde später seine Ausführungen.

»Und Bruder Basilius hofft, diese wichtigen Bekenntnisse und Aufzeichnungen irgendwo in Koblenz zu finden?«

»Nicht die Dokumente selbst, aber wohl doch einen Hinweis darauf, wo sie versteckt sein könnten. Und solange weder der Domherr und seine Komplizen noch wir sie gefunden haben, schweben wir in Gefahr – und du mit uns, wenn du dich uns anschließt. Denn Drolshagen wird zwischen dir und mir keinen Unterschied machen, sollte er uns in seine Gewalt bringen. Er will diese brisanten Dokumente um jeden Preis in seine Hände bekommen und vernichten. Und um das zu erreichen, schreckt er vor nichts zurück«, antwortete Jakob und wartete nun gespannt auf ihre Entscheidung.

Marga blickte einen Moment versonnen in den Regen, der inzwischen erheblich an Kraft verloren hatte. Dann sah sie Jakob mit festem Blick an und sagte schlicht: »Dennoch würde ich gern bei euch bleiben.«

Er lächelte erleichtert. »Ich habe gehofft, dass du das sagen würdest.«

Sie erwiderte sein Lächeln.

Kurz darauf hörte der Regen ganz auf. Die Sonne brach zaghaft durch die Wolkendecke und sie machten sich wieder auf den Weg. Jedoch kamen sie nicht annähernd so schnell voran wie in den ersten drei Stunden. Bruder Basilius überließ Marga immer wieder sein Pferd, wenn er es vor Rückenschmerzen nicht länger im Sattel aushielt und für eine Weile zu Fuß gehen musste.

Am späten Nachmittag fühlten sie sich vor möglichen Verfolgern aus Mendelsheim so sicher, dass sie auf die Landstraße zurückkehrten. Kurz vor Sonnenuntergang stiegen sie zu einem Bergrücken auf und ritten in ein einsames, dicht bewaldetes Tal hinunter. Der steinige Weg, der gerade genug Platz für ein Fuhrwerk bot und auf dem unteren Drittel beachtliches Gefälle aufwies, schlängelte sich durch einen hohen Wald. Die Schatten der Bäume waren schon zu einer dunklen Wand verschmolzen. Nun begann die Dunkelheit auch die schmale Schneise des Weges zu füllen.

Als sie den Talboden erreichten und um eine scharfe Biegung kamen, die der Weg um eine Gruppe mannshoher Basaltfelsen machte, sahen sie etwa dreißig, vierzig Schritte vor sich eine primitive Bohlenbrücke. Ohne jegliches Geländer führte sie über einen reißenden Bach hinweg, dessen Fluten zwischen den vielen Felsbrocken in seinem Bett weiß schäumten. Auf dieser Brücke stand eine Kutsche in gefährlicher Schräglage. Zwei, drei morsche Brückenbalken waren unter den Rädern auf der linken Seite eingebrochen. Die Räder steckten nun bis zu den Achsen in dem armbreiten Spalt. Damit stand die Kutsche derart schräg nach links geneigt, dass es den Anschein hatte, als bedürfte es bloß noch eines kräftigen Windstoßes, um sie zwischen die Felsen des Bachbettes stürzen zu lassen.

Vier Männer bemühten sich diesen Sturz zu verhindern. Einer von ihnen, vermutlich der Kutscher, kümmerte sich um die beiden Pferde, die die Gefahr witterten jeden Moment von der umkippenden Kutsche mitgerissen zu werden. Er redete ihnen gut zu sich ins Geschirr zu legen und den Wagen aus dem tiefen Spalt zu ziehen. Zur selben Zeit versuchten zwei Männer die Räder auf der linken Seite weit genug anzuheben, damit das Gespann den Rest erledigen konnte. Dabei riskierten sie von der Kutsche im Bach zerquetscht zu werden, falls diese das Gleichgewicht verlieren und nach links wegkippen sollte. Der vierte Mann, der sie mit wütender Stimme aufforderte sich gefälligst ins Zeug zu legen, stand rechts von der Kutsche – und damit in Sicherheit. Die beiden Pferde, die vor der Brücke an einem jungen Baum angebunden standen, verrieten, dass zwei der Männer beritten waren.

Jakob hatte ein seltsames Gefühl, als sie sich im Zwielicht des Abends der Brücke und den vier Männern näherten. Irgendwie kam ihm die füllige, gedrungene Gestalt, die mit hörbar erkälteter Stimme Befehle gab, vertraut vor.

Marga saß auf dem Pferd von Bruder Basilius, der es am Zügel führte und vorwegging. Dabei stützte er sich auf einen knorrigen Ast.

»Das gefällt mir nicht«, sagte Jakob leise zu Henrik.

Der schwergewichtige Mann hatte sie indessen erblickt und rief ihnen erleichtert zu: »Da kommt Hilfe, dem Himmel sei Dank! Seid so gut und beeilt Euch uns zur Hand zu gehen, bevor hier nichts mehr zu retten ist!«

Jakob fuhr zusammen. »Das ist der verfluchte Domherr!«, stieß er in seinem Erschrecken laut hervor.

Es war in der Tat Melchior von Drolshagen mit einigen seiner Schergen. Nur war er diesmal nicht mit einer Kutsche unterwegs, die das erzbischöfliche Wappen am Wagenschlag trug.

Und nun erkannte auch der Domherr, wen er vor sich hatte. Er bemerkte die Augenklappe unter dem Schlapphut des Mannes, der das Pferd mit dem Mädchen am Zügel führte, sowie die hoch gewachsene Gestalt des Schweden hinter ihr und Jakob an dessen Seite. Wäre nicht das Mädchen gewesen, hätte er wohl schon viel früher Argwohn gehegt.

»Pleisgen! . . . Krubeck!«, schrie der Domherr nun mit schriller Stimme und deutete mit ausgestrecktem Arm auf sie. »Da sind die drei, hinter denen wir her sind! . . . Gottes Vorsehung hat sie uns endlich über den Weg geführt! . . . Zu den Waffen, Männer! Schnappt sie Euch und verdient Euch die Belohnung, die ich auf dieses Pack ausgesetzt habe!«

Gotschalk Pleisgen, der Folterknecht aus Trier, und der andere Mann namens Krubeck sprangen nur zu bereitwillig von der Kutsche zurück und griffen zu ihren Waffen. Sie waren auf solch eine Begegnung vorbereitet, wie die Degen bewiesen, die sie am Gürtel trugen. Sie stürzten hinter dem Gefährt hervor und zogen im Laufen blank.

»Los, nichts wie weg!«, rief Jakob zu Tode erschrocken.

»Nein, das ist zwecklos!«, widersprach Henrik. »Wir kämen nicht weit. Außerdem: Wo Drolshagen ist, da kann Mundt mit seinen Gesellen nicht weit sein. Also bringen wir es besser hier hinter uns!«

»Ihr könnt es unmöglich allein mit ihnen aufnehmen!«, stieß Jakob ungläubig hervor und wartete darauf, dass auch Bruder Basilius ihm dringend abriet und zur Flucht drängte. Doch nichts dergleichen geschah.

Henrik warf ihm einen spöttischen Blick zu. »Ich bin wie ein staubbedeckter Krug, weiß aber noch, wie reines Wasser schmeckt«, antwortete er mit einem Psalmenvers, sprang vom Pferd und zog nun seinerseits blank.

Pleisgen und Krubeck lachten höhnisch, als sie sahen, dass er sich ihnen zum Kampf stellen wollte. Sie traten zwei Schritte auseinander und drangen nun auf ihn ein.

»Stechen wir das Protestantenschwein ab!«, rief Krubeck, der von schlanker, sehniger Gestalt war.

»Ja, holen wir uns die Belohnung!«

»Ihr redet, was die Gosse rinnt!«, erwiderte Henrik und parierte blitzschnell den fast gleichzeitigen Angriff der beiden. Mit einem harten Klirren, das Jakob durch Mark und Bein ging, traf Stahl auf Stahl, als er Pleisgens Klinge mit einer Drehung seines Handgelenkes elegant zur Seite lenkte und nur einen Sekundenbruchteil später den Kopfhieb von Krubeck abblockte, indem er die Klinge zur Quinte hochriss.

»Mir scheint, Ihr braucht einen kühlen Kopf!«, rief Henrik. Und noch bevor die beiden wussten, wie ihnen geschah, stand Krubeck ohne Hut da. Henrik hatte ihn ihm noch im Zurückweichen mit einer Bewegung vom Kopf geschlagen, der das menschliche Auge kaum zu folgen vermochte.

Bruder Basilius lachte leise auf. »Bin gespannt, wann ihnen aufgeht, dass sie sich mit dem Falschen eingelassen haben.«

»Ist er denn wirklich so gut mit der Klinge?«, fragte Marga skeptisch.

»Seht doch selber! Er spielt doch schon jetzt Katz und Maus mit ihnen.«

Henrik tänzelte tatsächlich leichtfüßig nach rechts und links, vor und zurück und kreuzte geradezu spielerisch die Klingen mit seinen Gegnern, als würde er ihnen Unterricht geben. Und während Krubeck und Pleisgen verbissen auf ihn eindrangen und alles aufboten, was in ihrem Können lag, erteilte er ihnen noch Ratschläge.

»Schlechte Handhaltung, Meister Pleisgen! Ihr entblößt Euren Handrücken sträflichst!«, rief er ihm zu. »Das kann Euch bitter zu stehen kommen. Etwa so!« Und im selben Augenblick hinterließ seine Klingenspitze eine fingerlange, blutige Schnittwunde im Dreieck zwischen Daumen, Zeigefinger und Handgelenk.

Der Folterknecht schrie mehr vor Schreck als vor Schmerz auf und sprang zurück. Ungläubig starrte er auf seine blutende Hand. Ihm dämmerte wohl in diesem Moment, dass ihre Chancen, sich die Belohnung des Domherrn zu verdienen, sehr schlecht standen. Sein Gesicht wurde blass. Doch er biss sich auf die Lippen und hob seine Klinge erneut, als fürchtete er, andernfalls für feige gehalten werden.

»Hol Euch der Teufel!«, stieß Krubeck hervor, versuchte es mit einer Finte zum Kopf, um dann aber mit einem kraftvollen Ausfallschritt auf Henriks Unterleib einzustechen.

Mit unglaublicher Schnelligkeit und Eleganz sprang Henrik zur Seite, sodass die feindliche Klinge an ihm vorbei ins Leere stieß und Krubeck, von seinem Ausfallschritt nach vorn getragen, quasi seinem vorstoßenden Degen hinterhertaumelte.

»Bei welchem Knüppelschwinger habt Ihr denn gelernt eine Klinge zu führen? Ihr legt ja mit dem Degen so viel Raffinesse an den Tag wie ein Bauer mit dem Dreschflegel«, spottete Henrik, tippte ihm mit seiner Klinge von hinten auf die Schulter – und schlitzte ihm mit einer kurzen Drehung aus dem Handgelenk das Ohrläppchen auf.

Zutiefst erschrocken fuhr Krubeck herum, wusste er doch, dass Henrik ihn mit Leichtigkeit hätte töten können. Auch ihn überfiel nun die bittere Erkenntnis diesem Mann nicht einmal mit Pleisgens Hilfe gewachsen zu sein.

»Das reicht!«, rief der Zisterziensermönch ihm nun zu. »Ihr habt Euer Vergnügen gehabt. Nun lasst es gut sein. Macht dem Spiel ein Ende, Henrik.«

Der Domherr wandte sich nun mit kreischender Stimme an seinen dritten Mann und forderte ihn auf zur Waffe zu greifen und seinen bedrängten Kameraden zu Hilfe zu eilen.

Der Mann weigerte sich jedoch. »Ich bin Kutscher und verstehe nichts vom Waffenhandwerk, mein Herr. Und dafür habt Ihr mich auch nicht angestellt!«, wies er das Ansinnen des Domherrn zurück.

»Ganz wie Ihr wünscht, Bruder Basilius«, antwortete Henrik indessen, entwand Pleisgen mit einer blitzschnellen, mehrfach kreisenden Bewegung seines Degens die Waffe aus der Hand, parierte einen halbherzigen Angriff von Krubeck – und setzte ihm im nächsten Augenblick die Klinge direkt unter dem Adamsapfel auf die Kehle.

Pleisgen wollte die Flucht ergreifen. Er erstarrte jedoch wie Krubeck, als Henrik nun mit schneidender Stimme rief: »Wenn Ihr Euch auch nur eine Handbreit von der Stelle rührt, Pleisgen, schlitze ich erst Eurem Komplizen die Kehle auf und nehme mir dann Euch vor! Bleibt Ihr jedoch stehen, habt Ihr eine gute Chance mit dem Leben davonzukommen!«

Jakob war von den brillanten Fechtkünsten des Schweden so fasziniert, dass er den Domherrn für einen Augenblick völlig vergaß.

»Der Dicke versucht zu entkommen!«, alarmierte Marga ihn da.

Jakob fuhr im Sattel herum. Von Drolshagen hatte die Niederlage seiner Männer gar nicht erst abgewartet, sondern schon nach der Weigerung des Kutschers sein Heil in der Flucht gesucht. Er hatte die Brücke bereits hinter sich gelassen und rannte mit wehendem Umhang nach links auf den Wald zu, der jenseits eines freien Geländes aufragte. Der Wald zu seiner Rechten lag zwar bedeutend näher, war von der Straße aber durch eine steile, felsige Böschung getrennt, die schnell genug zu erklimmen er sich wohl nicht zutraute.

»Los, ihm nach!«, schrie Jakob. Ihm war klar, dass sie den Domherrn kaum mehr finden würden, wenn es ihm gelang im Wald unterzutauchen. In wenigen Minuten würde es dort stockdunkel sein und das Unterholz würde tausend Verstecke bieten. Und Bruder Basilius rief er zu: »Gebt mir Euren Knüppel!«

Der Mönch hielt ihm seinen knorrigen Stock hin. »Bringt ihn lebend zurück!«, befahl er ihm mit ungewöhnlich scharfer Stimme.

»Wir werden sehen!«, antwortete Jakob, riss ihm den Knüppel aus der Hand und galoppierte los. Marga folgte ihm auf den Fersen. Dicht hintereinander donnerten sie über die Brücke, auf der rechts neben dem Kutscher gerade noch genug Platz für einen Reiter war.

Kaum waren sie jedoch von der Brücke herunter, als Marga sich ins Zeug legte und bewies, wie ausgezeichnet sie sich auf das Reiten verstand. Tief über den Hals des Pferdes gebeugt, preschte sie an Jakob vorbei. »Ich schneide ihm den Weg ab!«, rief sie ihm zu und hatte ihn auch schon überholt. In geradezu halsbrecherischem Galopp lenkte sie ihr Pferd durch das niedrige Gestrüpp auf der linken Seite, durch das der Domherr dem Waldsaum entgegenrannte.

Drolshagen hatte die ersten Bäume schon erreicht, als Marga schon fast auf seiner Höhe war. Sie trieb den Braunen jedoch mehrere Pferdelängen links von ihm in den Wald hinein, ignorierte die Äste, die wie Peitschen nach ihr schlugen, riss das Pferd dann herum – und kam dem Flüchtenden nun entgegen.

Drolshagen warf sich in panischer Angst herum, stolperte, stürzte, rappelte sich wieder auf und rannte schräg nach rechts – und damit Jakob direkt in die Arme.

»Wolltet Ihr nicht mit mir sprechen? Also was rennt Ihr davon, Hochwürden?«, höhnte Jakob und schwang den Knüppel voller Wut und Kraft.

Der Hieb traf den Domherrn mit großer Wucht zwischen den Schulterblättern und schleuderte ihn nach vorn. Mit einem gellenden Aufschrei stürzte er in ein Gebüsch.

Jakob sprang vom Pferd. »Hoch mit Euch!«, schrie er und schlug ihm den Stock auf den Oberschenkel.

»Mein Gott, brich ihm nicht die Beine!«, rief Marga, bestürzt über den wilden Zorn, der Jakob im Gesicht geschrieben stand.

»Ich breche sie ihm schon nicht!«, erwiderte Jakob, überwältigt von dem wilden Verlangen nach Rache. »Aber er würde uns noch tausendmal schlimmere Sachen auf der Folter zufügen lassen, dessen kannst du sicher sein. Außerdem ist es doch völlig egal, ob ich ihm die Knochen breche oder nicht. Er wird den nächsten Morgen nicht erleben, das schwöre ich dir. Und nun auf!«

Wimmernd kam Drolshagen auf die Beine und Jakob trieb ihn mit Stockschlägen, die er auf Schultern, Arme und Beine niederprasseln ließ, über das freie Gelände vor sich her.

Bruder Basilius eilte ihm entgegen. »Hört auf ihn zu schlagen!«, rief er und fiel ihm in den Arm. »Jakob, es reicht! Er hat genug Prügel bezogen!«

Jakob funkelte ihn mit verzerrtem Gesicht an. »Habt Ihr vergessen, wer diese Kreatur ist? Dieser feiste Kirchenmann hat mehr Blut an seinen Händen als jeder Landsknecht! Er ist ein Schlächter, der unzählige Morde auf dem Gewissen hat.«

»Das mag sein, es ist aber noch lange kein Grund sein schändliches Tun mit derselben Unbarmherzigkeit zu erwidern!«, fuhr ihn der Mönch scharf an, nahm ihm den Stock aus der Hand und packte den verstörten Domherrn am Kragen.

»Habt Ihr vergessen, dass dieser Mann für den Mord an dem Novizen Dominik verantwortlich ist und mich auf die Folter spannen wollte?«, sagte Jakob erregt, während sie über die Brücke zu Henrik schritten, der die beiden Schergen und den Kutscher mit blanker Waffe in Schach hielt.

»Gar nichts habe ich vergessen«, erwiderte Bruder Basilius mit fester Stimme und bedeutete dem Domherrn sich zu Pleisgen, Krubeck und dem Kutscher zu setzen.

»Gut, denn jetzt sind wir am Zug!«, erklärte Jakob entschlossen. »Sie haben uns nach dem Leben getrachtet. Nun werden sie dafür bezahlen. Wir werden ihnen zeigen, wer hier der Stärkere ist und zuletzt lacht!«

»Stärke entspringt nicht physischer Kraft. Sie entspringt aus einem unbeugsamen Willen«, erklärte Bruder Basilius.

Jakob machte eine unwillige Handbewegung. »Ihr könnt

reden, wie und was Ihr wollt, aber ich bestehe darauf, dass sie endlich für ihr verbrecherisches Tun zur Verantwortung gezogen werden und ihre gerechte Strafe erhalten!«, verlangte er erregt. »Wir können hier über ihn und seine Handlanger zu Gericht sitzen. Das Urteil ist schnell gefällt! Und dann hängen wir sie, wie sie es verdient haben!«

»Was Ihr wollt, ist nicht Gerechtigkeit, sondern Rache«, hielt Bruder Basilius ihm vor.

»Und wennschon! Diesmal ist es ein und dasselbe!«

Der Mönch schüttelte den Kopf. »Nein, ist es nicht, Jakob. Erinnert Euch, dass die beste Art sich zu rächen darin besteht eben *nicht* Gleiches mit Gleichem zu vergelten . . .«

»Nein!«, sagte Jakob grimmig.

Bruder Basilius berührte ihn am Arm. »Jakob, verhärtet nicht Euer Herz. Dieses blutrünstige Verlangen nach Rache passt nicht zu Euch. Glaube und Liebe fordern immer wieder zum Verzeihen heraus.«

»Ich soll ihm verzeihen?«, Jakob spuckte dem Domherrn vor die Füße. »Das werde ich nie und nimmer! Und ich verstehe nicht, wie Ihr so nachsichtig sein könnt. Er hat Gottes Namen geschändet und mehr als den Tod durch den Strick verdient.«

»Es gibt eine alte rabbinische Weisheit, die da heißt: ›Der Herr möge ihn strafen, das ist sein Recht. Aber mein Recht ist es mich zu weigern ihm als Peitsche zu dienen.‹ Und daran gedenke ich mich zu halten. Denn was Ihr zu tun beabsichtigt, entspringt Eurem Hass.«

»Und wennschon!«, knurrte Jakob.

Bruder Basilius zwang ihn mit ihm mehrere Schritte zur Seite zu gehen. »Lasst davon ab, Jakob«, redete er eindringlich auf ihn ein. »Lasst Euch nicht von Hass leiten. Hass kann nur zerstören. Das beste Beispiel dafür sind Männer wie der Domherr. Vertraut auf Eure wahren inneren Stärken und lasst Euch sagen, dass Vergeben männlicher und tapferer ist als Vergelten.«

Jakob biss sich auf die Lippen.

»Ich verlange nicht von Euch, dass Ihr den Domherrn in Euer Herz schließt. Aber vergesst Eure primitiven Rachegelüste!«, beschwor ihn der Mönch. »Rache bindet das Opfer erst recht an den Täter – und macht ihn selbst zum Täter, lasst Euch das gesagt sein! Wenn wir hassen, verlieren wir, Jakob. Unweigerlich. Immer. Die Schriftgelehrten und Pilatus haben Jesus voller Hass ans Kreuz nageln lassen und geglaubt damit über ihn triumphiert zu haben. Doch nicht der Hass dieser Männer hat am Ende gesiegt, sondern die unbezwingbaren Mächte Liebe, Glaube und Hoffnung!«

»Bruder Basilius hat Recht«, sagte nun Marga, die sich den beiden genähert hatte. »Stell dich nicht mit diesen skrupellosen Leuten auf eine Stufe. Sie werden ihrer gerechten Strafe schon nicht entgehen. Ich jedenfalls möchte nicht meine Hände und mein Gewissen damit besudeln – und du doch bestimmt auch nicht, oder?«

Die blinde Wut wich langsam von Jakob und er fühlte sich plötzlich beschämt. »Also gut, lassen wir sie mit dem Leben davonkommen«, gab er schließlich nach und fügte laut hinzu, damit der Domherr und die anderen ihn gut hören konnten: »Aber vorher brennen wir ihnen noch ein Zeichen auf die Stirn, damit sie bis an ihr Lebensende gezeichnet sind!«

Ihre vier Gefangenen wurden leichenblass, als sie das hörten. Doch Marga und Bruder Basilius gelang es, ihm auch diese Idee auszureden. Sie begnügten sich damit, vom Kutscher in Erfahrung zu bringen, dass der Scharfrichter Mundt weiter im Westen nach ihnen suchte.

»Gut, dann ist der Weg nach Koblenz ja frei«, entfuhr es

Marga in ihrer Erleichterung. Sie biss sich aber sofort schuldbewusst auf die Lippen, als sie Jakobs warnenden Blick sah. Es war jedoch schon zu spät.

»Sorgen wir dafür, dass sie Mundt und seine Spießgesellen nicht so schnell alarmieren und auf unsere Fährte schicken können!«, sagte Henrik und forderte die Männer nun auf sich bis auf ihre Leibwäsche zu entkleiden.

Schweigend leisteten Pleisgen, Krubeck und der Kutscher dem Befehl Folge. Den Tod schon vor Augen, waren sie nun sichtlich erlöst noch einmal mit heiler Haut davonzukommen. Allein der Domherr bekam wieder Oberwasser und weigerte sich. Er ließ sich sogar dazu hinreißen, ihnen bittere Vergeltung anzudrohen.

Henrik machte kurzen Prozess mit ihm, indem er mit der Klinge nachhalf und seine Kleidung von oben bis unten aufschlitzte. Drolshagen stand schneller in zerfetzter Leibwäsche da als seine gedungenen Männer. Mit einer Mischung aus kochender Wut und Angst legte er jeglichen Schmuck ab und händigte ihn dem Schweden aus.

Jakob und Marga halfen dabei, die Kleidungsstücke in Fetzen zu verwandeln und vom Bach davonschwemmen zu lassen. Das Schuhwerk der Männer fiel Henriks scharfem Messer zum Opfer und landete ebenfalls im Wasser. Anschließend spannten sie die beiden Pferde aus, zerschnitten das Zaumzeug aller Tiere und kippten die Kutsche in den Bach, wo Räder und Achsen an den Felsen zerbarsten.

»Nach den Pferden sucht Ihr besser gar nicht erst hier, sondern im nächsten Tal«, riet Bruder Basilius ihnen und zum Domherrn gewandt sagte er: »Euren Schmuck und Euer kostbares Kreuz, das Ihr mit Eurem erbärmlichen Machthunger und Hexenwahn so schändlichst verhöhnt, werde ich nach Trier zu Eurem Erzbischof schicken!«

»Ihr werdet für alles büßen!«, schrie der Domherr ihnen nach, als sie mit den vier Pferden im Schlepp davonritten und auf der anderen Seite der Brücke schnell von der Dunkelheit verschluckt wurden. »Ihr entkommt mir nicht!«

»Es tut mir Leid, dass mir das mit Koblenz herausgerutscht ist«, entschuldigte sich Marga beschämt, als sie sich schon längst außer Hörweite befanden. »Das war ein unverzeihlicher Fehler von mir. Ich verstehe selbst nicht, wie mir das passieren konnte.«

»Macht Euch deswegen nicht das Herz schwer, Marga«, sagte Bruder Basilius nachsichtig. »Koblenz ist kein kleines Dorf, wo man uns leicht finden kann. Zudem verfügt der eitle Domherr dort über keine Macht. Der Klerus von Koblenz und der Erzbischof von Trier verstehen sich so gut wie Hund und Katze. Und mit ein bisschen Glück werden mindestens ein, zwei Tage vergehen, bis Drolshagen auf Mundt trifft. Wir dagegen reiten die Nacht durch, damit wir morgen in aller Frühe, wenn die Tore geöffnet werden, in Koblenz sind.«

Die vier Pferde ließen sie im nächsten Tal frei und scheuchten sie in den Wald. Dann wandten sie sich nach Südosten, wo Koblenz lag. Sie kamen gut voran, auch wenn Bruder Basilius zwischendurch immer wieder vom Pferd steigen musste. Gegen Mitternacht konnten sie sich sogar eine Pause von drei Stunden gönnen. Henrik bestand darauf, Wache zu halten und Jakob war dankbar dafür. In der Nacht zuvor in Mendelsheim hatte er vor Aufregung und Sorge, ob ihr Plan auch Erfolg haben und Marga vor dem Feuertod auf dem Scheiterhaufen retten würde, so gut wie nicht geschlafen. Nun fielen ihm sofort die Augen zu, kaum dass er sich auf dem weichen Waldboden ausgestreckt hatte. Auch Marga sank augenblicklich in einen tiefen Schlaf der Erschöpfung.

Im Morgengrauen, als sich der Himmel mit dem roten und goldenen Licht der aufgehenden Sonne krönte, kamen sie über die letzte Hügelgruppe, die ihnen den Blick auf die Stadt verwehrte. Und dann lag Koblenz endlich vor ihnen, umschlossen von hohen Festungsmauern mit ihren Wehrtürmen und Zinnen und mit dem linksseitigen Moselufer durch eine stattliche Brücke verbunden, die im Fluss auf neun mächtigen Pfeilern ruhte und schon im 14. Jahrhundert errichtet worden war.

»Da ist sie, die finstere Macht von Mauern, Türmen und Zinnen, die zu Stein gewordene Abweisung!«, bemerkte Henrik, als das Sonnenlicht wie Feuer zwischen den Zinnen hervorbrach.

Bruder Basilius nickte. »Ja, Festungsmauern sind wahrlich ein Symbol der Selbstvergötzung der Herrschenden.«

Jakob lenkte sein Pferd an die Seite des Mönches. »Wisst Ihr schon, wo wir in der Stadt unterkommen können, ohne dass man uns so leicht ausfindig machen kann?«

Bruder Basilius nickte: »Wir werden uns der Gastfreundschaft von Bartholomäus Bartholy erfreuen und möglicherweise von ihm einen Hinweis erhalten, der das Rätsel um das Versteck der wichtigen Papiere löst.«

»Und wer ist dieser Bartholomäus Bartholy, der dort in Koblenz lebt?«, wollte Marga wissen.

»Der wohl beste Freund von Bruder Anselm, der sein ganzes Leben dem unermüdlichen Lobpreis Gottes und der Muttergottes gewidmet hat.«

»Also ein Mönch wie Ihr«, folgerte Jakob und fragte sich schon, wie ein Ordensmann sie bloß bei sich verstecken sollte.

»Nein«, sagte Bruder Basilius mit einem feinen Lächeln. »Ein Beter mit Pinsel und Öl – ein Maler.«

DRITTES BUCH

DIE INSEL
IM
STROM

Zweiunddreißigstes Kapitel

Auf dem großen Platz zwischen Hauptwache und Liebfrauenkirche drehte sich alles um die Vorbereitungen für den Ostermarkt. Jakob, Marga und Henrik schenkten dem turbulenten Treiben nur flüchtiges Interesse. Ihre Gedanken waren mit anderen Dingen beschäftigt als mit den traditionellen Vergnügungen, die mit dem Osterfest einhergingen. Ohne Hast, aber doch zielstrebig folgten sie dem Bogen, den die Gasse Am alten Kornmarkt machte. Marga führte den Schecken, den sie bei dem Koblenzer Pferdehändler Nikolaus Seeger in der Weißergasse beim Ochsenturm gekauft hatten, am Zügel hinter sich her. Die Sonne, die von einem fast wolkenlosen Himmel schien, fühlte sich herrlich warm auf ihren Gesichtern an.

Bruder Basilius hatte es für ratsam erachtet sie schon kurz nach ihrer Ankunft bei Bartholomäus Bartholy, der sie mit ebenso großer Überraschung wie Herzlichkeit unter seinem Dach willkommen geheißen hatte, wieder aus dem Haus zu schicken.

»Am besten tätigt Ihr schon heute alle notwendigen Einkäufe«, hatte er ihnen geraten. »Denn heute können wir noch sicher sein, dass wir hier nicht dem Domherrn oder einem seiner Bluthunde in die Arme laufen. Schon ab morgen müssen wir wieder auf der Hut sein.«

Das war eine Überlegung, die Hand und Fuß hatte. Jakob hegte insgeheim jedoch den Verdacht, dass der Mönch sie auch noch aus einem anderen Grund sofort wieder aus dem schmalbrüstigen Haus unweit des Paradeplatzes geschickt hatte – weil er nämlich eine Weile mit dem Maler allein sein wollte. Nun, ihm war es recht gewesen sich gleich in den ersten Stunden ein wenig in Koblenz umsehen und auf den belebten Straßen und Plätzen ohne Angst vor Entdeckung bewegen zu können. Und er hoffte, dass Bartholomäus Bartholy ihnen auch wirklich weiterhelfen konnte, was das Versteck der Dokumente betraf.

Drei Häuserfronten hinter der Jesuitengasse gelangten sie auf einen kleinen Platz, auf dem man einen Viehpferch von ungefähr sechs, sieben Schritten im Quadrat errichtet hatte. Eine johlende Menschenmenge drängte sich um diese solide Umzäunung aus Längsbalken, Querstreben und Brettern.

Jakob hörte das schrille Quieken eines Schweines und blieb unwillkürlich stehen. Seine Neugier war geweckt. Er reckte den Hals und stellte sich auf die Zehenspitzen, um einen Blick auf das Geschehen zu erhaschen. »Kann mir einer verraten, was da vor sich geht?«, fragte er verwundert, als er mehrere Männer im Pferch erblickte, die merkwürdige Helme und Lederharnische trugen. Bewehrt mit dicken Knüppeln, taumelten sie durch den Pferch und schlugen dabei wild um sich.

»Das sieht mir ganz nach ›Schweineschlagen‹ aus«, vermutete Marga.

Jakob sah sie verwundert an. »Schweineschlagen? Was soll denn das sein?«

Marga verzog das Gesicht. »Eine der üblichen, derben Volksbelustigungen, die zu besonderen Festzeiten in den Städten veranstaltet werden.«

»Ein böses Spiel, das da mit den Blinden getrieben wird«, sagte Henrik grimmig.

»Die Männer mit den Harnischen und Knüppeln sind Blinde?«, stieß Jakob betroffen hervor und verstand nun, warum die Männer so merkwürdig durch den Pferch wankten, scheinbar ziellos ihre Prügel durch die Luft sausen ließen, sich gegenseitig anrempelten und niederschlugen.

Die Menge johlte, als einer der blinden Männer mit einem Schmerzensschrei zu Boden stürzte und das Schwein unter angsterfülltem Kreischen über ihn hinwegsprang.

Marga nickte. »Ja, gewöhnlich schickt man vier oder fünf Blinde mit Harnisch und Knüppel ausgerüstet zu einem Schwein in den Pferch. Ihre Aufgabe ist es das Schwein totzuschlagen. Aber da sie nun mal blind sind, prügeln sie mehr gegenseitig auf sich ein als auf das Schwein. Es dauert eine ganze Weile, bis sie das arme Tier endlich totgehauen haben. Und dann haben sie sich trotz Harnisch schon längst gegenseitig grün und blau geschlagen, ja manchmal sogar die Knochen gebrochen.«

»Das ist ja abscheulich!«, sagte Jakob. »Wie kann man so etwas bloß zulassen?«

Marga zuckte die Achseln. »Du wirst es nicht glauben, aber die Blinden reißen sich förmlich darum, bei solch einem Schweineschlagen mitmachen zu dürfen. Denn zum Trost dürfen sie sich hinterher den Braten teilen.«

Jakob schüttelte erzürnt den Kopf und wandte sich von dem abstoßenden Schauspiel ab. »Das soll ein Trost sein? Das ist grausam und erniedrigend!«

»Das sind die mildtätigen Gaben der guten Bürger, die übermorgen fromm an der Osterprozession teilnehmen werden«, sagte Henrik sarkastisch, um aus seinem Psalmenschatz dann hinzuzufügen: »Wie ein gähnend Grab die Kehle und die Zunge trieft von Schmeichel! Aber auch sie werden dem Gras auf den Dächern gleichen, das schon verdorrt ist, wenn man es rauft!«

»Ich hoffe, dieser kauzige Maler Bartholy kennt des Rätsels Lösung, damit wir möglichst schnell von hier verschwinden können«, sagte Jakob bedrückt, als sie den Platz verließen und eine Straße hinuntergingen, die zum Rheintor hinter dem Karmeliterkloster führte. »Städte haben bestimmt eine Menge zu bieten und offensichtlich fühlen sich viele in ihren Mauern ja auch wohl. Ich jedoch habe nichts für sie übrig.«

»Ich auch nicht«, pflichtete Marga ihm bei. »Ich habe die Einstellung meines Vaters geerbt, der immer sagte, in seinen Adern fließe das besondere Blut der Wanderlust!« Sie lachte. »Wenn ich einen Berg erklommen habe und in ein Tal schaue, dann freue ich mich daran. Aber schon bald möchte ich wissen, was denn hinter dem nächsten Berg liegt, und dann zieht es mich wieder fort.«

»Mhm, ja, das könnte mir auch gefallen«, sagte Jakob und tauschte einen bedeutungsvollen Blick mit ihr.

Henrik schmunzelte.

Das Haus des Malers Bartholomäus Bartholy lag zwischen dem Jesuiten-Collegium und dem Kloster der Franziskaner. Von der Dachluke aus konnte man nicht nur die beiden Kirchen sehen, sondern auch einen Zipfel des weiter östlich gelegenen Paradeplatzes erkennen.

Sie führten den Schecken zu den anderen drei Pferden, die im Hinterhof unter einem Unterstand einen Ruheplatz gefunden hatten, vergewisserten sich, dass die Tiere genug Futter und Wasser hatten, und betraten das Haus. Als sie die Treppe ins zweite Obergeschoss hochstiegen, wo Bartholy sein Atelier hatte, kam ihnen Lorenz Biesenfeld entgegen. Der Geselle des Malers war ein weißblonder, hagerer und hohlwangiger Mann von schon fast dreißig Jahren. Er hatte Farbkleckser im Gesicht und auf seinem grauen Kittel aus grobem Leinen.

»Ihr findet Mönch und Meister im Atelier«, sagte er überflüssigerweise und ließ seinen Blick bedeutend länger auf Marga ruhen, als es Jakob lieb war. Geradezu unverschämt, wie dieser Bursche auf die Stelle von Margas Kleid starrte, wo ihr Busen den Stoff wölbte!

»Wer hätte das gedacht«, sagte Jakob spitz.

Lorenz Biesenfeld beachtete ihn gar nicht. Er grinste Marga an. »Meister Bartholy sollte Euer Gesicht für eines seiner Madonnenbilder verwenden«, schmeichelte er ihr und zwängte sich dann an ihr vorbei.

»Hast du das gehört?«, fragte Marga amüsiert und zugleich geschmeichelt. »Dieser Lorenz Biesenfeld versteht sich auf das Komplimentemachen wohl so gut wie auf sein Handwerk mit Öl und Pinsel.«

»Öliger Affe!«, murmelte Jakob mit abgewandtem Gesicht.

Henrik, der ihn im Gegensatz zu Marga sehr wohl gehört hatte, stieß ihm im Vorbeigehen warnend in die Rippen. »Auch vom Gegner kann man lernen«, raunte er ihm zu und stieß die Tür zum Atelier auf.

Der lange, hohe Raum war zum Dachstuhl hin offen, durch einfache Bretterregale und mehrere Schränke unterteilt sowie mit einem Dutzend Stellagen und Staffeleien in allen nur denkbaren Größen voll gestellt. Auf diesen Gestellen, die mit Farbflecken übersät waren, standen kleine und große Ölbilder in den unterschiedlichsten Stadien der Fertigstellung. Zudem fiel der Blick überall auf Skizzen, Entwürfe und Studien mit Kohlestiften. In den Regalen sowie auf Schränken und Truhen fanden sich Paletten, Malstöcke, Tiegel und Behälter mit angeriebenen Farben sowie irdene Kannen und Zinnbecher, in denen Pinsel steckten. Mit Ausnahme von zwei fast fertigen Porträtbildern, die wohl einen vermögenden Kaufmann und eine junge Frau aus ebenso begütertem Haus darstellten, zeigten alle Gemälde religiöse Szenen, wobei Darstellungen der Gottesmutter überwogen.

Vor einem der beiden doppelflügeligen Fenster stand auf einer großen Staffelei das mehr als mannshohe Gemälde, an dem Bartholomäus Bartholy zur Zeit arbeitete. Es zeigte die Madonna zum Zeitpunkt der Verkündigung und war reich an Details, die zu studieren Jakob noch keine Gelegenheit gehabt hatte.

Bruder Basilius und sein Malerfreund standen in eine Unterhaltung vertieft vor diesem halb fertigen Gemälde, als Jakob, Marga und Henrik den lang gestreckten Raum betraten.

»Ah, das tapfere Gefolge unseres Zisterziensers ist wieder zurück!«, rief Bartholomäus Bartholy und sprang von dem kniehohen Podest, das vor der Staffelei stand. Der Maler war nämlich von so kleinwüchsiger Gestalt, dass nicht viel fehlte, um ihn als Zwerg bezeichnen zu können. Jakob schätzte ihn um ein gutes Jahrzehnt jünger als Bruder Basilius und wunderte sich, wie jemand eine Glatze und gleichzeitig einen derart feuerroten Bart haben konnte. Bartholomäus Bartholy hatte ein erstaunlich markantes, männliches Gesicht mit klaren, fröhlichen Augen und sein Bart reichte ihm wie ein wildes, rotes Wollknäuel bis mitten auf die Brust. Sprenkel von königsblauer und blütengelber Farbe fanden sich in diesem feuerroten Dickicht.

»Kommt, lasst uns eine gute Flasche Wein öffnen und sehen, was Annelie, meine Wirtschafterin, die zugleich auch tüchtige Magd und Köchin ist, für uns zubereitet hat!«, forderte Bartholomäus Bartholy sie auf. »Über zwanzig Jahre hält sie mir schon die Treue. Nun, dafür habe ich ihr Gesicht auf zwei Madonnenbildern verewigt. Eines hängt im Kloster Maria Laach und das andere schmückt die Kapelle des Jesuiten-Collegiums.«

»Könnt Ihr Euch denn bei derart . . . heiligen Bildern solche Freiheiten erlauben?«, wunderte sich Marga. »Ich meine das Gesicht einer Magd für das Gemälde der Gottesmutter zu verwenden, ist das nicht gewagt?«

»Sagt mir, wie unsere gebenedeite Jungfrau Maria ausgesehen hat«, forderte der kleinwüchsige Mann sie auf, der aber so voller Leben und Energie war. »Und dann werde ich mich künftig allein an diese Gesichtszüge halten.«

»Ich weiß leider nicht, wie Maria ausgesehen hat«, antwortete Marga.

Der Maler warf ihr einen vergnügten Blick zu. »Niemand weiß das. Wie auch niemand weiß, wie Jesus und seine Apostel ausgesehen haben. Und deshalb verwendet jeder Künstler seit anderthalb Jahrtausenden die Gesichter, die er für seine Gemälde für richtig *empfindet*. Gesichter, die ihm aus seinem Leben bekannt sind, oder Gesichter, die er neu erschafft. Somit findet sich auf keinem Gemälde das wahre Gesicht Jesu oder der Gottesmutter, was der Aussage aber nicht den geringsten Abbruch tut. Und somit ist auch jedes Gesicht, ob es nun kunstvoll oder primitiv gestaltet ist, gleich richtig wie auch gleich falsch. Denn es steht immer nur stellvertretend für die wahre Menschlichkeit Mariens oder Jesu«, erklärte er und rief nach Lorenz Biesenfeld.

Jakob warf Bruder Basilius einen fragenden Blick zu, als sie den rustikalen Raum betraten, wo die Magd des Malers auf einem großen, schmucklosen Tisch ein deftiges Essen aufgetragen hatte.

Der Mönch schüttelte den Kopf. »Ich habe ihn in alles eingeweiht. Aber Bruder Anselm ist nicht hier gewesen, zumindest hat er ihn nicht aufgesucht und er hat ihm auch nicht geschrieben«, teilte er mit und aus seiner Stimme sprach dieselbe Enttäuschung, die sich nun auf Jakobs

Gesicht zeigte. »Vielleicht wollte er ihn nicht in Gefahr bringen.«

»Und was geschieht jetzt?«, wollte Marga wissen, die den leisen Wortwechsel mitbekommen hatte.

»Es gibt in Koblenz noch einige aufrechte Bürger, denen Bruder Anselm einen Hinweis anvertraut haben könnte, gerade weil seine Freundschaft mit ihnen nicht so bekannt war wie die zu Meister Bartholy«, antwortete der Mönch. »Ich werde mich gleich nach dem Essen auf den Weg machen und diese Leute aufsuchen. Wir sollten unsere Hoffnungen jedoch nicht zu hoch ansetzen.«

Lorenz Biesenfeld erschien und damit fand ihr Gespräch über dieses Thema für die Dauer des Essens ein Ende. Jakob war so enttäuscht, dass er nur wenig Appetit hatte, obwohl das Essen sehr schmackhaft war. Er nippte auch bloß am Wein – ganz im Gegensatz zu Lorenz Biesenfeld, der dem Roten kräftig zusprach und immer wieder nach der Kanne griff.

Meister Bartholy gebot ihm nach dem dritten Glas schließlich mit energischer Stimme Einhalt. Als er seinen Gesellen eine Weile später wieder an die Arbeit geschickt hatte, seufzte er und sagte: »Biesenfeld ist ein ausgezeichneter Kopist, das muss man ihm lassen. Gebt ihm ein Gemälde, egal, wie komplex komponiert in Farben und Szenen, und er kopiert Euch jeden Strich, sodass Ihr das Original nicht von der Kopie unterscheiden könnt. Vermutlich hätte er sich schon längst einen eigenen Namen geschaffen, wenn er nicht drei große Schwächen hätte.«

»Als da wären?«, fragte Jakob.

»Er ist absolut unfähig etwas Eigenes zu schaffen, weil ihm jegliche schöpferische Phantasie und Kreativität abgeht. Dazu gesellt sich dann leider ein verhängnisvoller Hang zum Alkohol und zum Würfelspiel«, klagte der Maler.

»Jeder Heller fließt bei ihm durch die Kehle oder gleitet ihm beim Glücksspiel durch die Finger.«

»Viel Leiden muss der Gerechte im Leben«, sagte Henrik mitfühlend. »Und der Herr spricht: ›Ich habe die Macht und mein ist die Gnade und vergolten wird jedem nach seinem Werk.‹«

»Nun ja, mit dem Werk von Lorenz Biesenfeld wird es dann wohl nicht weit her sein. Denn so mancher Arbeitstag geht verloren, weil er sinnlos betrunken im Hof liegt und den ganzen Tag braucht, um seinen Rausch auszuschlafen und über den Kater zu kommen. Wäre er nicht der Sohn meiner treuen Wirtschafterin, hätte ich ihn wohl schon längst vor die Tür gesetzt. So aber muss ich sehen, dass ich das Beste aus der Situation mache und ein möglichst scharfes Auge auf ihn halte.«

Sie redeten noch eine ganze Weile über die brisante Geschichte, in die sie Bruder Anselms Tod verwickelt hatte, und Bartholomäus Bartholy bedauerte mehr als einmal, dass er ihnen nicht weiterhelfen konnte. Dann entschuldigte er sich und kehrte in sein Atelier zurück. Er müsse die Arbeit an der Verkündigung Mariens bis Pfingsten abgeschlossen haben, denn diesen Termin habe er den unbeschuhten Karmelitern hoch und heilig versprochen. Eigentlich hatte das Gemälde schon in der Woche vor Ostern fertig sein sollen.

»Aber die Kunst, wenn sie denn eine solche sein soll, lässt sich nun mal leider nicht erzwingen und nach dem Kalender verplanen«, seufzte er und raufte seinen Bart, während er sich von der Tafel erhob. »Ein Altarbild zu malen, in dem Seele und fromme Hingabe stecken, ist einfach nicht dasselbe wie einen soliden Schrank zu zimmern. Aber das will manchem nicht in den Schädel.«

»So mancher teilt die Stummheit seiner Väter, die arm

im Geiste, und hat keinen Schimmer vom Ewigen Licht«, meinte Henrik trocken.

Der kleinwüchsige Maler lachte. »Damit trefft Ihr den Nagel auf den Kopf, Schwede! Also, dann will ich mal sehen, ob meine Hand den Pinsel mit derselben Beredsamkeit führen kann, die mein Herz bewegt. Nur allzu oft ist der Weg aus meinem Innersten über den Pinsel auf die Leinwand unendlich lang und qualvoll«, sagte er und verschwand nach oben.

Bruder Basilius verließ wenig später das Haus, um diverse Freunde und Bekannte von Bruder Anselm aufzusuchen. Jakob und Marga vertrieben sich die lange Zeit des Wartens, indem sie sich an das Schachbrett setzten, das sie auf einer Truhe entdeckt hatten. Henrik, der die Regeln kannte, ließ sich dazu überreden, sie in das königliche Spiel einzuführen. Und so verging die Zeit bis zum Abend überraschend schnell.

Als der Zisterziensermönch kurz nach Einbruch der Dunkelheit zurückkehrte, genügte ihnen schon ein Blick auf sein müdes, niedergeschlagenes Gesicht, um zu wissen, dass seine Besuche nichts erbracht hatten.

»Eine letzte Hoffnung ist uns jedoch noch geblieben«, teilte er ihnen mit, während er sich vor dem offenen Kaminfeuer wärmte. Denn so angenehm die Temperaturen während des Tages auch schon waren, so kehrte doch mit Sonnenuntergang eine beachtliche Kühle zurück, die einen frösteln lassen konnte. »Und das ist Bruder Reimund, ein gelehrter Jesuit, der dem hiesigen Collegium angehört und gemeinsam mit Friedrich Spee und Anselm von Picoll das *Tricoronatum* in Köln besucht hat. Doch ich habe ihn nicht angetroffen, weil er einige Tage nicht in der Stadt ist. Er wird aber für morgen Nachmittag zurückerwartet, soll er doch die Osterpredigt halten.«

»Hoffentlich schafft der Domherr es nicht mehr, noch vor Ostern mit seinen Handlangern in Koblenz einzutreffen«, sagte Marga besorgt. »Der Gedanke, dass dieser skrupellose Mann sich mit seinem Gefolge in derselben Stadt aufhält wie wir, macht mir Angst. Er verfügt über zu viel Macht und Geld, auch wenn der örtliche Klerus und die Bürgerschaft nicht auf dem besten Fuß mit dem Erzbischof von Trier stehen, wie Ihr sagt, Bruder Basilius.«

Der Mönch nickte. »Leider habt Ihr Recht und deshalb solltet Ihr das Haus auch nicht verlassen. Wir wollen kein unnötiges Risiko eingehen!«, ermahnte er sie. »Mir ist da übrigens noch etwas eingefallen, was uns ganz hilfreich sein kann.«

»Wir sind ganz Ohr«, sagte Jakob.

»Das Kloster Himmerod besitzt hier in Koblenz den *Rosenhof*, der in der Kastorgasse liegt«, teilte ihnen der Mönch mit. »Einen klösterlichen Stadthof, der zugleich auch als Herberge dient. Ich bin sicher, dass von Drolshagen zumindest seine Schergen dort einquartieren wird, weil es ihn dann nichts kostet, möglicherweise wird er sogar selbst dort Logis nehmen. Ich werde morgen versuchen jemanden zu finden, der den *Rosenhof* im Auge behält und uns Nachricht gibt, wenn der Domherr und seine Männer dort eintreffen. So werden wir zumindest frühzeitig gewarnt sein.«

»Das wäre immerhin etwas«, sagte Marga.

Jakob hörte hinter sich ein Geräusch, das wie das Knarren eines Dielenbrettes klang. Er wandte den Kopf und blickte zur Tür, die halb offen stand. Ihm war, als glitte ein Schatten in die Dunkelheit des Flurs zurück. Mit schnellen Schritten war er bei der Tür, stieß sie auf und blickte sich um. Flur und Treppe lagen ausgestorben vor ihm. Er schüttelte ob seines übersteigerten Argwohns den Kopf über sich selbst und kehrte zu den anderen zurück. Jetzt begann er wahrhaftig schon Gespenster zu sehen, wo doch nur die tanzenden Flammen des Feuers einen Schatten auf den Eingang geworfen hatten!

Dreiunddreißigstes Kapitel

»Er schläft«, flüsterte Bartholomäus Bartholy, als Jakob am nächsten Tag kurz vor Sonnenuntergang das Atelier betrat. Der Maler legte gerade Pinsel und Palette aus der Hand, weil nicht mehr genug Licht zum Arbeiten durch die doppelflügeligen Fenster auf das Gemälde von der Verkündigung an Maria fiel. »Der Gute muss von den Aufregungen und Strapazen der letzten Wochen sehr erschöpft sein.«

Jakob nickte. »Und die bittere Enttäuschung, in Koblenz nicht den kleinsten Hinweis auf Bruder Anselms Versteck gefunden zu haben, hat bestimmt ein Übriges getan«, raunte er und gab sich keine Mühe seine eigene tiefe Niedergeschlagenheit vor ihm zu verbergen. Es war für sie alle ein schwerer Schlag gewesen, als Bruder Basilius vor gut einer Stunde mit der Nachricht aus dem Collegium der Jesuiten zurückgekehrt war, dass auch Bruder Reimund ihnen nicht weiterhelfen konnte. Und als ob das nicht schon genug schlechte Nachrichten gewesen wären, hatte er ihnen auch noch mitteilen müssen, dass der Domherr mit seinem gedungenem Gefolge – einem vollen Dutzend Männer – schon zur Mittagsstunde im *Rosenhof* eingetroffen war.

Bartholomäus Bartholy stieg von seinem Podest und kam zu ihm. »Lasst den Kopf nicht hängen, Jakob. Ihr habt getan, was in Eurer Macht stand. Und wer weiß, wo die Papiere eines Tages auftauchen werden. Vertrauen wir fest darauf, dass Bruder Anselm schon die rechte Vorsorge getragen hat«, versuchte er ihn zu trösten.

Aus Höflichkeit zwang Jakob sich zu einem schwachen

Lächeln und nickte, dachte jedoch dabei bedrückt: Und was ist, wenn er keine Gelegenheit mehr dazu gehabt hat?

»Nicht alles im Leben gelingt, so gut unsere Absichten und Mühen auch sein mögen. Damit müssen wir uns abfinden, wenn wir nicht im Sumpf der Enttäuschung und Verzweiflung stecken bleiben wollen. Und nun lasst uns hinuntergehen und gemeinsam ein Glas trinken«, forderte ihn der Maler auf. »Morgen ist Ostern und unsere Herzen sollten mit Freude und Dankbarkeit erfüllt sein, nicht mit Bitterkeit und Gram.«

»Habt Ihr etwas dagegen, wenn ich noch eine Weile hier oben bleibe?«, fragte Jakob, dem der Sinn ganz und gar nicht nach einem feuchtfröhlichen Umtrunk stand.

»Natürlich nicht. Ich schicke Lorenz zu Euch, wenn Annelie mit dem Essen fertig ist«, sagte Bartholomäus Bartholy und verließ das Atelier.

Jakob ging nun zu Bruder Basilius hinüber. Der Mönch lag auf einer einfachen harten Pritsche, die zwischen den beiden Fenstern an der Wand stand und dem Maler wohl für Ruhezeiten zwischen langen Arbeitsperioden vor der Staffelei diente. Der rechte Arm von Bruder Basilius hing seitlich herab und berührte fast den Boden. Er musste beim Gebet vom Schlaf übermannt worden sein, denn der Rosenkranz mit den weißen Perlen und dem weißen Kruzifix war seinen Fingern entglitten und lag auf den Dielenbrettern.

Jakob setzte sich im Schneidersitz auf den Boden und hob den Rosenkranz auf. Wie lange hatte er schon keinen Rosenkranz mehr in der Hand gehalten! Verschüttete Erinnerungen wurden in ihm wach, als er die glatten Perlen durch seine Finger gleiten ließ. *»Ave Maria . . . gracia plena . . .«*, murmelte er leise, während Empfindungen und

Bilder ihn weit in die Vergangenheit zurücktrugen, als er noch ein kleiner Junge und seine Mutter noch am Leben gewesen war.

In ebenso schmerzliche wie kostbare Erinnerungen versunken, saß er da. Doch dann spürte er auf einmal, dass Bruder Basilius nicht länger schlief. Er hob den Kopf und schaute in das offene, gesunde Auge des Mönches, das mit ruhigem Blick auf ihn gerichtet war.

»Gefällt er dir?«, fragte der Mönch.

»Mhm, ja . . . ein schönes Stück.«

»Ich habe ihn in Jerusalem geschenkt bekommen. Das Kreuz und die Perlen sind aus Alabaster und die Kettenglieder aus Silber.«

»Meine Mutter war eine große Verehrerin der Muttergottes. Sie hat jeden Morgen und jeden Abend den Rosenkranz gebetet.«

»Und Ihr?«

»Ja, früher als Kind . . .«, antwortete Jakob vage. »Aber dann, als meine Mutter auf dem Scheiterhaufen starb und Quirin Schlehenbusch mich zu sich nahm . . .« Er ersparte es sich den Satz zu beenden und reichte dem Mönch die Gebetskette. »Und überhaupt, dreiundfünfzigmal das Ave Maria wie eine Leier herunterzurasseln ist nicht meine Sache.«

Bruder Basilius richtete sich mit einem Lächeln auf und nahm den Rosenkranz entgegen. »Nein, meine auch nicht. Was ich wie jeder wahre Gläubige jedoch schätze, ist der *betrachtende* Rosenkranz. Dabei lässt man die Bilder von Geburt, Passion und Auferstehung Jesu innerlich vor sich aufleuchten und versetzt sich in sie hinein«, erwiderte er. »Die Perlen sind dann auch nicht nur eine Zählhilfe für in Routine erstarrte Christen, die möglichst rasch ihr Pensum herunterleiern wollen und Beten traurigerweise als lästige

Pflicht statt als Geschenk und freudiges Verweilen vor Gottes Angesicht betrachten.«

»Was sind die Perlen denn für Euch?«

»So etwas wie körperlich spürbare Haltepunkte auf dem betenden Weg durch die Bibel, an der Seite von Maria und Jesus zu den freudenreichen, schmerzhaften und glorreichen Stationen«, antwortete der Mönch. »Wer an Gott glaubt, kann Maria einfach nicht mit links wegwischen, als wäre sie nur eine unbedeutende Statistin gewesen. Das ist keine Frage der Konfession oder der Dogmen, sondern des gesunden Menschenverstandes. Wie kann ein Christ die Frau, die Gottes Verkündigung angenommen und seinen eingeborenen Sohn zur Welt gebracht hat, zu einer unbedeutenden Nebenfigur degradieren? Unmöglich!«

»Mhm, ja, das ist ein Argument, das ich gelten lasse.«

»Es ist Maria, die uns wie keine andere Gestalt der Bibel zeigt, dass der mühselige Weg unseres Glaubens durch das steinige Gebirge unseres Alltags führt. Sie ist die Figur der Heilsgeschichte, die uns Menschen am nächsten ist und der wir uns wohl noch unbeschwerter anzuvertrauen vermögen als Gottes Sohn.«

Jakob verzog das Gesicht. »Na, ich jedenfalls kann mich schlecht mit dem Bild der demütigen, unendlich tugendsamen und göttlich reinen Jungfrau Maria anfreunden. Die Muttergottes als Wegweiserin?« Er schüttelte den Kopf. »Also mir ist sie noch viel ferner als Jesus Christus.«

»Das kommt wohl daher, weil sich all die Jahre ein falsches Bild über die Muttergottes in Euch festgesetzt hat«, vermutete Bruder Basilius.

»Was soll denn daran falsch sein?«, wollte Jakob wissen. »Wer Maria war und welche Rolle sie in der Bibel spielt, ist ja wohl kein Geheimnis.«

»Ihr irrt erneut. Es stimmt zwar, dass Maria von den

herrschenden Kreisen in der Kirche mit Vorliebe als die demütige, tugendsame und göttlich reine Muttergottes dargestellt wird, weil das nicht nur biblisch richtig, sondern den Herrschenden von Staat und Kirche auch stets sehr dienlich gewesen ist – und wohl leider auch noch in Zukunft sein wird. Aber das ist eben nur die eine Seite, die Maria uns zu bieten hat.«

Jakob zog die Augenbrauen hoch. »Da bin ich aber mal gespannt, wie denn die andere, unbekannte Seite der Madonna bei Euch aussieht!«

Bruder Basilius schmunzelte. »Es ist nicht meine Seite, die ich mir ausgedacht habe, sondern vielmehr die geschichtlich korrekte Ergänzung ihrer Person, die andere Hälfte ihres Wesens, die sich genauso in der Heiligen Schrift belegt findet wie ihre Demut.« Er machte eine kurze Pause. »Maria war eine sehr starke, selbstbewusste und mutige Frau, die sich von den Vorurteilen ihrer Zeit nicht darin beirren ließ, freimütig und kämpferisch ihren Weg zu gehen. Sie wusste, dass eine Frau, die vor ihrer Ehe schwanger wurde, Gefahr lief gesteinigt zu werden. Sie nahm dieses Wagnis jedoch auf sich, wie sie auch all den Hohn und Spott auf sich nahm. Zweifellos wird man sie geschnitten und ihr das Leben schwer gemacht haben. Aber statt zu jammern und zu verzagen bricht sie während ihres Besuches bei Elisabeth in das wunderbare Magnificat aus. Und wer dieses nur als demütige Unterwerfung unter Gottes Wort betrachtet und nicht auch als Ausdruck großer Freude und starken Selbstbewusstseins, der ist entweder ein ausgemachter Dummkopf oder stellt sich aus skrupelloser Berechnung auf einem Auge blind. Und ich sage Euch: Wäre die Bibel nicht ausschließlich von Männern verfasst worden, die kein allzu großes Interesse an Marias Rolle hatten, wir würden heute sicherlich über einen gewaltigen Schatz von Worten und Taten der Muttergottes verfügen – und manches davon würde den machtbesessenen und eitlen Männern auf ihren vergoldeten Stühlen arg gegen den Strich gehen, das könnt Ihr mir glauben!«

Jakob grinste unwillkürlich. Bruder Basilius hatte eine ausgesprochen erfrischende Art so manchen Dingen, von denen er, Jakob, eine scheinbar unumstößliche Meinung zu haben geglaubt hatte, ein völlig neues Gesicht und neue Bedeutung zu geben.

»Maria hat uns allen, insbesondere aber allen Frauen ein Beispiel gegeben, dass es sehr wohl möglich ist, sich aus den oftmals erdrückenden Zwängen einer patriarchalischen Gesellschaft zu befreien und den eigenen Weg zu bestimmen«, fuhr der Mönch fort. »Es ist natürlich kein Wunder, dass in unserer Männerwelt, in der das Verlangen nach Macht und Reichtum vorherrscht, diese Seite Mariens von herrschsüchtigen Fürsten und Bischöfen am liebsten verschwiegen wird. Aus ihrer Sicht ist es nur zu verständlich, dass sie viel lieber die unnahbare Demutsgestalt der Muttergottes quasi als verlängerten Arm einer zum Gehorsam aufrufenden Kirche benutzen möchten. Aber dagegen haben schon zu allen Zeiten Klosterfrauen mit ihrem Schrifttum gekämpft. Ihr braucht beispielsweise nur die Bücher der heiligen Teresa von Avila oder Hildegards von Bingen zu lesen, um sehr schnell festzustellen, dass diese Frauen wahrhaftig nicht unter weiblicher Minderwertigkeit gelitten haben. Sie und andere – Gott sei Dank auch einige kluge Köpfe unseres Geschlechtes, Jakob! – haben immer wieder aufgezeigt, dass Maria stets auf der Seite der Schwachen und Verachteten stand und kein unerreichbarer Übermensch war, sondern eine Frau, die alles erlitten hat, was auch heute Frauen erleiden: Schwangerschaft und Entbindung, Armut und Ausgrenzung, Flüchtlingselend und den Verlust des geliebten Kindes. Wir alle können uns ihr getrost zuwenden, wie wir uns unserer Mutter zuwenden würden, nämlich voller Vertrauen auf ihre Liebe und ihren Beistand. Und noch etwas ganz Entscheidendes wird gern verschwiegen: dass Frauen wie Maria mehr Mut und Charakter bewiesen haben als alle Apostel zusammengenommen!«

Jakob lachte. »Oh, jetzt kommt Ihr aber richtig in Fahrt, will mir scheinen! Ihr klingt ja wieder einmal wie ein reformatorischer Ketzer!«

»Luther war ein großer Marienverehrer, das solltet Ihr wissen! Andererseits haben die Kirchen der Reformation Maria leider als wichtigen Bestandteil aus der Erlösungsgeschichte verbannt. Sie lassen nur noch den gekreuzigten Jesus gelten und machen sozusagen alles zur reinen Männersache: Gott, Gottes Sohn und die Erlösung! Alles fest in Männerhand. Doch das ist wider die Schöpfung und entspricht auch nicht der Rolle, die sowohl Gottvater als auch Jesus den Frauen eingeräumt haben, wie in der Bibel an vielen Stellen nachzulesen ist«, bedauerte er. »Aber ich wollte ja etwas über den Mut und den Charakter der Frauen sagen. Sehen wir uns doch nur die Kreuzigung an: Während sich die Apostel feige aus dem Staub machen, beweisen Maria und die anderen Frauen von Jesu Gefolgschaft ihm als einzige wahrhaftige Treue und Nachfolge bis in den Tod. Das angeblich minderwertige, schwache Geschlecht zeigte sich mannhafter und mutiger als die Apostel, die im Angesicht der Bewährung wieder einmal versagten.«

»Wieso brauchten sie denn Mut, um bei der Kreuzigung auszuharren, einmal abgesehen von dem schrecklichen Anblick?«, wollte Jakob wissen.

»Weil sie sich mit ihrer beharrlichen Anwesenheit der großen Gefahr aussetzten selbst verhaftet, gefoltert und hingerichtet zu werden!«, erklärte Bruder Basilius. »Denn damals galt es als ein Verbrechen die Hinrichtung eines Staatsfeindes zu betrauern und diese Verbundenheit bei der Urteilsvollstreckung auch noch öffentlich zum Ausdruck zu bringen. Wem als Verwandten oder Freund eines Verurteilten sein Leben lieb war, der hielt sich deshalb möglichst weit von der Hinrichtungsstätte auf. Nicht so Maria und ihre Begleiterinnen. Sie boten der Obrigkeit mutig die Stirn und harrten unter dem Kreuz aus.«

»Das ist wirklich interessant und wirft ein ganz anderes Licht auf Maria«, gab Jakob zu. »Ich gestehe, dass die Muttergottes für mich bisher immer eine entrückte, verklärte Gestalt gewesen ist, mit der ich wenig anfangen konnte.«

Ein etwas schmerzliches Lächeln huschte über das Gesicht von Bruder Basilius. »Ja, leider gehört es zu den ausgeprägten menschlichen Schwächen immer wieder vorschnell ein Urteil zu fällen, ohne dass wir uns vorher gründlich kundig gemacht haben und ohne recht zu wissen, worüber wir eigentlich mit so fester Überzeugung reden.«

»Eigentlich sollte ich Euch ernsthaft böse sein, Bruder Basilius«, sagte Jakob und erhob sich.

»Weshalb?«

»Weil Ihr mir immer wieder auf beschämende Weise vor Augen führt, wie wenig ich doch eigentlich weiß – und wie falsch und ungerecht ich vieles beurteile«, antwortete er und trat an die Staffelei.

»Daran ist nichts Beschämendes, Jakob. Beschämend ist es nur, wenn man etwas lernen und damit der Wahrheit näher kommen kann, sich aber bewusst abwendet und die Ohren verschließt.«

Im Licht der untergehenden Sonne betrachtete Jakob das Gemälde von der Verkündigung an Maria. Die von Licht und Blumen umkränzte Madonna kniete auf einer Art Betstuhl vor einem offenen Rundbogenfenster, ein Buch in der einen Hand und eine Nelke in der anderen, und blickte zum Erzengel Gabriel hinüber. Auf dem Fenster saßen zwei Vögel und inmitten eines Windstoßes, der geradewegs aus einer Wolke zu Maria ins Zimmer drang und wohl Gottes Atem oder Wort darstellen sollte, glitt eine Taube herab und verharrte über dem Kopf der Jungfrau. Das Bild strahlte ebenso Kraft wie tiefen Frieden aus. Es besaß für Jakob auf einmal einen völlig neuen Ausdruck und berührte etwas in ihm, was er vorher nicht empfunden hatte.

»Ich nehme an, jedes Detail auf solch einem Tafelbild hat eine symbolische Bedeutung, nicht wahr?«

Bruder Basilius stand von der Pritsche auf und gesellte sich zu ihm. »Das hat es in der Tat. Die Taube symbolisiert den Heiligen Geist und die Nelke das Leiden Christi. Ihre rote Farbe steht für das von ihm vergossene Blut. Blatt und Frucht besitzen die Form von Nägeln, mit denen Christus ans Kreuz geschlagen wurde. Auch die roten und weißen Rosenblüten, mit denen Maria gekränzt ist, sind nicht zufällig gewählt«, erklärte er. »Die fünf Blütenblätter der Rosen versinnbildlichen die fünf Wunden Christi, insbesondere die der roten. Die weißen Rosen stehen für Marias jungfräuliche Reinheit.«

»Und was haben die beiden Vögel auf dem Fenstersims zu bedeuten?«, fragte Jakob.

»Das sind Distelfinken. Da diese Vögel mit Vorliebe Distelsamen aufpicken, hat man sie mit der Dornenkrone und der Passion Jesu in Verbindung gebracht. Der Legende nach soll ein Distelfink Jesus Christus, als dieser das Kreuz durch die Straßen Jerusalems schleppte, einen Dorn aus der Krone gebrochen haben, der sich in seine Augenbraue gebohrt hatte. Und angeblich verdankt dieser Vogel sein rotes Federkleid dem Blute Christi.«

Jakob starrte auf die beiden Vögel, die sich gegenübersaßen. »Distelfinken.« Dieses Wort weckte in ihm auf einmal eine Erinnerung an jene eisige Winternacht in Himmerod. »Komisch, auch Bruder Anselm hat von ihnen im Fieber gesprochen, als ich ihn in Himmerod kurz vor seinem Tod in der Zelle besucht habe.«

Der Mönch an seiner Seite stutzte und sah ihn verwirrt an. »Er hat *wovon* gesprochen?«

»Nun, von Distelfinken und von Maria . . . und dass sie mit der Madonna singen. Es war wirres Zeug, aber daran entsinne ich mich jetzt wieder.«

Bruder Basilius packte ihn an der Schulter. »Jakob, könnt Ihr Euch noch an mehr erinnern?«, rief er aufgeregt. »Um Himmels willen, strengt Euch an! Vielleicht hat er gar nicht im Fieberwahn geredet, sondern versucht Euch eine Botschaft zu übermitteln!«

Jakob biss sich auf die Lippen und dachte angestrengt nach. »Schon in der Nacht, als ich ihn nach Himmerod brachte, hat er viel von der Heiligen Jungfrau gestammelt. Es waren aber alles nur zusammenhanglose Satzfetzen. Er sagte irgendetwas davon, dass auch die größte Schuld am Busen der Gottesmutter barmherzige Aufnahme findet . . . Ich glaube, er sprach von einem Hort der Gnade und Sicherheit.«

Bruder Basilius stöhnte wie gequält auf. »Weiter! Weiter!«, drängte er mit atemloser Stimme. »Er hat Euch das Versteck verraten! Ich bin mir dessen jetzt ganz sicher. Barmherzige Aufnahme, Hort der Gnade und Sicherheit – damit ist eindeutig der Ort gemeint, wo er die Dokumente, die eine entsetzliche Schuld offenbaren, versteckt hat.«

»Meint Ihr?«, fragte Jakob, von der Erregung des Mönches angesteckt.

»Ja! Wir sind dem Rätsel auf der Spur, Jakob. Ihr könnt es lösen! Ihr habt die Antwort in Euch, habt sie die ganze Zeit in Euch gehabt ohne es zu wissen. Jetzt kommt es nur darauf an, dass Ihr Eure Erinnerung zielstrebig erforscht und Euer verschüttetes Wissen in Euer Bewusstsein zurückholt! Ihr könnt es. Ich weiß, dass Ihr es könnt!«, sagte er mit eindringlicher, fast beschwörender Stimme. »Strengt Euch an und lasst das Geheimnis nicht wieder entgleiten! Sagt, woran könnt Ihr Euch noch erinnern?«

Jakob schloss die Augen und konzentrierte sich, versuchte sich mit aller Kraft ins Bewusstsein zurückzurufen, was Bruder Anselm in jenen Wintertagen zu ihm gesagt hatte. Und plötzlich war ihm, als würde sich ein Fenster zu einer Kammer seiner Erinnerung öffnen. »Es fiel das Wort Zeugen . . . Zeugen der Schande . . .«

»Die Bekenntnisse der Hexenbischöfe!«, flüsterte Bruder Basilius, als fürchtete er mit normaler Stimme das magische Band zu zerreißen, das Jakob zu den Tiefen seiner Erinnerung geknüpft hatte.

». . . und er sprach von ruchlosem Wahn und Feuer . . . ja, und von Disteln und Ähren, die in einem Strom ruhen . . .«

»Strom?«, stieß Bruder Basilius hervor. »Er sprach von einem Strom?«

»Ja, und von einer Insel«, erinnerte sich Jakob und hatte plötzlich eine Gänsehaut. »›Auf der Insel unserer Töchter‹ – das waren seine Worte.«

Bruder Basilius schüttelte verständnislos den Kopf.

»Strom? Auf der Insel unserer Töchter? Was kann er bloß damit gemeint haben?«

»Fragt mich nicht, was Distelfinken und diese Insel unserer Töchter miteinander zu tun haben können. Ich weiß es ganz sicher nicht«, antwortete Jakob und öffnete wieder die Augen. »Leider ist das alles, an das ich mich erinnern kann.«

Der Mönch riss auf einmal Mund und Auge weit auf. »Das genügt! Denn jetzt weiß ich, wo er die Dokumente versteckt hat!«, rief er triumphierend. »Und zwar auf Niederwerth!«

»Seid Ihr Euch auch wirklich sicher?«, fragte Jakob skeptisch, weil er fürchtete enttäuscht zu werden.

»Ja, so sicher, wie man sich nur sein kann!« Bruder Basilius lachte, klatschte in die Hände und drückte ihn stürmisch an seine Brust. »Ihr habt das Rätsel gelöst, Jakob, gelobt sei unser Herr und Euer junges Gedächtnis! Endlich haben Grübeln, Rätselraten und zielloses Herumirren ein Ende. Denn nun wissen wir, wo wir zu suchen haben!«

Jakob fühlte sich von der Euphorie des Mönches mitgerissen, lachte und war von Stolz und Aufregung erfüllt. »Und wo liegt dieses Niederwerth?«, wollte er wissen, als Bruder Basilius ihn wieder freigegeben hatte.

»Niederwerth ist eine lange, schmale Insel im Rhein, nur einige Meilen flussabwärts von Koblenz. Und wisst Ihr, warum Bruder Anselm von ihr als ›der Insel unserer Töchter‹ gesprochen hat? Weil sich auf dieser Rheininsel ein Nonnenkloster befindet – und ein berühmtes Madonnenbild mit Distelfinken! Früher ist die Abtei ein Augustiner-Chorherrenstift gewesen, doch 1580 musste man sie den *Töchtern* unseres Ordens überlassen, den Zisterzienserschwestern des einstigen Koblenzer Marienklosters in der Leer.« Er schlug sich vor die Stirn. »Und jetzt fällt mir auch wieder ein, dass ja die Tochter von Bruder Anselms älterer Schwester dort Priorin ist! Ich werde wahrlich alt, dass mir das nicht eher in den Sinn gekommen ist!«

Jakob grinste. »Wollen wir uns die Hand reichen, weil uns beiden erst so spät ein Licht aufgegangen ist?«

Bruder Basilius schlug ihm lachend auf die Schulter. »Ach was, wir wollen froh sein, dass wir den Ort des Verstecks endlich kennen. Und jetzt lasst uns zu den anderen gehen und sie mit unserer guten Nachricht überraschen!«

Marga, Henrik und auch Bartholomäus Bartholy wollten es erst nicht glauben, dass sie das Rätsel gelöst hatten. Als Bruder Basilius ihnen jedoch alles auseinander gesetzt und von dem berühmten Marien-Tafelbild mit den Distelfinken erzählt hatte, das auf der Empore der Klosterkirche hing, war die Freude auch bei ihnen groß.

»Wann brechen wir auf?«, wollte Marga wissen.

»Heute ist es dafür schon zu spät. Aber morgen, wenn alles zur Ostermesse in die Kirchen strömt, machen wir uns in aller Herrgottsfrühe auf den Weg nach Niederwerth!«, versicherte Bruder Basilius. »Zum Glück sind es ja nur ein paar Meilen flussabwärts. Und statt über Land bis nach Vallendar zu reisen und erst dort überzusetzen suchen wir uns am besten gleich hier schon einen Fischer oder Fährmann, der uns zur Insel bringt.«

»Da kann ich Euch behilflich sein«, sagte der Maler. »Ich kenne einen verschwiegenen Fischer, für den ich meine Hand ins Feuer legen würde. Das gilt auch für seine beiden Söhne.«

»Gut, dann übernehmt Ihr das«, sagte der Mönch und nun hatte auch keiner etwas dagegen, mit einem Schluck Wein auf die freudige Nachricht anzustoßen.

Als es an der Zeit war sich zur Nachtruhe zu begeben, unterhielten sich Marga und Jakob noch eine ganze Weile im Flüsterton, um Henrik und Bruder Basilius nicht zu wecken, mit denen sie den Raum teilten und die nach dem Nachtgebet fast augenblicklich eingeschlafen waren.

»Jakob?«

»Ja?«

»Hast du dir schon überlegt, was du tust, wenn wir die Dokumente gefunden haben? Ich meine, dann wird doch jeder von uns seine eigenen Wege gehen, oder?«

»Ich weiß nicht . . . ich meine, ich weiß noch nicht, was ich dann tue«, gestand er, verschwieg ihr jedoch, dass er schon mehr als einmal darüber nachgedacht hatte. »Und du?«

»Ich auch nicht.«

»Uns wird schon etwas einfallen.«

»Uns?«, fragte Marga leise.

Er spürte, wie ihm das Blut ins Gesicht stieg, und war froh, dass sie es nicht sehen konnte. »Na ja, irgendetwas wird sich schon ergeben«, sagte er ausweichend.

»Ja, vermutlich.« Marga klang irgendwie enttäuscht.

Eine gedankenschwere Stille folgte für ein, zwei lange Augenblicke, die nur von Henriks gleichmäßigem Schnarchen unterbrochen wurde.

»Wenn du möchtest, können wir ja zusammenbleiben und sehen, wohin es uns treibt«, kam dann Jakobs Stimme aus der Dunkelheit, ganz leise, aber doch voll angespannter Erwartung. Er hatte all seinen Mut zusammengenommen und fürchtete nun, zu viel gewagt zu haben.

»Ja, das möchte ich sehr gerne«, flüsterte Marga.

Jakob spürte ihre Hand auf seinem Arm und hielt sie fest. »Ich auch«, raunte er und drückte mit freudig klopfendem Herzen ihre Hand. Und so trug der Schlaf schließlich auch sie in das Land der Träume, Hand in Hand.

Vierunddreißigstes Kapitel

Das Erwachen geschah jäh, rau und Stunden vor dem Morgengrauen. Derbe Stöße und laute Rufe rissen Jakob aus tiefstem Schlaf. Benommen richtete er sich auf. Ins Licht blinzelnd, blickte er sich verstört um.

Bartholomäus Bartholy sprang wie ein wild gewordener Derwisch zwischen seinen Gästen hin und her, in der einen Hand eine Lampe, in der anderen Hand seinen Spazierstock, mit dem er nach rechts und links Schläge austeilte, um sie schneller aus dem Schlaf zu holen.

Marga rieb sich verschlafen die Augen. »Was ist passiert?«, murmelte sie.

»Aufgewacht!«, rief der Maler aufgeregt und mit bleichem Gesicht. »Gefahr ist in Verzug! . . . Kommt zu Euch! . . . Ein schreckliches Unglück ist geschehen!«

Bruder Basilius sprang auf und fiel ihm in den Arm. »Wir sind wach, Meister Bartholy. Also redet: Was ist geschehen, dass Ihr so außer Euch seid und uns mitten in der Nacht aus dem Schlaf holt.«

Der Maler sackte auf einen Schemel, als hätte ihn die Kraft von einer Sekunde auf die andere verlassen. »Mein unseliger Geselle, der Kopist Lorenz Biesenfeld, hat Euch an den Domherrn verraten!«, eröffnete er ihnen mit gequälter Stimme. »Wie Judas ist er für einen Beutel Silberlinge zum Verräter geworden und hat sich zu Euren Feinden in den *Rosenhof* geschlichen! Und jetzt weiß Domherr von Drolshagen, dass die Papiere irgendwo im Kloster auf der Insel Niederwerth versteckt sind!«

»Nein, nicht das!«, stieß Jakob entsetzt hervor.

Henrik fuhr sich mit der Hand übers Gesicht, seufzte

geplagt und sagte: »Man kann nicht seinem Nächsten trauen, denn ihnen glauben heißt: verkauft sein und verloren!«

Marga machte ein bestürztes Gesicht, schüttelte zugleich aber den Kopf, als wollte sie es nicht glauben. »Aber das ... das ist doch ganz unmöglich«, stammelte sie. »Das kann nicht sein! ... Woher soll er denn vom *Rosenhof* und von Niederwerth gewusst haben?«

»Er hat uns belauscht!«, antwortete Jakob, der sich sofort an das knarrende Dielenbrett und den Schatten bei der Tür erinnert hatte. Er hatte also doch keine Gespenster gesehen, sondern beinahe Lorenz Biesenfeld beim Lauschen ertappt! Wäre er doch bloß schneller gewesen!

Der Maler nickte und machte eine zerknirschte Miene, als trüge er die Schuld an dem schändlichen Verrat seines Gesellen. »Er hat Euch und Bruder Basilius gestern im Atelier belauscht und sich sofort auf den Weg zur Himmeroder Herberge in der Kastorgasse gemacht«, bestätigte er. »Das einzige Glück im Unglück ist, dass er den Domherrn nicht sogleich angetroffen hat, sondern mehrere Stunden auf ihn warten musste. Und dass dessen Handlanger ihren ersten Abend in Koblenz mit einem ordentlichen Gelage gefeiert haben. Jetzt müssen sie erst ihren Rausch ausschlafen, bevor der Domherr etwas unternehmen und mit ihnen nach Niederwerth aufbrechen kann. Und das ist Eure einzige Chance ihm doch noch zuvorzukommen. Ich werde sofort zum Fischer Conrad Flade ...«

»Haltet ein und holt Atem, Meister Bartholy!«, fiel Bruder Basilius ihm nun ins Wort. »Woher wisst Ihr überhaupt, dass Euer Geselle uns an den Domherrn verraten hat?«

Der Maler lachte freudlos auf. »Natürlich von ihm selbst. Ich konnte heute einfach nicht schlafen und bin in den Hof hinuntergegangen, weil mir so war, als machte sich dort jemand bei den Pferden zu schaffen. Doch es war mein Geselle, der betrunken nach Hause gekommen war«, berichtete er. »Ich hätte wohl kaum Misstrauen geschöpft, wenn ihm vor Schreck nicht der Beutel mit dem vielen Geld aus der Hand gefallen wäre. Als ich aber all die Silbermünzen sah, die mehr als einen halben Jahreslohn ausmachten, wusste ich sofort, dass er nicht auf anständige Weise zu so viel Geld gekommen sein konnte. Ich brauchte ihm auch nicht groß zu drohen, damit er mit der Wahrheit herausrückte. Er hat geredet wie ein Wasserfall. Ich habe ihn vor Wut und Scham links und rechts geohrfeigt und bin in meinem Erschrecken über das, was er getan hat, sofort ins Haus gestürzt, um Euch zu wecken. Noch nicht ganz auf der Treppe, kam mir in den Sinn, dass es wohl besser sei Lorenz vorerst in eine Kammer einzuschließen, und ich bin wieder hinaus auf den Hof . . .«

»Doch da hatte sich Euer Kopist schon aus dem Staub gemacht«, mutmaßte der Mönch grimmig.

»Ja«, sagte der Maler. »Die Schande, die mein Geselle über mich und mein Haus gebracht hat . . .«

Bruder Basilius ließ ihn nicht ausreden. »Ihr habt Euch nichts zu Schulden kommen lassen, Meister Bartholy. Nicht der geringste Vorwurf kann Euch gemacht werden. Was Euer Geselle getan hat, braucht Euer Gewissen nicht zu belasten. So bitter sein Verrat für uns auch ist, so mindert das jedoch nicht unsere Dankbarkeit für Eure großherzige Gastfreundschaft. Vergesst nicht, dass Jakob sich vielleicht nie wieder an Bruder Anselms Worte erinnert hätte, wenn wir nicht gemeinsam Euer neuestes Werk mit den Distelfinken bewundert hätten! Und damit genug der Worte über Lorenz Biesenfelds Treuebruch. Lasst uns die Zeit lieber dazu nutzen, um zu überlegen, wie wir das Beste aus der verfahrenen Situation machen können.«

»Wir dürfen nicht bis zum Morgengrauen warten, sondern müssen sofort aufbrechen!«, sagte Jakob.

Das meinte auch Henrik.

»So bleiben uns wenigstens ein paar Stunden Vorsprung, was genügen sollte, um die Papiere aus dem Versteck zu holen und von Niederwerth zu verschwinden, bevor der Domherr mit seiner Bande über das Inselkloster herfällt.«

Bruder Basilius nickte und fragte den Maler: »Könnt Ihr uns aus der Stadt bringen und den Fischer, mit dem Ihr befreundet seid, dazu bewegen, schon zu dieser Nachtstunde mit uns nach Niederwerth aufzubrechen?«

Bartholomäus Bartholy nickte eifrig. »Das lässt sich alles arrangieren. Die Nachtwächter am Rheintor kennen die Fischer und Fährleute. Und Georg Flade versteht sich gut mit ihnen. Ihr werdet also keine Probleme haben«, versprach er, was ihre Stimmung wieder hob. »Ich mache mich sofort auf den Weg zu ihm. In einer halben Stunde dürfte ich wieder zurück sein, um Euch zu holen. Haltet Euch also im Hof bereit!«

»Und was wird aus den Pferden?«, wollte Jakob wissen.

Sie besprachen sich kurz. Dann einigten sie sich darauf, dass Bartholomäus Bartholy die Pferde für sie verkaufen sollte. Der Maler bestand darauf, ihnen den Verkaufserlös, den er zu ihren Gunsten hoch schätzte, sogleich vorzustrecken. »Ihr werdet das Geld brauchen, wenn Ihr diese wichtigen Dokumente vor dem Zugriff des Domherrn bewahren und rasch außer Landes bringen wollt!«, sagte er, drückte Bruder Basilius den Geldbeutel in die Hand und eilte dann in die Nacht hinaus.

In weniger als einer halben Stunde kehrte er zurück. Sie warteten im Hof bei den Pferden im Unterstand, ihre wenigen Habseligkeiten geschnürt und geschultert.

»Es ist alles bereit! Die Torwachen sind eingeweiht, bezahlt und werden keine Schwierigkeiten machen und Conrad Flade wartet mit seinem Sohn Gebhard in seinem Boot auf Euch«, teilte er ihnen mit, sichtlich froh ihnen zur Abwechslung mal eine gute Nachricht überbringen zu können. »Kommt, ich bringe Euch zum Tor!«

Unter der Führung des kleinwüchsigen Malers schlichen sie aus dem Hinterhof und durch die nächtlichen Gassen von Koblenz. Ein kühler Wind wehte und der Himmel war klar. Glücklicherweise war es nicht sehr weit bis zum Rheintor. Sie gelangten schon nach wenigen Minuten zum Karmeliterkloster, das nur einen Steinwurf vom Rheinufer entfernt lag.

Die schmale Tür, die in das mächtige Tor aus eisenbeschlagenen Eichenbalken eingelassen war, stand einen Spalt offen. Von den beiden Wachen war nichts zu sehen. Mit klopfendem Herzen schlüpften sie durch die Tür und dann lag auch schon der Rhein in seiner majestätischen Breite vor ihnen.

»Kommt!«, drängte der Maler und lief auf die Anlegestelle zu, wo eine ganze Reihe von Fischerbooten vertäut lag. Das vierte war das von Conrad Flade.

Der Abschied von Bartholomäus Bartholy ging ebenso herzlich wie überstürzt vonstatten. »Ihr werdet es schaffen, Bruder Basilius! Eure mutige Mission wird von Erfolg gekrönt sein, darauf vertraue ich. Ich werde für Euch und Eure Freunde beten. Und nun ins Boot mit Euch!«

Jakob sprang zuerst ins Boot, gefolgt von Marga. Henrik warf ihm seinen Sack zu und Conrad Flade, ein stämmiger Mann mit einem vierkantigen Schädel, der seine äußere Erscheinung offensichtlich seinem Sohn Gebhard vererbt hatte, wies ihnen mit einer knappen Bewegung von Hand und Kopf ganz vorn am Bug einen Platz zu. Henrik und

Bruder Basilius hockten sich hinter dem Mast auf die Ducht.

Der junge Flade, der fünfzehn Jahre alt sein mochte, warf auf einen leisen Zuruf seines Vaters die Leinen los und stieß das Boot mit einer Stange vom Steg ab. Der Fischerkahn löste sich aus der Reihe, richtete seinen Bug schräg auf die Flussmitte und wurde fast augenblicklich von der starken Strömung des Rheins erfasst. Die kleine Gestalt des Malers war nur noch einen Moment vor den Mauern der Stadt zu erkennen, dann verschmolz sie mit den tiefen Schatten der Nacht.

»Weißt du, wie weit es bis zu dieser Insel Niederwerth ist?«, fragte Marga leise, während der Fischerjunge hinter ihnen das Segel hochzog. Das dunkle, rostbraune Tuch blähte sich im Wind und sofort merkte man, wie die Kraft auf den Kiel einwirkte und das Boot gleich schneller vorantrieb.

»Nein, aber allzu weit kann es nicht sein«, antwortete Jakob und warf einen Blick auf die Festung Ehrenbreitstein, die sich zu ihrer Rechten auf einem Berg erhob. Das Licht von Fackeln war weithin zu sehen. »Bruder Basilius hat nämlich gesagt, dass die Insel nur wenige Meilen unterhalb von Koblenz in einer Biegung mitten im Strom liegt, wo sich der Rhein nach Westen wendet. Wind und Strömung bringen uns schnell voran. Und so klar, wie die Nacht ist, werden wir die Insel bestimmt schon in Kürze vor uns liegen sehen.«

Das Knarren des Mastes und das Rauschen der Fluten, die an der Bordwand entlangrauschten, klangen in der Stille der Nacht überlaut.

»Osternacht«, murmelte Marga.

»Ja«, sagte Jakob und schaute wie Henrik und Bruder Basilius immer wieder zurück, voller Furcht ein oder gar mehrere Boote auszumachen, die ihnen folgten – mit dem

Domherrn und seinen Männern an Bord. Es war nämlich nicht auszuschließen, dass der Geselle noch einmal zum *Rosenhof* zurückgekehrt war, um in Erwartung einer weiteren Belohnung Melchior von Drolshagen aus dem Schlaf zu holen und ihn von ihrem vorgezogenen Aufbruch zu unterrichten. Wenn er das getan hatte, betrug ihr Vorsprung vielleicht weniger als eine halbe Stunde. Und dann würde dies für sie zu einem Wettlauf gegen die Uhr werden – und zwar auf Leben und Tod!

Breit wälzte sich der Rhein durch die Nacht, um sich dann mit behäbiger Gelassenheit nach Westen zu wenden. Angestrengt starrte Jakob flussabwärts und versuchte die vor ihm liegende Dunkelheit mit seinen scharfen Augen zu durchdringen.

Das Warten zehrte an seinen Nerven und er wusste, dass es Marga, Henrik und Bruder Basilius nicht anders erging. So viel stand auf dem Spiel, nun, da sie dem Ziel zum Greifen nahe waren.

Jakob ertappte sich dabei, dass er ein stummes Bittgebet gen Himmel schickte. Und im nächsten Moment sah er die südliche Spitze der Insel.

»Da!«, rief er aufgeregt und wies auf das, was wie ein schwarzer, buschiger Keil aus dem Wasser aufragte und den Fluss in zwei Arme teilte. »Das muss Niederwerth sein! Stimmt das? Ist das schon die Insel?«

Der Fischer, dessen Wortkargheit jedem monastischen Schweigegelübde alle Ehre gemacht hätte, begnügte sich mit einem Nicken und einem Brummlaut, der wohl eine Bestätigung sein sollte. Dann drückte er die Ruderpinne von sich, sodass das Boot nun aus der Mitte des Stroms glitt und Kurs auf den rechten Arm nahm, der zwischen dem Ostufer der Insel und dem rechtsrheinischen Ufer, wo die Ortschaft Vallendar lag, dahinfloss.

Die Insel Niederwerth, die an beiden Enden spitz zulief und an ihrer breitesten Stelle gut eine halbe Meile maß, war mehrere Meilen lang. Ihr schloss sich flussabwärts eine weitere Insel an, Graswerth genannt, fast ebenso lang, aber im Vergleich zu Niederwerth so schmal wie ein Aal.

Das Ufer war streckenweise mit Pappeln und Weiden bestanden. Dahinter schlossen sich Wiesen und Ackerland an. Hier und dort zeigten sich die Umrisse von kleinen Gehöften. Dann kam das ehemalige Augustiner-Chorherrenstift, das nun von den Zisterzienserinnen bewohnt wurde, in Sicht. Die Klosterkirche mit ihren beiden unterschiedlich hohen Dachreitern erhob sich in Ufernähe und war auch bei Dunkelheit schon von weitem zu erkennen. Die Südostseite war zur Hälfte von einem Baugerüst eingefasst, das bis zum Dach hinaufreichte.

»Sieh doch mal!«, rief Marga erstaunt. »All die Lichter!«

Ein Meer von Fackeln erhellte das Gelände der Abtei und den Uferbereich, wo an einem schmalen Anlegesteg über ein Dutzend Boote vertäut lag.

»Wir haben wohl genau den Zeitpunkt der Osternachtmesse abgepasst«, vermutete Jakob und sah, wie aus zwei Ruderbooten, die soeben erst angelegt hatten, mehrere Männer, Frauen und Kinder ausstiegen, die wohl aus Vallendar am Festland herübergerudert waren. Er bemerkte nun, dass die Klosteranlage schwere Beschädigungen aufwies, als wäre die Abtei nach einer langen Belagerung von feindlichen Truppen mit dem Rammbock gestürmt worden. Große Teile der Umfassungsmauern waren eingestürzt und mehrere ufernahe Gebäude lagen in Trümmern.

Das Segel fiel und Georg Flade lenkte sein Fischerboot mit einem geschickten Manöver an den Steg. Sein Sohn sprang behände an Land und warf das Bugseil um einen der Pfosten.

»Wartet hier auf uns und haltet Euch bereit!«, trug Bruder Basilius dem Fischer auf und drückte ihm mehrere Münzen in die Hand, obwohl Bartholomäus Bartholy ihn schon entlohnt hatte.

»Haben wir Zeit, um an der Ostermesse der Abtei teilzunehmen?«, brach Georg Flade seine Schweigsamkeit.

Der Mönch schüttelte den Kopf. »Ihr wartet besser hier im Boot. Es kann sein, dass wir ganz schnell von hier wegmüssen.«

Der Fischer machte eine enttäuschte Miene.

»Beeilen wir uns!«, drängte Bruder Basilius und stieg aus dem schwankenden Boot. Und während sie über den Steg und auf das Kloster zugingen, sagte er leise: »Wir müssen versuchen die Dokumente aus dem Versteck zu holen, noch bevor Nonnen und Inselgemeinde zur Ostermesse in die Kirche einziehen. Denn während der Messe können wir natürlich nicht an das Tafelbild heran, ohne einen Aufruhr auszulösen. Es hängt nämlich auf der Nonnenempore.«

»Nonnenempore? Was ist das?«, fragte Jakob.

»Sie entspricht in etwa dem Chorgestühl der Mönche. Auf dieser Empore nehmen die Nonnen am Gottesdienst teil, getrennt vom Altarraum am entgegengesetzten Ende des Kirchenschiffes und der Gemeinde unter ihnen. Und wer weiß, wie knapp unser Vorsprung ist.«

»Und wie sollen wir das schaffen?«, wollte Marga wissen und im selben Augenblick begann die Klosterglocke zu läuten. »Es sieht doch so aus, als würde die Messe jeden Augenblick beginnen.«

»Wir haben noch etwas Zeit. Erst sammeln sich die Leute auf dem Hof und dann werden vor dem Einzug die Kerzen angezündet, die anschließend in die Kirche getragen werden«, antwortete Bruder Basilius. »Wichtig ist nur, dass wir so schnell wie möglich Schwester Catharina finden, die

Priorin. Sie oder die Äbtissin Adelheid von Hefgenstern können dafür sorgen, dass wir die fünf ungestörten Minuten bekommen, die wir brauchen, um die Dokumente hinter dem Marienbild hervorzuholen.«

Henrik nickte. »Die Zeit ist reif, die Stunde da!«

Jakobs Blick ging über die eingestürzten Mauern und halb eingedrückten Gebäude. »Wisst Ihr, was die schweren Schäden zu bedeuten haben?«

»Das sind die Folgen des katastrophalen Eisgangs vom letzten Jahr«, erklärte Bruder Basilius, als sie über den belebten Hof auf das Konventsgebäude zugingen. »Manchmal ist es recht heilsam, dass uns die gewaltigen Kräfte der Natur erinnern, dass wir Menschen nichts für die Ewigkeit errichten, auch wenn wir uns manchmal für so mächtig dünken.«

Das Portal stand weit auf. Sie eilten die Treppen hoch und stießen im Vorraum auf eine Nonne, die nicht viel älter als Marga war. Bruder Basilius erklärte, wer er war, und forderte sie auf sie unverzüglich zu ihrer Priorin oder Äbtissin zu bringen. »Wir kommen in einer höchst dringenden Angelegenheit, die nicht einmal in dieser Osternacht Aufschub verträgt!«, erklärte er nachdrücklich.

Die junge Nonne nickte und eilte ihnen mit wehenden Gewändern voraus. Sie führte sie durch den Südflügel des Kreuzgangs, in dem sich längs der Wand Baumaterial in Form von Brettern und Balken auftürmte, und öffnete dann die Tür zum Kapitelsaal. Der große Saal lag bis auf den vorderen Teil, wo zwei einsame Kerzen brannten, in Dunkelheit getaucht. Die Äbtissin Adelheid von Hefgenstern thronte steif und hager wie ein getrockneter Stockfisch auf ihrem geschnitzten Lehnstuhl. Eine zweite, schwergewichtige Nonne kauerte vor ihr auf dem Boden, wie ein Häufchen Elend zusammengesunken und das Gesicht in ihren

Händen verborgen, als schämte sie sich ihrer Tränen oder ihrer Schande.

»Ehrwürdige Mutter, Ihr habt Besuch«, meldete die junge Nonne mit zaghafter Stimme. »Pater Basilius, ein Zisterzienserbruder, bestand mit seinen Begleitern darauf, Euch umgehend zu sprechen. Sein Anliegen sei von allergrößter Wichtigkeit!«

»Es ist gut, Schwester Johanna. Lasst sie herein und dann geht!«, befahl die Äbtissin barsch und ohne den Kopf zu wenden.

Bruder Basilius betrat den Kapitelsaal, gefolgt von Jakob, Marga und Henrik. Die junge Nonne zog sich wie befohlen zurück und schloss die Tür hinter ihnen.

»Hochwürdige Äbtissin, ich bedaure sehr ausgerechnet zu dieser heiligen Stunde bei Euch hereinzuplatzen«, begann Bruder Basilius, während er zu ihr trat. »Aber der Herr ist mein Zeuge, dass die Angelegenheit, die mich und meine Freunde in Euer Kloster geführt hat, von allergrößter Bedeutung ist. Ich bitte inständig um Euer Vertrauen und Eure Hilfe. Leider ist für lange Erklärungen jetzt keine . . .«

»Ihr könnt Euch Eure Worte sparen, Bruder Basilius!«, schnitt ihm die schon betagte Äbtissin schroff das Wort ab.

Eine ungute Ahnung überfiel Jakob plötzlich. Ihm war, als wäre der große, dunkle Kapitelsaal mit seinen Bankreihen, schweren Säulen und tiefen Seitennischen gar nicht so ausgestorben, wie er schien. Die schwarzen Schatten im hinteren Teil schienen sich zu bewegen und voller Leben zu sein. Eine Gänsehaut überlief ihn.

Im selben Augenblick erhob sich die schwergewichtige Nonne, die vor der Äbtissin am Boden gekniet hatte, mit einem Ruck, riss sich Haube und Schleier vom Kopf und fuhr zu ihnen herum. Doch es war keine Nonne, sondern Melchior von Drolshagen! Gleichzeitig sprangen fünf Männer auf, die offenbar in der Dunkelheit im hinteren Teil des Saals flach auf dem Boden gelegen hatten, und stürmten vor. Zwei waren mit Pistolen bewaffnet, die anderen drei zogen ihre Degen blank. Der Scharfrichter Mundt gehörte zu den Männern, die mit der Klinge in der Hand näher kamen.

Jakob und seine Freunde waren vor Entsetzen wie gelähmt. Sie saßen in der Falle!

»Lasst mich Euch willkommen heißen, Bruder Basilius!« höhnte der Domherr. »Dieser Trunkenbold Eures Malerfreundes hat seine Sache wirklich ausgezeichnet gemacht. Ihr seid ihm wirklich auf den Leim gegangen. Und wie rücksichtsvoll von Euch so schnell zu kommen. Ich fürchtete schon die heilige Ostermesse zu verpassen.« Dann rief er mit scharfer Stimme: »Pleisgen!«

Die Tür wurde hinter ihnen aufgerissen. Der Folterknecht und zwei weitere von Drolshagens Schergen traten in den Kapitelsaal. Damit war ihr Schicksal besiegelt. Gegen diese überwältigende Übermacht vermochten sie nichts auszurichten.

Bruder Basilius fasste sich zuerst. »Lasst den Jungen und das Mädchen laufen!«, forderte er ihn auf. »Sie haben mit der ganzen Sache nichts zu tun und sie sind jetzt ohne weitere Bedeutung für Euch. Ich werde Euch sagen, wo sich die Papiere befinden.«

Der Domherr lächelte bösartig. »Oh, ich hege nicht den geringsten Zweifel, dass Ihr mir das verraten werdet, Bruder Basilius. Im Umgang mit Ketzern habe ich Erfahrung. Aber ich möchte doch nichts überstürzen und Eure treuen Begleiter schon gar nicht um das Vergnügen bringen Zeuge zu sein, wie diese Geschichte ausgeht. Und mit diesem

Burschen hier . . .« Er trat auf Jakob zu. ». . . habe ich noch ein ganz persönliches Gespräch zu führen.« Er ohrfeigte ihn rechts und links und zischte ihm zu: »Ihr werdet für jeden Schlag mit Eurem Knüppel tausendfach bezahlen und dann werde ich Euch auf den Scheiterhaufen schicken!«

Jakob spuckte ihm ins Gesicht. »Ihr seid nichts als ein blutrünstiger Schlächter und Mörder!«, schrie er ihn an. »Ihr seid es, der das Kreuz und Gottes Namen besudelt! Verflucht sollt Ihr sein!«

Der Domherr schlug ihm noch einmal ins Gesicht, so hart, dass Jakob zu Boden stürzte. Angewidert wischte er sich den Speichel aus dem Gesicht.

Die Äbtissin erhob sich nun abrupt von ihrem Stuhl. Ihr Gesicht glich einer Maske voll scharfer Kanten und tiefer Furchen. »Genug!«, rief sie mit scharfer Stimme. »Ich dulde in meinem Kloster keine Gewalt! Fesselt die Ketzer und bringt sie nach unten! Nach der Messe schafft Ihr sie mir so schnell es geht von der Insel!«, verlangte sie von Drolshagen. »Und nun lasst uns gehen. Man wird schon auf mich warten. Und Ihr habt Euch darauf vorzubereiten, gleich die heilige Osternachtsmesse zu konzelebrieren.«

Der Domherr nickte und sein wütendes Gesicht nahm einen selbstzufriedenen Ausdruck an. »Ihr habt Recht, hochwürdige Äbtissin. Alles zu seiner Zeit. Dieses Ketzerpack läuft uns nicht weg und wird seine gerechte Strafe erhalten. Jetzt feiern wir erst einmal den Beginn der österlichen Freudenzeit!«, pflichtete er ihr bei und wandte sich dann an seine Männer: »Pleisgen! . . . Wilrich! . . . Fesselt ihnen die Hände auf dem Rücken und schafft sie in den Keller hinunter! Dort bindet Ihr ihnen auch die Füße zusammen. Diesmal will ich nicht das geringste Risiko eingehen. Und Ihr werdet Wache halten, Mundt!«

Fünfunddreißigstes Kapitel

Mundt vergewisserte sich noch einmal, dass alle Hand- und Fußfesseln solide geknotet waren, versetzte dem Mönch einen Tritt in die Rippen und warf dann die schwere Bohlentür hinter sich zu. Augenblicklich umgab sie völlige Finsternis in dem hohen und kalten Kellergewölbe, das über kein noch so winziges Fenster verfügte. Die Tür schloss so dicht, dass von dem Licht, das der Scharfrichter draußen im Gang brennen hatte, nicht einmal ein schwacher Schimmer zu ihnen drang.

»Kann jemand seine Fesseln lockern?«, fragte Bruder Basilius mit gedämpfter Stimme, nachdem der Scharfrichter die schweren Eisenriegel vorgeschoben hatte.

»Ich kann noch nicht einmal meine Finger bewegen! Sie sind schon jetzt ganz taub!«, antwortete Marga und ihre Stimme zitterte vor mühsam beherrschter Angst.

»Es geht nicht!«, keuchte Jakob. Auch ihn würgte die Angst wie eine unsichtbare Hand, die sich aus der Dunkelheit um Herz und Kehle legte. Und wie Marga spürte auch er schon Schmerzen in seinen Handgelenken. Die Männer des Domherrn hatten ihnen nicht nur Hände und Füße gefesselt, sondern diese auch noch miteinander verknotet, sodass sie nach hinten gekrümmt am Boden lagen.

»Die Kerle haben diesmal ganze Arbeit geleistet«, knurrte Henrik und fügte dann mit einem resignierten Seufzen hinzu: »Ich lieg in tiefer Kerkernacht und kein Besuch von Gott und Menschen ... Dunkel bin ich wie die Kammer, Leib und Lager nass von Tränen ... Einst müssen wir alle, Knechte und Fürsten, über den Felsen des Todes, oh blickte man milde uns nach!«

»Lasst solche Reden, Henrik! Es besteht kein Grund den Mut sinken zu lassen!«, kam Bruder Basilius' Stimme aus der pechschwarzen Finsternis. »Man soll niemals die Hoffnung fahren lassen. Noch ist nichts verloren. Alles steht in Gottes Macht.«

»Und ob wir verloren sind! Warum wollt Ihr das nicht zugeben?«, brauste Jakob auf und verstand nicht, wie der Mönch in einer derart aussichtslosen Situation noch von Mut und Hoffnung sprechen konnte.

»Wer unerschütterlich glaubt, ist nie verloren«, erwiderte der Mönch gelassen.

»Habt Ihr denn keine Angst vor dem Tod?«, fragte Marga mit erstickter Stimme.

»Gewiss habe ich Angst«, gestand er. »Angst vor dem Sterben und den Schmerzen, nicht jedoch vor dem Tod. Aber sogar diese Angst, die wohl nur zu menschlich ist, kann die Erwartung und die Freude im Tod jemandem in die Arme zu fallen, den man im Glauben ein Leben lang voller Leidenschaft gesucht hat, nicht ersticken. Aber noch besteht kein Grund für diese Angst.«

»Redet uns doch nichts ein!«, rief Jakob erregt. »Wir sind erledigt! Drolshagen hat gewonnen. Und er wird sich für alles, was wir ihm angetan haben, bitterlich rächen!«

»Nein, noch ist es nicht so weit. Der Domherr ist ein berechnender Mann, der in erster Linie daran interessiert ist, die Dokumente in seinen Besitz zu bringen und zu vernichten. Nun, das werden wir nun nicht mehr verhindern können, so bitter das auch ist.«

»Er wird uns alle auf den Scheiterhaufen bringen!«, prophezeite Jakob düster. Ein kalter Windhauch, der von oben kam und an ihm vorbeizog, ließ ihn erschauern.

»Sicher, das möchte er wohl gerne. Aber ich bin sicher ihn davon überzeugen zu können, dass er nichts damit gewinnt, sondern seinen Sieg im Gegenteil gefährdet«, versicherte der Mönch.

»Und wie wollt Ihr das anstellen?«, fragte Marga mit neuer Hoffnung.

»So ohne weiteres kann auch ein Trierer Domherr nicht einen Zisterzienserpater verschleppen und auf den Scheiterhaufen bringen. Einmal ganz davon abgesehen, dass ich einem Kloster angehöre, das nicht zum Machtbereich des Kurfürsten von Trier gehört, schützt mich vorerst noch die Exemtion.«

»Aber nicht uns!«, warf Jakob ein.

»Wenn er einen Handel mit mir schließen will, ist dieser ohne Euch nicht zu haben. Es gibt da nämlich einige einflussreiche Männer, die von Bruder Anselm und meinem Auftrag wissen. Der Heisterbacher Abt Engelbert von Wallersheim, dem ich die Dokumente bringen sollte und der jetzt schon auf dem Weg nach Santiago de Compostela ist, ist nur einer von ihnen. Auf jeden Fall haben die Stimmen dieser Männer Gewicht und Drolshagen wird es vorziehen, die Papiere ohne großes Aufsehen zu vernichten und uns laufen zu lassen, als einen großen Streit zu entfachen – und zwar nicht nur über die Rechtmäßigkeit seines Vorgehens, sondern auch über den Inhalt der Papiere.«

»Glaubt Ihr das wirklich?«, fragte Jakob, der seine Angst zu verdrängen versuchte und sich wie Marga nur zu gern an jede noch so kleine Hoffnung klammern wollte.

»Drolshagen ist skrupellos und gefährlich, aber bestimmt kein Dummkopf, der seinen Triumph wegen persönlicher Kleinigkeiten aufs Spiel setzt«, erklärte Bruder Basilius im Brustton der Überzeugung. »Also habt Hoffnung!«

»An deine Weisung will ich mich halten«, sagte Henrik.

»Außerdem . . .« begann Bruder Basilius.

»Oh mein Gott!«, stieß Jakob in dem Moment aufgeregt hervor. »Seht doch da drüben in der Ecke!«

Ein schwacher Lichtschimmer, der schnell an Helligkeit zunahm, riss die absolute Dunkelheit ihres Kerkers auf. Das Licht kam von oben und im ersten Moment erschien es ihnen wie ein Wunder, wie eine göttliche Erscheinung. Doch Sekunden später bemerkten sie, dass sich dort in der Ecke an der Decke ein kleiner, etwas mehr als handbreiter Luftschacht befand, der diesen tiefen Kellerraum wohl belüften sollte. Aus dieser Öffnung an der Decke drang das Licht, das sich Augenblicke später als ein brennender Kerzenstummel entpuppte. Er steckte horizontal zwischen den Zinken einer Gabel, an dessen Ende eine Schnur befestigt war. Die Flamme brannte wegen der Schräglage mit wildem Flackern und das flüssige Wachs tropfte nur so herab.

Die Kerze verharrte kurz über dem Boden. Und dann fiel ein Messer aus der Öffnung des Luftschachtes, gefolgt von einem zweiten und dritten! Mit einem dumpfen Laut schlugen sie auf dem harten Lehm auf.

»Nacht und Bangen – weggegangen!«, stieß Henrik hervor und rollte sich sofort zu der Stelle hinüber, wo die drei scharfen Messer lagen. Beinahe wäre er von dem Knüppel am Kopf getroffen worden, der mit etwas Verzögerung auf die Messer folgte. Kurz darauf tauchte eine Brechstange in der Öffnung auf, die an einer festeren Kordel hing und sich ganz langsam herabsenkte.

»Ein Wunder!«, stieß Marga fassungslos hervor.

Bruder Basilius lachte. »Ja und ich wette, dass dieses Wunder den Namen der Priorin trägt. Das ist bestimmt das Werk von Schwester Catharina!«

Henrik drehte sich so, dass er eines der Messer zu

fassen bekam, und rief dann Jakob zu sich, um dessen Handfesseln mit der scharfen Klinge zu durchtrennen. Das ging nicht ohne einige kleinere Schnittwunden ab, doch Jakob lachte trotz der Schmerzen, denn nun wusste er, dass er gleich seine Fesseln los sein würde. Sowie seine Hände frei waren, nahm er Henrik das Messer ab. Im Handumdrehen fielen alle Stricke, mit denen man sie verschnürt hatte.

Sie massierten sich Hand- und Fußgelenke. Und dann bemerkte Bruder Basilius den Zettel, der wohl aus dem Schacht geflattert war, während sie sich gegenseitig von den Fesseln befreit hatten. Er hob ihn auf und las vor, was in hastig hingekritzelten Zeilen auf ihm geschrieben stand:

Ich bete, dass es Euch gelingt aus dem Keller auszubrechen. Versucht die Wache zu Euch zu locken und zu überwältigen. Nehmt nur im Notfall das Stemmeisen. Dann kommt in den Kapitelsaal. Die Flucht ist nur von hier aus möglich. Überall draußen sind Wachen des Domherrn. Vergesst auf keinen Fall das Stemmeisen mitzubringen! Werde Euch alles erklären. Mehr kann ich leider nicht für Euch tun. Vernichtet diesen Zettel sofort. Möge der Allmächtige Euch beistehen und Eure Rettung möglich machen! C.

»Kein Zweifel, es ist Schwester Catharina, Bruder Anselms Cousine, die uns in dieser schweren Stunde der Not zur Seite steht!«, versicherte Bruder Basilius und hielt den Zettel über die Flamme. Sofort fing das Papier Feuer und verbrannte zu einem Häufchen Asche.

»Kann mir einer verraten, wozu wir zur Flucht, die nur aus dem Kapitelsaal möglich sein soll, ein Stemmeisen brauchen?«, fragte Jakob verwundert in die Runde.

Marga zuckte die Achseln. »Ich habe nicht den Schimmer einer Ahnung. Aber um das zu erfahren, müssen wir erst einmal aus diesem Gewölbe herauskommen.«

Henrik nickte. »Wir haben drei Messer, einen Knüppel und eine Brechstange«, sagte er. »Jetzt muss uns nur noch etwas Geniales einfallen, wie wir Mundt am besten zu uns locken, ohne dass er Verdacht schöpft.«

»Ich glaube, ich weiß, wie wir das anstellen können«, sagte Bruder Basilius und erklärte ihnen, was ihm vorschwebte.

Sie steckten die zerschnittenen Stricke ein und legten sich dann wie abgesprochen auf den Boden.

»Seid ihr bereit?«, fragte der Mönch. »Habt Ihr die Waffen gut versteckt und die Hände auch auf dem Rücken an den Fersen?«

Marga, Henrik und Jakob bejahten.

»Gut, dann lasst es uns mit Gottes Hilfe wagen!« Bruder Basilius blies den Kerzenstummel aus, steckte ihn ein und legte sich so, als wären ihm noch immer Hände und Füße zusammengebunden. Augenblicke später begann er aufgeregt zu schreien: »Mundt! . . . Hört Ihr mich? . . . Mundt! . . . Um Gottes willen, so antwortet, Mann!«

»Haltet das Maul!«, kam die gedämpfte Stimme von jenseits der schweren Bohlentür.

»Ihr müsst eingreifen, Mundt! Jakob versucht sich das Leben zu nehmen!«, schrie Bruder Basilius und nun machten sich auch Marga und Henrik mit aufgeregten Zurufen bemerkbar.

»Er will sich das Leben nehmen? Macht Euch nicht lächerlich! Wie soll er das denn anstellen? Ihr seid so fest verschnürt, dass Ihr nicht einmal mit dem Kopf gegen die Wand rennen könnt!«, spottete der Scharfrichter.

»Er hat an der Wand eine scharfe Mauerkante gefunden. Und jetzt versucht er sich daran die Halsschlagader aufzureißen!«, schrie Bruder Basilius. »Er will mir nicht glauben, dass ich Drolshagen ein Geschäft anzubieten habe, das

Euer Herr gewiss nicht ausschlagen und uns alle vor dem Tod bewahren wird. Er will lieber hier sterben als unter der Folter oder auf dem Scheiterhaufen!«

»Der Junge ist klüger als Ihr, Kuttenträger! Aus Eurem Geschäft wird nämlich garantiert nichts. Was mein Herr von Euch will, wird er auch so bekommen!«

»Ihr irrt, Mundt!«, brüllte Bruder Basilius. »Das Geschäft, das ich meine, hat mit den Dokumenten nichts zu tun. Ich habe ihm noch etwas anderes zu bieten! Aber auch wenn er darauf nicht eingehen sollte, was sehr unwahrscheinlich ist, wird der Domherr großes Interesse daran haben, Jakob nach der Messe noch lebend anzutreffen. Wenn Ihr Jakob jetzt einfach verbluten lasst, kann Euch das Kopf und Kragen kosten, bestimmt aber Euer profitables Amt als Blutscherge von Trier!«

»Ihr seid ein mieser Charakter, das wissen wir schon lange, Mundt!«, schrie nun Henrik mit hasserfüllter Stimme. »Aber wenn Ihr jetzt nichts unternehmt, seid Ihr zudem auch noch ein Schwachkopf! Wahrscheinlich seid Ihr beides. Mögt Ihr auf ewig im Fegefeuer brennen!«

»Mein Gott, lasst Jakob doch! Vielleicht ist es besser so, wenn wir hier schon sterben«, rief Marga verzweifelt.

»Dir werde ich das Maul stopfen, Schwede!«, antwortete der Scharfrichter wütend. »Und wenn dieser Lügenbursche Jakob Tillmann glaubt, er kann dem Scheiterhaufen entkommen, dann irrt er sich gewaltig!« Damit riss er die schweren Eisenriegel zurück.

»Aufgepasst jetzt!«, raunte Bruder Basilius.

Die Tür schwang auf und Licht fiel aus dem Kellergang in das hohe Gewölbe. Mit einem Knüppel in der Hand stürzte Mundt auf Jakob zu, der sich mit dem Hals gegen die Mauersteine gepresst hatte. »Dir werde ich es zeigen mir Schwierigkeiten machen zu wollen!«, rief er und holte zum Schlag aus.

Wie auf ein stummes Kommando hin sprangen Marga, Henrik und Bruder Basilius auf, während Jakob herumwirbelte, sich mit dem Rücken an der Wand abstützte und dem Scharfrichter beide Füße mit aller Kraft in den Magen rammte.

Mundt riss in fassungslosem Entsetzen die Augen auf, während er von der Wucht des Trittes zurückgeschleudert wurde, direkt in die Arme von Bruder Basilius. Ein röchelnder Laut entrang sich seiner Kehle. Und dann fällte Henrik ihn auch schon mit dem Knüppel, den er auf den Kopf von Mundt niedersausen ließ. Bewusstlos stürzte er zu Boden.

Henrik lachte trocken auf. »Das Grab, für mich gemacht, verschlang die Bösen, die Schlinge, schlau erdacht, fing ihren eigenen Fuß«, zitierte er aus den Psalmen, während er ihm hastig Fesseln anlegte.

»Mein Gott, wir haben es tatsächlich geschafft«, flüsterte Marga.

»Noch sind wir nicht in Sicherheit. Beeilen wir uns, dass wir in den Kapitelsaal kommen!«, rief Bruder Basilius gedämpft.

Sie liefen die Kellertreppe hoch und gelangten in die Küchenräume. Auf Zehenspitzen schlichen sie von dort in den Kreuzgang. Als sie um die Ecke kamen und in den Ostflügel einbogen, hörten sie den feierlichen Gesang aus der Klosterkirche.

Die Tür zum Kapitelsaal stand einen Spalt offen. Schwacher Kerzenschein drang in den dunklen Kreuzgang. Eine kleine, zierliche Gestalt löste sich aus dem Türbogen und winkte sie ungeduldig heran.

Jakob, Marga, Henrik und der Mönch huschten durch die

Tür in den Kapitelsaal. Auf einem Sims hinter dem Stuhl der Äbtissin brannten zwei Kerzen.

Schwester Catharina, Priorin des Klosters und trotz ihres reifen Alters noch mit den klaren Gesichtszügen einer jungen Frau gesegnet, schloss hinter ihnen hastig die Tür, verriegelte sie und bekreuzigte sich. »Dem Herrgott sei Dank und Lobpreis, dass er seine schützende Hand über Euch gehalten hat!«

Bruder Basilius ergriff die schmalen Hände der Nonne. »Und Euch, die Ihr durch Eure Tapferkeit dieses Wunder erst möglich gemacht habt, Schwester Catharina! Euer Onkel, seine Seele ruhe in Frieden, wäre stolz auf Euch, wenn er von Eurer mutigen Tat erfahren hätte.«

»Ohne Hilfe unserer ehrwürdigen Äbtissin hätte ich nichts für Euch tun können«, eröffnete ihnen die Nonne. »Ihr müsst wissen, dass auch sie nur gute Miene zum bösen Spiel gemacht hat, um den Domherrn zu täuschen und Euch noch eine Chance zur Flucht zu verschaffen. Doch nun lasst uns nicht länger kostbare Zeit mit Reden vergeuden. Habt Ihr das Stemmeisen?«

»Ja«, sagte Henrik. »Hier ist es.«

»Gut!«

»Wofür brauchen wir ein Stemmeisen?«, fragte Marga. »Wir können doch hier aus dem Fenster springen, zum Ufer hinunterlaufen und mit einem der Boote flüchten.«

»Der Domherr hat nicht nur Euren Fischer weggeschickt, sondern auch alle Boote, die es auf der Insel gibt, zum Anlegesteg bringen und an die Kette legen lassen. Zudem hättet Ihr gegen die bewaffneten Wachen, vier Mann an der Zahl, keine Chance, weil es keine Möglichkeit gibt sich unbemerkt anzuschleichen und sie zu überrumpeln«, erklärte die Priorin, während sie eine der Kerzen vom Sims nahm. »Und warum solltet Ihr Euch auch unnötig in Gefahr begeben, wenn es einen sicheren Fluchtweg gibt, den außer unserer ehrwürdigen Mutter und mir niemand sonst kennt?«

»Und wo ist dieser sichere Fluchtweg?«, fragte Bruder Basilius.

»Er beginnt hier im Kapitelsaal – und zwar unter einer dieser Grabplatten, unter denen einige der früheren Äbte des Augustiner-Chorherrenstiftes begraben liegen!« Die Priorin wies auf eine der mächtigen Steinplatten, die an der Längsseite des Kapitelsaals in den Boden eingelassen waren. Sie trugen lateinische Inschriften, die wie das jeweilige Abtwappen in den Stein eingemeißelt waren.

»Es gibt hier einen unterirdischen Gang, der aus dem Kloster hinausführt?«, fragte Jakob ebenso ungläubig wie aufgeregt, während sie alle dem angeblichen Abtgrab zustrebten.

»Ja, wir haben bis vor wenigen Monaten auch nichts davon geahnt. Bruder Anselm hat ihn uns gezeigt, bevor er abgereist ist. Es ist ein sehr langer und recht niedriger Gang, der am Westufer in eine kleine Felsgrotte mündet. Der Ausgang liegt unter den Ästen einer mächtigen Weide verborgen. Der geheime Gang muss schon Jahrhunderte alt sein und den Mönchen früher als Fluchtweg gedient haben. Aber er ist noch begehbar, wie Bruder Anselm mir versichert hat, wenn auch das Mauerwerk an vielen Stellen schon sehr brüchig sein soll.«

»Aber ohne Boot bringt uns auch der beste unterirdische Gang nicht von hier fort . . .«, sagte der Mönch.

»Bruder Anselm war, wie Ihr wisst, ein sehr vorsichtiger und vorausschauender Mann«, antwortete die Priorin mit einem leichten Lächeln. »Er hat ein Boot in die Grotte geschafft, bevor er abgereist ist.«

»Dann sind wir gerettet!«, stieß Marga erlöst hervor.

Henrik strahlte über das ganze Gesicht. »Mit unbegreiflich großen Zeichen erhört uns deine Liebe, du Gott unseres Heils!«, rief er.

Schwester Catharina zeigte Henrik und Bruder Basilius, wo sie das Stemmeisen ansetzen mussten. Knirschend glitt die schwere Steinplatte zur Seite und gab den Blick auf gut zwei Dutzend grabschmale Steinstufen frei, die in die Tiefe hinabführten. Der Gang war gerade so breit, dass ein ausgewachsener Mann ihn in gebeugter Haltung passieren konnte.

»Wartet!«, rief Jakob. »Was ist mit den Dokumenten auf der Empore?«

»Oh, das hätte ich ja fast vergessen!«, rief Schwester Catharina und holte aus einer Wandnische ein dickes Paket, das in Wachstuch gewickelt war.

Für einen Moment glaubten Jakob, Marga, Henrik und Bruder Basilius, dass dieses Paket die brisanten Bekenntnisse der beiden Hexenbischöfe enthielt. Deshalb war ihre Enttäuschung groß, als unter dem Wachstuch ein dickes, in Schweinsleder gebundenes und schon arg mitgenommenes Buch zum Vorschein kam, das unmöglich die gesuchten Papiere enthalten konnte.

»Was ist das?«, wollte Bruder Basilius wissen.

»Ein Exemplar des *Malleus Maleficarum*. Bruder Anselm hat die ganze Woche von morgens bis abends über dieser Ausgabe des Hexenhammers gesessen und . . .«

Der Mönch und seine Freunde machten enttäuschte Gesichter. »Ich glaube nicht, dass wir dafür Verwendung haben«, sagte Bruder Basilius.

»Hättet Ihr mich aussprechen lassen, hättet Ihr das wohl kaum gesagt«, entgegnete die Schwester. »Denn Bruder Anselm hat den Hexenhammer nicht Tag und Nacht studiert, sondern er hat wie ein Besessener darin *geschrieben*.«

»Geschrieben?«, fragten die vier wie aus einem Mund.

Die Priorin nickte. »Ja, und zwar mit einer besonderen Tinte. Erst unter der Hitze einer Kerze tritt die unsichtbare Schrift zwischen den Zeilen und an den Rändern zu Tage«, erklärte sie, schlug das Buch auf und bewegte die Flamme kurz unter einer der Buchseiten hin und her. Augenblicklich erschien eine kleine, aber gestochen scharfe Handschrift, für die man jedoch ein Vergrößerungsglas brauchte, um sie lesen zu können.

»Heiliges Pulverfass, er hat mit Zitronenextrakt oder einer ähnlichen Flüssigkeit geschrieben!«, rief Jakob begeistert.

»Dieser Hexenhammer enthält die komplette Abschrift der Papiere, die er wohl irgendwo hier im Kloster versteckt hat«, fügte Schwester Catharina nun hinzu. »Nicht einmal mir hat er verraten, wo. Doch er hat mir diesen Hexenhammer anvertraut, zur Sicherheit, wie er sagte, falls die Originaldokumente in die falschen Hände fallen sollten. Er wusste, dass Ihr früher oder später kommen würdet.«

Bruder Basilius lächelte erleichtert. »Eine komplette Abschrift! Nun, ein halber Sieg ist besser als eine vernichtende Niederlage. Ich danke Euch, Schwester.« Er zögerte kurz. »Und nun machen wir uns wohl am besten auf den Weg zu dem Boot, das Bruder Anselm versteckt hat.«

»Nicht so eilig!«, rief Jakob. »Wie lange dauert die Messe noch, ehrwürdige Priorin?«

»Bestimmt noch eine Stunde«, antwortete sie. »Wenn der Domherr merkt, dass Ihr aus dem Keller entkommen seid, werdet Ihr schon einen großen Vorsprung haben.«

»Über eine Stunde!«, betonte Jakob. »Das ist doch Zeit genug, um auch noch die Originaldokumente zu holen! Nur sie sind ein Beweis für die Echtheit der Abschrift.«

»Unmöglich!«, widersprach die Priorin. »Auf dem Hof und

vor der Kirche sind Wachen postiert. Ohne Kampf kommt Ihr niemals an ihnen vorbei. Und wenn sich die Papiere auf unserer Nonnenempore befinden, wie Ihr sagt, ist das Unternehmen erst recht aussichtslos. In der Kirche führt nur eine schmale Treppe, die zudem noch mit einer Gittertür versehen ist, auf die Empore. Und wie wollt Ihr die Papiere an Euch bringen, während all unsere Schwestern dort oben versammelt sind? Das gäbe einen gewaltigen Aufstand, denn nur unsere Äbtissin und ich sind in die Hintergründe von Bruder Anselms Aufenthalt bei uns eingeweiht.«

»Aber wir könnten doch von oben kommen, über das Dach!«, erwiderte Jakob und sah Bruder Basilius an. »Habt Ihr nicht das Baugerüst gesehen, das gleich hinter der Sakristei bis zum Dach aufragt? Ich wette, es gibt dort oberhalb der Nonnenempore ein Fenster, durch das wir eindringen und uns dann auf die Empore abseilen können. Vorausgesetzt wir können hier auf die Schnelle ein langes Seil auftreiben.«

»Nun ja, solche Fenster gibt es dort schon«, räumte die Priorin ein. »Zwei kleine Luken über dem großen Kirchenfenster im Westportal sowie ein kleines Fenster auf der Nordseite. Zudem befindet sich der kleine der beiden Dachreiter genau über der Empore. Und Seile liegen im ausgeräumten Scriptorium herum, das die Bauarbeiter als Materiallager benutzen und das erst ganz am Schluss renoviert wird. Aber all das ändert nichts daran, dass Ihr während der Messe nicht unbemerkt auf die Empore kommen könnt. Ich weiß also nicht, was Euch das nutzen könnte.«

»Eine ganze Menge!«, versicherte Jakob.

Bruder Basilius zögerte kurz, schüttelte dann aber den Kopf. »Nein, während des Gottesdienstes ist das unmöglich. Und hinterher ist dafür keine Zeit mehr!«

Jakob ließ sich von seiner Idee jedoch nicht so leicht abbringen. Die Vorstellung, so kurz vor dem Ziel aufzugeben und ohne die Originaldokumente zu flüchten, ging ihm gegen den Strich. Hatte er dafür all die Strapazen und Ängste der letzten Wochen ertragen? Nein! Der Domherr durfte einfach nicht über sie triumphieren!

Und statt sich dem Wort des Mönches zu beugen fragte er die Priorin: »Sagt, was geschieht nach dem Gottesdienst, wenn die Empore geräumt ist? Kehren die Nonnen nach der Messe sofort in das Konventsgebäude zurück?«

»Gewöhnlich ja, aber nicht heute«, antwortete Schwester Catharina. »Nach der Ostermesse, in der wir die Auferstehung Gottes gefeiert haben, erwarten wir draußen den Anbruch des neuen Tages, der dann nicht mehr fern ist.«

»Also wird auch der Domherr nicht sofort davonstürzen können!«, folgerte Jakob. »Und da Eure Äbtissin weiß, dass Ihr versucht uns zur Flucht zu verhelfen, wird sie wohl alle Anstrengungen unternehmen, um ihn so lange wie möglich auf dem Hof zu halten, nicht wahr?«

»Ja, das ist anzunehmen.«

»Dann bleibt uns nach der Messe doch noch genug Zeit, um die Papiere zu holen«, sagte Marga.

Jakob warf ihr einen dankbaren Blick zu und führte seine Idee noch etwas näher aus: »Wir haben reichlich Zeit, um auf das Dach zu klettern und uns oberhalb der Empore in Position zu bringen. Sowie die Nonnen die Empore verlassen haben, lassen wir uns am Seil hinab, holen ruck, zuck die Papiere hinter dem Tafelbild hervor, klettern wieder am Seil hoch und sind im Handumdrehen zurück im Kapitelsaal – vermutlich noch bevor die Kirche sich ganz geleert und der Domherr draußen auf dem Hof Zeit gefunden hat sich aus der Prozession zu lösen. Am besten, wir verriegeln die Zugänge zum Kreuzgang und verbarrikadieren sie mit

Brettern und Balken, von denen es hier ja genug gibt. Dadurch gewinnen wir noch einmal wertvolle Minuten, denn Drolshagens Männer werden erst eine der Türen aufbrechen müssen.«

Henrik nickte mit einem anerkennenden Lächeln auf den Lippen. »Keine üble Idee, Jakob«, sagte er. »Leider hat sie nur einen einzigen Schönheitsfehler: Ich bin nicht schwindelfrei. Und Bruder Basilius ist noch viel weniger in der Lage da hoch oben über Gerüst und Dach zu turnen.«

»Wir brauchen für dieses Unternehmen ja auch keine halbe Armee. Das ist eine Sache für eine einzige Person. Ich bin schwindelfrei und ich traue es mir zu!«, erwiderte Jakob entschlossen.

»Ich komme mit!«, erklärte Marga. »Ihr habt mir das Leben gerettet, jetzt möchte ich etwas für Euch tun. Ich bin absolut schwindelfrei und verstehe es, an einem Seil hoch- und runterzuklettern.«

Bruder Basilius nagte an seiner Unterlippe, ganz offensichtlich zwischen Ablehnung und Begeisterung hin- und hergerissen. Einerseits brannte er darauf, die Dokumente zu retten. Andererseits wollte er weder Jakob noch Marga unnötig in Gefahr bringen.

»Ich weiß nicht, ob ich das zulassen darf«, sagte er mit gequälter Miene. »Ich kann es nicht auf mein Gewissen nehmen, Euch da . . .«

Jakob gab ihm keine Gelegenheit seine Einwände auszusprechen. »Vergesst Euer Gewissen, Bruder Basilius! Dies ist mein Plan und mein freier Entschluss. Und wenn Marga mit mir kommt, dann ist das allein ihre Entscheidung. Wir sind keine kleinen Kinder, die nicht überblicken können, was sie tun!«, erklärte Jakob. »Ich jedenfalls würde mir nie verzeihen, dass ich so nahe am Ziel nicht wenigstens versucht habe die Papiere zu retten.«

Marga nickte. »Die Gelegenheit ist wirklich zu günstig, um sie ungenutzt verstreichen zu lassen! Und vergesst nicht, dass wir mit diesem unterirdischen Tunnel einen gewaltigen Trumpf in der Hand halten. Wir sind ganz sicher schneller wieder hier im Kapitelsaal, als der Domherr und seine Männer in den Kreuzgang stürmen können!«

Bruder Basilius rang mit sich selbst. »Es klingt verlockend, ich gebe es zu. Und wenn Ihr wirklich meint, Ihr könnt es schaffen . . .« Er hob mit einer verlegenen Geste der Kapitulation die Hände. »In Gottes Namen, versucht Euer Glück!«

Sechsunddreißigstes Kapitel

Jakob stieß die Luke auf, zog sich über den Rand und kletterte auf das Dach. Dann beugte er sich über die Öffnung, nahm Marga die drei Seile ab, die sorgfältig zusammengerollt waren, und reichte ihr seine Hand, um ihr den Ausstieg zu erleichtern.

Henrik, der sie auf den Dachboden über dem Kapitelsaal begleitet hatte, ermahnte sie noch einmal: »Geht bloß kein unnötiges Risiko ein!«

Jakob grinste. »An deine Weisung will ich mich halten!«, imitierte er den Schweden. »Denn ich habe weise Räte: deine Worte.«

Henrik lachte, wurde aber sofort wieder ernst. »Und vergesst nicht, zuerst einmal das kurze Seil gut zu verknoten und über das Dach zu werfen, damit Ihr hinterher auch wieder zurück in den Kapitelsaal kommt. Denn wenn Ihr zurückkehrt, wird Schwester Catharina schon längst verschwunden und die Tür von außen abgeschlossen sein. Ihr müsst also über das Dach und durch das Fenster kommen!«

»Deine Weisungen sind mir höchste Freude, dein Wort gehe in mir auf wie Hefe neben einem warmen Herd«, antwortete Jakob mit einem anderen Psalmenvers, den er von Henrik aufgeschnappt hatte.

Der Schwede lächelte, als wüsste er, dass Jakob viel aufgeregter und angespannter war, als er zugeben wollte. Er nickte ihnen stumm zu, dann schloss er die Luke und verriegelte sie von innen.

Marga nahm das kürzere der drei Seile, ging zwei Schritte nach rechts und bewegte sich dann vorsichtig in Richtung Dachkante. Sie löste die Schlinge und warf das Seil über die Kante. Augenblicke später spürte sie ein zweifaches vorsichtiges Rucken am Seil. Mit einem zufriedenen Lächeln drehte sie sich zu Jakob um. »Wir sind genau über dem Fenster des Kapitelsaals!«

»Gleich auf Anhieb? Du hast ein ausgezeichnetes Gespür, Marga!«, sagte Jakob anerkennend, hob hinter ihr zwei Dachpfannen auf und knotete das eine Ende des Seils um den darunter liegenden Balken. Dann zogen sie das Seil wieder ein, rollten es neben der kleinen Öffnung zusammen und beschwerten es mit einem Dachziegel.

»Auf geht's!«

Sie hängten sich jeder eines der langen Seile quer über die Brust, um die Hände zum Klettern und Abstützen frei zu haben, und schlichen nun in geduckter Haltung über das Dach des Konventsgebäudes. Zu ihrer Rechten schimmerte das silbrige Band des rechtsrheinischen Flussarms. Und heller Fackelschein erleuchtete die Anlegestelle mit den Booten, die gut bewacht waren. Der Dachgiebel zu ihrer Linken verwehrte ihnen dagegen den Blick in den Hof des Kreuzgangs und auf den Platz vor der Kirche.

Vor ihnen ragte das Baugerüst auf, das einen Großteil der Apsis und der Südostseite der Klosterkirche umschloss. Wenig später hatten sie das Gerüst erreicht. Ohne sich eine Atempause zu gönnen, begannen sie den Aufstieg. Bretter, Balken und Leitern knarrten unter ihnen und das Geräusch kam Jakob in der nächtlichen Stille gefährlich laut vor. Zu seiner Erleichterung setzte in der Kirche wieder Gesang ein, in dem das Knarren des Holzes unterging. Schließlich befanden sie sich auf der höchsten Plattform, die knapp oberhalb der Dachkante abschloss. Hier verharrten sie einen Augenblick.

»Ganz schön luftige Höhe«, stellte Jakob mit trockener

Kehle fest, als er unter sich schaute. »Von unten sieht es gar nicht so hoch aus. Aber von hier . . .«

»Herzklopfen?«, fragte Marga.

Jakob wollte erst lügen, bemerkte dann aber ihren Blick, in dem keine Spur von Spott lag, sondern nur aufrichtige Besorgnis. »Ja, ein bisschen schon«, gestand er.

»Ich auch, aber das ist nicht schlimm. Nur ein Dummkopf hätte in solcher Höhe keine Angst«, sagte sie und nahm ihm damit das Gefühl sich schämen zu müssen. »Ein bisschen Angst ist sogar ganz gut. Das schärft die Aufmerksamkeit und schützt vor Leichtsinn – hat mein Vater jedenfalls gesagt.«

Jakob holte tief Atem, dann fragte er: »Wagen wir es?«

Marga nickte. »Aber lass uns erst das Seil anbringen, damit wir auf dem Rückweg schneller vorankommen.«

»Himmel, das hätte ich ja beinahe vergessen!«

Marga legte ihre Seilrolle auf die Plattform und Jakob knotete ein Ende um einen Balken des Baugerüstes. Dann kletterten sie auf das Dach. Marga kroch voraus. Jakob folgte ihr, das lose Ende von Margas Seil hinter sich herziehend.

Ihm schlug das Herz im Hals. Das Dach fiel vom Giebelfirst erschreckend steil ab und die Dachziegel waren feucht vom Morgentau, mit Vogeldreck beschmutzt und zum Teil von einer moosartigen Flechte bedeckt. Ein falscher Tritt, und sie würden in die Tiefe stürzen!

Auch Marga erkannte die Gefahr, in der sie schwebten. Sie verharrte schon nach wenigen vorsichtigen Schritten, wandte sich zu ihm um und raunte: »Hier unten und so nahe an der Dachkante ist es zu gefährlich! Lass uns zum Dachfirst hochklettern. Da haben wir mehr Halt!«

Jakob nickte. »Du hast wohl Recht. Wenn ich bloß schon oben wäre . . .«, murmelte er.

Auf allen vieren krochen sie nun auf der Höhe des östlichen Dachreiters zum Giebel hinauf. Und obwohl ein frischer Wind wehte, waren sie in Schweiß gebadet, als sie endlich den Dachfirst erreicht hatten. Um sich nicht zu auffällig vor dem Nachthimmel abzuheben, legten sie sich flach und mit gespreizten Beinen hin und robbten dann auf den vorderen, kleinen Turm zu. Aus dem Kirchenschiff unter ihnen kam das vielstimmige *Exsultet* und *Deo gratias* der dort versammelten Gläubigen.

Es war eine mühselige Angelegenheit, sich in dieser kriechenden Haltung auf dem Giebel vorwärts zu bewegen. Doch es war der sicherste Weg und er brachte sie schließlich ans Ziel, wenn auch mit schmerzenden Knochen.

Der vordere Dachreiter war ein sechseckiger, mannshoher Turm mit vier bogenförmigen Fensteröffnungen und einem zwiebelförmigen Aufsatz, der von einer lanzenartigen Spitze gekrönt wurde.

Verwitterte, hölzerne Schlagläden verschlossen die Fenster. Jakob drückte Marga das Seil in die Hand, dessen anderes Ende ans Baugerüst geknotet war, griff zu dem breiten Messer, das Henrik ihm mitgegeben hatte, und machte sich an einem der Schlagläden zu schaffen. Wenig später sprang der Wetterschutz auf. »Na also!«, sagte Jakob und kletterte in den Turm. Er kam sich wie in dem Mastkorb eines großen Segelschiffes vor.

Der kleine Turmaufsatz, in dessen Boden eine Luke eingelassen war, bot zwei schlanken Personen ausreichend Platz. Marga stieg zu ihm in den Dachreiter, öffnete einen zweiten Wetterschutz und band das Seil um den Balken zwischen den beiden Öffnungen. Auf dem Rückweg über das Dach zum Baugerüst würden sie sich an diesem Seil entlanghangeln können.

»Drück die Daumen, dass sich die Luke öffnen lässt«, sagte Jakob mit gedämpfter Stimme, bückte sich nach dem eingelassenen Eisenring – und zog daran. Zu ihrer freudigen Überraschung war die Luke unverriegelt und ließ sich ohne große Kraftanstrengung aufklappen.

Marga grinste. »Ein gutes Omen!«

»Ich glaube, wir brauchen das zweite Seil überhaupt nicht«, stellte Jakob fest. »Hier ist eine Treppe und ich wette, sie bringt uns direkt auf die Nonnenempore. Komm, immer dem Gesang nach!«

Unter der Luke führte eine steile Stiege, die von fleckigen Wänden umschlossen wurde, durch das Dachgebälk abwärts. Mit höchster Vorsicht stiegen sie hinunter. Dabei prüfte Jakob jede Bretterstufe, ob sie auch nicht morsch war, bevor er sich mit seinem ganzen Gewicht draufstellte. Der Gang endete in einem kleinen, dunklen Vorraum mit einer schmalen Tür, die mit dem Rahmen nicht ganz dicht abschloss. Durch eine lange Ritze über dem Schloss sowie unter der Tür drang aus der Kirche helles Licht zu ihnen in die muffige Kammer.

»Heilige Muttergottes! Weißt du, wo wir sind?«, stieß Marga aufgeregt hervor, als sie durch den Türritz spähte. »Dreimal darfst du raten!«

»Ich wage mal die tollkühne Vermutung, dass wir uns direkt hinter den Nonnen auf ihrer Empore befinden«, flüsterte er.

Und so war es. Durch den winzigen Spalt zwischen Tür und Rahmen vermochten sie einen Blick auf einige Nonnen zu erhaschen, doch das Madonnenbild, hinter dem die Dokumente versteckt waren, lag nicht in ihrem Blickfeld.

Die Messe ging inzwischen ihrem Ende zu und Jakob nutzte die verbleibende Zeit, um die Tür einer näheren Prüfung zu unterziehen. Glücklicherweise besaß sie kein

Schloss, sondern war nur durch einen hölzernen Kippriegel gesichert. Er hatte nicht den geringsten Zweifel, durch den Spalt zwischen Tür und Rahmen den Riegel mit der Messerklinge erreichen und hochdrücken zu können.

Voller Ungeduld warteten Marga und Jakob auf den Schlusssegen. Diese Minuten streckten sich in ihrer Aufregung quälend lange hin. Aber dann war es endlich so weit.

Das *Amen!* nach dem Schlusssegen schallte kraftvoll durch das Kirchenschiff. Unter dröhnenden Orgelklängen begann der Auszug aus der Klosterkirche und die Nonnen verließen ihre Empore, um sich mit der Gemeinde auf den Vorplatz zu begeben. Die Orgel erstarb. Sie hörten Schritte – und dann das metallische Schlagen einer Gittertür.

Jetzt galt jede Sekunde!

Jakob schob die Messerklinge zwischen Tür und Rahmen, führte sie unter den hölzernen Riegel und drückte ihn hoch. Knarrend öffnete sich die Tür einen Spalt. Er spähte hinaus. »Ich glaube, die Luft ist rein!«, flüsterte er.

»Dann nichts wie los!«, drängte Marga.

Jakob drückte die Tür auf und erfasste mit einem schnellen Rundblick die Nonnenempore mit ihren harten Kniebänken. Das Tafelbild mit der Madonna und den beiden Distelfinken, das Bruder Basilius ihm beschrieben hatte, fiel ihm sofort ins Auge. Es war das einzige Gemälde auf der Empore und hing an der gegenüberliegenden Wand.

»Da ist es!«, rief er aufgeregt und stürzte auf die Wand zu. Das Marienbild war breiter als die Spanne seiner ausgestreckten Arme. Der kastenförmige Rahmen besaß eine Tiefe von fast einem Fuß. »Hilfst du mir es abzuhängen?«

»Na klar, oder hast du etwa geglaubt, ich wäre bloß zum Zuschauen mitgekommen?« Sie stellte sich auf die linke

Seite, während Jakob das Gemälde auf der rechten Seite packte. »Ich bin bereit!«

»Erst anheben und dann vorsichtig runterlassen! . . . Eins . . . zwei . . . *drei!*«

Sie hoben es von den Haken, kämpften einen gefährlichen Augenblick mit dem schweren Gemälde, das vornüberzukippen drohte, und setzten es dann mit einem erschreckend lauten Bums ab.

»Hier sind sie, die Dokumente!«, rief Jakob triumphierend und nahm das flache Paket an sich, das auf seiner Seite zwischen Rahmen und Gemälde klemmte und ebenso in Wachstuch eingeschlagen war wie der Hexenhammer, den Bruder Anselm der Priorin anvertraut hatte.

Margas Augen leuchteten. »Dann nichts wie weg von hier!«

Jakob stopfte sich das Paket unter sein Hemd und rannte hinter ihr die Stiege hoch. Oben im Dachreiter, warfen sie nur einen flüchtigen Blick auf die Menschen, die sich im Schein zahlloser Fackeln und Osterkerzen auf dem Platz vor der Klosterkirche eingefunden hatten, um den Anbruch des Ostermorgens zu erwarten. Fröhliches Stimmengewirr drang zu ihnen hinauf.

Marga kletterte zuerst aus der Öffnung des Turmes, hielt sich mit der rechten Hand am Seil fest und stützte sich mit der linken auf dem Dach ab, während sie zu dem Baugerüst am anderen Ende der Kirche kroch.

Jakob schwang sich hinter ihr über die Brüstung – und riss dabei zwei Dachziegel los, die wohl schon locker und brüchig gewesen sein mussten. Er schrie unwillkürlich auf, als der Boden unter ihm wegzurutschen begann, und bekam gerade noch das Seil zu fassen, was ihn vor einem todbringenden Sturz bewahrte. Die beiden Dachpfannen jedoch konnte er nicht mehr zurückhalten. Sie klapperten immer schneller über das Dach, flogen über die Kante hinaus und zersprangen auf dem darunter liegenden Dach des Konventsgebäudes unter lautem Bersten in tausend Stücke.

Augenblicklich richteten sich unten dutzende von Augenpaaren auf das Dach. Hände wiesen zu ihnen hoch. Und ein Chor aufgeregter Stimmen rief wild durcheinander. Eine Stimme übertönte alle anderen: Es war die des Domherrn. Er stieß eine lästerliche Verwünschung aus und mit sich überschlagender Stimme schrie er seinen Männern zu, sie sollten ihnen den Weg abschneiden.

»Los! Alles auf eine Karte!«, rief Marga. Sie schob sich das Seil unter die rechte Achsel und stieß sich ab. Halb rennend und halb am Seil durch die Luft gleitend, schoss sie abwärts auf das Baugerüst zu.

Jakob überwand den lähmenden Moment des Schocks, machte es ihr nach, indem auch er sich an das Seil hängte, und schlidderte wie sie schräg über das Dach. Seine Landung auf dem Gerüst fiel jedoch weniger sanft aus als die von Marga. Er hatte so viel Schwung, dass der Versuch vor dem Gerüst abzubremsen kläglich misslang. Hart schlug er auf der Plattform auf, rollte um seine eigene Achse und wäre wohl in die Tiefe gestürzt, wenn Marga ihn nicht geistesgegenwärtig festgehalten hätte.

»Bist du in Ordnung? Hast du dir etwas gebrochen?«, fragte Marga voller Angst.

Jakob verzog schmerzhaft das Gesicht, betastete seine Glieder und kam dann auf die Beine. »Nein, nur mein Selbstbewusstsein«, keuchte er.

»Ach, das wird sich bestimmt schneller erholen, als deine blauen Flecke verschwinden«, spottete Marga und zerrte ihn zur Leiter.

Sie hasteten hinunter auf das Dach des Konventsgebäudes, Jakob mit zusammengebissenen Zähnen. Wieder einmal machte er die Erfahrung, dass Prellungen mehr schmerzten als Brüche. Die Angst den Handlangern des Domherrn in die Hände zu fallen, was sein und Margas Schicksal zweifellos besiegeln würde, trieb ihn jedoch voran.

Marga stieß die Dachpfanne zur Seite, die über dem aufgerollten, kurzen Seil lag, und schleuderte es über die Dachkante. »Du kletterst zuerst hinunter! Nein, keine Widerrede! Nun mach schon!«, drängte sie.

Jakob beugte sich ihrem festen Willen, ergriff das Seil, glitt über die Dachkante und seilte sich zum Fenster des Kapitelsaals hinab.

»Sie kommen!«, hörte er Henriks Stimme. Im nächsten Augenblick packte ihn der Schwede an den Beinen und zog ihn zur Fensterbank.

»Dem Himmel sei Dank!«, rief Bruder Basilius erleichtert. »Was habe ich mir für Sorgen und vor allem Vorwürfe gemacht, dass ich Eurem tollkühnen Plan zugestimmt habe!«

Mit schmerzenden Gliedern sank Jakob auf die nächste Bank. Als er Marga gewandt durch das Fenster springen sah, das Henrik sofort hinter ihr schloss und verriegelte, grinste er. »Bis auf einen kleinen Fehltritt war es ein Kinderspiel«, behauptete er, sah jedoch den Gesichtern von Henrik und Bruder Basilius an, dass sie ihm keinen Glauben schenkten.

»Ja, es ging wie geschmiert«, spottete Marga in Anspielung auf seinen beinahe tödlichen Ausrutscher.

»Genau! Und hier sind die Dokumente!« Jakob holte das Paket unter seinem eingerissenen Hemd hervor.

Der Mönch lächelte. »Das habt Ihr großartig gemacht. Ich werde Euch das niemals vergelten können. Aber noch wichtiger als diese Aufzeichnungen ist, dass Ihr heil zurückgekommen seid!«

»Ich schlage vor, wir setzen das Gespräch im Boot fort«, sagte Henrik trocken und griff zu der Sturmlaterne, die Schwester Catharina ihnen dagelassen hatte.

Sie stiegen nun die Stufen zum unterirdischen Klostergang hinab. Marga trug die Dokumente und den Hexenhammer und hielt die Laterne, während sich Henrik, Jakob und Bruder Basilius in dem schmalen Gang abmühten die schwere Grabplatte von unten wieder an ihren Platz zu rücken, sodass nichts mehr auf ihren Fluchtweg hinwies, wenn der Domherr und seine Männer das Konventsgebäude nach ihnen absuchten.

Endlich rutschte die Steinplatte in ihre Einfassung. Henrik nahm Marga die Laterne ab, zwängte sich an ihr vorbei und ging voran. In dem schmalen Gang roch es nach Moder und Verwesung. Der Lichtschein glitt über feuchte, von Schimmelpilz überwucherte Wände, die sich über ihren gebeugten Köpfen zu einer niedrigen Decke wölbten. Ursprünglich bestanden die Mauern aus einem grauschwarzen Gestein, doch je weiter sie sich von der Klosteranlage entfernten, desto schadhafter wurden die Mauern und desto öfter stießen sie auf provisorische Ausbesserungen, die mit einfachen Ziegelsteinen vorgenommen worden waren. Hier und da waren Teile der ausgebesserten Decke wieder eingestürzt und bedeckten den Boden mit ihren Trümmern. Und immer wieder rieselte Sand auf sie herab.

Jakob kämpfte tapfer gegen die Platzangst an, jedoch wuchs in ihm das beklemmende Gefühl immer schlechter Luft zu bekommen, je weiter sie in diesem unterirdischen Tunnel vordrangen.

»Fünfzig Schritte«, meldete Henrik, der an der Spitze ging.

Jakob stöhnte gequält auf. »Bis zum anderen Ufer muss es gut zehnmal so weit sein!«

»Wir schaffen es, wie wir auch alles andere geschafft haben«, raunte Marga und berührte von hinten seine Hand.

Jakob hielt sie fest und zwang sich nur noch auf die Füße des Schweden zu sehen, jeden Schritt mitzuzählen und nicht daran zu denken, dass die Decke einstürzen konnte und das herabstürzende Erdreich sie dann bei lebendigem Leib begraben würde.

Offenbar wurde es auch Bruder Basilius mulmig zu Mute, denn er begann nun laut zu beten. Er fing mit dem 23. Psalm an und Henrik fiel sofort mit ein. Doch ein einziger Psalm reichte nicht für die schier endlos lange Strecke, die sie zurücklegen mussten. Und so folgten weitere Psalme.

Jakob hatte bis dreihundertfünfunddreißig gezählt, als auf dem feuchten Boden unter ihnen Wasserlachen auftauchten. Und diese Lachen wurden tiefer. Bald wateten sie bis zu den Knien im Wasser, das eisig war und ihre Beine ganz taub machte. Jakob rann mittlerweile der Schweiß über das Gesicht und sein Atem ging schnell und flach.

»Es kann nicht mehr weit sein!«, sagte Henrik, um ihnen und sich selbst Mut zu machen. »Gleich muss die Felsgrotte kommen, von der die Priorin gesprochen hat. Wir haben das Schlimmste hinter uns. In ein paar Minuten haben wir es geschafft.«

»Hoffentlich!«, keuchte Jakob.

»Denk doch nur daran, wie der Domherr jetzt vor Wut tobt, weil wir ihm entkommen sind«, versuchte Marga ihn abzulenken, die spürte, wie verzweifelt Jakob gegen das Gefühl der Panik ankämpfte. »Er wird Mundt dafür bitter bezahlen lassen, darauf kannst du Gift nehmen. Und er wird einfach nicht begreifen, wie wir uns scheinbar in Luft haben auflösen können. Schade, dass wir sein Gesicht und sein Toben nicht sehen können! Er wird nie im Leben darüber wegkommen, dass wir ihm quasi unter seiner Nase . . .«

»Da ist sie! Die Felsgrotte! Dem Herrn sei Lob und Dank!«, schrie Henrik mit einem Überschwang, der in krassem Gegensatz zu seiner sonstigen Selbstbeherrschung stand. Offensichtlich hatte das gebückte Gehen durch den unterirdischen Gang auch an seinen Nerven heftig gezerrt. »Wir sind durch! . . . Wir haben es geschafft! Wir haben das Westufer der Insel erreicht!«

Bei der Grotte handelte es sich um eine Höhle, die von schweren Felsen und mächtigem Wurzelwerk gebildet wurde, aber gerade mal doppelt so breit wie der Gang war. Durch das Gestrüpp vor der Öffnung schwappte das Wasser des Rheins.

Auf die große Freude, den geheimen Klostertunnel unbeschadet hinter sich gebracht zu haben, folgte ein bitteres Erschrecken, als ihr Blick auf das Boot fiel, das vor ihnen lag, festgebunden an einem in den Boden getriebenen Holzpflock.

»Das soll ein Boot sein?«, rief Jakob. »Das ist ein winziger Kahn, in dem mit Mühe gerade mal zwei Personen Platz haben!«

Einen Augenblick herrschte betroffenes Schweigen. Bruder Anselm hatte ganz offensichtlich nur mit einer einzigen Person gerechnet, die dieses Boot im Notfall benutzen musste!

Nach all dem, was sie zusammen durchgestanden hatten, mussten sie nun feststellen, dass hier das Ende ihrer gemeinsamen Flucht gekommen war. Denn dieses schmale, flache Gefährt konnte nur zwei von ihnen aufnehmen. Und auch dann musste man aufpassen, um den Kahn auf einem so mächtigen Fluss wie dem Rhein nicht zum Kentern zu bringen.

»Jakob . . . Marga, Ihr nehmt das Boot!«, sagte der Mönch mit fester Stimme.

»Das kommt gar nicht in Frage!«, widersprach Jakob heftig und suchte fieberhaft nach einem Ausweg. »Wir müssen versuchen ein anderes Boot aufzutreiben. Oder wir losen, wer von uns . . .«

»Seid für einen Augenblick still und hört gut zu, Jakob!«, fiel Bruder Basilius ihm energisch ins Wort, um dann sanfter fortzufahren: »Ihr beide nehmt das Boot, weil es in dieser Situation nicht nur moralisch geboten, sondern auch sachlich notwendig ist. Nein! Unterbrecht mich nicht, sondern lasst mich ausreden! Das gilt auch für Euch, Marga! Wir haben nicht nur die Originaldokumente, sondern auch eine vollständige Abschrift in unserem Besitz, von der Drolshagen nichts ahnt. Und das ist unser großes Glück im Unglück. Denn nun könnt Ihr den Hexenhammer an Euch nehmen und ihn von hier fortbringen, ohne Euch in Gefahr zu begeben. Henrik und ich werden hier bleiben. Und sollte es uns nicht gelingen durch einen glücklichen Zufall doch noch von der Insel zu kommen, dann werden wir die Bekenntnisse der Hexenbischöfe eben dem Domherrn aushändigen.«

»Aber das ist doch Wahnsinn!«, wandte Jakob erregt ein. »Wenn Ihr schon darauf besteht, dass Marga und ich das Boot nehmen, was ich nicht für richtig halte, dann gebt uns doch wenigstens das Original mit!«

Der Mönch schüttelte den Kopf. »Der Domherr mag uns hassen, aber letztlich ist jeder von uns ohne wirkliche Bedeutung für ihn. Er will die Dokumente, Jakob. Wenn er sie nicht bei uns findet, wird er Eure Verfolgung aufnehmen. Und das wäre Euer Ende, denn Ihr habt das Glück schon zu oft auf die Probe gestellt. Auf Dauer könnt Ihr seinem mächtigen Arm nicht entkommen, das wisst Ihr so gut wie ich. Aber wenn wir ihm die Originalaufzeichnungen übergeben, wird er sein Interesse an Euch sofort verlieren. Ein Mann wie er hat anderes zu tun und ehrgeizigere Ziele als zwei jungen Landstreichern nachzujagen, denn das seid Ihr für ihn. Ihr seht also, Ihr *müsst* sowohl das Boot als auch den Hexenhammer nehmen.«

Henrik nickte knapp. »Es ist, wie Bruder Basilius sagt. Unsere Wege müssen sich hier trennen und Ihr müsst das Boot nehmen.«

Jakob blickte mit gequälter Miene von ihm zum Mönch. »Aber wir können Euch doch nicht im Stich lassen!«, begehrte er auf, obwohl er wusste, dass sie Recht hatten und es keinen anderen Ausweg gab.

Bruder Basilius lächelte fast vergnügt. »Oh, Ihr lasst uns nicht im Stich. Im Gegenteil, wir laden auf Eure jungen Schultern eine große Verantwortung, vielleicht sogar eine allzu große Last.«

»Indem wir mit heiler Haut davonkommen und Euch diesem Schlächter überlassen?«, fragte Marga verständnislos. »Nein, das kann ja wohl nicht Euer Ernst sein!«

»Doch, das ist mein Ernst«, versicherte der Mönch ruhig. »Ich will Euch eine scheinbar grausame Geschichte aus dem Talmud erzählen, der hebräischen Religions- und Gesetzeslehre der Juden. Und werdet nicht ungeduldig. Wir haben keine Eile. Denn bis Drolshagen die Suche auch auf diesen Teil der Insel ausdehnt, wird noch viel Zeit vergehen. Und nun zu der Geschichte: Es waren einmal zwei Männer, die durch die Wüste zogen und zu verdursten drohten. Nur einer von ihnen besaß noch eine Kürbisflasche voll Wasser, das für einen ausreichte, um zur rettenden Oase zu gelangen. Sollten sie sich das Wasser nun teilen und beide sterben oder sollte der Mann mit der vollen Kürbisflasche seinen Begleiter sterben lassen und sein Leben retten? Nun, unser allgemeines moralisches Empfinden sagt uns: Teilen und auf die Rettung hoffen! Nicht so der gelehrte Rabbi Akiba. Er legt die Geschichte im Talmud ganz anders aus und sagt, dass kein Mensch über sein Leben verfügen und es opfern darf, wenn es eine Alternative gibt. Deshalb soll der Besitzer getrost sein Wasser trinken und am Leben bleiben. Um alles andere soll und wird Gott sich schon kümmern.«

»Das ist verdammt hart und herzlos!«, sagte Jakob mit verkniffener Miene. »Und ich kann nicht behaupten, dass mir diese Geschichte gefällt!«

»Ja, die Auslegung scheint unmenschlich, hat jedoch einen viel tieferen Sinn, als oberflächlich zu erkennen ist«, fuhr der Mönch fort. »Denn der Mensch, der einen Freund überlebt, ist auf ewig in die Pflicht genommen. Um jeden weiteren Tag seines Lebens zu rechtfertigen, spricht er von nun an auch in seinem Namen. Und genau darin besteht das Privileg wie auch die Last des Überlebens, dass es eine ewige Schuld gegenüber den Toten mit einschließt!«

Nun verstanden Marga und Jakob.

»Wer eine Erfahrung nicht weitergibt, verrät sie. Und wer seiner Schuld gegenüber den Toten nicht treu bleibt, verrät nicht nur die Toten, denen er sein Leben verdankt, sondern auch sich selbst«, betonte Bruder Basilius noch einmal. »Und diese schwere Last wird auf Euren Schultern liegen, wenn Ihr in dieses Boot steigt und wir uns vielleicht nie wieder begegnen sollten.«

Jakob wusste nicht, was er darauf erwidern sollte. »Wohin sollen wir den Hexenhammer bringen?«, fragte er schließlich bedrückt.

»Es besteht die begründete Hoffnung, dass der Domherr

uns laufen lässt, nachdem er uns ein paar Wochen in irgendeinem Kerker hat schmoren lassen. Es wird ihm gar nichts anderes übrig bleiben, wie ich Euch ja schon einmal erklärt habe. Ungewiss ist nur, wie lange es dauern wird«, sagte der Zisterziensermönch. »Deshalb muss ich es Euch zumuten Euch auf den Pilgerweg zum spanischen Wallfahrtsort Santiago de Compostela zu machen, damit Ihr die Abschrift dort meinem Freund, dem Abt Engelbert von Wallersheim, übergeben könnt. Er wird sich dann um die Drucklegung kümmern. Wenn wir freikommen, folgen wir Euch nach und holen Euch irgendwo auf dem Weg ein. Das ist ein Versprechen.« Er legte ihm eine Hand auf die Schulter und blickte ihn voller Sorge, aber auch voller Zuneigung an. »Seid Ihr bereit dies auf Euch zu nehmen, Jakob Tillmann?«

Jakob spürte, wie ihm die Tränen in die Augen stiegen. Doch er kämpfte mit aller Kraft dagegen an und nickte. »Sicher, gegen das, was hinter uns liegt, kann so eine Pilgerreise doch nur ein Kinderspiel sein«, antwortete er mit belegter Stimme und betont leichthin, um seine wahren Gefühle zu überspielen.

»Gut, dann lasst uns Abschied nehmen.«

»Es ist dennoch nicht gerecht, dass wir das Boot bekommen und Euch hier zurücklassen müssen«, murmelte Jakob verzweifelt. »Wie kann ich Euch nach allem, was Ihr und Henrik für mich und Marga getan habt, hier Eurem ungewissen Schicksal überlassen?«

»Erinnert Ihr Euch noch an den weißen Stein, dessen Inschrift nur Gott allein kennt?«, fragte Bruder Basilius.

Jakob runzelte die Stirn. »Ja, das war doch die Geschichte aus der Johannes-Offenbarung, nicht wahr?«

Der Mönch nickte. »Ich bin meinen Weg vor Gott gegangen und habe das Wort verkündet, ob man es hören wollte oder nicht. Und darüber bin ich nun sechzig Jahre alt geworden, was ich in den Tagen, als Henrik in mein Leben trat, nie für möglich gehalten hätte. Ich habe erst einen bösen Kampf und dann jahrzehntelang gemeinsam mit Henrik den guten Kampf gekämpft und Gottes Wahrheit die Treue gehalten, so gut ich es vermochte. Mein Lauf ist somit auf gewisse Weise vollendet und die Zeit meines Aufbruches ist nahe – mit oder ohne Zutun des Domherrn. Und sosehr ich an meinem Leben hänge, wie es auch göttliches Gebot ist, so muss ich doch gestehen, dass ich es nach all den Jahren des Gebetes und der inneren Sehnsucht nicht erwarten kann nun bald den geheimnisvollen weißen Stein zu empfangen. Und ich weiß, dass Henrik nicht anders denkt.« Er lächelte ihn an. »Also macht Euch um uns keine Sorgen. Ihr seid es nun, der in der Staffel der Generationen den Stab weiterzutragen habt, und das ist keine leichte Aufgabe. Hier, nehmt das als Erinnerung. Möge er Euch auf Eurer Pilgerreise Hilfe und Beistand sein.« Er zog seinen Rosenkranz mit den Alabasterperlen hervor und hängte ihn Jakob um den Hals. Dann umarmte er ihn.

Jakob vermochte seine Tränen nicht länger zurückzuhalten und er sah, dass auch Marga die Tränen über die Wangen liefen. Worte des Abschieds waren überflüssig. Auch Henrik drückte sie an seine Brust.

Dann stiegen Jakob und Marga in den Kahn, der gefährlich schaukelte, bis sie richtig saßen. Jakob schob den in Wachstuch eingeschlagenen Hexenhammer unter seinen Sitz. Dann griffen sie zu den Rudern. Bruder Basilius beugte sich hinunter und versetzte dem schmalen Boot einen kräftigen Stoß, der es aus der Höhle und durch das Gestrüpp in tieferes Uferwasser drückte.

»Vergesst nie, dass es der Staub ist, den wir durch unsere eigenen Schritte auf unseren Erdenwegen hochwirbeln, der uns für vieles blind macht! Und möge Gottes Segen Euch allzeit begleiten!«, rief der Mönch und machte über ihnen das Kreuzzeichen.

»Und Euch ebenfalls!«, riefen Jakob und Marga mit tränenerstickten Stimmen zurück.

Sie trieben auf den breiten Strom hinaus, der unter einem hellgrauen Himmel lag und sie mit seinen rasch dahinfließenden Fluten flussabwärts trug.

Jakob vermisste den Mönch und Henrik schon jetzt schmerzlich. Die Wochen mit ihnen erschienen ihm wie ein ganzes Leben und er wusste in diesem Moment, dass er nicht mehr der war, der in einer eisigen, stürmischen Nacht den Eselskarren mit Bruder Anselm durch das Tor von Himmerod gezogen hatte. Er nahm den Blick nicht von der mächtigen Weide, unter dessen herabhängendem Geäst der Zugang zur Grotte lag und wo die beiden Männer jetzt wohl standen und ihnen nachblickten. Der Baum wurde jedoch schnell kleiner, wie auch der Himmel immer heller wurde.

Schließlich verschwanden die Inseln Niederwerth und Graswerth aus ihrem Sichtfeld, als der Fluss sie um die weite Biegung nach Westen trug.

Marga legte das Ruder über ihren Schoß, drehte sich zu ihm um und wischte sich eine Träne aus dem Auge. Dann lächelte sie tapfer und streckte ihm die Hand hin. »Santiago de Compostela?«, fragte sie nur und tausend andere Worte schwangen in dieser Frage mit.

Jakob drückte ihre Hand und nickte. »Santiago«, flüsterte er, blind vor Tränen, während die ersten Strahlen des neuen Tages den Himmel im Osten in warmes Licht tauchten.

Nachwort

Auch wenn die Personen und Handlungen dieses Romans meiner Phantasie entsprungen sind, so sind sie doch an tatsächliche Gestalten und Ereignisse angelehnt und in die verbürgten historischen Geschehnisse jener Zeit eingebettet.

Der abergläubische Hexenwahn gehört zu den dunkelsten Kapiteln unserer europäischen (Kirchen-)Geschichte und hat laut wissenschaftlichen Untersuchungen mindestens 100 000 Menschen den Tod auf dem Scheiterhaufen oder in den Folterkammern der Inquisitoren gebracht. Ausgelöst wurde er schon im 13. Jahrhundert von Papst Gregor IX., der den ersten Befehl zur Hexenverfolgung gab. Und Trier war die Stadt, in der während seiner Amtszeit (1227–1241) die ersten Hexenprozesse stattfanden. Am schlimmsten wüteten die fanatischen Hexenjäger im 16. und 17. Jahrhundert. Doch man soll nicht glauben, dass spätestens mit dem Zeitalter der Aufklärung dieses Wüten ein Ende gefunden hätte. Der letzte Hexenprozess fand erst im 19. Jahrhundert in Irland statt und die letzte angebliche Hexe wurde 1782 in Glarus in der Schweiz verbrannt.

Auch das Zisterzienserkloster Himmerod in der Eifel ist ebenso wenig ein Produkt meiner Phantasie, auch wenn es dort nie einen Subprior namens Tarzisius gegeben hat. Die Abtei liegt, wie im Roman beschrieben, an der Salm, umgeben von der landschaftlichen Schönheit des gleichnamigen Tals, ist heute noch von den »weißen Mönchen« des Zisterzienserordens bewohnt – und hat in meinem Leben seit Jahren nach mehreren kurzen wie langen Aufenthalten einen besonders kostbaren Platz eingenommen. Deshalb möchte ich die Gelegenheit, für einen Aufenthalt in der Abtei zu werben, an dieser Stelle nicht ungenutzt verstreichen lassen. Das Kloster, das im Dreieck von Wittlich, Bitburg und Manderscheid nahe der Ortschaft Großlittgen liegt, steht nämlich jedem interessierten Jugendlichen wie Erwachsenen für Tage (oder Wochen) der Einkehr und Besinnung offen. Dabei wird niemand nach seiner Konfession gefragt, wie es auch jedem Gast völlig freigestellt ist, an welchen Messen, Gebeten und Mahlzeiten er teilnimmt, wie er seine Tage in Himmerod gestaltet und mit welcher Spende er sich am Tag seiner Abreise für die unaufdringliche Gastfreundschaft der Mönche bedankt. (Interessierte Gäste für das Gästehaus wenden sich an Pater Stephan Reimund Senge, Abtei Himmerod, 54534 Großlittgen, Telefon 06575/8445. Wer in den Gastzimmern im Konventsgebäude – sozusagen unter einem Dach mit den Mönchen – wohnen möchte, wende sich am besten schriftlich – oder telefonisch unter der Rufnummer 06575/95130 zwischen 20.00 Uhr bis 21.00 Uhr – an den Gastpater Prior Martin oder Bruder Markus.)

In den drei Jahren, die ich mich auf diesen Roman vorbereitet habe, habe ich sowohl aus beruflichem Interesse wie aus privater Neigung zahlreiche Bücher über Kirchengeschichte, Religionsphilosophie und Theologie studiert. Über zweihundertfünfzig Notizzettel mit Ideen und Anregungen aller Art haben sich in dieser Zeit angesammelt und vieles davon ist in diesen Roman eingeflossen. Aus Gründen der Aufrichtigkeit füge ich diesem Nachwort eine Auswahl der Bücher hinzu, die mich am meisten beeinflusst und mir dabei geholfen haben, das auszudrücken und zu erklären, was mir zu sagen am Herzen lag. Diesen großartigen geistlichen Autoren, die mir für vieles Auge und Herz geöffnet und mich immer wieder auf den Weg der rechten Formulierung schwieriger Inhalte geleitet haben, bin ich – wiederum beruflich wie privat – zu großem Dank verpflichtet. Was die Verse aus den Psalmen betrifft, die der Schwede Henrik Wassmo in meinem Roman so gern verwendet, so habe ich diese nicht aus der Bibel zitiert, sondern aus der kraftvollen, poetischen Neudichtung von Franz Johannes Weinrich, die mit kirchlicher Druckerlaubnis des Münchner Generalvikars 1989 im Pattloch Verlag erschienen ist.

Rainer M. Schröder
Wipperfürth, im Mai 1996

Bibliographie-Auswahl

Teresa von Avila: *Die Botschaft vom Gebet*, Benno Verlag 1992

Wolfgang Behringer (Hrsg.): *Hexen und Hexenprozesse*, Deutscher Taschenbuch Verlag 1988

Johannes Bours/Franz Kamphaus: *Leidenschaft für Gott*, Herder Verlag 1981

Martin Buber: *Gog und Magog – Eine Chronik*, Verlag Lambert Schneider 1993

Carlo Carretto: *Weil deine Liebe mich treibt – Geistliche Briefe*, Herder Verlag 1990

Christian Feldmann: *Friedrich Spee – Hexenanwalt und Prophet*, Herder Verlag 1993

Edgar Friedmann OSB: *Die Bibel beten*, Vier-Türme-Verlag, Münsterschwarzach 1995

Heinrich Fries: *Glaube im Gegenwind unserer Zeit – Erfahrungen, Zweifel, Visionen*, Herder Verlag 1982

Khalil Gibran: *Der Prophet*, Walter Verlag 1993

Greshake/Weismayer: *Quellen geistlichen Lebens – Die Neuzeit*, Matthias-Grünewald-Verlag 1989

Romano Guardini: *Briefe über Selbstbildung*, Matthias-Grünewald-Verlag 1993

Rex Hauck (Hrsg.): *Engel – die unsichtbaren Boten*, Deutscher Taschenbuch Verlag 1995

Peter Hawel: *Das Mönchtum im Abendland*, Herder Verlag 1993

Klaus Hurtz (Hrsg.): *Lebens-Gesätze – Zeitgenossen interpretieren den Rosenkranz*, Verlag Friedrich Pustet 1994

Franz Irsigler u. Arnold Lassotta: *Bettler und Gaukler, Dirnen und Henker*, Deutscher Taschenbuch Verlag 1989

Franz Kamphaus: *Auf den Punkt gebracht – Biblische Anstöße*, Herder Verlag 1994

Hans Küng: *Christ sein*, Piper Verlag 1983

Hans Küng: *Credo – Das Apostolische Glaubensbekenntnis Zeitgenossen erklärt*, Piper Verlag 1992

Brian P. Levack: *Hexenjagd – Die Geschichte der Hexenverfolgung in Europa*, C. H. Beck Verlag 1995

Carlo M. Martini: *Wer in der Prüfung bei mir bleibt*, Herder Verlag 1991

Carlo M. Martini: *Woran sollen wir uns halten?*, Herder Verlag 1993

Henri J. M. Nouwen: *Ich hörte auf die Stille – Sieben Monate im Trappistenkloster*, Herder Verlag 1993

Karl Rahner: *Von der Not und dem Segen des Gebetes*, Herder Verlag 1991

Richard Rohr: *Nicht die ewige Leier – Den Glauben neu zur Sprache gebracht*, Herder Verlag 1993

Anton Rotzetter: *Franz von Assisi*, Benziger Verlag 1981

Anton Rotzetter: *Herr, eile mir zu helfen – Vertraute Gebete neu gedeutet*, Herder Verlag 1990

Gerd Sachse (Hrsg.): *Für uns ein Mensch geworden – Christusbetrachtungen zum Rosenkranz*, Benno Verlag 1990

Klaus Schreiner: *Maria – Jungfrau, Mutter, Herrscherin*, Hanser Verlag 1994

Georg Schwaiger: *Mönchtum Orden Klöster – Ein Lexikon*, C. H. Beck Verlag 1994

Ignacio Tellechea: *Ignatius von Loyola – Allein und zu Fuß*, Benziger Verlag 1991

Franz Georg Untergaßmair: *Ordensleben im Sinne der Bibel*, Tyrolia Verlag 1994

E. Werner/M. Erbstößer: *Kleriker, Mönche, Ketzer*, Herder Verlag 1994

Uwe Wolf: *Gottesdämmerung – Auf den Spuren einer Sehnsucht*, Herder Verlag 1994

Heinz Zahrnt: *Mutmaßungen über Gott – Die theologische Summe meines Lebens*, Piper Verlag 1994

Heinz Zahrnt: *Leben – als ob es Gott gibt/Statt eines Katechismus*, Piper Verlag 1992

Jörg Zink: *Sieh nach den Sternen – gib Acht auf die Gassen, Kreuz Verlag 1992*

Worterklärungen

Antichrist: aus dem Neuen Testament (1. Joh 2, 18, 22) übernommene Vorstellung von einem leibhaftigen Widersacher Christi. Oft gleichbedeutend mit Teufel.

Apsis: meist halbkreisförmiger, mit einer Halbkugel überwölbter Raum, der einen länglichen Kirchenraum abschließt.

Benediktiner: Angehöriger des von Benedikt von Nursia gegründeten Mönchsordens.

Bulle: in lateinischer Sprache abgefasster päpstlicher Erlass.

Druden: weibliche Nachtgeister, die nach volkstümlicher Vorstellung Alpträume verursachen sollen.

Epiphanias: christliches Fest der Erscheinung des Herrn (6. Januar). Gemeinhin bekannt als Fest der Heiligen Drei Könige.

Epiphanie: das Erscheinen Gottes in der Welt in Christus. Oft auch die mystische Erfahrung, bei der jemand für einen kurzen Moment die Gegenwart Gottes erlebt.

Exemtion: Befreiung einzelner Personen von den Weisungen der für sie zuständigen kirchlichen Amtsträger.

Habit: genau festgelegte Tracht eines Ordens.

Häretiker: jemand, der von der offiziellen Kirchenlinie abweicht; Ketzer.

Hexenhammer: im Jahre 1487 von Heinrich Kramer und Jakob Sprenger verfasstes Gesetzbuch, in dem die verschiedenen Formen der Zaubereidelikte zusammengefasst werden. Die Folter wurde darin ausdrücklich als Beweisverfahren vor Gericht anerkannt.

Hippokrates: griechischer Arzt (um 460 bis 370 v. Chr.); gilt als Begründer der wissenschaftlichen Medizin.

Hochamt: feierliche Messe, bei der liturgische Texte gesungen werden.

Horarium: Stundenbuch, in dem Texte für das Stundengebet verzeichnet sind.

Horen: die festgelegten Zeiten des Stundengebets in der katholischen Kirche. Die einzelnen Gebete sind verzeichnet im Horarium, dem Stundenbuch. Das Stundengebet gilt als Erfüllung des biblischen Gebots vom »immer währenden Beten«. Der Inhalt sind Psalmen, Gesänge und Texte aus der Heiligen Schrift.

Infirmaria: Krankenraum innerhalb der Klosteranlage.

Inkunabeln: Druckerzeugnisse aus der Frühzeit des Buchdrucks.

Inquisition: von der katholischen Kirche eingesetzte Gerichte, die vom 12. bis zum 18. Jahrhundert mit großer Härte und grausamen Untersuchungsmethoden gegen Abtrünnige, Ketzer und vermeintliche Hexen vorgingen.

Jesuitenorden: vom heiligen Ignatius von Loyola 1534 gegründeter Orden, der besonders durch die Einrichtung von Schulen bedeutenden Einfluss gewann.

Kalenden: der erste Tag des altrömischen Monats.

Kapitel: Versammlung der Mitglieder eines Klosters.

Karmeliter: Angehöriger des Karmeliterordens, eines katholischen Bettelordens.

Klausur: Bereich in einem Kloster, für den Abgeschiedenheit und Schweigen vorgeschrieben sind.

Klerus: Gesamtheit der katholischen Priesterschaft.

Komplet: Abend- und Schlussgebet des Stundengebets (siehe Horen).

Konvent: Bruderschaft; Gesamtheit der Mitglieder eines Klosters.

Kurie: Gesamtheit der päpstlichen Behörden.

Lettner: in mittelalterlichen Kirchen eine hohe Schranke, die das Langhaus vom Chor, das heißt den Bereich der Laien von dem der Priesterschaft trennt.

Magnificat: urchristlicher Gesang, der im Neuen Testament Maria, der Mutter Jesu, zugeschrieben wird (Luk. 1, 46–55).

Matutin: Gebet um Mitternacht (siehe Horen).

Mitra: feierliche Kopfbedeckung von Bischöfen und Priestern bei liturgischen Handlungen.

Non: Stundengebet zur neunten Stunde (siehe Horen).

Novize: jemand, der in einem Kloster eine Vorbereitungszeit verbringt, bevor er die öffentlichen Gelübde ablegt und Mönch wird.

Parlatorium: Raum in einem Kloster, der vom Schweigegebot ausgenommen ist.

Portarius: Klosterbruder, der für die Bewachung der Pforte und die Betreuung von Pilgern und Durchreisenden zuständig ist.

Prälat: Inhaber eines hohen kirchlichen Amtes (Bischof, Abt o. Ä.).

Profess: jemand, der ein Ordensgelübde (die Profess) ablegt und damit Mitglied eines Ordens wird.

Psalter: das Buch der Psalme im Alten Testament.

Refektorium: Speisesaal in einem Kloster.

Sakristan: Kirchendiener, der die für den Gottesdienst benötigten Gegenstände betreut.

Sext: Stundengebet zur sechsten Stunde (siehe Horen).

Tacitus: römischer Geschichtsschreiber (55 bis 115 n. Chr.).

Terz: Stundengebet zur dritten Stunde (siehe Horen).

Thomas von Aquin: mittelalterlicher Theologe und Philosoph (1225 bis 1274).

Tonsur: kreisrund kahl geschorene Stelle auf dem Kopf von Mönchen.

Vesper: Abendgebet zum Abschluss des Arbeitstages (siehe Horen).

Zisterzienser: katholischer Orden, der 1089 von reformerischen Benediktinern gegründet wurde.

Liebe Leserinnen, liebe Leser,

seit vielen Jahren biete ich meinem Publikum an, mir zu schreiben, weil es mich interessiert, was meine Leserinnen und Leser von meinem Buch halten. Auch heute noch freue ich mich jedes Mal riesig über das Paket mit den Zuschriften, die mir einmal im Monat nachgesandt werden. Dann machen meine Frau und ich uns einen gemütlichen Tee-Nachmittag und lesen beide jeden einzelnen Brief. Und daran wird sich auch in Zukunft nichts ändern.

In den letzten Jahren erreichen mich jedoch so viele Briefe, dass sich in meine große Freude über diese vielen interessanten Zuschriften ein bitterer Wermutstropfen mischt. Denn auch beim besten Willen komme ich nun nicht mehr dazu, diese Briefflut individuell zu beantworten; ich käme sonst nicht mehr zum Recherchieren und Schreiben meiner Romane. Und jemand dafür einzustellen, der in meinem Namen antwortet, würde nicht nur meine finanziellen Möglichkeiten weit übersteigen, sondern wäre in meinen Augen auch unredlich.

Was ich jedoch noch immer tun kann, ist, als Antwort eine Autogrammkarte zurückzuschicken, die ich persönlich signiere und die neben meinem Lebenslauf im anhängenden farbigen Faltblatt Informationen über circa ein Dutzend meiner im Buchhandel erhältlichen Romane enthält.

Wer mir also immer noch schreiben und eine von mir signierte

Autogrammkarte mit Info-Faltblatt haben möchte, der soll bitte nicht vergessen, das Rückporto beizulegen (bitte nur die Briefmarke schicken und diese nicht auf einen Rückumschlag kleben!) Wichtig: Namen und Adresse in Druckbuchstaben angeben. Gelegentlich kann ich auf Zuschriften nicht antworten, weil die Adresse fehlt oder die Schrift nicht zu entziffern ist, was übrigens auch bei Erwachsenen vorkommt!

Da ich viel auf Recherchen- und Lesereisen unterwegs bin, kann es manchmal Monate dauern, bis ich die Karte mit dem Faltblatt schicken kann. Ich bitte daher um Geduld.

Meine Adresse:
Rainer M. Schröder
Postfach 1505
D-51679 Wipperfürth

Wer Material für ein Referat braucht oder aus privatem Interesse im Internet mehr über mein abenteuerliches Leben, meine Bücher (mit Umschlagbildern und Inhaltsangaben), meine Ansichten, Lesereisen, Neuerscheinungen, aktuellen Projekte, Reden und Presseberichte erfahren oder im Fotoalbum blättern möchte, der möge sich auf meiner Homepage umsehen.

Die Adresse: www.rainermschroeder.com

Herzlichst
Ihr/Euer

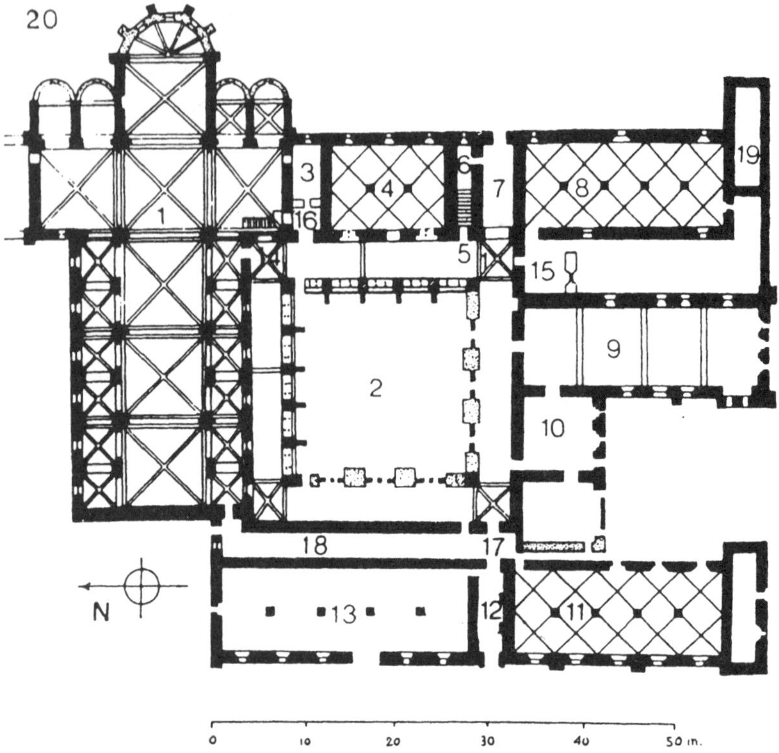

1 Klosterkirche / Abteikirche
2 Kreuzgang und Innenhof
3 Sakristei
4 Kapitelsaal
5 Treppenaufgang zum Schlafsaal
6 Infarmarie
7 Parlartorium oder Auditorium
8 Großer Saal oder Scriptorium
9 Refektorium
10 Küche
11 Kapitelsaal für die Konversen
12 Vestibühl / Eingang
13 Keller (darüber Bibliothek)
14 Abstgrabstätte (eigt. im Kapitel- saal begraben)
15 Großer Treppenauf- gang
16 Armarium (alte Bibliothek, litur- gische Handbücher)
17 Passage
18 Konversen-Gäßchen
19 Scolasticat- Scholastikat (Klosterschule für interne Nutzung, Lehre)
20 Friedhof

Rainer M. Schröder

Das Vermächtnis des alten Pilgers

Die letzten Worte des alten Pilgers Vinzent werden im leidvollen Leben des 16-jährigen Marius »Niemandskind« zum langersehnten Lichtblick: »Folge dem Morgenstern...« Damit kann nur eines gemeint sein er soll sich dem Kreuzfahrerheer anschließen, welches das Heilige Land von den Ungläubigen befreien will. Marius macht sich auf den gefahrvollen Weg nach Mainz. Doch erst nach einer langen Reihe von Abenteuern und der Begegnung mit dem jüdischen Mädchen Sarah versteht Marius, dass der alte Pilger mit seinem Vermächtnis etwas ganz anderes im Sinn hatte...

488 Seiten. Ab 12 Jahren. Arena-Taschenbuch

ISBN 3-401-02140-0
Ab 1.1.2007: ISBN 978-3-401-02140-9

www.arena-verlag.de